KB164600

내가 그린 파르케 지도(개략적으로 그린 거라 정확하지 않다).

구조된 긴코너구리 테앙히가
캠프에서 순찰을 돌고 있다.
볼리비아에서는 긴코너구리를
'테혼'이라고 부른다(2007년).

고함원숭이 파우스티노.
숙소 위 가장 좋아하는 자리에 앉아 있다
(2007년, 세라 M. 해너스 사진).

캠프 밖 도로.
폭풍우가 몰아닥친 후(2007년).

구조된 반야생 페커리(볼리비아에서는 '찬초'라고 부른다) 판치타.
새장 밖에서 낮잠을 자고 있다. 물론 그럴 자격이 충분하다(2007년).

내가 그린 코코와 파우스티노. 캠프에서 사는 고함원숭이다.
애완용 원숭이의 삶을 살다가 구조되었다.

구조된 금강앵무 로렌소. 파란빛과 노란빛의 털을 가졌다.
새장 밖에 나와 있는 시간을 즐기는 중이다(2007년).

구조된 아메리카타조(볼리비아에서는
'피오'라고 부른다) 맷 데이먼.
방사장을 돌아다니며 산책을 즐기고 있다
(2018년, 니콜 마르케스 아기레 사진).

우리가 케이지로 오는 모습을 '왕좌'에 앉아 지켜보는 와이라(2007년).

나와 와이라(2017년, 루카스 링 사진).

내가 그린 와이라. 와이라는 불법 애완동물 거래에서 구조되어
생추어리 암부에아리에서 살고 있는 수많은 퓨마 중 하나다.

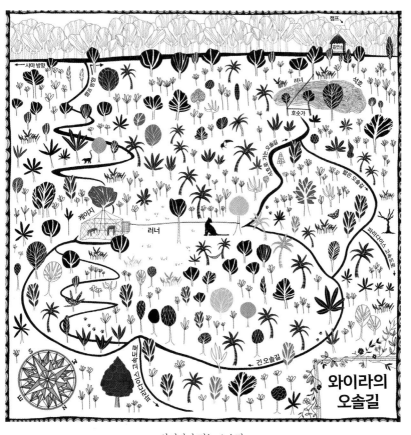

와이라가 걷는 오솔길.

재규어 하과루피. 새끼일 때 구조되었다. 정글 산책을 무수히도 즐겼다.
사진은 그중 한 모습(로버트 히슬우드 사진).

재규어 하과루. 한때 애완동물로 살았지만 지금은 암부에아리의 돌봄을 받고 있다.
산파블로강에서 카누를 타고 낮잠을 자는 중이다(2009년, 데이비드 매그레인 사진).

오실롯 바네소.
새끼일 때 도시에서 구조되었다.
암부에아리의 석호에서
오솔길을 걷고 있다
(세라 M. 해너스 사진).

내가 그린 사마.
구조된 재규어이자, 우리의 친구.

2008년의 사마.
2007년에 세운 넓은 방사장에서
자유를 만끽하고 있다.

석호에서 나와 함께 헤엄치는 와이라(2009년).

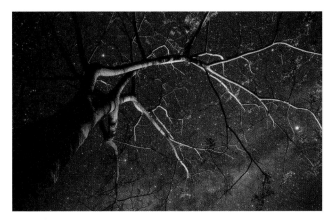

캠프 위로 바라본 별(장필리프 밀레 사진).

산타마리아 암벽 위에서 즐기는 해돋이 피크닉(스콧 플레처 사진).

산불이 암부에아리까지 퍼지고 있다(벤저민 포털 사진).

새벽에 울부짖고 있는 코코와 파우스티노. 캠프에서 반야생의 삶을 살고 있다
(2007년, 세라 M. 해너스 사진).

내가 그린 바이티.
목이 흰 큰부리새다.
새장에서 오랫동안 머물고 있다.

내가 그린 빅 레드.
나이가 들어 시력을 잃은 금강앵무 빅 레드는
애완동물로 길러지다가 구조되었다.
수년간 새장에서 살다가
2019년에 평화롭게 삶을 마쳤다.

내가 그린 테앙히.
가장 좋아하는 나뭇가지에 앉은 모습이다.
캠프에서 반야생의 삶을 살다가
2018년에 넓은 방사장으로 이사했다.

2019년의 캠프. 사무실과 샤워실. 내가 그린 오래된 코코 벽화 옆으로 도로가 내다보인다
(스콧 플레처 사진).

윌베르 '오시토' 안토니오와 거미원숭이 모로차(2008년).

와이라의 오솔길에 포개진 발자국.

내 다리를 베개로 삼은 와이라(2019년).

와이라가 석호의 양지바른 곳에서 쉬고 있다(2008년).

2017년에 새로운 방사장에서 첫날을 보내고 있는 와이라(앙투안 멜롱 사진).

와이라. 모든 면에서 완벽한.

나와 퓨마의 나날들

나와 퓨마의 나날들

The Puma Years

로라 콜먼 지음

박초월 옮김

푸른숲

파르케를 사랑하는 모든 이들에게,
그리고 와이라에게 이 책을 바칩니다.

일러두기

· 원문에서 이탤릭과 대문자로 강조한 부분은 고딕으로 표시했다.
· 원문의 스페인어는 국립국어원의 외래어 표기법에 따라 한글로 음차해
  표기하고, 이탤릭으로 표시했다.
· 단행본은 《 》로, 문학 작품, 장章, 음악, 영화, 드라마는 〈 〉로 묶었다.
· 국내에 출간된 단행본의 제목은 그 제목을 따랐다. 그 외의 제목은 역자가
  우리말로 옮겼으며, 원제를 로마자로 병기했다.
· 음악의 제목은 역자가 우리말로 옮겼으며, 원제를 로마자로 병기했다.

모두들 남김없이 이름을 거부했다. 하지만 그들이 나의 앞길을 가로질러서, 혹은 내 피부 위에서 헤엄치고 날아다니고 뛰어다니고 기어다니는 동안, 밤중에 내게 살며시 다가오거나 한낮에 나와 얼마간 나란히 동행하는 동안, 그들이 얼마나 친근하게 느껴졌는지 모른다. 그들의 이름이 나와 그들 사이에 뚜렷한 장벽처럼 가로놓였을 때보다 그들이 훨씬 가깝게 느껴졌다. 너무도 가까워서 그들을 향한 나의 두려움과 나를 향한 그들의 두려움이 하나의 두려움이 되었다. 비늘과 피부와 깃털과 털을 서로 만지고 문지르고 쓰다듬고, 서로 피와 살을 맛보고, 서로 몸을 녹이길 바라는 욕구, 많은 이들이 느꼈던 그 끌림은 이제 두려움과 함께 모두 하나였다. 누가 사냥꾼이고 사냥감인지, 누가 포식자고 먹잇감인지 알 수 없었다.

– 어슐러 K. 르 귄, 〈이름을 거부한 여자 She Unnames Them〉

차례

2
깨어나는 나

3

새로운 나

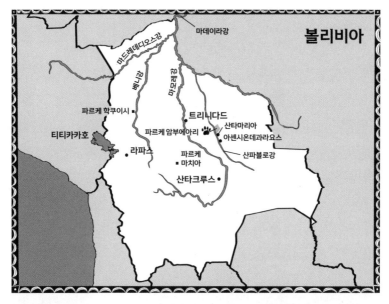

작가의 말

퓨마는 다양한 이름으로 불린다. 한때 캐나다부터 티에라델푸에고의 변두리까지 아메리카 대륙 도처를 누볐기 때문일 것이다. 퓨마의 이름은 여든 가지가 넘게 기록된 것으로 전해진다. 플로리다 팬서, 쿠거, 마운틴 라이언, 캐터마운트, 페인터, 마운틴 스크리머, 레드 타이거, 쿠과콰라나, 고스트 캣······. 여느 동물보다 많은 이름을 가졌다. 하지만 볼리비아에 있는 나는 그저 '퓨마'라고 부른다.

이 책에 등장하는 인물의 이름은 대부분 바꾼 것이다. 일부는 실제 인물 몇 명을 한 사람으로 합친 허구의 인물이다. 시간의 흐름과 각 사건은 책 분량에 맞게 가공해 실었다. 단 기관명과 지명은 바꾸지 않았음을 밝힌다. 볼리비아의 비정부 기구 '코무니다드인티와라야시Comunidad Inti Wara Yassi, CIWY'는 야생동물 밀매 희생양에게 삶의 두 번째 기회를 마련해주는 일에 앞장서고 있는 생추어리 '암부에아리Ambue Ari'를 운영한다. 바로 이 책의 배경이자 내가 '파르케'라고 부르는 곳이다. 두 곳은 말로 다 할 수 없을 정도로 강인한 사람들이 지켜주는 덕분에 오늘도 불이 꺼지지 않고 있다.

1

껍질 속의 나

지금은 2007년, 내 나이는 스물넷. 조그맣진 않지만 크지도 않은 체구. 170센티미터쯤 되는 키에 비뚤어진 코. 가슴 무게 때문에 허리가 쑤시고 발목이 약해 발걸음이 늘어진다. 나는 방황하고 있다. 이유는 알 수 없다. 나는 일생을 거의 홀로 지냈다. 불안할 때면 뭔가를 먹고 담배를 피운다. 그리고 자주 불안에 빠진다. 엄마와 아빠는 두 분 다 심리학자고, '성공한 삶'을 살았다. 나는 영국에서 태어나 미술사 전공으로 대학원을 졸업했다. 원숭이도 사람처럼 농담을 던지거나 우울해질 수 있다는 것은 꿈에도 모르는 사람이다. 퓨마가 어떻게 생겼는지도 모른다.

"¡그링가, 아키(아가씨, 여기예요)!"

곧 부서질 듯한 버스에 앉아 덜컹거리며 나아가던 참이다. 시간이 얼마나 흘렀을까. 다섯 시간쯤? 금이 간 창문에 맺힌 물방울을 소매로 문지르고 기다란 자국 사이로 밖을 내다본다. 온통 정글뿐이다.

"¿엔 세리오(여기라고요)?" 목소리에 두려움이 배어 나온다.

"¡시! 엘 파르케(네! 파르케요)."

이제 나는 텅 빈 직선 도로 위에 홀로 서 있다. 볼리비아 아마존 한가운데 덩그러니, 희미해지는 버스 불빛을 바라보면서. 은은하게 피어난 아지랑이 사이로 좁고 울퉁불퉁한 포장도로가 물처럼 흐른다. 초록빛과 보랏빛, 주황빛과 금빛으로 얼룩덜룩 높이 자란 수풀이 도로 경사면 너머로 머리를 내민다. 온갖 색채를 자랑하는 나뭇잎이 정글의 광막함 속에 어렴풋하게 녹아든다. 후텁지근한 냄새가 코를 짓누른다. 공기가 갑갑해서 숨 쉬기가 어렵다. 버스 안에서는 바깥 숲에 적막함이 흐를 거라 생각했다. 내가 틀렸다. 정글은 웅성인다. 전에는 들어본 적 없던 언어로 대화를 나누고 있다.

목에 모기가 앉는다. 찰싹. 손바닥에 피가 찍힌다. 윙윙 모깃소리가 귀를 맴돈다. 나는 팔을 휘저으며 훌쩍거리고 제자리를 빙빙 돈다. 어딜 봐도 정글뿐이다. 고개를 돌리자, 표지판에 앉은 원숭이가 보여서 나는 비명을 지르며 뒤로 물러난다. 작은 아이 같은 몸집에 등이 굽었고 털은 짙은 황갈색이다. 표지판에 쓰인 새빨간 글자가 또렷하다. 원숭이 출입 금지! 원숭이는 나를 물끄러미 바라볼 뿐이다. 원숭이가 '그래, 그래서 뭐 어쩔 건데?'라고 묻는 듯하다. 나는 아무것도 안 할 거다.

날이 막 어두워질 참이고, 나는 홀로 정글에 있다. 현기증이 난다. 갑자기 정글의 웅성임을 뚫고 무슨 소리가 들려온다. 크르렁, 크르렁. 끔찍한 소리다. 거대한 검은색 돼지가 덤불 속에서 튀어나온다. 고개를 쳐들더니 나를 빤히 바라본다. 이빨로는 빨간색 브래지어를 물고 있다. 막 뒤돌아 도망치려는데 한 남자가 불쑥 나타나 머리에서 나뭇가지를 떼어내며 돼지를 쫓아온다.

"판치타!"

돼지가 방향을 틀더니 저 멀리 돌진해간다. 희부연 녹색 숲이 그를 집어삼키고 나서야, 메아리치던 발굽 소리가 멎는다. 돼지는 사라졌다.

내가 자란 곳에도 숲이 있었다. 숲이라고 하기엔 나무가 듬성듬성한 작은 장소에 불과했지만. 여덟 살이던 어느 날 나는 그곳에서 밤을 보내겠다고 했다. 아빠는 딸의 분부대로 그곳에 날 놓고 가셨다. 나중에야 깨달았다. 아빠가 사실 떠나지 않았다는 걸. 아빠는 비스킷 상자와 따뜻한 차가 담긴 보온병을 들고 근처에 머물렀다. 나는 침낭에 몸을 웅크리고 누워 낯선 진흙 냄새, 이끼 냄새를 맡으며 피를 타고 아슬아슬 흐르는 두려움의 전율을 느꼈다. 울면서 집으로 달려가기까지는 10분도 걸리지 않았다. 겨드랑이 사이에 낀 침낭이 땅에 질질 끌렸다. 탁탁거리며 머리에 닿는 나뭇가지 속에 괴물이 우글댄다고 믿었다.

"¡비엔베니도스(어서 와요)!" 내 앞에 선 남자가 유쾌하게 웃는다. "아구스티노. 소이 엘 베테리나리오 아키(아구스티노라고 해요. 이곳의 수의사죠)." 남자가 나를 빤히 쳐다본다. 이 도로에서 내가 원숭이와 함께 있었다는 사실이 전혀 놀랍지 않다는 눈치다. 막 사라진 돼지의 냄새가 아직 공기 중에 맴돌며 코를 찌르지만 남자는 아랑곳없다. 그의 태도로 미뤄본 바, 느닷없이 외지인이 나타나 그런 동물들의 인사를 받는 것이 당연한 모양이다. 아니, 난 그런 사람이 아니다. 이런 장소에 당연히 나타나곤 하는 그런 사람이 아니라고.

최근에 여러 일자리를 잇따라 그만둔 뒤, 내게 필요했을 새로운 관점을 나 자신에게 선사하기 위해 세 달간의 볼리비아 배낭여행을 떠났다. 한동안 삶의 방향이 적힌 지도를 손에 넣었다고 생각했다. 하지만 결국 항로를 이탈하고 말았다. 수많은 직장을 떠나면서 각 일자리가 성공의 경로로 안내해주길 소망했다. 잘나가는 여행사에서 마케터로 일한 것이 마지막이었다. 그게 결정타였다. 배낭여행이 분명 내게 해답을 주겠지 생각하며, 여행이 끝난 후 탈바꿈해서 돌아올 작정이었다. 밀레니얼 세대의 엘리자베스 길버트가 되어서. 만세 하며 롤러코스터를 탈 만큼 배짱이 두둑하고, 훌륭한 결정을 내리고, 거리낌 없이 데이트를 하고, 인생에서 자신이 무얼 원하는지 아는 사람. 오피스 파티를 즐기고, 한밤중에 부엌 바닥에 주저앉아 땅콩버터를 흡입한 탓에 뭘 입어도 뚱뚱해 보여 외출을 하지도 못하는 생활과는 거리가 먼 사람. 뜬금없는 장소에 떨어져도 걱정 따위는 하지 않는 사람. 누군가의 여자친구가 되어 언젠가는 아내와 엄마와 성공한 커리어 우먼이 될 사람. 내가 아닌 모든 것, 하지만 바라 마지않는 것들.

그런데 여행을 시작한 지 두 달이 된 지금은, 맥주 냄새와 희미한 토 냄새가 풍기는 공용 숙소라면 이제 질색이다. 친구를 사귀려는 배낭 여행자에겐 여전히 낯을 가리며, 항공료보다 비싼 라마 스테이크를 파는 부자연스러운 관광지를 찾아가는 것도 진이 빠진다. 햇볕에 피부가 그을리고, 외로움을 타고, 엠파나다(만두의 일종)로 배가 더부룩해진 채 비에 흠뻑 젖으며 걸은 뒤에야 인터넷 카페를 찾을 수 있었다. 항공편을 바꿀 생각이었다. 그만 할래, 집에 가야겠어. 그런데 마침 그곳에 있던 전단지가 눈에 들어왔다. 명랑해 보이는 원숭이 사진이 실린 전단지는 볼리비아 동물 복지 자선단체의 홍보물로, 자원봉사자 모집 문구가 쓰여 있었다. 마침 동기를 잃어 절망했던 터라 그냥 될 대로 되라는 심정이었다. 다른 이유는 없었다. 내면의 목소리가 아직 포기하지 말라고 나를 부추겼다. 그래서 지금 내가 여기 있는 거다. 무얼 하는 곳인지도 모른다. 이곳에 원숭이가 있고, 아마도 명랑한 동물이겠거니 짐작했을 뿐이다.

하지만 내 눈앞의 원숭이는 명랑함과는 거리가 멀다. 우리 쪽으로 기어와 아구스티노의 바짓가랑이를 붙잡더니 솔기를 잡고 기어올라 결국 아구스티노의 양팔에 고이 안기는 데 성공한다. 시무룩한 표정이다. 수의사는 내 나이쯤 되나 했는데 지금 보니 잘 모르겠다. 눈은 짙은 갈색에 다정해 보이고, 눈가에는 주름이 잡혔다. 검은색 머리카락은 자유분방하게 헝클어져 있다. 땅딸막한 키에 약간 살이 쪘고, 둥근 얼굴은 호감형이다. 그가 재킷 안쪽으로 손을 집어넣어 치즈 한 조각을 꺼낸다. 원숭이는 기쁜 듯 "그오오오" 소리를 지르고 치즈를 잡아 입속을 가득 채운다. 주뼛주뼛 나를 바라보던 아구스티노는 원숭이의 털 뭉치 정수리에 살짝 입을 맞춘다. "원래 코코한테 치즈를 줘서는 안 돼요. 다만 이게 이 애를 도로에서 데려올 유일한 방법이라서요. 여긴 코코에게 너무 위험해요. 차가 너무 많이 다니거든요."

나는 텅 빈 도로를 좌우로 살펴보고 고개를 살짝 끄덕인다. 차가 너무 많아서 위험하다니, 말도 안 되는 것처럼 들린다. 여긴 세계의 변두리가 아니었던가. 내가 탔던 자그마한 현지 버스도 아득한 기억이 된 지 오래인데.

"따라와요!" 아구스티노는 빠르게 걸으며 구불구불 꺾인 좁은 길을 따라 방향을 바꾼다. 코코는 아구스티노를 타고 올라가 어깨를 꼭 붙들고 대롱대롱 매달려 있다. 작은 털투성이 손가락으로 아구스티노의 옷깃을 붙잡은 채 위아래로 흔들리며 나아간다. 입술 사이로 혀를 내밀고 길고 시끄러운 방귀 소리를 낸다. 뿌우, 뿌우우. 몹시 의기소침한 모양이다.

"그래, 나도 마찬가지야." 나는 숨죽여 중얼댄다.

파르케, 낯설고 혼란스러운 곳

무겁고 축축하다. 방금 만난 돼지가 그랬던 것처럼, 우거진 나뭇가지 아래로 깊숙이 들어가자 공기가 탁해진다. 따라잡으려고 빨리 걷느라 어깨뼈에 배낭이 자꾸 부딪힌다. 무언가 성가시게 윙윙거리면서 입과 귓속으로 들어오려는 탓에 얼굴 앞에서 손을 휘젓는다. 날카로운 나뭇가지에 연거푸 머리카락이 걸리고 피부가 쓸려 피가 난다. 숲길은 어둡기 그지없다. 앵앵 모깃소리와 더불어 새소리도 들려온다. 온갖 벌레와 귀뚜라미 소리, 심상치 않은 몸집의 무언가가 덤불 속에서 내는 괴성까지. 소리가 점점 가까워진다. 흙과 축축한 냄새, 썩은 내가 진동한다.

5분쯤 걸었을까. 아니, 그보다는 훨씬 더 오래처럼 느껴진다. 그때 아구스티노가 걸음을 멈추고 나를 돌아본다.

나와 퓨마의 나날들

"파르케에 오신 걸 환영합니다!"

숲을 빠져나온 우리가 도착한 곳은 공터의 변두리다. 오두막과 다 쓰러져가는 건물로 둘러싸여 있다. 몇몇 사람이 흙탕물을 튀기며 이리저리 돌아다닌다. 현지인도 있고 외지인도 있다. 옷과 고무장화에 흙이 잔뜩 묻었다. 아구스티노는 팔을 힘껏 흔들며 높고 명랑하게 누군가를 부른다. "사미타!"

다른 사람과 함께 있던 한 여자가 우리를 향해 걸어온다. 그도 원숭이를 하나 달고 있다. 코코와 똑 닮았다. 다만 코코는 인상적인 붉은 턱수염이 있는 반면에 이 아이는 수염이라곤 찾아볼 수 없다. 마치 턱을 깔끔하게 민 것 같다. 여자가 가까워지자 코코가 아구스티노에게서 떨어져 나간다. 단 한 걸음 만에 코코를 붙잡은 여자는 두 원숭이가 서로를 시샘하며 화를 내고 꺅꺅대면서 공간을 두고 다퉈도 아랑곳없이 안정된 보폭으로 걸어온다. 그러고는 몸을 앞으로 기울여 손을 내민다.

"서맨사예요. 새미라고 불러요."

그가 풍기는 냄새는 경이로울 정도다.

대충이나마 상황을 가늠해본다. 참 걱정스러운 상황이다. 원숭이는 멋지고 신기하다. 하지만…… 이 냄새는 참을 수가 없다. 축축한 티셔츠를 생선으로 감싼 뒤에 40도에서 부패시킨 듯한 악취가 난다. 그리고 다른 동물도 있다. 무시무시한 돼지가 진흙탕에 대자로 뻗어 코를 골고 있다. 사람들은 돼지 위로 넘어 다니면서도 별신경도 안 쓰이는 모양이다. 내가 숲에서 본 바로 그 돼지가 맞다. 레이스 브래지어가 마치 전리품인 양 옆에 놓여 있으니까. 한쪽에

선 너구리처럼 생긴 동물이 시끄럽게 삑삑대며 야단법석이다. 꼬리
는 땅을 향해 직각으로 꺾은 채 건물의 문턱을 부지런히 파고 있다.
정글은 모든 것 위에 드리우며 조금의 빛 혹은 공간도 허용하지 않
는다. 도로에서 그리 멀리 들어오지도 않았는데, 한창 붉게 물들던
하늘이 지금은 아예 보이지도 않는다.

"어…… 저는……."

새미가 눈썹을 치켜올린다. 그는 나와 같은 외지인이다. 어쩌
면 미국인일지도 모른다. 내 또래쯤 되어 보인다. 키는 작고 약간 살
집이 있다. 예쁘장하게 생겼을 것 같지만 사실 외모를 가늠하긴 힘
들다. 온갖 곳에 진흙이 묻어 있는 탓이다. 머리카락은 진흙이 달라
붙어 덩어리져 있고 옷과 피부도 진흙투성이다. 새미의 벨트에는
녹슬었지만 위험해 보이는 마체테 칼이 달려 있다. 새미는 퀴퀴한
냄새가 나는 젖은 소매로 이마의 땀을 닦아내더니 웃음을 터뜨린
다. 그냥도 아니고 미친 듯이 깔깔댄다. 웃음소리가 숲 구석구석 울
려 퍼져서 그가 실제 모습보다 커다랗게 느껴진다.

"걱정 마요."

"걱정 안 해요." 난 빠르게 대답한다. 거짓말. 사실 무진장 걱정
된다.

"헤드램프 있어요?" 새미가 발을 떼면서 어깨 너머로 말한다.
따라오라는 손짓과 함께. "이곳은 전기가 없거든요. 따뜻한 물도 안
나와요."

도대체 이 인간들은 전기랑 따뜻한 물도 없이 뭐 하고 있는 거
야? 내 머릿속은 이미 제정신이 아니다.

새미의 목에 매달린 원숭이 두 마리는 수상쩍다는 듯이 나를 쳐다본다.

"앞으로 라파스에서 지내게 될 거예요." 길쭉한 벽돌 건물에 도착해, 새미의 도움을 받아 배낭을 바닥에 내려놓는다. 건물은 아마도 한때는 하얀색이었을 거다. 문은 총 네 개. 오래전에 칠했을 녹색 페인트가 벗겨졌다. 각 문에는 표지판이 달려 있다. 산타크루스, 라파스, 베니, 포토시.

"라파스, 꽤 괜찮은 방이에요." 손전등을 찾아 배낭을 샅샅이 뒤지고 있는데 새미가 말을 이어간다. "지금은 세 명밖에 없어요. 샤워는 저기서." 그가 나무 아래 목조 판잣집을 가리킨다. "변기는 수세식이긴 한데, 험한 꼴 당하지 않으려면 안 쓰는 게 좋을 거예요." 새미는 수세식을 발음하며 양손으로 따옴표를 그린다. 그러자 코코가 동의한다는 듯이 깩깩거린다. 새미는 애정 어린 눈빛으로 코코를 내려다본다. 새미가 얼마나 오래 있었는지 궁금해진다. 몇 년은 됐으려나? 전단지에는 최소 2주라고 적혀 있었는데…….

"우린 이곳을 파티오라고 불러요." 새미는 유쾌한 몸짓으로 공터를 가리킨다. 파티오(안뜰)라기보단 진흙이 질척이는 교차로, 대충 쌓인 벽돌이 늘어선 길에 가깝다. 중앙에는 풀 죽어 보이는 벤치와 한쪽으로 기운 수도관이 있다. 새미가 이번에는 옆쪽 어딘가를 가리킨다. "코메도르. 식당이에요." 그쪽으로 고개를 돌리니 네모난 목조 구조물이 보인다. 벽 따위는 없고 녹색 그물 천으로 가려놓았다. 아마 벌레가 들어오지 않게 막아놓는 용도일 것이다. 내부를 밝히는 촛불이 땅바닥에 춤추는 그림자를 드리운다.

"숙소 뒤에 아구스티노의 진료소가 있어요. 다치면 그리로 가면 돼요."

"수의사한테요?"

"아구스티노는 메스의 장인이거든요." 새미가 깔깔대며 웃는다. 나는 잠깐 움찔한다. 딱 하룻밤이야. 속으로 다짐한다. 이 밤만 무사히 넘기면 돼. 아침에 바로 떠나면 되니까.

"수세식 변기를 못 쓰면⋯⋯ 그럼 어디서⋯⋯ 그러니까⋯⋯." 나는 말꼬리를 흐린다. 얼굴이 원숭이 털처럼 붉어진다.

새미가 뒤를 돌아 가리킨 곳은 어둠 속이다. "저쪽에 푸세식 화장실도 있어요." 그러더니 벽에 기대어 균형을 잡고 무심하게 고무장화 한쪽을 들어올려 거꾸로 뒤집는다. 흙탕물이 땅 위로 끊임없이 쏟아진다. 나는 충격받은 표정으로 흙탕물을 바라본다.

새미가 장난스럽게 윙크를 하며 말한다. "늪에 갔다 왔거든요."

입이 떡 벌어진다. "늪이라고요?"

새미가 따라오라고 손짓하며 불쑥 길에서 벗어난다. 두 원숭이가 고개를 돌려 나를 바라본다. 칠흑 같은 어둠 속에서 눈알 네개가 빛나고 있다. 너무 깜깜해서 어둠에 먹히는 기분이다. 그 순간 어둠이 비명을 지르며 나를 집어삼킨다. 그곳에 나는 홀로 서 있다. 온 천지가 윙윙 울리고 맥박과 박동 소리가 단숨에 쏟아져서 어찌할 줄 모르겠다. 배에서 불쾌한 뒤틀림이 느껴진다. 별수 없다. 새미가 알려준 '길 아닌 길'로 무작정 내려갈 수밖에. 나무에 가린 어둠 사이로 살짝 덜 어두운 곳이 보인다. 손전등에서 뻗어나온 빛줄기 속에서 창백한 나뭇가지들이 모습을 드러낸다. 마치 갈비뼈 같기도, 차곡차곡 포개져 서로 얽히고설킨 시체 같기도 하다.

단 몇 분 만에 사방이 잎으로 무성해졌다. 내가 가던 '길'은 막다른 길이었다. 화장실, 아니 웬 헛간이 저 끝에 있다. 금방이라도 부서질 듯한 문을 열자마자 심장이 쿵 내려앉는다. 바지를 내리고, 박살 나기 일보 직전인 변좌에 어정쩡하게 쪼그려 앉는다. 분명 변기와는 거리가 멀다. 끝없는 구멍이랄까. 냄새가 끔찍해서 토할 것만 같다. 내 몸에서 이탈한 것이 저 아래 무언가 걸쭉한 것 위로 떨어지자 퐁당거리는 소리가 떠들썩하게 울려 퍼진다. 무릎이 문 안쪽에 닿을 정도로 비좁다. 그곳에 아무렇게나 휘갈겨 쓴 문구가 보인다. 엘 루가르 페르펙토 파라 메디타르, 펜사르, 소냐르, 아마르, 콤파르티르, 에스쿠차르, 아블라르 이 에스타르. 이곳은 명상하고 생각하고 꿈꾸고 사랑하고 나누고 듣고 말하고 존재하기에 완벽한 장소다. 하, 코웃음이 나온다. 유머 감각 좀 있는 사람이 사나 보지? 내 생각에 나와 벌레의 관계는 꽤나 평범하다. 나는 벌레가 싫다. 침실 문을 잠그고 한 주간 소파에서 잠을 잔 적도 있다. 집 거미가 베개 위를 기어 다녔기 때문이다. 그런데 바로 지금 변좌 가장자리에 회색 거미줄이 덕지덕지 붙어 있다. 벽에는 흰개미의 대열이 즐비하다. 나는 고개를 숙인다. 절대 의도한 건 아니지만, 멈출 수가 없다. 고개를 숙여 구멍을 들여다본다. 움직임이 느껴진다. 무언가가 몸부림친다. 똥과 구더기. 비명이 절로 나온다. 찻잔만 한 거미가 느릿느릿 변좌로 올라온다. 새까만 몸, 누런 송곳니. 문을 박차고 튀어 나간다. 바지 지퍼를 다 올리지도 않았다. 허겁지겁 다시 안뜰로 돌아간다. 아무도 없어서 다행이다. 몸을 수그린 채 쑤시는 옆구리를 부여잡고 헐떡거리는 모습을 보이지 않았으니까.

학창 시절이 생각난다. 겨울 특유의 어둑한 저녁과 대비되는 형광 안전 조끼를 입고 트랙을 몇 바퀴나 빙빙 돌며 필사적으로 뛰어야 했던 그 시절이. 야심만만한 여자애들이 다니던 학교였다. 달리기 경주는 누가 다윈의 적자생존에서 마지막으로 살아남을 능력자인지 증명할 기회였다. 그 경주는 미래를 위한 훈련이었다. 변호사와 의사와 도시인, 폼 나는 서류 가방을 들고 세련된 분위기를 뽐내며 출퇴근하는 사람들이 되어 경쟁에 참여할 훗날을 위한. 그때도 나는 내가 이런 경쟁에 어울리지 않는다고 느꼈다. 그래도 계속 시도했다. 돌고 또 돌았다. 얼굴이 토마토처럼 벌게지고 옆구리가 쿡쿡 쑤실 때까지. 여자애들이 내 모습을 보고 키득거렸다. 영국의 차가운 습기가 뼛속까지 파고들었다.

숨을 고르며 식당에서 빛나는 촛불을 바라본다. 사람들이 저녁을 먹으며 와자지껄 웃고 있다. 튀긴 마늘 냄새를 맡으니 침이 고인다. 하지만 너무 피곤하다. 온통 땀에 절었고, 머리는…… 어떨지 생각도 하기 싫다.

라파스 문을 찾아 들어간다. 바닥에 키 작은 양초가 하나 있다. 불을 밝히자 으스스한 그림자가 거미줄 덮인 벽돌을 가로질러 퍼덕거린다. 지금이 몇 시지? 일곱 시도 안 됐을 거다. 숙소에는 이층 침대가 세 개, 그러니까 총 여섯 개의 침대가 있다. 창문이라곤 저 뒤편에 있는 쥐방울만한 것 하나뿐이다. 도처가 잡동사니로 가득하다. 배낭, 신발, 낡은 장화, 침대 사이에 걸어 빨랫줄로 쓰는 밧줄. 되는 대로 널린 축축한 옷 때문에 마치 곰팡이로 뒤덮인 눅눅한 동굴에

와 있는 느낌이다. 위층 빈 침대를 살펴본다. 건초로 만든 매트리스. 지독하게 딱딱한데 그 위에 비닐을 씌웠다. 땀으로 축축하게 젖을 일은 없겠군. 쓴웃음이 나온다. 침대 시트는 없지만 모기장은 있다. 하지만 모기장은 얼핏 봐도 곳곳이 찢어졌고 핏자국도 낭자하다. 내게 곧 닥칠 끔찍한 시련이 눈에 선해서 몸을 일으켜 옷으로 무장한다. 아직 이른 시간이다. 너무 더워서 토할 것 같고 이도 닦지 않았다. 그래도 침낭을 턱까지 쭉 잡아당기고 눈을 감는다. 아무도, 그 어떤 것도 날 알은체하지 않길 바라면서.

으르렁거리는 소리에 눈을 뜬다. 내 방에 사자가 있다! 갑자기 몸을 일으키다가 침대 프레임에 머리를 박는다. 창문을 가린 녹색 그물 천을 뚫고 빛이 살그머니 들어와 있다. 여기가 어디지? 이게 무슨…….

　발 위에 원숭이가 있다. 사자가 아니었구나. 안도감에 순간 현기증이 난다. 아니, 잠깐. 내 발 위에 원숭이가 있다고? 내 침낭 위에! 수염이 없는 녀석이다. 여전히 행복해 보이지 않는다. 전혀! 재빨리 뒤로 물러나자 등이 벽에 닿는다. 아무것도 만지고 싶지 않다. 원숭이도, 모기장도, 거미줄 벽돌도, 땀으로 번드르르해진, 어쩌면 빈대와 벼룩이 들끓을지 모를 울퉁불퉁하고 돌덩어리처럼 딱딱한 매트리스도. 원숭이가 멈칫한다. 그의 갈색 눈은, 뭐랄까, 애처로움이나 분노 아니면 비참함…… 모르겠다, 그런 것들로 가득 차 있다.

원숭이는 숨을 들이마셔 가슴을 부풀리더니 우렁찬 고함을 내뿜는다. "그오오오!" 나는 손으로 귀를 막는다.

"걱정 마요. 그 애가 아침마다 하는 의식일 뿐이니까. 새로운 여자를 만나는 걸 좋아하거든요."

남자의 머리 하나가 불쑥 나타난다. 덥수룩한 곱슬머리에 붉은 기가 도는 금발 턱수염. 목은 럭비 선수처럼 두껍다. 어떻게 저럴 수 있나 싶게 얼굴이 창백하고 주근깨가 거뭇거뭇하며 눈동자는 회청색이다. 영어는 맨체스터 억양이다. 손을 뻗어 원숭이를 쓰다듬더니 웃음을 짓는다. 눈가에 주름이 잡힌다.

"올라, 파우스티노(파우스티노, 안녕)."

"얘는 여기 있으면 안 돼!"

방 밖에서 난 소리에 놀라서 남자와 나 둘 다 움찔한다. 모기장 사이로 바라보니, 방 한가운데에 한 여자가 허리에 양손을 대고 서 있다. 축 늘어진 짙은 곱슬머리. 얼굴이 시뻘게졌다.

"토머스!" 여자가 남자를 노려본다. "톰, 당장 그 원숭이 데리고 꺼져! 개짜증나!" 여자가 우리 둘 다를 향해 비난하듯 손가락질하며 외친다. 왠지 모르겠지만 나한테도 잘못이 있다는 듯이. 원숭이는 여자를 보고 비죽 혀를 내민다. 여자는 큰소리로 절규하며 넌더리를 내고는 벽에 기대어 있던 가방을 매섭게 뒤적인다. 특유의 강한 억양을 보니 동유럽 사람인 것 같다. "쟤가 또 내 거 가져갔으면 그땐……"

"카타리나, 안 그랬어. 얘는 도둑이 아냐. 그렇지, 파우스티노?"

원숭이는 톰에게 애처로운 눈빛을 보낸다. 그러고는 톰에게

나와 퓨마의 나날들

기어가서 팔에 안긴다. 그 둘은 여자를 심술궂게 쏘아보며 방에서 나간다. 덜거덕덜거덕, 문이 닫힌다.

"어디 갔지?" 옷이 날아다닌다.

"뭘 잃어버렸는데요?" 나는 모기장을 들추며 고개를 내민다.

여자가 나를 뚫어져라 본다. 여전히 얼굴을 찌푸리고 있다. "오, 아직 살아 있네요? 다들 궁금해하던 참이었는데." 그는 뒤죽박죽 쌓인 옷 더미로 발을 옮긴다. 내 얼굴이 붉어진다. "제 브래지어요. 망할 브라를 또 가져갔네."

"어제 돼지를 봤는데요. 거기 있었어요. 빨간색요." 얼마나 말도 안 되는 상황인지 퍼뜩 깨달으니 헛웃음이 난다. 그래도 원숭이 침입 사건에 내가 잘못한 게 있다면 만회하고 싶다. 여자의 커다란 갈색 눈동자가 더욱 커진다.

"판치타라고요?"

그는 내가 뭐라고 할 새도 없이 문밖으로 돌진한다. 나무라는 괴성이 안뜰 쪽에서 울려 퍼진다. 나는 다시 몸을 누인다. 지붕 서까래를 올려다본다. 내가 큰 실수를 한 게 아니면 좋겠는데. 그저 그 돼지가 열 받지 않길 바랄 뿐이다.

안뜰에 멀뚱히 서 있다. 여섯 시 반은 됐으려나. 그런데도 주변은 활기로 넘친다. 과거의 나는 열렬히 바랐다. 체육관 뒤에서 담배를 피우거나 몽상에 잠긴 채로 청춘을 낭비하지 않길. 그 대신 뭔가 유용한 걸 배우길. 언뜻 보기만 해도 나무의 높이를 맞히는 법이나 목공 같은 것 말이다.

여기 사람들은 다들 물 흐르듯 자연스럽다. 평생 정글에서 살았던 것처럼. 나는 경외심을 품고 그들을 바라본다. 나이대와 국적이 가지각색이다. 외지인보단 볼리비아인이 더 많다. 아이들도 있다. 지금 보이는 대로라면 최소 다섯 명. 볼이 통통한 남자애, 아마도 열한 살은 됐나 싶은 아이가 너구리를 안고 걸어간다. 누군가의 이름이 들린다. 테앙히. 남자애가 아니라 너구리 이름이다. 아이와 너구리는 서로 삑삑 소리를 주고받으며 일종의 대화를 나눈다.

"로라 맞죠?"

소리가 나는 쪽으로 고개를 돌린다. 한 여자가 오고 있다. 볼리비아인이다. 작은 키에 얼굴은 둥글고, 굵게 땋은 검은 머리카락이 허리까지 내려온다. 걸음걸이는 살짝 구부정하고 눈가 주름이 피곤해 보인다. 청바지와 두툼한 셔츠 차림에 낡은 카우보이모자를 쓰고 고무장화를 신었다. 등에 맨 배낭에는 마체테 칼, 로프, 캐러비너 클립, 양동이가 주렁주렁 매달려 있다. 하도 격렬하게 걸어서 팔로 공기를 밀쳐내는 것 같다. 지나가게 비켜줘야 하나, 하고 생각하며 뒤로 물러나 라파스 문에 몸을 기댄다. 하지만 여자는 내 옆에 서더니 씩 미소를 짓는다. 웃는 얼굴에 부드럽게 주름이 잡히고 피부가 반짝인다. 문득 뒤로 피하지 않고 앞으로 다가가도 될 것 같다는 생각이 든다.

"바모스(이리 와요)." 기운찬 목소리다.

여자의 뒤를 따라 그물 천으로 가려진 식당 문으로 들어간다.

　　　　　　　　　　　나와 퓨마의 나날들

여자가 김이 모락모락 나는 커피 잔을 건넨다. 나의 몸뚱이는 의자 위에 고분고분 접힌다. 의자가 흔들려서 균형을 잡으려면 식탁을 붙잡아야 한다. 나와 마주 앉은 여자는 금이 간 나무 식탁 위에 양손을 올려놓는다. 손등에 십자 모양 상처가 있다.

이 방은…… 뭐랄까, 독특하다. 긴 식탁이 세 개, 지금은 우리 둘뿐이지만 당겨 앉으면 서른 명은 앉을 거다. 벽돌 벽은 높이가 허리쯤에서 그치고 그 위로는 녹색 그물 천이 늘어져 있다. 바닥은 탄탄하게 다져진 흙이고 지붕은 금속판으로 만들어졌다. 방 안에 들어왔다는 느낌이 전혀 나지 않는다. 건물 바로 밖에서 낮게 드리운 덩굴에 붉은 원숭이 두 마리가 나를 빤히 쳐다보며 앉아 있다. 코코와 파우스티노다.

커피를 내려다본다. 두 손으로 오래된 플라스틱 머그잔의 열기를 느낀다. 커피를 마실 수가 없다. 온몸의 원자가 달그락대는 기분이다. 하지만 여기에 목숨이 달려 있는 것처럼 잔을 꼭 붙들고 있다. 이게 뭔지 알기에. 어떤 냄새인지 알기에. 이것만이 정상이기에.

"¿아블라스 에스파뇰(스페인어 할 줄 알아요)?" 목소리가 나지막해서 꼭 나에게는 보이지 않는 다른 누군가에게 말하는 것 같다. 여자는 30대쯤으로 보인다. 아마도 후반.

나는 찡그린 표정으로 한 손을 흔들며 말한다. "마스 오 메노스(그럭저럭요)."

여자는 고개를 끄덕인다. "엔톤세스 미 놈브레 에스 밀라(전 밀라라고 해요)." 그러고는 강한 억양의 영어로 바꿔 말한다. "파르케를 관리하고 있죠. 수의사 아구스티노와 함께요. 이미 만났죠?"

나는 고개를 빠르게 끄덕인다. "우리는 애완동물 밀매에서 구조된 야생동물을 돌보고 있어요. 원숭이, 새, 돼지, 맥, 고양이……."

"고양이요?" 고양이라고? 개도 있을까? 조금은 기운이 난다. 하지만 밖을 아무리 둘러봐도, 스페인어로 뭔지 까먹었지만, 오직 원숭이뿐이다. 어떤 사람들은 어깨에 밝은색 새를 올려놓고 있다. 새끼 아나콘다 같은 걸 목에 두른 소년이 지나가자 나는 흠칫한다.

"네, 총 열여섯 마리예요. 재규어와 오실롯 그리고 퓨마도 있죠." 나는 말없이 밀라를 쳐다본다. 그렇다, 집고양이가 아니었다.

"암컷 퓨마를 돌보게 될 거예요."

"퓨마요?"

밀라는 고개를 끄덕인다. "그러려면 꼭 한 달은 있어야 해요. 최소 30일. 퓨마를 돌보려면요." 그렇게 말하고선 머뭇거리며 나를 뚫어지게 본다. 나는 밀라의 아문 손 흉터를 바라보며 걱정스럽게 옷깃을 당긴다. "아니면 더 짧게 머물 수도 있어요. 2주 동안 새와 원숭이를 돌보면서요."

하지만 퓨마 이외의 단어는 들리지 않는다. 난 퓨마가 뭔지도 잘 모른다. 그저 거대하고 사납고 힘도 센 동물일 거라 짐작할 뿐이다. 주변이 열기로 가득한데도 팔에 소름이 돋는다. 밀라의 홍채를 들여다보니 호안석의 소용돌이무늬 같은 얼룩이 또렷하다. 밀라는 내가 거대하고 사납고 힘도 센 동물을 돌볼 수 있다고 생각하는 걸까. 나는 발목도 약한데. 당장 짐을 챙겨서 떠나는 게 나을지도 모른다. 버스를 잡거나 택시를 부르는 게 낫겠지? 가만, 택시를 부를 수나 있나?

밀라의 눈이 나를 샅샅이 훑는다.

"와이라라는 퓨마예요."

머그잔 테두리를 꾹 누른다. 내가 아무 말도 하지 않자 밀라가 일어나려 한다. 그래, 이 여자애는 이 일이랑은 안 맞아, 하고 생각했을 거다.

절실한 심정으로 주위를 둘러본다. 두 원숭이가 눈에 들어온다. 내가 이 일에 맞는 사람일까? 침대에 있던 수염 없는 원숭이 파우스티노가 브래지어를 들고 있다. 털투성이 손가락으로 끈을 감싼 채 한 손에 움켜쥐었다. 나는 입을 딱 벌렸다가 다시 다문다. 그 도둑놈이 너였구나! 파우스티노는 음흉하게도 브라를 코에 갖다 대고서 숨을 깊게 들이쉬고는 코코에게 건넨다. 코코는 의심쩍은 듯이 빤히 쳐다본다. 파우스티노가 깩깩거리며 브라를 억지로 손에 쥐여준다. 코코는 지붕 위로 올라가서 벽에 난 구멍에 브라를 쑤셔 박고 다시 미끄러지듯 내려온다. 만면에 죄책감이 그득하다.

퓨마. 그리고 나.

결국 고개를 끄덕인다. 어안이 벙벙하다. 너무 피곤하고 열기도 뜨겁다. 원숭이도 지겹고……. 밀라는 내가 끄덕이는 모습을 바라보며 방긋 웃는다. 아주 환하게.

인생에서 손꼽는 행복한 기억이 있다. 부모님 침대에서 언니와 웅크리고 앉아, 엄마가 읽던 낡고 묵직한 《반지의 제왕》 표지의 금빛

넝쿨 장식을 손으로 더듬던 기억. 어둠이 커튼 밖 가까이 다가섰지만 우리는 안전했다. 어느 날 밤에는 엄마가 책을 읽어주었고, 다음 날 밤은 아빠 차례였다. 두 호빗이 '가운데땅'을 가로질러 느릿느릿 닿을 듯 말 듯 나아가는 무시무시한 모험 이야기. 나중에 좀 더 자랐을 때에는 판타지와 SF 소설을 탐독했다. 어둠이 숲과 심해, 늑대가 울부짖는 산봉우리는 아무리 봐도 질리지 않았다. 하지만 내가 그런 이야기를 즐길 수 있었던 이유는 안전한 집에 있었기 때문이었다.

나는 밀라와 식탁에 마주 앉아 고개를 끄덕이며 바보처럼 웃고 있다. 잘 보이고 싶은 마음이 간절하다. 그리고 생각한다. 한 달이 지나면 집에 가서 무얼 해야 할지를. 내가 그만둔 그 모든 끔찍한 직장을. 학교에서 경쟁했던 여자애들이 보내오는 청첩장을. 가끔씩 술에 취해 비밀리에 만났던 '친구들'을 제외하면 데이트도 하지 않고 있다. 비밀로 하고 싶은 건 나일까, 그들일까? 잘 모르겠다. 늘 의존했던 생존 기술을 배운 곳이 학교였던가?

누군가 엉덩이를 꼬집고 가슴을 찌르고 돼지라고 놀리더라도 그냥 웃기. 때로는 너무 오랫동안 웃은 것 같은 기분이 든다. 자면서도 웃곤 하니까. 아, 남자친구라고 생각했던 사람이 지난달 다른 사람과 데이트했다고? 뭐가 문제야. 웃자. 부모님이 이혼을 했다고? 예상치 못한 일인데. 그래도 걱정 마, 웃자. 상사가 재수 없다고? 웃자. 설령 불행하더라도 말이야. 이제는 하다못해 미소를 짓고 고개를 끄덕이며 퓨마 소굴로 걸어 들어가려 한다.

아침 식사는 몇 잔의 커피와 롤빵으로 쏜살같이 지나간다. 밖에 있던 사람들이 식당으로 점점 흘러 들어온다. 고된 일을 한 기색이 역력한데도 이렇게나 쾌활하다. 빵이 담긴 자루는 쥐똥과 새까만 거대 바퀴벌레 군단으로 가득하다. 다른 사람들이 먹길래 하는 수 없이 먹으려 시도한다. 하지만 딱딱해진 빵을 한 입 베어 물자마자 평정심을 유지할 수가 없다. 붉은 개미들이 우르르 혀를 타고 몰려 들어온다. 새미가 지나가는 말로 별일 아니라는 듯 말한다. "그냥 단백질이라고 생각해요." 정글에서 빵을 보관하려면 어쩔 수 없었겠지……. 여기서 음식이란 모든 존재가 노리는 목표물이다.

나는 다시 도로에 나와 있다. 도로는 영원한 정글 속으로 끝없이 뻗어 나가는 듯하다. 보자마자 전부 끝장날 운명임을 알게 되는 삼류 SF 소설의 표지를 보는 것 같다. 하늘은 이제 더는 붉은색이나 금색이 아니다. 투명한, 아주 투명한 푸른색이다. 내 앞에 있는 여자가 장화 뒤꿈치로 서서 몸을 까딱인다. 이름은 제인. 그가 나를 이곳으로 데려왔다. 헐렁헐렁한 멜빵바지 작업복 차림에 멋진 밀짚모자를 썼다. 제인 옆에는 오스카란 남자가 있다. 제인의 모자만큼이나 멋진 웃음을 짓는다. 키는 기린처럼 크고 수염 난 얼굴이 몹시 잘생겼다. 톡 쏘는 억양은 어김없이 미국인이다. 오스트레일리아 출신의 제인은 몸집이 아담하고 검은 곱슬머리에 코는 작고 매력적이다.

밀라가 아름답게 미소 지었다. 그의 손에 이끌려 낡은 작업복과 장화를 찾고 아구스티노에게 가서 2백 달러가 안 되는 돈을 건넸다. 이 돈이면 30일간 숙식에 전혀 문제가 없을 거라고 아구스티노는 장담했다.

모든 일이 정말 빠르게 진행되고 있다. 그때까지만 해도 내게 퓨마는 여전히 상상 속에만 있는 비현실적 존재로 느껴졌다.

하지만 지금은…….

"재규어와 퓨마랑 산책하는 거예요? 케이지 밖에서요? 로프에 묶고요?" 이쯤은 별것도 아닌 사람처럼 보이려 애쓰는 중이다. 이런 건 늘 있는 일이라는 것처럼.

오스카는 경쾌하게 고개를 끄덕인다.

"지금 그렇게 할 거라는 거죠?" 나는 둘을 번갈아 쳐다보며 말한다. 내 목소리가 튄다는 걸 알고 있다.

포장도로에 반사된 햇살 속에서 제인의 두 눈이 녹색빛을 발한다. "맞아요."

담배를 한 모금 깊게 빨아들인다. 아직 아홉 시도 안 됐는데 기온이 35도는 될 거다. 숲은 양 측면에서 위협적으로 다가온다. 끈적끈적하고 후텁지근하게. 습식 잠수복에 스며든 물 층이 몸을 감싸고 있는 것처럼 땀으로 흠뻑 젖었다. 나는 고개를 절레절레 흔들며 기대에 가득 찬 제인과 오스카의 얼굴을 돌아다본다. 꿈에서만 그렸던 녹음의 숲속에서.

부모님이 포기를 주제로 설교를 늘어놓았던 때가 떠오른다. 내가 지금 무얼 하려는지 안다면 무슨 말을 하실까? 속으로 물으며 싱긋 웃는다. 포기해! 당장 그만둬! 라고 하셨겠지.

나는 늠름한 미소를 지으려 애쓴다.

"그럼 와이라를 만나러 가보죠."

나와 퓨마의 나날들

"안녕, 와이라"

제인은 빠른 걸음으로 도로를 따라 걷는다. 재빨리 가지 않으면 내가 마음을 바꿀까 봐 걱정된다는 듯이. 그렇다면 정답이다. 나는 제인을 따라잡기 위해 거의 달리다시피 한다. 오스카는 행복하다는 표정으로 거닐며 우리를 따라온다. 그가 가리킨 곳을 바라보자 원숭이가 있다. 꼬리감는원숭이라고 한단다. 원숭이들은 재잘거리며 길가를 따라 나무에서 나무로 공중그네를 탄다. 성공할 때도, 놓칠 때도 있다. 가지를 놓친 원숭이들은 덤불에 처박혀 친구들의 조롱거리가 된다. 그들에게 마음이 쓰인다. 처음 두어 번은 숨이 찰 때마다 그들이 괜찮은지 살펴보려 안간힘을 쓴다. 하지만 내가 걱정하든 말든 원숭이들은 아무렇지 않게 단숨에 튀어 오른다.

오스카는 여기에 온 지 5주째라고 했다. 제인은 얼마나 오래 있었을지 가늠도 안 된다. 오스카보단 오래됐을 거다. 나는 원숭이를 쳐다보지도 않는 제인 옆에 바짝 따라붙는다.

"와이라는 야생동물이에요. 케이지 밖으로 꺼내줄 거예요. 잠시라도 자유를 맛보고 다리를 쭉 뻗을 수 있게. 야생의 삶을 누렸더라면 느꼈을 그런 기분을 조금이라도 느낄 수 있게요." 제인이 어깨 너머로 말한다.

나는 고개를 재빨리 끄덕인다. 내가 이해하기로 우리는 구조된 동물을 돌보고 있다. 불법 포획되어 정글 밖 암시장에서 애완동물로 거래되거나 서커스와 동물원에 갇혀 다시는 풀려나지 못하는 동물들을. 거대한 질문 하나가 머릿속에서 법석을 떨지 않았더라면 그 사실이 더 슬프게 느껴졌을 것이다.

"위험하진 않나요?" 나는 소리를 낮춰 묻는다.

제인은 곧바로 답하지 않고 걸음을 멈춘다. 초록빛이었던 두 눈이 어느새 구릿빛으로 변해 있다.

제인이 마침내 입을 뗀다. "아마 위험할 거예요. 그래도 결정해야죠. 이 동물들이 그만한 가치가 있다고 생각하는지." 제인의 눈빛에서 긴장감이 감돈다. 그의 어깨가 거의 귀까지 올라가 있다. 제인이 왼쪽을 가리킨다. 그곳에는 마녀 얼굴처럼 가지가 꼬부라진 높은 나무줄기 두 그루가 다른 나무들보다 약간 앞쪽에 삐져나와 있다. 두 그루 다 햇볕을 향해 몸통이 기울었고 비단처럼 광택이 난다. "저 나무 두 그루만 찾으면 돼요." 마치 들어갈 사람과 들어가지 못하는 사람을 저 둘이 결정할 수 있다는 것처럼 말한다. "여기로 들어갈 거예요." 제인이 잠시 말을 멈춘다. 어깨에 들어갔던 힘이 풀려 있다. 그러고는 웃으며 말한다. "어서요. 와이라가 기다릴 거예요."

두 마녀 사이에서 휘청거리며 어둠 속으로 들어간다. 울퉁불퉁한 땅을 박차고 나아간다. 이슬의 상쾌한 향기가 코를 가득 메운다. 풀을 헤집고 나아가려 하지만 머리 위까지 자란 풀은 억세고 날카롭다. 한 치 앞도 보이지 않는다. 정글의 계절은 두 가지뿐이다. 우기와 건기. 내가 도착한 4월은 우기가 끝나갈 무렵이다. 5개월 동안 비 내린 뒤의 정글은 이보다 아름다울 수가 없다. 머지않아 건기가

나와 퓨마의 나날들

찾아들면 대지가 바싹 마르고 진흙이 갈라지고 나뭇잎이 부스러질 거다. 그렇지만 지금은? 더없이 경이로울 뿐이다. 모든 색들이 모여 초록빛을 이루고 있다.

왼편 어딘가에 딱따구리가 있다. 저건 금강앵무인가? 저 높은 곳에서는 원숭이들, 코코나 파우스티노와 똑같은 고함원숭이들의 울부짖음이 울려 퍼진다. 다른 나무를 휘감아 옥죄는 나무도 있다. 개미가 땅에 호를 판다. 제 몸보다 몇 배는 큰 나뭇잎과 개미 사체, 뭔가 죽은 것들, 씨앗, 꽃을 나른다. 주근깨보다 작은 개미, 내 엄지보다 큰 개미, 딸기처럼 붉은 개미, 반들거리는 검은 개미, 입이 상처 봉합용 집게처럼 생긴 개미. 껍질이 수정처럼 광나는 딱정벌레, 테니스공만 한 두꺼비, 비치볼만 한 흰개미집. 노란색과 적갈색, 코발트블루와 울트라마린 꽃잎이 물감 되어 흩뿌린다.

뒤를 돌아보고 먼 곳까지 시선을 던진다. 내 뇌가 말한다. 도로는 아직 저곳에 있어. 그리고 다시 걷기 시작한다. 동화에나 나올 법한 경치다. 오솔길이 구부러진다. 평탄한 땅이 울퉁불퉁해지고 작은 언덕 너머로 길이 급격하게 비틀리더니 이제 더는 도로가 보이지 않는다. 땅 위에 이끼 융단이 깔리고, 드문드문 부서져 내리는 햇빛 사이로 하얗게 만발한 꽃이 눈부시게 빛난다. 우리는 도무지 종잡을 수 없는 방향으로 계속 들어가고 있다. 걸은 지 10분은 됐을까. 아니, 20분? 잘 모르겠다. 불쾌한 냄새가 나를 강타한다. 숨이 막힌다. 점차 희미해지더니 다른 냄새, 달콤하고 답답하고 짙은 향기가 들어선다. 숨 쉬기가 힘들다. 아무 생각도 나지 않는다. 녹음은 더욱 짙어지고 냄새도 더 메스껍다. 썩은 내가 난다. 갈수록 오솔길이 풀로 우거진다. 하늘은 이제 기억에 지나지 않는다.

"매일이 꿈을 꾸는 것 같아요." 제인이 속삭이듯 말한다.

길게 늘어진 대나무와 헝클어진 가시덩굴에 옷이 걸린 참이었다. 그래, 이건 꿈이야. 나는 빠져나오면서 생각한다. 스스로 심장 박동을 울리는 장소에는 와본 적이 없다. 내 것뿐만이 아니다. 사방에서 수백만 개의 심장이 고동친다. 지하철을 탄 사람들의 모습이 머릿속에 떠오른다. 땀 냄새와 체취를 풍기며 공간을 두고 다투는 런던 지하철의 사람들. 그곳에도 백만이 넘는 심장이 뛰고 있다. 전부 똑같은 심장. 모두 나와 같다. 하지만 이곳에서는 눈을 씻고 찾아봐도 나와 다른 심장만 고동친다.

제인이 멈춰 선다. "거의 다 왔어요."

그 순간 나를 감싸던 두려움이 무언가 다른 것으로 바뀜을 느낀다. 또 다른 두려움, 더욱 강렬하게 짙어진 두려움. 하지만 다른 것도 느껴진다. 호기심. 기대감. 척추를 타고 찌르르 올라온다.

나무껍질에 표지판이 못 박혀 있다. 이미 낡을 대로 낡았고 썩어가고 있지만 글자를 읽기에는 충분하다. 올라 와이라 프린세사(안녕, 와이라 공주님).

제인의 목소리는 높고 또렷하다. "¡올라, 와이라(안녕, 와이라)!"

나는 제인을 우두커니 바라본다. 그는 아까보다 반 뼘은 더 커 보인다.

"우리 애기, 안녕!" 오스카가 외친다.

"같이 인사해요. 와이라가 겁먹지 않게." 제인이 말한다.

나는 고개를 끄덕이며 침을 꿀꺽 삼킨다. "¡올라, 와이라!"

나와 퓨마의 나날들

저 오솔길을 돌아가면 뭐가 기다리고 있을지 꿈에도 모르겠다. 하지만 녹색인지 갈색인지 분간하기 어려운 제인의 두 눈은 환희로 흘러넘친다.

"우리 애기! 프린세사. ¿코모 에스타스(공주님. 잘 있었어)?" 제인의 말은 거의 한 편의 시에 가깝다.

우리는 가파른 비탈을 내려간다. 땅이 모래로 뒤덮여 있어 발로 더듬더듬하며 디딜 곳을 찾는다. 또 다른 둔덕을 지나자 껍질이 단풍잎처럼 붉은, 줄기가 휘감긴 나무가 나타난다. 오스카의 도움을 받아 썩은 통나무 위를 넘어간다. 달달한 냄새가 풍겨온다. 오르막 꼭대기에 이르자 널찍한 공터가 확 내려다보인다. 끝에서 끝까지 테니스 코트 두 개만 하다. 특이하게 생긴 식물이 길게 줄지어 공터를 에워싸고 있다. 머리에 닿을락말락 한 높이에, 옻칠한 카누노처럼 생긴 잎이 달렸다. 꼭대기는 파릇파릇한 초록색, 햇살을 머금은 곳은 라임색으로 물들었다. 위를 올려다보자 하늘에서 푸른빛이 쏟아진다. 얼마나 푸른지, 경악할 정도다. 하늘이 아직 저곳에 있었다니 놀랍다. 하지만 오래 쳐다보고 있을 겨를이 없다. 열 걸음도 안 되는 거리에 케이지가 있으니까.

오르막 아래 자리잡은 케이지는 가로 10미터, 세로 12미터쯤 되고 측면보다 앞쪽이 약간 더 길다. 공터의 3분의 1가량 차지하는 것 같다. 옹이로 울퉁불퉁한 나무 한 그루가 납작한 삼각 천막 지붕을 중앙에서 떠받치고 있다. 오월제 기둥처럼 높이 솟구친 그 나무는 지붕 꼭대기를 뚫고 고개를 내밀었다. 진흙투성이 케이지 바닥은 눌어붙은 버터색이다. 나무로 만든 높고 낮은 단이 서로 연결되어 있다. 잘린 통나무가 몇 개, 잎이 우거진 떨기나무와 야자 잎도 있다. 뒤편에는 높이 올린 집 위로 파란 방수포가 그늘을 드리운다. 케이지 왼쪽 정면에는 높은 문이 상자처럼 튀어나와 있다. 햇살 조각들이 땅에 얼룩을 남긴다. 하지만 공터의 나머지 부분과 달리 대부분의 땅은 그늘에 가려져 있다.

와이라는 그늘과 색이 비슷해서 언뜻 봐선 잘 보이지 않는다. 그래도 허공을 가르는 긴 꼬리는 단번에 알아보겠다.

"올라, 와이라." 나는 소리를 낮춘다.

뚜렷한 것이라곤 와이라의 두 눈뿐이다. 그의 눈은 카누 노 잎이 달린 식물의 꼭대기처럼 초록색이다. 코는 노을의 끝자락처럼 분홍빛이 감돈다. 와이라가 우리를 뚫어져라 바라본다. 침묵의 순간. 그 순간이 너무 길어서 아예 움직이지 않으려나 생각하던 차에 와이라가 단* 꼭대기로 펄쩍 뛰어올라 마치 여전히 움직이지 않았다는 듯 우아하게 착지한다. 나는 경외감에 뒤로 물러난다.

와이라가 어슬렁거리며 우리를 향해 걸어온다. 나는 주눅이 들어 가만히 바라본다. 그때 제인이 철조망 안으로 살며시 두 손을 밀어 넣는다. 비명이 목구멍까지 올라온다. 나는 또다시 빠르게 뒤로 물러난다. 이 사람은 도대체 어쩌려고 이러는 거야? 반경 80킬로미터 내에는 의사도 없다고! 정글을 뚫고 캠프로 돌아가서 수의사가 제인의 살갗을 꿰매는 모습이 눈에 선하다. 이 모든 장면이 와이라가 케이지를 가로지르는 찰나 빠르게 스쳐 지나간다. 철조망으로 다가온 와이라가 무언가를 핥기 시작한다. 제인의 손을 핥고 있다. 제인의 표정은 마치 다른 세계로 가 있는 것 같다. 소매를 걷어

나와 퓨마의 나날들

올리자 퓨마가 제인의 손에 머리를 들이민다.

이제야 제인이 무얼 하려 했는지 알겠다. 나는 퓨마를 마운틴 라이언이라고 부르곤 했다. 다른 이름들도 머릿속 깊은 곳에서 표면 위로 떠오른다. 쿠거, 팬서……. 더는 모르겠다. 이 모든 이름이 같은 동물을 가리키는 것인지 전혀 몰랐다. 이 깨달음을 큰소리로 말해볼까 했지만 이내 그러지 않기로 한다. 할짝대는 소리만 들려온다. 깔깔한 사포로 문대는 듯 거친 소리.

"어젯밤엔 좀 어땠어?" 제인이 와이라의 턱을 지나 목을 긁으면서 작게 속삭인다. 퓨마는 목을 쳐들어 각진 골격과 은은한 색의 얼굴을 하늘로 향하고 눈을 질끈 감는다. 와이라는…… 차분해 보인다. 몸이 마르고 유연하다. 어쩌면 퓨마에게 상처 입을 일은 없을지도 모른다. 척추의 모양이 뚜렷하게 드러난다. 등과 어깨와 넓적다리의 근육도 마찬가지다. 와이라는 납빛으로 물든 하늘 같다가 눈을 깜빡이자 황토색으로 변해 있다. 몸집은 생각보다 작다. 큰 개만 하다. 엄마가 키우는 저먼 셰퍼드보다 살짝 더 큰 것 같다.

나도 모르게 몇 발짝 앞으로 다가가자 와이라가 불쑥 옆으로 벗어난다. 두 눈은 커다래지고 눈동자가 부풀면서 눈이 갑자기 까매진다. 두 귀는 전부 뒤로 젖혔다. 마치 이렇게 말하는 것만 같다. 이 새끼는 도대체 뭐야? 그러더니 입을 벌리고 "하악" 소리를 낸다. 마치 얼굴을 걷어차인 것처럼 두려움과 화가 격렬하게 치밀어 오른다. 온몸으로 똑똑히 느껴진다. 폭력적이고, 사납고, 너무나도 생생해서 하마터면 몸서리치며 눈물을 터뜨릴 뻔했다. 와이라는 전속력으로 달리더니 적어도 머리 위로 1미터는 되는 가장 높은 단 위로 뛰어올라 나를 가만히 노려본다. 그러고는 발톱이 삐져나온 앞발을 거세게 핥는다.

"'바람'이라는 뜻이에요." 제인은 케이지 밖으로 팔을 빼고 일어서더니 환하게 웃는다. "정말 멋지지 않나요?"

이해가 안 된다는 표정으로 바라보자 제인이 고개를 옆으로 기울인다.

"와이라의 이름요. 케추아어예요."

"걱정 마요." 오스카가 내 등을 토닥거리며 말한다. 멋진 웃음은 여전하다. "와이라에게도 준비할 시간이 필요할 뿐이에요. 퓨마잖아요."

내 장화 위에서 죽은 개미를 옮기는 붉은 개미를 바라본다. 접수원, 봉투 포장 담당, 바텐더, 철학과 학생, 영문학과 학생, 미술 전공자, 청소부, 전화 상담원, 연료 펌프 수리 기사, 마케터……. 별의별 일을 다 해봤지만 이런 상황에 도움이 될 만한 직업은 없었다. 다른 생에선 어쩌면 제인과 오스카와 내가 친구였을지 모른다. 파타고니아 같은 곳으로 향하는 버스에서 만날 수도 있었겠다. 죽이 잘 맞아서 허접하게 더빙된 쿵푸 영화를 엠파나다를 곁들여 즐겼을지도. 하지만 지금은 두 사람을 쳐다보지도 못하겠다. 곁눈질로 보니 와이라가 꼬리를 반만 문 채로 안 보는 척하며 나를 계속 지켜보고 있다. 제인이 목에 건 열쇠를 잡아 큼지막한 자물쇠에 꽂는다. 마음이 착잡하다. 바닥이 울렁거리는 것 같다.

"문을 열려는 거예요?"

"네."

"그럼……." 뭐라고 해야 할지도 모르겠다. "그러고 나면요?"

제인이 손짓으로 나를 부른다. 내가 움직이지 않자 웃음을 짓는다. 그의 눈이 살짝 반짝인다. 나도 제인을 믿고 싶다. 정말이다. 하지만 나를 향해 죽일 듯 하악거리던 퓨마의 케이지 열쇠를 들고 있지 않은가! 불현듯 말도 안 되는 현실이 송두리째 쏟아져 들어온다. 제인이 로프를 들어 올리자 하마터면 웃음을 터뜨릴 뻔했다. 한때 빨갰을, 이제는 닳아서 색이 바랜 분홍색 로프가 케이블에 매달려 있다. 머리 높이에 묶인 케이블은 문 바로 옆, 케이지 한구석에서 출발해 공터의 반대쪽까지 이어진다. 껍질이 벗겨진 거대한 은색 나무에 케이블이 묶여 있다. 나는 케이블을 보고 눈살을 찌푸린다. 이건 도대체 어디에 쓰는 거지? 그때 포악한 그르렁 소리가 낮게 깔린다. 뒤돌아선 나는 거의 2미터나 껑충 뒤로 물러난다. 한 손이 순식간에 가슴으로 향한다. 와이라가 문간에 모습을 드러냈다. 두 귀가 여전히 머리 뒤로 젖혀져 있다. 완전히 납작하게 붙어서 애초부터 귀가 없었던 것 같다. 몹시 성난 물개처럼 생겼다. 제인이 와이라의 코앞에 팔을 갖다 대는 동안 나는 표정을 숨기느라 진땀을 뺀다. 나를 제물로 바치려는 건가. 와이라는 본체만체한다.

"갑자기 움직이면 절대 안 돼요. 알겠죠? 깜짝 놀라는 걸 싫어하거든요."

깜짝 놀라는 걸 싫어한다고? 그럼 나는? 여러 번 심호흡하며 두려움을 삼킨다. 두려움이 파도에 쓸려 내게서 떨어지는 것이 느껴진다. 나는 가만히, 정말 꼼짝 않고 있다. 제인은 문 틈새로 로프를 집어넣는다. 로프 끝에 캐러비너가 달려 있다. 등산객이 절벽을 기어오를 때 쓰는 클립 같은 것 말이다. 와이라는 목걸이를 차고 있다. 밤과 같은, 바로 지금 와이라의 눈 색깔 같은 검은색 목걸이 사이로 빛나는 은색 고리가 보인다. 와이라는 캐러비너를 채워주길 기다리고 있다.

"케이지가 얼마만 한지 보이죠?" 오스카가 살며시 옆에 다가와 땀으로 축축한 털투성이 팔을 내 팔에 기대며 묻는다. 안도감이 밀려온다. 나도 그에게 약간 기댄다. "야생이었다면 2백 제곱킬로미터(6천만 평) 정도는 거뜬히 돌아다닐 거예요. 하지만 와이라의 세계는 이만하게 줄어들었죠. 다 인간이 퓨마를 애완동물로 키우려 했기 때문이에요."

"그래서 와이라를 로프에 묶는 건가요?" 소리를 낮춰 묻는다. 아이러니를 지적할 생각은 아니었는데.

오스카는 나의 비꼬는 말투는 신경 쓰지 않고 머리를 숙이며 말한다. "와이라가 원할 때만요."

그르렁 소리가 멎었다. 와이라는 드러눕더니 철조망에 목을 기댄다. 그가 로프에 묶이고 싶어 하지 않길 바라는 나 자신이 부끄러워진다. 하지만 제인은 이미 캐러비너를 목걸이에 달린 고리에 끼우고 있다. 캐러비너가 딸각하며 잠기자 오스카가 문을 당겨 연다. 긴 침묵이 흐른다. 와이라는 앞발을 땅에 단단히 세운다.

그 순간, 그가 사라졌다! 케이지 밖이다. 로프가 케이블을 따라 움직인다. 집라인 같은 소음이 난다. 오스카가 이 케이블을 '러너runner'라고 불렀던가. 나는 듯이 뛰어가던 와이라는 다른 쪽 끝에 이른다. 계속 나아가겠지 하고 생각하는 찰나, 가지가 구부러지고 근위병만큼이나 높이 솟은 은빛 나무의 그늘 아래를 맴돈다. 등에 드리운 그림자는 와이라 역시 은빛으로 바꿔버린다. 와이라의 귀가 쫑긋 선다. 귀 끝의 검은색 무늬는 꼬리 끝 무늬와 한 쌍이다. 우리 사이에는 철조망도, 벽도 없다. 그는 믿을 수 없는 속도로 공터를 가로질렀다. 와이라와 나의 거리는…… 한 30미터는 될까? 그렇다면 단 몇 초만에 주파할 만한 거리다. 심장 박동이 끔찍이도 요란해 그것 말고는 아무것도 들리지 않는다. 어제만 해도 나는 도시에 있었다. 그곳에는 빌딩도 있었고, 전기 스위치와 의사도 있었다. 내가 이해하고 받아들일 수 있는 것들. 그런데 지금은 퓨마와 함께 정글에 있다!

제인이 소리를 낮춰 말한다. "와이라는 우리와 붙어 있지 않아도 케이지 밖에서 공간을 누릴 수 있어요. 러너 덕분이죠."

나는 움직이지 않는다. 아무 말도 하지 않는다. 와이라가 고개를 위로 젖힌다. 그러고는 입을 벌리고 배를 울려 낮게 그르렁거린다. 희미하게 번득이는 이빨을 보니 심장이 배 속 깊은 곳까지 내려앉는 기분이다. 앞쪽 송곳니 하나가 깨져서 들쭉날쭉하다. 와이라가 앞발 한쪽을 들어 올린다. 이렇게 생각할 근거도 전혀 없고, 비스무리한 경험조차도 없지만, 나를 판단하는 중이란 걸 알겠다. 내가 어떤 사람인지 재보고 있다. 두려움은 제자리에 머물지 않고 나로부터 연거푸 퍼져 나간다. 마치 오래된 생선, 찬장 밑바닥에 놓아둔 치즈, 똥 위에서 뒹구는 개로부터 냄새가 퍼져나가듯, 강렬하게. 엄청난 양의 아드레날린이 분비되고 있다. 누군가가 뜨겁게 달군 바늘로 가슴을 냅다 찌르는 것만 같다. 와이라는 회색과 갈색, 은회색과 검은색의 오만 가지 색조로 빛나고 있다. 내가 여기서 뭐 하는 거지? 움직이지 마. 뛰면 안 돼. 제발…….

"자, 이제 가자고요!" 제인이 내 손을 낚아채고 갑자기 움직인다. 목에서 꺽꺽대는 소리가 새어 나온다. 뭔가 물어볼 게 있어서 그런 건데, 질문이 뇌와 혀 사이에서 갈피를 못 잡는다. 와이라는 깔보듯 돌아서더니 자리를 뜬다. 제인의 손가락이 계속 팔을 파고들어서 마음을 진정시킬 여유가 없다. 와이라의 꼬리가 휙 하며 움직인다. 어두운 황갈색 줄이 등을 타고 흐른다. 색 차이가 극명한 기하학적 그림자가 와이라의 등을 가른다. 그르렁 소리가 여전히 울려 퍼지고 있다.

"와이라가 러너에서 벗어나 걷고 싶어 하면, 반드시 앞에 누군가 있어야 해요. 보호해줄 사람이 필요하니까요." 서둘러 걸어가는 와중에 제인이 내게 말한다.

보호한다고? 와이라한테 보호가 필요하다고? 와이라는 자신 있게 공터 밖을 향한다.

"서둘러야 해요." 제인이 속삭인다. "*에스타 비엔, 치카. 에스타 비엔*(알겠어, 우리 애기. 괜찮아)." 제인이 안심시키려는 것이 나인지 와이라인지 헷갈린다. 그래도 제인의 목소리에 귀를 기울인다. 확실히 오스트레일리아 억양이다. 눈을 감으면 시드니에서 깰 것만 같다. 제인은 나를 이끌고 앞으로 향한다. 그러나 한 발씩 나아갈 때마다 보이는 건 시드니가 아니다. 와이라에게 가까워지고 있다. 어깨 너머로 돌아본 와이라는 진저리 난다는 듯 나를 쏘아본다. 손이 하도 바들바들 떨려서 소매로 두 손을 감싼다. 바스락거리며 머리를 울리는 얼룩덜룩한 나뭇잎에 정신을 집중한다. 와이라의 목에 걸린 로프가 팽팽해진다. 갈 수 있는 데까지 도달한 모양이다. 배 속에서 울리는 그르렁 소리는 점점 더 커져서 흡사 엔진같이 요란하다. 몸집이 크지 않은 줄 알았다. 하지만 그건 내 착각이었다. 와이라는 거대하다. 등은 내 허벅지 위쪽까지 올라오고 발은 접시만 하다.

제인이 내 손을 잡는다. "가요!"

오스카는 러너에서 로프를 뺀 뒤에 자기 벨트에 채운다. 은빛 나무 옆 오솔길을 와이라가 막고 있지만 제인은 망설이지 않는다. 제인은 와이라를 밀치고 지나갈 기세로 나를 데리고 걸음을 멈추지 않는다. 너무 바짝 붙어서 순간 시큼한 땀 냄새가 풍겨온다. 찰나의 순간, 나는 요란하게 그르렁거리는 퓨마를 바라본다. 무슨 일이 있어도 저 옆을 지나가진 않을 거야, 라고 생각하면서. 무색하게도 그 일은 이미 벌어졌다. 나는 와이라의 털에 스친 내 허벅지를 힘없이 만지며 뒤를 돌아본다. 그리고 제인과 함께 달린다. 나는 달리고 있다. 푸른 하늘의 섬광과 흐릿하게 뭉개진 녹음이 시야를 스쳐 지나간다. 하지만 생각할 수 있는 것이라곤 제인이 내 팔을 잡았다는 것뿐이다. 움직인다. 한 번도 멈추지 않고 다행히 발목도 무사한 채로 뛰어간다. 피가 귓불까지 솟구치고 폐가 왈칵 튀어나올 것만 같다. 와이라의 소리는 들리지 않고 오직 오스카의 소리만 들린다. 오스카는 뒤쪽에서 오솔길을 따라 요란하게 이동하고 있다. 나와 오스카 사이 어딘가, 그곳에 와이라가 있다.

카누 노같이 생긴 식물과 대나무가 우거진 갈림길에 휘청거리며 도착한다. 얼굴이 불타는 것 같다. 아니, 온몸이 불타고 있다. 살면서 이렇게 뛰어본 적이 없었다. 약간 우쭐해져서 뒤를 돌아본다. 머리가 무척 가벼워서 펑 하고 목에서 떨어져 나갈 것만 같다.

"와이라가……." 나는 헐떡거리며 제인이 잡은 팔을 빼내고 갈림길 너머를 간신히 살핀다. 하지만 아무것도 보이지 않는다. 그저 심장을 둘러싼 혈관처럼 울긋불긋 엉클어진 덩굴과 덤불의 장막뿐이다. 터벅터벅, 오스카의 발소리가 점차 느려진다. "와이라가 우릴 쫓아온 건가요?"

제인의 뺨이 하도 빨갛게 달아올라서 주근깨가 하나도 안 보일 정도다. "아뇨! 달리고 싶었던 것뿐이에요!"

바스락바스락. 발, 분홍빛 코, 쫑긋 솟은 귀. 와이라가 갈림길에서 터벅터벅 돌아다니고 있다. 우리를 날카롭게 쳐다본다. 포식자의 눈이라기보단 흘긋 쳐다보는 모양새다. 맨 위를 덮고 있던 두려움이 한 꺼풀 날아간다. 우리를 뒤쫓지 않았다니. 퓨마와 함께 정글에 있는데도 퓨마가 나를 뒤쫓지 않았다니!

와이라가 발걸음을 멈추고 위를 올려다본다. 몇 발짝 뒤에 있던 오스카도 걸음을 멈춘다. 와이라의 머리 위에 청설모 한 마리가 나타났다. 영국에서 흔히 볼 수 있는 재빠른 청설모. 털색은 안전 고깔과 비슷하고, 꼬리는 지난주에 미용실에 갔다 온 듯 풍성하다. 대나무 줄기에 앉아 갈색 열매를 앞발로 꼭 붙들고 있다. 청설모도 와이라의 존재를 감지했다. 나에게도 보일 만큼 깜짝 놀란 모양새다. 철저한 공포, 일말의 희망. 꼼짝 않는다면, 정말로 꼼짝 않는다면 아무도 알아차리지 못하리란 희망. 하지만 와이라의 꼬리 끝은 집고양이처럼 돌연 홱 움직인다. 나는 그게 무슨 뜻인지 안다. 반짝이는 물고기 장난감이나 깃털 혹은 양말, 아니면 그 어떤 것이라도 끝장 나기 일보 직전이라는 뜻이다. 나는 힘없이 청설모를 바라보며 마음을 다해 원한다. 뛰어! 와이라의 입에서 군침이 뚝뚝 떨어진다. 그의 얼굴이 위쪽을 향한 탓에, 어둠 속에 사는 짐승처럼 눈이 더 큼지막해 보인다. 눈앞의 사건을 전부 담아낼 작정으로 눈이 점점 더 커진다. 케이지에 있던 와이라는 작아 보이기만 했던 게 아니었다. 짓눌린 것처럼 보였다는 게 맞다. 밖에서 보니, 그는 자신이 채워야 했던 공간을 이제야 채운다는 듯 부풀어 있다.

속이 뒤틀리는 기분을 느끼며 생각한다. 항공편을 바꿨더라면 영국으로 가고 있었겠지. 몇 주 내로 사무실에 돌아갈 거야. 그러고는 컴퓨터 화면에 뜬 브라우저 탭을 빤히 쳐다보겠지. 페이스북, BBC 뉴스, 가고 싶어 안달 난 장소를 검색하는 여행사 사이트, 지원하고 싶은 일자리를 찾는 구직 사이트. 이런 것들을 더는 쳐다보고 싶지 않을 때면, 머리가 돌아버릴 것처럼 느껴질 때면, 벗어날 수 없는 어둠 속에서 하염없이 창문만 바라보고 있겠지. 내가 볼 수 있는 유일한 것들, 창백한 구름과 콘크리트 같은 것들을 바라보면서.

나는 꼼짝할 수가 없고 주의가 산만하고 움직임도 굼뜨다. 마치 컴퓨터 화면 앞으로 돌아간 것 같다. 제인은 나를 진정시키고 와이라 쪽으로 끌어당긴다. 와이라는 땅 위로 1미터나 뛰어올라 청설모 바로 위에 있는 나뭇가지로 올라간다. 그리고 앞으로 튀어 나간다. 와이라를 조금이나마 저지할 수 있는 건 로프와 그 로프를 잡은 2미터가량의 미국인 한 명뿐이다. 청설모가 쏜살같이 달아나지만 와이라는 신경도 쓰지 않는다. 여기저기 달려드는 와이라를 두고 나는 그저 앞을 지키는 것밖에 할 수 없다. 와이라는 걸신 들린 듯 오솔길을 탐닉한다. 그가 쫓아다닐 원숭이와 작은 개만 한 거대한 쥐, 발톱으로 긁어댈 나무, 데굴데굴 구를 나뭇잎 무더기, 야생 돼지 떼. 반짝이는 아르마딜로가 내 장화 가까이서 킁킁거리는 탓에 제인과 나는 걸려 넘어질 뻔한다. 제인이 나에게 테혼 혹은 긴코너구리라고 알려준, 주황색 동물 50여 마리가 마치 원숭이인 양 나무에서 나무로 뛰어다니며 미친 듯이 삑삑댄다.

여기가 어딘지, 얼마나 더 오래 걸을지, 지금이 몇 신지 도통 알 수가 없다. 오직 제인과 함께 와이라의 앞에 있다는 사실만이 머릿속을 맴돈다. 더는 뛰거나 걸을 수 없다고 생각하는 순간, 와이라의 분위기가 달라진다. 나는 그가 즐거운 시간을 보내고 있다고 생각했다. 하지만 이제는 긴코너구리 무리를 보고 그르렁거리며 꼬리를 휙휙 움직이더니 그들을 앞질러 간다. 심술이 난 모양이다. 정말 제대로. 그가 오스카를 향해 하악거리며 발로 땅을 세게 밟기 시작한다. 이유가 무엇이든, 갑자기 정글이 싫어졌나 보다. 이곳에 데려왔다고 우리를 미워하고, 로프로 묶었다고 오스카를 미워하는 것 같다. 햇살이 누그러지는 것이 느껴진다. 나는 와이라로부터 멀어지려고 앞으로 향하지만, 제인은 나를 다시 뒤로 잡아당긴다. 와이라와 워낙 가까워서 그가 발을 구르는 소리와 거친 숨소리까지 들린다. 꿉꿉한 털 냄새가 나고, 나의 등을 꿰뚫는 시선도 느껴진다.

"괜찮아, 우리 공주님. 겁먹지 마." 제인이 속삭인다.

나한테 말하는 건가 잠시 생각했지만, 그 대상이 와이라임을 깨닫고 입을 떡 벌린다. 전혀 겁먹은 것처럼 보이지 않는데. 하지만 제인은 몸을 숙이고 더욱 가까이 간다. 두려움이라곤 전혀 없는 사람 같다. 와이라가 주위를 두리번거린다. 이곳은 초목이 우거진 갈림길이다. 양쪽 길 모두 덩굴 장막으로 가려져 있다. 제인과 나는 덜 우거진 왼쪽 길에, 넌더리가 난다는 듯 눈초리를 번뜩이는 와이라는 오른쪽 길에 서 있다. 와이라는 쉽게 결정하지 못하는 눈치다. 이제는 오스카 쪽으로 한 걸음 내딛고 있다. 나에게는 오직 와이라의 등과 덥수룩한 꼬리, 팽팽하게 당겨진 뱀과 같은 척추만이 보일 뿐이다. 오스카는 움찔하더니 살짝 물러난다.

와이라는 앞발을 로프에 위에 얹고 으르렁거리며 그를 노려본다.

"괜찮아, 내 사랑." 제인이 부드럽게 웃으며 속삭이듯 말한다. 제인은 아까부터 제정신이 아니었다. 계속 속삭이다 웃고 다시 속삭이고 있다. 마치 이 모든 것이 괜찮다는 듯이. 마치 로프로 연결된 한 남자를 향해 으르렁거리는 퓨마가 존재하지 않는다는 듯이. "우리 공주님, 네가 원한다면 둘 중에서 아무 길이나 괜찮아."

나는 숨을 참는다. 와이라가 돌아선다. 무릎을 꿇고 자세를 낮추며 제인을 바라본다. 그러고는 의아스러운 듯한 표정으로 길고 격정적인 숨을 뱉어내고, 우거진 오솔길 너머를 바라보더니 우리가 서 있는 길을 선택한다. 제인은 생긋 웃으며 벌떡 일어선다. 다시 내 팔을 잡고 나를 앞으로 이끈다. 몇 분 뒤, 우리는 공터 같은 장소에 들어선다. 드문드문 떨어지던 햇빛이 돌연 홍수처럼 쏟아진다. 감상할 여유는 없다. 심지어 볼 수조차 없다. 나의 귀에는 여전히 와이라의 그르렁 소리가 울리고 있다. 허벅지가 바들바들 떨린다. 아까부터 미간이 두통으로 지끈거린다. 와이라는 아랑곳없이 주위를 둘러본다. 나의 존재에는 개의치 않고 다시 행복감을 누리는 중이다. 나는 귀가 터질 듯 윙윙대는 모깃소리와 도저히 이해할 수 없는 와이라의 분노 폭발에 빠져 허우적대고 있는데, 와이라는 한다는 게 고작 하품이다.

풀숲이 길을 따라 늘어서 있다. 와이라는 한쪽을 바라보다가 다른 쪽으로 시선을 돌린다. 또다시 하품. 이마에 주름이 진다. 한편에 노란색 꽃 덤불이 있다. 어찌 된 일인지 꽃송이가 하나가 와이라의 콧등에 달라붙는다. 와이라는 하늘을 올려다보고, 우거진 풀숲 언저리에 내리쬔 햇볕의 파편을 바라본다. 또 한 번의 뒤돌기, 또 한 번의 하품. 꽃송이가 떨어진다. 이제는 풀 위에 털썩 주저앉는다. 그러고선 왼쪽 앞발을 입에 가져가 진흙을 깨끗이 핥아 닦아낸다.

"이제 됐네요." 오스카가 웃는다.

제인은 기지개를 켜더니 괜한 소음을 내지 않도록 조심하면서 땅바닥에 앉는다. 와이라는 곁눈질로 제인을 흘끔거리다가, 그늘을 넓게 드리운 야자수에 제인이 등을 기대고서야 다시 앞발로 관심을 돌린다.

"앉아도 되는 건가요?" 나는 소리를 낮춰 묻는다. 무릎에 힘이 풀린다. 제인은 야자수에 머리를 기대고 눈을 감는다. 오스카는 통나무를 베고 누워 꿈꾸듯 나무를 바라본다.

"괜찮아요. 와이라는 신경 쓰지 않을 거예요. 우리가 편하면 와이라한테도 좋아요." 제인의 눈은 여전히 감겨 있다.

나는 와이라를 쳐다본다. 와이라가 제 양발을 뚫어지게 보고

나와 퓨마의 나날들

있다.

퓨마. 중압감이 느껴지는 단어. 나는 규칙을 깨뜨리고 있다. 이곳에 있으면 안 된다는 목소리와 싸우는 중이다. 이런 곳에는 아무도 있으면 안 돼! 이건 동화가 아니야. 현실이라고! 와이라는 양발을 포개놓고 턱을 기대고선 우아하게 눈을 지그시 감는다. 얼굴과 눈의 목탄색 줄무늬가 극명하다. 색깔만이 눈에 들어온다. 배와 턱은 하얀색, 꼬리 끝과 귀 끝은 검은색, 코는 분홍색. 엄지만큼 굵고 뿔로 뒤덮인 형광 연두색 애벌레가 그의 발을 지나 기어간다. 모기가 그의 귀와 볼 근처를 맴돈다. 나의 손과 얼굴, 눈썹과 턱 옆쪽을 습격한 모기와 똑같은 녀석이다. 배가 피로 통통하다. 어쩌면 나와 와이라 둘 다의 피일지 모른다.

나는 땀으로 떡 진 머리카락을 쓰다듬는다. 어두운 흙 둔덕들이 땅을 가로질러 솟아 있다. 우리 발아래서 생명체들의 거대한 군락이 들끓고 있다는 징후일 것이다. 얼굴을 만져본다. 진득거리고, 뜨겁다 못해 열이 끓는다. 햇살이 먼지 사이로 알록달록 만화경 패턴을 만든다. 갈색, 금색, 노란색. 몹시 피곤하다. 피부의 상처도 쓰라리고 겁이 난다. 한 달도 살아남지 못할 것 같다. 하지만 이윽고 내가 예전에 느꼈던 감정, 더 깊고 더 강렬한 감정이 또다시 솟구친다. 호기심. 기대감. 희망.

나도 한숨을 내쉬고 제인 옆으로 가 털썩 앉는다. 제인이 고개를 돌리더니 한쪽 눈을 뜬다. 그리고 방긋 웃는다.

날이 어두워졌다. 우리는 와이라를 케이지에 데려다주고 캠프로 돌아왔다. 과감하게 찬물 샤워를 하고, 땀내 나는 사람들 틈에 껴서 땀내 나는 수프를 먹었다. 이제 나는 다시 오솔길을 따라 도로로 나간다. 나에게는 정적과 생각할 공간이 필요하다. 여기서 그럴 수 있는 유일한 장소는 도로밖에 없다. 단 한 대의 차도 보이지 않는다. 금이 간 포장도로를 따라 홀로 걷는다.

와이라는 해가 지기 시작할 때까지 그곳에 머물렀다. 우리는 점심 식사를 건너뛰었다. 와이라는 연거푸 자다 깼고, 털을 다듬었고, 옆으로 돌아누웠고, 우리를 거의 거들떠도 안 봤다. 그래도 우리가 재채기를 하거나 크게 떠들면 그르렁대곤 했다. 더 나쁘게는, 금방이라도 공격하려는 듯 하악거리기도 했다. 왜 우리에게 덤벼들지 않았을까. 잘 모르겠다. 그 가능성만으로도 나의 신경은 극도로 날카로워졌다. 떠오르는 질문을 최소한으로 줄이려 했지만, 마지막에 이르러 허기 때문에 위가 스스로를 먹어치울 지경이라 그러기가 힘들어졌다. 밤새 밖에 있을 생각인가? 어떻게 와이라를 달래서 케이지로 돌아가게 할 수 있지? 고요한 숲 변두리에 금빛 황혼이 알알이 드리웠다. 바로 그때 모든 것이 달라졌다. 와이라가 느닷없이 돌아가고 싶어 했다. 케이지는 앉아 있던 곳에서 5분도 걸리지 않았다. 제인이 말해주길, 우리가 원을 그리며 걷고 있었단다. 내 뇌가 나를 속여서 믿게 만든 대로 한곳에서 점점 더 멀어지던 것이 아니었다. 와이라는 비좁고 갑갑한 케이지로 서둘러 돌아갔다. 집을 찾아 돌아가는 자석 같았다. 마침 저녁 식사 시간이었다.

집. 내가 아는 유일한 집은 엄마의 집이다. 나무가 듬성듬성 자란 숲 근처에 있는 집. 슬플 때마다, 길을 잃을 때마다 아직도 찾아가는 곳. 런던에서 마지막 사표를 던지고 찾아갔던 곳. 붉은 타일 지붕의, 농가를 개조한 하얀 집. 나는 언니의 방, 그러니까 아빠가 어릴 적 쓰던 침실 옆방에서 태어났다. 아빠는 엄마와 결혼하고 이 집으로 다시 돌아왔다. 두 분이 이혼하고 아빠가 떠났어도 엄마는 이 집에 머물기를 원했다. 커다란 개가 어리둥절해하는 모습을 보고 엄마는 그 개를 구조해 입양했다. 나는 지금 엄마가 행복하다고 생각한다. 엄마와 플레처, 단 둘이더라도. 집의 정원은 1년 내내 온갖 색깔이 만개한다. 소냐 할머니가 꾸미신 정원이다. 봄은 수선화의 노란색, 여름은 초롱꽃의 바다색과 장미의 분홍색과 단풍나무의 붉은색. 가을은 참나무 잎이 떨어지면서 진홍색과 주황색 융단이 깔리고, 겨울은 서리가 얼어붙어 온통 하얗다. 이제 나는 그 집에서 엄마의 냄새가 난다고 생각한다. 오래된 방석과 막 물을 준 식물의 냄새. 엄마는 지금 그곳에서 자고 있을 거다. 플레처는 아래층에서 코를 골겠지. 별것도 아닌 일에 눈을 휘둥그레 뜨며 잠에서 깨곤 할 거다.

그 집은 두 세대에 걸쳐 도피처로 여겨졌던 것 같다. 아주 오래전, 유대인이었던 아빠의 가족은 독일과 러시아, 폴란드의 집을 떠나 영국에 정착했다. 엄마는 체코인이다. 엄마의 부모님은 전쟁 발발 후 체코슬로바키아 밖으로 피난을 떠났다. 지금 우리 집이 아무리 안전하게 느껴진다고 해도, 그렇게 느끼도록 자랐다고 해도, 나는 안다. 집이란 건 얼마나 안정적으로 여겨지든 언젠가 무너져내릴 수 있다는 것을. 부모님이 갈라선 뒤에 조금 알게 되었다. 세상은 짜 맞춰 쌓아놓은 벽 속에서 '운 좋은 사람들'을 속이는 데 최선을 다한다. 우리가 영원히 존속할 만큼 충분히 강하다고 믿도록, 우리를 꺾을 자는 없다고 믿도록 말이다.

와이라를 생각한다. 한때는 제대로 된 집에서 살았을 것이다. 온종일 궁금했다. 흙바닥에 누워 있을 때도 궁금했고, 지금 밤하늘에 선명하게 떠오른 낯선 남십자성을 바라보면서도 궁금증을 떨칠 수가 없다. 어떻게 이곳에 오게 되었을까? 가족에게 무슨 일이 생긴 거지? 어미는 어떻게 됐을까? 집은?

여기는 도로 바로 옆, 두 마녀가 서 있는 곳이다. 이 두 나무의 껍질이 달빛 속에서 뼈처럼 새하얗게 빛난다. 무언가 입술 근처를 맴돌다 사라진다. 그게 뭐였는지 모르겠다. 주문 혹은 기도 같은 것. "제발 살려주세요" 혹은 "화장실 변좌에 붙은 거미에게 상처를 입거나 물리거나 거미 독 때문에 죽지 않고 그저 이곳을 안전하게 떠날 수 있게만 해주세요" 같은 말들. 바보처럼 느껴져서 헛웃음이 난다. 부어오른 자국들이 별 무리처럼 모인 곳을 긁지 않으려 애쓰면서 눈을 비빈다. 그러고는 와이라에게로 이어지는 길을 등지고 돌아선다. 다시 돌아갈 생각이다. 캠프 입구에서 양초가 타고 있다. 깜박이는 눈처럼 촛불이 가물거린다. 나는 낮게 속삭인다. "제발 그만두지 않게 해주세요."

움직일 수가 없어 잠시 우두커니 서 있다. 고요함 속에서 무언가의 울음소리가 울려 퍼진다. 아마도 개구리겠지. 도로변 어딘가에서 짝짓기를 하고 있나 보다. 정글의 웅성거림도 공간을 그득 메운다. 결코 멈추지 않을 것처럼.

학대받은 원숭이, 어미 잃은 퓨마

캠프로 들어가려고 도로를 벗어나자 바로 옆에 흡연 오두막이 보인다. 이곳 사람들은 스페인어로 푸마도르라고 부른다. 들어가면 기둥사이에 해먹 두 개가 걸려 있다. 볏짚 지붕에 벽은 없다. 그저 한쪽으로는 도로가, 다른 쪽으로는 정글이 내다보이는 공간일 뿐이다. 야자수 잎이 워낙 가까워서, 들어가면 얼굴이 닿아 간지럼을 타게된다. 파우스티노의 친구 톰이 해먹에 누워 세상 모르게 자고 있다. 코 고는 소리가 요란하다. 남은 해먹도 다른 남자의 차지다. 얼굴이턱수염으로 완벽하게 뒤덮였다. 파란색 눈동자와 날카로운 눈매에턱수염은 가슴에 닿을락말락 한다.

"처음 보네요." 나는 중얼거리며 손을 들어 올린다.

"그렇네요." 억양을 들어보니 오스트레일리아인이다.

통로 쪽으로 움직이다가 하마터면 원숭이를 밟을 뻔한다.

"미친!" 제때에 몸을 확 틀었다. 어둠 속 한가운데서 등을 구부린 원숭이가 꼬리로 몸을 감싼 채 서 있다. 욕설을 내뱉자 원숭이가나를 올려다본다. 지독하게 슬픈 눈빛이다.

해먹이 삐걱거린다. "코코?"

원숭이는 하염없이 땅바닥만 바라본다. 코코가 분명하다. 남자와 원숭이 누구에게도 내가 무서워하고 있다는 걸 들키지 않으면 좋겠다. 그래서 이곳 사람들처럼 보이도록 양팔을 아래로 뻗는다. 하지만 코코는 재빨리 입술을 당겨 놀랍도록 날카로운 송곳니를 드러내고는 저 멀리 기어서 도로 쪽으로 향한다. 지친 기색이 역력한 한숨 소리, 맨발이 찰싹 하고 나무에 부딪치는 소리가 들린다. 남자가 흡연 오두막 밖으로 나가 몸을 숙이자마자 코코가 그의 품 안에 기어 들어간다. 남자의 어깨 안쪽에 머리를 기댄 코코는 남자가 허리를 꼿꼿이 펴자 가슴팍을 감싸려는 것처럼 힘껏 매달린다. 그리고 둘은 함께 원숭이 출입 금지 표지판을 우울하게 응시한다.

"제가 지난주에 만든 거예요. 얘가 자살하려는 걸 막으려고요."

뭐라고 대꾸해야 할까. "코코가 아이러니를 즐기고 있는 건 아닐까요?" 굳이 농담을 던져본다.

남자가 놀란 표정으로 낄낄거리며 웃는다. "재밌네요."

나는 얼굴이 붉어진다.

"전 해리예요."

"로라예요."

"알고 있어요. 코코를 다시 안으로 데려갈까요?"

나는 해리를 빤히 쳐다본다. 흔들리는 촛불 속에서 거친 얼굴이 드러난다. 코코와 해리를 번갈아 바라본다. 해리가 코코의 머리를 쓰다듬는다.

"코코는 좋아하지 않는 사람만 물어요."

어떻게 받아들여야 할지 몰라서 계속 망설이고 있는데, 해리가 활짝 웃으며 나에게 몇 발짝 다가온다.

"해봐요." 그에게서 소금기가 밴 오래된 담배 냄새가 난다. 퀴퀴한 땀 냄새와 곰팡이 냄새도 함께. 그의 키는 나보다 많이 크진 않다. 나와 해리의 어깨가 닿으면서 코코가 꼬리로 내 목을 휘감고 나에게 올라탄다. 갑작스러운 무게가 느껴진다. 이렇게 무거울 줄은 몰랐다. 나는 본능적으로 팔을 뻗어 균형을 맞춘다. 가죽처럼 살짝 단단한 코코의 손이 내 손가락을 움켜쥐고, 축축한 입술이 볼에 닿는다. 침을 삼키기가 힘들다. 코코가 깩깩거린다. 코코의 숨결에 목이 간지럽다. 움직일 수가 없다.

해리가 턱수염을 문지르며 말한다. "괜찮죠?"

"네, 좋네요!" 내가 원숭이를 메고 있다니, 믿기지 않는다! 코코의 얼굴을 보려고 최대한 목을 빼봐도 입에 축축한 털이 들어오기만 할 뿐이다.

"얘는 여자를 좋아해요." 해리가 피곤한 기색으로 캠프를 바라본다. 높이 솟은 나무의 가지들이 길 위로 늘어져 있다. "전 담배 한 대 더 피울까 하는데, 코코를 데려가줄 수 있어요?"

물론 괜찮다. 꼬리 때문에 숨이 막히긴 하지만. 헤드램프를 켜고 나서야 해리가 아직도 작업복을 입고 있는 모습이 보인다. 축축하고 끈적이는 청바지가 발목 근처에서 질질 끌린다. 검고 진득진득한 진흙이 발에 들러붙어 있고, 헌 고무장화가 해먹 옆에 놓여 있다. 아홉 시가 넘었다. 자신이 맡은 동물을 돌보다 이제 막 돌아온 참인가 보다.

"어디로 데려가야 하나요?"

"산타크루스요."

"숙소로요?"

"네, 라파스 옆방이에요. 코코와 파우스티노가 거기서 자거든요."

"산타크루스에서요?" 나는 바보처럼 되묻는다.

해리가 고개를 끄덕인다. 그러고는 한쪽 손으로 머리카락을 쓸어 넘기며 흡연 오두막으로 돌아간다. "얘네들은 한때 호텔에서 살았대요. 두들겨 맞았다고 하더라고요. 온종일 TV만 보고 있었어요. 담배를 피우고 술까지 마시게 됐죠." 해리가 어깨 너머로 말한다. "이제는 나이가 많이 들었죠. 정글로 들어가거나 케이지에 갇힐 때마다 겁에 질려서 몸을 부들부들 떨어요. 무서워서 똥을 싸기도 하고 자해도 하죠……." 그는 어깨를 으쓱이며 말을 이어간다. "정부가 얘네 둘을 이곳에 버려둔 거나 다름없어요. 돈도 안 주고 지원도 없고, 아무것도 안 했어요. 그래서 이 둘이 원할 때마다 숙소에서 재우고 있는 거예요. 그러면 행복해하는 것 같거든요." 해리는 잠시 망설이다가 스스로 고쳐 말한다. "전보다는 말이에요."

해리를 빤히 쳐다본다. 달리 할 말이 떠오르지 않아서 그냥 길을 향해 나아간다. 이것은 오늘 나에게 일어난 일, 놀랍고도 충격적인 미친 짓 가운데 하나일 뿐이다. '퓨마와 걷기', '접시만 한 타란툴라와 함께 샤워하기'와 나란히 목록 상단에 올리기에 충분하다. 헤드램프로 발 주변의 장애물을 확실히 비춘다. 해리가 나에게 맡긴 언뜻 간단한 일조차 제대로 해내지 못하리란 생각은 애써 하지 않는다.

"그래서 와이라는 어땠어요?"

나는 돌아선다. 해리가 고개를 옆으로 기울이고 바지 주머니에 손을 푹 찔러 넣은 채 비스듬히 서 있다. 입가의 턱수염이 둥글게 말려 있다. 끝이 제멋대로 길게 자라서 무심코 입안에 들어갈 수 있을 정도다. 바로 지금 해리가 그렇게 하고 있는 것처럼.

"좋았죠!" 억지웃음을 지으며 대답한다.

해리가 눈썹을 치켜올린다. 무언가 물어보려 했던 것 같지만, 톰이 유독 코를 크게 고는 탓에 그냥 고개만 끄덕인다. 나의 말을 신경 쓰기에는 너무 피곤한 상태라는 것을 새삼 깨달았다는 듯이.

촛불 빛이 식당을 빠져나와 땅을 가로지른다. 안뜰에 적나라한 검은색 십자 무늬가 드리운다. 머리 위 숲 천장은 지붕처럼 물샐틈없다. 위를 올려다봐도 하늘과 별은 보이지 않고, 마치 기억 속 존재처럼 그저 언저리만 보일 뿐이다. 부서진 달빛이 발 주위로 빛의 형상을 남긴다. 안뜰의 칙칙한 땅이 어슴푸레하게 빛난다. 우리를 에워싼 높이 솟은 나무들이 어둠 속으로 가지를 뻗는다. 코코와 나는 식당 내부를 들여다보며 그곳을 맴돈다. 놀랍도록 뾰족한 코코의 턱이 내 정수리를 육중하게 짓누른다.

아이들이 등을 구부린 채 뭔가를 하고 있다. 아마 숙제일 거다. 이 아이들은 이곳 출신이라는 얘기를 들었다. 근처에 마을이 있고, 이따금 가족들이 돌보지 못할 때마다 밀라와 아구스티노가 보살피고 있다고도. 봉사자들이 내는 돈은 동물뿐 아니라 아이들을 돌보는 데도 쓰인다. 교과서와 옷과 음식을 사는 데 보태는 것이다. 아이들이 임시로 혹은 상시로 머물 거처를 마련해주기도 한다. '작은 곰'이라는 뜻의 오시토가 가장 어린 아이다. 새미가 벤치에 함께 앉아 서투른 영어를 다정하게 바로잡아주고 있다. 또 한 명의 키 큰 미국인 보비는 기타를 연주하고 있다. 아구스티노가 수프 국자를 들고 음식이 더 필요한 사람이 있냐고 묻는다.

나는 머뭇거리며 코코를 쓰다듬는다. 해리가 말해주긴 했지만, 혹은 그 말 때문에 나를 물까 봐 불안하다. 걱정이 무색하게도 코코는 그저 내 손에 머리를 들이민다. 복슬복슬한 털은 물기로 촉촉하다. 주먹을 움켜쥔 붉은 꼬마 설인 같다. 살갗은 방부 처리된 가죽처럼 부드럽다. 물론 가죽이라고 하기에는 얇은 편이다. 코코의 관절 끝부분을 만지작대다가 볼록한 배를 어루만져본다. 연약하다. 세게 누르면 곧장 뼈까지 파고들 것 같다. 실크처럼 부드럽다. 들리는 건 오직 숨소리와 우리 둘의 규칙적인 쿵, 쿵, 쿵 심장 소리뿐이다.

"괜찮아?"

코코가 자기 볼을 내 볼에 맞댄다. 부드러운 수염이 닿아 간질간질하다. 산타크루스의 문을 밀어 열자 코코가 문틀을 잡는다. 그러고는 방 안에 걸린 로프를 꼬리로 휘감아 그네를 타듯 안으로 들어간다. 수천 번은 해본 것처럼 능숙하다. 파우스티노가 이층 침대 위에서 책상다리를 하고 앉아 우리를 내려다보며 원망의 눈길을 보낸다. 코코가 옆에 착륙하자 파우스티노가 그를 밀어낸다. 그러더니 나를 향해 양팔을 뻗는다.

나 말이야? 주위를 둘러보지만 나 말고는 아무도 없다. 미심쩍게 한 발 다가가 침대에 몸을 기댄다. 파우스티노가 내 가슴에 파고든 뒤에 내 양손을 잡아 자기 등에 두른다. 코코보다 몸집은 아담한데 골격은 노인처럼 굽어 있다. 곱슬곱슬한 털 속으로 두 손을 밀어 넣자 파우스티노가 만족스러운 듯 낮게 깩깩거린다. 우리 둘을 바라보던 코코는 침울한 표정으로 양손에 턱을 괸다. 파우스티노가 다짜고짜 셔츠를 아래로 당겨 가슴을 핥으려 한다.

"하지 마!"

나는 뒤로 펄쩍 뛰다가 그만 문에 부딪힌다. 그때 새미와 제인이 들어온다.

"파우스티노는 가슴이면 환장해요. 추잡한 늙은이라서요."

"귀도 조심하는 게 좋을 거예요. 땀에 젖은 겨드랑이도요. 그렇지, 파우스티노?"

파우스티노는 마음에 큰 상처를 입었다는 듯 꼬리로 몸을 감싼다. 내가 서둘러 목까지 셔츠 단추를 잠그자 마치 소중한 것을 빼앗긴 양 실망스럽게 쳐다본다. 나는 그런 파우스티노를 쏘아본다.

이곳은 라파스와 똑같이 생겼다. 바닥과 침대에 갓 나온 원숭이의 똥이 있는 것만 빼면 말이다.

"진짜 여기서 자는 거예요?"

새미가 웃는다. "이 방이 제일 좋아요."

표정이 굳는다. 전혀 청결하지 않아 보이는데. 새미가 또다시 웃더니 코코에게 팔을 두른다.

"코코가 도로에 있었어요?"

나는 고개를 끄덕인다. 코코는 재빨리 시선을 돌린다. 새미가 코코를 좀 더 꽉 끌어당긴다.

"너, 그러다가 차에 치여." 새미가 소곤거린다.

"자살하려는 원숭이라." 제인이 피곤하다는 듯 침대에 등을 기대며 말한다. "우리한테 딱이야."

코코가 자꾸 발끝을 내려다본다. 그리고 발톱에 들러붙은 진흙을 천천히 뜯어내더니 입으로 가져간다.

"그럼 안 되는데……." 나는 머뭇거린다. 어떻게 얘기해야 할지 모르겠다. "차라리 큰 케이지에 넣어두면 어때요?" 쓸데없이 두리번거리고 목소리에도 힘이 빠진다. "아니면 그냥 풀어주는 건요?"

제인이 쓴웃음을 짓는다. "큰 케이지를 만들 돈이 없네요. 만들 사람도 없고요. 새로운 동물은 항상 나타나기 마련이고 애들 모두 집이 필요해요. 지금으로선 이게 최선이에요." 제인이 자신을 향해 혀를 빼문 파우스티노를 바라본다. "풀어주는 건 절대 안 돼요. 얘들은 원숭이가 되는 법을 몰라요. 가르칠 방법도 딱히 없고요." 이제 나를 돌아보며 말한다. "와이라도 절대 나갈 수 없어요. 여기 고양이들 전부 다 마찬가지예요."

문 뒤에 쌓인 말라붙은 똥 무더기를 멍하니 바라본다. 눈길을 돌릴 수가 없다. 똥 무더기는 가장자리부터 딱딱하게 말라가며 땅바닥과 똑같은 흙색으로 변하고 있다. 어떤 곳은 어디가 땅바닥이고 어디가 똥인지도 분간할 수가 없다. 와이라는 분명 야생 그대로처럼 보였다. 케이지 문만 열려 있다면…….

"와이라는 어디에서 왔죠?"

제인은 어깨를 으쓱하더니 돌아서서 침대 언저리에 턱을 파묻는다. 파우스티노가 제인에게 기어가 긴 팔 한쪽을 어깨에 걸친다.

제인이 두 손으로 파우스티노의 손을 꼭 잡는다. "새끼일 때 어미와 헤어졌어요." 마침내 말문을 연 제인의 목소리는 무미건조하다. 몇 번이고, 수도 없이 되풀이한 이야기라는 듯이. 나 같은 봉사자들을 얼마나 많이 가르쳐야 했을까. "사냥꾼들이 어미를 총으로 쏘고 와이라를 도시로 몰래 들여왔을 거예요. 암시장에서 팔아넘기려고요. 한 거리 예술가가 와이라를 사와서 작은 상자에 가둬놓고 시끄럽고 더러운 곳에 방치했어요. 그다음에 재주를 부리도록 시켰죠. 그 어린아이를요. 이건 정말……." 제인이 이를 악무는 모습이 또렷이 보인다. "야생에서 살았더라면 두 살이 될 때까지 어미와 지냈을 거예요. 그런데 사슬에 묶여서 채찍질을 당하고 영양실조에도 시달렸죠. 스스로를 보호하는 방법은 전혀 배우지 못했어요. 자라서 난폭해진 뒤에야 이곳에 버려졌어요. 태어난 지 열 달쯤 됐을 때예요."

나는 제인을 바라본다. 목이 메인 목소리로 묻는다. "지금은 몇 살이죠?"

"이제 거의 네 살이네요."

긴 침묵이 이어지는 동안 곰곰이 생각한다. 무슨 말을 해야 할지 떠올리려 애써보지만, 내가 할 수 있는 것이라곤 오늘 본 퓨마가 어릴 적 작은 상자에 갇혀 두려움에 떠는 모습을 상상하는 것뿐이다. 예전에 동물원에 간 적이 있지만, 이런 걸 걱정해본 기억은 없다. 하지만 이제는 정말로 걱정이 된다. 구역질이 난다. 제인이 한숨을 쉬며 뒤돌아 나를 쳐다본다.

"오늘 아주 잘했어요."

내가 잘했다고? 이 사람이 도대체 어디서 뭘 보고 있었던 거야? 평행 우주에 있었나? 제인이 미소를 짓는다. 그가 침대 끝자락에 세워둔 양초가 녹갈색 눈에 비친다.

"적어도 침착했잖아요."

나의 모습이 얼마나 거짓이었는지 굳이 말하지 않는다. 시선을 아래로 돌린다. 발가락 위와 끝에 물집이 가득 잡혀 있다. 갈수록 더 커지고 있다. 이제 발가락보다는 터질 듯 부풀어 오른 구명조끼 혹은 속을 잔뜩 채운 패스티 빵에 더 가까워 보인다.

"오스카는 이제 떠나야 해요." 제인이 말을 이어간다. "살던 곳에서 일자리를 구했거든요. 오스카를 대체할 만한 사람을 구하던 참이에요. 그런데…… 와이라는 돌보기 쉽지 않은 고양이라서요." 새미가 콧방귀를 뀌자, 제인이 새미를 살짝 째려본다. "와이라는 자신을 이해해줄 사람이 필요해요. 나머지 고양이들은…… 대부분 여기서 정말 행복해하고 있어요. 하지만 와이라는 아니에요. 와이라는……."

"특별하지." 새미가 픽 웃는다.

문이 쾅 열리면서 해리가 들어온다. "맞아. 정말 특별하지." 그가 웃으며 말한다. 여전히 맨발 차림에다 땅바닥에 한 줄로 진흙과 물을 흘리고 다닌다.

제인이 그를 노려본다. 그리고 나에게 몸을 기울여 조용하게, 다만 남들이 못 들을 정도로 조용하지는 않게 속삭인다. "와이라는 해리를 싫어해요."

해리가 눈을 치켜뜬다. 그리고는 바지를 벗으며 저주하듯 중얼거린다. "와이라의 봉사자들이여." 나를 힐끗 쳐다보면서 말을 이어간다. "이 인간처럼 미쳐버리지 않게 조심하라."

나와 퓨마의 나날들

제인이 낡은 장화를 집어 들어 해리에게 던진다. 해리는 빨랐다. 빗나간 장화가 벽에 쿵 하고 둔탁하게 부딪힌다. 잠시 침묵이 흐르고, 코코와 파우스티노가 와락 난동을 부린다. 해리가 목소리를 낮춰 저주를 퍼붓는 와중에 두 원숭이가 일제히 그의 등 위로 뛰어오른다. 느껴야 마땅한 분노를 토해내는 꺅꺅 소리가 작은 방을 가득 메운다. 허둥지둥 비키며 막 큰 소리로 도움을 청하려 하는 순간 해리가 웃고 있다는 걸 깨닫는다. 새미도 이 판에 뛰어든다. 원숭이 한 마리가 새미에게 다가가 포니테일 머리를 잡아당기고, 마치 트램펄린처럼 모기장 위에서 방방 뛰더니, 서까래를 잡고 그네처럼 몸을 흔들다가 그 위로 올라가 크게 고함친다. 머지않아 모두가 전속력으로 방을 빙빙 돌기 시작한다. 이를 드러낸 채로 모기장을 끌어내리고 머리를 잡아당기고 턱수염을 낚아채고 미사일처럼 물건을 던져댄다.

나는 문으로 돌진한다. 짓눌리거나 물리거나 얼굴을 얻어맞기 전에 이곳을 떠야겠다는 생각이다. 밖으로 나가 위기를 벗어났을 때, 나는 잠시 문간에 서서 꺅꺅거리는 소리와 요란하게 충돌하고 한바탕 웃는 소리에 귀를 기울인다. 세 살일 때, 한창 심리학자 지망생이었던 엄마 친구가 피험자를 구한다고 했다. 그 사람은 나를 선택했고, 시간이 훌쩍 지난 뒤에야 당시 기록을 읽을 수 있었다. 나는 수줍음이 많은 아이였다. 혼자서 놀았고, 왜 다들 큰 소리로 떠들썩대는지 이해하지 못했다. 지금도 위축되는 일이 생기면 그런 태도가 기본이다. 그래서 나는 홀로 여행을 떠나곤 했다. 스스로가 용감한 사람이라고 여겨서가 아니라, 판단이 맞든 틀리든 이따금 혼자 있는 게 더 안전하다고 느껴서였다. 그런데 지금 문 안쪽에서 나는 저 왁자지껄한 소리를 듣고 있자니 그들의 놀이가 참 멋지다는 생각이 든다.

나는 피곤하고 기진맥진한 상태다. 더럽게 가렵고 물집도 이렇게 아플 수가 없다. 다시 들어가는 건 살갗을 벗기는 것만큼이나 말도 안 되는 짓이다. 하지만 그렇다고 해도 나는 그 자리에 머문다. 가만히 소음을 듣는다. 마침내 피로가 나를 덮쳐오자 숙소로 돌아간다. 원숭이도 없고 바닥에 똥도 없는 나의 침대로 비틀비틀 돌아간다. 그리고 즐겁게 웃는 소리를 들으며 잠이 든다.

볼리비아 최초의 생추어리

다음 날 아침, 모두들 한 시간 동안 일을 해야 한단다. 그다음에 식사를 하고 각자가 맡은 동물을 돌보러 가는 일정이다. 내가 맡은 동물은 와이라다. 첫 번째 임무는 캠프 주변에 사는 동물을 한 무리 골라서 돌보는 것이다. 가령 새장 속 새들이 있다. 판치타와 같은 종의 정글 돼지들은 새보다 더 많다. 사람들이 그 돼지들을 '페커리'라고 하는 걸 들은 적이 있다. 이곳 볼리비아에서는 '찬초'라고 부른다고 한다. 식당 뒤쪽 방사장에 새끼 찬초 두 마리가 살고 있다. 그리고 고함원숭이 코코와 파우스티노, 긴코너구리 테앙히도 있다.

나는 반들반들한 대머리 프랑스인 훈련교관 귀스타브와 아메리카타조 여섯 마리와 함께 있다. 귀스타브는 밀라와 아구스티노가 그들을 '피오'라고 부른다고 말해주었다. 영어로는 '레아', 스페인어로는 '냔두'라고 한다. 여기서 실제로 불리는 이름은 맷, 데이먼, 벤, 애플렉, 패트릭, 페투니아다. 페투니아는 몸집이 가장 커서 사람을 주눅 들게 한다. 내가 아무리 환심을 사려 해도 금방 나에게 반감을 보인다. 가는 곳마다 따라와서 셔츠 단추를 쪼아 떨어뜨리려 한다.

동물들의 아침 식사로는 채소 한 통이 주어진다. 바퀴벌레와 모기가 득시글대는 판잣집에서 채소를 강판에 조심스럽게 갈아야 한다. 귀스타브의 말로는 그곳이 '동물 주방'이란다. 녹투성이 강판으로 간 당근 속에는 머지않아 피와 손가락 관절 쪽 살갗이 실제 당근보다 더 많아질 것이다.

"오히려 잘됐네요. 피오는 당근과 고기를 같이 먹어야 한다고 하셨잖아요." 나는 애써 웃으며 말한다.

귀스타브의 표정은 요지부동이다. 나는 서둘러 웃음을 지운다. 귀스타브는 피오에게 먹이를 주면서 집중 공격에 대응하는 방법을 몸소 보여준다. 눈과 단추를 보호하며 저 거대한 공룡 새들을 피하는 방법 말이다. 돛처럼 생긴 날개에 긴 목은 방울뱀이 똬리를 틀 듯 뒤로 구부러진다. 그리고 면전에 대고 "캐액" 악을 쓰기도 한다. 내가 빌린 고무장화는 구멍이 뚫려 있어서 몇 초 만에 양말이 흠뻑 젖고 만다. 페투니아의 진한 자주색 똥은 소똥처럼 끔찍하게 묽으니 말이다. 피오의 방사장은 정말 넓다. 무척 거대해서 안에 들어가면 가장자리가 보이지 않을 정도다. 맷인가 데이먼인가가 내 뒤를 바짝 쫓아오는데, 출구를 도무지 찾을 수가 없어서 공황 상태로 길을 잃는다.

바로 옆 새장에 있는 새들이 나의 모습을 보고 웃음거리를 찾았다는 듯 난리 법석이다. 금강앵무 빅 레드가 낄낄대며 자지러지게 웃는다. 그와 한패인 작은 파란색 앵무새는 내 고무장화가 진흙에 파묻혀 꿈쩍도 안 할 때마다 "돈 두 댓(그러지 마)!"이라며 고래고래 악을 쓴다. 하지만 그럴 수밖에 없다. 진흙이 발목까지 차오르고 '영원한 악취의 늪'처럼(짐 헨슨의 영화 〈사라의 미로여행〉에 나오는 늪. 한번 빠지면 몸에서 영원히 악취가 난다-옮긴이) 자꾸 꾸르륵거리며 내 다리를 빨아 당기기 때문이다. 이곳의 진흙은 믿을 수 없을 정도로 색조가 다양하다. 삽으로 똥을 퍼 올리는 와중에 바닥을 바라보며 감탄한다. 그런데 귀스타브가 준 삽이 갑자기 부러진다. 금이 갔고 손잡이도 없다.

"혹시 제가⋯⋯." 공구 창고에 삽을 걸면서 망설이다 묻는다. 이 창고는 삽만큼이나 쓸모없어 보인다. 간신히 다른 건물에 기대 세워진 창고 안에는, 이곳의 모든 게 그렇듯이 한때는 쓸 만했을 장비가 녹이 슬어 망가진 채로 놓여 있다. "한 달 내내 피오를 돌봐야 하나요?"

귀스타브가 처음으로 웃는다. 활짝 벌린 입술 사이로 흰 건치가 보인다. 아침 햇살에 정수리가 희미하게 빛난다. "피오가 싫군요?"

귀스타브는 휘파람을 불며 어딘가로 걸어가다가 어떤 칠판을 가리키며 말한다. 거기서 두 번째 임무를 확인할 수 있고, 피오를 돌보는 일은 날마다 교대로 한다고. 로라와 보비: 바뇨(화장실). 다음 임무를 확인하니 침울하고 속이 좋지 않다. 아침에 왼쪽 장화를 신

나와 퓨마의 나날들

다가 무언가 물렁하고 질퍽한 것에 발가락이 닿았던 때와 비슷하다. 알고 보니 피부가 꺼끌꺼끌한 주먹 두 개 크기의 두꺼비였다.

보비는 기타 연주자다. 이곳의 장점에 대해 열변을 토하는 모습을 보고 이미 피하기 시작한 지 오래다. 그의 기타, 나선형을 그리며 제멋대로 헝클어진 머리카락, 내가 파르케에 온 이후로 아직까지 입고 있는 티셔츠도 전부 피하고 있다. 냄새로 판단한 바, 작년 크리스마스부터 입고 있는 게 분명한 티셔츠에는 유쾌한 문구가 적혀 있다. 스마일!

"맞아요." 똥 묻은 휴지 한 양동이를 든 보비가 벽에 등을 기대고 느릿느릿 말한다. 수다 떨 시간은 얼마든지 있다는 태도다. 나는 화장실 청소를 최대한 빨리 끝내고 그냥 앉아서 쉬고 싶은 마음이 굴뚝같다. "전 루피를 돌보고 있어요." 나는 물은 적이 없다. 그가 누굴 돌보든 상관없다. "재규어예요. 정식 이름은 하과루피." 그렇게 말하고선 내게 인상을 남기려는 듯 가슴을 한껏 내밀고 웃는다. 모종의 인상을 받기는 했다. 인정할 생각은 추호도 없지만. 나는 화장실 바닥에서 긁어모은 똥 무더기를 쳐다본다. 서까래에 앉은 코코가 걱정되는 얼굴로 내려다보고 있다. 이 똥들의 출처는 코코 같지만 확실하지는 않다.

"루피는 둘도 없는 친구예요."

보비의 눈이 허공 어딘가를 응시하고 있다. "난 루피가 참 좋아요."

"그렇군요."

"전 이곳에 오고 완전히 딴사람이 됐어요." 보비가 망설이며 말하더니 또다시 웃음을 터뜨린다. 소리가 어찌나 큰지 코코가 펄쩍 뛰어오른다. 웃다가 숨이 막히자 허벅지를 때려가며 웃어댄다. "제 말은, 전 목수였거든요. 알다시피 '윗사람'을 위해 일했죠." 그러고는 다시 웃음을 터뜨린다. "하지만 지금은…… 루피 없는 세상은 꿈도 못 꿔요."

"그렇군요." 똥을 거의 다 치웠다. 나는 웃으며 고개를 끄덕인다.

"루피한테는 사람을 기분 좋게 하는 뭔가가 있어요. 재규어지만 인내심이 있어요. 나를 죽였을 수도 있죠. 얘 체중이 90킬로그램이나 나가요!" 또다시 웃는다. 허벅지를 치면서. "그런데도 나를 죽이지 않죠. 산책도 기꺼이 즐겁게 하고요. 항상 당당해요. 어찌나 품위 있는지. 루피가 어릴 때부터 캠프에서 자랐다는 얘기 들었어요?"

나는 올려다보며 묻는다. "캠프에서요?"

"네, 캠프에서." 그가 방긋 웃는다.

"그땐 여기에 아무것도 없었어요. 네나 카를로스와 후안 카를로스가 이 땅을 사고 숙소를 지었죠. 그 사람들이 이 모든 걸 일궈냈어요. 1990년대에 거미원숭이 두 마리, 꼬리감는원숭이 두 마리, 다람쥐원숭이 한 마리를 구조하면서 코차밤바 인근 운무림에서 첫 번째 파르케를 운영하기 시작했죠. 볼리비아에 만들어진 최초의 야생동물 생추어리예요. 2002년에 땅을 매입하는 데 필요한 자금을 마련했고요. 그땐 봉사자도 별로 없었어요. 그리고 로페스라는 아이가 있는데, 그 선글라스를 끼고 서성이는 애거든요……."

나는 고개를 끄덕인다. 로페스를 본 적이 있다. 열여섯 살쯤 되

나와 퓨마의 나날들

었으려나. 세련된 검은색 선글라스를 쓰고 캠프의 오토바이에 앉아 있던 아이. 야위었지만 탄탄해 보이는 가슴 위로 팔짱을 끼고 있었다. 한때 나라 반대편에서 살다가 아버지가 돌아가시고 누이와 함께 이사 와 일자리를 찾아야 했다고 밀라가 내게 일러주었다. 어머니를 부양해야 했던 거다. 한창 일자리를 구할 때 네나와 후안 카를로스를 만나게 되었다. 그때 로페스의 나이가 열하나였다. 그들은 로페스에게 책을 주고 그가 학교를 갈 수 있도록 도왔다. 마침내 로페스는 이곳에 살기 시작하며 동물을 돌보는 방법을 배우게 되었다.

"루피는 초창기에 온 고양이였어요. 루피와 로페스는 같이 자랐어요. 판치타와 함께 자유롭게 거닐었죠. 방사장을 지을 돈이 생기기 전 이야기예요. 모두가 그저 동물을 구조하고 그 애들에게 행복한 삶을 주려 했던 것 아니겠어요?" 그는 '행복한 삶'이란 단어를 힘주어 말하면서 휴지 양동이를 나의 면전에 대고 흔들어댄다. "상상해봐요!" 보비는 호들갑스럽게 한숨을 쉬며 벽에 등을 기댄다. "새끼 재규어, 도벽이 있는 돼지, 열한 살짜리 아이. 그들이 친구가 되었다고요."

상상할 수 없는 일이다. 정말 동화 같은 이야기.

"로페스를 기억할까요? 루피가요." 나는 살며시 묻는다.

보비가 방긋 웃으며 말한다. "저는 재규어가 웃을 수 있다고는 생각도 못 했어요. 루피와 로페스가 함께 있는 모습을 보기 전까지는요."

열한 살 무렵, 교실에서 애거사라는 기니피그를 키운 적이 있다. 나는 애거사가 무서웠다. 나한테 오줌을 싸고 나를 문 적도 있다. 코닐 선생님이 무심코 내 무릎 위에 떨어뜨릴까 봐 두려움에 떨기도 했다. 어쩌면 애거사도 이 등골이 오싹해지는 강제적인 만남을 나 못지않게 무서워했을 거라는 생각은 미처 하지 못했다. 덤불 속에 천천히 던져 놓은 똥이 아름다운 분홍색 꽃의 중심부를 더럽히며 서서히 내려앉는다. 내가 열한 살에 이곳에서 재규어를 맞닥뜨렸더라면 무슨 일이 벌어졌을까. 막연하지만 궁금하다. 나는 눈부시게 파란 하늘을 올려다보며 손에서 똥 부스러기를 털어낸다. 그리고 피곤에 찌들어 생각할 뿐이다. 29일만 버티면 된다고.

🐾

아침을 먹고 다시 와이라의 케이지로 갔다. 너무 덥고 너무 피곤하고 너무 많이 물렸고 너무 쓰라리다. 제인이 알려주는 과제를 해내기엔 벅찬 상태다.

"파투후 잎을 얼굴에 문질러요."

제인이 공터 주변에 있는, 카누 노처럼 생기고 질감이 단단한 나뭇잎을 가리킨다. 음, 저걸……?

"와이라가 좋아하게 될 거예요."

분부대로 한다. 발가벗고 몸을 땅콩버터에 문지르라고 말했어도 역시 그렇게 했을 거다. 파투후가 축축한 피부에 달라붙어 나의 체취를 흡수한다. 나는 파투후를 철조망 사이로 쑥 내민다. 꼭 짝짓기 의식을 기묘하게 흉내 내는 것만 같다. 하지만 와이라는 높은 단,

'왕좌' 위에서 하악거릴 뿐이다. 그 바람에 나는 비명을 지르며 파투후를 떨어뜨리고 철조망에서 손을 뺀다.

내가 쏘아보자 제인은 그저 어깨를 으쓱인다.

하루하루가 리듬 타듯 흘러간다. 질색하면서도 매번 열중하게 되는 패턴이다. 우선 땀에 흠뻑 젖어 잠에서 깨어난다. 등이 배기고, 쪽잠을 자다가 이를 갈아대는 통에 긴장성 두통이 멎을 새가 없다. 코를 찌르는 냄새가 나는 똑같은 옷을 머리부터 뒤집어쓴다. 채소를 간다. 똥을 치운다. 청소하라는 것은 무엇이든 한다. 그러고선 혼자 아침을 먹으며 날마다 밀라가 늘어놓는 공지 사항, 주로 화장실이나 똥에 대한 이야기를 듣는다. 파우스티노가 속옷을 훔쳐서 화장실 밑바닥에 묻지 않게 할 것. 코코가 화장실에서 사람들을 훔쳐보지 않게 할 것. 화장실 문을 꼭 닫을 것. 그러지 않으면 판치타가 똥으로 목욕을 하고 파우스티노가 턱수염에 하얀 거품을 묻히며 비누를 먹는 장면을 보게 될 테니.

캠프에서 나와서 와이라에게 향하는 길. 극도의 피로로 현기증이 난다. 오솔길을 걸을 때마다, 발걸음을 뗄 때마다, 고개를 돌릴 때마다, 익숙지 않고 감각이 대비하지 못하는 새로운 경험이 펼쳐지는 탓에 마음 한구석에서는 몸을 웅크리고 누워 다시는 눈을 뜨지 않길 바라게 된다. 반면에 다른 한구석에서는 절대 그렇게 눈을 감을 수는 없다고 생각한다.

제인과 오스카가 와이라에게 캐러비너를 끼우는 모습을 지켜본다. 왜 눕는지 도저히 이해할 수 없는 의아한 장소에 와이라가 누울 때까지 기다린다. 예고도 없이 내뱉는 불가해한 그르렁 소리에 움찔거린다. 그가 조용히 있을 때에는, 기대감, 경외심 혹은 경의랄까, 그런 알 수 없는 이유로 넋을 잃는다. 와이라가 자는 동안 개미와 독 애벌레, 모기와 도토리만 한 말파리에 물리며 다섯, 여섯, 일곱, 여덟 시간을 꼬박 보낸다. 그가 나를 신경 쓰지 않길, 특히 내가 슬금슬금 땅바닥에 대변을 보러 갈 때 그렇게 해주길 몹시도 바란다. 나의 배 속에는 불안과 박테리아와 물이 들끓는다. 날이 저물 무렵에는 와이라가 정말로 나를 신경 쓰지 않았다는 것에 실망한 채 자리를 뜬다. 얼얼할 만큼 차가운 물로 샤워를 한다. 물집이 부풀어 오르다가 터지면서 피와 고름이 낭자해진 것을 바라본다. 절뚝거리며 도로를 걷다가 별똥별들이 휙 지나가는 광경을, 색을 잃은 불꽃놀이 폭죽이 천억 킬로미터 너머에서 발사되는 광경을 지켜본다. 침대로 기어가 울퉁불퉁한 혹들 사이에서 편히 누울 우묵한 공간을 찾느라 애쓰다 결국 포기한다. 쥐들이 무언가 중요한 일을 바삐 해치우는 소리를 듣는다. 당장 짐을 쌀까 고민한다. 하지만 이런 생각 자체도 피곤하다. 그래서 나는 곰팡내 난 낡은 《반지의 제왕》 책 속으로 도망친다. 식당 식탁 아래에서 발견한 선물 같은 책 속으로.

제인은 와이라가 사람을 믿을 시간이 필요하다고 했다. 하지만 경험상 와이라는 내가 그곳에 있든 없든 전혀 신경 쓰지 않는다. 때로는 산책에 열중하고, 때로는 처음 만난 날처럼 몇 분간 힘껏 달린다. 아니면 몇 분간 그냥 짜증을 낸다. 거의 항상 그렇다. 케이지 안에서도 짜증을 내고, 케이지 밖에서도 짜증을 낸다. 먹을 때에도 짜증을 내고, 핥을 때에도 짜증을 낸다. 종종 자면서도 짜증을 낸다. 나는 아무것도 아니다. 다른 점들 사이에 놓인 자그마한 점, 이런 말도 안 되는 장소에서 헐떡대는 점일 뿐이다. 끝도 없는 정글 속. 물론 끝이야 있다. 마을에 이르면, 도시나 시내에 이르면. 그보다 더 나아가면 한쪽 끝에 안데스 산맥이, 다른 쪽 끝에 소금 사막이 자리한 산악 지대가 나타난다. 그 너머로는 바다가 그리고 별들이 펼쳐질 것이다.

믿음의 문제

어느덧 파르케에 온 지 닷새가 지났다. 내가 이때까지 버틴 건 주말에 휴식이 보장되어 있기 때문이다. 딱 반나절, 토요일 오후, 일주일에 한 번. 짧긴 하지만 정말 신나는, 마법과 같은 시간이다. 게다가 일요일에는 아침을 먹기 전에 다른 동물을 맡을 예정이다. 피오는 이제 끝! 잘 있어, 페투니아! 이제 단추가 남아나지 않아 셔츠를 잠그려면 줄로 동여매야 할 판이다.

　오늘은 금요일. 일은 끝났고 푸세식 변기로 관례적인 여정을 떠나는 중이다. 땅바닥에 십자 무늬 그림자가 드리우고, 새미는 해리와 함께 샤워실에 등을 기대고 수다를 떨고 있다. 해리는 수건으로만 몸을 두르고 양초를 들고 있는데, 피에 굶주린 모기들의 존재는 눈치채지 못한 상태다.

　파르케에는 사회적 위계가 존재한다. 그걸 파악하는 데는 그리 오랜 시간이 걸리지 않았다. 스태프는 전부 볼리비아인이다. 밀라, 아구스티노, (날마다 오토바이를 타고 오가는) 요리사 도냐 루시아,

아이들(어린 순서대로 얘기하자면 오시토, 후아나, 헤르만시토, 마리엘라, 로페스). 식사 시간 내내 그들은 식당에서 맨 앞 식탁에 앉는다. 스페인어 혹은 케추아어로 빠르게 말하는 통에 나는 기가 죽을 때가 많다.

그리고 장기 자원봉사자가 있다. 기가 죽는 건 마찬가지다. 유창한 스페인어로 스태프와 이야기를 나누다가, 함께하지 않을 때면 쥐들과 가장 가까운 식당 뒤편의 긴 식탁에 따로 앉는다. 그들은 몇 달 이상 머문 외지인이다. 새미와 해리가 장기 봉사자고, 보비와 톰과 제인도 마찬가지다. 주로 일주일에 한 번씩 샤워를 하는데, 안색이 창백하니 병약해 보이고 원숭이와 한방에서 잔다. 피곤하지만 더없이 행복하다는 미치광이 같은 표정을 늘 짓고 다닌다. 언제든지 마체테 칼을 집어 들고 정글로 뛰어들 준비가 된 것만 같다. 그리고 자기가 맡은 '우리 고양이'에 대한 이야기를 시작하면 귀가 떨어져 나갈 때까지 그치지 않는다.

스태프와 장기 봉사자가 아닌 사람들은 자동으로 마지막 그룹, 단기 봉사자로 분류된다. 여전히 눈을 동그랗게 뜨고 돌아다니는 사람들, 원숭이들이 오토바이 사이드미러를 보며 털을 고르는 모습에 기묘함을 느끼는 사람들, 뜨거운 물 샤워를 추억하며 아직 비누를 포기하지 못한 사람들. 그게 바로 나다. 나는 단기 봉사자다. 어떻게 단기 봉사 이상의 것을 할 수 있는지 이해가 되지 않는다.

나는 시선을 아래로 두고 푸세식 변기로 이어지는 오솔길을 향해 다가간다. 그런데 막판에 무심코 위를 슥 쳐다본 순간 해리와 눈을 마주친다. 곧바로 후회가 밀려온다. 나와 같은 침대의 아래층을 쓰는 카타리나라는 여자애가 있다. 이곳에 머문 지 3주가 지난 그는 세르비아 출신이지만 지금은 런던에 산다. 참고로 판치타와의 격렬한 전쟁은 여전히 진행 중이다. 카타리나는 방안의 촛불이 흔들거리는 와중에 침대 프레임 너머로 소곤소곤 소문을 전해주곤 한다. 그가 나에게 해리에 대한 소문을 들려주었다. 마치 회전목마처럼 단기 봉사자들과 돌아가며 잔다는 소문을. 카타리나는 그를 절대 거들떠보지도 말라고 조언해주었다.

바닥에 떨어진 벽돌에 발이 걸려 테앙히 위로 넘어질 뻔한다. 테앙히는 수북이 쌓인 세탁물 주변을 주둥이로 파고 있던 참이었다. 불의의 사고로 빨랫줄에서 떨어진 세탁물이 퇴비를 뒤집어쓴 거대한 네발짐승에게 짓밟힌 모양이다. 테앙히가 놀라서 삑삑 소리를 지른다. 주황색 줄무늬 꼬리를 바닥에서 벌떡 들어 올리더니 종종걸음으로 급히 뛰어간다.

"미안!" 나는 몸을 일으켜 세우며 소리를 낮춰 사과한다. 얼굴이 달아오른다.

"프로도." 새미가 누군가를 부른다. 프로도? 하늘을 덮은 나무들 속에서 새미가 뱉은 단어가 울려 퍼진다. 나무에서 풍겨오는 썩은 시트러스 냄새가 좁은 공터를 뒤덮는다. 새미가 나를 부르는 손짓이 긴 그림자를 드리운다. 나는 머뭇거린다. 혹여나 놀림감이 될까 걱정된다. 새미의 웃음으로 나의 걱정이 증명된다. 해리를 흘끗 보니 가슴이 더 철렁 내려앉는다. 해리도 가까스로 웃음을 참고 있다.

"미안. 그렇지만 맨날 《반지의 제왕》을 읽고 있잖아. 그리고 네가 프로도랑 닮은 걸 어떡해." 새미가 히죽히죽 웃는다.

"호빗처럼 생겼다고?" 내가 소리친다.

"아니!" 당황하는 것을 보니 아예 몰지각하진 않은 모양이다. "단지…… 불쌍해 보여서 말이야. 불이 쏟아지는 산을 올라가면서 과연 해낼 수 있을까 노심초사하는 것 같잖아." 새미가 어깨를 으쓱하며 손을 흔든다. "걱정 마. 점점 쉬워질 거야. 너도 마을로 갈래? 오스카가 내일 떠나거든."

나의 얼굴색이 피오 똥처럼 변한다. 핑계를 대고 급히 자리를 뜬다. 푸세식 변기에 혼자 있을 때에만 호흡이 침착해진다. 여기서만 진정할 수 있다니! 말도 안 돼. 가장 안전하게 느껴지는 곳이라는 이유로 필요한 시간보다 오래 푸세식 변기에 앉아 있기 시작했다는 게 믿어지지 않는다. 벌레와 구더기와 나방이 종이접기 하듯 서로 포개져 있는데!

기름진 머리카락을 쓸어내리는 손이 덜덜 떨린다. 평소의 대처 방식, 그러니까 나는 멋져 보이고, 웃고 있고, 여기에 적합한 사람이고, 괜찮다고 다짐하는 것이 더러운 물집투성이 손가락 주위에서 부서진다. 노랗고 검은 거미가 서까래에 친 거대한 거미집에 매달려 있다. 첫날 밤에 보고 소리를 질렀던 바로 그 거미다. 나는 거미에게 해그리드라는 이름을 지어주었다. 해그리드가 나를 바라본다. 골똘히 생각에 잠긴 듯한 어두운 눈. 그 앞에서는 나의 미소가 진짜 미소로 보이지 않을 것만 같다. 거미가 나의 마음속 어두운 곳까지, 온갖 안 좋은 것들을 꽁꽁 숨겨둔 곳까지 들여다볼 수 있을까? 내 표면에 드러난 것들은, 차와 자파케이크(초콜릿이 발린 동그란 모양의 영국 과자-옮긴이)가 먹고 싶어, 날씨는 어때, 같은 게 전부다. 하지만 속으로는 엿 같은 '운명의 산(소설 《반지의 제왕》에 나오는 화산. 주인공 프로도는 그의 동료 샘와이즈 갬지와 함께 절대반지를 파괴하러 '운명의 산'으로 여정을 떠난다-옮긴이)'을 오르고 있다. 와이라도 나의 그런 모습을 간파하고 있을까? 그래서 내가 자기 주변에 있지 않기를 바라는 걸까? 여기까지 생각이 이르자 속상함에 눈물이 난다.

화장실 바깥이 숨 막힐 듯 고요해서 입을 막고 소리를 죽인다. 그동안 가본 여느 장소와 달리 정글은 실제로 모든 것을 듣고 있다. 이 모든 소음에도 개의치 않는다. 수 킬로미터에 걸쳐 존재하는 생명체, 나무와 식물과 버섯, 암석과 대지에도 개의치 않는다. 지금껏 나 자신이 이토록 연약하게 느껴진 적은 없었다. 정글은 듣기를 멈추지 않는다. 그러니 정글이 싫다는 말을 어떻게 해야 할지 모르겠다.

사람들 한 무리가 막 떠나려 할 때 나는 도로에 모습을 비춘다. 총 열아홉 명. 오늘 아침에 봉사자가 두 명 더 도착했다. 날이 어두워서 다행이다. 이곳은 거울이 없어서 내 눈이 얼마나 빨간지 확인할 수가 없다. 그래도 카타리나 옆에 서게 되어서 진심으로 웃는 척하려 애쓴다. 하늘에 보름달이 떴고, 도로는 은빛을 머금었다. 숲은 반딧불에 둘러싸여 황홀한 분위기를 풍긴다. 큰 울음소리가 들린다. 워낙 시끄러워서 개구리일 리는 없다고 생각한다. 하지만 카타리나를 돌아보며 묻자 맞다는 뜻으로 고개를 끄덕인다. 개구리들이 무얼 하는 중인지, 이렇게 크게 우는 것이 무슨 뜻인지 알고 싶다.

우리는 발걸음을 옮긴다.

"마을이 얼마나 먼데요?" 새로운 봉사자 한 명이 묻는다. 단어 마다 의혹이 방울진다. 익숙한 느낌의 남자다. 함께 대학을 다녔던 수많은 남자들이 떠오른다. 럭비를 하고 아버지의 차를 모는 남자들. 당시에는 결코 이 남자와 친구가 될 수 없었을 거다. 밝고 부드러운 푸른색 눈에 키도 커서, 걷는 법을 배운 이후로 쭉 자신의 매력에 의존했을 것이다. 주변을 둘러보는 모습을 보아하니, 이런 곳보다 파티 호스텔 같은 곳에서 훨씬 더 편안함을 느끼는 사람이란 걸 알겠다. 나도 그런 장소에 머물러본 적이 있지만 정말 별로였다. 하지만 지금은 그의 익숙한 느낌이 위안이 되어 걱정될 지경이다. 남자는 자신을 브라이언이라고 소개했던 것 같다. 나머지 한 명은 패디. 치약 광고 모델처럼 반반한 얼굴에 태닝을 해서 피부가 주황색에 가깝다. 보조개가 깊어서 손가락을 대면 푹 들어갈 것만 같다. 패디는 의욕 충만한 상태로 뛰어다니며 뚱한 표정의 친구를 향해 눈을 치켜뜬다.

"브라이언, 징징거리지 좀 마! 그리 멀지 않을 거야." 패디가 낄낄거리며 웃는다.

"한 시간 하고도 반은 걸어가야 해요." 카타리나가 단번에 바로 잡는다.

패디와 브라이언과 내가 곧바로 걸음을 멈춘다.

"한 시간 하고도…… 그럼 어떡하죠?" 브라이언이 말을 더듬

나와 퓨마의 나날들

는다.

"설마……." 패디가 잠시 꾸물대다 말한다. "버스는 있겠죠?"

카타리나가 코웃음 치며 말한다. "하루에 두 번요. 운이 정말 좋다면요. 히치하이킹을 할 수도 있겠지만……." 그러고는 텅 빈 도로를 탓하듯 쳐다본다. "여러분 운에 걸어보긴 좀 그렇네요. 특히 이런 한밤중에는요."

"아하." 카타리나의 정보를 완전히 이해했다는 듯 패디가 끄덕인다. 그의 얼굴에 또다시 미소가 단숨에 들이닥친다. "흠, 한 시간 반이라니, 그리 멀지 않네!"

"맥주 한잔하려고 거기까지 간다고?" 브라이언이 카타리나를 향해 절실한 눈빛을 보낸다. 하지만 카타리나는 다른 이들을 따라 이미 자리를 떴다. 저 멀리 반딧불이의 무리 속으로, 손전등 불빛을 요리조리 흔들며 움직이고 있다. 도로는 텅 비지 않았다. 조금도 그렇지 않다. 이 사실을 깨달은 듯 브라이언은 주춤한다. 이곳에는 너무도 많은 것들이 있다. 보이는 것과 보이지 않는 것들, 들리는 것과 들리지 않는 것들. 길게 뻗은 포장도로를 둘러싸고 무수히 많은 것들이 우글거린다. "진짜로 차가 없다고?" 브라이언이 힘없이 중얼거린다. 어두운 정글이 그의 위로 드리운다.

내가 어깨를 으쓱하며 말한다. "저도 처음 가는 거예요."

브라이언이 나를 무심히 쳐다본다. "여기에 얼마나 있었어요?"

"일주일쯤 됐네요." 일주일쯤 됐다고? 아무것도 아닌데 영원처럼 느껴진다. 별똥별이 하늘을 가로지른다. 남십자성을 이루는 빛점들이 숲 꼭대기를 에워싼다. 나무들이 워낙 어두워서 빛점이 거의 파랗게 보일 정도다.

"와, 여기 분들은 전부 몇 년은 된 줄 알았어요. 굉장히 능숙해 보이던데요?" 패디가 놀라며 말한다.

"전 아니에요!"

"청소하는 걸 봤는걸요. 할 일이 뭔지 정확히 알고 있는 것처럼 보였어요."

패디를 멀뚱멀뚱 쳐다본다. 퇴비 양동이를 꺼낸 뒤에 어둠 속에서 돼지 방사장을 찾느라 적어도 20분은 휘청거리며 돌아다닌 적이 있다. 거름을 뒤집어쓰고 돌아오면 심각한 신경쇠약에 걸리기 직전이었다. 처음 며칠을 떠올린다. 모두가 똑같은 사람처럼 보이고 이름을 아는 사람도 없을 때. 다들 정말로 여기서 몇 년은 산 것처럼 보였을 때. 이렇게 생각하니 당혹감이 밀려온다. 이제 알겠다. 그들이 그럴 리가 없다는 것을. 어쩌면 그들도 어둠 속에서 비틀거리며 돌아다녔을지 모른다. 내가 그랬던 것처럼.

"여기는 정말 엉망이야." 브라이언이 투덜거린다.

"그렇게 나쁘진 않아요!" 나는 무심코 외친다.

"그렇게 나쁘진 않다고요? 제 숙소 방이 어떤지 봤어요? 그 안에 여섯 명이서 지낸다고요! 여섯 명이나! 그리고 여섯 명 말고 또 뭐가 있는지 알아요? 이곳이 동물 생추어리라는 건 알아요. 그래도 생추어리에서 쥐를 돌볼 생각은 전혀 없다고요. 됐거든요?"

나는 방긋 웃는다. 그들은 나와 함께 라파스에서 지내게 되었다.

"며칠만 참아봐, 브라이언. 그러고 나서 포기하든 말든 하자고."

나와 퓨마의 나날들

패디가 희망적인 눈빛으로 나를 바라본다. "점점 나아지겠죠? 그렇죠?"

나는 망설인다. "혹시 벌써 고양이를 맡게 됐나요?"

"네. 재규어였나 하는 애를 맡았죠. 루피라 그랬나?" 브라이언이 눈살을 찌푸린다.

"전 유마요. 아마 퓨마인 것 같아요."

나는 루피나 유마를 잘 모른다. 하지만 보비는 누군지 안다. 조금이지만. 어쩐 일인지 보비와 그가 어지간히 사랑하는 고양이를 향해 방어적인 태도를 취하게 된다. 그리고 톰. 장기 봉사자들 중 가장 얌전한 톰이 유마에 대해 말해준 적이 있다. 어느 늦은 밤, 톰이 진흙과 할퀸 자국으로 뒤덮인 채 숙소로 돌아온 때였다. 그의 얼굴이 어슴푸레 빛나고 있었다. 톰은 해먹에 누워 장화를 벗으며 나에게 말했다. 유마도 와이라와 비슷한 느낌이라고. 사납고, 혼란스럽고, 약간 미친 것 같다고.

"음." 나는 천천히 입을 뗀다. "한 달간의 봉사를 신청하고 고양이를 맡게 된다면, 그 후로는 떠나기 힘들 거예요."

그들이 나를 빤히 쳐다본다. 포장도로가 진한 냄새를 풍긴다. 구운 고기와 뜨거운 타르의 냄새. 도로가 워낙 곧아서 꼭 하늘에서 뚝 떨어진 것만 같다.

"왜요?"

"그건……." 목소리가 점점 작아진다. 왜일까. 그저 고양이일 뿐인데. 떠나고 싶은데 그러면 안 될 이유는 또 뭔가? 고작 며칠 전에 나 자신이 그렇게 생각했던 것처럼. "그건 믿음의 문제거든요." 내가 소리를 낮춰 말한다.

잘 이해했다는 듯 패디가 고개를 끄덕인다. "그쪽 고양이는 누 군데요?"

"와이라요." 너무 빨리 대답했다. 나의 고양이. 내게서 비스듬 히 놓인 날카로운 광대뼈를 머릿속에 그려본다. 와이라가 나무에 숨은 꼬리감는원숭이 무리나 구름을 쳐다보느라 고개를 들어 올릴 때면, 그의 얼굴 형태가 바뀐다. 첫날에도 알아채긴 했지만, 변화는 날마다 극명해진다. 마치 와이라가 점차 현실에서 멀어지는 것만 같다. 허물을 벗고 탈바꿈하여 하늘로 날아오를 것만 같다. 힘들게 침을 삼킨다. 목이 바싹 마른다. '와이라는 내 것이 아냐. 누구의 것 도 아니야.' 나는 분명히 해둔다. 그리고 스스로에게 놀란다. 오늘 끈 적끈적한 진흙탕에 철퍽 주저앉은 와이라의 모습을 떠올리며 웃음 을 머금고 있었으니까. 또 진흙이 자기를 괴롭히려고 일부러 그곳 에 있었다는 듯이 진흙을 향해 으르렁거리는 모습을 떠올리면서도. 와이라는 그 이후 두 시간 동안 화가 잔뜩 난 채로 몸을 닦았다. 우 리가 웃음을 터뜨리자 우리를 죽일 듯 매섭게 쏘아보았다. 전부 한 통속이라는 것처럼.

브라이언이 나를 이상한 사람 보듯 쳐다본다. "와이라는 어 때요?"

나는 침울해진다. 처음 만났을 때처럼 사납게 하악거리지는 않지만, 와이라는 나란 존재를 깡그리 무시하기로 결심한 게 분명 하다. 물론 몇 시간 동안 내리 이어지는 잠을 청하려 할 때면, 내가 움직이고 숨 쉬고 소리를 낼 때마다 아르릉대기는 한다. 나는 모기

물린 자국을 긁고 싶어 괴로워하며 와이라가 깰 때까지 기다린다. 그리고 오스카와 제인이 와이라를 허둥지둥 뒤따르고 모든 변덕을 맞춰주는 모습을 보고 고개를 절레절레 흔든다. 일과를 시작할 때마다 격하게 할짝거려주는 것 말고는 보답이라곤 아무것도 없는데도 말이다.

한숨을 푹 내쉰다. "사실 좀 미친년일지도 몰라요."

산타마리아의 첫인상은 내가 버스를 타고 볼리비아를 가로지르며 창문으로 봤던 여느 마을과는 다르다. 줄지어 선 오두막은 가로등 빛 자락에 푹 잠겨 있다. 가로등은 딱하게도 옅은 주황빛을 깜박거리며 살기 위해 애쓰고 있다. 진흙을 깔아 만든 도로가 군데군데 벗겨져 있다. 어둠이 깔린 곳에 집들이 숨어 있을 것이다. 중심가에 자리한 몇몇 오두막은 손수레에 과일과 야채를 쌓아둔 상점이다. 길게 땋은 머리를 등 뒤로 늘어뜨린 여자들이 통 넓은 벨벳 치마를 입고 아기를 업은 채 자리를 지키고 있다. 나머지 오두막들은 작은 식당이다. 남자들이 나무 식탁에 앉아 프라이드치킨을 먹으며 맥주캔을 들고 서로에게 손짓한다. 끝이 심하게 찌그러진 TV에서 액션 영화가 떠들썩하게 방영된다. 먼지 날리는 길가는 온갖 쓰레기로 어질러져 있다. 뼈, 비닐봉지, 깨진 병. 피곤해 죽겠는데 자꾸 닭들이 발에 채인다. 길거리 개들은 개의치 않고 도로에서 잠을 잔다.

카타리나가 초가지붕 건물로 우리를 안내한다. 너무 밝아서 눈에 거슬리는 전깃불과 80년대 음악의 금속성 사운드가 울리고 있다. 카타리나는 반나체 여자 포스터가 덕지덕지 붙은 벽을 턱으로 가리킨다.

"포르노 바에 온 걸 환영해요." 카타리나가 냉장고를 열고 맥주 몇 병을 꺼내며 빈정대듯 말한다. 그가 건네준 맥주를 바라본다. 희미한 오줌 냄새가 나고 미지근해도 전혀 상관없다. 달 표면의 먼지로 만든 것이라는 듯 나는 맥주를 두 팔로 고이 안는다. 앞쪽 선반에는 쭈글쭈글한 담뱃갑과 감자칩, 오래되어 먼지가 자욱하고 라벨이 바랜 증류주가 쌓여 있다. 문밖으로 테라스가 보인다. 바닥에 깔린 매트리스 위로 아이들이 겹겹이 쌓인 채 곯아떨어졌다. 캠프에서 봤던 한 여자가 우리 뒤에서 나타난다. 카타리나가 방긋 웃으며 그를 껴안는다. "도냐 루시아!"

여자가 수줍게 미소 짓는다. 도냐 루시아는 우리가 살 물품의 가격을 매기고 우리가 건넨 볼리비아노 지폐를 덜거덕대는 낡은 현금 출납기에 넣는다. 한쪽 손마디에 'AMOR(사랑)'라는 타투가 새겨져 있다. 술집 벽을 뒤덮은 포르노 포스터와는 어울리지 않는 사람이다. 나이는 마흔쯤, 얼굴은 곱고 온화하다. 여섯 살쯤 되어 보이는 남자아이가 그의 다리를 꼭 붙들고 있다. 다른 팔로는 겨우 눈을 뜬 강아지를 안고 있다.

"도냐는 우리에게 요리를 해주고 이곳도 운영하고 있어요." 카타리나가 나에게 속삭인다. 남편이 있나 둘러보지만 그럴 만한 사람은 보이지 않는다. 얼마 뒤에 카타리나가 TV 앞 해먹에서 인사불성이 되어 코 고는 남자를 가리킨다.

나는 벽에 등을 기대고 맥주를 한 모금 홀짝인다.

패디가 눈을 동그랗게 뜨며 묻는다. "로라, 이건 어떻게 생각해요?"

주위를 둘러본다. 동물원에서 인기 동물을 구경하는 것처럼 술집 한구석에서 우리를 빤히 쳐다보는 현지인들. 언저리가 주황빛으로 물든 바깥의 어둠. 뜬금없이 불쑥 솟은 암석 언덕, 깜박이는 불빛, 발전기의 윙윙 소리. 강아지를 담은 박스를 제인이 지키고 있는 와중에 소리를 지르며 보비의 어깨에 올라타는 아이들. 길거리 개들. 해리와 톰이 나눠주는 프라이드치킨 뼈를 당구대 위로 올라가 먹는 개 두 마리. 끈질기게 남편을 흔들어 깨우는 도냐 루시아, 그 뒤에서 잠든 아기들, 몇 번이고 반복 재생되는 80년대 음악 CD, 샌들을 벗어던진 발가락 아래로 느껴지는 차가운 흙, 독한 담배의 맛, 모든 것들 위로 어렴풋이 떠오른 달, 드넓게 펼쳐진 황무지 한복판에 뚝 떨어진 느낌, 그리 멀지 않은 곳에 야생 재규어와 퓨마와 원숭이와 사냥꾼이 도사리고 있다는 인식. 나는 패디의 시뻘게진 얼굴을 바라본다. 그는 영국 피터버러에서 왔다. 여행에 몇 날 며칠이 걸리는 볼리비아의 관점에서 보자면, 피터버러는 우리 집에서 기차로 얼마 걸리지도 않는 가까운 곳이다.

"정말 이상한 곳이네요." 정글에 온 뒤로 솔직하게 말한 적이 별로 없다. 방금 했던 말이 그중 하나다.

패디가 끄덕인다. 싸구려 럼을 한 병 들고 있다. "제 생각에도 그래요. 한번 취해볼까요?"

눈을 뜬 곳은 진흙탕 속, 파르케 식당 뒤편 어딘가다. 밝은 햇살이 따갑게 눈을 내리쬔다. 판치타의 털투성이 주둥이가 바로 눈앞에 있다. 그리고 옆에는 거의 발가벗은 해리가 있다. 나는 흙투성이 알몸이다. "아, 망했네" 하는 기분이 단숨에 밀려든다. 판치타를 밀쳐낸다. 판치타가 콧바람을 분다. 끝내주는 구경거리를 발견했고, 자신이 본 것을 누구에게도 빠짐없이 퍼뜨리지 않고는 못 배기겠다는 것처럼. 나는 양손에 얼굴을 파묻고 필사적으로 옷을 찾아 쑤석거린다.

"쉿, 판치타. 너, 입 다물어야 돼." 어젯밤의 기억이 떠오르기 시작해 우는소리로 말한다. 럼이 생각난다. 춤을 췄었지. 당구대 위에서. 패디, 제인, 아구스티노, 톰 그리고…… 해리와 함께. 차고가 높은 가축 운반차를 얻어 타고 삐걱거리는 소음을 들으며 돌아왔다. 아, 제발. 기억이 밀려온다…….

옆에 드러누운 해리는 내가 쑤석거리는 모습을 지켜보며 방긋 웃는다. "재미있었지."

"그래." 바지를 입으며 말한다. 젠장. 망했다. 무언가에 심하게 물린 것 같다. 하지만 밤중에 몸 위로 기어 올라온 것이 뭔지 무서워서 궁금해지도 못하겠다. 물론…… 해리는 말할 것도 없고…….

"너 괜찮아?"

엄지보다 큰 개미들이 해리의 무릎 바로 옆을 줄지어 지나간다. 그는 신경도 쓰지 않는다.

"괜찮아."

"프로도, 너 안 괜찮아 보이는데."

"괜찮다고!" 누군가가 벌거벗은 나를 보고 호빗이라고 부르는 것보다 굴욕스러운 상황은 없다. 해리의 얼굴을 슬그머니 쳐다보니, 그가 나의 기분을 상하게 할 생각은 아니었다는 건 알겠다. 우스꽝스러운 턱수염 뒤로 주름 잡히며 웃는 그의 미소와 눈이 마음에 든다. 나는 속으로 욕을 퍼부으며 눈길을 돌린다. 그가 몇 주 뒤에 떠날 예정인 여자애들과 잔다는 이야기는 들었다. 더 최악인 건, 섹스를 한 뒤로는 그 여자애와 말도 섞지 않는다는 거다.

엄마는 이따금 웃으며 말씀하셨다. 내가 진지한 관계를 두려워한다고. 맞는 말이다. 그럴지도. 나는 오랫동안 홀로 지냈다. 4년인가 5년쯤. 이 문제에 대해 솔직하게 생각해보는 것이 정말 싫다. 딱 한 번 연애를 한 적이 있지만 끔찍하게 끝나고 말았다. 나는 그저…… 모르겠다. 관계에는 별 관심이 없어서 그런가? 엄마, 전 괜찮아요. 소란 떨 필요 없어요…… 아직 치료받을 정도는 아니에요.

그런데 해리라니. 와. 엄마가 신이 나서 해리에 대해 이야기하는 장면만 떠오른다. 곁눈질로 해리를 바라본다. 판치타를 사랑스럽게 바라보며 녀석의 배를 긁어주고 있다. 목이 메이는 나의 모습이 수치스럽다. 해리가 나와 섹스를 하다니. 생각해보니 나는 해리가 만나는 여자의 패턴에 딱 들어맞는다. 단기 봉사자. 잠깐 있다 갈 사람. 중요하지 않은 사람. 운명의 산이 있는 모르도르를 호빗 같은 표정으로 배회하는 사람. 와이라가 내 땀이 묻은 파투후 잎을 냉담하게 뛰어넘고 뒤도 한 번 돌아보지 않고 지나갔을 때와 비슷한 기분이다.

따뜻한 물로 샤워할 날만 손꼽아 기다리던 참이다. 쿠션이 깔린 의자에 앉을 그날을, 단 몇 초라도 벌레에 물리지 않고 서 있을 그날을……. 하지만 나뭇가지에 매달린 야생 꼬리감는원숭이가 태평하게 망고를 먹으며 구경하는 동안, 해리가 자기보다 큰 돼지에게 뽀뽀를 퍼붓는 모습에는 무언가가 있다. 숲 천장의 틈 사이로 햇살이 반짝거리며 진흙을 금빛으로 물들이는 모습에도 마찬가지다. 나의 마음 한구석을 살짝이나마 여는 것. 내가 갈망하는 것. 예전에는 그 존재를 미처 알지 못했던 것.

나는 고개를 젓는다. 어느 모로 보나 이 남자는 형편없는 멍청이에 불과하다. 이 돼지는 오래된 죽과 똥으로 뒤범벅이다. 그리고 와이라는…… 와이라는 그냥 화만 내는 양아치일 뿐이다. 나는 마음을 강하게 먹으며 서둘러 숙소로 돌아간다. 함께 마음껏 뒹굴고 있는 해리와 판치타를 뒤로한 채.

'인간다운' 것과 정글 사이에서

오스카는 아침도 먹기 전에 떠난다. 버스가 멀어진다. 마음이 좋지 않고 혼란스럽다. 나는 이 감정을 호르몬 탓으로, 극심한 숙취와 비타민 부족 탓으로 돌린다. 밀라는 눈물을 흘렸다. 이별을 견딜 수 없다는 듯 오스카에게 안겨 흐느꼈다. 그런데 버스가 떠나자, 뭐라고 해야 할지 모르겠지만 처음부터 오스카가 없었던 것만 같다. 밀라가 눈물을 닦더니 낄낄 웃으면서 어떤 고양이가 무얼 했다고 톰과 함께 떠들어댄다. 방금 전까지 키 크고 잘 웃는 오스카가 있었는데, 갑자기 배낭을 메고 영영 가버렸다. 도로는 텅 비었다. 한순간 배기가스 냄새와 금속과 타이어가 타는 냄새가 풍겨왔지만, 이제는 또다시 정글의 냄새뿐이다.

10분 뒤, 나는 돼지 방사장 뒤에서 토하는 새미를 붙들고 있다. 새끼 돼지 파나파나와 파니니가 우리가 남긴 저녁거리로 만든 굴속에서 눈을 말똥말똥 뜨고 우리를 쳐다본다. 아구스티노와 패디는 나란히 자빠진 채로 얼굴에 땅콩버터를 묻히면서 아침을 먹고 있다. 화가 머리끝까지 난 밀라가 그들 주변을 분주히 쏘다닌다. 점심시간까지만 버티면 돼. 나는 머리가 띵한 채로 생각한다. 최대한 살살 움직이면서 밀라를 피해 다닌다. 사람들이 무슨 시내에 대한 얘기로 쑥덕거리고 있다. 인터넷과 아이스크림, 피자와 전기가 있는, 어쩌면 냉방 장치도 있을지 모를 전설의 장소. 버스로 한 시간밖에 걸리지 않는 곳!

푸세식 변기로 가는 길. 울창한 대나무 덤불과 악몽에서 나온 듯한 교살자무화과나무, 얽히고설킨 덩굴 숲이 둘러싸고 있다. 나는 시내와 '인간다운' 것들을 열렬히 갈망한다. 그러다가 어지럼을 견디다 못해 결국 땅바닥에 털썩 주저앉는다. 불행히도 밀라가 나를 찾아낸다. 밀라는 냉랭한 표정으로, 오전 내내 공사를 할 예정이었다고 말한다.

"¡토다비아 에스탄 토도스 보라초스!" 밀라가 눈에서 불을 토하며 외친다. 당신들은 아직까지 죄다 취해 있다고. "¡노 푸에데스 카미나르 콘 가토스! 푸에데스 수다르 엘 론." 콧김까지 내뿜으며 말한

다. 고양이 산책은 안 된다고. 땀 좀 흘리면서 술 좀 깨라고. 그러고
는 마체테를 내밀며 나를 새장으로 보낸다. 가서 새한테 줄 이파리
를 자르라는 지시도 덧붙인다. 새장으로 가는 길에 아구스티노를
지나친다. 안뜰 벤치에 앉아 침울한 표정으로 머리를 감싸고 있다.
그가 나를 향해 애처롭게 웃는다.

　손에 쥔 무딘 칼을 바라본다. 새장에 도착하고, 땀에 흠뻑 젖은
봉사자들을 따라 인근 정글로 들어가 마체테를 격렬하게 휘두르기
시작한다. 마체테를 쓰는 건 처음이다. 하지만 흥분은 단 몇 분 만
에 사라지고, 큰일 났다는 생각이 밀려든다. 퓨마와 산책하러 가는
것보다 더 최악이다. 다들 술이 덜 깼으니, 누가 위험하게 칼을 휘
둘러도 평소처럼 다치지 않게 조심하기는 거의 불가능하다. 칼날이
무뎌서 다른 사람들의 신체 일부를 벨 일은 없을 것 같지만, 그래
도 확신할 수는 없다. 대나무 가시가 시야를 가리고 내 눈을 뽑으려
고 한다. 모기떼는 내가 쫓아버리는 것보다 빠른 속도로 내 피를 뽑
아간다. 길쭉한 베이지색 나무는 원래 무해하지만 지금은 뼛속까지
개미에게 점령당했다. 우글거리는 개미를 만지기만 하면 담뱃불로
수천 번 지져지는 듯한 통증이 느껴진다. 그리고 십중팔구 만질 수
밖에 없다. 어쩌다 마체테로 나무를 건드리자, 지독하게 화가 난 불
개미들이 나의 몸 위로 몰려든다. 나는 꽥 하고 비명을 지른다. 두피
에 뜨거운 타르가 쏟아지는 줄 알았다. 가까스로 웃음을 참으며 개
미들을 털어서 없애준 사람은 다름 아닌 해리다. 왜 하필 해리일까?
나도 모르겠다.

　이 경관은 볼리비아 국경 너머까지 계속된다. 더 놀라운 점도

있다. 마체테를 내려놓고 어느 쪽으로든 걸어간다면, 그곳이 도로에서 몇 킬로미터 안 된다고 할지라도 방향 감각을 잃는다. 길을 잃어버리는 것이다. 아무리 방향을 잡으려 애써봤자 이미 브라질을 향해 절반이나 갔을지 모른다.

"혹시 이거……." 나와 마찬가지로 마체테 임무를 부여받은 패디가 느닷없이 내 팔을 가리킨다.

"아, 미친! 떼줘!"

하지만 패디 역시 자기 옷을 털며 꽥 소리를 지르느라 바쁘다.

"그냥 진드기야." 새미가 한 남자와 함께 우리 옆을 지나간다. 남자는 네덜란드 출신인데, 음담패설을 늘어놓는다고 해서 새미가 '더티 더치'라는 별명을 지어주었다.

나는 위팔 깊숙이 박힌 것을 쳐다보며 묻는다. "어떡해?"

"비틀어서 잡아당겨." 새미는 남자와 함께 옮기던 마른나무 한 쪽을 내려놓고 아래팔로 이마에 맺힌 땀방울을 닦는다. "이제 건기가 시작되고 있어. 진드기가 엄청 많을 때야. 말벌만 한 말파리도 있고, 새만 한 말벌도 있지. 여기서는 연중 어느 때라도 운 좋길 바라면 안 돼. 매일 밤마다 스스로 체크해야 해."

나는 진드기 머리가 살을 파고든 곳을 계속 쳐다본다. "새미가 체크하라고 하는 건, 진짜 체크라는 뜻이야." 더티 더치가 팔꿈치로 새미를 찌르며 씩 웃는다.

패디와 나는 두 사람을 번갈아 바라본다.

"뭔 소리야?" 패디가 긴장한 표정으로 살며시 묻는다.

"더티 더치와 내가 진드기 X등급 분류 체계를 만들었거든. 들어볼래?"

불안감이 스멀스멀 올라온다. 패디의 얼굴이 파래진다.

"일단 X가 있고, 그다음엔 더블 X, 가장 최악은 트리플 X야. 그러니까……."

"싫어!" 나는 두 손으로 양쪽 귀를 틀어막는다.

"싱글 X는 외음부에 올라탄 진드기. 더블 X는……."

"안 돼! 으악, 제발!" 패디가 소리를 지른다.

새미가 깔깔 웃는다. "모르는 게 약이야. 항상 체크할 것, 그게 내 조언이야."

나는 오랫동안 샤워를 한다. 깨끗이 씻어도 옷을 입으면 바로 땀이 난다. 그래도 괜찮다. 정글에 가지 않아도 되니까. 조금만 있으면 인터넷과 대면할 수 있다. 또 수프나 밥이 아닌 음식, 파스타나 감자 이외의 음식을 먹게 될 것이다. 어쩌면 채소를 먹게 될지도 모른다! 날씨는 지독하게 덥다. 패디와 나는 해먹에 앉아 빈둥빈둥 그네를 타면서 아이스크림에 대해 이야기한다. 유제품은 인생의 큰 기쁨이다. 공장형 축산의 영향 같은 따분한 지식에는 무신경한 덕이다. 오늘도 아이스크림은 여전히 천국처럼 느껴진다.

사람들이 거의 남김없이 이곳에 나와 주문을 외듯 허공에서 차를 불러내고 있다. 아예 안 올지도 모를 버스를 하염없이 기다리는 대신에 차를 얻어 타기 위해서다. 나는 그런 것쯤은 상관하지 않고 더없이 행복하게 웃는다. 일을 하지 않아도 된다니, 너무 좋아서 현기증이 날 지경이다. 그때 해리가 한쪽 입꼬리를 올리고 씩 웃으면서 나를 보고 있다는 걸 알아차린다. 눈을 부릅뜨고 그를 노려본다.

"웃는 모습은 처음 보는걸." 해리가 담배를 천천히 빨아들이며 말한다. "제대로 웃는 거 말야."

눈을 더욱 세게 부릅뜬다. 그런 나의 모습을 보고 패디가 낄낄거린다. "손에 럼 한 병을 들고 있을 때 말고는 처음이지." 그러고는 나에게 윙크를 하며 히죽히죽 웃는다. 해리는 여전히 나를 보며 생각에 잠긴 듯 턱수염을 문지르더니 어깨를 약간 으쓱이곤 뒤돌아 보비에게로 간다. 어쩐 일인지 보비는 흡연 오두막 반대편에서 배꼽을 잡고 웃고 있다. 나는 실망, 수치스러움 같은 감정이 차오르는 걸 억누르며 눈길을 돌린다. 그때 패디가 나의 옆구리를 살짝 찌르면서 속닥인다. "시내에서 어떤 여자가 바나나 밀크셰이크를 만들어준대. 얼음을 넣어서!"

고마운 마음에 패디에게 미소 짓는다. 그러고는 머리를 가로저으며 해리에 대한 생각을 떨쳐버린다. 그때 누군가가 소리친다. "버스 왔다!"

패디가 포장도로로 가려고 허둥지둥 일어난 탓에 하마터면 해먹에서 굴러떨어질 뻔했다. 자그마한 버스가 덜컹거리며 오고 있다. 도로가 워낙 일자로 뻗어 있어서, 버스가 엔진 소리를 따라잡고 우리 앞에 정차할 때까지 얼마나 걸릴지 모르겠다. 5분쯤 걸리려나.

이제 막 몸을 돌리려 하던 순간이다. 뒷줄에서 남들과 밀치락

달치락하는 패디보다 앞서 버스에 발을 얹으려 하던 참이다.

"제인?"

제인이 도로 위쪽으로 걸어가고 있다. 매일같이 입는 복장이
다. 지나치게 큰 와이라용 멜빵바지 작업복과 밀짚모자. 그리고 와
이라에게 줄 물 주전자와 달걀과 함께 책도 한 권 들었다.

"쟤 지금 와이라한테 가는 거야?" 옆에 있는 해리에게 묻는다.
물론 대답을 들을 생각은 없었다. "제인, 너 와이라한테 가는 거야?"
나는 뒤로 물러나 뒷줄에 선 패디와 다른 사람들을 먼저 보낸다.

"맞아."

"토요일이잖아."

제인은 어깨를 으쓱인다. "와이라랑 같이 있는 게 더 좋아."

"로라, 너 뭐해?" 패디가 버스 창밖으로 소리친다.

이제 간다고 말하려 입을 벌리지만, 아무런 말도 나오지 않
는다.

제인은 벌써 와이라에게 가는 길로 접어든 참이다. 제인을 따
라 몇 발짝 내딛는다. "산책시키려고?"

제인이 나를 돌아본다. "아니. 공터에 러너만 걸어두고 있을 거
야. 같이 놀려고." 제인은 잠시 주저하다가 기대에 찬 표정으로 웃으
며 말한다. "너도 올래?"

"로라! 빨리 와!" 패디가 소리친다.

시동은 진작 걸렸다. 우두커니 서서 고민한다. 아이스크림! 간
절한 표정으로 패디를 돌아본다. 그리고 다시 제인을 쳐다보고 와
이라에게 이어지는 길을 내려다본다. 버스가 움직이기 시작한다. 나

만 빼고 전부 버스에 탔다. 열린 문 틈새로 해리가 보인다.

제인이 뒤돌아서 걷기 시작한다. "서두르는 게 좋을 거야. 버스 간다."

"나는⋯⋯." 눈을 질끈 감는다. 버스. 시내. 인터넷. 해리⋯⋯.

"5분만 기다려!" 나는 큰 소리로 외치고 캠프로 힘껏 뛰어간다.

"와이라가 나를 핥고 있어"

와이라는 왕좌에 올라 일광욕을 하고 있다. 제인과 나는 케이지 출입구 양쪽에서 책상다리를 하고 앉는다. 구름 한 점 없는 하늘은 쨍쨍하고, 탄탄한 땅이 내 뼈를 모질게 압박한다. 색깔이 유독 화려한 딱정벌레가 30분 전부터 땅속을 파고들고 있다. 그 모습을 지켜보면서 내가 이곳에 온 이유가 정확히 뭘지 고민에 빠진다. 우리가 도착했을 때, 와이라는 가느다란 눈으로 우리를 쓱 쳐다보고는 오솔길 쪽으로 뒷걸음질했다. 꼭 이렇게 말하는 것 같았다. 그래서, 오스카 자식은 도대체 어디 있는 거야? 그 후로는 요지부동이다. 케이지에 내리쬔 햇살의 파편 속에만 머물 뿐, 공터로 내려가는 것에는 전혀 관심도 없다.

"오늘이 토요일인 걸 알고 있나 봐." 나는 고개를 들며 처량하게 말한다. 이걸 위해 오후의 자유를 포기한 건가. 믿을 수 없다.

제인이 책장을 넘긴다. "그냥 여기 있는 것도 좋아."

와이라를 응시한다. 눈을 질끈 감고 있다. 너무도 굳게 감고 있어서 마치 우리를 위한 배려처럼 느껴진다. "와이라는 신경 쓰지 않을 거야."

제인은 눈썹을 한 번 치켜올리고, 더 이상 아무 말도 하지 않는다.

나는 한숨을 쉬고 케이지에 머리를 기댄다. 그리고 다시 딱정벌레로 시선을 옮긴다. 왼편 어딘가에서 큰부리새의 곡소리가 들려온다. 그 위로 정체 모를 동물의 높은 휘파람, 까악까악 울려대는 새의 공격적인 울음소리, 금강앵무 한 쌍의 걸걸한 대화가 들린다. 그 아래로는 딱따구리가 부리로 나무를 쪼아대는 소리가 떠받친다. 텅 빈 소리가 나는 것을 보아하니 속이 빈 나무인 모양이다. 딱딱거리는 소리 사이로 떠들썩한 귀뚜라미 소리, 윙윙거리는 모기 소리가 비집고 들어온다. 모기는 내가 잠잠할수록 소리를 더 크게 내고, 갈수록 대범해져서 귓가에 가까이 맴돈다. 나는 두려움에 떨며 생각한다. 이 모든 소음이 영원히 머릿속에 박히고 말 거라고. 절대로 여기서 벗어나지 못할 거라고. 하지만 더 많이 생각할수록 더 많이 들린다. 소리에 귀를 기울이며 진흙의 서늘함과 철조망의 차가움을 누그러뜨리는 열기를 느끼고 있으려니 마음이 표류한다. 정신이 몽롱해지고, 어느 순간부터 소리가 덜 거슬린다. 귀뚜라미의 아우성이 낮아지고, 두꺼비의 울음이 가라앉고, 딱따구리의 두드림은 더뎌진다. 금강앵무 한 쌍은 자리를 옮겨 재잘댄다.

그저 시간이 흐른다.

고요하다. 문득 손목을 내려다보고 시계가 없다는 걸 깨닫는다. 순간 당혹감이 밀려들지만, 이윽고 시계가 필요치 않다는 걸 깨달는다. 눈을 감고 정글의 강이 내게 밀려오는 것을 느낀다. 어느새 잠이 들었던 것 같다.

"로라!"

"으응?" 신음을 내며 목을 돌리고 눈을 뜬다. "으악, 미친!" 나는 깜짝 놀라서 뒤로 물러난다. 와이라가 바로 옆에서 관심을 보이며 나를 응시하고 있다. 자다가 고개를 움직였는지 내 볼에 철조망 자국이 났다. 나는 서둘러 뒤로 물러나며 얼굴에 난 자국을 문지른다. "미안해, 공주님." 무심결에 와이라의 별명을 속삭인다. "로 시엔토 (미안해)."

와이라가 킁킁거린다. 그의 자세는 더없이 완벽하다. 긴 검은색 줄이 머리끝에서 시작해 우아한 호를 그리며 목을 지나 살짝 휜 꼬리 끝까지 뻗어 있다. 눈동자 둘레를 호박색 줄이 에워싸고 있다. 그 경계가 워낙 뚜렷해서 꼭 오래된 화석 층 같다. 털 위로 햇살이 내리쬔다. 제인은 이미 문 틈새로 로프를 밀어 넣고 있다. 하지만 와이라가 어슬렁거리며 걸어와 웅크리고 앉자, 제인이 망설인다.

"네가 해볼래?"

"내가?" 나는 기겁하며 되묻는다.

제인이 로프를 건네며 끄덕인다.

손에 든 로프를 빤히 쳐다본다. 로프가 어쩌다 나의 손까지 오게 되었을까. 엄지 두 개만 한 굵기에 끝이 해졌다. 쓰다듬어본다. 부드럽다. 이전에도 수많은 사람들이 손에 쥐었을 것이다. 와이라가 로프를 기다리며 나를 바라본다.

나는 고개를 끄덕인다.

"팔을 안으로 넣어."

눈을 감고 숨을 깊게 들이쉰다. 나를 달래며 잠재우던 소리를 다시 들으려고 애쓴다. 다시금 두꺼비의 노래, 큰부리새의 재잘거림, 딱따구리 부리의 육중한 두드림이 내게 밀려오는 것을 느낀다. 무거운 공기가 손 위로 내려앉는다. 두려움에 이를 꽉 문다. 그러고는 몸을 숙여 한쪽 팔을 문 틈새로 슬쩍 집어넣는다. 와이라는 여전히 미동도 않는다. 무대에 오를 준비를 마친 연극배우의 얼굴처럼 눈가에 극적인 검은 줄무늬가 나 있다. 나는 가까스로 손을 떨지 않고 있을 뿐이다. 와이라의 귀가 미세하게 뒤로 젖혀진다.

와이라가 처음으로 나를 핥는다. 어찌해야 할지 모르겠다.

"나를 핥고 있어!" 목소리를 낮춰 감탄한다.

문 반대편에서 무릎을 감싼 채 쭈그려 앉아 있던 제인이 웃는다.

"너무 들뜨지는 마. 소금기 때문일 거니까."

와이라는 도도하게 이마를 들이밀어 나의 팔을 뒤집더니 다른 쪽까지 핥기 시작한다. 하마터면, 정말이지 하마터면 와이라는 케이지 안에, 나는 바깥에 있다는 것조차 망각할 뻔했다. 마치 정반대로 느껴진다. 와이라가 바깥 정글에, 우리가 케이지 안에 있는 것처럼. 정글이 암녹색을 드리워 와이라를 감싼다. 와이라의 혀는 거칠다. 살갗이 벗겨질 정도다. 생각보다 아프지만, 그만두지 않으면 좋겠다. 지금 와이라의 낮은 소리는 지칠 대로 지친, 자포자기한 나의 귀에는 그가 나를 받아들였다는 뜻으로 들린다. 와이라는 내 팔 쪽으로 머리를 숙이고 앞발 한쪽을 철조망 가장자리에 편안히 댄 채로

나와 퓨마의 나날들

균형을 잡는다. 할짝, 할짝, 할짝. 살갗이 벌게진다. 몸의 나머지 부분은 아무것도 느껴지지 않고, 오직 와이라와 접촉한 이 좁은 살갗만이 감각의 대상이 된다. 그저 그 부분만이 나의 일부로서 존재한다. 그 밖의 다른 모든 것, 이를테면 놓친 버스, 시내를 구경할 기회, 이전의 생활 모두가 흐릿해져간다. 와이라는 나를 케이지가 실재하지 않는 곳으로 데려간다. 처음 만난 날 하악거리던 고양이라는 것이 믿기지 않는다. 똑같이 생겼지만, 결코 똑같지 않다. 모든 것이 달라졌다. 머리가 터져버릴 것만 같다. 워낙 활짝 웃고 있어서 또다시 우스꽝스러운 순간에 울음을 터뜨릴지도 모른다는 생각이 스친다. 나한테 무슨 일이 일어난 거지?

"와이라, 고마워."

와이라는 호들갑 떨지 말라는 듯 코를 살짝 벌름인다. 나는 손을 덜덜 떨며 캐러비너를 서툴게 만지작거린다. 와이라의 시선은 딴 데로 가 있지만, 내 쪽으로 귀를 돌리며 실눈을 뜨기 시작한다. 불안감이 치밀어올라 내 머리가 뜨거워졌다가 다시 지독하게 차가워지는 냄새까지, 와이라는 모두 맡을 것이다.

"반드시 와이라가 앉을 때까지 기다려야 돼." 제인이 숨을 고르며 말한다. "으르렁 소리를 내면 손을 떼야 해. 로프를 든 채로 자기를 만지는 걸 싫어하고."

캐러비너를 다루는 것이 서툴다. 그래도 목걸이에 걸어서 채우고 잠근다. 와이라가 포악하게 그르렁거리며 몸을 돌린다. 목구멍을 긁는 소리와 이빨 뒤에 갇힌 울부짖음이 들려온다. 손은 이미 케이지 밖으로 뺐다. 나는 가쁘게 숨을 쉬다가 빗장을 당겨 문을 연다.

고맙다는 인사는 없다. 그저 꼬리를 가볍게 휘젓고 느긋하게 걸어 나올 뿐이다. 늘 있는 일이라는 것처럼. 와이라에겐 당연한 일일지 모르나 나는 아니다. 와이라는 곧장 근위병 나무로 가지 않는다. 아마도 제일 좋아하는 장소일 러너의 중간 지점에 이르러 털썩 주저앉는다. 오늘 산책은 없다는 걸 알고 있다는 것처럼, 설령 가능하다고 해도 원하지 않는다는 것처럼. 와이라가 앉은 곳은 살짝 우묵한 풀밭이다. 키가 크고 날렵하게 생긴, 껍질에서 구운 피망 냄새가 나는 나무와 무릎까지 오는 어린 파투후 밭 사이다. 제인이 날마다 갈퀴질로 세심하게 관리한 덕분에 정원처럼 보인다. 와이라의 정원인 셈이다.

와이라가 옆으로 굴러 제인을 똑바로 응시한다. 배가 놀랍도록 환히 빛난다. 그에게서 야생의 기운이 흘러나온다. 와이라는 사라질지도 모른다. 로프가 사라지고 눈을 깜박이면 와이라 또한 사라질 것이다. 나는 앞으로 나아가려 하지만 그럴 수가 없다. 와이라를 둘러싼 힘이 나를 뒤로 밀어낸다. 발을 뗄 수조차 없다. 하지만 제인은 곧장 와이라를 향해 걸어간다. 와이라는 하악거리거나 그르렁대지도 않는다. 야생의 기운이 옅어진 끝에 사라졌다가 또 거침없이 솟구쳐 올라 더욱 강해진다. 제인이 머리를 숙이고 얼굴을 아래쪽으로 가져간다. 그리고 와이라와 뺨과 뺨을, 이마와 이마를 맞대고 앉는다. 숨이 턱 막힌다. 찌는 듯한 더위와 습기 속에서 닷새간 모기에 물려가며 우리가 본 것은 잔뜩 화가 난 고집 센 고양이가 케이지로부터 10분도 채 떨어지지 않은 곳에서 잠을 자는 모습뿐이었다. 이게 다라고 생각했다. 한 달간 보게 될 장면은 이게 다라고

나와 퓨마의 나날들

생각했다.

제인이 나를 돌아보며 살짝 미소를 짓는다. "이리 와도 돼."

와이라가 잠깐 몸을 빼더니 자세를 고쳐 제인의 무릎 위에 앉다시피 한다.

"와이라!" 제인이 웃는다.

와이라가 눈을 동그랗게 뜨고 제인을 올려다본다. 와이라가 약간 사팔눈이란 걸 방금 처음 알았다. 제인의 주근깨 코를 핥으려 하는 중이다. 와이라의 몸짓에는 오로지 다정함과 애정만이 감돈다. 제인은 방긋 웃고, 끙끙거리며 다리를 옮겨 와이라의 머리를 허벅지 안쪽에 누인다. 무릎 위에 퓨마가 있는데도 두려워하기는커녕 무덤덤하다. 와이라는 기분 좋은 한숨을 내쉬더니 제인의 무릎에 턱을 괸다.

"바로 지금이야." 제인이 와이라의 목을 어루만지며 속삭인다. "지금이 와이라가 너를 믿는 법을 제대로 배울 때야."

고개를 끄덕인다. 아무 말도 할 수가 없다. 옅은 푸른색의 하늘을 올려다본다. 내가 거꾸로 뒤집힌 것만 같다. 위가 아닌 아래에 있어야 할 바다에 구름이 흰 조각배가 되어 떠다닌다. 나는 완전히 잘못된 길을 맞닥뜨렸다. 앵무새가 크게 소리친다. 손을 뻗으면 닿을 만큼 와이라에게 가까이 앉는 것은 나의 모든 본능을 거스르는 일이다. 와이라의 이빨이 내 손가락의 반만 하다는 것을, 나를 보고 이빨을 드러낸 적이 있다는 것을 알고 있다. 이건 제인이 없었다면 하지도 않을, 해서는 안 될 짓이다. 제인은 와이라를 믿고 있다. 좀 이상한 방식이긴 하지만, 나는 제인을 믿기 시작했다.

살며시 앉아 손을 뻗는다. 와이라가 나를 지켜보고 있으니 나의 행동에 놀라지는 않을 것이다. 그가 깊은 한숨을 내쉰다. 이제야라고 말하는 듯하다. 그리고 나에게 몸을 기대고 나를 핥기 시작한다. 좀 더 가까이 가려 하자 답답하다는 듯 살짝 으르렁대더니 거대한 앞발 한쪽을 내 무릎 위에 올린다. 뾰족한 발톱이 청바지에 걸린다. 그리고 나를 끌어당긴다. 제인이 웃고 있을 걸 알기에 굳이 쳐다보지 않는다. 어쩌면 나도 웃고 있을지 모른다. 나는 다른 쪽 손을 뻗어 와이라의 어깨뼈 위에 얹는다. 잠시 올려두고 와이라의 온기에 익숙해진다. 근육의 탄탄함, 털의 부드러움에도. 와이라도 나에게 익숙해지도록.

와이라의 등에 숱 적은 털이 엉뚱한 방향으로 자란 곳이 있다. 전에는 전혀 몰랐다. 그의 숨은 부드럽고 편안하다. 귀의 각도를 보아하니 나의 소리를 듣고 있는 모양이다. 나는 힘겹게 숨을 가다듬는다. 손을 아래쪽으로 쓸어내린다. 등을 지나 엉덩이까지. 쿵, 쿵, 차분한 심장 박동이 느껴진다. 다른 소리는 아무것도 들리지 않는다. 정글은 사라졌다. 아니, 여기만이 정글이다. 와이라가 머리를 비틀고, 속눈썹에 햇살이 찰랑 고인다. 이번에는 손을 위쪽으로 쓸어올린다. 내 손가락이 그의 목에 닿을 때까지. 벨벳처럼 부드럽다. 와이라가 내 쪽으로 몸을 기댄다. 그는 정글 바닥과 축축한 진흙 그리고 비의 냄새를 맡는다. 내가 눈을 깜빡일 때마다 빛의 얼룩이 와이라의 척추 선과 털의 음영에 따라 다채로운 무늬를 만들어낸다. 나한테서는 지금 무슨 냄새가 날까. 아마도 땀과 담배 연기 냄새, 라파스의 곰팡내, 치약, 비누 냄새겠지. 숨을 휘 내쉬고 와이라에게 몸을 기댄다. 등 뒤에 나를 숨겨줄 사람은 아무도 없다. 강철 갑옷 같던 든든한 오스카는 이제 없다. 제인도 마찬가지다. 제인은 살짝 비켜나 와이라와 나를 위한 공간을 마련해준다.

나의 숨이 와이라에 발맞춰 느려진다. 그는 핥기를 끝냈다. 건장한 두 뒷발은 진흙 속에 오그라져 있다. 한쪽 앞발은 여전히 내 바지 끝에 놓여 있다. 발톱을 집어넣고 발가락에 힘을 뺐다. 다른 쪽 앞발은 턱을 받치고 있다. 그의 눈이 서서히 감기고, 숨이 깊어간다. 가슴이 오르내리고, 속눈썹이 흔들린다. 믿기 힘들지만, 갑자기 와이라가 연약한 존재로 보인다. 어안이 벙벙하다. 우리가 없는 매일 밤마다 케이지에서 무얼 하고 있을까. 우리를 만날 시간을 기대하고 있을까. 아니면 불안해할까. 또 현기증이 난다. 몸이 기우는 것 같다. 아드레날린 때문이려나. 너무 오랫동안 이곳을 맴돌아서 그럴지도 모른다. 지금껏 앞으로 위로 어딘가로 움직여야 했던 압박과 소리와 빛 속에서 길을 잃은 기분이었다. 방향을 잃은 삶에 손이 떨리고 사지가 피곤에 찌들었다. 지금도 역시 피곤하긴 하지만 무언가가 다르다. 오랜 시간 동안 처음으로, 와이라의 차분한 숨소리와 나를 둘러싼 정글의 편안한 심장 박동을 들으며 몸이 떠오르는 듯하다. 내 몸이 허공에서 멈춘 것 같은 기분이다. 내가 이런 장소에 있다니. 더군다나 퓨마와 함께라니. 나는 와이라가 나에게 보이고 싶어 하는 모습만큼 용감하거나 대담하진 않을 수 있다는 사실을 깨닫고 있다.

나는 법을 모르는 새

사흘 뒤, 아침에 돌볼 금강앵무를 배정받았다. 이름은 로렌소. 전반적으로 파란색인데 배의 깃털은 노랗다. 새장에는 스무 마리가 넘는 금강앵무가 사는데, 지붕이 달린 케이지들이 서로 연결된 채 나무숲 안쪽까지 늘어서 있다. 식당과 워낙 가까워서 내가 아침거리를 입에 쑤셔넣을 때마다 새들이 외치는 소리가 또박또박 들린다. 오시토, ¡미 아모르(내 사랑)! ¡올라 밀라(안녕 밀라)! 해리, 이 미친놈아! 금강앵무 몇 마리는 각자 케이지에서 따로 산다. 끊임없이 웃음을 터뜨리는 빅 레드는 눈이 멀었고 약간 노망이 났다. 서로밖에 모르는 로미오와 줄리엣은 제 짝의 털을 골라주고 수다를 떨며 시간을 보낸다. 나머지는 사회성이 충분해서 큰 방사장에서 함께 살아간다. 그렇다 해도 방사장에 들어가는 건 마피아 소굴로 들어가는 것과 다름없다. 진홍과 파랑으로 뒤덮인 거대한 새들이 잭나이프처럼 날카로운 부리를 번뜩이며 떼로 몰려다닌다. 그러다가 나약한 존재를 감지하면 까악까악 울음 소리를 내며 급강하해 머리채를 홱 잡아당긴다. 패디와 나는 괴성을 지르며 문밖으로 뛰쳐나간다. 나에게는 로렌소를, 패디에게는 나머지 금강앵무를 돌보도록 교육시키고 있는 새미는 그런 우리를 보며 눈을 치켜뜬다.

"¡카야테(닥쳐)!" 금강앵무 떼가 깍깍거리며 맴돌다가 홰로 돌아가 앉는다. 새미의 눈에 독기가 서려 있다. 그는 사납게 굳은 표정으로 우리가 주눅이 든 모습을 돌아본다. 금강앵무 두 마리가 뒤뚱뒤뚱 땅 위를 걷는다. 이 둘은 검정과 하양으로 물든 섬세한 복면을 쓴 것처럼 똑같이 생겼다. 둘 중 재빠르게 다가오는 녀석은 머리 뒤쪽까지 닿을 듯 눈을 굴린다. 나머지 녀석은 청록색 날개를 흔들어대며 그를 따라잡으려 애쓰는 중이다. 새미의 표정이 누그러진다.

새미가 몸을 숙여 금강앵무 두 마리를 팔 위에 올린다. "프로도. 앤 로렌소야." 그가 걸음이 느리고 눈을 마주칠 수 있는 녀석을 들어 올리며 말한다. 로렌소가 새미에게 최대한 가까이 가려고 몸을 앞으로 굽히다가 떨어진다. 그러다가 발톱으로 새미의 셔츠를 필사적으로 붙잡아 거꾸로 매달린다. 나머지 한 녀석은 재빨리 새미의 등에 올라타 머리까지 올라갈 기회를 놓치지 않는다. 그러고는 에베레스트산 정상에 오른 양 주위를 둘러본다. 패디와 나는 서로를 바라본다. 우리는 머리 위에 아무것도 올리지 말자고 이미 굳게 결심했다.

"알았어, 크레이지아이즈." 금강앵무가 내려앉을 수 있도록 단에 몸을 기대며 새미가 속삭인다. "로렌소만 밖으로 나갈 수 있어."

"왜?" 패디가 나머지 새들을 보며 묻는다. 새들은 철조망에 부리를 갈아가며 여전히 우리를 지켜보고 있다.

"깃털이 잘려서 아구스티노가 날개를 연장시켜줬거든. 로렌소에게 다시 나는 법을 가르칠 수 있을지 알아보는 중이야. 연습하고 있는 거지. 다른 애들은 질투하지만." 새미의 말을 알아들었다는 듯, 크레이지아이즈가 로렌소를 쪼기 시작한다. 홰에 제대로 발을 딛지 못한 로렌소는 공황에 빠진다. 새미가 로렌소를 잡아 가슴에 품어 보호한다. 로렌소의 볼이 연분홍색으로 변한다. 금강앵무가 얼굴을 붉힐 수 있다는 얘기는 들어봤지만 진짜로 그런 줄은 몰랐다.

"크레이지아이즈가 봉사자들을 속이려 하거든. 로렌소를 꺼낼 때에는 꼭 로렌소가 맞는지 확인해야 돼."

끔찍한 시나리오가 머릿속을 스쳐 지나간다……. 새들의 탈출과 크레이지아이즈의 공격으로 인한 로렌소의 죽음. 새미와 나는 로렌소와 함께 도로로 나간다. 새미는 막대기 위에 로렌소를 앉히고 공중에서 천천히, 끈기 있게 위아래로 흔들어 약간의 추진력을 보탠다. 도로는 완벽한 훈련장이다. 버려진 비행기 활주로처럼 일직선이고 텅 비어 있으니까. 로렌소는 날지 못한다. 새미는 날개를 들어 올려 아구스티노가 아랫부분에 덧붙인 플라스틱 뼈들을 보여준다. 로렌소는 꽥 하며 화를 내지만 여전히 막대기는 잡고 있다. 도저히 놓을 수 없다는 것처럼 발톱으로 꽉 감싸 쥐고 있다. 왜 로렌소만 따로 돌보고 나머지는 그럴 수 없는 걸까? 아마도 시간과 돈…… 그리고 사람이 부족해서일 거다. 그리고 운도. 로렌소는 아침 식사 전 한 시간 내내 나와 함께 있게 되었다. 하지만 나머지 금강앵무에게는 패디밖에 없고 그것도 30분뿐이다. 새들은 골고루 돌볼 만한 봉사자가 부족한 형편이다.

하늘은 광활하고 정말 파랗다. 우리 셋은 야생 금강앵무 무리가 대열을 유지한 채 날아가는 장면을 지켜본다. 깃털이 다채롭다. 밝은 진홍색, 코발트블루, 열대 해변의 바다 같은 청록색. 이런 환경에서 어떻게 공정할 수 있을까? 자신과 닮은 야생 새들의 뒷모습을 지켜보는 로렌소를 보고 있으니 괴로움에 목이 메인다.

새미는 캠프로 사라진다. 지붕처럼 우거진 가지들 때문에 애초부터 새미가 그곳에 없었던 것만 같다. 로렌소는 크게 당황한 듯 머리 깃털을 헝클인다. 막대기를 조금 흔들자, 로렌소가 머리를 360도 가깝게 돌려 나를 쳐다보고는 면전에 대고 비명을 지른다. 나는 로렌소를 떨어뜨리고 만다.

그로부터 10분 뒤, 홀연 오두막 꼭대기에 로렌소가 앉아 있다. 물론 날지 않고 기어서 올라갔다. 단단한 부리를 사용해 혼자 힘으로 초가지붕까지 등반했다. 나의 허리춤에서 쓸모없는 막대기가 달랑거린다. 로렌소가 날개를 펼치자 그의 털이 하늘과 거의 같은 색인 밝은 푸른빛으로 번쩍인다. 꺼져. 너도, 네 멍청한 막대기도. 로렌소는 거만하게 나를 곁눈질하더니 이윽고 나의 존재를 완전히 잊은 듯 깃털을 다듬기 시작한다.

밀라가 해먹에 누워 커피를 마시고 있다. 지금까지 쭉 그곳에서 우리를 지켜보았다. 웃음을 참고 있지만 눈가에 잡힌 잔주름은 숨길 수 없다. 밀라는 이따금 다정한 격려의 말을 보내지만, 로렌소가 나에게서 멀리 달아날 때면 그 말은 나를 더욱 좌절시킬 뿐이다. 보다 못한 밀라가 빠른 걸음으로 사라졌다가 몇 분 뒤에 땅콩으로 가득 찬 주머니를 들고 돌아온다. 나는 고마운 마음에 그를 껴안는다.

"토도 에스 코모 우나 세보야." 밀라는 깊은 생각에 잠긴 표정으로 코를 문질러 모기를 쫓아낸다. 로렌소는 밀라의 굳은살 박힌 손바닥에서 즐거이 땅콩을 골라낸다. "이건⋯⋯." 영어 단어를 고르던 밀라가 손가락을 튕기며 말한다. "양파 같은 거예요."

이곳에 오기 전, 밀라는 식당 종업원이었다. 어느 날 골판지 상자 안에서 새끼 퓨마 세 마리를 발견했다. 그 퓨마들은 이제 세 살이다. 밀라는 퓨마 인티, 와라, 야시와 함께 줄도 없이 산책을 한다.

때로는 밤중에 방사장에서 같이 잠을 자기도 한다. 나는 밀라의 말에 귀를 기울인다.

"파라 미, 로스 아니말레스 레스 카타도스 손 코모 라스 세보야스(나한테는 구조된 동물이 양파처럼 느껴져요)."

밀라는 나를 바라보며 말뜻을 이해했는지 확인한다. 나는 입술을 깨물며 안절부절못할 뿐이다. 밀라는 한숨을 쉬고, 영어와 스페인어를 섞어가며 천천히 말한다. 구조된 동물은 양파와 같다. 불안의 껍질을 힘겹게 한 꺼풀 벗겨내면 예기치 못한 다른 껍질이 나오고, 전혀 알지 못했던 또 다른 껍질이 그 아래에 숨어 있다. 우리 모두는 이곳 동물들과 하나도 다를 게 없기에, 전부 제각기 엉망이고 망가져 있기에, 우리 또한 양파나 다름없다.

"이 에소 에스 로 케 아세 엘 파르케." 밀라가 미소를 머금는다. "바로 그게 파르케가 하는 일이죠. 그렇지 않나요? 우리의 껍질을 벗겨내는 것." 그가 나의 가슴팍을 툭툭 두드리고 말을 이어간다. "당신과 나 말이에요. 한 꺼풀씩, 한 꺼풀씩. 그러면서 우리 자신에 대해, 우리가 돌보는 동물들에 대해 새로운 것들을 알게 되죠. 카다 디아, 매일매일. 훈토스, 함께. 함께하는 거예요. 포르 에소 메 에나모레 데 에스테 루가르. 그래서 제가 이곳을 좋아하는 거고. 앞으로 무슨 일이 벌어질지 결코 알 수 없어요."

로렌소가 밀라의 어깨 위로 기어 올라가 부리에 문 땅콩 껍질을 밀라의 귀에 닦아낸다. 밀라는 다시 커피를 마시러 돌아간다. 나도 모르게 피부가 벗겨지고 있다는, 묘하게 소름 끼치는 느낌에 휩싸인다. 마침내 막대기로 돌아온 로렌소가 날개를 거칠게 퍼덕인

나와 퓨마의 나날들

다. 지나치게 퍼덕인 탓에 균형을 잡느라 좀 시간이 걸린다. 자세를 고쳐 잡은 로렌소는 나와 함께 위를 올려다본다. 부채머리수리 한 마리가 왼쪽에서 나타나 하늘을 가로질러 오른쪽으로 날아간다. 정확한 크기는 모르겠지만, 활짝 펼친 납빛 날개를 보아하니 몸집이 아주 크다는 건 알겠다. 머지않아 수리는 숲 천장의 은신처로 다시 사라진다. 하지만 우리가 아주 오랫동안 저 수리를 지켜본 것처럼 느껴진다. 보는 것만으로도 자유로운 기분에 가까워진다.

날이 갈수록 밀라의 말이 머릿속을 맴돈다. 청바지를 입는 게 일도 아니라는 걸 갑자기 깨닫고 나니, 이러한 사소한 일에서 말로 다할 수 없는 행복감이 느껴진다. 다음 날에는 장화가 나의 발에 딱 들어맞는다는 걸 깨닫고, 침대 매트리스의 우묵한 곳이 나의 척추에 꼭 맞다는 걸 알아차린다. 무언가에 걸려 넘어져도 창피하지 않고 웃음이 난다. 눈을 뜨자마자 와이라가 생각난다. 오늘은 기분이 좋을까? 나를 다시 핥아줄까? 잔뜩 짜증을 내진 않을까? 느긋하려나? 아니면 들떴으려나? 혹은 전부 다?

한 주가 더 지나자 로렌소와 크레이지아이즈를 구분할 수 있게 되었다. 그러지 못했던 시절은 기억도 나지 않는다. 로렌소는 내가 볼 때마다 등을 대고 누워 다리를 허우적댄다. 나는 그런 로렌소의 배를 쓰다듬는다. 보란 듯이 활짝 편 날개는 연약하면서도 강해 보인다. 로렌소는 옆 걸음으로 다가와 나의 손에 목을 파묻는다. 나는 그의 귀 주변 깃털을 어루만진다. 로렌소가 처음으로 비행에 성공했을 때, 도로를 따라 비틀비틀 몇 미터를 날다가 땅에 떨어지고 말았을 때, 우리는 몸을 조금씩 들썩이며 함께 춤을 추었다. 양쪽 다리를 번갈아 들어 올리며 저 바다색 하늘을 향해 목을 빙빙 돌렸다. 그리고 머리 위에서 흩날리는 초록빛 나뭇잎을 바라보았다. 부채머리수리가 우리의 성공을 쭉 지켜보았으리라 상상하면서.

넷째 주가 시작되었다. 여느 때처럼 쓰라린 발로 길을 나선다. 이곳은 별이 보이는 유일한 장소다. 다른 곳은 숨 막히는 어둠과 나뭇잎의 주머니 속에 들어온 것처럼 느껴진다. 런던에 살 때는 눈이 침침했다. 언제나 극심한 피로를 느꼈다. 열세 시간을 내리 잤고 그걸로도 부족했다. 이제는 다르다. 다시는 눈을 감고 싶지 않을 정도다. 도로의 구덩이에 빠질까 봐 걱정하지 않고 위를 바라보며 걸을 수 있다. 마치 수정 동굴에 들어온 것만 같다. 인광으로 가득한 바닷속을 들여다보는 것만 같다.

어떻게 이것들을 놓친 채 수많은 세월을 보냈을까? 도시 혹은 술집에서. 런던 지하철에서. TV를 보면서. 컴퓨터를 하면서. 이불을 머리끝까지 뒤집어쓰면서.

고무장화를 벗고 발가락을 꿈틀거린다. 도로의 열기는 너무하다 싶지만, 그래도 굳은살 박인 뒤꿈치를 바닥에 지긋이 대본다. TV가 그리우리라 생각했다. 이제는 내가 왜 그런 생각을 했는지 도저히 이해할 수 없다. 매일 밤마다 별자리가 달라 보인다. 달빛이 안뜰 벽돌을 비추고 촛불이 춤추는 광경을 모기장 안에서 달리 하는 일 없이 가만히 지켜보는 것도 좋다. 식당도 좋아졌다. 우리는 촛불을 밝히고 카드 게임을 한다. 유치한 놀이를 하기도 한다. 누가 땅콩버터를 가장 많이 먹을 수 있을까? 누가 제일 큰 멜론을 머리에 얹고 중심을 잡을 수 있을까? 누가 가장 페니스 같은 당근을 찾을 수 있을까? 식당은 웃음소리로 터져나간다. 그 웃음에 나도 동참한다. 하지만 힘이 들 때면 도로로 나와 혼자만의 시간을 보내기도 한다. 그래도 괜찮다. 아니면 자러 가기도 한다. 잠을 잔다고 해서 부끄러워할 필요 없다. 나는 이게 좋다. 우리 모두 피로하다. 하지만 이것은 일시적이고 육체적이며 환영할 만한 피로다. 과거의 내가 겪었던 정신적 피곤 같은 것들과는 차원이 다르다.

룸메이트들이 코를 골며 방귀를 뀐다. 나는 옆방 원숭이들이 싸우며 장난치는 소리를 가만히 듣는다. 이 작은 방에 수많은 사람들과 틀어박혀 있는 것은 몸서리칠 만하고, 시끌벅적한 웃음소리를 듣는 것 또한 꽁무니 뺄 만한 일이다. 서까래에 숨어든 쥐들과 낮게 딱딱 소리를 내며 벽을 기어오르는 거미들은 말할 것도 없다. 하지만 내 마음은 그저 편하다. 3주가 걸리긴 했지만, 코코와 파우스티노가 나를 물지 않는다는 걸 깨달았다. 나의 가슴을 만지려 할 때에도, 그 애들을 밀어내면 밀어냈지 미워하지는 않는다. 코코와 파우스티노는 나의 목에 꼬리를 두르고 품에 안긴다. 나는 그들의 털을 골라주고 그들은 나의 짧은 머리카락에서 상상 속 벌레를 집어낸다.

오늘은 오시토가 스페인어로 욕하는 법을 알려주었다. 나는 오시토에게 "내 이름은 오시토야. 나랑 사귈래?"를 영어로 어떻게 말하는지 알려주었다. 마리엘라와 후아나는 파투후 꽃자루 끝부분을 어떻게 먹는지 보여주었다. "¿무이 리코, 노(꽤 맛있죠, 그렇죠)?" 마리엘라가 키득키득 웃었다. 줄기에서 픽 하고 따는 꽃자루는 섬유질이 많고 오이 맛이 났다. 마리엘라의 말이 맞았다. 맛이 아주 좋았으니까. 판치타가 주둥이로 내 허벅지 안쪽을 문질러 청바지에서 돼지 분비샘의 악취가 진동했다. 그래도 나는 두려움에서 벗어나고자 정신을 집중하지 않아도 됐다.

와이라의 뒤에서 여섯 번째로 걸었을 때였나, 로프를 잡고 있는데 내가 퓨마를 산책시킨다는 생각이 전혀 들지 않았다. 산책을 시킨 것은 내가 아니었기 때문이다. 와이라가 나를 산책시키고 있었다. 그것도 괜찮았다. 산책은 와이라가 원해서 한 것이다. 와이라의 권리였다. 정글에서의 산책은 나보다는 와이라의 기본권이었다.

깜박이는 촛불을 보며 흡연 오두막으로 들어갈지 망설인다. 실루엣이 출렁인다. 밀라의 실루엣이다. 비단결 같은 검은 머리카락이 휘날리고 있다.

"*라우리타*." 밀라가 날 애칭으로 부른다. 목소리가 부드럽다.

새미와 해리도 함께 있다. 그들은 장화를 내팽개치고 누워 있다. 은은한 산들바람이 불어온다. 수 킬로미터 내에 단 한 대의 차도 보이지 않는다. 이따금 숙소의 더위를 견디지 못할 때면 밀라는 이곳에 나와 잠을 잔다고 했다. 밀라는 두 팔꿈치를 해먹에 대고 몸을 일으켜 내가 오는 걸 보고 움직여 자리를 마련해준다.

나와 퓨마의 나날들

"그라시아스(고마워요)." 나는 털썩 주저앉는다.

해리는 담배 두 대에 불을 붙여 하나를 새미에게 건넨다. 몇 주 전 그날 밤 이후, 우리는 거의 교류하지 않았다. 그는 나를 피했고, 나도 그를 피했다. 느낌상 나는 해리에게 중요한 사람이 아니었다. 그래서 새로 온 예쁜 봉사자가 안뜰을 걸어갈 때 해리의 파란 눈이 그 여자를 평가하는 것을 애써 무시하던 참이다.

나도 담배에 불을 붙여 한 모금 깊게 빨아들인다. 여행을 떠나면서 끊으려고도 해봤다. 학교에서 친구를 만들려고 피우기 시작했다. 체육관 뒤에서 담배를 피우다가, 망사 스타킹에 묻은 재를 고딕 스타일의 검은색 손톱으로 털곤 했다. 8년이 지난 지금도 담배를 피우면 사람들을 속일 수 있을 것 같다. 나는 본모습보다 더 용감한 사람이라고. 하지만 이곳에선 다르다. 해야 할 일이 항상 있고 언제나 바쁘기에, 담배는 완벽한 평화의 순간을 선사한다.

잠든 줄 알았던 밀라가 불쑥 고개를 돌린다.

"¿코모 에스타 미 아모르 와이라(내 사랑 와이라는 어때요)?" 밀라의 목소리는 은하수를 스쳐 지나가는 별똥별처럼 고요하다. 오늘은 달이 뜨지 않았다. 덕분에 별이 더욱 밝게 빛난다. "라 세보야(양파 말이에요)."

나는 돌아누워서 밀라를 마주본다.

"잉크레이블레(놀라워요)." 나도 속삭이면서 이야기하는데, 미친 사람처럼 웃음을 멈출 수가 없다. "카미나모스 이 에스(같이 걷는데)……." 나는 고개를 젓는다. 무슨 느낌인지 말로 표현할 수가 없다. 와이라와 함께 걸으면 그에게서 스며 나오는 야생의 기운이 나까지 휘감는다. 뻣뻣한 고무 옷을 입은 지 워낙 오래되어 입었다는 것조차 잊었다가, 이제야 빠져나와 움직일 수 있게 된 것 같다. 이제야 팔다리를 제대로 움직이는 기분이다. 과거에는 몰랐던 것들을 느낄 수 있다. 숨을 쉴 수 있다. 언제라도 툭 끊어질 듯한 팽팽한 밧줄 위에 올라선 기분이다. 이건 선물이다. 밀라와 와이라가 준 선물. 그 누구보다 와이라가 준 선물.

"아, 시(아, 알겠어요)." 밀라가 웃고는 돌아누워 기지개를 켠다. 와이라가 기나긴 낮잠을 잔 뒤에 그러는 것처럼. 어젯밤 밀라는 아구스티노의 머리를 향해 망고를 던졌다. 그가 실수로 돼지 한 마리를 풀어주었기 때문이다. 어떤 봉사자가 짐을 싸서 떠났을 때 밀라가 두 시간 내리 펑펑 우는 모습도 보았다. 때로는 밀라가 지금껏 내가 만난 여느 사람만큼이나 용감하고 현명하다는 생각이 든다. 그러다가도 조금은 마음이 망가져 있다는 생각도 든다. 한때 밀라에게도 가족과 아이들이 있었다고 제인이 알려주었다. 하지만 밀라는 이 장소를 위해, 퓨마들을 위해 그들을 떠났다.

밀라가 새미를 돌아본다. "¿이 바네소(바네소는요)?"

"아, 밀라. ¡엘 에스 페르펙토(바네소는 완벽해요)!" 바네소는 새미가 돌보는 고양이다. 내가 이걸 알고 있는 건, 새미가 바네소의 사진을 주머니에 넣고 다니면서 몇 시간이나 뚫어져라 보기 때문이다. 새미는 바네소를 '브이ᵛ'라고 부른다. 황금빛 털에 검은색 물결무늬가 있는 오실롯. 티끌 하나 없는 분홍빛 코와 멋진 줄무늬 꼬리가 있다. 바네소는 중국 음식점에서 구조되었다. 카타리나가 말해주었는데, 새미는 작년에 남자친구와 함께 이곳에 도착했고 당시 새

나와 퓨마의 나날들

끼였던 바네소를 맡게 되었다. 바네소는 사람들의 음식을 먹어 병약했고 어미가 필요했다. 새미는 몇 달간 머물렀다. 남자친구의 등쌀에 못 이겨 떠났다가, 남자친구를 당장 차버리고 바네소를 돌보러 돌아왔다. 지금은 돈이 떨어질 때까지 머물 생각이라고 했다. 새미는 혼자서 바네소와 함께 걷는다. 기다란 석호의 둘레를 따라. 숲속 오솔길을 지나. 바네소와 함께 혼자서 정글을 상대했던 그 모든 시간이 그의 뇌에 영향을 미친 게 분명하다. 누구든 바네소를 언급할 때마다, 그의 이름을 듣는 것만으로도 심장이 쪼개지는 것처럼 행동하니까. 그러한 경험에서 빠져나오려면 어떤 회복기를 거쳐야 할지 궁금해진다.

"토도스 로스 아니말레스 손 페르펙토스, ¿노? 하과루 탐비엔(동물이라면 완벽하기 마련이죠. 그렇죠? 하과루도 마찬가지예요)." 밀라가 웃는다.

해리는 차분하게 고개를 끄덕인다. "엘 에스 엘 마스 페르펙토(루는 정말로 완벽해요)."

봉사자가 정글에서 함께 걸을 수 있는 수컷 재규어는 전 세계에서 하과루와 하과루피밖에 없다. 루는 루피보다 어리다. 장난기가 더 많고 떠들썩하다. 해리가 이토록 오래 머물고 있는 이유가 바로 루다. 해리가 2년 동안 이곳을 다시 찾은 이유도, 보수가 좋은 엔지니어 일을 그만둔 이유도 역시 루다. 매일 밤 나는 해리가 캠프로 돌아오는 모습을 지켜본다. 그는 해가 진 뒤에 돌아올 때가 많다. 옷은 찢기고 피곤에 찌들어 녹초가 된 상태다. 나는 지금껏 누군가의 얼굴에서 그런 표정을 본 적이 없었다. 완전하고 절대적인 확신에 찬 표정.

"로라." 밀라가 나를 돌아보며 스페인어 억양으로 내 이름을 부른다. 나는 그게 좋다. "¿퀀도 테 바스(언제 떠날 생각이에요)?"

눈을 감는다. 언제 떠날 생각이냐고? "텡고 운 부엘로 엔 우나 세마나(일주일 뒤에 항공편이 있어요)."

"¡케 마카나(세상에)!" 밀라가 소리를 지른다. "¿솔로 우나 세마나 마스(한 주만 더 있으면 안 돼요)?"

"와, 한 달이 금방 지났네." 새미가 말한다.

나는 맞다고, 믿을 수 없다고 말하려 입을 열었지만, 해리가 투덜대며 선수를 친다.

"모르는 사이에 또 우기가 될 거야."

새미가 비명을 지르며 해리를 냅다 밀친다. "싫어! 말도 꺼내지 마. 모기가 들으면 어쩌려고."

모두가 웃음을 터뜨리는 가운데, 나는 입을 꾹 다문다. 화제의 중심은 내가 아니다. 내가 여기서 보낸 짧은 시간은 그들에게 한 해의 분기점을 알려주는 척도일 뿐이다.

밀라가 한숨을 쉰다. "엔톤세스 테네모스 케 부스카르 운 누에보 볼룬타리오 파라 와이라(그럼 와이라 봉사자를 새로 찾아야겠네)."

나는 깜짝 놀라서 생각보다 큰 소리로 되묻는다. "¿파라 와이라(와이라 봉사자요)?"

밀라는 피곤한 얼굴로 머리카락을 쓸어내린다. "시. 탈 베스 마냐나 예겐 누에보스……. 콘 수에르테(그래요. 아마도 내일이면 봉사자들이 새로 올 거예요……. 운이 좋다면)."

"그건……." 믿을 수가 없다. 와이라를 돌볼 새 봉사자라고? 나를 대신할? "그건 안 돼요!"

밀라가 웃으며 나의 손을 쓰다듬는다. "아시 에스 라 비다(그게 인생이에요)." 그러고는 또다시 한숨을 쉬며 자리에서 일어난다. "엔톤세스, 메 보이 아 미 카마(이제 자러 가야겠어요)."

밀라가 일어나는 모습을 멍하니 바라본다. 거세게 항의하고 싶지만 할 말이 떠오르지 않는다. 안 돼! 새로운 봉사자가 와이라를 돌보게 된다니, 안 된다. 해리와 새미도 밀라의 뒤를 따르고, 이윽고 도로에 나만 남는다. 안쪽 길로 접어드는 길목에 이르자 새미가 우뚝 멈추어 선다. 캠프로 이어지는 길이 우거진 수풀에 가려져 있다. 나무들은 하늘에 흩어진 별들을 등지고 실루엣만 남았다.

"언제든 머물 수 있어. 너도 알겠지만." 새미가 어깨 너머로 말한다.

나는 새미를 응시한다. 옆에 있는 촛불에서 촛농이 흘러내린다. 새미가 우거진 나뭇잎 아래로 사라진다. 비행기가 있잖아. 혼잣말로 속삭인다. 비행기가.

남기를 택하다

이튿날 저녁, 밀라의 예상대로 새로운 봉사자가 도착한다. 남자는 크게 뜬 눈을 반짝이며 깨끗한 트레킹화를 신은 채 안뜰 쪽으로 서둘러 걸음을 옮긴다. 나는 침울한 마음으로 라파스 현관 계단에 서서 남자를 바라본다. 브라이언의 어깨를 잡고 장화를 벗으려 애쓰는 중이다. 떠나는 게 맞다, 그게 책임감 있는 행동이다, 라며 스스로를 납득시키느라 하루가 다 갔다. 나는 같은 말을 수도 없이 되풀이했다. 보다 못한 제인이 나더러 꺼지라고, 생각을 정리할 때까지 혼자 앉아 있으라고 소리를 질렀다.

안뜰에 앉은 모두가 고개를 든다. 새로 온 이 남자는 머리카락이 길고 수염은 검은색이다. 키가 크고 잘생겼고 특히 눈이 멋지다. 여느 때처럼 코코와 파우스티노는 산타크루스 처마 아래에 매단 선반에 앉아 있다. 드물게 쌀쌀한 밤이라 아구스티노가 그들에게 보라색 담요를 덮어주고 따뜻한 죽을 먹였다. 코코는 문에서 멀리 떨어져 있다. 그래서 나는 코코가 깩깩거리는 소리도 듣지 못했고, 공중으로 뛰어오르는 모습도 보지 못했다. 코코의 수프 그릇이 땅바닥에 떨어져 쨍그랑거리고 나서야 나는 깜짝 놀라서 뒤로 펄쩍 뛴다. 땅 위에 세운 수도관을 틀어 물 주전자를 채우던 톰과 해리가 얼어붙는다. 안뜰에 앉아 있던 오시토와 테앙히, 마리엘라와 후아나가 전부 화들짝 놀란다. 공포에 질린 테앙히가 삑삑 소리를 내며 오시토의 무릎 위에서 뛰어내린다. 새장 쪽에서 누군가의 격렬한 투덜거림이 들려온다. "돈 두 댓(하지 마)!"

오시토가 크게 소리친다. "아구스티노!"

밀라가 불쑥 나타난다. 하지만 이번만큼은 너무 늦었다. 코코는 이미 돌진하고 있다. 워낙 한순간에 일어난 일이라 내 머리로는 따라갈 수가 없다. 코코의 털이 부풀어서 몸집이 두 배로 불었고, 마치 개처럼 혹은 싸움에 뛰어드는 사람처럼 입술이 뒤집혔다. 굵은 근육질 팔로 땅을 박차며 빠르게 달려가고 있다. 원숭이는 바닥에 있어서는 안 된다. 바닥에 있다는 건 무언가 잘못되었다는 뜻이다.

"코코, 안 돼!" 밀라가 외치지만 코코는 으르렁거릴 뿐이다. 그때 아구스티노가 동물 주방 뒤에서 얼굴이 벌게진 채 달려 나온다. 그를 본 코코는 잠깐 망설인다. 그 틈을 타 아구스티노가 꼬리를 움켜쥔다. 코코가 울부짖으며 벗어나려고 껑충껑충 뛰지만, 아구스티노는 손을 떼지 않는다.

"노. 노, 치코(안 돼. 가만히. 착하지)." 아구스티노가 얼굴을 찡그린다. "라 푸에르타, 포르 파보르(문 좀 열어줘요)."

나는 손가락을 펴고 일어나서 산타크루스 문을 열어준다. 내가 브라이언의 어깨를 꽉 움켜잡고 있는지 전혀 몰랐다. 코코는 아구스티노의 등에 격렬하게 똥을 지린다. 코코의 뒤에서 문이 닫히자, 그 안에서 고함 소리가 울려 퍼진다. 여전히 선반 위에 있던 파우스티노는 양손에 턱을 대고 엎드린다. 안타깝지만 어쩔 도리 없다는 표정으로 그동안 이 난장판을 쭉 지켜보았다.

"전 유리예요. 이게 무슨……." 남자의 목소리가 떨린다.

아구스티노가 어깨에서 똥 덩어리를 닦아낸다. 밀라가 그의 팔을 잡는다.

"비엔베니도. 메 야모 아구스티노(어서 와요. 전 아구스티노라고 해요). 코코는…… 여기에 사는 원숭이예요. 당신처럼 생긴 남자를 무서워하죠."

유리가 깜짝 놀라 뒷걸음질 친다. "저같이 생긴 남자요?"

아구스티노는 난처해하며 자신의 검은 머리카락을 잡아당긴

다. "저도 코코를 처음 만날 때 그랬어요. 긴 머리. 검은색. 티에네 판
타스마스."

"그게 무슨 말이죠?"

아구스티노는 걱정스런 얼굴로 발을 질질 끈다. 샛노란 고무장
화가 반짝반짝 빛난다. 지금 상황과는 도무지 어울리지 않는다. "코
코는 환영에 시달리고 있어요."

유리가 당황스러워하며 주위를 둘러본다. "케이지에서 살고
있기는 하죠?"

오시토가 어느새 우리 뒤로 다가와 팔짱을 끼고 서 있다. 키가
유리의 반만 하다. 그의 앳된 얼굴이 굳는다. 아구스티노는 어깨에
손을 얹어 오시토를 다독인다.

나는 유리가 마음에 든다. 단 몇 시간 만에 도냐 루시아에게 샥
슈카를 만드는 법을 알려주었다. 로렌소와 크레이지아이즈, 빅 레
드에게 민요를 불러주었고, 예쁜 이스라엘 봉사자와 시시덕거릴 수
있도록 로페스에게 기초적인 히브리어를 알려주었다. 하지만 코코
는 포기하지 않는다. 유리가 어딜 가든 끈질기게 따라다닌다. 식당
밖에서 유리를 빤히 쳐다본다. 동물 주방 밖에서도 살금살금 돌아
다닌다. 유리가 푸세식 화장실에 갈 때마다 코코를 산타크루스에 가
둬놔야 할 정도다.

유리가 온 지 사흘이 지났다. 끔찍한 비명이 들린다. 나는 밖으
로 달려 나갔다. 샤워를 하다 뛰쳐나온 유리의 다리 아래로 피가 뚝
뚝 떨어지고 있다. 샤워실 문이 쾅 하며 열리고, 필사적인 눈빛을 한
코코가 나타난다. 유리는 숙소로 뛰어 들어갔다가 아구스티노에게

받은 가죽 장갑을 끼고 다시 뛰쳐나온다. 코코가 이빨을 드러내며 그에게 조금씩 다가간다. 유리는 뒤로 물러난다.

"안 돼, 코코!" 유리가 장갑 낀 손으로 손뼉을 친다.

코코가 돌진해서 이빨로 가죽 장갑을 깨물자, 유리는 손을 뻗어 코코를 뒤로 밀어낸다.

"¡노 마스, 코코(이제 그만해, 코코)!"

코코가 유리의 주위를 빙빙 맴돈다. 호텔에서 사람들이 코코에게 무슨 짓을 했길래 이런 행동을 하는 걸까? 얼마나 세게 때렸을까? 얼마나 오랫동안 하늘을 보지 못하게 가둬놓았을까? 코코가 눈을 내리깔고 슬금슬금 뒷걸음치자, 유리가 장갑을 내려놓는다. 유리의 눈에 눈물이 고여 있다. 그런데 그때, 코코가 뒤를 돌아서 또 공격을 가한다. 나는 생각할 새도 없이 앞으로 달려가서 코코의 꼬리를 움켜쥔다. 그리고 코코를 달래려 어깨 위로 올린다. 코코가 버둥거리며 자기 머리로 내 머리를 세게 밀어낸다. 꼬리로 내 목을 감싼 뒤에 손바닥으로 나를 철썩 때린다. 아프다. 골이 울린다. 내가 코코의 무거운 몸뚱이를 잡아두는 동안, 녀석은 마음을 가라앉히려는 듯 젖은 손가락 같은 혀를 나의 귀에 집어넣는다. 그리고 익숙한 소리로 깩깩거린다. 그 사이에 아구스티노는 유리를 진료소로 데려가 상처를 네 바늘이나 꿰맨다. 두 시간 뒤, 유리는 버스를 타고 떠난다.

그날 오후 내내 코코는 모습을 비추지 않는다. 나는 도로를 따라 조금 내려간 곳에서 코코를 찾아낸다. 해가 저물기 직전, 구름은 짙은 분홍색으로, 나무 꼭대기는 붉은색으로 물든다. 저 멀리서 야생 고함원숭이들의 울부짖음이 들려온다. 살아 있는 한 그들은 지금처럼 거칠게 비가悲歌를 내지를 것이다. 코코도 저들의 노래를 듣고 있을지 궁금하다. 코코가 몸을 앞뒤로 흔든다. 내가 쳐다보니 입술을 비죽 내밀고 손바닥으로 땅바닥을 내리친다. 들어 올리려 해봐도 재빨리 도망친다. 코코는 이빨을 드러내고 도로를 따라 좀 더 기어간다. 몸을 수그린 다음에 한 손으로 자기 어깨를 세게 때리기 시작한다. 철썩, 자학의 소리는 거칠고 요란하다. 내가 옆에 가만히 앉아봐도, 코코는 좀 더 기어가서 때리기를 반복할 뿐이다. 나를 쳐다보지도 않는다.

야생 원숭이들의 고함이 차츰 잦아든다. 원숭이들의 우두머리는 무리를 이끌고 캠프 근처로 와서 코코와 파우스티노를 비웃곤 한다. 우두머리는 덩치 큰 수컷 원숭이인데, 그래 봤자 코코가 몸집이 더 크다. 털의 붉은빛도 더 짙고 턱수염도 더 길고 두껍다. 가슴이 찢어지는 듯 아프다. 만일 상황이 달랐더라면, 숲이 벌목되지 않았더라면, 나와 같은 관광객이 이색 애완동물의 수요를 부채질하지 않았더라면, 다른 존재를 억누르고 짓밟는 행태가 정상이 아닌 세상이었더라면, 코코는 자신의 힘과 열정과 관대함을 앞세워 무리의 지도자가 될 수 있었을 것이다.

어두운 실루엣의 밀라가 나타난 뒤에야 코코가 움직인다. 해가 지평선 아래로 떨어진다. 하늘은 분홍색에서 금빛 붉은색으로 변하고, 그에 따라 숲 꼭대기가 구릿빛으로 물든다. 밀라가 우리에게 천천히 걸어온다. 카우보이모자가 얼굴에 그늘을 드리운다. 밀라가 주머니에서 치즈 한 조각을 꺼낸다. 코코가 밀라의 품속으로 들어가

치즈를 입안에 밀어 넣는다. 그리고 차마 아무도 볼 수 없다는 듯 얼굴을 가슴 속에 파묻는다. 수치스럽고 고통스러워 보인다.

동물은 그저 동물일 뿐이라 여겼던 과거의 삶을 떠올린다. 그랬던 내가 싫다. 어떻게 그런 생각을 할 수 있었을까? 어떻게 내가 동물과 다르다고 생각할 수 있었을까?

"밀라!" 나는 캠프를 향해 걸음을 뗀 밀라를 부른다.

밀라가 돌아본다.

"오늘 밤에 시내 좀 다녀와도 될까요?"

"¿포르 케(왜요)?"

"항공편을 바꾸려고요. 더 있고 싶어요. 괜찮다면요."

밀라가 나를 한참 바라보다 고개를 끄덕인다. "그럼요. 괜찮고 말고요."

혼자 버스를 타고 시내로 향한다. 시내는 산타마리아 마을과 비슷하다. 더 클 뿐이다. 연인들이 손잡고 걸어 다니고, 단정한 흰 유니폼 차림으로 커피 판매대를 끄는 남자들과 팝콘 행상들이 여기저기 끼어든 저녁의 광장. 광장 한구석에 작은 인터넷 카페가 있다. 인터넷 카페는 컴퓨터 열기로 후끈후끈하다. 속도가 너무 느려서 이메일 한 통 뜨는 데만 30분이 걸린다. 소란스러운 소년들을 상대하느라 바쁜 컴퓨터를 팽개치고 곧장 전화 부스로 가 엄마에게 전화를 건다. 전화 부스 유리가 수증기로 흐려지고, 플라스틱 수화기가 손에서 자꾸 미끄러진다.

"여보세요?" 목소리가 멀리서 들려온다. 수화기 안에 벌이 든 것처럼 치직 소리가 난다.

"엄마."

"여보세요?"

"엄마, 저예요."

"여보세요?"

"엄마, 로라라고요!" 소리를 지르니 내 목소리가 울려서 수화기를 멀찌감치 떨어뜨린다. 앞쪽 거울에 이마를 기댄다. 요 몇 주간 나의 모습을 본 적이 없다. 창백한 얼굴에 군데군데 물린 자국이 선명하다. 움푹 꺼진 눈 밑. 뭉쳐서 엉망인 단발머리. 전보다 튀어나온 광대뼈. 엄마가 나의 모습을 본다면 뭐라고 하실지 상상하며 살짝 웃는다.

"로라! 너 괜찮니? 얼마나 걱정했는데!"

"전 잘 지내요. 엄마는 어때요?"

"나야 괜찮지. 별일 없어. 지금 어디니? 집에 돌아온다니 기분이 어때?"

가만히 눈을 감는다. 벌의 치직 소리가 희미해진다. 언제부턴지 모르겠지만, 이곳을 집이라고 생각하기 시작했다. 양가적인 감정이 밀려든다. 가장 최근에 보낸 이메일을 보낸 게 몇 주 전이다. 딱 한 줄. 다른 이메일도 보내려 했지만 시내에 오지 못했다. 그 대신에 와이라를 보러 갔다. 어쩐지 그게 더 중요한 일로 느껴져서.

"아직 파르케예요."

엄마가 나의 말을 기다린다. 별다른 말이 없자 주저하며 묻는다. "괜찮은 거 맞니? 볼리비아 소식이 좋지 않던데. 폭동이 있었대……. 걱정했단다."

"폭동요?"

"그래!"

나는 고개를 가로젓는다. 세상의 반이 난리가 났겠구나 짐작하면서. "여기선 소식을 듣지 못했어요."

"겁나더라고."

도로를 부드럽게 밝히는 오토바이 전조등과 비디오 게임을 하는 아이들을 둘러본다.

"무섭진 않아요."

"항공편에 별일이 없어야 할 텐데."

"그 얘기를 하려고요. 엄마, 나 항공편을 바꿀 생각이에요."

길고 더딘 침묵.

"무슨 소리야?" 플레처가 짖는 소리가 들린다. "집에 안 오니?"

시간 표시기의 초가 늘어나는 것을 바라본다. 매 순간 총액에 1달러가 추가되고 있다. 영국에서는 이 정도 전화비면 하룻밤은 놀 수 있다. 여기서는 와이라와 한 주 더 지낼 수 있다.

"떠나고 싶지 않아서요."

"볼리비아를?"

"이곳요. 여기는……." 웃음이 난다. 손으로 머리를 감싼다. "여기는 정말 말도 안 돼요. 그러니까……." 엄마는 병원에서 성격장애가 있는 여성 환자들을 돌보고 있다. 와이라, 코코, 판치타……. 그들도 성격장애에 시달리고 있다. 엄마도 이해할 거다. 제대로 설명해야 하는데 말이 나오지 않는다……. 버스에서 생각할 때에는 막힘없이 나왔는데.

"정말 멋져요."

"그래." 엄마가 조용히 웃는다. "무언가에 대해 그렇게 긍정적으로 말하다니 반가운 일이구나."

한쪽에 있던 의자를 끌어당겨 앉는다. "정말 놀랍지만 또 힘든 곳이에요. 매일 다치기는 하지만 끊임없이 웃게 되고요." 둘 다 한참 말이 없다. 충격을 받아서 울음을 참고 계신 걸까. "고양이가 있는데요. 사람을 무는 원숭이도 있고요." 나는 서둘러 말을 잇는다. 다시금 얼굴을 거울에 기댄다. 울음이 터질 것 같다. 내가 사귄 친구들을 어떻게 몇 문장으로 표현할 수 있을까? 그들은 정말 나의 친구들인데. 사소한 것 하나라도 설명할 수 없다면 아예 아무것도 설명하고 싶지 않다. "돌아가면 다 말씀드릴게요. 꼭."

"그게 언제니, 로라?"

시간 표시기를 가만히 쳐다본다. "세 달 뒤요. 아마도?" 엄마는 창문 밖 정원을 바라보고 있을까. 어쩌면 작은 나무숲 둘레를 보고 있을지도 모른다. 나는 망설이다가 입을 연다. "저 누군가를 만났어요."

"정말이니?" 엄마의 들뜬 마음이 목소리를 뚫고 비어져 나온다.

나는 웃는다.

"그러지 말고. 이름이 뭔데?"

"와이라요." 잠깐 멈췄다가 말을 이어간다. "네 살이에요. 퓨마

나와 퓨마의 나날들

고요."

"퓨마라고?"

차오르는 감정을 애써 진정시킨다.

"전 행복해요." 너무 작게 말해서 엄마는 듣지 못했을 거다.

"내 마음 알지?" 마침내 엄마가 속삭이듯 말한다. "네가 안전하길 바랄 뿐이란다. 보고 싶고. 그게 다야."

길고 긴 침묵. 나도 보고 싶다고 말하려 했다. 전에는 엄마와 플레처가 너무 보고 싶어서 가슴이 저릴 정도였다. 하지만 지금은…….

"저도 보고 싶어요." 침을 꿀꺽 삼킨다. 사실은, 진짜로 보고 싶은지도 잘 모르겠다. 아무래도 상관없다는 것은 아니다. 나라고 왜 보고 싶지 않겠는가. 단지 이곳이 나무뿌리와 같은 장소라서 그럴 뿐이다. 물을 모조리 빨아들여 다른 것들이 들어설 공간을 남기지 않는 나무뿌리. 머릿속의 다른 생각들, 불안과 야심과 끝없이 맴도는 걱정은 이제 사라졌다. 그것들은 모두 숨을 멈췄고, 이제 남은 것이라곤 이곳에 대한 생각뿐이다.

집으로 가는 길. 벌목 트럭 위에 걸터앉아 시내의 주황색 불빛이 흐려지는 것을 지켜본다. 들판이 점차 사라지고 지면이 솟아오른다. 인간 존재가 옅어지는 흔적이다. 그러다 전부 자취를 감춘다. 캄캄한 하늘이 열린다. 텅 비어 별만 남은 하늘.

출발하기 전에 운전사가 코카 잎을 약간 건네주었다. 들뜬 마음을 안고 질근질근 씹었지만, 트럭 꼭대기로 올라갈 때 구역질을 참느라 애먹어야 했다. 코카 잎은 처음이다. 볼리비아에서 문화적

상징이자 신성시되는 코카 잎은 기운을 불어넣고, 식욕을 억제하고, 산악 지대의 고산병을 완화하는 데 쓰인다. 그런데 직접 씹어보니 쓴맛이 너무 강하고 단단한 잎이 혀에 닿는 감촉도 이상하다. 구역질이 난다. 뭉치가 된 잎을 재빨리 볼 안쪽에 밀어 넣는다. 다른 사람들이 그렇게 하는 것을 본 적이 있다. 이제 트럭 기사가 건넨 미지근한 맥주로 그 맛을 씻어낸다.

도로 군데군데 움푹 들어간 구덩이와 갈라진 틈을 트럭이 요리조리 피해 다닌다. 떨어지지 않으려 꽉 잡고 있는데, 혈관 속에서 코카 잎의 마법이 울려 퍼진다. 나무가 부풀어 오른다. 그 덩치가 왠지 모르게 친숙하다. 수많은 길가 마녀들의 가지가 별빛 속으로 굽이친다. 별빛은 부서진 구름이 떠다니는 듯하다. 웃음이 멈추지 않는다. 입을 벌려 함성을 지르자, 나무의 어깨 위에 자리 잡은 매들이 깜짝 놀란다. 정글을 보니 폐를 활짝 열고 노래하고 싶다. 시끄럽게 소리 지르고 싶다! 어떠한 불길한 예감도 들지 않고, 신경이 곤두서는 불안감도 느껴지지 않는다. 그저 숲을 바라본다. 이곳에 나무가 없는 것도, 이곳에 내가 없는 것도 상상할 수가 없다.

야생을 두려워하는 퓨마

다음 날, 와이라의 석호에 왔다. 제인은 소풍 도시락을 가지러 캠프로 돌아간 참이다. 와이라가 걷는 제일 짧은 오솔길의 끝에 자리한 석호는 케이지에서 걸어서 몇 분도 채 걸리지 않는다. 희부연 갈색에 콩팥처럼 생긴 석호 둘레를 떨기나무와 길쭉한 큰키나무가 떼지어 둘러쌌다. 호숫가는 캐러멜색 모래흙으로 뒤덮였다. 아래쪽으로 급격히 경사진 호숫가에 4미터 정도로 길지 않은 또 다른 러너로프가 비탈을 따라 뻗어 있다. 와이라는 몇 시간이고 이곳에 머문다. 진한 식물의 향이 그윽하다.

땅바닥은 검고 붉은 씨앗들로 가득하다. 사람들은 그 씨앗으로 목걸이로 만들어 관광객이 보일 때마다 흔들며 팔곤 한다. 나는 팔찌를 샀는데, 지금은 배낭 한구석에 파묻혀 있다. 팔찌를 생각할 때면 기분이 이상하다. 그때 팔찌를 샀던 사람과 지금의 내가 이제 완전히 다른 사람인 것처럼 느껴진다.

오늘은 두 시도 안 됐는데 타는 듯이 뜨거운 햇살이 푸른 하늘에서 동그랗게 퍼지며 내리쬔다. 와이라는 아침이면 주로 이곳에서 잠을 잔다. 하지만 지금은 호숫가에 앉아 물속을 들여다본다. 꼬리 끝이 씰룩거린다. 몇 분 전에 무언가가 수면 위로 빼꼼 고개를 내밀며 남긴 잔물결이 여전히 퍼져 나가고 있다. 커다란 게 틀림없다. 내 생각을 들었다는 듯 와이라가 고개를 돌린다. 맞아, 커다란 물고기였어. 와이라도 같은 생각이다. 그의 눈이 가늘어진다.

"그럼 한번 쫓아가 봐!"

와이라가 나를 외면하고 다시 물속으로 시선을 옮긴다. 꼭 너 같은 멍청이도 없다고 말하는 것 같다. 와이라는 단 한 번도 헤엄을 친 적이 없다고 제인이 말해주었다. 물에 비친 풍경을 바라보며 몇 시간을 보내면서도 더 나아갈 생각은 없어 보인다. 다른 고양이들은 헤엄을 친다. 유마와 인티, 와라, 야시 그리고 루피와 루……. 그들 모두 저마다 강 전용 구역 혹은 석호가 있는데, 전해 듣기로는 파르케 남쪽 부근에 두루 퍼져 있단다. 고양이들은 주로 봉사자들과 헤엄을 치며 시간을 보낸다. 야생에서도 헤엄을 칠 것이다. 물속을 응시하는 와이라를 보면 이따금 그가 용기를 내려고 애쓰는 것처럼 느껴진다. 그러나 두려워하고 있다. 나는 이해한다. 허세 부리기, 하악거리기, 으르렁대기. 전부 그의 대처 방식이다. 미소 짓기와 괜찮은 척하기가 나의 대처 방식인 것처럼. 내가 나뭇가지를 밟자 와이라가 1미터가량 공중으로 뛰어오른다. 제 그림자조차 무서워하는 퓨마다. 야생을 두려워하는 퓨마.

와이라가 한숨을 내쉬고 일어난다. 그러고는 나를 외면하고 요가 스트레칭을 한다. 일단 고양이 자세로 시작해서 천천히 느긋하게 소 자세로 마무리한다. 나는 야트막한 언덕 꼭대기, 여러 날에 걸쳐 만든 나만의 장소에 앉는다. 그곳에는 나의 몸 겉모양 그대로 눌린 자국이 남았다. 와이라가 그늘로 시선을 옮긴다. 다시 그늘로 가서 앉겠지 하고 생각하던 차에, 스트레칭을 마친 와이라가 꼭대기로 터벅터벅 올라와 한숨을 쉬고 내 옆에 몸을 누인다.

심장이 쿵쿵 뛰기 시작한다. 와이라도 들을 만큼 시끄럽게. 꽃을 오가며 꿀을 모으는 진홍빛 녹색 벌새도 들을 만큼 시끄럽게. 와이라가 내 옆에 앉은 건 처음이다. 제인이 여기서 나에게 이래라 저래라 했을 때를 제외한다면 말이다. 햇살 반대편으로 고개를 돌린 와이라의 눈 위로 그늘이 진다. 와이라는 정말 느긋하게 웅크려 앉아 발을 핥기 시작한다. 그런 덕분에 나는 천천히 깊게 호흡을 가다듬는다. 와이라는 내가 생각하기도 전에 무슨 생각을 하는지 알고 있는 것 같다. 지금은 나를 등지고 반만 뒤집힌 팬케이크처럼 한쪽으로 납작 엎드렸다. 털이 한 올 한 올 선명하다. 이제 알겠다. 와이라의 털은 회색도 흰색도 아니고 황갈색도 은색도 아니라는 것을. 와이라의 색깔은 그 모든 것이다. 몸을 가로지르며 서로 다른 색상들이 나타난다. 빛의 변화에 따라 색상이 바뀌는 듯한 인상을 준다.

퓨마는 목표물의 위쪽이나 뒤쪽에서 사냥을 한다. 누군가의 등 위로 뛰어올라 목을 찢어발길 수 있다는 얘기다. 그러니 방심하지 않는 것이 좋다. 하지만 와이라는…… 워낙 차분해서 때로는 나의 얼굴을 그의 얼굴에 들이밀 수 있을 것 같다는 생각이 든다. 그렇지만 얼마나 빨리 기색이 변하는지, 얼마나 느닷없이 화를 내는지도 알고 있다. 눈 깜짝할 새 내 등 뒤에서 나타날 수도 있다. 물론 지난 한 달간 그런 일은 없었다. 와이라가 근처에 올 때마다 심장이 목구멍 밖으로 튀어나오지 않으려면 몇 달이나 필요하며 몇 겹의 양파 껍질을 벗겨야 할까. 날마다 수월해지긴 하지만, 충분한 기간이 지난다고 해서 이런 일들이 정상으로 느껴질지는 모르겠다. 내가 그 경지에 도달하고 싶은지도.

"에스타 비엔, 와이라(괜찮아, 와이라)." 나는 침착해지려고 노력한다. "다 괜찮아."

와이라가 돌아누워 내 쪽으로 몸을 기울인다. 꼭 이렇게 말하는 것 같다. 나도 알아.

나는 재빨리 소매를 걷어붙인다. 와이라는 만족스럽게 그르렁대며 커다란 앞발로 내 손을 끌어당겨 핥기 시작한다. 살갗이 쓸리는 촉감이 생각보다 아파서 주춤하지만, 움직이지 않는다. 와이라에게서 부드럽게 아르릉 소리가 흘러나온다. 지금은 괜찮으면 좋겠다. 만일 소리가 더 커지면 뒤로 물러나 자리를 내줘야 할 거다. 하지만 좋은 으르렁과 나쁜 으르렁을 구분하는 것은 거의 불가능하다. 이미 여러 번 틀린 전적이 있다. 그럴 때마다 와이라는 나를 깨물려고 하거나, 으르렁거리며 종종 내 손을 몇 밀리미터 차이로 놓치곤 한다. 제인은 웃으면서 말한다. 와이라가 나를 해치려 했다면 벌써 그렇게 했을 거라고. 그러니 난 와이라를 믿는 모습을 보여줘야 한다. 하지만 아직은 믿을 수 없다. 제인이 본능적으로 감지하는 듯한 소리도 나는 구분할 수 없다.

나는 헛기침을 하며 목을 가다듬는다.

와이라는 핥느라 여념이 없다.

"저기, 와이라?"

와이라의 귀가 살짝 움직인다. 단일한 생물체와 같은 정글의 웅성거림이 자동차 경보음처럼 이상하게도 위안이 된다. 와이라의 눈이 나와 마주친다. 호박색 줄 한 가닥이 눈동자를 둘러싼다.

"어젯밤에 항공편을 바꿨어. 남아 있기로 했거든."

와이라가 나의 팔을 밀어내고 한 바퀴 구르더니 배를 깔고 엎드려 두 앞발을 포갠다. 석호를 바라보는 와이라의 꼬리 끝이 내 장화를 건드린다. 우리 둘은 머리 위로 드리운 바나나무 그늘을 함께 나누고 있다. 와이라는 저 아래 반짝이는 수면을 응시한다. 나에게 관심을 기울이지 않는 모습에 안도하면서도 실망감이 차오른다. 앞발에 턱을 기대고 눈을 감고 있지만, 귀의 각도를 보아하니 아직 내 말을 듣고 있는 것 같다.

나와 퓨마의 나날들

"너…… 내 말 듣고 있니?"

와이라가 잠든 척을 한다. 나는 웃으며 고개를 흔든다.

"괜찮을까? 남아 있어도."

이번에는 와이라가 한가롭게 옆으로 누워 땅바닥 위에 볼을 댄다. 코에 복잡한 무늬의 점이 찍혀 있다. 전에는 전혀 알지 못했다. 어쩐 일인지 눈이 화끈거린다. 괜찮다. 와이라는 석호의 하고많은 장소 가운데 나의 곁에 머물기로 결정했다. 여기까지 오는 데 꼬박 한 달이 걸렸다. 와이라는 나와 같은 말을 쓰지 않아도 생각을 밝힐 줄 안다. 괜찮다고, 나는 괜찮은 것 같다고 와이라가 나에게 말해주고 있다.

"고마워, 공주님." 나는 코를 훌쩍이며, 별것 아닌 일로 야단법석 떨지 않으려 안간힘을 쓴다.

와이라는 별꼴이라는 듯 나를 한참 쳐다보다가 몸을 일으켜 저 멀리 걸어간다.

그날 오후, 패디와 나는 차를 얻어 타고 마을로 향한다. 그도 남기로 했다. 브라이언도 마찬가지다. 둘 다 그들이 돌보는 고양이와 이 장소에 나처럼 푹 빠졌다. 우리는 줄지은 오두막 뒤편의 깎아지른 듯한 검은 바위 절벽을 오른다. 표면이 사포처럼 너무도 거친 탓에 손과 무릎이 다 까졌다. 하마터면 거대한 크레바스 아래로 고꾸라질 뻔하기도 한다. 우리는 어처구니없어 웃음을 터뜨린다. 해가 지기 직전에야 정상에 도달한다. 이곳에 올라서면, 오시토가 장담하기를 모든 것을 볼 수 있다고 했다. 하늘 가장자리가 불타듯 주황빛으로 변해가고 우리는 지표 위로 노출된 암벽 끝, 헤아릴 수 없을 만큼 수많은 세월에 걸쳐 지역 사람들이 등반했을 이곳에 올라선다. 그리고 말없이 응시한다. 여기서 보니 산타마리아는 숲 사이로 빛이 얼룩덜룩 비치는 조그마한 점에 불과하다. 숲은 온 세상을 뒤덮은 이끼 융단처럼 계속 또 계속 이어진다. 시선이 닿는 곳마다 정글이 드넓게 펼쳐지다 분홍빛 안개 층 아래로 사라진다. 더 먼 곳은 능선의 희미한 곡선만 보일 뿐이다. 나는 인류가 한 차례도 들어서지 않은 또 다른 행성에 있다. 우리가 발을 디딘 암석은 대지의 뿌리에서 싹튼 작은 혹, 시간 자체가 관념으로 인식되기도 전에 솟아난 혹이다. 은빛으로 반짝이는 물. 길게 굽이쳐 흐르는 강 그리고 석호. 와이라의 석호만 있는 것은 아니다. 이곳 위에서 보니 열 혹은 열다섯 군데쯤 되는 석호가 지평선 너머로 넓게 분포하며 초저녁 햇빛에 반짝이고 있다. 어쩌면 저 석호들에도 각기 퓨마가 있어서 점차 옅어지는 햇빛을 바라보고 있을지 모른다.

이튿날 아침, 시원한 산들바람이 창문 사이로 불어 들어오고, 빗방울이 양철 지붕을 힘차게 두드린다. 워낙 요란한 탓에 내 아래에서 카타리나가 코 고는 소리도 거의 들리지 않는다. 반대편 침대에 누운 패디가 살짝 더 높은 음으로 고는 코골이도 마찬가지다. 우리와 방을 함께 쓰는 밀라는 금방 방을 나섰다. 아무도 깨지 않은 사이에 고양이들을 산책시키러 간 것이다. 밀라가 옆방 문을 낮게 두드리는 소리가 난다. 톰이 끙끙대며 조용하게 대답하고 침대에서 쿵 하고 내려와 바스락거리며 옷을 입는 소리도 들린다. 그러고는 몇 분 뒤에 두 명의 발자국 소리가 정글 속으로 사라진다. 톰은 어딘가 어색하지만 다정하며 그 누구보다 파우스티노와 테앙히를 맘 편히 대한다. 그리고 밀라가 가장 곤란한 고양이들을 돌보러 갈 때마다 동행한다. 이 아침에 어딜 가는 걸까. 거미집을 빤히 쳐다보며 한숨을 쉰다. 나는 결코 보러 갈 일 없는 고양이들을 데리고 그들이 정글에서 하는 일은 뭔가 마법과 같은, 베일에 가려진 비밀이다.

말없이 침대에서 기어 나와 옷을 입는다. 일어난 사람은 나뿐이다. 이른 아침이다. 인간은 아무도 없는 것처럼 캠프가 고요한 유일한 시간. 역시 마법과 같다. 장화는 물로 가득 찼지만 아무튼 발을 집어넣는다. 차가운 액체가 구멍으로 새어 나온다. 하늘은 납빛을 띠고, 숲은 맑고 후텁지근한 냄새가 난다. 김이 자욱한 저만의 심장 박동에 따라 비가 내린다.

판치타가 흠뻑 젖은 퇴비를 뒤집어쓰고 나를 향해 전속력으로 달려온다. 그리고 황홀경에 빠진 채로 주둥이를 내 허벅지에 문지른다. 판치타를 몇 번 긁어준 뒤에 새장으로 향한다. 테앙히가 삑삑 대며 서둘러 따라온다. 새장 보호막을 걷자 새들이 지저귀며 나를 맞이한다. 누워 있는 로렌소를 향해 재빨리 인사를 건넨다. 나머지 금강앵무들의 나무라는 듯한 시선은 애써 무시한다. 낄낄대며 웃는 빅 레드에게도, "돈 두 댓!" 하고 비명을 지르는 돈두댓에게도 인사를 건넨다. 그다음은 새장을 돌아 피오들을 풀어줄 차례다. 페투니아와 패트릭은 집에서 전속력으로 달려 나오는 반면, 나머지 피오는 아늑한 실내에 머문다. 새로 돋아난 파투후 줄기를 한 아름 모은

다. 원숭이와 새, 피오와 거북에게 줄 먹이다. 테양히가 제일 좋아하는 자리인 새장 문 꼭대기에 앉아 삑삑거린다. 봉사자들이 먹이 그릇을 들고 새장으로 들어오려는 순간 습격을 가할 준비를 마쳤다.

모은 파투후 줄기를 동물 주방에 두고 곧장 푸세식 변기로 향한다. 가는 길에 같은 쪽으로 향하던 새미를 만난다.

"똥 시합 한판 할까, 프로도?" 발 맞춰 걷던 새미가 묻는다.

나는 웃는다. "그게 무슨……."

"먼저 다 싸는 사람이 이기는 걸로!" 새미가 팔꿈치로 나를 밀치고 뛰기 시작한다. 잠깐 멍하니 서 있다가 나 역시 웃으며 뛰어간다. 길이 미끄러워 결국 둘 다 자빠진다. 우리는 킬킬대며 서로 소매를 잡아끈다. 마침내 자유의 몸이 된 새미는 새로운 푸세식 변기로 달려간다. 원래 있던 변기가 너무 빨리 차오르는 것을 막기 위해 며칠 전 보비와 해리가 새로 만든 것이다. 하지만 이곳의 수많은 건물과 마찬가지로, 없는 돈으로 단기간에 지은 탓에 영 시원치 않다. 오래된 화장실과의 간격이 1미터도 안 될 만큼 너무 가깝고, 조잡한 벽은 굶주린 흰개미들이 벌써 줄지어 갉아먹기 시작했다.

숨이 가쁘다. 오래된 화장실의 문을 연다. 재빨리 빙빙 돌고 있는 해그리드에게 인사를 건네고 청바지를 벗는다. 벽에 난 구멍으로 새미의 얼굴 윤곽이 보인다. 수치심이 치솟는다. 그런데 그때 새미가 몸을 돌려 손을 흔든다.

"더 머문다면서?"

"더 있을 생각이야!" 화장실 아르마딜로가 내 발바닥을 여기저기 긁어댄다.

"좋아. 공사반의 구성원이 될 생각이란 말이지."

뒤를 닦다 말고 멈칫한다. "공사반?"

"그래, 우리가 오늘 아침부터 시작할 거야."

"우리?"

문이 쾅 열리는 소리와 기쁨의 환호성이 들린다. "챔피언이 왕좌를 지킵니다!"

"젠장." 나는 서둘러 마무리하고 재빨리 뛰쳐나간다.

"너도 꽤 잘했어." 새미가 나에게 윙크를 보내고 다시 식당을 향해 발걸음을 옮긴다. 그러고는 이 사이로 휘파람을 불며 어깨 너머로 말한다. "이제부터 우리가 너를 장기 봉사자로 만들어주지!"

나는 무슨 말을 해야 할지 몰라 길 위에 멀뚱히 서 있다.

재규어를 위한 방사장 공사

브라이언과 나는 눈앞에서 펼쳐지는 광경을 질색하며 바라본다. 비는 그쳤다. 땅을 뒤덮은 축축한 굵은 풀이 뜨거운 태양 아래 빠르게 말라간다. 거대한 돌무더기 위에 올라선 보비가 명랑하게 갈색 황마 자루를 나눠주고 있다. 이곳은 도로에서 약간 벗어난 곳이다. 와이라의 마녀 나무들을 지나 몇 분만 걸으면 된다. 여기서 시작된 길하나가 돌무더기 뒤로 구불구불하게 돌아 나간다. 우거진 고사리 숲 사이로 살짝 보이는 것은 석호로 이어지는 진입부 같다. 와이라가 아닌 다른 누군가의 석호 말이다.

"나는 하기 싫어." 브라이언이 불평하는 동안 보비가 손뼉을 치며 몸을 조금씩 들썩인다. 스무 명쯤 되는 사람들이 공터 부근에 빽빽이 들어찼다. 불길한 자루를 하나씩 들고 있다. "내가 신청한 건 이런 게 아닌데."

"이번 철 들어 첫 번째 공사야!" 보비가 소리친다. "브라이언, 기운 내. 길고 힘든 일이 될 거야. 불구덩이에 던져 넣고 싶을 정도로 싫을 거라고."

나는 간절한 눈빛으로 도로를 바라본다. 저곳에서 와이라가 왜 우리가 늦는지 궁금해하며 기다리고 있을 텐데.

첫 번째 임무는 새로운 케이지가 세워질 부지로 돌무더기를 옮기는 것이다. 심지어 패디마저 기가 죽었다. 무리 가운데에 끼여 돌무더기를 보며 걷기 시작한다. 아기 머리만 한 첫 번째 돌을 신중하게 골라 집어 들고 낑낑거리며 자루 안에 집어넣는다. 자루가 가득 차자, 보비가 자루를 번쩍 들어 올려 내 등 위에 올려준다. 휘청거리는 나의 머릿속에 끔찍한 순간이 스친다. 뭔가에 걸려 나동그라지는 순간. 뜻밖에 미지의 석호를 살짝 보게 되어 기분이 좋아진다. 하지만 이윽고 한창 일하고 있다는 현실이 나를 강타하고 우리 위로 덤불이 모여든다. 시야에서 도로가 사라지고, 이제 내가 집중할 수 있는 건 오로지 허벅지가 쓸리는 고통과 척추를 후벼 파며 골병을 선사하는 자루 그리고 내 발밖에 없다. 땅은 구덩이투성이고, 덤불은 극도로 날카롭다. 주변은 어둑어둑하고 벌레는 어찌나 많은지. 걷고 걷고 또 걷는다. 실은 전혀 멀지 않은 거리다. 5백 미터에도 한참 못 미친다. 그래도 나한테는 그저 계속 깊이 들어가는 느낌

나와 퓨마의 나날들

일 뿐이다. 겨우 정글에 익숙해졌다고 생각했는데, 시간이 거꾸로 흘러 다시 새로운 봉사자가 된 것만 같다. 나는 한밤중에 숲을 찾은 여덟 살 꼬마다.

불쑥 새로운 소리가 들린다. 지금 상황에 어울리지 않는 소리. 일상적인 정글의 대화가 아닌, 쩽그렁하는 굉음과 으르릉 울리는 소리가 귀 뒤쪽을 파고든다. 귀에 거슬리지만 걸음을 멈출 수가 없다. 자루가 너무 무겁다. 손을 놓았다가는 자루가 쏟아지고 말 거다. 소음은 점점 더 시끄럽고 거칠어진다. 멈춰서 고개를 들고 정체를 파악해야겠다고 생각한 바로 그때, 앞서가던 패디에게 부딪힌다. 곧바로 브라이언이 나와 충돌한다. 자루가 땅바닥에 와르르 쏟아진다. 나는 악 하고 소리를 지른다. 돌덩이들이 발목 주변에 폭포처럼 퍼붓는다. 입을 열고 욕을 한바탕 퍼부으려 하는 순간, 문득 고개를 드니 소음의 정체가 밝혀진다. 패디가 뒷걸음질 치다가 나와 또 부딪힌다.

우리 앞에 있는 것은 케이지다. 와이라 케이지의 절반도 안 될 만큼 작고, 붉은 철근으로 만들어졌다. 그 안에는 내가 살면서 본 가장 커다란 동물이 도사리고 있다. 짙은 주황색 재규어. 검은 장미의 꽃잎 같은 반점 무늬로 물들어서 외형이 선명하지 않다. 호박색 눈에 몸은 낮고 다부지다. 나보다 크고 핏불테리어처럼 둥근 머리를 창살에 들이받는 중이다. 날카롭게 부딪치는 소리의 정체가 바로 이거였다. 우리 셋 다 재빨리 뒷걸음질 친다. 재규어가 으르렁거린다.

"가!" 카타리나가 소리친다. 케이지 반대편 통나무 위에 카타리나가 앉아 있다. "계속 움직여." 그는 보비의 기타를 무릎 위에 올려 두었다. 때로는 고양이들이 음악을 즐긴다는 걸 알고 있지만, 이 고양이가 무언가 즐기는 장면조차 상상하기 힘들다. 두려움에 힘이 빠져서 자루를 가까스로 들어 올린다. 재규어의 근육에 주름이 잡히고, 눈은 까만 눈동자로 뒤덮인다. 카타리나는 새미와 내가 와이라를 대하는 것처럼 그에게 속삭인다. "에스타 비엔, 사마. 쉿, 치코. 쉿(괜찮아, 사마. 쉿, 착하지. 쉿)."

케이지를 지나자 정글이 또다시 솟아오른다. 얼룩덜룩한 나무 줄기와 우뚝 돋아난 파투후, 나무 윗가지에 매달린 덩굴 식물이 그물망처럼 뒤얽혔다. 케이지와 재규어는 덩굴에 가려 모습을 감췄다.

"세상에." 브라이언이 감탄한다.

나는 말문이 막혔다. 길을 따라가면서 카타리나가 한밤중에 침대에 누워 들려준 말을 되새긴다. 재규어의 이름은 사마다. 카타리나가 날마다 돌보는 고양이다. 카타리나는 사마에 대해 말할 때면 머리를 들썩이며 운다. 사마는 어릴 때 파르케로 왔다. 지금 우리가 있는 파르케는 아니다. 같은 기관이 볼리비아 반대편에서 운영하는 다른 생추어리였다. 기관 운영진은 사마를 방생하고 싶어 했다. 그 당시에는 방생도 실행 가능한 선택지로 여겨졌다. 브라질의 영토 내에서 발견된 사마는 일종의 회복 절차를 거쳤다. 살아 있는 먹이를 받아가며 인간으로부터 격리된 채로 인간에게 공포심을 심어주는 법을 터득했다. 그때 기관이 마음을 바꿨다. 예고도 없이 방생이 취소되었다. 정부의 지원 없이는 방생을 더 추진할 수 없었기 때문이다. 그렇게 사마의 삶이 쪼그라들었다. 어딘가 멀리 떨어진

곳에서 사마를 알지도 못하는 사람들이 탁자에 놓인 서류로만 결정해버렸다. 사마는 창살에 이빨이 부러져가며 평생의 감옥에 저항하는 중이다. 이제 사마는 열한 살, 나이가 들었다. 하지만 재규어는 사육되면 스물다섯까지 산다.

사마는 와이라와 다른 처지다. 케이지 밖으로 나올 수 없다. 아쉬운대로 그나마 괜찮은 공간을 만드는 첫 삽을 뜰 수 있게 돈을 마련하는 데만 2년이 걸렸다. 완공은 6개월 이상 걸릴 것이다. 2백 미터 길이의 철조망을 위로 세 배 높여 충분히 안전하게 만든다고 한다. 여기에 가시 철선, 돌, 시멘트를 더한다. 그리고 파고 옮기고 끌고 고정하는 등 온갖 작업을 몇 달간 해야 한다. 이것을 이해하지 못하는 사마는 공사하는 내내 스트레스를 받을 것이다. 마침내 방사장에 들어간다고 해도 사마가 그것을 누릴 기간은 기껏해야 인생의 절반일 터다. 최악의 경우, 반의 반에도 못 미친다.

여행하다 묵은 한 호스텔에서 벽 높이 걸려 있던 재규어 가죽을 본 적이 있다. 그때에는 별다른 생각이 들지 않았다. 지금은 다르다. 똑같은 검은색 반점, 똑같은 눈 모양 점이 있는 노란색 귀, 똑같은 하얀색 배, 똑같은 긴 꼬리와 그 끝의 검은색 털. 사마가 그곳이 아닌 이곳에 있는 것은 행운이다. 눈이 도려지고 배가 갈리고 발톱이 뽑힌 채로 어딘가의 벽에 걸려 있거나 박물관에 전시되거나 누군가의 식탁 아래에 깔려 있을 수도 있었다. 사마에게는 새로운 집을 지어줄 스무 명 남짓의 사람들이 있다. 그리고 자유로워야 할 사마가 그러지 못한 것 역시 운, 정반대의 불운이다.

브라이언이 나를 다시 현실로 데려온다.

"밀라는 우리가 저런 포악한 동물을 버틸 방사장을 지을 수 있다고 생각하는 건가? 보비가 새로 지은 화장실을 못 봤단 말이야?"

🐾

정말로 더는 못 걷겠다 생각하던 차에 톰과 해리와 새미를 발견한다. 지저분한 옷차림에 땀을 뚝뚝 흘리며, 방수포 위에서 반쯤 섞인 시멘트를 지켜보고 있다. 난생 처음으로 즐거운 시간을 보내는 듯한 표정이다. 해리가 웃통을 벗고 삽에 몸을 기대고 있다. 해리의 피부가 충격적일 정도로 창백하다. 몇 달간 숲에서 지낸 탓에 햇빛을 직접 보는 일이 드물었기 때문이다. 해리가 고갯짓으로 가리키는 왼쪽에 돌무더기가 쌓여 있다.

"거기 위에 놓으면 돼?" 두 팔이 후들후들 떨린다.

"응, 거기 위에."

주황빛 피부를 잃기에 아직 충분히 오래되지 않은 패디는 낙천적인 표정으로 자루를 비운다. "이제 뭐 하면 돼?"

새미가 다정하게 등을 토닥인다. "또 하면 돼."

절로 긴 신음이 나온다. 내가 바친 어정쩡한 공물이 무더기 위로 투두둑 떨어진다. 민망하다.

"방금 돌 몇 개 놓은 거야? 두 개?" 해리가 웃으며 빈정댄다.

"여섯 개야!" 얼굴이 붉어진 채로 그를 노려본다.

톰이 고개를 흔들어 눈의 땀을 털어내고 다시 시멘트를 저으러 간다. "여섯이란 원래 있던 거에서 여섯 개가 늘어났다는 뜻이

나와 퓨마의 나날들

야"라는 철학적인 말을 남긴 채.

　건장하고 땅딸막한 톰은 주근깨 난 팔뚝과 등의 근육이 다부지다. 곱슬곱슬한 턱수염은 자유분방하고 금발에 붉은빛이 돈다. 어떻게 움직이는지 도통 알 수 없는 굵은 목에 커다란 머리가 어색하게 얹혀 있다. 그래도 귀여운 얼굴이다. 톰은 파우스티노가 아니면 누군가와 눈 마주치기를 어려워한다. 푸른 회색 눈이 나와 마주치자마자 수줍은 듯 곧바로 시선을 돌려 다시 시멘트를 바라본다. 정글이 톰에게 가져간 대가는 불 보듯 뻔하다. 해리와 마찬가지로, 홀쭉해진 볼은 수척하고 갈비뼈 아래가 우묵히 파였으며 눈 밑에 그늘이 졌다. 그래도 얼마나 힘들든 항상 손을 흔들며 인사하는 몇 안 되는 장기 봉사자다. 밀라가 어떤 작업을 요청하건, 아무리 터무니없더라도 거절하는 걸 못 봤다. 한밤중에 오실롯에게 생유산균을 주러 밀라와 함께 정글 깊숙이 들어가는 일도 마다하지 않는다.

　새미도 마찬가지다. 필요할 때마다 언제든 밖으로 나간다. 햇살을 충분히 쬐지 않아 비타민이 부족한 탓에 머리카락이 빠지기 시작했다. 코코가 날마다 자기 털을 고르는 것처럼 언젠가 새미의 머리카락을 한 움큼 뽑아내는 것을 보았다. 정작 새미는 긍정적으로 생각하며 대수롭게 여기지 않았다. 적어도 이가 꼬일까 봐 걱정할 필요는 없겠다고 하면서. 하지만 햇살이 얼굴을 비추자, 살결마다 깊이 배어든 피로가 드러난다. 새미의 플란넬 셔츠는 땀에 흠뻑 젖었다. 진흙과 시멘트가 몸에 덕지덕지 들러붙었다. 주로 탄수화물만 먹은 탓에 배가 부어올랐다. 사람은 이곳에서 생존하도록 설계되지 않았다. 그래도 그들은 이곳에 있다. 사마가 정글을 빼앗긴 것만큼이나 분명하게 어떻게든 정글과 연결되어 있다. 완전히 뒤바뀐, 정반대의 잘못된 상황이다.

"해리, 너 생각을 바꿔야겠다." 새미가 웃으며 말한다. "얘가 항공편을 바꿨거든. 여기에 남는대. 와이라를 돌보려고. 프로도, 해리가 너한테 말한 적 있니?" 새미는 내가 쏟아놓은 돌 하나를 집어 들어 건성으로 살펴본다. "재규어와 걸어 놓고선 저 작고 나이 든 퓨마는 무서워한다고?"

해리를 빤히 쳐다보고 살며시 묻는다. "네가 무서워한다고? 와이라를?"

나는 와이라가 두렵다. 와이라가 나에게 무슨 말을 하는지 절대 이해하지 못한다. 더 가까이 있길 바라는지, 가능한 멀리 떨어지길 바라는지 알 길이 없다. 나를 핥고 싶은지 물고 싶은지, 그르렁대는 것이 행복해서 그런지 짜증 나서 그런지도 알 수 없다. 아직도 와이라와 몇 미터밖에 떨어져 있지 않을 때면 목숨을 거는 것처럼 느껴진다. 그런데…… 해리도 그런다고?

"그래, 개무섭다." 해리가 어깨를 으쓱인다.

새미가 끄덕인다. "사실이야."

나는 눈을 가늘게 뜬다. 새미가 농담하는 줄 알았는데 톰도 고개를 끄덕인다.

"하지만 와이라는 그냥…… 잠만 자는걸." 와이라는 덤벼들지 않는다. 와이라와 달리 어떤 고양이들은 사람에게 덤벼들거나 사람이 집중력을 잃는 순간에 같이 놀려고 한다는 말을 들었다. 하지만 와이라는 옆에 앉아 쓰다듬어주는 것을 좋아한다. 그리고 정글

나와 퓨마의 나날들

을 지나 걸으려면 보디가드가 필요할 지경이다! 심지어 나를 만진 적도 없다. 무릎을 베거나 손가락을 핥을 때를 제외하면. 또 와이라는…….

"하악거리잖아. 으르렁대기도 하고. 하악댈 때가 더 많아. 몇 시간이고 처자는 걸 보면 머리가 돌아버리겠어. 그러다 또 하악거려서 사람들이 케이지로 서둘러 달려가게 만들지. 행복하게 있는 법이 없어. 놀고 싶어 하지도 않고. 하나를 해주면 바로 다른 걸 원해. 모든 걸 무서워하면서도 미친년처럼 군단 말이야……."

"미친년이라니! 또 그렇게 부르기만 해봐!" 나의 얼굴이 곧바로 새빨개진다.

해리는 그저 어깨를 으쓱하고는 뒤돌아서 삽을 집어 든다. 그리고 궁시렁거린다. "와이라 봉사자들이란."

나는 말없이 서 있다. 해리의 목을 졸라버리고 싶다. 어떻게 감히? 와이라와 나에 대해 아무것도 모르면서. 아무도 입을 열지 않자 결국 패디와 브라이언이 나를 떨어트려 놓는다.

"와이라는 미친년이 아니야!" 패디의 팔을 잡은 채 다시 소리친다. 패디가 내 어깨를 가만히 토닥인다.

동물을 돌보려면 용감해야 할까

시간이 흘러 나는 안뜰에 앉아 잎꾼개미를 바라본다. 돌을 옮기는 데는 별다른 진전이 없었다. 점심으로 감자 네 종류를 먹고 기분 좋은 포만감을 누리고 있다. 백 마리쯤 되는 잎꾼개미들이 세 집단으로 쪼개져 있다. 작은 집단, 중간 집단, 큰 집단. 그냥 이리저리 돌아다니는데, 죽을 때까지 그럴 작정인 것 같다. 무슨 일이 일어난 건지 이해할 수 없다.

"프로도."

깜짝 놀라 고개를 든다. 해리가 나를 내려다본다. 그답지 않게 어색해하는 모습이다. 해리의 등 뒤로, 내가 본 가장 캄캄한 암갈색 하늘이 펼쳐져 있다. 도움을 청하려고 주변을 둘러보지만, 오시토의 교복 주머니에 코를 비벼대는 태양히 말고는 아무도 없다. 오시토는 벤치 아래에서 곤히 잠들었다. 해리가 수염을 만지작거린다.

"오늘 오후는 나랑 같이 가게 됐어."

그를 빤히 바라본다. 무슨 농담을 쳐야 하나. 그럴 틈도 없이 해리가 잽싸게 앉아 갖고 온 것들을 벤치 위에 늘어놓는다. 루에게 줄 고기 양동이와 마체테 두 자루. "나무 한 그루가 루의 오솔길 위로 쓰러졌거든. 그걸 치우려면 도와줄 사람이 필요해."

"그게 나라고?" 신경질적으로 되묻는다.

개미를 바라보던 해리가 입 전체를 쓰지 못하게 된 것처럼 한쪽 입꼬리만 올려 웃는다. "알아. 충격적인 뉴스인 거." 또다시 턱수염을 만지작거린다. 내가 이곳에 있는 동안 더 길게 자랐다. 뭉툭한 손가락 끝이 시멘트 자국으로 거무스름하다. 도대체 저걸 지울 생각은 있는 걸까. 해리가 돌아서서 나를 뚫어지게 바라보다 한숨을 쉰다. "올 거야?"

망설여진다. 오늘과 지난 한 달간 나를 무시한 것을 사과하면 좋겠다. 그에게 싫다고, 오솔길을 치우려면 다른 호구에게나 가보라고 말할 수도 있다. 하지만 이것은 일생일대의 기회이기도 하다. 정글의 또 다른 지역을 가볼 기회. 루의 오솔길을 가볼 기회! 그게 내가 받을 최고의 사과인 것 같다. 그래서 나는 주눅이 들기 전에 재빨리 일어선다.

"좋아." 내가 딱딱한 말투로 대답한다. "그런데 쟤네는 왜 저러는지 알아?"

해리가 눈썹을 치켜올리고 쭈그려 앉아 개미를 유심히 살펴본다. 검붉은 개미들의 등과 큰턱이 반짝인다. 그중 일부는 샅샅이 뒤져서 찾은 나뭇잎을 나르고 있다. 내 엄지만 한 그 개미들은 끝없는 순환에 갇혔는데도 피곤한 기색이 없다. 해리는 꼿꼿이 일어난다. 어깨의 긴장이 풀려 있다.

"그냥 미친놈들이지 뭐." 해리가 웃으면서 나에게 마체테 한 자루를 건네주고 따라오라고 손짓하며 오솔길을 내려가기 시작한다. "우리와 다를 게 없어." 해리가 어깨 너머로 돌아보며 윙크를 한다. "그렇지?"

머지않아 본격적으로 천둥이 친다. 숲 천장의 가느다란 하늘 한 다발이 갈색에서 짙은 보라색으로 바뀌었다. 해리가 나를 데리고 캠프에서 멀어진다. 도로 건너가 아닌 캠프 뒤쪽의 강이 있는 곳으로. 동물 방사장이 대부분 몰려 있는 곳이다. 오직 와이라와 사마, 다른 재규어 케이티만이 도로 반대편에서 지낸다. 나는 걷는 내내 눈을 크게 뜨고 주위를 둘러본다. 파투후가 줄지어 드넓게 자라 있다. 그 사이로 카카오나무가 바다 위 검은 물결처럼 가지를 비틀며 솟아오른다. 원시림은 대부분 수십 년 전에 잘려나갔다고 해리가 넌더리를 치며 말한다. 사람들이 숲에 새로 카카오나무를 심었지만, 플랜테이션은 실패로 끝날 수밖에 없었다. 그 실패 덕분에 파르케가 이 토지를 매입할 수 있었다. 이 '초콜릿 숲'은 나머지 정글과 뒤얽힌 채 여전히 남아 있다. 실패한 경제 발전의 망령이다. 그럼에도 오래된 나무들, 벌목에서 살아남은 소수의 나무들은 살아 있다. 여기저기서 오래 자리를 지켰을 것이다. 도로 공사 계획이 착상되기도 전에, 심지어 나의 증조부모가 착상되기도 전에.

정글은 점점 더 널찍하고 어두워진다. 더 광막하고 높고 깊어진다……. 폭풍우가 다가오고 있는지, 숨 막히는 더위에도 몸이 와들와들 떨린다.

"얼마나 더 가야 돼?" 나는 조심스럽게 묻는다. 숨이 찬다. 오전에 한 공사 작업 때문에 진이 다 빠졌다. 게다가 해리는 걸음이 빠른 편이다. 그는 이곳에 온 지 워낙 오래되어서 오솔길을 마치 자신의 피부처럼 훤히 안다. 진흙탕 도랑을 따라가는데 워터 슬라이드를 따라 걷는 느낌이다. 똑바로 서 있으려면 근처의 뭐든 잡는 수밖에 없다. 그것은 (내가 비싼 값을 치르고 배운 경험상) 가시로 뒤덮인 나무거나, 불개미가 우글거리는 나무거나, 더 최악은 보라색 독 애벌레가 달라붙은 나무일 수도 있다. 내가 그것들을 피할 수 있었던 건 때마침 해리가 뒤로 돌아 내 손목을 낚아챈 덕분이다. 해리는 고개를 격렬하게 저으며, 그것들을 만지는 순간 일주일 이상 침대에서만 지내게 될 거라고 말한다.

퀴퀴하고 진한 땀 냄새가 다른 냄새를 압도하자, 문득 해리와 바짝 붙어 있다는 걸 알아차린다. 해리를 따라붙으려 근육을 혹사하다 보니 종아리와 허벅지가 비명을 지른다.

"너 괜찮아?" 해리가 어깨 너머로 묻는다. 나는 뿌리 아래에 걸린 장화를 빼내려고 애먹는 중이다. 숨죽여 키득거리는 웃음소리로 미루어 내가 그의 예상에서 한 치도 벗어나지 않고 있다는 것을 알겠다. 이 자식은 도대체 나를 왜 데려온 거야? 약이 올라 생각하던 도중에 장화가 빠진다. 하지만 거의 곧바로 발을 헛디딘다. 중세에 쓰던 철퇴에서나 찾아볼 법한 뾰족한 가시가 돋은 나무, 아니 나무라기보단 무사武士에 가까운 그 나무에 얼굴부터 떨어지는 것은 가까스로 피한다.

"괜찮아." 이를 악물고 말한다.

해리는 태연하게 모래로 된 흰개미집에 기대어 나를 기다린다. "루가 와이라에 비해 좀 멀리 있지?"

우르릉거리는 천둥소리에 내가 화들짝 놀란다. 나는 아무렇지 않게 웃으면서 끄덕인다. "조금." 사실 끔찍하게도 멀다.

"몇 달 전만 해도 이 오솔길은 늪이었어. 네 가슴 정도까지 찼지. 걸어서 한 시간이나 걸렸어. 매일매일." 해리가 흰개미집에 기댄 채 나의 반응을 가늠하고 있다. 그의 파란 눈이 반짝인다. "너라면 두 시간 걸릴지도."

나는 얼굴을 찡그린다. "음, 매일 한 시간씩 늪을 걷다니 최악인걸." 알고 있다. 그냥 한 시간이 아니라는 걸. 그 시간 내내 저기 저곳으로 쭉 걸어 들어가야 하니까. 이곳은 고양이들의 오솔길에도 물이 차오른다. 그러니 파르케의 범람 지역에서 동물을 돌보는 봉사자들은 한숨 돌릴 새도 없다. 그 지역들은 온종일 늪에 잠겨 있다. 나는 견디지 못했을 것 같다. 분명 기간을 연장하지도 않았겠지. 그래서 내가 예전부터 해리의 열정에 놀랐던 거다. 물론 와이라는 정서적 어려움을 겪고 있긴 하지만 그래도 그 옆에선 하루 종일 낮잠을 잘 수 있다. 발이 젖을 일도 없고! 캠프에서 고작 10분만 걸으면 만날 수 있다고! 내가 다른 고양이를 맡았더라면 어떻게 됐을까. 상상만 해도 치가 떨린다. 그러다 문득 밀라가 일부러 그랬던 게 아닐까 처음으로 궁금해진다. 와이라에게 누군가 필요했던 것은 맞지만, 정글에 도착하자마자 나를 알아보았는지도 모른다. 어쩌면 이 수줍고 별난 여자애가 와이라 같은 고양이와 잘 맞지 않을까 생각하면서. 이렇게 생각하니 웃음이 난다.

"저 늪에서 몇 달을 보내고 나면 나 자신이 누군지 알게 되지."

해리가 흰개미집에 기댄 몸을 일으키며 조용히 말한다. 작은 흙뭉치가 후두둑 땅에 떨어진다. 나는 내가 들어본 마초의 헛소리 중 최악이라고 생각하며 눈을 치켜뜬다. 이런 말에 혹해선 안 된다.

어느새 바람이 잦아들고 정글은 고요해진다. 계속 걷는다. 들리는 소리라고는 나뭇가지의 삐걱거림, 나의 거친 숨소리, 무릎이 뚜둑거리는 소리뿐이다. 해리의 등을 바라본다. 검푸른 장화에 꼭 낀 청바지, 곰팡이 핀 갈색 셔츠의 팔이 찢어진 곳, 팽팽하게 당겨진 목 근육. 딱 벌어진 어깨 주변에서 공기를 뒤트는 듯한 예민함이

나와 퓨마의 나날들

느껴진다. 그를 만지기라도 할라치면 상처를 입을 것만 같다. 이쯤 되면 머릿속 경보음이 울릴 때가 됐는데, 울리지 않는다. 나를 향한 해리의 눈이 반짝일 때마다 드는 느낌이 너무 신경 쓰인다. 배 속에서 들려오는 찌릿한 웅얼거림 때문에 다른 소리는 거의 들을 수가 없다.

침묵 속에서 20분은 더 걸었을까. 갑자기 해리가 걸음을 멈춘다. 우리가 나온 곳은 작은 공터다. 와인 병처럼 짙은 색의 대나무가 두툼한 장막이 되어 우리를 둘러싸고 있다. 여기가 어딘지 물어보려 할 때, 해리가 손가락을 입술에 대고 쉿 하며 내 말을 막는다.

"루가 바로 저기에 있어." 해리의 안색이 바뀌면서 예민한 기색이 차츰 누그러진다. 그가 대나무를 가리키는 동안, 그의 눈이 희미하게 반짝인다. 나는 방사장을 살짝이라도 볼 생각으로 실눈을 뜬다. 하지만 대나무가 너무 두툼하다. 루를 만나지는 않을 것이다. 그래도 저 너머에 지난 여섯 달간 매일같이 해리와 시간을 보낸 동물이 살고 있다. 그가 직장을 그만두고 삶과 집을 떠나게 만든 동물이, 몇 번이고 대륙을 가로질러 날아오게 만든 동물이. 궁금해서 미쳐 버릴 것만 같다. 도대체 어떤 동물이길래 해리 같은 사람한테서 이렇게나 깊은 헌신을 이끌어내는 걸까? 계속 이동하는 동안 도처에서 루의 흔적과 맞닥뜨린다. 나의 손보다도 더 큰, 진흙에 찍힌 발자국. 나무 위에 깊숙이 팬 진이 흐르는 발톱 자국, 여기저기 널려 있는 파투후, 흙바닥에 난 굵은 흔적.

공기가 달라지자 해리가 걸음을 멈춘다. 그의 빛나는 두 눈을 보면서 나는 이제야 숨을 가다듬는다.

"이 강에 와본 적 있어?"

"아니." 작은 목소리로 대답한다. 이곳에 와서 강을 꼭 보고 싶었다. 어젯밤 마을의 암벽 위에서 강줄기가 굽이치는 광경을 내려다본 순간부터. 이곳 산파블로강은 구불구불 굽이치며 숲과 숲을 거쳐 북쪽으로 향하다가 베니강과 마드레데디오스강과 합류해 마데이라강을, 마침내는 아마존강을 이룬다. 그렇지만 이곳은 아직 느릿느릿 흘러가며 파르케 남쪽 끝 경계를 표시하는 작은 곁가지일 뿐이다. 보비는 언젠가 여기서 카누를 탔다고 내게 말해주었다. 강이 워낙 꼬불꼬불해서 산타마리아에서 캠프까지 꼬박 하루가 걸렸다고 했다. 내가 본 산파블로강은 결코 작지 않다. 폭이 적어도 15미터는 되며 바람이 강물을 휘저어 뚜렷한 격랑을 만들어낸다. 강물은 짙은 커피색으로 물들었다. 긴 호숫가로 이어지는 오솔길 위로 동물과 인간의 발자국이 서로 포개진다. 그 끝에 낡은 카누가 단단히 묶여 있다.

"이따금 저기에 같이 앉아 있어." 해리가 카누를 가리키며 활짝 웃는다.

"카누에? 루랑?"

해리가 고개를 격하게 끄덕인다. 놀랄 만큼 확신에 찬 표정이다. 드넓은 강을 돌아보며 나는 침을 꿀꺽 삼킨다. 불현듯 마음 한구석에서 내가 여기 있으면 안 될 것 같다는 기분이 든다. 이곳을 침범한 셈이니까. 이곳은 루의 영역이다. 어쩌면 우리가 이곳에 온 걸 알았을지도 모른다. 대나무 장막 뒤에 있을 때부터 쭉. 심지어 지금도 철조망 주변을 어슬렁거리면서 나의 망설임이 산들바람을 타고

　　　　　　　　　　　　나와 퓨마의 나날들

남긴 냄새를 맡고 있을지도 모른다.

"계속 가는 게 좋겠어." 나는 카누를 외면하며 재빨리 말한다. 하지만 해리가 팔을 잡아 멈춰 세운다. 나는 그를 빤히 바라본다.

"잠깐."

어깨 뒤로 강을 흘끗 쳐다본다. 카누가 급류에 질질 끌리며 필사적으로 매달려 있다.

영국에서 나는 저 카누나 다름없었다. 도저히 싸울 수 없는 것을 거슬러 헤엄치는 듯했다. 끊임없이 빙글빙글 돌았지만 내가 아는 사람들은 모두 한결같이 그런 삶도 괜찮다고 생각하는 것처럼 보였다. 정신 나간 개미들처럼 전부 갇혀 있는 그 빌어먹을 순환에 관해 친구들은 일언반구도 없었다. 빠져나갈 방법이 보이지 않았다. 멈출 방법이 보이지 않았다.

"나를 왜 이곳에 데려온 거야?"

"나무를 베려고. 이유가 더 있겠어?" 해리가 조용히 말한다.

또 무슨 이유가 있는지, 나는 아주 잘 알고 있다. 대꾸하려는 순간 또다시 천둥소리가 들리고 번개가 번쩍하더니 누군가 비상 조명탄을 쏘아 올린 듯 어둠 속에 벼락이 떨어진다. 하늘이 활짝 열린다. 해리가 내 손을 잡고 강기슭 위로 끌어올려 카카오나무 아래로 데려간다. 나뭇가지가 요란하게 달그락거린다.

"이 나무는 말이야." 해리가 폭풍우를 뚫고 고함을 친다. "제철이 되면 카카오 열매가 달려. 그럼 정글이 주황색으로 변해. 불난 것처럼."

비가 폭포처럼 쏟아지는 하늘로 고개를 젖힌다. 신들의 욕조가 뒤집어진 게 아닐까. 냄새도 그렇다. 뜨겁고 취할 듯한 냄새. 뭉근한 불로 며칠은 달인 것 같다. 손을 뻗어 세차게 후두두 떨어지는 빗물을 느껴본다. 이 심장 박동 속에서 나는 흠뻑 젖어간다. 팔짱을 끼고 몸을 옹그린다. 우리는 온종일 달궈진 나무줄기에 등을 기댄다. 만족스러운 열기가 등을 타고 전해진다. 해리가 팔꿈치로 나를 쿡 찌르더니 위를 가리킨다. 불과 몇 미터 위 나뭇가지에 작고 검은 동물 두 녀석이 옹송그리며 모여 있다. 둥글고 큼지막한 눈은 잘 닦인 갈색 돌처럼 반짝인다.

"와!" 올빼미원숭이다! 실제로는 처음 본다. 무척 수줍기로 악명이 높지만 우리와 똑같은 이유로 피난처를 찾아 이곳에 온 모양이다. 또다시 번갯불이 번쩍 하늘을 가른다. 워낙 가까운 곳에 떨어져서 등골이 찌르르 울릴 정도다. 두 원숭이의 눈이 두려움에 커진다. 내 눈도 마찬가지다. 정글 한가운데 있다는 걸 알게 되었을 때의 두려움과 경외감과 믿기지 않는다는 느낌. 그 감정들이 남아메리카 전 지역에 뿌리를 뻗은 광경을 상상해본다.

"너 추워?" 해리가 내게 묻는다.

몸이 덜덜 떨린다. 셔츠가 또 다른 피부 층처럼 몸에 딱 달라붙었다. 고개를 끄덕이자 해리가 내 어깨에 팔을 두른다. 턱수염에서 떨어지는 빗방울이 볼을 간질인다. 내가 웃자 해리도 방긋 웃으며 나를 내려다보고는 나무줄기에 머리를 기댄다. 나는 해리의 팔 속으로 파고든다. 그리고 함께 빗속을 바라본다. 이제 강도 보이지 않는다. 강물은 모두 작은 점으로 오그라들었다. 이 세상은 오직 나와 이 남자와 나무뿐이다.

나와 퓨마의 나날들

"진짜 와이라가 무서워?"

해리가 숨죽여 투덜거린다. "새미는 왜 이렇게 그 얘기를 좋아하나 몰라."

"그래서 진짜야?"

해리가 한숨을 쉰다. "안 무서워하는 사람이 멍청이지."

"그렇지만…… 너는 재규어를 산책시키잖아."

"맞아, 그래서 뭐? 나도 루가 무서워. 만약 무섭지 않다면 뭔가 잘못된 거라니까. 하지만 와이라는……." 해리가 잠시 말을 멈추고 골똘히 생각한다. "와이라를 미친년이라고 해서 미안해. 내 맘대로 판단할 수 있을 만큼 와이라를 충분히 돌본 적도 없었으면서. 하지만…… 그렇다고 우쭐대지는 마. 넌 여전히 어설픈 바보니까. 그래도 그 고양이를 돌볼 방법을 찾았다면 그 사람이 누구든 존경받을 만하다고 생각해."

나는 고개를 돌려 해리를 쳐다본다. 하지만 해리는 빗속으로 눈길을 돌린다.

"내 얘기, 제인한테 하지 마."

계속해서 그의 얼굴을 빤히 바라본다.

"단순히 나를 해칠 것 같아서 와이라가 무서운 건 아니야. 그보다는……." 해리가 숨을 깊게 들이쉰다. "와이라는 너무 괴로워하고 있어. 나는 그게 느껴져. 무슨 말인지 알겠어? 와이라와 하루를 보내고 돌아오면, 그 괴로움을 떨쳐낼 수가 없더라고. 와이라는 다른 애들과 많이 달라. 루는 늘 즐거운 시간을 보내. 그래, 한때는 거지 같은 삶을 살았지만 그래도 지금은…… 지금은 행복하다고. 루는 산책을 좋아해. 정글도 좋아하고, 오솔길도 좋아하고, 봉사자들도 좋아하지. 물론 루와 함께하는 건 힘든 일이야. 아주 많은 시간이 걸려. 오솔길 주변을 수 킬로미터나 뛰고 싶어 할 때도 있고, 여러 번 덤벼들어서 위아래가 어딘지 헷갈릴 때도 있어. 하지만 루가 바라는 건 믿음밖에 없어. 나머지는 직감에 맡기면 돼. 그렇지만 와이라는…… 내 생각에 와이라는 무언가 더 원하는 것 같아. 내가 줄 수 있는 것보다 더. 그리고 종잡을 수가 없어! 자기 머릿속에만 갇혀 있다고. 오로지 생각만 하고 있지. 그것도 자기 생각만. 너는 다른 고양이랑 같이 앉아 있는 게 얼마나 힘든지 생각도 안 해봤겠지! 다른 고양이들의 보디가드 노릇을 하는 것도. 젠장. 누가 걔네들을 앞질러 걸어간다니 생각만 해도 끔찍해. 걔네들은 사람을 장난감으로 생각해서 앞에 있으면 건들거든. 근데 와이라는 달라. 결국 와이라가 혼란스러워하는 게 문제겠지. 안전함을 느끼지 못하는 것도. 그걸 감당하려면 아주 강한 사람이 되어야 할 거야."

해리는 어색하게 헛기침을 하더니 장화를 내려다본다.

침을 꿀꺽 삼킨다. 나는 강하지 않다. 매일 걱정한다. 와이라가 내 마음속을 들여다보고 내가 부족한 사람이란 걸 알게 될까 봐. 와이라가 원하는 것이 내가 아닐까 봐. 더 훌륭하고 더 용감하고 더 다부진 사람이어야 와이라를 행복하게 할 수 있을까 봐. 일진이 안 좋은 하루를 마치고 돌아올 때가 있다. 와이라가 워낙 겁을 먹어서 러너를 떠나려 하지 않을 때, 그림자 속에서 하악대며 오후 내내 지독하게 털만 핥을 때, 먹을 것을 줘도 스트레스성 거식증에 시달리는 듯 아무것도 먹지 않을 때……. 이 장면들을 지워낼 수가 없다.

그런 날에는 도로 위에서 줄담배를 피우곤 한다. 잠을 청하려 해도 머릿속에서 울리는 하악 소리를 견디기 힘들기 때문이다. 그럴 때에는 케이지로 돌아가지 않기 위해 무슨 짓이든 할 수 있을 것만 같다. 하지만 매일 아침이면 돌아갈 명분을 찾아내곤 한다. 그리고 와이라가 나의 팔을 핥을 때마다 그 밖의 모든 것들이 어떻게든 더 중요해지고, 동시에 더 참을 만해진다.

나는 활짝 웃으며 해리의 옆구리를 쿡 찌른다. "그래서 내가 너보다 강하다는 거야?"

해리가 코웃음 친다. "김칫국 마시지 마, 프로도. 적어도 나는 발이 걸려 넘어지는 일 없이 걸을 수 있다고."

내가 눈을 치켜뜬다. "적어도 나는 새로 온 예쁜 봉사자들로 공허한 마음을 채울 만큼 속이 문드러지진 않았어."

해리가 잠시 말을 잇지 못한다. "그래, 내가 졌다."

나는 미소를 짓는다. 그리고 서로 입을 맞춘다. 누가 먼저랄 것도 없이. 시작한 사람이 나인지 해리인지, 잘 모르겠다. 그건 중요하지 않다. 빗방울이 떨어지고 천둥이 울려 퍼진다. 올빼미원숭이 두 마리는 여전히 앉아 있다. 흙바닥이 따스하다. 머지않아 신경 쓰이는 것들이 전부 사라진다. 입술의 맛, 짜릿한 땀 냄새, 내 위로 포개진 몸의 육중하고 기분 좋은 감촉만 남는다.

그로부터 몇 주 뒤, 숙소를 옆방으로 옮기기로 한다. 원숭이들이 자는 어둡고 눅눅한 방으로. 나의 몸에 딱 맞게 된 건초 매트리스를 제인의 도움을 받아 오스카가 썼던 낡은 침대로 옮긴다. 새로운 침대에 웅크려 잠을 자는 첫날, 행복해서 어쩔 줄 모르겠다. 코코는 나의 품 안에 꼭 안겨 있고, 파우스티노는 베개를 독차지하는 중이다. 파우스티노가 부드럽고 보송보송한 몸뚱이로 나의 얼굴을 짓누른다. 밀라가 프린트해준 와이라의 사진은 나무 창틀에 핀으로 고정해두었다. 너무 더워서 잠이 안 온다. 원숭이들은 뜨거운 물주머니나 다름없다. 원숭이 땀 때문에 침대 시트와 내 피부가 주황색으로 물들었다. 그래도 어쩐지 기분만 더 좋아질 뿐이다. 다음 날 아침, 나와 제인은 와이라를 보러 가서 하루 종일 석호에서 시간을 보낸다. 폭풍우가 계속 몰아치며 냄새를 변화시키고 세상을 더 축축하고 뜨겁고 후텁지근하게 바꿔놓는다. 와이라는 석호 기슭 꼭대기에 올라 각진 광대뼈를 우리 쪽으로 향한다. 겁에 질린 낮은 으르렁 소리가 만족스러운 듯 높은 낑낑 소리로, 그다음에는 코골이로 바뀐다. 우리 둘의 장화와 간밤에 새롭게 돋아난 파투후 줄기 사이의 땅바닥에 머리를 대고 잠을 잔다.

나는 식당에서 금이 간 뒤쪽 식탁에 앉아 다른 사람들과 떠들썩하게 웃는다. 보비가 코코의 얼굴을 닮은 파파야 열매를 찾아 나뭇잎 왕관을 씌워놓고 서까래 위에 얹는다. 제인과 나는 새벽같이 나가 와이라의 오솔길을 갈퀴로 다듬는다. 하늘 언저리가 금빛으로 물들었다. 나는 마체테를 떨어뜨리지 않고도 제인의 이마를 때리는 법을 터득했다. 걱정할 때마다 배가 아프지도 않다. 모두들 머리카락이 엉망이고, 모두들 썩은 내가 난다. 동물들이 신경 쓰지 않는데 왜 내가 외모를 신경 써야 하나? 머릿속에서 계속 웅얼거리던 사회적 불안은 이제 사라졌다. 나는 오로지 감정에 따라 웃는다. 머릿속이 고요하다. 살면서 처음으로 장운동이 정상이 되었다! 빨래는 하지 않는다. 매일 똑같이 입는 옷에 코를 들이대고 찌든 곰팡내를 기억하기로 다짐한다. 와이라의 회색 털이 소매 주변에 덕지덕지 붙어 있고, 코코와 파우스티노가 앉는 어깨에는 주황색 얼룩이 생겼고, 주머니 속은 로렌소의 파란색 깃털로 그득하다. 몸에 딱 맞게 맞춘 정장을 입고 유행하는 가죽 가방을 들었던 기억은 온데간데없다. 일을 마치고 캠프로 돌아오니 밀라가 보인다. 밀라가 한 여자애의 등에서 사과 한 알만 한 혹을 짜내자 젤리처럼 생긴 거미 알 수천 개가 안뜰을 가로질러 터져 나온다. 그 광경을 더 잘 보려고 팔꿈치로 사람들을 밀치며 들어가선 내가 핀셋을 잡고 있겠다고 말한다.

도로 위에서 밀라와 아구스티노와 수많은 시간을 보낸다. 아이들과도 그들이 자러 갈 때까지 함께한다. 오시토와 후아나는 포장도로를 이리저리 뛰어다니며 개구리를 잡아 장화에 숨겨놓는 시시한 놀이를 즐겨 한다. 헤르만시토 역시 같이하고 싶지만 그러기에는 컸다고 스스로 생각한다. 로페스는 마리엘라에게 끝없이 관심을 보이지만 마리엘라는 흡연 오두막에서 숙제를 하며 모른 척할 뿐이다. 내가 함께 시간을 보내는 사람들로는 장기 봉사자도 있다. 카타리나와 제인, 패디와 브라이언, 톰과 보비, 새미와 해리. 우리는 나란히 웃는다. 오래된 초콜릿 봉지와 담배를 나누면서, 어둠 속을 가로지르는 별똥별을 바라보면서, 판치타와 테앙히가 들이닥치는 숙소와 두 녀석이 훔치는 음식과 그들이 괴롭히는 봉사자들에 대해 이야기하면서, 그날 각자의 고양이가 한 행동을 사소한 것까지 끊임없이 늘어놓으면서. 밤이 늦어 다른 애들이 자러 갈 때, 혹시 너무 피곤하지 않다면 해리와 함께 걷곤 한다. 충분히 멀리 왔다는 생각이 들 때, 입을 맞춘다. 까끌까끌한 턱수염이 얼굴에 닿고, 짙은 땀냄새가 콧속을 메운다. 해리가 와이라에 관해 말한 것을 기억하기에 나는 그에게 절대로 이것 이상을 바라지 않겠다고 다짐한다.

하지만 머지않아, 언제 어쩌다 일어난 일인지 도저히 기억이 안 나지만, 해리의 침대에서 같이 자기 시작했다. 내 침대에서보다 더 자주 자게 되었다. 파도가 나를 집어삼켜 해류를 따라 몰아가듯 불가피한 것처럼 느껴진다. 원래대로 돌아갈 방법은 찾을 수가 없다. 신물 나는 더위, 싱글 침대, 우리 말고도 방을 같이 쓰는 사람들 네 명 그리고 우리 사이에 바싹 달라붙어 우리가 손을 잡는 것 이외에는 아무것도 하지 못하게 하는 원숭이 두 마리. 그래도 누군가와 함께 잔 지가 너무 오래돼서 무모한 마음이 커져만 간다. 제인은 충고한다. 촛불을 켠 식당에 앉아 병에서 땅콩버터를 같이 떠먹으며 내게 해리와 정을 붙이지 말라고 말한다. 하지만 나는 제인의 말을 툭툭 털어버린다. 난 무섭지 않다. 물론 매일매일이 두려운 것투성이긴 하다. 와이라, 뱀과 거미, 길을 잃고 다치는 것. 그래도 이번만은 나 자신이, 어쩌면 내가 저지를 나쁜 결정이 두렵지 않다. 결정을 내릴 것도 없다. 몇 주가 흐르고, 나는 해리의 뜨거운 품 안에 안겨 있다. 누군지 모를 원숭이 한 마리가 베개에 바싹 달라붙어 있다. 해리와 원숭이의 가슴이 오르내리는 소리에 귀를 기울인다. 그리고 이것이 영원히 계속되리라 생각한다. 영원한 것은 없다는 사실은 잊은 지 오래다.

정글이 시들고 있다. 숲은 녹색보다는 갈색과 노란색과 베이지색에 더 가깝다. 결코 멈추지 않으리라 생각했던 이끼와 곰팡이는 생장을 멈추고 둥그랗게 말려 다시 흙으로 흡수된다. 오직 갈라진 잎과 가지만 남아 바싹 말라 뜨겁고 단단해진 대지를 뒤덮는다. 세 달로 연장한 기간이 끝나간다. 이제 9월이다. 영국으로 가는 항공편을 그냥 놓쳐버리는 건 어떨까. 부모님께는 더 오래 머물 생각이라고 말해뒀으니까. 부모님이 너무 걱정하지 않으려고 애쓰시는 것이 느껴진다. 다른 항공편을 예약할 계획이 없다고 말할 때, 비자 기간보다 오래 체류했다고 말할 때, 괜찮다고 말할 때. 하지만 부모님은 내가 얼마나 행복한지 아실 거다.

　한 주에 세 번, 아침마다 공사 작업을 하고 있다. 사마의 철조망은 아무것도 없는 곳에서 버섯이 생동하며 나타나듯 솟아오른다. 그래도 끝은 보이지 않는다. 또 하루가 지나도 끝나지 않자 보비가 울부짖다시피 한다. 사마의 기분도 갈수록 나빠진다. 땅을 발로 긁고, 창살을 물어뜯는다. 우리가 일부러 작업을 천천히 하고 있다고 누군가 말해줬다는 것처럼. 그러니 내가 어떻게 떠날 수 있겠는가? 우리는 둥글게 말린 철조망 상단을 동여매는 중이다. 숲속 나무로 직접 사다리를 만들어야 한다. 기계가 조금이라도 있었다면, 숙련

된 사람들이 조금이라도 더 있었다면 어땠을까. 밀라가 철조망 사이로 속삭이는 소리가 들린다. "몇 주만 더 참자. 딱 몇 주만. *미 아모르*(내 사랑)."

공사 작업을 하느라 볼 시간이 줄어들었지만, 날마다 와이라는 더 차분해지고 나를 더 맘 편히 대한다. 왜 이렇게 느껴지는지는 설명하기 어렵다. 미묘하다. 하지만 나는 이제 막 와이라의 미묘함을 읽어내기 시작했다. 눈을 똑바로 쳐다보는 시간의 길이에서, 나를 야무지게 혀로 핥는 동작에서 그것이 느껴진다. 하악거리는 횟수가 줄고, 더 많이 산책하고, 러너를 벗어난 곳에서 자신감이 넘치고 더 다정해졌다. 그늘 속에서 혼자 있기보다 내 옆에 앉는 빈도가 늘었고, 보이지도 않는 흙을 발에서 핥아내는 강박 행동이 줄었고, 더 많이 먹고, 꿈속에서도 들릴 만큼 익숙해진 낮은 아르릉 소리를 내기보다 고요한 시간을 더 자주 보내게 되었다.

와이라가 나에게, 우리에게 너무 큰 정을 붙이는 것은 아닌지 굳이 걱정하진 않으려 한다. 걱정하기 시작하면 언젠가 항공편과 비자와 돈 문제가 한꺼번에 몰아닥치리라는 사실을, 제인과 내가 둘 다 떠나리라는 사실을 생각해야 할 테니까. 언젠가는 그럴 것이다. 그래도 아직은 아니다. 그러니까 지금은 생각하지 않으려 한다. 지금은 아무것도 생각하고 싶지 않다. 이 순간만 빼고는.

정글이 불길에 뒤덮이다

장화 아래서 나뭇잎들이 바삭댄다. 제인과 함께 캠프로 돌아가고 있다. 노란빛 하늘의 흐릿한 파편들이 금방 구릿빛으로 변해간다. 와이라는 정글 쥐를 잡고 나서도 죽이지 않았다. 어떻게 죽이는지 몰랐기 때문이다. 보다 못한 제인이 주머니칼을 꺼내 비참하게 부러진 목을 끊었다. 그러자 와이라는 남은 하루 동안 자랑스럽게 쥐를 이리저리 들고 다니며 땅에 묻었다가 다시 파서 꺼냈다. 그다음에는 쥐를 가지고 와서 우리에게 보여주었다. 쥐를 파낼 때마다 자신의 행운을 믿지 못하겠다는 표정이었다.

와이라를 케이지로 들여보낼 무렵에 막 땅거미가 지고 있었다. 세상의 경계가 오그라들기 시작했다. 하늘이 으스스하다. 땀이 눈으로 떨어지지 않도록 이마를 훔친다. 모자로 부채질하던 제인이 불쑥 고개를 든다.

"뭐지?"

"뭐가?"

"쿠이이이, 쿠이이이, 쿠이이이!"

나는 고개를 재빨리 쳐든다.

"저거 말야!"

난 멍청하게 숲속을 쳐다볼 뿐이다. "저건⋯⋯."

"쿠이가 세 번이야."

"무슨 뜻인데?" 숨죽여 귀를 기울인다. 전화기도 라디오도 없는 상황에서 봉사자들이 외치는 쿠이는 유일한 소통 수단이다. 한 번은

'조용히 해'. 두 번은 '길을 잃었어'. 세 번은…….

"비상사태."

우리는 둘 다 뛰기 시작한다.

도로에 나가자마자, 기묘한 느낌의 하늘을 등진 사람들의 그림자가 나타난다. 그들은 흡연 오두막 옆에서 북쪽을 바라보고 있다. 정체를 알 수 없는 이상한 냄새가 풍긴다. 밀라와 로페스가 이제 막 오토바이에서 내린 참이다. 머리카락은 헝클어졌고 이마에는 짙은 재의 반점이 번졌다.

"*아이 푸에고(불이에요). 아이 푸에고 엔 라 몬타냐(산에 불이 났어요).*" 밀라의 목소리가 매섭다.

연기다. 정체를 알아차리자마자 가슴이 쿵 하고 내려앉는다.

30분쯤 지났을까. 우리는 캠프에서 마을 반대쪽으로 걸어가고 있다. 지평선 위로 능선이 드러난다. 지금은 어둠투성이다. 길잡이 매들이 나무 꼭대기에 앉아 비명을 지른다. 주황색으로 그을린 하늘 아래로 정적만이 가득하다. 낮게 울리는 탁탁 소리는 정체를 짐작하기 힘들다. 산꼭대기에서 붉은색이 천천히 깜박인다. 해리가 말없이 나에게서 담배를 가져가고 우리는 담배 한 대를 번갈아 가며 피운다. 스물세 명의 군중 속에서 우리는 하늘을 가로지르는 불길을 지켜본다. 별이 보이지 않는다. 분명히 달도 뜨지 않았을 거다. 해리의 얼굴에 진홍빛이 감돈다. 모르는 사람처럼 느껴진다.

"이해가 안 돼." 제인이 마리엘라의 어깨에 팔을 두른 채 입을 뗀다. 마리엘라가 울고 있다.

아구스티노가 머리카락을 손으로 거칠게 빗어 넘긴다. "4년 전

일이에요. 이맘때쯤 아주 건조했어요. 지금처럼. *라스 몬타냐스 케마다스(산이 불탔어요).* 산 너머에 있던 농부들이 들판에 불을 놓았죠. 더 많이 재배하려고요. *¿시(무슨 말인지 알겠어요)?* 그런데 불이 번졌어요. 그래도 그런 일이 다시 벌어지진 않았어요. 매년 비가 많이 왔거든요. 그런데 올해는…… 비가 많이 오지 않아서…….” 아구스티노가 말을 멈추고 뒤돌아 캠프가 있는 곳을 바라본다.

“그리고 그땐 도로 한쪽에 고양이들이 없었죠.” 해리가 대신 말을 끝맺는다. 붉은빛 아래로 드러난 그의 얼굴이 창백하다. 해리는 머지않아 움직여야 한다는 듯 발을 세워 낡은 장화 앞코를 디딘 채 몸을 앞쪽으로 숙이고 주먹을 꽉 쥔다. 등골이 오싹하다.

“그래서…….” 내가 입을 뗀다. “그 말은 혹시…….”

“번지겠냐고요?” 아구스티노가 어금니를 꽉 깨문다.

로페스가 하늘을 올려다본다. 뒤따라 하늘을 보는 톰의 연한 푸른색 눈 주변이 걱정으로 주름이 진다.

“*시, 엘 비엔토(맞아요, 바람이 불어서)*…….” 로페스가 중얼거린다. 짙은 갈색 눈동자에 그늘이 졌다. 로페스를 바라본다. 내가 이곳에 온 이후로 키가 더 컸다. 볼 때마다 몸집이 커지는 것 같다. 바로 몇 주 전이 로페스의 생일이었다. 그는 이제 열일곱 살이다. 우리는 그의 머리에 날달걀을 깨고 몸에 밀가루를 뿌렸다. 볼리비아의 생일 전통이라나. 로페스는 이제 곧 어른이다.

“바람. 곧 더 강해질 거야…….” 톰이 얼굴을 찡그린다.

“그럼 그다음에는…….” 내 목소리가 점점 흐려진다.

밀라가 도로를 돌아본다. 나무 사이를 꿰뚫고 곧장 케이지를 볼 수 있기라도 한 것처럼. 모두들 아무 말도 하지 않는다. 아구스티노의 목 우묵한 곳이 눈에 들어온다. 그가 마른침을 삼키고 있다.

"도와줄 사람은 없나요?" 니콜이 묻는다. 간호사인 니콜은 오늘 아침에 새로 왔다. "그러니까, 정부는요?"

밀라가 작게 말한다. "정부는 돕지 않아요."

"마을에 의용소방대가 있긴 해요." 아구스티노가 고개를 떨군 채 말한다.

"이곳이 불탄다면······. 아마도 다른 곳도 불타겠죠. 한번 요청해볼게요. 안 올 것 같긴 하지만."

나는 아구스티노와 밀라를 바라본다. "그럼 우리밖에 없는 거예요?"

아구스티노가 더욱 고개를 떨군다. "시엠프레 소모스 솔로 노소트로스." 밀라가 말한다. 항상 우리밖에 없었다고. 밀라의 눈에서 새어 나오던 금빛은 사라졌다.

핏빛으로 물들던 하늘이 나뭇잎 재가 비처럼 쏟아지면서 하얗게 바뀐다. 정적을 깨고 말문을 연 사람은 로버트다. 보이스카우트 단장인 로버트는 이곳에 몇 주간 머문 참이다.

"화재가 발생한 곳은 도로를 기준으로 동쪽인 것 같은데, 맞죠?"

주위를 둘러보니, 사람들이 고개를 끄덕이고 있다.

"캠프 쪽은 괜찮습니다. 강이 보호해줄 테니까요. 게다가 우리에게는 도로가 있어요. 자연적인 방화선 역할을 해줄 겁니다. 그러면 일부 지역에만 자체적인 방화선을 구축하면 돼요. 위험에 처한 고양이들 뒤로요. 그러니까……."

"사마, 케이티 그리고……." 해리가 제인과 나를 번갈아 쳐다본 뒤에 나머지 이름을 말한다. "와이라군요." 떨리는 숨을 깊게 들이쉰다. 제인과 나는 서로의 손을 맞잡는다. 워낙 꽉 잡아서 뼈의 움직임까지 느껴질 지경이다.

"방화선요?" 밀라가 눈살을 찌푸린다. 밀라는 자기 옆으로 자리를 옮긴 후아나와 마리엘라의 어깨 위로 팔을 두른다. 두 아이가 고통스러운 듯 밀라의 가슴팍에 얼굴을 문지른다.

새미가 바로 통역을 해준다. "*운 센데로 데 푸에고*(불의 길 말이에요)."

얼굴을 찡그린 보비가 꼭 정글을 뒤로 넘기려는 것처럼 격하게 머리카락을 뒤로 넘긴다. "엄청 커야 할 텐데요. 적어도 폭은 5미터, 깊이는 30센티미터를 파야 하고요. 다 잘라내야 해요. 나무도, 식물도, 뿌리도. 젠장."

로버트가 미안해하는 표정으로 고개를 끄덕인다.

"저쪽에는 6제곱킬로미터(180만 평)의 정글이 있어요. 우리는 길을 파야 하니까……." 보비가 계산하느라 말끝을 흐린다. 문득 알아차린 건데, 우리가 만난 첫날에 입었던 것과 똑같은 티셔츠를 입고 있다. 볼 때마다 넌더리가 났던 그 티셔츠. 지금은 뽀뽀라도 할 수 있을 것만 같다. 보비는 암산으로 문제를 해결하느라 아무 말도 없다. 겁에 질린 사람들의 백색 소음만이 들려온다. "7킬로미터겠네요. *마스 오 메노스*(대략요)."

"몇 주는 걸릴 거야! 과연 효과가 있기라도 할까?" 새미가 보비의 말을 듣고 코웃음을 친다.

오시토와 헤르만시토는 우리를 번갈아 쳐다보며 도대체 무슨 일이 일어나고 있는지 이해하느라 애쓴다. 대화가 영어로 너무 빠르게 이루어지고 있지만, 무엇이든 하기로 결심한 듯 어깨를 바로 한다. 아구스티노가 두 아이의 어깨에 손을 올린다. 오시토는 가만히 있지만 헤르만시토는 몸을 숙여 빠져나간다.

로버트가 얼굴을 찡그린다. "방화선을 구축하는 걸 본 적이 있어요. 지금은 바람이 반대 방향으로 불고 있지만, 풍향이 바뀌어서 불길이 건조한 사막 초원까지 번지기라도 한다면…… 이 지대를 쿠리찰이라고 하나요?"

아구스티노가 끄덕인다.

"그러니까," 로버트가 입술을 깨문다. "쿠리찰, 그 건조한 사막은 불쏘시개 상자나 다름없어요. 저 산과 이 지역 사이에 위치해 있죠. 방화선이 아니면 가망이 없습니다."

아구스티노가 계속 왔다 갔다 한다. "만일 불이 번진다면, 와이라와 케이티는 옮길 수 있어요. 하지만……."

일시에 모두의 얼굴이 굳는다.

"사마는요?" 카타리나가 비난하듯 아구스티노를 쏘아본다. 아구스티노가 꼭 비양심적인 일을 제안했다고 생각하는 것 같다. 카타리나의 말에 아무도 대답하지 않는다. 그저 불길만 바라볼 뿐이다. 결국 톰이 카타리나의 어깨에 조심스럽게 손을 얹는다.

다음 날 아침, 날이 밝자마자 작업이 시작된다. 로페스가 전기톱을 맡아 원시림을 밀고 나간다. 오시토와 헤르만시토, 보비와 아구스티노는 마체테를 들고 로페스의 뒤를 따른다. 그다음은 해리와 로버트, 새미와 톰 그리고 힘이 센 소수의 사람들 차례다. 그 뒤로는 반갑지 않은 나머지 부류, 작은 검은색 파리가 따라와 눈알에 달라붙는다. 다른 이들이 앞서 작업해놓은 것들을 우리는 갈퀴와 삽과 곡괭이로 치운다. 물집이 잡히고, 멍이 들고, 가시에 찔리고, 온몸에 진드기가 기어 다닌다. 불개미들이 내 머리카락에 붙는다. 형광색 초록빛 애벌레를 왼쪽 어깨에서 쓸어냈지만, 부기와 화끈거림은 며칠간 계속된다. 밀라가 점심을 먹으라고 부를 때쯤엔 이미 땀과 흙과 피로 범벅이 됐다. 백 미터도 치우지 못했다. 하늘이 황톳빛으로 타오르고 있다.

고양이들은 저녁에나 볼 수 있지만, 울음소리는 계속 들려온다. 루피와 루는 캠프에서도 들릴 만큼 큰 소리로 울어대며 고통으로 쉭쉭 신음한다. 우리는 침묵 속에서 저녁을 먹는다. 방화선에서 작업하는 동안 사마와 케이티의 울음소리가 들린다. 그 소리를 들으면 더 열심히 일하게 된다. 와이라에게 먹을거리를 주러 갔는데 공터에 연기가 자욱하다. 와이라는 눈을 크게 뜨고 두려운 듯 나를 올려다본다. 와이라와 매일 시간을 보내지 않은 건 몇 달 동안 처음 있는 일이다. 상실감이 차오른다. 어디론가 표류하는 것만 같다. 더 안타까운 사실은, 와이라가 이 상황을 조금이나마 이해하고 있는지 도무지 알 길이 없다는 것이다. 제인과 나는 손수레를 내려놓고 젖은 모포를 꺼내 케이지를 덮는다. 이렇게 한다고 연기로 인한 질식을 막을 수 있을까. 사마에게도 똑같이 해주자고 카타리나에게 제안했지만, 사마가 모포를 끌어내 찢어버릴 뿐이라는 말이 돌아온다. 사마의 방사장은 완공되지 않았다. 사마는 그저 온종일 창살 뒤에 처박힌 신세로, 나무 집 말고는 숨을 데도 없다. 산불이 덮치면 둘 중 하나다. 케이지 문을 열거나(그렇게 사마를 풀어줘서 법을 어기고 그가 누군가를 죽일 위험을 각오하거나), 저 안에서 죽게 놔두거나. 갈퀴질하고, 자르고, 기다린다. 다시 갈퀴질하고, 자르고, 기다린다. 방화선이 고속도로처럼 넓어진다. 절대 방해받을 일 없으리란 환상을 품고 지었을 벌레들의 어두운 비밀의 집, 갓 생긴 균사체 다발, 마음속 깊이 경탄하게 되는 뿌리들이 드러날 때까지, 흙이 나올 때까지 샅샅이 쓸어낸다. 하지만 이렇게 한 뒤에도 여전히 야자수가 분단을 넘어 상봉한다. 연인처럼 필사적이다. 있어선 안 되는 곳에 나뭇가지가 떨어진다. 그리고 매일매일 새로운 파투후가 자라난다. 공포에 사로잡힌 동물들은 눈을 크게 뜨고 우리를 지켜본다.

바람이 끊임없이 불어댄다.

산에서 연기가 난다.

사흘쯤 됐을까, 해리와 새미, 카타리나와 톰과 함께 도로 위에 서 있다.

"얼마나 조용해졌는지 눈치챘어?" 톰이 마체테를 흔들며 묻는다. 펄쩍펄쩍 뛰는 톰의 발아래로 장화가 포장도로에 부딪혀 둔탁한 소리가 울려 퍼진다. 나도 비슷한 심정이다. 아드레날린이 치솟는다.

동물들이 분주하게 움직이고 있다. 주로 긴코너구리, 카피바라, 쥐, 새, 원숭이, 뱀처럼 몸집이 작은 동물들이지만, 큰 동물들도 일부 있다. 난 와이라의 석호 근처에서 커다란 개미핥기의 발자국을 보았다. 카타리나는 새장을 에워싼 퓨마 발자국을 보았다고 한다. 브라이언은 검은 재규어가 도로를 건너는 뒷모습을 보았다고 한다.

새미가 눈살을 찌푸린다. "버스가 마지막으로 온 게 언제지?"

"기억도 안 나." 내가 비참한 심정으로 말한다. "전혀."

"오늘 고기는 왔나?"

화가 난 해리가 돌멩이를 집어 들어 나무를 향해 던진다. 돌멩이가 부딪히더니 다시 돌아와 새미를 맞힐 뻔한다.

"야!"

"젠장!" 해리가 소리친다. "미안." 해리의 성난 이마에서 핏줄이 툭 튀어나와 벌떡거린다. 그 모습에 심취한 나는 이마를 계속 바라본다. 해리가 다른 돌 하나를 집어 들어 두 손으로 주고받는다. "고기는 안 왔어. 아구스티노가 오토바이를 타고 가서 무슨 일인지 알아볼 거야."

고립된 파르케

몇 시간 뒤, 아구스티노가 죽은 닭과 라디오를 들고 돌아온다. 피곤한 기색으로 식당에 앉아 두 손으로 얼굴을 감싼다.

"아이 블로케오스."

블로케오스가 무슨 뜻인지 알 만큼, 그 단어를 들으면 속이 메스꺼울 만큼, 나는 볼리비아에 오래 머물렀다. 해리가 발로 문틀을 뻥 찬다. 소리가 벽에 부딪혀 퍼져 나가자 밀라가 해리를 매섭게 노려본다.

"블로케오스요?" 비교적 최근에 온 봉사자 한 명이 묻는다. 유독 긴장한 목소리다. 런던을 떠난 지 일주일 정도 됐을까.

"도로 봉쇄요." 새미가 소리를 낮춰 말한다. "이곳 사람들이 시위하는 방식이에요. 장애물을 설치하고 파티를 열고 타이어를 태우고 술을 마시죠. 잘 먹히긴 해요. 하지만 몇 주 동안 이어질 수도 있어요. ¿엔톤세스, 케 파소(그래서 무슨 일이에요)? 아구스티노?"

"에스 포르 엘 프레시오 델 가스(휘발유 가격 때문이에요)."

휘발유를 살 여유가 없고 제대로 된 집이나 난방 시설도 누리지 못하는 사람들이 있다. 하지만 지금은 그들을 생각할 여유가 없다. 나는 손으로 머리를 쓸어 올린다. 오직 불밖에 보이지 않는다. 이 나라의 사람들이 무슨 생각인지, 무슨 마음인지 모르겠다. 이곳에 불이 났다는 건 다른 곳에서도 불이 났다는 뜻 아닌가? 다른 사람들의 집이 송두리째 사라진다는 뜻 아닌가?

울컥 화가 치솟는다. 이 장소, 화전을 일구는 농부들, 도로 봉쇄, 전부 못 본 척하는 볼리비아 정부, 마찬가지로 모른 척하는 전 세계의 부패한 정부들, 그리고 전쟁을 일으키고 자원을 소모할 뿐 쓸모라고는 없는 내 나라의 자본주의 정부. 나는 온실 속 화초의 삶을 누렸다. 정치에 무관심했다. 딴 세상에 관한 것처럼 들리던 식탁에서의 대화에도 전혀 관심이 없었다. 그런데 갑자기 머리가 어질

　　　　　　　　　　　　　　　나와 퓨마의 나날들

어질하다. 도대체 왜 그 대화를 경청하지 않았지? 귀담아 들었어야 했는데!

"음식은요?" 카타리나의 목소리가 파고들자, 난 고개를 번쩍 든다. 우리는 이미 뼈밖에 남지 않았고 과일과 채소는 썩기 시작했다.

"휘발유도요." 패디가 천천히 입을 뗀다.

나는 패디를 바라본다. 휘발유가 없다면 펌프로 물을 퍼 올릴 수가 없다. 우리에게는 물이 없다. 이 나라의 다른 사람들을 신경 쓸 때가 아니다. 우리에겐 물이 없다.

아구스티노가 두 손을 들어 올린다. "음식은 마을에서 사는 걸로 하죠, 알겠죠? 고양이에게 줄 고기도요. 물론 휘발유도. 더 비싸긴 하지만……." 아구스티노가 얼굴을 찡그린다. "과일과 나뭇잎은 따면 되고. 물은…… 배급을 하겠습니다. 샤워는 안 됩니다."

긴 침묵.

"어…… 정말요?" 해나의 안색이 창백해진다. 대학교를 갓 졸업한 어린 여자애다. 나는 해나가 매일 아침마다 부지런히 얼굴에 화장품을 바르는 모습을 경이로운 눈빛으로 쳐다본다. 그래도 그는 일을 열심히 한다. 그리고 샤워를 하지 않고도 일주일은 거뜬히 버티는 우리조차 한 주가 끝나면 찬물을 꿈꾸며 기나긴 하루를 마무리하곤 한다. 이 소식을 듣고 모두들 충격에 빠진다. 도냐 루시아는 이제 차를 얻어 타는 대신에 매일 두 시간씩 걸어야 한다. 이튿날은 그가 준 생쌀과 선반 맨 밑에 있던 먼지투성이 참치 캔을 먹어 모두들 탈이 난다. 물은 최대한 적게 마신다. 어떤 날은 기온이 40도가 넘는데도 동이 틀 때부터 해가 질 때까지 공사 작업을 한다. 불평하는 사람은 아무도 없다. 결국 아구스티노는 휘발유를 사는 데 실패했다. 두 통이 남았다. 아마도 한 주는 급수기를 돌릴 수 있을 것이다. 와이라의 석호에서 모든 빈 통에다 물을 채워 흡연 오두막 옆에 덮어둔다. 화가 나고 피곤한 것도 맞지만 무엇보다 두려움이 크다. 연기가 더 자욱해지고 동물의 울음소리가 더 커질 때마다 살을 에는 듯한 두려움이 밀려온다.

"에스타 비니엔도." 어느 날 마드루가다, 즉 동이 틀 무렵, 우리가 커피 잔과 코카 잎 봉지를 들고 모여 있을 때, 밀라가 짙은 연기를 관통하는 햇빛을 바라보며 불길한 어조로 말한다. 오고 있어.

불침번을 서기 시작했다. 네 시간씩 돌아가는 교대 근무가 배정된다. 나는 제인과 짝이 되어 한밤중에 조용히 빠져나간다……. 젖은 반다나 천으로 얼굴을 가리고, 공포심에 사로잡혀 땀에 젖은 손을 꽉 쥔다. 땅바닥이 재로 뒤덮였다. 달도 보이지 않는다.

도로 봉쇄 이후 닷새가 지났다. 마침내 아구스티노가 친구에게 휘발유를 얻는 데 성공한다. 다시 샤워를 할 수 있게 되었다. 다만 30초씩. 얼음장 같은 찬물이 내 얼굴을 타고 흘러내린다. 양팔을 열심히 흔들어대지만 비누를 들고 있을 시간도 없다. 파우스티노가 샤워실 위 서까래에 앉아 어둠 속에서 몸을 옹그린 채 울부짖는다.

해리가 침대에서 뒤척이는데, 바람 소리가 들린다. "바뀌었어." 그가 숨죽여 말한다.

나와 퓨마의 나날들

우리는 서로를 바라본다. 여전히 흔들리는 촛불 속에서 해리의 짙은 두 눈이 드러난다. 둘 다 벌떡 일어난다. 코코가 내 가슴에서 떨어지며 깩깩대는데, 누군가 문을 쾅쾅 두드린다. 나는 굴러떨어지듯 침대를 내려간다. 문을 여니 연기가 너무 짙어서 질식할 것만 같다.

"불이 산에서 옮겨오고 있어! 가야 돼!" 누군가 외친다.

새벽 다섯 시. 우리는 멍한 상태로 비틀대며 안뜰로 향한다. 연장을 챙기고, 입 주위에 반다나를 두른다. 손수레라곤 부서진 것 하나밖에 없고 그것마저 교대로 밀어야 하기에 모포를 적셔 어깨에 둘러멘다. 아구스티노와 로페스, 톰과 밀라는 오토바이를 타고 속력을 낸다. 나는 삽과 물병 하나, 너무 무거워서 옮길 엄두조차 안 나는 모포를 바라본다. 발은 하도 부어올라서 장화도 겨우 신을 정도다. 물집 위에 물집이, 또 그 위에 물집이 생겼다. 우린 코카 잎과 담배로 연명하고 있다. 걸을 엄두도 나지 않는다. 그런데 정신을 차려보니 숲을 빠져나와 탁 트인 초원을 가로지르는 중이다. 눈앞에 산이 나타난다. 탁탁 타들어가는 붉은빛으로 엉망이다. 얼굴에 바람이 스친다. 우리는 무턱대고 덤불을 뚫고 나아간다. 산모퉁이에 들어서니 열기가 느껴진다. 상상 이상으로 뜨겁다. 모두들 제정신이 아니다. 우선 한 사람 한 사람 흩어져서 산기슭을 따라 방화선을 파느라 진땀을 뺀다. 그러려면 날이 밝아야 하는데, 햇살이 짙은 갈색 하늘에 가로막혔다. 아무도 어쩔 줄 모르고, 도처에 불이 타오른다. 로버트가 해준 말들은 전부 잊어버렸다. 우리는 산모퉁이를 올라갔다가 길을 잃는다. 혼자 남은 나는 숯이 되어버린 나무를 끈다.

물을 뿌리고 소릴 지른다. 불타고 있는 통나무를 짓밟고 김 나는 땅을 가라앉힌다. 그래도 여전히 더 많은 물, 더 많은 연장, 더 많은 모포, 더 많은 도움이 필요하다. 아구스티노는 이미 사람들에게 도움을 요청했다. 하지만 불은 어디서나 타오른다. 우리만 도움이 필요한 게 아니다.

안전 지대와의 경계, 그러니까 불이 진격하는 곳, 불이 쿠리찰의 마른 초원과 만나는 곳이 점점 가까워진다. 모포는 다 타서 쓸모없어졌고, 여기저기서 탁탁대거나 펑 혹은 쉬익 하며 화염이 치솟는다. 동물들이 울부짖는다. 여긴 지옥이야. 숯검댕이가 된 커다란 맥이 피를 흘리며 불바다를 뛰어넘는 모습을 보고 생각한다. 맥은 워낙 정신이 없어서 내가 쳐다보자 곧장 뒤돌아 다시 불바다로 뛰어든다. 불을 지른 사람들은 도대체 어디에 있는 걸까? 이제 내가 무엇을 위해 싸우고 있는지도 모르겠다. 불을 끄기 위해? 가능할 것 같지가 않다. 영원히 타오를 것이다. 날이 어두워지기 시작하자, 느껴지는 것이라곤 연기와 혼란뿐이다. 시간이 지났다는 것을 어떻게 알았는지도 모르겠다. 눈앞에 있는 손도 가까스로 보일 지경이다. 그제야 불을 피해 무턱대고 재를 뚫고 내달린다. 얼굴에 눈물이 줄줄 흐른다. 가장 먼저 찾은 사람은 제인이다. 수많은 나무가 불타올라 제인의 머리 위로 불꽃이 치솟는다.

"이건 미친 짓이야!" 내가 제인의 팔을 움켜쥔다.

장화 밑창이 녹은 탓에 우리는 종종거리며 뛰어간다.

"다 어디 간 거야?"

"몰라. 손전등 있어?"

제인이 고개를 가로젓는다. 아마도 이제야 밤이 되었다는 걸 알아차렸나 보다. 난 "쿠이"라고 크게 소리친다. 제인의 손을 꼭 붙잡은 채 허공에 떨어지는 재를 뚫고 제인을 끌고 가다가 새미와 해리를 발견한다.

"여기서 나가야 해!" 내가 소리친다.

두 사람은 나를 처음 보는 사람처럼 멀뚱멀뚱 쳐다본다.

"빨리!"

"아냐, 갈 수 없어!"

"주변을 좀 봐! 가야 돼!"

새미를 아래쪽으로 떠민다.

나머지 사람들도 나와 똑같은 방향 감각을 갖고 있길 바라면서, 불에 탄 덤불과 가시나무에 발이 걸려 비틀거리며 걷고 동물의 사체를 넘어간다. 땅바닥이 부풀어 터지고 산이 우지끈거린다. 거지 같아. 몇 번이고 욕을 퍼붓는다. 거지 같아. 거지 같다고. 초원 경계까지 빠져나오니 사람들이 모여 인원수를 세며 기다리고 있다. 우리가 마지막이다. 뒤를 돌아보자 산 전체가 불타고 있다. 우리가 방금까지 있던 곳이 불길에 휩싸이고 있다.

그날 밤, 불이 잔물결을 이루며 쿠리찰을 가로지른다. 그 길에 있는 것을 모조리 죽이면서 다음 날 아침 파르케까지 들이닥친다. 와이라의 상태를 확인하고 있는데 쿠이가 세 번 들려온다. 재를 뒤집어쓴 사람들과 마주친다. 모두들 얼굴에 반다나를 두르고 어깨에 마체테를 얹었다. 누가 누군지 거의 알아볼 수가 없다. 벌써 도로 아래편이 붉은빛으로 일렁인다. 떨리는 손으로 넝마가 된 젖은 티셔츠를 집어 들어 입을 가리고 바닥에 버려진 무딘 마체테도 챙긴다. 방화선이 도로와 교차하는 지점에 겨우 다다랐지만, 그곳의 광경을 보고 멍하니 쳐다볼 수밖에 없다. 방화선이 불타고 있다. 전부. 아구스티노와 해리가 나무를 마구 자르고 있다.

"불이 이쪽 방화선을 덮쳤어! 아직 넘어오진 않았는데 곧 넘어올 것 같아. 이 바람 때문에!" 해리가 외친다. 극심한 공포에 휩싸인 두 눈 위로 이마의 핏줄이 선명하다. "가서 다른 사람들을 도와줘. 불길이 높아지지만 않으면 괜찮을 텐데, 이것 좀 봐!"

나는 탁탁 소리를 내며 타들어가는 야자수들을 올려다본다.

"저쪽에선 어떻게 되고 있는지 모르겠어. 얼른 가!"

해리가 나를 떠민다. 그곳으로 향한다.

나무, 꽃, 야자수, 덩굴, 버섯, 곤충, 동물. 방화선 반대편에 살아 있던 모든 것들이 죽어가고 있다. 난 무작정 연기 속으로 비틀거리며 걸어간다. 이따금 그림자들이 보인다. 봉사자들은 불길이 넘어오지 않게 사투를 벌이고 있다. 그중 몇몇은 열여덟 살도 안 된다. 나는 그들과 합류해 물을 뿌리고 옷으로 잔불을 덮는다. 더 먼 곳에서 누군가 부르는 소리가 들려 그곳으로 달려간다. 산불 진압의 희망이 전부 사라진다. 방화선 너머의 정글은 이제 온데간데없다. 그래도 우리 쪽 정글은 지킬 수 있다. 그래야만 한다. 구해야만 한다. 그러지 못하면 친구들이 죽고 말 테니까. 사마가 죽게 될 거다. 방금 보았던 그 맥처럼 사마도 죽게 될 거다.

너무 시끄러워서 소리를 분간할 수가 없다. 쿠이 소리가 들리는 곳을 기다시피 찾아 헤맨다. 그러다가 생각 없이 머리를 휙 돌렸

나와 퓨마의 나날들

는데, 그곳에서 불꽃이 타오르고 있다. 하마터면 지나칠 뻔했다. 잠깐 멍하니 쳐다보다가, 비명을 지른다. 나는 방화선을 벗어나 우리 쪽 정글로 뛰어가며 크게 소리친다. 구역질이 난다. 나는 이런 일에 적합하지 않다. 이건 내가 할 일이 아니다. 직경 2미터쯤 되는 파투후 밭이 불타고 있고, 솔직히 무얼 해야 할지 모르겠다. 불이 넘어왔다. 물도 모포도 없다. 가진 것이라곤 누군가 떨어뜨린 삽과 내 반다나뿐이다. 이곳이 불타고 있다면 저 깊은 숲속도 타들어가고 있을지 누가 알겠는가. 나에게는 아무것도 남지 않았다. 여기는 와이라의 오솔길과 아주 가깝다. 이곳의 독특한 생김새를 보면 알 수 있다. 바닥에 쓰러진 거대한 교살자나무, 꽃이 만발한 딸기나무, 이런 상황에서도 풍겨오는 민트 향, 땅에 흩뿌려진 강청색 씨앗. 나는 삽을 내려놓고 뒤돌아 방화선으로 돌진한다. 머지않아 쓰러진 나무 근처에서 밀라와 새미를 발견한다.

"¡푸에고!" 그들의 팔을 잡는다. "불이에요!"

새미가 제정신 아닌 사람을 보듯 나를 빤히 쳐다본다. 그러고는 말없이 내게 마체테를 쥐여주고 불타는 통나무 쪽으로 밀어낸다. 나는 황당해하며 고개를 가로젓는다.

"아니! 그게 아니라. ¡푸에고! 불이 방화선을 넘어왔다고!"

마침내 나의 말을 알아들은 그들과 함께 뛰어간다. 불꽃이 번뜩였던 장소에 도착했는데, 그사이에 불길이 엄청나게 불어났다. 밀라와 새미는 한 치의 망설임도 없이 방화선을 파기 시작한다. 나는 상황 파악을 하느라 잠시 주춤한다. 그들이 오직 이 불에 대항하는 새로운 방화선을 구축하는 거라면, 나도 도움이 될 수 있을 거다.

삽을 들고 땅을 파낸다. 뜨거운 열기를 몇 번이고 안쪽으로 몰아 삽으로 파낸 곳에 가둔다. 땅속 깊이까지 파고든 덩굴의 뿌리를 새미와 함께 삽으로 끊어낸다. 더는 기다릴 수가 없다. 밀라의 팔을 움켜잡고 외친다. "*와이라…… ¡에스타모스 무이 세르카*(와이라가…… 여기서 아주 가까운 데 있어요)*!*"

눈가가 벌게진 밀라가 가쁜 숨을 몰아쉰다.

"*시, 로라. 에스타모스 세구로 아오라*(맞아요, 로라. 우리는 이제 안전해요)."

"*페로, ¿케 아세모스 시 아이 오트로스 푸에고스? 마스 세르카 데 수 하울라*(그렇지만, 다른 곳에도 불이 났으면요? 케이지 근처에)……."

내 스페인어가 맥없이 무너진다. "저희가 보지 못한 곳에서요."

와이라의 케이지를 꼭 확인해야 한다. 이 생각뿐이다. 해야만 한다. 와이라의 곁을 지켜야 한다. 다른 사람들의 고함을 듣고 우리는 전부 고개를 번쩍 든다. 나는 생각한다. 다 끝났어. 우리는 지고 있다. 우리가 졌다. 몸이 축 처진 밀라가 나를 돌아본다.

"그래요. *쿠이다 아 투 가토*(고양이를 돌봐줘요)."

나는 밀라의 말을 다 듣기도 전에 가버린다. 나의 집이 사방에서 허물어진다. 불에 탄 것, 시커먼 것, 새빨간 것, 산 것, 죽은 것. 재와 먼지가 들어간 눈을 비비며 뛰어간다. 그러던 중 반대 방향에서 뛰어오던 해나와 부딪힌다. 나는 해나의 손목을 붙잡고 내 뒤쪽을 가리킨다.

"불이 방화선을 넘었어! 저 뒤야. 밀라와 새미밖에 없어. 가서 도와줘야 해."

나와 퓨마의 나날들

해나가 말도 안 된다는 듯 헛웃음을 지으며 내 손을 뿌리치다시피 한다.

"저쪽도 마찬가지야! 사방에서 불이 넘어왔어. 저쪽 사람들도 도움이 필요하다고!"

해나가 도로 쪽으로 손을 흔들며 말한다. 난 다시 달리기 시작한다. 하지만 머지않아 열기가 확 몰려와 비틀비틀 뒷걸음질 치며 셔츠로 얼굴을 가린다. 불길이 치솟고, 더는 방화선을 구분할 수도 없다. 아마도 왼쪽 끝 지점인 것 같다. 이쪽 부근이 눈에 익은데 그게 오른쪽 지점은 아니었으니……. 나는 새로운 길로 들어선다. 이윽고 사람의 형상이 보인다. 허리를 굽히고, 기침을 하고, 마구 자르고, 허둥지둥하는 사람들. 아구스티노와 해리, 오시토와 로페스, 니콜과 톰이다. 3미터쯤 되는 붉은 화염 벽을 등진 그림자밖에 보이지 않는다. 기존의 방화선이 사라졌기에 새로운 방화선을 파내고 있다.

"죽음의 골목에 온 걸 환영해!" 톰이 기침을 하며 말한다. 머리부터 발끝까지 재와 숯검정 줄무늬로 뒤덮였다. 해리는 반바지를 입고 있다. 막막해서 웃음이 날 뻔한다. 이것은 공황 반응이지만, 그래도 멈출 수가 없다. 계속 가야 한다. 와이라에게 가야 한다. 멈추지 않고 뛰어간다. 도로가 코앞인데 누군가 손목을 낚아챈다.

넘어지며 비틀댄 곳에 해리가 있다. 얼굴의 피부가 벗겨지고 턱수염이 군데군데 사라졌다.

"너 어디 가?"

"와이라가 괜찮은지 확인해야 돼!"

"뭐?"

"난……."

"여기 있어야 돼!" 해리의 외침이 다른 소음을 덮는다. 꽉 붙들린 손목이 아프다.

"안 돼, 그럴 수는……." 마른 눈물을 삼키며 비틀거린다.

해리가 나를 밀어낸다. "있어야 돼. 네가 필요하다고!"

"그렇지만 너무……." 목이 메인다. 말을 할 수가 없다.

"뭐? 힘들다고? 야, 프로도. 삶이란 원래 힘든 거야!"

내 얼굴에 주먹을 날릴 기세다. 해리가 넌더리를 치며 눈길을 돌린다.

"사실 와이라를 확인하러 갈 생각이 아니었겠지. 도망가고 있던 거야! 와이라가 타버린다고 해서 뭐라도 할 수 있다고 생각해?" 해리가 버려진 삽을 집어 들고 덜덜 떨리는 내 손에 쥐여준다.

나는 해리를 빤히 바라보며 정글을 향해 두 팔을 들어 올린다. "우린 졌어! 끝났어. 우리 낙원은 끝이 났다고!" 내가 되는 대로 지껄인다.

"개소리 마. 우린 안 끝났어." 죽일 듯 노려보는 해리의 눈초리에 나는 뒤로 물러선다. "처음부터 생각은 했지. 너는 못 버틸 거라고. 한심할 정도로 여리고 제멋대로라고. 내 생각이 맞았던 것 같네. 맘대로 해. 그만둬. 네가 늘 포기한다고 나한테 말했던 것처럼. 상관 안 해." 해리가 말을 끝맺고 돌아선다. 해리의 머리만큼 높이 타오르는 야자수에 그의 그림자가 드리운다. 베고 부수고 파는 동안 그의 단단한 어깨 근육이 주름 잡히는 모습을 지켜본다. 주변의 사람들, 나의 친구들을 둘러본다. 전부 죽을지도 모른다. 나도 죽을지도

나와 퓨마의 나날들

모른다. 해리 말이 맞다. 전부 다 맞다. 너무 무서워서 벗어나고 싶을 뿐이다. 갑자기 끔찍한 소리가 들린다. 천천히 돌아보니 오시토가 땅에 엎드려 헛구역질을 하고 있다. 톰이 삽을 떨어뜨리고 오시토를 들어 올리는 모습을 무력하게 지켜본다. 오시토의 발이 허공에 들리자 그가 톰을 때리기 시작한다.

"¡바하메(내려줘요)!"

"오시토, 안 돼! 데리고 나갈 거야."

갑자기 오시토가 또 발작적으로 기침을 한다. 톰이 오시토를 어깨에 둘러메고, 오시토의 울음이 흐느낌으로 바뀐다. 두 사람은 연기 속으로 사라진다. 발작에 시달리다 퍼뜩 정신을 차린 것처럼 나는 톰이 떨어뜨린 삽의 뜨거운 금속 손잡이를 붙들고 땅을 파기 시작한다.

불길은 그날 종일 그리고 다음날까지 계속된다. 우리는 시간 감각을 잃었다. 먹는 것도, 자는 것도 잊었다. 이유는 모르겠지만 어느 순간부터 불꽃이 사그라들었다. 불꽃은 더는 항로를 잃은 배처럼 숲 천장을 가르며 나아가지 않았다. 바람이 조금 잠잠해졌다. 우리를 위협했던 상황이 바뀌었다. 완전히 멈추지는 않았지만, 달라졌다. 더는 재난 영화처럼 생생하지도 붉게 빛나지도 않고, 탁탁거리며 서서히 다가올 뿐이다. 하지만 그에 못지않게 정신적 충격이 상당하다. 이것은 끝나지 않는 악몽이나 다름없다. 우리는 교대로 잠을 자고, 이따금 불침번을 서다가 맥없이 주저앉기도 한다. 불꽃이 식식거리며 우리 발에 불똥을 토해낸다.

물론 끝은 있다. 불이 산꼭대기를 붉게 밝히고 연기 냄새가 처음 풍겨온 지 3주쯤 지났을 거다. 바람이 방향을 바꿨다. 연기가 걷히고 불길이 이동한다. 어쩌면 다른 이들의 땅으로 갈지도 모르겠다. 이제야 숨을 제대로 쉴 수 있게 되었다. 이제야 정말로 앞을 볼 수 있게 되었다. 우리가 고속도로처럼 넓게 판 길이 세상을 서로 다른 둘로 나누었다. 산에 근접한 세상은 아무렇게나 뻗어 나가는 회색과 검은색의 사막이다. 남은 것이라곤 드문드문한 나무들뿐이고, 나뭇가지는 음울한 종말의 생존자처럼 그을었다. 허공을 빙빙 도는 독수리 떼, 등을 구부려 만찬을 즐기는 그 그림자 동물의 수는 점점 줄어만 간다. 하지만 다른 쪽 세상은……. 정말이지 믿을 수가 없다. 내가 아는 그 정글, 무성하고 끝이 없고 불가해한 그 정글이 유리를 통과하는 햇살처럼 안에서 밖으로 빛을 발한다. 예전과 다름을 눈치챌 만한 유일한 단서는 고요함밖에 없다. 독수리의 울음소리 말고는 거의 아무런 소리도 들리지 않는다. 개구리도 귀뚜라미도 없다. 원숭이도 올빼미도 나비도 없다. 전부 사라졌다.

우리는 누군가의 일부가 된다

케이지로 가서 보니 와이라가 천천히 서성이고 있다. 러너는 여전히 케이지와 근위병 나무 사이에 말없이 걸려 있다. 공터가 아직도 질식하지 않으려고 숨을 참는 것처럼 느껴진다. 그게 무슨 느낌인지 나는 안다. 와이라의 몸이 쪼그라든 것 같다. 와이라는 여전히 무거운 공기 사이로 미끄러지듯 살금살금 움직인다. 초현실적 존재, 딴 세계의 존재처럼 보인다. 와이라의 두 눈은 붉고, 케이지 바닥은 눈이 온 양 새하얗다.

"괜찮아, 와이라. 꺼내줄게." 제인이 말한다.

와이라가 집 아래로 잽싸게 숨어들어 몸을 최대한 웅크린다. 잿더미 사이로 발자국이 선명하다. 내가 제인을 바라본다.

"내가 보디가드 할까?" 제인이 묻는다.

끄덕끄덕. 제인이 앞에서 가는 것이 더 낫다. 와이라가 제인을 더 잘 알고 더 많이 믿으니까. 내가 러너에서 로프를 끌어내린다. 심장 박동이 빨라진다. 산책을 수차례 해봤지만, 나는 아직도 진정한 의미에서 '퓨마 산책'을 받아들이지는 못했다. 이렇게나 오랜 시간이 지났어도, 언제나 멋진 일임에도. 하지만 내가 뒤돌아보니, 문턱에 선 와이라는 나 자신의 두려움을 잊을 만큼 겁먹은 것처럼 보인다. 나는 두려움에 익숙해졌다. 지난 몇 주간은 훨씬 더 많이. 와이라는 하악거리며 빠르게 서성이고는 발로 땅바닥을 탁탁 두드린다. 꼭 해명을 요구하는 것처럼. 이곳에 앉아 세상이 무너져 내리는 걸 보고 있었지만 자기가 할 수 있는 일은 아무것도 없었다고 말하는 것처럼. 와이라는 심지어 도망도 가지 못했다.

"미안해." 내가 작게 속삭인다.

캐러비너를 찬 와이라가 머리를 좌우로 흔들며 전속력으로 질주한다. 제인이 앞에서 달리면서 와이라와 내가 괜찮은지 확인한다.

나는 로프에 묶여 있다. 로프를 꽉 붙들고 익숙한 거친 질감을 느끼며 현실로 돌아온다. 와이라는 근위병 나무를 지나자마자 급하게 왼쪽으로 꺾어 재빨리 언덕을 넘고 쓰러진 통나무를 뛰어넘는다. 그리고 노란 꽃이 무성한 덤불 아래를 지나 비탈면을 올라서 곧장 석호로 향한다. 물 위로 안개가 부예서 물이 미동도 안 하는 것 같다. 석호 언저리에 이른 와이라는 속력을 늦춘다. 나는 한 손에 로프를 든 채로 와이라가 원하는 것을 알지 못해 망설인다. 이윽고 와이라가 나를 앞으로 끌어당긴다.

"와이라, 왜……." 나는 비틀거린다. 와이라가 한 바퀴 돌고 매섭게 으르렁거린다. 나는 움찔하며 뒤로 물러난다. 와이라가 물을 향해 돌진한다. 로프가 팽팽해진다. 와이라의 발이 물속에 잠긴다. 그다음은 배, 이제는 허리. 와이라는 앞을 가로막은 가지를 들이받고 으르렁거리며 나아간다. 속절없이 바라보는 제인을 뒤로한 채 나도 와이라를 따라 비탈을 내려간다. 물이 장화 위까지 차오른다. 나는 식겁하며 휘청거리고, 그사이에 물이 무릎까지 차오른다. 보이지 않는 물 밑에서 불쾌한 거품 방울이 하나둘씩 치솟는다. 바로 그때, 와이라가 헤엄을 친다. 와이라가 헤엄을 친다!

내가 꽥 소리를 지른다. 물이 나를 집어삼킨다. 장화, 바지, 셔츠……. 나는 가슴을 높이, 목을 높이 쳐든다. 쓸모없어 버려진 돛처럼 옷이 부풀어 오른다. 와이라가 필사적으로 발을 휘젓는다. 수면 위로 머리를 치켜들고 다리를 움직이면서 목을 쭉 빼려고 안간힘을 쓴다. 숨을 내뿜는 코에 기포가 인다.

"와이라, 괜찮아." 내가 실제 기분보다 차분한 말투로 말한다.

"우린 괜찮아."

물 위를 맴돌며 주위를 둘러본다. 석호 안에 들어온 건 처음이다. 생각보다 더 차갑다. 이곳에는 카이만 악어가 있다는 걸 알고 있다. 어쩌면 선사시대의 어류 피라냐가 있을지도 모른다. 이 석호를 통틀어 모래밭이라곤 이곳밖에 없다. 나머지는 초목과 덩굴, 참혹할 만큼 옹이가 가득한 나무들 그리고 뿌리가 얼기설기 파묻힌 어두운 경사면이 함께 뒤얽힌 그물망이다. 뜨겁게 내리쬐는 햇살의 압박이 느껴진다. 그릇에 들어온 것만 같다. 와이라와 나만의 그릇. 물이 따뜻해진다. 하얀 구름 한 줄기가 하늘에 깃털 가닥을 남긴다. 퍼뜩 숨 쉬는 법을 떠올린다. 잔물결이 점차 커지는 원을 그리며 퍼져가고 나는 와이라에게 끌려간다. 그에게 몸을 맡긴다. 팔다리의 상처와 그을린 자국이 너무 아파서 꿍꿍 신음을 내다시피 한다.

"반대편 기슭까진 가면 안 돼! 퓨마는 발톱을 내놓고 헤엄쳐! 그러니까 다치지 않게 조심해!" 제인이 겁먹은 목소리로 크게 소리친다. 아, 맞는 말이다. 그때 와이라가 나를 돌아본다.

"괜찮을 거야." 내가 숨죽여 말한다.

보이는 것이라곤 와이라의 머리와 등에 있는 줄무늬뿐이다. 와이라는 카이만과 마찬가지로 이곳의 일원이다. 물론 카이만처럼 쥐죽은 듯 움직이진 않는다. 숨을 쉴 때마다 콧바람을 내뿜어야 한다. 그래도 물결치는 회색빛 물 사이로 잘 섞여든다. 와이라가 워낙 가까이 있어서 털이 내 팔에 묻은 진흙을 스친다. 나는 미동도 하지 않는다. 우리가 그릇에 담겨 있다면 둘 다 유리로 만들어진 탓에 꿈 전체가 산산이 부서질지 모른다. 와이라는 끊임없이 헤엄친다. 눈동자가 크게 부풀어서 초록색 홍채가 거의 모습을 감췄다. 뭍에서는 나를 바라보지 않을 때가 훨씬 많았다. 내가 그곳에 있다는 사실을 애서 무시했던 것인지, 그저 날 조금도 신경 쓰지 않았던 것인지는 모른다. 그런데 지금은 나를 바라보고 있다. 무슨 일이 일어난 것인지 믿지 못하겠다는 듯이, 나에게서 눈길을 돌릴 수가 없다는 듯이. 우리가 해냈다. 믿을 수 없는 건 나도 마찬가지다.

물은 그 안에 열을 가두고, 진득거리는 진흙은 나의 옷을 잡아 붙든다. 이제는 질색인 연기 냄새가 아직도 바람을 타고 멀리서 풍겨온다. 그래도 냄새의 대부분은 물과 흙 냄새, 희미하게 톡 쏘는 라벤더 향이다. 귀가 뾰족한 쥐처럼 자그마한 노란색 다람쥐원숭이 떼가 아마존의 키 큰 나무로 손꼽히는 케이폭나무 꼭대기에서 우리를 지켜본다. 고색창연한 가지들을 날개처럼 활짝 펼쳤다.

어쩌면 몇 주간 케이지에 홀로 있어서 그랬을지 모른다. 어쩌면 통제력을 잃어서 그랬을지도, 열기와 불과 두려움 때문이었을지도, 와이라의 본능이 물로 뛰어들라고 말했을지도 모른다. 나는 알지 못한다. 내가 아는 것이라곤 와이라가 너무도 두려워하던 일을 해냈다는 사실이다. 수년간 이곳에 머물며 호숫가에 몇 시간이고 앉아 있으면서도 하지 못했던 일. 와이라가 무척이나 자랑스럽다. 목이 메여 침을 삼키기가 어렵다. 보이는 것은 오직 물방울과 석호 진흙이 튀고 햇살에 갈색을 띤 와이라의 뒤통수와 반들반들한 회색 귀 끝, 획획 움직이며 물을 가르는 꼬리 끝의 짙은 털 뭉치가 전부다. 와이라를 보며 느끼는 감정이 전부 부풀어 오른다. 뜻밖에 나를 완전히 때려눕히는 그 모든 감정들. 나는 여지없이 망가진다. 몸이

나와 퓨마의 나날들

부서지고 마음도 산산조각 난다. 이게 사랑일까? 모르겠다. 확실한 건, 살면서 단 한 번도 느껴보지 못한 감정이라는 것이다.

하늘에 부드러운 담청색 솜 담요가 드넓게 펼쳐진다. 하늘이 거꾸로 뒤집혀, 구름이 우리 가슴 언저리에서 일렁이며 둥둥 떠다닌다. 와이라는 지친 듯 숨을 헐떡거린다. 마지막으로 저 멀리 반대편 기슭을 흘끗 보고는 다시 한번 만족스럽고 당당하게, 또 기분 좋게 한 바퀴 헤엄친다. 그러고는 원을 돌아 내게로 가까이, 손을 뻗으면 닿을 만큼 가까이 온다. 와이라가 원하는 바다. 이제는 나를 밀고 있다. 워낙 힘을 주고 밀어서 내게 그의 여위고 허약한 몸의 무게가 느껴진다. 와이라는 수면 바로 위에 눈을 내놓고 있고, 우리는 긴 시간 눈빛을 교환한다. 그런 뒤에 와이라는 피곤한 듯 몸을 돌려서 모래밭을 향해 팔을 저어 나아간다.

케이지로 돌아왔다. 와이라의 캐러비너를 러너에 건다. 와이라는 콧바람을 한 번 흥 내뿜고 젖은 꼬리를 휘저으며 돌아선다. 그러고는 한 조각 햇살 아래에 털썩 앉아 몸을 말린다.

"와이라가 헤엄쳤어!" 제인은 볼이 빨개져서 감탄한다.

나는 온몸을 떨며, 또 장화를 벗느라 애쓰며 웃는다. 한 짝을 벗자 봉인이 풀리면서 진흙과 나뭇가지와 침전물이 바닥에 왈칵 쏟아진다. 와이라가 짜증 난다는 듯 나를 쳐다본다. 나는 웃음을 멈출 수가 없고 고개도 연신 끄덕인다. 와이라가 해낼 줄 알았다. 며칠간 연기 때문에 보이지 않던 하늘 밑에서 둥둥 떠다니며 광활한 석호에서의 평화를 누린 뒤에, 나무의 무더운 열기 때문에 케이지로 돌아오기가 쉽지 않았다. 하마터면 길을 잃을 뻔했다. 나는 홀딱 젖었다. 신물 나는 회색 점토가 내 살결의 주름마다 엉겨 붙었다. 와이라도 마찬가지다. 나무 밑에 작게 웅크려 못마땅한 표정으로 몸을 떨고 있다. 털이 볼품없이 뼈에 들러붙었다. 그러나 주위를 둘러보니 안심이 된다. 오래전 패디와 함께 암석 위에 올라가 보았던 다른 석호들이 떠오른다. 그 석호들도 여전히 태양 아래 은빛으로 물든 채 제자리를 지킬 것이다. 아마도 와이라와 똑 닮은 고양이들이 헤엄을 치고 있을지도 모른다. 우리는 푸른 고원의 일부다. 고원은 끝없이 뻗어 나간다. 나무에게 끝이란 없다. 불에 탄 나무는 죽은 부분을 몸으로 밀어내며 다시 자라난다. 이곳은 늘 누군가 듣고 숨을 쉰다. 늘 누군가 우리의 일부가 되고 우리를 그의 일부로 만든다. 이곳은 우리를 지탱하고, 우리를 살게 하는 배腹나 다름없다.

제인에게 이 모든 것을 말해주려고 몸을 돌린다. 우리가 어떻게 해냈는지 말할 것이다. 우리가 어떻게 살아남았냐면 말야!

그런데 그때 제인이 울고 있다. "제인!" 제인의 어깨에 양팔을 두른다. 갈색 흙탕물이 그의 등에 철벅철벅 떨어진다. 제인은 웃으면서 멀찍이 앉더니 무릎에 얼굴을 파묻는다. 그의 어깨가 떨리는 것밖에 보이지 않는다. 곁눈질로 보니 와이라가 꼬리를 반만 문 채로 제인을 조심스럽게 쳐다보고 있다. 걱정스러운 표정이다.

마침내 제인이 고개를 든다. "아무래도 난 이제 떠나야겠어."

나는 제인을 빤히 바라본다. 내가 제대로 들은 게 맞나?

제인이 말을 이어간다. "내 생각엔……."

"농담이지?" 내가 말을 자르고 벗어뒀던 장화 쪽으로 돌아간다. 믿을 수 없다. 하지만 제인은 더는 아무 말도 하지 않고 방금처럼 고개를 무릎에 파묻더니 나를 쳐다보며 눈물을 왈칵 쏟는다. 가슴이 저려온다. "농담 아니구나."

제인이 끄덕인다.

"왜?"

"로라……." 제인이 피곤한 표정으로 고개를 절레절레 흔든다. "나 너무 힘들어. 원래는 크리스마스까지 머물 수도 있겠다고 생각했어. 그런데 있잖아, 그럴 수가 없겠더라고. 산불 때문에……." 제인이 와이라를 보더니 다시 한번 눈물을 격하게 훔친다.

제인을 빤히 쳐다본다. 충격이다. 언젠지는 모르겠지만 정글이 제 목소리를 되찾은 것 같다. 어쩌면 내 귀가 들을 수 있게 된 걸지도 모른다. 높게 찌르르 하는 귀뚜라미의 울음과 윙윙거리는 벌레 소리가 다시금 내 배 속으로 가라앉는다. 제인의 뒤로 근위병 나무가 당당하게 서서 주변을 예의 주시하고 있다. 지금 어떤 일이 일어나고 있음을 느꼈다는 듯 와이라가 낮게 그르렁대며 일어난다. 와이라가 몸을 돌려 앉자, 등의 검은 줄밖에 보이지 않는다.

"하지만 와이라는……."

"괜찮을 거야. 언제든 봉사자가 있으니까."

내가 눈을 깜박인다. 정말 농담이 아니구나.

"그럼 사마랑 케이지는 어쩌고? 알잖아, 이건……."

제인이 나의 손을 잡는다. "티켓이 세 달 남았어. 콜롬비아로 갈 생각이야. 그다음은 에콰도르. 패디와 얘기하던 참이었어. 어쩌면 우리가 패디, 브라이언과 함께 해변에서 크리스마스를 보낼 수 있을지도 몰라."

"우리?"

"너도 같이 가면 좋겠다고 패디와 얘기했어."

제인을 멍하니 쳐다본다.

"내가? 어떻게 그래……." 나는 제인의 손을 떨군다. 방금 전에 느꼈던 의기양양함은 곤두박질치고 사라져버린다.

몇 달 전만 해도 제인의 제안은 내가 정말로 원하는 것이었다. 친구. 함께 여행하고, 토를 쏠을 때마다 함께 웃고, 길가에 혼자 앉아 있을 필요 없이 함께 차를 얻어 탈 친구. 이제는 내가 무얼 원하는지도 모르겠다. 난 이곳의 생활이 나의 삶이 되길 바란다. 일시적인 것, 그저 하나의 기억처럼 남겨두고 떠나는 것이 되길 바라지 않는다. 난 이곳에 있고 싶다. 어리석은 짓일지도 모른다. 어쩌면 철없는 생각일지도. 제인 없이 어떻게 있을 수 있을까? 나와 와이라만 남는다고? 밀라가 새로운 봉사자를 배정해줄까? 내가 그들을 훈련시켜야 하고? 내가 어디서부터 시작해야 할까?

제인이 다시 와이라를 향해 눈길을 돌린다. "그냥 생각만이라도 해봐. 알았지?"

우리는 날이 어두워지고 나서도 머무른다. 와이라는 몸을 깨끗이 핥고서 우리 둘 사이의 좁은 땅바닥에 앉는다. 헝클어진 토끼 같은 뒷다리는 내 무릎 위에, 머리는 제인의 무릎 위에 얹었다. 눈을 감고 꿈에 빠져들기 직전에, 우리를 바라보며 가르랑거린다. 우리 둘 다 와이라의 가르랑 소리를 들은 것은 이번이 처음이다.

제인이 끊임없이 눈물을 흘린다. 나도 마찬가지다. 산불, 해리와 싸운 이후 아직까지도 나누지 않는 대화, 떠나는 제인, 와이라의 가르랑 소리. 피곤하고 진 빠진 몸을 이끌고 캠프로 돌아가 해리를 찾는다. 나의 마음은 돌고 돌았지만, 우리가 그 일에 관해 대화를 나눌 수만 있다면 괜찮을 거라고 생각한다. 우리의 관계는 괜찮아질 것이다. 하지만 아무리 찾아도 해리는 보이지 않는다. 그날 밤은 혼자 잠에 든다. 침대 친구인 원숭이들도 없이. 죽은 듯 잠에 들리라 생각했지만 잠이 오지 않는다. 몸을 뒤척이다가 아침에 해리의 침대를 건너다보고 여전히 비어 있는 걸 확인하자 끔찍하게도 속이 메슥거린다. 새미가 나를 한쪽으로 데려가 해리가 해나와 밤을 보냈다고 말해준다. 그 순간 토할 것 같은 기분이 든다. 숨이 쉬어지지 않아 너무 고통스럽다. 새미가 망설이며 괜찮은지 묻는다. 나는 마음 깊숙이 감정을 억누르며 고개를 끄덕인다. 그리고 다시 억누른다. 정신적 충격을, 누군가를 믿는 것은 위험하다는 수치스러운 기억을, 나의 순진함에 대한 부끄러움을.

이곳은 낙원이 아니다. 밀라가 말한 대로, 우리는 전부 부서졌다. 어리석음과 수치가 내 내면에 단단히 자리 잡는다. 나는 제인을 찾아서 알겠다고, 함께 가겠다고 말한다. 우리의 뒤를 이어 와이라를 돌볼 누군가를 훈련시켜야 할 것이다. 한 여자가 막 새로 도착한

참이다. 재미있고, 차분하고, 끈기 있는 사람이다. 와이라를 잘 아는 사람들도 있다. 밀라와 아구스티노는 와이라를 사랑한다. 새미도 와이라를 맡을 수 있을 거다. 머문다고 했으니까. 그리고 톰도…….

제인의 말이 맞다. 와이라는 괜찮을 것이다. 우리를 이해해줄 것이다. 나는 이런 생활이 영영 끝나지 않으리라 여기며 나 자신을 속이고 있었다. 이건 내 삶이 아니다. 나는 이런 장소에 결코 어울리지 않는다. 내가 하는 일은 여기 누구에게도 중요하지 않다. 특히 와이라에게.

작별은 짧고 고통스럽다. 마지막 날, 와이라는 케이지 사이로 나를 빤히 쳐다본다. 나와 제인은 후임자 훈련을 위해 2주 더 머물렀다. 와이라는 행복하다. 매일매일 헤엄을 즐긴다. 다정하고 차분하다. 와이라는 한없이 깊은 초록색 눈을 동그랗게 뜨고 왕좌에서 나를 내려다본다. 그 눈빛이 꼭 나를 용서한다는 것만 같다. 그렇다면 왜 내가 메슥거림을 느껴야 할까? 내가 이곳에 머물 이유는 없다. 다시 오솔길을 따라 비틀비틀 올라가면서 스스로 되뇌인다. 내 다리가 부들부들 떨리고, 제인의 목멘 울음이 정글의 울림에 포개진다. 고개를 들어 초목의 서늘한 그림자를 바라본다. 그저 멍할 뿐이다. 공허하다.

그날 밤 우리는 버스를 타고, 다음 날 아침 5시 도시에 도착한다. 정글은 사라졌다.

나와 퓨마의 나날들

2

깨어나는 나

단단한 플라스틱 칸막이에 이마를 기댄다. 차가워서 흠칫 몸을 떤다. 흔들리는 플라스틱 의자에 웅크리고 앉아 양털 재킷을 여민다.

"엄마?" 내가 작게 중얼거린다. 나는 길게 늘어선 칸들의 중간쯤 되는 6번 부스 안에 있다. 모든 칸들에 전화기가 하나씩 비치되어 있고, 제각기 아르헨티나인의 목소리로 크게 울린다.

"로라."

입을 벌렸지만 무슨 말을 해야 할지 모르겠다. 부에노스아이레스는 춥다. 쌀쌀하다. 그렇지만 잠에서 깰 때마다 땀이 막처럼 달라붙어서 나를 흠뻑 적신다. 그렇게 축축해져서 일어난다. 원래는 세 달로 계획한 여행이었지만 어느새 영국을 떠난 지 1년이 넘었다. 처음에는 크리스마스에 맞춰 집에 갈 거라고 부모님께 말해두었다. 그다음에는 내 생일인 1월 말로 바뀌었고, 지금은 2008년 4월이다. 파르케를 떠나고 거의 일곱 달이 지났다. 오전 내내, 윙윙거리는 컴퓨터 화면에서 항공편 가격이 깜박이는 모습을 빤히 쳐다보았다. 파르케를 떠난 후로 뭘 하고 있었냐고? 쉬지 않고 대륙을 쏘다녔다.

브라질부터 시작해 콜롬비아, 에콰도르, 페루를 거쳐 칠레, 아르헨티나까지. 처음에는 제인과, 그 뒤로는 패디와 브라이언도 함께, 마지막은 혼자서 여행을 했다. 호스텔에서 일했고, 누군가와 하룻밤을 보냈고, 아르헨티나인 기타 연주자들의 추파를 받았고, 나도 모르게 담배 연기와 프라이드치즈와 웃음의 총체적인 힘에 이끌렸다. 여행을 하며 즐거운 시간을 보냈다. 나는 전과 달라졌다. 친구를 사귀었고, 스페인어를 배웠다. 홀로 여행을 할 만큼 강인하다는 것을 증명했다. 더는 불쑥 주저앉지 않을 것이다.

영국으로 돌아갈 때가 되었다.

하지만…… 하지만…….

나는 파르케 안뜰의 미친 개미처럼 볼리비아를 맴돌았다. 매일 밤마다 파르케가 나에게로 돌아온다. 매일 밤마다 나는 침대에 누워 외로움을 타는 코코의 털을 다듬어준다. 화장실에 사는 해그리드와 수다를 떨고, 판치타가 훔친 속옷을 숨기는 걸 돕는다. 햇살이 드리운 그늘을 따라 와이라와 함께 걸으며 더없이 소중한 시간이라고 생각한다. 그리고 와이라를 몇 번이고 마음속에 묻는다. 부끄럽다. 이런 감정을 이토록 강렬하게 느낀다는 것이, 동물들을 이토록 그리워한다는 것이. 이렇게 될 일이 아니었는데. 파르케에서의 삶은 그저 여행 중에 할 일, 멋진 일, 모험에 지나지 않았는데. 그리고 이제는 끝나버렸는데.

파르케를 떠난 후 맞은 크리스마스. 햇볕이 내리쬐는 에콰도르의 해변 마을. 일찍 잠에서 깼다. 패디가 군사 태세만큼이나 철저하게 크리스마스 준비를 할 계획을 세웠다고 했다. 산타 복장을 한 그가 온갖 음식과 테킬라 슬래머 칵테일을 곁들인 칠면조 바베큐 만찬을 준비하기 전에 나는 시간이 좀 필요했다. 어슬렁거리다가 크리스마스 메시지를 보낼 생각으로 호스텔 컴퓨터로 향했다. 페이스북 접속.

패디와 브라이언과 제인이 나를 발견한 건 시간이 좀 흐른 뒤였다. 몇 분, 아니 몇 시간이었던가. 알 수 없었다. 나는 여전히 화면을, 코코의 얼굴 픽셀 사진을 빤히 쳐다보고 있었다. 멀리서 제인의 흐느낌이 들려왔다. 패디는 충격에 빠져 오래 침묵했다. 브라이언은 숨이 멎을 정도로 놀랐다.

우리의 친구, 코코. 코코가 차에 치여 집 밖에서 사망했다는 소식을 전하게 되어 유감스럽게 생각합니다. 코코는 항상 우리의 가족으로 남을 것입니다. 코코야, 이제 자유롭게 살아가길 바랄게.

슬픔이 우리를 갈기갈기 찢어놓았다. 낮에는 영화를 보는 것처럼 세상을 보았다. 애써 웃고, 패디와 브라이언과 모히토를 마시고, 제인과 함께 《해리 포터》 마지막 편을 읽었다. 하지만 밤이 되면, 제인과 함께 코코의 사진을 꺼냈다. 오토바이 위에서 누워 있는 사진. 마치 제 것이라는 양 빨간색 연료 탱크에 꼬리를 감아놓았다. 양손은 좌석 끝에 늘어뜨리고 발가락으로는 측면을 붙잡고 있다. 길고 어두운 얼굴은 아구스티노가 제일 좋아하는 가죽 쿠션에 누였다. 수염에 죽이 묻어 있고, 시선을 아래로 향해 땅바닥에 집중하고 있다. 다른 누군가의 얼굴에 비친 자신의 모습은 차마 보지 못하겠다는 것처럼.

제인이 1월에 오스트레일리아행 비행기를 타러 떠난 뒤에는 나 혼자서 코코의 사진을 바라보았다.

슬픔으로 요추가 꽉 죄는 느낌이 든다. 몇 달 전부터 그 압박감이 거슬리다가 이제는 늘 아프다. 나는 호스텔 이층 침대에 누워 고통에 이를 악문다. 한 달 넘게 부에노스아이레스에 머물고 있다. 호스텔에서 일하며 진통제에 취한 채로 앞으로 어떻게 할지 생각하느라 진땀을 뺀다. 이곳에서는 친구도 없고 머물 이유도 없다. 내일 집으로 가는 항공편이 있다. 런던 개트윅공항행, 450달러. 저축한 돈과 일해서 번 푼돈으로 보충하면 지금 은행 잔고로도 충분하다. 눈꺼풀 사이로 눈물이 비집고 나와 소매로 거칠게 닦아낸다.

"로라?" 엄마의 목소리가 멀리서 낮게 들려온다. 연결 상태가 좋지 않아 알아들을 수가 없다. 지난 달, 엄마가 이곳을 방문했다. 우리는 함께 아르헨티나를 돌아다녔다. 엄마가 보고 싶다. 지금 영국은 블루벨 꽃이 피어날 시기다. 엄마의 정원에도 만개했을 것이다. 이 항공권을 예매하면 주말까지 집에 돌아갈 수 있다. 아빠와 언니와 두 남동생을 만날 것이다. 어쩌면 전부 모여서 일요일 점심 식사를 함께할지도 모른다. 날이 충분히 따뜻하면 엄마의 정원에 나가서 먹는 것도 방법이겠다. 지압사에게 치료를 받아 허리가 나아지면 일자리를 찾을 수도 있을 거다. 코코의 사진을 벽에 걸어두고 시간이 지나면 참을 만해질지도 모른다.

코코의 얼굴이 눈에 선하다. 축축한 죽이 수염에 달라붙은 얼굴. 와이라의 얼굴도 마찬가지다. 살짝 사팔눈으로 눈부시게 푸른 하늘의 조각들을 올려다보는 얼굴. 와이라의 얼굴 사진이라면 죽을 때까지 쳐다볼 수도 있다. 하지만 와이라가 듣고 있을 새들의 경고는 결코 듣지 못할 것이다. 그의 털에서 나는 눅눅한 곰팡내도 맡지 못할 것이다. 종이처럼 얇은 나뭇잎이 내 살갗을 스치는 촉각도 느끼지 못할 것이다. 지금 나의 허벅지는 불쾌한 플라스틱 의자에 들러붙어 있다. 이제 더는 사진을 뚫어지게 바라보며 시간을 보내고 싶지 않다. 이제 더는 내가 놓친 것들 때문에 슬픔에 잠겨 시간을 낭비하고 싶지 않다. 실수를 저지를 것을 무서워하며 일기를 쓸까 봐 두렵다. 다른 사람들의 이야기만을 읽고 나 자신의 이야기를 만들어갈 용기를 내지 못할까 봐 두렵다.

"엄마……." 내가 다시 입을 뗀다. 숨소리를 들어보니 내가 무슨 말을 할지 엄마가 알고 있는 것 같다. 이마를 또 벽에 기댄다. 한 번 입을 열자 단어가 우르르 쏟아져 나온다.

"다시 가고 싶어요."

숨을 고른다. 무슨 말이 돌아올지 모르겠다. 화를 내거나 슬퍼하실지도 혹은 실망하실 수도 있겠다. 하지만 엄마의 말은 그저 안도감만을 선사한다.

"그럼 돌아가렴." 엄마의 말은 단호하다. 전화기 너머로 엄마가 끄덕이는 소리가 들린다.

손을 떨며 수화기를 내려놓는다. 떠날 채비를 하느라 하루가 다 지난다. 다음 날 아침, 버스 정류장으로 가는 길. 어쩐 일인지 웃음이 멈추질 않는다.

와이라가 사라졌다

60시간 이상, 버스 환승 여덟 번. 1년처럼 느껴진 여정. 그러나 포장
도로에 내동댕이쳐지는 것은 한순간이다. 아지랑이가 도로를 따라
일렁이며 흐릿하고 묘한 형태를 남긴다. 머리 위로 정글이 교차한
다. 내 기억보다 무성한 정글이 뒤얽히며 하늘을 가린다. 그것을 잠
시 바라본다. 흡연 오두막 옆에 난 꼬불꼬불한 진창길은 발자국을
보아하니 사람들이 오가며 넓어진 모양이다. 코코의 표지판은 사라
졌다. 휘갈겨 쓴 글과 함께 선명하고 아름답게 채색된 현수막이 그
자리를 지킨다. *비엔베니도스 엘 파르케*(파르케에 오신 것을 환영합니
다). 일렁이며 왜곡된 아지랑이 사이로, 산들바람을 느끼는 코코의
얼굴이 잠깐 스친 것 같다.

　나는 고개를 절레절레 저으며 마음을 가다듬는다. 정글은 도
로 건너까지 구불구불 뻗는다. 이렇게나 푸릇푸릇했는지 기억이 나
지 않는다. 예전에도 이만큼 푸르렀나? 산들거리는 물결 모양 잎사
귀 사이로 햇살이 하얗게 내리쬔다. 에메랄드색, 올리브색, 회녹색,
라임색, 이끼색, 비취색, 터키옥색, 청록색……. 햇살은 이름 붙일 수
도 없는 온갖 색채를 나의 얼굴과 은빛 도는 금색 나뭇가지에 비춘
다. 그 광경이 정말 아름다워서 잠시 꼼짝도 하지 못한다. 눈을 깜박
이기가 두렵다. 잠에서 깨면 전혀 다른 곳일까 봐. 그렇다면 다른 선
택을 내린 뒤일 것이다. 영국에서 나의 옷차림이 흐트러진 건 아닌
지 전전긍긍하며 책상에 앉아 있을 것이다.

　"¡*라우리타!*"

나는 몸을 돌린다. 만면에 미소가 번진다. 기가 막힌다. 이렇게 불쑥 밀라가 나타나다니. 넋을 잃고 밀라를 바라본다. 윤기 나는 검은색 땋은 머리. 오래 써서 후줄근한 카우보이모자. 어깨는, 전보다 더 구부정한가? 모르겠다. 밀라를 봐서 안도할 뿐이다. 배낭을 내던지고 한 발짝 내딛는다. 밀라가 나를 안아줄 거라 생각하며.

"로라." 밀라는 나를 안지 않는다. 그 대신에 쏜살같이 달려와 윗팔을 아프게 꽉 움켜쥔다. 나는 밀라의 갈색 눈을, 연못에 자리한 금과 같은 그 눈을 빤히 들여다본다.

"와이라가 없어졌어요." 밀라가 꽉 움켜쥐지만, 나는 느끼지 못한다.

심장이 멈춘 것만 같다.

"뭐라고요?" 내가 소리를 낮춰 되묻는다.

밀라의 눈에서 눈물이 솟아 뺨을 타고 흘러내린다. 지금 보니, 피로가 쌓여 볼이 부어 있다. 햇살이 꼭 프리즘을 통과한 듯 넓게 벌어지며 밀라에게 떨어진다. 정글은 물결치는 아지랑이 속에서 살랑이는 듯하다가 열기로 일그러진다. 분명히 작년에는 없었던 주름이 밀라의 얼굴 곳곳에 생겼다. 그곳에 서서 바라보는 동안 내 손가락 사이로 그의 주름이 더 깊이 갈라진다.

밀라가 무언가 말하고 있지만, 무슨 말인지 이해할 수가 없다.

나는 고개를 가로저으며 중얼거린다. "케(그게 무슨)……."

"라우리타, 와이라가 달아났어요."

몸이 휘청인다. 엷게 깔린 안개가 포장도로를 서서히 벗어난다. 목구멍에 있는 것은 공기겠지만, 삼킬 수가 없다. 누군지 모를 동물이 끙끙거린다. 우리 위에서 금강앵무가 괴성을 지른다. 밀라가 나를 꼭 안아준다. 그 품속에서 미동도 하지 않는다. 밀라에게서 꿉 꿉한 땀내가, 도로에선 고무 탄내가 난다. 그의 피부에 닿는 내 입술 에서 짭짤한 맛이 난다. 사라졌다. 와이라가 사라졌다. 이 생각만이 머릿속에 맴돈다. 숲은 끝없이 경보를 울린다. 와이라가 사라졌다. 사라졌다. 사라졌다. 어딘가 멀리서 누군가 다시 끙끙거린다.

어제는 동물원을 방문했다. 버스 환승으로 짬이 난 덕분에 가장 가 까운 주요 도시에 있는, 파르케에서 여덟 시간 떨어진 곳을 찾아갔 다. 다리를 쭉 뻗을 시간도 필요했고, 무엇보다 그저 이 동물원을 한 번 보고 싶었다. 내가 듣기로는 파르케의 일부 동물들이 이 동물원 에서 왔다고 했다. 도시 한가운데 자리한 그곳은 콘크리트 도로, 뜨 겁고 눈부신 햇빛, 팝콘 수레, 다닥다닥 붙어 있는 케이지가 제멋대 로 널브러진 장소였다. 가족, 견학 온 학생들, 관광객, 손을 맞잡은 연인으로 넘쳐났다. 아이들의 웃음소리와 카메라의 선명한 찰칵 소 리. 모두들 즐거운 시간을 보내는 듯했다.

　고양잇과 구역에 다다르자 일렬로 늘어선 반지하 사육장이 모 습을 드러냈다. 그야말로 박스보다 약간 더 큰 정도인, 앞면 유리창 이 달린 사육장이 운송용 대형 나무상자처럼 줄지어 놓여 있었다. 각 사육장은 폭이 고작해야 4미터밖에 안 되어 보였다. 금속 난간에 몸 을 걸치고 아래를 내려다보며 구경할 수 있었다. 붐비는 군중이 꼭

잔칫상에 몰려든 갈매기 같다. 가장 먼저 스라소니. 스라소니는 벽에 딱 달라붙어서 몸을 부들부들 떨었다. 그 옆에서는 수컷 퓨마가 누군가 사진을 찍을 때마다 콘크리트 위에서 두려움에 떨며 근육을 움찔거렸다. 누구라도 그 퓨마를 보았다면 예전에는 몸집이 더 컸을 거라고 말했으리라. 하지만 퓨마의 몸은 쭈그러들었고 꼬리는 분명 오래전에 부러졌으며 털은 헝클어지고 군데군데 뭉쳐 있었다. 오실롯도 그랬다. 잎이 다 떨어진 나뭇가지 위에서 몸을 웅크리고 있는 오실롯의 눈 속은 텅 비었다. 대부분 미동도 하지 않던 재규어들은 몇 년간 한 번도 움직이지 않았던 것처럼 몸을 구부린 채 구석에 엎드려 있었다. 동물들과 달리 사람들은 분주히 움직였다. 관광객과 현지인이 뒤섞여 있었다. 손가락을 가리키고, 웃고, 모여들고, 밀치고, "와" 하고 소리치면서.

마지막 줄에서는 홀쭉한 암컷 퓨마가 쥐 죽은 듯 조용하게 서성거렸다. 어찌 된 일인지 털이 은색에서 회색으로 옅어졌고, 광대뼈가 다 드러날 만큼 야위었다. 미끄러지듯 움직이는 그 모습은 소리 없는 유령이나 다름없었다. 퓨마는 세 발짝 걸어가서 뒤돌아 다시 세 발짝 걷기 시작했다. 또 뒤돌아 걷기 시작했다. 또 뒤돌아 걸었다. 그 퓨마가 얼마나 오랫동안 그렇게 걸었는지 가늠이 되지 않았다. 어쩌면 몇 년이 지났을지 모른다.

어떻게 해야 했을까. 동물원에 항의하는 운동의 일환으로 내 몸을 쇠사슬로 철조망에 묶어 지역 언론과 전국 언론에 호소해야 했을까? 내가 듣기로는 그것이 파르케의 설립을 도운 볼리비아인 자원봉사자, 후안 카를로스의 방식이었다. 그는 전국을 돌며 스스로를 철조망에 묶고, 마을 광장의 케이지에 자신을 가두고, 서커스단에서 다리가 부러진 퓨마를 양팔로 안은 채 나왔다. 폐장한 동물원을 뒤로하고 나오기 전까지, 나는 내가 생각했던 그 어떤 것도 실행으로 옮기지 않았다. 손이 하얘지도록 주먹을 꽉 쥐었다. 나는 기도했다. 훗날, 그 퓨마가 누려야 할 삶을 결코 누릴 수 없다면, 결코 자유로워질 수 없다면, 언젠가 파르케로 오게 되기를.

그들이 없는 자리

누구와도 얘기하고 싶지 않다. 웃음꽃을 피우는 봉사자들을 애써 회피한다. 파우스티노가 식당 위에서 그들을 물끄러미 내려다본다. 파우스티노에게 인사하고픈 마음이 굴뚝 같지만, 모르는 사람들 앞에서 그러기는 싫다. 판치타를 찾으려고 주위를 둘러보지만 온데간데없다. 마리엘라와 후아나가 서로의 머리카락을 손질해주는 모습이 보인다. 시간이 전혀 흐르지 않은 것만 같다. 우리는 서로 수줍게 손을 흔든다. 그 둘은 몸집이 불어난, 얼핏 보기에도 포동포동해진 테앙히를 낑낑대며 밀고 있다. 화가 나서 삑삑대는 테앙히를 보며 애써 엷은 미소를 짓는다. 하지만 가슴이 죄는 듯한 느낌은 더욱 커져만 간다. 검은 털과 작은 머리에 호리호리한 원숭이 한 마리가 쏜살같이 지나간다. 날씬한 팔다리를 흐느적거리는 그 거미원숭이를 가리키며 사람들이 비명을 지른다. 사람들이 굉장히 많다. 원래 늘 이렇게 많았었나? 분명히 쉰에서 예순 명은 될 거다. 천막들이 길을

나와 퓨마의 나날들

따라 되는대로 늘어서 있다. 색깔도 이상하다. 빨간색, 파란색, 주황색. 침대가 부족할 텐데, 내 침대가 없으면 어쩌지? 점점 두려움이 차오른다. 둘레가 활처럼 휜 피오 방사장이 눈에 들어온다. 페투니아도, 나머지 피오들도 전혀 보이지 않는다. 머지않아 밤이 될 것이다. 새장도 조용하긴 마찬가지다. 돌아서려 하는데 갑자기 꽥 하는 소리가 들린다. 나는 목을 쭉 빼고 고개를 이리저리 흔든다.

"로렌소!"

밝은색 깃털로 치장한 금강앵무가 숨어 있던 곳에서 급강하해 내 머리로 덤벼든다. 어떻게 새장 밖에 나와 있는지 모르겠지만 지금 당장 그게 중요한 문제는 아니다. 얼마나 꼴사납게 내려앉는지, 로렌소를 보며 깔깔 웃음을 터뜨린다. 심장 바로 옆, 내 안의 고통이 누그러진다. 나는 땅바닥에 털썩 쓰러진다. 로렌소는 화려하게 주름 잡힌 완벽한 날개를 활짝 펼치더니 내 어깨로 아장아장 내려온다. 그러고선 지난날 수백 번도 넘게 그랬던 것처럼 벌렁 드러눕는다. 나는 간지럼을 특히 잘 타는 아랫배 깃털로 손을 뻗어 부르르 떨며 긁어준다. 나를 기억하고 있다! 정말 기억하고 있다. 로렌소가 가냘픈 다리를 까딱까딱 흔든다. 방금 전 저렇게 다리를 사용해 하늘을 날았던 거다. 더 이상 막대기로 도와줄 필요가 없다! 나는 또다시 웃음을 터뜨린다. 로렌소가 원래대로 몸을 뒤집어 날개를 펴고 날아올라 위로 순항하며 내게 자신의 능력을 뽐낸다. 로렌소는 한 줄기 푸른색이 되어 하늘을 누빈다. 로렌소는 드넓은 원시림을 막힘없이 항해하는 폭풍 속 선원이다. 로렌소가 원기 왕성하게 소리를 지르고 있다.

"프로도."

내가 몸을 돌린다. 새미가 동물 주방 그늘에 쏙 들어간 채로 길가에 서 있다. 그가 방긋 웃는다. "머리 기르고 있구나."

쑥스러웠던 나는 제멋대로 늘어진 포니테일로 다급하게 손을 뻗는다. 새미가 뒤꿈치로만 선 채로 웃는다. 약간 살이 쪘고, 머리카락은 더 짙은 금발로 물들었다. 하지만 작년에 작별 인사할 때 입었던 더러운 빨간색 플란넬 셔츠는 여전하다. 조금 낯선 느낌이다. 뭔가 부끄럽다.

"언제 돌아왔어?" 내가 묻는다. 크리스마스가 지나고 오래지 않아 떠났다는 소식은 들었다.

"한 달쯤 전에." 새미가 나를 유심히 쳐다본다. "벌써 만난 사람 있어?"

"밀라. 와이라 얘기는 들었어." 목소리의 떨림을 추스르느라 애쓴다.

새미가 입술을 깨물며 끄덕인다. 그러고는 땀범벅인 손으로 나의 손을 잡고 땅바닥에서 일으켜 세워준다. 포옹은 없다. 그저 서로의 말을 기다리며 어색하게 같이 서 있을 뿐이다.

"또 누가 있어?"

"해리가 어제 돌아왔지."

끄덕끄덕. 페이스북으로 봐서 이미 알고 있었다. 애써 침착하려 한다. 사실 해리와의 일이 아주 오래된 것처럼 느껴진다.

"톰이 온 지는 몇 주 됐고." 새미가 재빨리 말을 이어간다. "나머지 봉사자는 다 새로 왔어. 지금은 완전 떼거지야! 쉰 명쯤 되려나,

말도 안 되지." 그가 웃는다. 로렌소가 들은 모양이다. 새미의 머리 위로 내려앉아 부리를 새미의 귀에 부드럽게 찔러 넣는다. 새미가 손가락을 펴서 로렌소를 쓰다듬는다. 빛이 빠르게 스러져가면서 우리 모두는 이제 어둑한 형체에 지나지 않는다. 새미는 새장으로 걸어가 낑낑대며 문을 연다. 내가 떠날 때쯤 금강앵무 케이지 빗장이 망가졌다. 나도 문으로 가서 새미를 거든다. 역시 아직도 망가져 있다. 체념한 나는 웃으며 고개를 절레절레 젓고, 손을 흔들어 얼굴 주위의 모기를 몇 마리 쫓아낸다.

"로렌소는 이제 반은 자유야. 알고 있었어?"

"자유라고?" 나는 로렌소를 쳐다본다. 새미의 부스스한 머리카락 둥지를 제 것인 양 발로 움켜쥐고 있다. "얘가 어떻게……."

"낮에만. 혼자서도 날 수 있고 스스로 먹이도 구한다고." 새미가 자랑스러운 표정으로 웃는다.

로렌소가 날개를 부풀린다. 새미가 자기 얘기를 하는지 알고 있다. 자유. 로렌소의 야생성은 완전하지 않다. 그렇다고 아예 잃은 것도 아니다. 우리가 새장에 들어가는 동안, 마지막 황혼이 철조망 그물로 내리쬐는 방향을 바꾸면서 십자 무늬 그림자가 땅을 가로지른다. 나머지 금강앵무들은 모두 조용하다. 벽에 뒤죽박죽으로 설치된 '밤의 집'으로 들어가 이미 잠들었다. 이제 들리는 것이라곤 깃털이 부드럽게 버석거리는 소리와 부리로 날개를 다듬는 소리뿐이다. 담요가 세상을 뒤덮듯 밖에서 밤이 내린다.

그때 새미가 나를 향해 몸을 돌린다. 얼굴이 창백하다. 서늘한 냉기가 가슴을 파고든다.

"뭔데?" 마음의 준비를 하고 작게 속삭인다.

새미가 침을 꿀꺽 삼키고 자꾸 시선을 피하다가 어금니를 꽉 문다. 로렌소가 새미의 창백한 볼에 바짝 달라붙었다. 또 누군가 죽었구나 하는 생각뿐이다. 또다시 두려움이 세차게 밀려든다. 와이라. 사람들이 그를 찾은 걸까……

"판치타가, 지난주에……." 새미의 목소리가 갈라진다.

나는 그를 멍하니 바라볼 뿐이다. 새미의 눈에 눈물이 차오른다. 그는 거칠게 눈물을 닦으면서 조용한 새장 한구석의 작은 집 안으로 로렌소를 부드럽게 밀어 넣고 커튼을 친다.

"판치타가 죽었어. 도로에서……."

"트럭에 치인 거야? 또 그 트럭에?"

새미가 암울하게 고개를 끄덕인다. "벌목 트럭. 수가 엄청나. 작년보다 훨씬 많아졌어." 그러고는 말을 멈추고 침을 꿀꺽 삼킨다. "즉사했어." 새미가 나의 손을 잡는다. 너무나 뜻밖이라 몸이 움찔한다. 작년에 이곳을 떠나기 전에 새미와 친구라고 생각하긴 했지만 결코 친하지는 않았다. 제인이나 패디와 같은 사이는 아니었다. "코코 옆에 묻어줬어."

새미의 손 감촉이 너무 낯설어서 손을 빼낸다. 내 손바닥이 땀으로 축축해졌다. 입을 한 번이라도 떼면 내 안의 뭔가가 폭발할 것만 같다. 그러면 터져 나온 창자가 잎이 뾰족뾰족한 저 무루무루 야자수 가지에 걸리고, 꼭 커다란 씨앗 뭉치처럼 천천히 땅에 떨어져 차례대로 새들의 먹이가 될 것이다. 그래서 아무 말도 하지 않는다. 이제 나는 새미와 함께 절뚝절뚝 새장 밖으로 나온다. 끝없이 버스를 타느라 몸이 말을 안 듣고 상태도 좋지 않다. 새장 문을 닫는다. 제일 먼저 나타났을 별이 밋밋한 하늘에서 희미하게 빛난다. 그 별을 물끄러미 올려다본다. 눈을 깜박이며 눈물을 참는다. 어두워진 숲 천장, 그 그림자의 윤곽이 들쭉날쭉하다. 오직 황혼의 마지막 붉은빛만이 숲에 매달린다. 나무를 어둡게 뒤덮은 흉포한 침상엽과 대지가 함께 붉은 피를 흘린다. 공기가 갑자기 무겁게 느껴진다.

　이곳에 처음 왔을 때 기분이 어땠는지 생각난다. 잠에 들 수가 없었다. 정글은 시끄러웠다. 더없이 격렬한 심장 박동으로 가득 찼다. 내가 그토록 듣고 싶어 했던 심장 박동, 몇 달간 꿈꿔왔던 그 소리는 이제 이곳에 없다. 절대로 다시 듣지 못할 것이다.

모기장 사이로 보이는 숙소를 응시하고 있다. 새미가 침대를 같이 쓰게 해줬다. 산타크루스의 1층 침대. 내가 썼던 침대는 누군지 모를 다른 사람이 차지했다. 방이 꽉 차 답답하다. 새미가 아량을 베풀지 않았더라면, 지금쯤 다른 데서 빌려온 천막에서 자고 있을 것이다. 나를 포함해서 총 열 개의 몸이 작은 침대 여섯 개에 짓눌려 있다. 그들 속에 톰과 해리도 있다.

　새미는 벽에 최대한 밀착했고, 나는 좁아터진 매트리스 구석에서 몸을 웅크리다가 하마터면 얇은 모기장 밖으로 떨어질 뻔했다. 파우스티노는 우리 둘 사이에 끼인 채로 보잘것없는 기쁨을 왈칵 발산하며 이따금 나의 한쪽 목 땀을 몰래 핥는다. 파우스티노의 작은 손이 내 가슴을 지그시 누른다. 나는 축축하고 곱슬곱슬한 털을 만져본다. 파우스티노는 입술을 오므린 채 잠들어 있다. 파우스티노가 내뱉은 숨에 수염이 부르르 떨린다. 이 열 개의 몸 중에 코코가 없다는 게 이상하다. 파우스티노가 어떤 기분일지 상상할 수가 없다. 외로움. 슬픔. 혼란스러움. 난 살며시 파우스티노의 손을 좀 더 꼭 쥐고, 내 손안에 말린 손가락을 느껴본다.

와이라의 목걸이가 부서진 채 남아 있다. 바로 어제. 새미와 해리와 톰이 함께 도로에 누워서 다른 봉사자들의 낯선 눈초리는 무시한 채 틈틈이 말해주었다. 와이라는 나무를 타고 올라가 덩굴 사이로 내려오다가 걸려서 바닥에 떨어졌고 바로 달아났다. 와이라는 로렌소와 달리 삶을 헤쳐 나가는 법을 배운 적이 없었다. 다른 퓨마를 만나보지도 못했고, 경계하는 법을 배운 적도 없었다. 어미가 필요했던 시기에 어미는 희생양이 되었다. 와이라에게는 봉사자밖에 없었고, 우리는 그에게 절대로 알려줄 수 없었다. 사냥하는 법을, 자신을 보호하는 법을, 인간의 도움 없이 먹이를 구하는 법과 사랑하는 법을. 와이라와 같은 동물들을 방생하지 않는 이유가 있다. 밖에 나간 와이라에게 좋은 선택지란 없다. 굶어 죽을 수도, 다른 고양이와 영역권을 두고 다투다 죽을 수도, 차에 치일 수도, 다시 포획되어서 도시의 끔찍한 동물원으로 보내지거나 쇠사슬에 묶여 애완동물이 될 수도, 총에 맞을 수도 있다.

파우스티노의 갈비뼈를 덮은 부드럽고 얇은 살갗 위에 내 손을 올려놓는다. 파우스티노가 아주 천천히 숨을 들이쉬고 내쉬는 모습을 보자 목구멍 뒤쪽이 눈물로 메워진다. 나는 코를 세게 문지른다. 숨겨지지 않는 목멘 소리가 왈칵 터져 나온다. 숨이 턱 막히더니 갑자기 숨을 전혀 쉴 수가 없다. 손으로 입을 틀어막고 이를 악문다. 새미가 살짝 뒤척여서 건초 매트리스가 물결친다. 손바닥에 손톱이 박히도록 주먹을 쥐어보지만 소용이 없다. 모두가 들을 만큼 요란하다. 잠을 청하는 사람들, 쥐들, 문밖에 달린 오래된 둥지 속의 벌들. 벽을 쏘다니는 거미들. 높은 곳에 앉은 올빼미, 지붕에 자리한 작은 집 속의 테앙히. 숲 천장에서 잠든 야생 원숭이들, 사냥 중인 야행성 동물들. 눈물이 뺨을 타고 줄줄 흐른다. 도저히 막을 수가 없다.

새미가 똑바로 돌아눕는 소리가 들린다. 파우스티노도 마찬가지다. 그들은 뭐라고 말을 하거나, 움직여서 나를 만지려고 하지도 않는다. 새미에게는 우는 소리를 절대로 들려주고 싶지 않다. 새미가 주변에 있으면 나 자신이 어찌나 의식되는지. 새미는 지나치게 웃고, 지나치게 시끄럽다. 하지만 지금만은 조용하다. 들리는 소리라곤 오직 내 울음소리뿐이다. 목멘 울음을 진정시키는 데는 꽤 오랜 시간이 걸린다. 마침내 호흡이 정상으로 돌아오기 시작하자 파우스티노가 나의 어깨와 목 사이 우묵한 공간으로 기어 들어와 내 축축한 뺨에 손을 얹는다. 그러고는 한 팔을 내 목에 둘러 꼭 껴안는다. 또다시 눈물이 차오른다. 방금과는 다르다. 뜨거운 눈물만이 비집고 나와 천천히 흘러서 파우스티노의 털로 떨어진다.

새미가 고개를 돌린다. 창문의 방충망 사이로 비친 희미한 푸른 달빛에 코의 실루엣과 부스스한 긴 머리 그림자가 보인다.

"너무 이상하지. 그 애들이 없으니까."

벽 바로 옆의 나무가 지붕을 건드린다. 부드럽게 긁는 소리가 난다. 녹은 은처럼 어슴푸레한 달빛을 떠올려본다. 어둠 속을 밝히는 그 빛줄기를. 나는 재빨리 고개를 끄덕인다. 애써 웃으려 하지만 엉망진창으로 꺽꺽댈 뿐이다. 마침내 간신히 입을 뗀다. "이제 우리 속옷은 누가 훔쳐 가지?"

새미가 웃는다. "서까래 안을 확인해보는 게 좋을걸. 파우스티노에겐 아직 훌륭한 브라 컬렉션이 있을 거야. 난 적어도 네 벌은 없어졌어."

나도 웃으며 손등으로 코를 훔친다. 우리는 함께 어둠 속을 바라본다. 잠들었구나 하고 생각하던 차에 나직한 목소리가 들려온다.

"여기 돌아오기 직전에 난 미국에서 일을 네 가지나 하고 있었어. 항우울제를 먹고 있었지. 그보다 불행할 수 있었을까 싶어."

나는 놀라움을 삼키며 천천히 돌아눕는다. 새미가 나의 팔에 살며시 손을 얹는다.

"이곳에서의 하루가 아무리 최악이더라도 집으로 돌아가는 것보다는 훨씬 나아."

나는 침을 꿀꺽 삼킨다. 파우스티노는 우리 둘 사이로 녹아들어 다시 자리를 잡는다. 꼬리를 새미의 목에 두르고 팔 한 짝을 내 다리에 걸친다. 새미의 예쁘장한 뺨과 부스스한 머리카락을 바라보고 있자니 고마움이 벅차오른다. 나른해진 나는 베개에 몸을 맡긴다.

"파우스티노가 코코를 그리워한다고 생각해?"

새미가 한숨을 쉬며 자세를 고친다. 침대가 끽끽거린다. "응."

나와 퓨마의 나날들

잠시 후, 난 다시금 파우스티노의 손을 가만히 내 손안에 둔다. 처음에는 아무 느낌도 없었지만, 이윽고 가느다란 털투성이 손가락이 내 손가락을 움켜쥐는 미약한 압력이 느껴진다.

다음 날 아침, 밀라와 함께 벤치에 앉아 있다. 파우스티노는 지붕 위에서 아침 노을을 향해 홀로 고함친다. 숙소 뒤편의 하늘은 엷은 분홍빛의 장미색, 나무들은 구릿빛으로 얼룩졌다. 코코가 없으니 너무나도 외로워서 외치는 걸로밖에 들리지 않는다. 밀라의 얼굴은 대체로 부드러워 보인다. 새벽빛이 밀라의 살짝 휜 코와 제멋대로 뻗친 긴 머리카락을 물들이고 청바지 주위를 어슴푸레 비추며 길게 늘어진다. 하지만 입가의 주름은 빽빽하고 이맛살은 깊게 파여 뚜렷하다. 기진맥진해 보인다. 밀라의 눈은 거미원숭이 모로차에게 고정되어 있다. 모로차는 안뜰에 대자로 누워 바닥에서 개미를 집어 올려 아무것도 모르는 봉사자들에게 휙휙 튕긴다. 밀라가 무릎 사이에 카우보이모자를 꽉 끼운 채 벽에 등을 기댄다. 얼굴에 그늘이 졌다. 밀라는 체념한 표정으로 한숨을 내쉰다.

"에야 에라 우나 마스코타. 코모 라 마요리아(모로차도 애완동물이었어요. 대부분 그렇듯이)."

모로차는 한때 애완동물이었다. 가족의 집을 망가뜨렸다는 이유로 이곳에 오게 되었다고 밀라는 말한다. 더 이상 모로차를 원하지 않았던, 더는 모로차를 보고 재미를 느끼지 못했던 그들은 이곳에 그를 버렸다. 어미도 친구도 없는 모로차를. 모로차는 어리고 미숙하다. 다만 침대가 나무보다 편하다는 걸 잊을 만큼 어리고 미숙하진 않다. 오늘 아침 다섯 시, 모로차는 산타크루스에 침입해 침대의 모기장을 전부 끌어내렸고 내 베개에 오줌을 갈겼다. 모든 것이 철저히 파괴된 뒤에야 우리는 모로차를 내보내는 데 성공했다. 톰을 미끼로 삼았던 건데, 톰은 숙소 밖 땅바닥에 앉아 모로차가 무릎에 기어 올라올 때까지 기다렸다. 톰을 끌어안은 모로차의 두 눈, 분홍색 바다 한가운데 놓인 짙은 갈색의 두 눈은 기쁨으로 가득 찼다. 아니, 사악함이었는지도 모르겠다. 밀라가 말하기를, 정부의 승인을 얻을 때까지 그리고 나머지 거미원숭이들과 함께 지내도록 다른 생추어리로 보낼 때까지 여기서 모로차를 돌볼 예정이라고 한다. 그러면 이곳에 원숭이는 오직 둘, 파우스티노와 다윈만 남게 된다. 새로운 고함원숭이 다윈은 달리던 차의 창문 밖으로 던져졌다가 이곳에 오게 되었다. 늘 울부짖고, 파우스티노의 미움을 받고 있다.

나는 고개를 돌려 숲을 멍하니 바라본다. 와이라가 저곳에 있다면 어떨까 잠시 상상에 빠진다. 사라지지 않은, 진짜 와이라. 털은 청회색 음영의 색, 갈색빛 하늘의 색. 먼지바람의 냄새. 눈은 검은색 줄이 간 파투후의 색. 나를 돌아보는 와이라. 꼬리는 높이. 턱은 포개진 두 앞발 위에.

밀라가 일어나 배낭을 메고 모자를 쓴다. 숲이 흐려지더니 그 깊이가 사라져 평면이 되고 끝내 안개와 형태만 남는다.

"바모스(이리 와요)."

밀라가 나를 어디로 데려가려 하는지 모르겠다. 안개가 더욱

나와 퓨마의 나날들

더 짙어진다. 사람들의 형체가 스쳐 지나가지만 누군지 알 길이 없다. 턱수염과 플란넬 셔츠의 흐릿한 윤곽뿐이다. 파우스티노의 요란한 고함 소리가 불쑥 커졌다가 잦아든다. 어렴풋하지만, 새장 쪽에서 빅 레드의 웃음소리와 태양히의 높고 공격적인 삑삑 소리가 들려온다. 그리고 더 높은 외침도 들린다. "돈 두 댓!" 나는 손가락으로 셔츠 소매 끝부분을 잡는다. 워낙 꽉 쥔 탓에 단추가 내 살갗에 움푹 파인 하얀 자국을 남긴다. 단추를 놓으니 막혔던 피가 다시 흐르면서 자국이 진홍색으로 바뀐다. 나는 고개를 끄덕이며 일어선다. 그리고 밀라를 따라 잠자코 캠프를 나선다.

또 다른 커다란 고양이를 맡다

정글의 소리가 전부 들려오지만, 어쩐지 아무 소리도 느껴지지 않는다. 공허함에 빠진 나에게는 쥐 죽은 듯 고요하다. 정글은 혼란스러워하는 듯하다. 냄새는 전보다 짙지만 축축하지 않고 상쾌함도 덜하다. 구석구석 배어든 부패의 현장, 스멀스멀 새로이 생장하는 생명, 내가 다시금 놓친 또 다른 우기의 쇠퇴. 우기에 대한 평판이 아무리 끔찍하더라도 상관없다. 그때 이곳에 있었더라면 얼마나 좋았을까.

　우리 앞에서 길이 구불구불 이어진다. 처음에는 어깨를 짓누르는 중압감밖에 느껴지지 않는다. 나는 고개를 숙이고 밀라의 노란색 고무장화 뒷면을 응시하며 휘청휘청 걸어간다. 우리는 말없이 길을 따라 걷는다. 와이라의 마녀 나무들을 지나 큰 석호 옆 모퉁이로 진입한다. 밀라는 나를 어디로 데려가는 걸까. 어쨌든 와이라의 석호로 가는 건 아닐 텐데. 그게 아니라면 관심이 갈 것 같지 않다. 다시는 와이라를 보지 못할 것이다. 온갖 소리가, 온갖 냄새가 나를 스쳐 지나간다. 발이 땅에 닿은 감촉만 제외하면 나는 여기에 없다. 부에노스아이레스로 돌아가 찐득찐득한 플라스틱 침대에 눕거나 런던으로 향하는 비행기에서 와인을 마시며 지긋지긋한 〈프렌즈〉를 정주행할 수 있을 것이다.

나는 몸을 부르르 떨며 살며시 미소 짓고는 위를 올려다본다. 정글은 어두컴컴하다. 해가 구름에 가려진 게 분명하다. 자욱한 안개로 덮여 고르지 않은 어둠과 모기들의 격한 윙윙 소리에 적응해 간다. 바로 오른편에 물웅덩이가 있다. 커피처럼 검은 끈적한 웅덩이는 대나무와 덩굴과 함께 이리저리 뒤엉켜 있다. 더없이 짙은 초록색 죽순은 워낙 곧게 뻗어서, 꼭대기에 펄럭이는 띠를 묶어두면 창으로도 쓸 수 있을 것 같다. 물웅덩이에는 아나콘다와 카이만이 사는 것 같다. 늪과 비슷한 단내가 난다. 별안간 해가 나타나 물웅덩이가 유리처럼 반짝반짝 빛난다. 뿌리 덮개로 뒤덮인 축축한 땅을 보라색 난초가 폭포처럼 흐르며 흩뜨려놓는다. 바닐라 향이 코로 훅 들어온다. 긴 통나무가 물 위로 낮게 걸쳐 있다. 와이라가 그곳에 누워 따스한 나무껍질에 볼을 기대고 웅덩이 표면에 비친 빛을 바라보는 모습이 떠오른다.

몸을 돌리니 밀라가 입가에 반쯤 미소를 머금고 나를 바라보고 있다.

"크레오 케 아 와이라 레 구스타리아 에스테 루가르(와이라가 여 길 좋아할 텐데)."

나는 쓴웃음을 짓는다. 와이라는 이곳을 좋아할 것이다.

"와이라가 괜찮을 거라고 생각하나요?" 가까스로 용기를 내 작 게 묻는다.

밀라가 막 답하려 할 때, 낮고 거친 포효가 불쑥 숲을 뚫고 터 져 나온다. 나는 깜짝 놀라서 밀라의 팔을 붙잡는다.

"밀라! ¿케 에스(뭐예요)?"

밀라가 고개를 떨군다. 이 장소가 주는 모든 기쁨이 밀라의 눈 밖으로 슬그머니 빠져나간다. 포효는 이윽고 짖는 소리처럼 변했다 가 먹먹한 메아리가 되어 애처롭게 울려 퍼진다. 위험이 가까이 있 지는 않은 듯해서 나는 밀라의 팔을 놓는다.

"이스크라예요." 밀라가 마침내 입을 뗀다. "엘 레온."

"사자라고요?" 나는 소리치고, 밀라는 다시 발걸음을 옮긴다. 나는 밀라의 뒤를 따라 종종걸음으로 거리를 좁힌다. 볼리비아엔 사자가 살지 않는다고!

"라우리타, 이곳을 떠났을 때 고양이가 몇 마리였죠?" 밀라가 한숨을 쉰다.

잠시 생각한다. "열여섯 마리 아닌가요?"

밀라가 끄덕인다. 머리카락이 그의 얼굴에 그늘을 드리웠다. 이제 보이는 것이라곤 반쯤 내리깐 검은 눈과 입가의 거친 주름살 뿐이다. "이제는 스물한 마리예요." 입이 떡 벌어진다. 다섯 마리나 더 있다고? 사람들이 이번 우기에 고양이 다섯 마리를 위한 방사장을 찾고 만들어야 했다고? 나는 대륙을 돌아다니며 줄곧 일광욕만 했는데? 나를 돌아보는 밀라의 표정을 보니 도저히 움직일 수가 없다. "이스크라는 서커스단에서 왔어요. 제 생각엔 얼마 안 있어서 정부가 동물 서커스를 금지할 거예요. 전 세계에서 최초로 시행하는 나라가 되겠죠. 하지만 그 동물들은……" 밀라의 눈은 슬픔에 잠겨 있다. "그들은 어디로 가죠? 여기로?" 밀라가 코웃음을 친다. "이스크라는 아프리카에서 태어난 사자예요. 로라의 숙소보다 작은 케이지에서 살고 있죠. 이스크라에게 적합한 방사장을 만들어주려면 어떻게 해야 하죠? 그렇지만 우리가 이스크라를 어떻게 외면할 수가 있겠어요? 만약 외면했다면 이스크라는 어디로 갔을까요?"

내가 대답하길 바라는 눈치다. 자신이 무엇을 해야 할지에 대한 실마리를 하나라도 찾으려 하는 듯 밀라의 눈이 내 얼굴을 훑는다. 하지만 내가 뭐라고 말해줄 수 있을까? 나는 쓸모없는 미술 전공생, 외지인인데. 결국 우리는 그저 또다시 걸을 뿐이다. 밀라의 어깨가 구부정하다. 햇살이 작게 구멍 난 잎사귀 숲 천장을 투과해 별처럼 빛난다. 하지만 내 눈에는 엉뚱한 대륙의 케이지에 갇혀 울부짖는 사자만이 보인다. 밀라가 나에게 말한다. 새끼 재규어가 오토바이를 타고 여기 왔다가 곧 돌아가버렸다고. 이스크라가 온 지 이틀째 되던 날, 자신과 아구스티노가 해서는 안 될 일을 저질렀다고. 그 조그마한 재규어를 돌려보냈던 것이다. 정말로 사람이 없었고 재규어를 들일 곳도 없었기 때문이다. 오토바이가 저 멀리 사라질 때 재규어의 가냘픈 울음소리가 그들의 귀에 들려왔다.

와이라. 그가 어디에 있든, 그의 얼굴에 산들바람이 불고 햇살이 내리쬐고 있다면 좋겠다.

또다시 위를 올려다본다. 이번에는 우리가 어디에 있는지 알겠다. 뾰족뾰족한 가시나무의 장막, 걷는 야자수walking palm의 숲, 코끼리 얼굴을 연상시키는 거대한 교살자무화과나무. 이 길을 얼마나 많이 걸었는지 모르겠다. 작년 말, 몇 달간 이어진 공사 작업으로 넓어졌던 길이다. 그런데 지금은 우기를 거치며 수풀이 고스란히 복구되었다. 정글의 짙은 녹색에 파투후 꽃잎의 붉은색이 더해졌다. 나는 밀라를 향해 돌아서서 묻는다.

"설마 사마예요?"

밀라가 웃는다.

두려움이 엄습한다. 다른 고양이를 배정해주려 하는구나. 그것도 사마를! 사마는 화를 내고 머리를 들이받고 이빨로 창살을 꽉 물면서 으르렁댄다고! 매일 밤 흡연 오두막에서 카타리나는 제정신이 아닌 채로 눈물을 쏟아냈다. 나는 절망적인 심정으로 고개를 돌려 바짝 마른 거대한 뿌리를 가볍게 쓸어내린다. 껍질이 차갑다. 난 못 해. 이것 때문에 돌아온 게 아니라고. 이 짓을 또 할 수는 없어. 제발…….

"*라우리타*." 밀라가 마체테 옆면으로 내 가슴팍을 꾹 누른다. 나는 숨을 여러 번 깊이 들이쉰다. 밀라가 나의 대답을 기다리고 있다. 이스크라의 포효가 희미하게 울려 퍼지고, 어딘가에서 그에 응답하는 울음소리가 들려온다. 피곤한 듯 깊게 팬 밀라의 눈가 주름을 보는 것이 괴롭다. 밀라의 얼굴은 고통으로 뻣뻣하게 굳어 있다. 마음이 좋지 않았다. 코코가 세상을 떠났을 때 이곳에 없었던 것이,

코코의 얼굴을 보지 못했던 것이. 하지만 나는 떠났고, 밀라는 남았다. 그건 밀라의 선택이라고 말할 수도 있을 것이다. 사마에게는 선택권조차 없었다.

밀라가 내 표정이 바뀌는 것을 지켜본다. 나는 아주 길게 심호흡하며 숨을 고른다. 그리고 함께 다시 걷는다.

몇 초나 지났을까, 밀라가 외친다. "¡올라, 사마(안녕, 사마)!"

"¡올라, 사마!" 살짝 갈라진 목소리로 밀라를 따라 외친다.

우리 눈앞의 길이 방사장 정면에 가 닿는다. 방사장을 보자마자 곧바로 충격에 빠진다. 내가 한창 공사하던 때와는 천양지차다. 철조망이 내 키보다 두 배 이상 높아졌다. 다이아몬드 모양의 굵은 그물코가 팽팽히 당겨진 채 햇빛에 반짝인다. 상단 철조망 기둥이 구부러져 있고 그 부분의 그물코 또한 안쪽으로 말려 있다. 방사장이 얼마나 마음에 큰 인상을 남기는 곳인지 잊고 있었다. 잘 다져진 좁은 길이 양방향으로 갈라져서 철조망 외부를 휘감는다. 이곳에서는 철조망의 모퉁이도, 다른 쪽 측면도 보이지 않는다. 가슴속에서 무언가 벅차오른다. 경외감. 이곳의 규모가 얼마나 큰지 기억한다. 2백 미터가 넘는 둘레. 2천 제곱미터(500평)도 넘는 내부. 정사각형이 아닌 특이하게 구불구불 꼬인 형상. 원래 있던 오래된 붉은색 케이지는 철조망 한쪽에 치워둬서, 나중에 덧붙인 것만 같다. 내가 떠날 때만 해도 아직 공사 부지나 다름없었다. 그런데 지금은…….

"쥐라기 공원 같다." 내가 중얼거린다. 공룡의 탈출도 막을 듯한 대규모 철조망에 이런 정글이라니! 아직 녹슬지도 휘어지지도

나와 퓨마의 나날들

않은 빛나는 철조망이 이리저리 뻗어 나가고 있다. 이렇게 큰 숲에 철조망을 친다는 건 보통 일이 아니다. 나무 꼭대기가 철조망 밖으로 터져 나와 옆면에서 폭포처럼 쏟아진다. 공사 작업 도중에 갑론을박이 벌어졌던 것이 기억난다. 어떤 나무들은 백 살이 넘었고 크기도 거대하다. 수많은 새와 원숭이와 곤충이 그곳에서 먹이를 얻는다. 다람쥐원숭이 떼가 모이는 곳이기도 한데, 녀석들은 심지어 지금도 케이폭나무 한 그루의 가지 주변을 빙빙 도는 중이다. 빠르게 한 대 얻어맞은 듯 엄청 흥분한 상태다.

해리와 패디와 브라이언을 포함한 몇몇 사람들은(대체로 외지인이었다) 이 나무들을 잘라내길 원했다. 수많은 나무가 쓰러지곤 하는데, 이 나무들이 쓰러지면 몇 달간 수천 달러를 들여 만든 철조망이 뭉개질 거라는 이유였다. 반면에 밀라와 아구스티노와 오시토, 작업을 담당했던 나머지 아이들에게 벌목은 선택지에 없었다. 그들에게는 그런 위험을 감수할 가치가 있었다.

늦여름의 열기 때문에 청바지와 셔츠가 잠수복이 되고 있는데도 두려움에 몸이 덜덜 떨린다. 이리저리 둘러보며 위험천만한 재규어를 찾아본다. 그르렁, 쾅, 으르렁 소리를 예상하면서. 하지만 고요만이 맴돈다. 밀라는 이미 철조망 옆에서 침착하게 몸을 숙였다. 나는 덤불을 들여다보며 어둠 속을 샅샅이 훑는다. 파투후가 초록빛을 번득이며 툭 비어져 나왔다. 초조한 마음으로 밀라를 돌아보고 '어, 그런데 얘가 어디 있는 거죠?'라고 질문을 하려는 찰나, 깜짝 놀라서 뒷걸음질친다. 심장이 목구멍까지 올라올 뻔했다.

철조망 반대편에 사마가 누워 있다. 밀라의 얼굴과 한 뼘도 안 되는 거리다. 햇살이 내리쬐는 각도 때문에 철조망이 보이지 않아 사마가 보통 고양이인 것만 같다. 친구와 함께 햇볕을 즐기는, 그저 엄청 거대할 뿐인 고양이. 사마는 파투후를 가볍게 툭툭 두드려서 스스로의 보금자리를 만들었다. 사마의 황금빛 호박색 몸은 건초의 누런색으로 녹아들다가 배와 턱 밑에서 흰색으로 바뀐다. 그 몸이 변화무쌍한 반점 무늬와 함께 뿌리 덮개로 덮인 얼룩진 땅 속으로 사마를 숨겨버린다. 조용한 사마. 사마의 얼굴에 비친 표정이 이렇게나 분노와 먼 것은 처음 본다. 사마는 눈을 가늘게 뜨고 태양을 바라본다. 끝이 조금 잘린 두 귀가 덤불 속 무언가로 향한다. 고개를 아주 살짝 위로 젖힌다.

밀라가 철조망 위에 손을 얹는다. 사마가 그를 돌아본다. 사마의 눈은 몇몇 색조가 더 엷고 밝은 호박색인 것만 빼면 밀라와 거의 똑같다. 나는 마음을 다잡는다. 마지막으로 본 사마는 케이지를 뚫고 나와 날 죽이려 했다. 하지만 지금은 나른한 듯 혀를 말고 늘어지게 하품을 할 뿐이다. 그러고는 궁둥이를 깔고 앉아 앞다리와 어깨의 근육을 쭉 펴고 거대한 양발을 나란히 놓고서 몸을 앞으로 기울여 밀라의 손바닥을 핥기 시작한다.

나는 탄성을 터뜨린다. 밀라가 나를 흘끗 바라본다. 사마의 눈빛에 몸을 꼼짝할 수가 없다. 사마가 마치 나를 샅샅이 훑어보는 느낌이다. 움직일 수가 없다. 내가 무서워한다는 걸 사마는 알 거다. 이곳에 오고 싶지 않았다는 걸 알 거라고! 사마가 그 거대한 마음으로 나에 대해서 곰곰이 생각해보고 있는 것이 느껴진다. 그래서 앤 누군데? 예전에 좁은 공간에 갇혀 고통 섞인 비명을 지를 때에는 아무것도 듣지 못했을 것이다. 이제는 모든 것을 들을 수 있다. 사마는 입을 열어 부러진 큰 송곳니를 드러내고, 나는 몸을 움찔한다. 사마는 이제 나를 업신여기듯 꼬리를 휘젓고 저 멀리 걸어간다. 호피무늬가 근육을 따라 움직인다. 보송보송한 검은색 귀 양쪽에 선명하게 물든 노란색 점이 꼭 눈처럼 나를 지켜본다. 나는 이제야 숨을 토해낸다. 머리가 아찔하다. 귀 주변에서 모기가 앵앵대는 것도 눈치채지 못했다. 사마가 내 앞에 확 트인 땅을 가로지른다. 무성한 파투후가 쫙 갈라지더니 흔들리는 꼬리 뒤로 닫히는 것처럼 보인다. 사마는 이제 사라졌다. 자신의 정글로. 나는 숨을 죽인 채 나뭇잎을 꼼꼼히 살핀다.

"다시 올까요?" 내가 작게 묻는다.

돌아선 밀라의 얼굴에 묵묵한 인내의 표정이 스친다. 내가 혼자 힘으로 알아내길 기다리고 있다. 가슴이 철렁 내려앉는다. 사마는 아마 돌아오지 않을 것이다. 왜 그러겠는가? 내가 이곳에 있고 싶어 한다는 사실을, 이곳에 있을 가치가 있다는 사실을 사마에게 증명하지 않는 한 말이다. 무슨 말을 해야 할지 모르겠지만, 어떻게든 단어를 골라내려 애쓴다.

"사마는 이제 행복할까요?" 행복이란 단어를 숨죽여 말한다. 감히 큰 소리로 말할 수 없다는 듯이. 밀라는 뺨을 타고 흐르는 눈물을 감추지 않고 아름답게 환히 웃는다.

"크레오 케 시(그런 것 같아요)." 밀라가 망설이며 철조망을 잡고 일어난다. "이제 선택권이 있으니까요. 그렇지 않나요? 원한다면 저 멀리 가버릴 수 있죠. 사마에겐 존엄성이 있어요. 누구나 요구할 수 있는 것이죠."

머리만큼 높은 파투후 덤불이 저 멀리 오른쪽부터 흔들린다. 아마도 사마는 저기로 갔을 것이다. 다람쥐원숭이들이 기겁한 듯 끽끽거리며 후다닥 달아난다. 나뭇가지 사이를 뛰어다니며 더 안전한 새로운 지평선을 찾으러 밖으로 튀어 나간다. 내 장화에서 들끓는 개미들의 행렬은 원숭이와 반대 방향인 방사장으로 향한다. 개미들이 옮긴 나뭇잎이 꼭 채색된 도자기 파편처럼 희미하게 빛난다. 고개를 저어도 얼굴에서 미소를 떨쳐낼 수가 없다. 그래서 나는 웃는다. 카타리나에게 말해주고 싶어 입이 근질근질하다. 카타리나는 지금 런던에서 치과 의사로 일하고 있다. 치과 의사라니! 이메일을 주고받기 전까지는 카타리나가 무슨 일을 했는지 물어보지도 않았다. 가슴이 벅차오른다. 바로 여기다. 내가 빚까지 지고 친구와 가족을 모두 실망시킨 이유. 내가 돌아온 이유.

"그라시아스(고마워요), 밀라."

고개를 끄덕이는 밀라의 금빛 갈색 눈이 반짝인다. 우리는 방사장을 지으려고 모두 열심히 일했다. 그리고 그만한 가치가 있었다. 정말로 가치 있는 일이었다. 밀라와 나는 방사장 둘레를 따라 걷기 시작한다. 밀라가 앞서가고, 나는 그의 장화 뒤꿈치를 따라간다.

"아시 에스 코모 레 다모스 아 사마 수 카미나타 포르 라 셀바." 방사장을 한 바퀴 돌면서 밀라가 어깨 너머로 말한다. 이것이 사마가 정글을 산책하는 방식이라고. "원한다면 따라오겠죠. 안 그래요?"

어디선가 사마가 우는 소리가 들린다. 발끈 성을 낸 듯 크게 한

나와 퓨마의 나날들

번 내지른 아름다운 소리. 이곳에 어울리는 소리. 지금 당장은 바쁘다고 말하는 것 같다. 우리를 조금이라도 신경 쓰고 있다면 말이다. 우리를 둘러싼 정글은 잠시도 멈추지 않는다. 그치지 않는다. 단지 유심히 듣고 있다. 항상 그렇다. 개미는 계속해서 전리품을 나르고, 원숭이는 비명을 지르고 뛰어놀고 먹이를 찾으며, 거대한 설치류는 자신의 굴 부근에서 종종걸음을 친다. 거미는 거미집을 짓고, 뱀은 나무옹이 안에서 조용히 잠을 자며, 버섯이 자라고 살아 숨 쉬며 퇴비가 되고 무지개를 만들며, 뿌리가 뻗어 나간다.

와이라……. 그가 어디에 있는지 나는 모른다. 저 어딘가, 뿌리와 무지개 한복판에 있을까? 죽어서 사라졌을까? 몸에 벌레가 들끓고 눈에서 버섯이 자라고 있는 건 아닐까? 결코 알 수 없을지도 모른다. 나는 정글을 바라본다. 정글은 알고 있다. 어딘가에서, 어떻게든. 가만히 귀를 기울이면서 와이라에게 무슨 일이 생겼는지.

안뜰은 한낮의 빛이 가득 흘러넘쳐 노란빛으로 눈부시다. 한 무리의 봉사자들이 벤치에 둘러앉아 배꼽을 잡고 웃는다. 멀대같이 크고 호리호리한 40대 덴마크인 봉사자 돌프와, 작달막하고 땀이 많은 욕쟁이 뉴질랜드인 앨리가 달리기 경주를 하고 있다. 숙소를 빙 둘러 돌아오는 중이다. 몸 상태가 별로인 건 둘 다 똑같지만 지금 당장은 앨리가 약간 앞선다. 경주장에는 다양한 장애물과 미션이 마련되어 있다. 지난 밤의 퇴비가 담긴 진흙탕 곳곳에 구덩이가 있다거나. 피오를 최대한 흉내 내면서 오래된 철조망을 넘어야 한다거나. 말도 안 되지만 빨랫줄을 샅샅이 뒤져 경쟁자의 옷 중에서 최대한 밝은 색을 가져와야 한다거나. 결승선은 파우스티노가 좋아하는 나무와 식당 사이에 그려져 있다. 나의 무릎 위에 앉은 파우스티노는 자기 나무의 소유권을 가로챈 듯한 태양히를 침울한 표정으로 바라본다. 태양히는 줄무늬 꼬리를 쳐들고 별난 심판처럼 경주를 열심히 지켜본다. 승리를 노리던 앨리가 돌프의 다리로 돌진하면서 관중의 웃음소리가 더 커진다. 앨리 때문에 고꾸라진 돌프는 먼지 속을 뒹굴며 꽥 비명을 지르고, 앨리는 퇴비로 뒤덮인 밝은 금색의 핫팬츠를 휘휘 휘두른다. 하지만 앨리가 결승선을 넘어가려던 찰나, 모로차가 나무숲에서 불쑥 튀어나와 미끈거리는 핫팬츠를 손에서 낚아챈다. 모로차가 결승선을 돌파하자 응원 소리가 울려 퍼진다.

"모로차 승!" 이 악몽의 짓궂은 설계자, 해리와 새미가 동시에 외친다. 밀라와 로페스는 식당 지붕에 앉아 휘파람을 분다. 돌프가 끙끙거린다. 앨리가 땀을 쏟아내며 돌프 옆 땅바닥에 맥없이 드러눕는다.

"해보고 싶지 않아?"

내가 올려다보자 톰이 옆에 털썩 주저앉는다. 톰은 바로 전 경주를 뛰었기에 아직도 볼이 좀 빨갛고 숨도 헐떡거린다. 애처롭게도 오시토를 상대로 지고 말았지만 톰은 아름다운 패자였다. 해리보다 나았다. 밀라에게 진 해리는 파파야 열매를 나무로 던져버렸다. 파우스티노와 나는 전략상 멀리 떨어진 망고 나무 아래에 주둔

　　　　　　　　　　　　나와 퓨마의 나날들

하며 아무도 우리를 발견하지 않기를 바라고 있었다.

나는 웃으며 말한다. "그럴 리가!" 파우스티노가 동의한다는 듯 입술을 오므리며 끽끽댄다. 얼굴을 닦아내는 톰의 연청색 눈이 나를 살짝 피한다. 밝은 햇살에 주근깨가 짙게 드러나고, 턱수염은 오늘 특히나 선명한 황갈색이다. 어쩐 일인지 더 붉게 변한 것 같다. 햇살을 더 받아서 그런가? 아니면 부족해서? 잘 모르겠다. 톰이 나의 어깨 우묵한 곳에 턱을 파묻은 파우스티노를 내려다본다. 그러고는 눈길을 돌리며 침을 삼킨다. 나는 톰의 목젖이 오르락내리락하는 모습을 바라본다.

"곧 누군가 다치고 말 거야. 난 해리한테 걸겠어." 톰이 비아냥대듯 수줍게 웃으며 말한다.

나도 덩달아 웃는다. "물론, 물릴 거야. 테앙히와 앨리, 둘 중 누구한테 물릴지는 모르겠지만."

"그래도 이건 좋은 생각이었던 것 같아. 안 그래? 우리에겐 웃음이 필요했어."

끄덕끄덕. 물론 우리는 둘 다 경주를 시작한 진짜 이유를 알고 있다. 작년이었다. 이런 바보 같은 짓에 아구스티노가 처음으로 나섰을 것이다. 야단법석을 떨며 앞장서서 세상에서 제일가는 피오 흉내를 내고, 반짝이는 재규어 무늬 레깅스와 퇴비를 제외하면 아무것도 몸에 두르지 않았을 것이다. 그리고 격분하며 그 짓을 방해하는 데 정신이 팔린 파우스티노와 기쁨에 찬 코코가 바짝 뒤따랐을 것이다. 하지만 코코와 마찬가지로 아구스티노는 여기에 없다. 어디서도 보이지 않는다. 심지어 이 경주조차 아구스티노를 침대에서 끌어내지 못했다. 이곳에 돌아온 지 일주일이 지났는데, 그를 딱 한 번밖에 보지 못했다. 나는 하마터면 그가 아구스티노인지 알아보지도 못할 뻔했다. 아구스티노의 얼굴에는 코코와 판치타로 인한 슬픔이 역력했다.

"사마는 어때?" 톰이 화제를 돌리며 재빨리 묻는다.

내가 미소 짓는다. "끔찍하지."

"계속 본척만척?" 톰이 낄낄거린다.

나는 고개를 끄덕인다. 사마의 방사장을 끊임없이 돌며 한 주를 보냈다. 방사장에 도착하자마자 사마가 나를 노려보며 덤불 속으로 사라질 때 한 번, 내가 떠나면서 먹이를 줄 때 한 번 보았다. 나머지 시간은 그저 나와 정글만 덩그러니 남는다.

톰이 어깨를 으쓱한다. "사마가 널 시험하고 있구나."

나는 파우스티노의 털에 묻은 배설물 조각을 살며시 집어 든다. 파우스티노는 끽끽대더니 그것을 잡아서 꼭 최고의 감정가인 듯 혀에 올려놓는다. 사마가 날 시험한다는 걸 알고 있다. 내가 걸어다니다가 기다리는 걸 지켜보고 있을 터다.

"다른 애들도 전부 똑같이 이래?" 내가 물었다.

톰이 하늘을 올려다본다. 시야가 닿는 곳에는 구름이 전혀 없다. "다 달라. 그래도 우리를 시험하는 건 똑같을 거야. 방식은 다르겠지만."

와이라가 나를 믿기 시작할 때까지 얼마나 오랜 시간이 걸렸는지 기억한다. 문득 궁금해진다. 정말 날 믿긴 했을까? 어쨌든 결국 내가 떠나고 말았는데. 제인도 마찬가지고. 우리가 언젠가 떠나리라는 걸 고양이들은 전부 알고 있을까? 그래서 이토록 힘들게 구는 걸까? 파우스티노가 나의 기분을 살피며 빤히 쳐다본다. 그러고는 싫증 난다는 듯 발끈하더니 내 무릎에서 빠져나와 톰의 무릎으로 털썩 착륙한다. 톰은 파우스티노의 털에 얼굴을 파묻는다. 파우스티노는 양팔을 톰의 목에 두른다. 휴, 한숨이 절로 나온다. 어쩌면 사마가 힘들게 구는 건 이게 시작일지도 모르겠다.

"누구 때문에 돌아온 거야?" 나는 톰의 곱슬곱슬한 턱수염을 바라보며 조용히 묻는다. 숱 많은 턱수염은 파우스티노의 것과 똑같은 색이다. 어디서 톰의 턱수염이 끝나고 어디서 파우스티노의 턱수염이 시작되는지 얼핏 보면 분간할 수도 없다. 문득 톰에게 한 번도 묻지 않았다는 걸 깨닫는다. 톰은 언제나 뒤로 물러나 있었다. 밀라의 믿음직한 봉사자로. 나머지 사람들과 달리 톰이 '우리 고양이'에 대해 말하는 건 들어보지 못했다.

톰이 고개를 들지 않고서 어깨를 으쓱한다. "잘 모르겠는걸. 전부 다인 것 같네."

톰을 빤히 쳐다본다. 그러고는 묻는다. 거의 절박하다시피 한 심정이다. "어떻게 그만큼 생각할 여유가 있는 거야? 난 내 불안만으로도 벅찬데. 와이라와 얘는 말할 것도 없고." 턱으로 파우스티노를 가리킨다. "이제는 사마도 있단 말야! 다른 애들까지 끼어들면 머리가 터질 것 같은데."

톰은 정말 부드럽게 파우스티노의 가슴을 손으로 받친다. 파우스티노가 수염을 부르르 떨며 톰에게 몸을 비빈다. "그러지 않으면 머릿속이 텅 비고 말 거야." 톰은 선명한 분홍색으로 얼굴을 붉히며 웃고서 이제 한가해진 안뜰 쪽을 바라본다. "볼거리는 끝난 것 같네. 이제 가서 도냐 루시아가 만든 점심거리를 먹어볼까?" 톰이 과장된 몸짓으로 이마를 훔친다. "달리기로 땀 뺀 뒤에 맛 좋고 따끈한 수프 한 그릇만큼 좋은 건 없지."

마지막 나무를 베고 나면

"*¡라우리타!*"

깜짝 놀라 벤치에서 일어난다. 무릎 위에 있던 태앙히가 굴러 떨어진다. 주황색 꼬리가 꼿꼿이 서고, 꼬리의 둥근 무늬가 꼭 불타는 고리처럼 빛난다. 하루가 거의 저물었다. 식당 안에서 촛불이 반짝이고 저녁거리 냄새가 안뜰을 뒤덮는다. 반대편 벤치에서 마리엘라가 손전등 불빛 아래에 옹송그리고 앉아 헤르만시토의 숙제를 도와주고 있다. 태앙히의 짜증 섞인 삑삑 소리를 듣고 둘 다 고개를 들어 쳐다본다. 태앙히는 몸을 부르르 떨더니 어기적어기적 사라진다. 나는 벌써 일어나 뛰고 있다. 경주가 벌어진 지 1주, 내가 돌아온 지 2주, 와이라가 탈출한 지 2주 하고도 하루가 지났다.

"*¿케 파사*(무슨 일이에요)?" 내가 소리친다.

아구스티노가 도로로 이어지는 길을 따라 전속력으로 뛰면서 내게 따라오라고 격하게 손짓한다. 축 처진 검은색 머리카락이 바람에 마구 흔들린다. 내가 없었던 요전 몇 달간 살이 쪄서 얼굴이 부었고, 볼 근처의 혈관 몇 개가 터졌다. 그의 양손이 덜덜 떨리고 있다. 어두컴컴한 텅 빈 흡연 오두막 바로 앞, 도로 언저리에 이르러 우리는 멈춰 선다. 아구스티노가 양손을 번쩍 들더니 다시 늘어뜨린다. 경주에서 극적으로 패배한 호리호리한 덴마크인 돌프가 발끝을 세우고 펄쩍펄쩍 뛰며 우리를 기다리고 있다. 나는 불안한 눈빛으로 돌프와 아구스티노를 번갈아 바라본다. 돌프가 긴 팔을 흔든다. 점점 숱이 적어지는 금발이 달걀처럼 둥근 이마에 축 늘어졌다. 입속에 구슬을 머금은 듯 억양이 강한 돌프의 말을 이해하느라 얼굴을 찡그린다.

"어떤 사냥꾼이 산에서 와이라를 봤대. 아구스티노가 그랬어."

순간 격렬하게 차오르던 환희가 아구스티노의 걱정스런 표정을 보자 잦아든다.

"노 세 케 파사." 아구스티노가 말한다.

나는 그의 말을 이해하고 그저 그를 빤히 쳐다본다.

"무슨 일이 일어났는지는 모르겠대!" 돌프가 나오는 대로 말을 쏟아낸다. "아구스티노는 모른대……."

"뭘 모른다는 거야?" 나는 돌프에게 쏘아붙인다. 대답을 기다리진 않는다. 뒤돌아서 당장이라도 산까지 달릴 작정으로 도로를 따라 걸음을 옮긴다. 해는 거의 저물었다. 그림자가 길어지고 있다. 머지않아 그림자가 완전히 사라질 것이다. 소름 끼치는 가능성이 등줄기를 타고 흐른다. 총. 피. 케이지. 이름 모를 이의 뒤뜰에 쇠사슬로 묶인 와이라.

나는 공황에 빠져서 주위를 둘러본다. 돌프가 손을 잡자 무심코 그의 손을 뿌리친다. 돌프는 지금 와이라를 돌보는 봉사자다. 목걸이가 쪼개질 때 함께 있었던 사람. 와이라가 달아나기 이틀 전에 배정받았는데도 밀라를 도와 매일 정글로 나가 와이라를 찾아 헤맸던 사람. 갑자기 밀라가 배낭을 메고 나타나 결연한 몸짓으로 로프와 캐러비너와 헤드램프를 정리한다. 밀라를 보니 안도의 한숨이 나온다. 하지만 고개를 불쑥 든 밀라의 눈가에서 팽팽한 긴장감을 느끼자 속이 울렁거린다. 토할 것 같은 기분이다. 밀라는 손뼉을 치고선 오토바이 쪽으로 달려간다. 돌프와 나는 말없이 밀라를 따라간다. 빠르게 어두워지는 도로에 선 아구스티노를 뒤로한 채.

오토바이가 움푹 깊게 꺼진 구덩이를 피해 급하게 방향을 바꾼다. 나는 속절없이 밀라의 셔츠 뒤에 매달린다. 바람이 귀를 스치고 지나간다. 눈이 눈물범벅이다. 얼굴이 얼얼하다. 거대한 구덩이. 도로의 상처가 터지고 있다. 단언컨대 작년에는 이만큼 크지 않았다. 빗물이 아스팔트 포장재를 쓸어 간 것이 틀림없다…….

저녁이 되자 군청색 하늘에 이제 막 별이 모습을 드러냈다. 돌프는 다른 오토바이를 타고 우리 바로 앞에 가고 있다. 그의 전조등 불빛이 출렁인다. 돌프가 다짜고짜 방향을 바꿔서 나는 밀라의 등에 얼굴을 파묻는다. 역시 밀라도 급히 방향을 틀고, 하마터면 우리 둘 다 내동댕이쳐질 뻔했다. 자잘한 돌멩이와 먼지구름이 얼굴로 쏟아져서 숨을 막는다. 반대편에서 거대한 벌목 트럭이 천둥처럼 스쳐 지나간다. 전조등 때문에 아무것도 보이지 않는다.

나와 퓨마의 나날들

밀라가 화를 내며 중얼거린다. "¡보라초(저 주정뱅이가)!"

나는 목을 쭉 빼고 두리번거리며 트럭에 실린 나무를 세어본다. 다섯 그루. 저마다 폭이 내 키만큼 크다. 머리와 발이 잘린 거인, 하지만 여전히 속박할 필요가 있다는 듯 묵직한 사슬로 바닥에 묶어두었다. 트럭이 또 다른 구덩이를 쿵 하고 지나갈 때 나무가 튀어오르는 모습을, 나무들이 서로 이리저리 거칠게 떠밀리는 모습을 지켜본다. 작년에는 벌목 트럭이 기껏해야 한 주에 한 번꼴로 지나가곤 했다. 이제는 상공을 날아가는 야생 금강앵무 떼처럼 수두룩하다. 도로의 구덩이를 키운 또 다른 범인일 것이다.

학교 선생님이 앵무새처럼 반복해 강조했던 말씀이 떠오른다. 1분마다 풋볼 경기장 세 개 넓이의 숲이 사라진단다, 얘들아! 나무를 심어야 해! 아마존 보호 자선사업 기금 마련을 위한 케이크를 판매한단다! 나는 남아메리카 전역에 바다처럼 넓게 퍼진 소 방목장을 보고 육식을 중단했다. 아이스크림을 먹는 게 더 이상 즐겁지 않았다. 하지만 때로는 아이스크림을 마다하는 것이 케이크 판매처럼 헛된 일로 느껴진다. 산불의 연기 냄새가 또다시 풍겨오는 것만 같다. 그 냄새를 맡으면 정글이 산 채로 잡아먹히는 것처럼 느껴진다. 그리고 개미부터 원숭이, 거대한 쥐, 거미, 뱀, 버섯, 뿌리, 사람까지, 그 모든 것이 정글과 함께 잡아먹힌다.

오토바이가 느려지자 퍼뜩 정신이 든다. 밀라가 산기슭에 오토바이를 세우고 있다. 산의 육중한 덩치가 어렴풋이 나타나며 하늘 대부분을 도려낸다. 우리가 온 길을 둘러본다. 여기가 어딘지 갈피를 잡지 못하겠다. 마지막으로 이곳에 왔을 때에는 전부 불타고 있었다. 그래도 정글이었다. 정글, 그다음은 초원, 그다음은 숲이 울창하고 관목이 우거진 산. 나는 고개를 연거푸 돌리다가 하마터면 오토바이에서 떨어질 뻔했다. 어디로 간 거지? 이 들판은 어디서 온 거야? 시선이 닿는 모든 곳에 들판이 펼쳐진다. 하늘을 보면 별들이 숲 천장에 가려 띠 모양의 길을 이루고 있어야 하는데, 이제는 형태의 제한 없이 드넓게 퍼져 있다. 심은 지 얼마 안 된 단일 경작물이 줄줄이 늘어섰다. 농작물이 으스스하게 바스락거리며 미약한 달빛을 반사한다. 누군가 대지를 면도한 것만 같다.

"이거 벼인가요?" 내가 숨죽여 묻는다. 농지. 길가에는 살아남은 나무 몇 그루가 이주를 거부한 채 위풍당당하게 서 있다. 검은색 상복을 입고 거대한 새들의 둥지처럼 가지를 활짝 벌렸다. 정글이 다시 시작되는 생추어리 경계선과 아주 조금밖에 떨어져 있지 않다. 그곳에 파르케의 소유지를 표시하는 작은 말뚝 표지판이 박혀 있다. 가시철사도 철조망도 없다. 오직 믿음뿐이다. 들어와서 나무를 베어가는 사람은 아무도 없으리라는 믿음. 하지만 표지판은 낡고 해어졌다. 쓰러지기 일보 직전이다. 그곳에는 아메리카 원주민의 속담이 스페인어로 적혀 있다. 콴도 엘 울티모 아르볼 세아 코르타도, 콴도 엘 울티모 아니말 세아 카사도, 콴도 엘 울티모 리오 세아 콘타미나도, 세라 엔톤세스 케 엘 옴브레 세 다라 쿠엔타 케 엘 디네로 노 세 코메…… 마지막 나무가 베어지고, 마지막 동물이 사냥되고, 마지막 강이 오염되면, 그제야 사람들은 깨달을 것이다. 돈을 먹을 수는 없다는 것을…….

언제 이렇게 되었지? 어떻게 이만큼 빠르게?

나와 퓨마의 나날들

"아로스(벼예요)." 밀라가 비통한 표정으로 고개를 끄덕인다. "히라솔레스, 초클로." 해바라기, 옥수수. "일부는 현지 농부들의 경작지지만 대부분은……." 밀라가 잠시 말을 멈춘다. 랜턴에 비친 밀라의 표정이 삭막하다. "대부분은 대규모로 계약한 농작물이에요. 해외로 운송되는."

밀라의 말을 듣고 나니 그의 얼굴을 쳐다볼 수가 없다. 그저 정글이었던 곳을 빤히 쳐다볼 뿐이다. 전에 없었던 흙길이 산기슭을 따라 뻗어 있다. 우리는 오토바이에서 내려 말없이 그 길을 걷는다. 밀라가 맨 앞에서 걷고, 그 뒤에서 돌프가, 마지막으로 내가 걷는다. 떠오르는 달빛에 비친 우리 어깨가 흐릿하다. 돌프가 몸을 움츠린 채 걷고 있다. 긴장감이 서린 그 모습을 보니 목덜미 털이 쭈뼛선다. 돌프는 여기 온 지 2주밖에 되지 않았다. 해가 질 무렵 누군가날 정글로 데려와서 머문 지 2주 만에 퓨마를 쫓으라고 했다면, 난지금쯤 바지에 오줌을 지렸을 것이다.

길은 음산하고 들판은 묘한 정적 속에서 내가 쥔 손전등의 빛줄기 언저리마다 뻗어 나간다. 왼편의 산이 위협적으로 느껴진다. 머지않아 길이 가늘고 팽팽해지더니 오르막으로 변한다. 그 길을 따라 올라간 우리의 숨은 날카로운 파열음이 되어간다. 들판이 사라지고 다시 정글이 몰려든다. 우선 안도감이 든다. 하지만 그 안도감은 굶주린 괴물 거미처럼 제멋대로 가지를 뻗은 나무들이 우리 앞을 막아서면서 금세 사그라든다. 땅 밖으로 드러난 뿌리와 이끼에서 냄새가 풍겨온다. 우리는 대나무 기둥, 악랄한 야자나무 옹이, 고무처럼 탄력 있는 덩굴과 끝까지 싸워야 한다. 물줄기가 흐르다가 바위 폭포에서 떨어지는 소리가 들린다.

한밤중의 정글은 앞을 볼 수 없고 이해할 수 없고 갈피를 잡을 수도 없다. 보이는 것이라곤 오직 눈부신 손전등 빛줄기뿐이다. 땅이 울퉁불퉁하다. 군데군데 박힌 돌 때문에 걷기가 힘들고 등허리가 고통스럽게 당긴다. 귀뚜라미가 짝을 찾아 날개를 비비며 끊임없이 고함친다. 벌레들이 울고 있다. 동물들도 동참한다. 수많은 동물들이 있다. 손전등을 비추는 곳마다 뒤돌아 나를 보는 눈이 보인다. 눈이 보일 때마다 생각한다. 와이라? 와이라가 맞나? 여기 있는 거야? 하지만 대부분은 너무 작거나 땅바닥에 붙어 있거나 나뭇가지처럼 높은 곳에서 오싹하게 내려다보고 있다. 몇 번이고 돌프가 비틀거리며 낑낑거린다. 나는 손을 뻗어 돌프를 붙잡는다. 나도 얼마나 자주 그렇게 행동했는지, 하는 생각에 하마터면 웃을 뻔한다. 하지만 불쑥 어색함과 화가 밀려와 돌프의 손을 놓고 팔을 휘둘러 모기를 쫓는다.

맨 앞에서 밀라가 마체테를 세차게 휘저으며 걷고 있다. 도대체 어디로 가는 중이냐고 물으려 하는데, 입을 열자마자 개 짖는 소리가 들려온다. 밀라가 한 손을 재빨리 든다. 개가 또다시 짖자 밀라가 낮게 휘파람을 분다. 잠시 후, 다른 휘파람 소리가 응답하고 덤불이 부스럭거린다. 한 남자가 덤불을 헤집고 나온다. 돌프와 나는 본능적으로 좀 더 가까이 붙어 선다. 밀라와 얼추 비슷한 정도로 작은 키의 남자다. 표정은 진지하고 생김새는 땅딸막한데 두 눈은 깊은 주름에 가려 보이지 않을 정도다. 남자가 우리를 바라보며 경계한다. 나는 재빨리 손전등을 낮춘다. 나이가 얼마나 될지 가늠이 안 되

　　　　　　　　　나와 퓨마의 나날들

지만, 내 생각보다 더 들었을 것이다. 어쩌면 아구스티노보다 더. 보카주니어스 풋볼 셔츠와 청바지, 해진 운동화 차림으로 주먹만 한 코카 잎 뭉텅이를 씹고 있다. 입가가 녹색 얼룩으로 물들었고, 어깨에는 엽총을 멘 채로 벨트에 마체테를 고정해두었다. 꾀죄죄한 테리어 두 마리가 남자의 발을 맴돌며 코를 킁킁거린다.

남자와 밀라가 빠르고 짧게 딱딱 끊는 어조로 얘기를 나눈다. 나는 얼굴을 찡그리며 이해해보려 애쓰지만, 익숙지 않은 음절과 귓등에서 끊임없이 울어대는 벌레들의 윙윙거림 속에서 길을 잃는다. 두 사람은 케추아어로 말하고 있다. 과라니인의 언어지만 이 근처 사람들 중 대다수가 구사하지 못한다. 1980년대, 경제 위기가 극명한 시기에 주민 전체가 라파스 인근의 추운 산악 지대 알티플라노 고원에서 이곳으로 이주했다. 그들은 가난했다. 그들의 산악 지대 토착 문화는 잉카 이전 시대의 문화였다. 그들의 언어는 다른 언어들로 인해 뒤틀리고 굳어졌다. 정부는 부를 분배하길 원한다고, 이 아래 지역에선 농업이 더 잘될 거라고 장담했다. 하지만 코야^colla, 즉 이주민들과 캄바^camba, 즉 동부 저지대의 부유한 이들 간의 격차는 극명하고 다루기 힘든 문제다. 밀라와 아구스티노와 아이들, 현지 부락 출신의 군세고 자긍심 넘치는 많은 사람이 케추아어를 구사한다. 그들은 자신이 어디 출신인지 말하지 않는다.

나는 밀라와 남자를 번갈아 바라본다. 두 사람은 말을 멈추었다. 남자는 자기 운동화를 뚫어지게 적대하다시피 쳐다본다. 난 고개 숙인 남자의 머리를 응시한다. 검은 머리카락을 매끈하게 빗어 넘겼다. 죽은 재규어를 등에 걸머진 채 오토바이를 타고 흡연 오두막 옆을 스치듯 지나간 남자들을 본 적이 있다. 이 남자도 그런 부류일까? 정글이 어쩐지 불길하게 바스락거린다.

밀라가 한숨을 쉬며 마침내 우리를 돌아본다. "알프레도는 수년간 여기서 사냥을 했어요." 그러고는 코를 킁킁거리며 장화 냄새를 맡는 개들을 옆으로 밀어내며 말한다. "이 지역에 대해 잘 알고 있죠."

나는 밀라의 표정을 읽어내려고 얼굴을 골똘히 쳐다본다. 밀라가 사냥꾼에게 어떤 감정을 갖고 있는지 알고 있다. 하지만 밀라가 수년에 걸쳐 일부 사냥꾼들과 함께 일하고 있다는 사실도, 사냥꾼들에게 멸종 위기 동물에 관해 가르쳐주고 얼마간의 성공을 거뒀다는 사실도 알고 있다. 그래도 세상의 이해관계가 복잡하게 얽혀 있어 밀라가 사냥을 완전히 막을 수는 없다. 사람들이 파르케 소유지로 들어오는 것 또한 막을 수 없다. 사유지 사냥은 금지되어 있지만, 수로 이용이라면 말이 달라진다. 파르케의 석호와 강은 공유지다. 당연히 그래야 하지 않겠는가? 밀라가 길게 심호흡한다. 밀라, 어서요! 이 남자가 뭐라고 했어요? 나의 불안한 눈빛이 밀라와 알프레도를 번갈아 오간다. "어젯밤, 작은 퓨마를 봤대요. 바로 이 길에서."

"살아 있대요?" 돌프가 외친다. 고맙게도 내 손을 꼭 잡고 있다. 다리가 부들부들 떨린다.

밀라가 퉁명스럽게 고개를 끄덕인다. "거의 쏠 뻔했다네요."

"그러지 않은 거죠? 쏘지 않았죠?" 돌프가 절규하듯 묻는다.

밀라가 또 고개를 끄덕일 때, 나는 하마터면 기절할 뻔했다.

　　　　　　　　　　　　　나와 퓨마의 나날들

"자신이 공격당했더라면 쐈을 거라고 하네요. 하지만 그냥 숲 속으로 사라져서 내버려 뒀대요."

나는 알프레도를 바라보고 고개를 끄덕이며 말한다. "¡그라시 아스, 그라시아스! 파치!"

남자가 나를 올려다보고 잠깐 눈을 마주친다. 부드러운 눈빛 에 문득 톰의 눈이 떠오른다. 내가 파치, 즉 '고맙습니다'라고 케추 아어로 말하자, 갑자기 남자가 활짝 웃는다. 그 웃음을 보니 몇 년 은 어려 보인다. 나도 미소로 화답한다. 어쩌면 재규어를 쏜 적이 없 을지도 모른다. 어쩌면 이곳에 오직 개 두 마리와 함께 살고 있는지 도 모른다. 아니면 마을에서 가족과 살고 있을까? 아기가 있지 않 을까? 밀라가 얘기했던 다국적 계약의 낮은 보수와 고된 노동 때문 에 농사를 짓다가 밀려 나오진 않았을까? 남자가 다시 말을 이어간 다. 이번에는 스페인어로 말하며 격하게 손짓한다. 하지만 코카 뭉 텅이를 입에 물었고 말이 너무 빨라서 이해할 수가 없다. 그건 돌프 도 마찬가지다. 돌프는 워낙 열심히 이해하려 하고 있어서 꼭 동맥 류가 생길 것만 같다. 밀라가 웃는다.

"오늘 밤에 퓨마를 찾으러 같이 가자고 하네요. 우리만 좋다면."

"당연하죠!" 나는 재빨리 끄덕인다.

"¡시! ¡포르 파보르(네! 부탁드릴게요)!"돌프가 외친다.

밀라가 미소 짓는다. "엔톤세스, ¿바모스, 알프레도? 미스 이호 스 키에렌 엥콘트라르 운 푸마(자, 어때요, 알프레도? 저희 애들이 퓨마 를 찾으러 가고 싶어 하네요)."

남자가 유쾌한 표정으로 방긋 웃고 개들을 향해 휘파람을 분다. 그러고는 빠르게 걸음을 옮긴다. 우리는 남자의 뒤를 따라 산비탈 위로 구불구불, 점점 더 구불구불 나아간다. 폭포의 중얼거림, 숲천장의 비밀스런 속삭임, 사냥 중인 동물에게서 전해지는 섬뜩함. 어쩌면 저곳 어딘가에 회색 퓨마가 살짝 얼빠진 녹색 눈을 크게 뜨고 있을지도 모른다는 생각이 걷잡을 수 없이 떠오른다.

와이라의 공격

다음 날 아침, 혼자 아침을 먹고 있는 돌프를 보고 슬며시 벤치 옆자리에 앉는다. 돌프가 충혈된 눈으로 나를 올려다본다. 우리는 알프레도와 개들을 뒤따라 헝클어진 암흑 속을 몇 시간이나 헤맸다. 캠프에 돌아올 무렵에는 하늘이 귤색으로 변해 있었다. 하지만 퓨마는 코빼기도 보이지 않았다.

"유령에 홀리기라도 한 것 같군." 돌프가 비참한 듯 웃는다. 그는 얼굴을 문지르고 지칠대로 지친 발을 뻗는다. 나는 고개를 숙인다. 돌프에게는 너무 작은 장화가 눈에 들어온다. 오래된 장화의 끝부분을 잘라내고, 삐져나온 발가락은 강력 접착테이프로 감싸야 했다. 우리는 말없이 앉아 모로차가 안뜰을 질주하는 모습을 지켜본다. 오늘 아침은 놀랍도록 눈부시다. 숲이 유독 밝은 빛으로 내 핏발 선 눈을 두들긴다. 모로차는 뭐든 붙잡을 것 같은 긴 꼬리를 마구 흔들어댄다. 하트 모양의 분홍색 얼굴 위로 털이 쭈뼛 섰다. 모로차를 애지중지하는 어느 봉사자가 아침에 머리털을 거꾸로 빗어준 모양이다.

아침 식사를 마친 뒤에 돌프와 함께 밖을 걷는다. 우리 둘 다 식당에서 필요 이상의 수다는 1초라도 견딜 생각이 없다. 모로차가 꽥 하고 소리를 지른다. 처음에는 우리 때문인 줄 알았지만, 테앙히가 배설물 같은 걸 뒤집어쓰고 우리를 향해 어기적어기적 걸어오고 있다. 테앙히는 양팔을 활짝 벌린 채 화장실에 거꾸로 처박히는 습관이 들었다. 판치타가 똥을 뒤집어쓰고 날뛰는 모습을 보지 못한 사람들에게는 악몽 그 자체일 것이다. 나는 미소 짓는다. 판치타가 테앙히를 자랑스러워하리란 걸 알기에.

배설물과 테앙히 둘 다의 매력을 알아챈 듯한 모로차가 테앙히의 꼬리로 덤벼든다. 테앙히는 휙 돌아서더니 모로차의 얼굴을 향해 맹렬히 삑삑댄다. 평균 이상의 몸집이라고는 믿을 수 없을 만큼 빠르다. 테앙히는 아구스티노의 침실로 숨어들 방법을 찾았다. 그에게 큰 행복을 주는 발견이었다. 아침 식사용 빵이 그곳에 보관되어 있기 때문이다. 모로차는 멀리 달아나 꼬리로 식당 밖에 묶인 로프를 잡고 격분한 듯 빙빙 돌기 시작한다. 흐릿한 검은색 털뭉치에 불과한 그 모습을 보니 웃음을 참을 수가 없다. 테앙히는 어쩔 줄 몰라 하고 있다. 모로차가 빙빙 돌기를 멈추고 어질어질한 채로 안뜰 한가운데 내려앉는다. 안아줄 사람을 찾아 양팔을 뻗는다. 그때 테앙히가 모로차에게 달려든다. 모로차는 몸을 날려 피하는 데 성공했지만, 그의 뒤에는 모로차만큼 날렵하지 못한 봉사자들이 플립플롭 샌들 차림으로 무리 지어 있다. 이 드라마의 전개를 열심히 지켜보던 봉사자들은 불행하게도 상황을 잘못 판단한 탓에 공처럼 몸을 만 긴코너구리와 그대로 충돌해버린다. 모두 꺅 하고 비명을 지른다.

"뛰지 마요!" 내가 외쳤지만 아무도 듣지 못한다. 테앙히는 격분하며 한바탕 성질을 부린다. 유독 동작이 굼뜬 남자 하나가 깜짝 놀라 꽥 소리를 지르고는 널브러진 벽돌에 걸려 나동그라져서 진흙 속에 대자로 처박힌다. 나는 서둘러 남자한테 향한다. 하지만 테앙히가 남자의 다리에서 살점을 뜯어내기 직전에 오시토가 식당에서 달려 나와 그곳에 먼저 도달한다. 오시토는 가까스로 테앙히를 품속에 주워 담고서 저 멀리 걸어간다. 테앙히는 은신처를 찾아 오시토의 셔츠 속으로 코를 들이박는다. 봉사자들이 하나같이 "유해한 짐승" "케이지에 가둬야 할 미친 동물"이라고 중얼거리기 시작하고, 나는 욱신거리는 슬픔을 느끼며 그 모습을 바라본다. 모로차는 숙소 지붕 위에서 넋을 잃은 표정으로 이 광경을 지켜보고 있다. 지붕의 반대편 끝에서 파우스티노가 정떨어진 표정으로 모로차를 노려본다. 모로차가 자기를 안을까 봐 걱정된다는 듯 꼬리로 몸을 칭칭 동여매 보호하고 있다. 설령 코코라고 해도 절대, 기필코 파우스티노를 껴안으려 하지 않았을 것이다.

"알아." 파우스티노가 기어 내려와 침울한 표정으로 나의 팔에 안긴다. "이제 존중은 없어." 파우스티노가 동의한다는 듯 깩깩거리며 까칠한 수염을 긁는다. 느릿한 심장 박동과 불에 그슬린 희미한 털 냄새가 느껴진다. 또 촛불에 수염을 태운 모양이다. 나는 머리를 기대고 하늘을 올려다본다. 눈부시게 파란 하늘. 금강앵무 떼가 꽁지깃을 활짝 펴 진홍색 부채꼴을 이루고 하늘 높이 나아간다. 막 벤치에 앉으려 하는데, 어디선가 멀리서 외침이 들려온다.

"와이라다!"

"와이라가 여기 있어요!"

돌프와 내가 서로의 손을 잡는다. 시간이 멈춘다. 나는 곧바로 파우스티노를 산타크루스에 조심스럽게 들여보낸다. 마음을 진정시키고, 숨을 가다듬는다. 그리고 떠들썩한 피오 방사장으로 향한다.

"맷 데이먼을 먹으려 해!"

돌프와 나는 식당을 빙 둘러 동물 주방과 새장을 지나 달려간다. 나는 숨을 거칠게 헐떡댄다. 피오 방사장에 도착할 때쯤 보인 광경은 그야말로 혼돈의 도가니다. 맷 데이먼은, 녀석이 맷인지 데이먼인지 제대로 아는 사람은 이제 아무도 없지만, 먹히지 않았다. 하지만 어떻게든 울타리를 뛰어넘어 지금은 돼지 방사장에 가 있다. 돼지 파나파나와 파니니가 맷 데이먼의 다리 주위를 빙빙 돌며 꽥꽥거린다. 맷 데이먼은 거대한 날개를 들어 올리고 쉭쉭 소리를 지른다. 들쭉날쭉한 머리 깃이 엉망진창으로 헝클어졌다. 나 정도 되는 키에 목은 갈퀴처럼 높고 깡말랐으며 풍만한 깃털이 보기 좋게 난 궁둥이가 좌우로 흔들린다. 파나파나와 파니니는 몸집이 기껏해야 알프레도의 테리어만 하지만, 맷은 필사적으로 뱅뱅 돌고 있다. 여기서 꺼내줘! 반짝거리는 두 눈이 애원하고 있다. 새장 속 새들은 까옥까옥 비명을 지르며 허둥지둥 날개를 푸드덕거린다. 다행스럽게도 여전히 방사장에 있는 나머지 피오들도 미친 듯이 뱅글뱅글 도는 중이다. 아구스티노가 피오들을 안전한 작은 나무 집으로 몰아넣으려 애쓰지만, 상황은 분명 그만으로는 역부족이다. 봉사자들은 얼굴이 벌게져서 울타리 옆에 멀뚱멀뚱 서 있다. 아구스티노가 양팔을 활짝 벌리고 피오들을 모아 감당할 만한 무리 크기로 나누느라 헐떡거린다.

"와이라가 달아났어요. 저쪽으로!" 아구스티노가 식당 쪽으로 손을 흔든다.

"아구스티노를 도와줘요." 눈을 크게 뜨고 선 봉사자들에게 내가 말한다. "소리 지르진 말고요! 더 이상 아무도 놀라게 해선 안 돼요."

유리처럼 날카롭게 빛나는 천 가지의 서로 다른 녹색이 눈앞에서 흐려진다. 와이라가 살아 있어. 살아 있어. 여기 있다고!

돌프가 나의 손을 꽉 잡는다. 우리가 동물 주방 뒤에서 몸을 숙이고 지나가는데 세 방향에서 소리가 들려온다.

"와이라다!"

"여기야!"

"쿠이, 쿠이, 쿠이!"

돌프가 몸을 돌린다. 내가 붙잡기도 전에 내 손을 놓고 다시 새들을 향해 전속력으로 달려간다. 난 그곳에 홀로 서 있다. 세상이 빙글빙글 도는 것만 같다. 잎사귀들이 변화무쌍한 만화경 패턴으로 흐릿하게 녹아든다. 길고 천천히 숨을 들이쉰다. 우리 공주님, 어디 있는 거야? 심장이 숲과 그 광막한 맥박에 맞춰 쿵쿵 뛰고 있다. 와이라가 저기 어딘가에 있다. 나는 방향을 바꿔 걷는다. 화장실 뒤쪽으로 나가는 길로 향하는 동안 내 손은 떨림이라곤 하나 없다. 정글의 소리, 매일 들려오는 흔하디흔한 이야기가 잠잠해지고 남은 것이라곤 나의 심장 박동뿐이다. 와이라의 심장도 어딘가에서 뛰고 있을 것이다. 가운데가 축 늘어진 썩은 널빤지, 그 작은 다리 위로 조심조심 걸음을 옮기고서 모퉁이를 돈다. 갈림길. 줄지어 선 대나무가 하늘을 어둑하게 가렸다. 이곳이 어딘지 알고 있다. 왼쪽 길로 가면 '원숭이 공원'이 나온다. 나무에 단과 로프를 설치해두고 원숭이에게 원숭이가 되는 법을 가르치는 곳이다. 오른쪽 길로 가면 새끼 사슴 밤비와 루돌포가 사는 방사장이 나온다. 저 너머로 직진하면 격리장에 이른다. 잠시 멈춰서 심장 소리를 듣다가, 똑바로 향한다.

격리장에는 한 번도 가본 적이 없다. 밀라가 강조한 첫 번째 규칙은, 배정받지 않은 파르케 구역은 절대로 가면 안 된다는 것이다. 우리와 동물의 안전을 위한, 동물의 사생활 보장을 위한 규칙이다. 격리장은 특히나 그 규칙이 중요한 곳이다. 들어온 지 얼마 안 된 동물들, 몸이 아프거나 정신적 외상을 입었거나 둘 다인 동물들이 살고 있다. 와이라가 먼저 격리장에 갔다면, 지금 먹이를 찾고 있을 것이다. 분명하다. 격리장에는 가장 취약한 동물이 살고 있으니까.

"¿프린세사(공주님)?" 탁 트인 널찍한 공터로 들어선 나는 망설이며 와이라를 불러본다. 재빨리 주위를 둘러보며 안으로 들어간다. 커다란 테니스 경기장만 한 공터를 허리까지 오는 흔들거리는 울타리가 에워싸고 있다. 그 안에 줄지어 늘어선 작은 가설 케이지가 보인다. 아침마다 이곳에서 일하는 새미에게서 이곳 동물들에 대한 이야기를 열심히 들은 적이 있다. 작은 아마존앵무 샤키라는 주먹 두 개만 한 새끼 나무늘보 앨리스의 애정을 듬뿍 받는다. 매일같이 탈출하는 거북도 세 마리 있다. 셸리 민넬리, 셸리 라파엘리, 셸리 마키아벨리. 손가락 빨기에 집착하는 맥, 허버트 이지키얼도 산다. 허버트는 시내에서 가족에게 먹힐 뻔했지만 가까스로 구조되었다. 마지막으로 새끼 퓨마가 두 마리 있다. 도시의 한 시장에서 케이지에 갇힌 채 발견되었다. 새끼 퓨마 후안과 카를로스는 내 팔뚝보다도 작은 몸집에 얼룩덜룩한 황갈색 솜털로 뒤덮였다. 케이지에서 이리저리 돌진하며 함께 뛰어놀고 몇 시간이나 삑삑댄다고 새미가 말해주었다. 새미는 병을 가져와서 분유를 타 먹이는데, 퓨마들이 자길 어미로 생각하고 셔츠 속으로 파고든다고 했다.

나는 울타리 밖에 선다. 와이라가 나타날 때를 대비해 요즘 늘 들고 다니는 로프가 나의 옆구리에 부딪친다. 몇 안 되는 구름이 불쑥 나타나 태양을 가린다. 오한이 등골을 타고 흘러 몸이 부르르 떨린다. 깃털이 부스럭대는 소리가 들린다. 부드러운 삑삑 소리도 들리는데, 아마도 후안과 카를로스일 것이다. 발 근처의 흙이 축축하다. 여전히 아침 이슬로 젖어 있다.

갑자기 새끼 퓨마의 소리가 멎는다. 흔들림 없는 정적. 아무것도 들리지 않는다. 20미터도 안 되는 곳에 와이라가 있다. 그늘과 거의 똑같은 털 색. 막대기처럼 깡말랐다. 몇 달간 아무것도 먹지 않은 것만 같다. 갈비뼈가 가혹하리만치 드러났고, 머리는 쭈그러들었다. 궁둥이에 난 깊은 상처에서 피가 흐른다. 귀와 코도 마찬가지다. 세상에, 이게 정말 와이라라고? 바로 그때 와이라가 고개를 돌리더니 나와 눈을 마주친다. 이렇게 먼 거리임에도 초록빛이 선명하다.

"와이라." 소리를 낮춰 말하면서 한 발짝 앞으로 향한다. 다른 생각은 나지 않는다. 와이라야, 여기에 있어. 정말 와이라야, 내 인생에서 가장 아름다운 존재! 본능이 앞서 한 걸음 더 나아간다. 와이라의 눈동자가 부풀다가 이내 줄어든다. 나를 기억하고 있어. 날 기억하는 게 분명해. 몇 달간 내가 자기 생각밖에 안 했다는 걸 아는 게 분명하다고!

그 순간, 이 모든 생각들이 단숨에 사라지고 만다. 날 기억하지 못하는 걸까? 와이라의 눈에서 뚜렷한 두려움이 스멀스멀 차오른다. 너무 작아진 와이라. 와이라가 움찔 뒷걸음질한다. 수도 없이 봤던 모습이지만, 이번에는 당황한 탓에 양손을 뻗은 채로 애원하며 또다시 앞으로 나아간다. 와이라에게는 의도가 분명치 않은 정신 나간 짓으로 보였을 거다. 정글은 쥐 죽은 듯 고요해진다. 숲 천장이 축 늘어져 질긴 나뭇잎이 내 뒷목에 닿을락말락 한다. 꼭 이렇게 말하는 것만 같다. 너, 정말 미쳤구나. 손에 아직 로프가 들린 줄도 모르고 있다. 입을 열고 와이라의 이름을 다시 작게 불러보려 하지만, 목소리가 걸려 나오지 않는다. 와이라가 로프를 본 순간, 멍하니 서 있던 내게 목구멍을 울리는 깊고 거친 하악거림이 들려왔기 때문이다. 와이라는 함정에 빠진 길고양이처럼 구석에 몰렸다. 등 뒤로는 울타리가, 그 너머에는 케이지가, 머리 위로는 숲 천장이, 앞은 내가 가로막았다. 와이라의 눈이 밝은 초록색으로 변했다가 다시 검게 바뀐다.

덤벼드는 모습은 못 봤지만 이미 덤벼들었다는 것을 알겠다. 꽉 다문 입가에 이빨이 번뜩이고 으르렁 소리가 솟구친다. 어딘가 통증이 느껴진다. 피가 흐른다. 핏방울이 떨어져 장화를 붉게 물들인다. 와이라가 몸을 움츠린다. 떠돌이와 야생의 모습을 한 와이라의 두 눈은 끔찍한 공포에 질려 있다. 와이라. 나야. 시간이 없다.

그때 어딘가 문 쪽 너머에서 고함과 발 구르는 소리가 들려온다. 와이라가 몸을 일으키고 내 어깨 너머를 향해 으르렁거린다. 그러고는 힘껏 뛰어간다. 발이 땅에 완전히 닿지도 않을 만큼 빠르게. 울타리를 넘어 흩어진 케이지를 지난 뒤에 또 반대편 울타리를 넘고 숲속으로 돌아간다. 숲이 와이라를 둘러싼다. 그가 긴 꼬리를 휙 휘두르며 대나무 장막을 미끄러지듯 지나간다. 그리고 원래부터 없었던 것처럼 사라져버린다.

아구스티노가 바늘을 들고 있다. 몸집이 청설모만 하고 털 색이 진빨강인 다윈이 아구스티노의 목에 매달려 있다. 파우스티노도 서까래에 몸을 웅크리고 앉았다. 이곳은 진료소지만 '진료소'라고 하기에는 창고에 가깝다. 낡은 옷가지, 담요, 모기장, 화려한 행사용 의상이 닳아빠진 커튼 하나만을 사이에 두고 의약품과 구분되어 있다. 와이라를 찾기 위해 인근 정글에 덫을 설치했더니 하루가 눈 깜짝할 새 지나갔다. 이제 어두워지기 시작한다. 아구스티노는 헤드램프를 썼다. 삐걱거리는 탁자 위에서 촛불이 흔들린다. 그림자가 파우스티노의 털과 땅바닥과 내 팔 위로 넘실댄다. 팔을 도저히 쳐다볼 수가 없다. 살갗이 이제 보라색이 되어간다. 구멍 여섯 개가 제각

나와 퓨마의 나날들

기 깊게 뚫렸다. 두 개는 내 엄지에, 네 개는 내 팔에. 찢어진 상처에서 노란색의 작은 지방 덩어리가 보인다. 손 한쪽 면 전체에서 감각이 사라졌다. 와이라의 이빨이 신경이나 힘줄을 건드린 게 아닐까.

"¿리스타(준비됐어요)?" 아구스티노가 묻는다. 엄청나게 길고 날카로운 주사기가 반짝거린다. 꿀꺽. 토할 것만 같다.

"아플까요?"

아구스티노는 그저 날 바라볼 뿐이다. "시(네)."

다윈이 맑은 눈을 동그랗게 뜬다.

나는 반대쪽 손으로 탁자 옆을 꽉 붙잡는다. "됐어요."

아구스티노가 몸을 앞으로 기울인다. 그의 얼굴 위로 펄럭이는 그림자가 이마에 깊게 팬 주름을 드러낸다. 워낙 깊어서 언젠가 사라지긴 할지 모르겠다. 아구스티노가 첫 번째 구멍에 주사기를 삽입한다. 찌르듯 얼얼한 통증에 몸이 움찔거린다. 아이오딘이 살 속으로 들어오면서 누더기가 된 살갗을 주황색으로 물들인다. 눈을 감을 수가 없어서, 근육이 부들부들 떠는 모습을 보고야 만다. 혀를 너무 세게 깨물어서 피 맛이 느껴진다. 현기증이 나고 속이 메스껍다. 잠시 동안 눈앞이 보이지 않는다. 화끈거림이 팔을 타고 번져온다. 머리를 뒤로 젖힌다. 실수였다. 기분이 더 좋지 않다. 멀리서 파우스티노가 깩깩댄다. 파우스티노에게 나는 괜찮다고 말해주려는데 입이 떨어지지 않는다. 탁자 위에 주사기가 달가닥 놓이는 소리가 들리고 나서야 다시 자세를 고쳐 앉는다. 갈색 핏자국이 낭자한 찢어진 셔츠를 꽉 잡는다. 이렇게 하면 마음의 안정을 되찾을 수 있다는 듯이. 아구스티노가 이제 봉합실 상자로 손을 뻗는다.

"미라(봐요)." 아구스티노가 부드러운 목소리로 말한다. "수 디엔테 에스타 로토, ¿노? 와이라의 앞 이빨이 부러졌어요. 그래서 이렇게 찢어진 거예요. 에스 포르 에소(그래서예요)."

나는 크게 찢어진 구멍을 봉합하는 모습을 멍하니 바라본다. 진홍색과 칙칙한 보라색, 하얀색의 기괴한 조합이 탄생한다. 상처를 지켜보는 동안 꼭 내 몸이 아닌 것 같은 이질감이 느껴진다. 나는 뼈가 부러지거나 큰 수술을 받아본 적이 한 번도 없다. 열여섯 살 때 물 끓는 냄비를 무릎 위로 쏟은 적은 있다. 결국 병원 신세를 졌는데, 걷는 것도 힘들었고 학교도 몇 달이나 빠졌다. 그때를 생각하면 아직도 긴장된다. 허벅지와 배에 그 상처가 남아 있다. 그때도 지금과 좀 비슷한 느낌이 들었다. 멍한 느낌. 내 몸이 내 것이 아닌 듯한 기분.

마치 멀찍이 서서 구경하듯, 상처가 감염되진 않을까 궁금증이 든다. 패혈증에 걸린 사람들······. 동물에게 물린 상처로 죽은 사람들에 관한 이야기를 들어본 적이 있다. 혹시라도 감염될 가능성과 항생제에 관해 아구스티노에게 물어볼 수도 있을 거다. 하지만 차마 그럴 수가 없다. 쇼크가 일어난 걸까.

아구스티노가 안타까운 얼굴로 웃으며 등을 토닥여준다. 다윈이 울부짖기 시작한다. 다윈은 젖이, 어미가 필요하다. 태어난 지 몇 달밖에 되지 않았다. 아구스티노가 이빨을 보고, 누군가 다윈에게 감자칩과 초콜릿을 준 것 같다고 추측했다. 다윈은 뼈가 워낙 약해서 며칠 전에 잠에서 깼을 때에는 팔이 부러져 있었다. 아구스티노가 작은 석고 붕대로 팔을 감싸주었다.

나와 퓨마의 나날들

나는 눈물을 참고 아구스티노를 쳐다본다.

"혹시……" 그리고 말을 멈춘다. 내가 뭐라고 하고 싶은지도 잘
모르겠다. 등에 난 큰 상처, 확 줄어든 체중, 명백한 두려움에 긴장이
서린 눈가. 와이라는 자유로울 자격이 있다. 과거에도 늘 자유로움
을 누렸어야 했다. 하지만 와이라는 살아남지 못할 것이다. 이제야
제대로 이해가 된다. 내가 다친 것 따위는 신경 쓰이지 않는다. 데려
올 방법을 찾지 못한다면 와이라가 죽고 말 것이라는 생각에만 마
음이 쓰인다. 죽고 말 것이라는 생각에만. 아구스티노가 봉합실을
내려놓고 고개를 숙인다.

"와이라가 집에 돌아올 거라고 믿어야 해요."

"하지만 정말 돌아올까요?" 목소리가 갈라진다.

"모르겠네요." 아구스티노가 여전히 울부짖고 있는 다윈에게
손을 뻗는다.

분유를 집으려 하는 아구스티노의 손목에서 시계가 똑딱거린
다. 파우스티노가 풀쩍 뛰어내려 곧장 촛불로 향한다. 우리가 자길
신경 쓰지 않는다고 생각한 것 같다. 하지만 나는 파우스티노가 양
초에 닿기 전에 녀석을 붙잡고 촛불을 훅 불어 꺼버린다. 이제 아구
스티노의 랜턴 빛줄기만 남는다. 아구스티노가 랜턴을 탁자에 올려
놓자 가느다란 빛줄기가 조금씩 새어 나와 나무를 가로지르며 노랗
게 물들인다. 파우스티노는 내 무릎 위에 자리를 잡았다. 어느새 다
윈은 차분해져 있다. 내 옆 의자에 앉은 아구스티노와 함께 우리 셋
은 새끼 원숭이가 젖을 빠는 소리를 듣는다. 아구스티노가 낮은 딸
깍 소리를 내며 랜턴을 끈다. 워낙 어두워서 형체만 가까스로 보인

다. 파우스티노가 분유 병을 잡으려고 손을 뻗는 것이 느껴진다. 하지만 아구스티노가 쉿 소리를 내자 불쌍한 얼굴로 손을 거둔다. 팔이 정말 많이 욱신거린다. 들리는 것이라곤 밖에서 낮게 웅얼거리는 목소리, 나뭇가지가 지붕을 긁는 소음, 분유를 마시며 쁙쁙대는 다윈의 울음소리뿐이다. 와이라가 어디에 있을지 생각해보려 애쓰지만, 마땅히 떠오르는 곳은 없다.

우리는 진료소에 오래 머문다. 아무도 움직일 기운을 차리지 못한 것 같다. 달이 안뜰 높이 떠올라 바닥에서 흔들리는 그림자를 드리우고 나서야, 우리는 허리를 똑바로 편다. 샤워 도중에 물이 끊긴 누군가의 절망 섞인 외침과 탕탕 두드리는 소리가 들릴 때, 뒤이어 급수기가 윙 하고 작동하는 소리가 들려올 때, 튀긴 마늘 냄새와 누군가 돼지에게 주려고 양동이에 꺼내둔 퇴비 냄새가 풍겨올 때, 매일 밤 울려 퍼지는 이스크라의 포효가 시작될 때, 재규어들이 그에 응답할 때, 매미가 떠들어대고 개구리가 소리 높이 울어댈 때, 두꺼비와 박쥐가 그들 사이로 미끄러지고 나뭇잎들이 나란히 움직일 때, 그렇게 해안가 파도처럼 오르내리는 모든 것들이 서서히 활기를 찾아갈 때, 테양히가 지나가며 코를 쿵쿵거릴 때, 파우스티노가 코를 골며 내 어깨에 입술을 들이밀기 시작할 때, 다윈이 병 끝까지 손을 뻗다가 달그락 하고 병을 떨어뜨릴 때, 그러고는 아구스티노의 셔츠 아래로 파고들어 심장을 맞댈 때, 그때가 되어서야.

다시 돌아올 용기

다음 날 아침, 새미가 돼지 방사장 근처에서 와이라를 발견했다. 이튿날에는 밀라가 원숭이 공원으로 가는 길에 와이라에게 걸려 넘어질 뻔했다. 로페스는 스쿨버스가 아이들을 태우는 바로 그 순간에 도로에서 와이라를 목격했다. 햇빛 때문에 간신히 보였지만 와이라가 포장도로를 가로질러 달아나다가 또다시 초록빛과 금빛의 숲속으로 사라져버렸다고 로페스가 차분히 말해주었다.

와이라가 캠프를 배회하고 있다. 생존에 필사적인 굶주린 상어처럼. 저 밖에서 홀로 있으면서 다시 돌아올 용기를 낼 수 있을까 의심하며 배회했던 나처럼.

이틀 뒤, 사마를 만나고 텅 빈 고기 양동이를 흔들며 돌아오는 길. 다시 한번 기나긴 더운 하루가 지나자 넓고 빛나는 도로가 뜨겁게 달궈졌다. 눈을 부릅뜨고 와이라와 닮은 것이라곤 죄다 찾을 작정으로 길가를 훑는다. 오늘은 괜찮은 날이었다. 처음으로 사마가 어두운 정글 안팎을 드나드는 대신에 다른 것을 하고 싶어 했고, 그림자 속에서 걱정스런 눈빛으로 나를 바라보았다. 나는 그 근처를 수도 없이 뱅뱅 돌며 걷기를 멈추고 그냥 앉아 있다. 좋아하는 통나무에 앉아 《반지의 제왕》을 큰 소리로 읽는다. 사마도 나처럼 너드일지 모르니까. 알고 보니 정말 그랬다. 내가 자기를 보고 있다는 걸 모르도록 신경 써서 지켜보며 〈두 개의 탑〉 4장째에 접어들자, 슬그머니 숲에서 빠져나와 내 통나무에서 몇 미터도 안 되는 철조망에 멈춰 섰다. 계속 읽어나가도 사마가 움직이지 않는 것을 보고, 나는 그걸 좋은 신호로 받아들였다. 잠시 후 사마는 앞발에 볼을 느긋하게 기대고 눈을 감았다. 편안해 보였다. 나는 너무 놀라 넋을 잃고 사마를 멍하니 쳐다보았다. 잠에 든 눈꺼풀이 부드럽게 떨렸다.

나는 눈을 가늘게 뜨고 흡연 오두막 옆에 선 사람을 바라본다. 몇 걸음 다가서니 손을 흔드는 해리가 보인다. 만면에 띤 싱글벙글 웃음 때문에 턱수염이 공중에 떠오른 것 같다. 오스트레일리아에서 '진짜' 일을 하느라 턱수염을 짧게 잘랐다.

"프로도. 사마는 어때?"

나는 히죽 웃으며 말한다. "최고지!" 고기 양동이를 내려놓고 담배 한 개비를 꺼낸다. "책을 읽어줬어! 그리고 이것 좀 들어봐!" 내가 발끝을 까딱이며 외친다. "읽다가 멈추니까 완전 질색하더니 일어나려 하더라고. 그런데 다시 읽기 시작하니까 딱 멈추는 거야. 가지 않고. 그리고 내 손에 대고 코를 쿵쿵거렸어. 내 손에 대고 쿵쿵거렸다고! 사마는 책을 읽어주는 걸 좋아해. 내가 자기한테 읽어주는 걸 좋아한다고! 사마는……." 나는 해리를 빤히 쳐다보고 말꼬리를 흐린다. 해리가 수상한 눈빛으로 날 바라보고 있다. 평소답지 않게 신이 난 듯 입꼬리가 올라가 있다. 발끝도 까딱이면서. "왜?"

해리가 싱글벙글 웃으면서 나의 팔을 주먹으로 친다. "돌아왔어!"

"뭐라고?"

"와이라가 돌아왔다고! 케이지에!"

내가 아무 말도 하지 않자 해리가 양손을 벌린다. 꼭 이렇게 말하는 것 같다. 그래, 어서. 반응해봐.

그래도 나는 빤히 바라볼 뿐이다.

"와이라라고! 와이라가 집에 돌아왔다고!" 해리가 마지못해 외친다.

난 다짜고짜 해리를 세게 걸어찬다. 해리가 꽥 하고 비명을 지르며 달아난다. 웃고 있다. 나도 웃는다. 손이 덜덜 떨려서 담배를 놓쳐버린다. 집어 들려고 해도 그럴 수가 없다. 해리가 툴툴거리며 도와준다. 멋쩍은 웃음을 지으며 나에게 담배를 건넨다.

"넌 정말 거지 같아." 나는 해리에게 쏘아붙인다.

해리가 여전히 웃음을 머금고 끄덕이며 포장도로에 앉는다. 나도 옆에 앉아서 한동안 담배만 쳐다본다. 담뱃불이 꺼졌는데, 어떻게 해야 할지 바로 생각이 안 난다. 하늘이 타는 듯 새파랗다. 해리가 한숨을 내쉬고는 담배를 가져가 불을 붙여준다. 담배를 깊게 빨아들이고 나서야 머리가 맑아진다.

해리 쪽으로 돌아 손으로 햇살을 가리며 묻는다. "어떻게?"

해리가 무릎을 가슴팍에 끌어당기고 나를 비스듬히 쳐다본다. 어쩐 일인지 훨씬 더 어려 보인다. 아마도 턱수염 때문일 거다. 어쩌면 내가 나이 든 기분이라 그런 걸지도 모른다. 해리는 담뱃재를 털고 다시 담배를 입으로 가져간다. 입가에 코카 잎 얼룩이 묻었고 배가 볼록해졌다. 조금 긴장한 듯 푸른색 눈을 깜박이며 한 손으로 턱수염을 매만진다. 돌아온 이후로 해리는 루 때문에 힘든 시간을 보내고 있다. 루는 전처럼 다정하지 않았다. 해리를 괴롭히고, 같이 놀긴 하지만 전과 같진 않다. 지나치게 놀고, 격하게 뛰어오른다. 그리고 발톱까지 드러낸다. 작년에는 결코 발톱을 쓰지 않았다. 해리는 별일 아니라고 하지만, 나는 해리가 몇 날 밤을 피로와 낙담과 자책으로 손과 다리를 부들부들 떨며 산타크루스로 돌아온 것을 보았다. 해리의 기분은 루와 비정상적으로 연결되어 있는 것 같다. 물론, 내가 할 말은 아니다. 작년에 매력적으로 느껴졌던 그의 확신이 더는 보이지 않는다는 사실을 깨닫고 나는 충격을 받았다. 아니면 그게 원래부터 없었는지도 모르겠다. 상상 속에서만 존재했는지도.

"피오 방사장 옆에 설치해둔 덫에 걸려든 거야. 한 세 시쯤이었던 것 같아."

사마와 내가 한창 헬름 협곡 전투에서 오크와 싸우고 있을 때다. 덫이라고 해봤자, 사실 가로세로 2미터밖에 안 되는 작은 수송용 케이지에 생닭을 넣어둔 것뿐이다. 출입구 위에 무거운 판자를 올려두고 누군가 발을 딛는 순간 판자가 떨어지게 되어 있다. 이걸로 몇 번 동물을 잡은 적이 있는데, 일부는 탈출했다.

"그래서 효과는 있었어?" 내가 의심하며 묻는다.

"응. 사람들이 지금 와이라를 다시 데려가고 있어."

"밀라가 내일까지 기다리라고 할 거야. 안 그래? 와이라를 보려면 말야."

해리가 얼굴을 찌푸린다. "당연하지." 그러고는 웃으며 내 쪽으로 몸을 기울여 팔꿈치로 옆구리를 살짝 찌른다. "기다릴 수 있겠어?" 난 잠시 해리를 쳐다보고 역시 웃으며 머리카락을 쓸어 넘긴다. 내가 돌아온 후로 함께 웃는 것은 처음이다. 마음속에 단단히 매인 응어리가 나도 모르게 풀어진다. 하늘을 올려다보며 미소를 짓는다. 문득 깨닫는다. 허리도 더는 뻐근하지 않다. 구름 몇 개가 둥

나와 퓨마의 나날들

둥 떠다니고, 길가의 부드러운 덤불이 바람에 휘날린다. 한쪽 팔은 여전히 심장보다 낮게 내릴 때마다 욱신거린다. 부모님께는 말하지 않았다. 뭐라고 하실지 듣고 싶지가 않다. 팔을 가슴에 끌어안는다. 매일 점심마다 갈아주는 붕대가 감염으로 스며 나온 고름과 땀과 흙으로 흠뻑 젖었다. 어쩌면 생각보다 걱정할 일인지도 모르겠다. 그래도 아구스티노가 괜찮을 거라 말했으니 됐다.

"믿을 수 없어." 마침내 나는 낮게 속삭이며 팔꿈치로 해리를 쿡 찌른다.

해리가 방긋 웃는다. "와이라가 집에 돌아왔어." 그러고는 고개를 절레절레 흔든다. "거지 같은 와이라."

끄덕끄덕. 떨리는 손으로 눈물을 닦아낸다.

어렴풋이 윙윙대는 벌레의 날갯소리, 매미의 떠들썩함, 고성우산새 piha bird 의 높고 낭랑한 지저귐. 벌레들은 정글 땅바닥을 미친 듯이 돌아다니며 장거리용 무선 송신기 같은 소리를 내뿜는다. 나는 와이라의 오솔길 위, 표지판 바로 앞에 서 있다. 올라 와이라 프린세사. 표지판이 박혔던 고색창연한 교살자나무가 쓰러져 있다. 보아하니 쓰러진 지 몇 달은 된 것 같다. 표지판도 떨어져서 꼭 머리카락처럼 나무를 휘감았던 덩굴에 받쳐 놓았다. 이제 팽팽해진 덩굴은 황토색에서 은색으로 그리고 진갈색으로 색이 바랬다.

나는 깊게 숨을 들이쉬고, 경사면을 따라 걸어간다. 오늘 아침은 후텁지근하다. 모기들은 건기를 앞두고 잠에 들거나 죽어서 점차 기세가 누그러들기 시작했지만, 그래도 여전히 물리면 아프다. 아침마다 엄청난 가려움을 느끼며 잠에서 깨곤 한다. 나는 찢어진 헌 레깅스 두 벌과 무릎까지 오는 형광 주황색 풋볼 양말 위로 부드럽고 탄력 있는 고무장화를 덧신었다. 왕관을 쓰고 케이크를 먹는 집고양이 그림 티셔츠 위에 옷깃 달린 체크무늬 셔츠를 입고 단추를 턱밑까지 꽉 채웠다. 땅은 모래 같아서 밟을 때마다 바스러진다. 저벅저벅. 수백 번, 아니 수천 번 걸었던 길. 작은 둔덕을 넘고, 단풍나무처럼 진홍색 껍질을 두른 또 하나의 교살자나무를 지난다. 썩은 통나무는 사라졌다. 진흙 속에 짓밟혀 남은 것이라곤 똑같이 지겨운 단내와 한 조각의 어둠으로 대지에 드리운 자국밖에 없다.

"와이라." 나직이 속삭여본다. 극도로 익숙한 두려움의 전율을 느끼며 한 발짝씩 나아가 철조망을 잡는다. 손가락이 금속을 움켜쥐는 동안 손이 화끈거린다. 와이라가 고개를 들고 실눈을 뜬다. 가장 높은 단에 앉아 양발을 나무 단 언저리에 놓고 고개를 비스듬히 기울였다. 구름 낀 어두운 하늘은 뱀 껍질처럼 반점이 그득하다. 비가 오려나 보다. 이번 계절의 마지막 비일 것이다. 공기가 케이지 주위를 서성인다. 무게를 불리고, 때를 기다리며. 한바탕 만발한 나뭇잎은 벌써 습기로 축축해져 땅바닥에 떨어지고 있다.

와이라는 몸을 동그랗게 말았다. 그러니 몸집이 엄청 작은 것처럼 보인다. 돌돌 말린 털 뭉치나 다름없다. 하지만 얼룩덜룩한 햇살이 속눈썹에 내려앉아 와이라임을 알린다. 코 위에 피가 말라붙었고, 옆구리의 베인 상처는 털을 짙은 갈색으로 물들였다. 살갗이

나와 퓨마의 나날들

뼈 위로 팽팽하게 당겨져서 와이라가 마치 해골처럼 보인다. 막대기 같은 갈비뼈가 선명하다. 그는 와이라지만, 와이라가 아니다. 평행 세계에서 온 와이라. 내가 두고 간 그 고양이가 맞는지 믿을 수 없다. 와이라는 행복했다. 안전했다. 젠장, 자유로워지고 싶어 했다. 그런데 지금은 이렇다. 나는 이마를 철조망에 강하게 짓누른다.

늘 와이라가 무서웠다. 장화 위에 눕고 팔을 핥을 때조차, 와이라는 맹수고 난 먹잇감이라고 속삭이는 내면의 목소리를 없앨 수는 없었다. 그런데 지금은……. 어젯밤은 침대에 누워 공황에 빠졌다. 다시는 와이라에게 가까이 가지 못할까 봐. 두려움을 도저히 감당할 수 없을까 봐. 누더기가 된 팔을, 흉하게 물린 상처를 내려다본다. 화가 치솟는다. 내 잘못일까? 로프를 들지 않았더라면, 다가가지 않았더라면, 구석에 몰지 않았더라면 어땠을까? 혹여나 와이라가 멈추지 않았더라면, 사람들이 오지 않았더라면, 상황이 더 나빴더라면 어떻게 됐을까?

"공주님."

와이라가 고개를 들어 나를 쳐다본다. 한 뼘도 되지 않는 거리다.

난 고개를 절레절레 흔든다. 내 잘못이다. 와이라는 나를 해칠 생각이 없었다. 아무도 해치려 하지 않았다! 와이라는 그저…… 무서웠을 뿐이다. 이를 악문다. 악의는 없었다고 해도, 처음에 내가 있던 장소로 뒷걸음질 친 기분이다. 와이라는 한 마리 퓨마에 지나지 않고, 나는 악취를 풍기는 커다란 두려움 덩어리에 지나지 않았던 때로.

와이라는 나를 멍하니 바라본다. 와이라의 두 눈은 아래에서 올려다본 숲 천장처럼 크고 짙다. 이제는 천천히 돌아서 뒤쪽 정글을 바라본다. 꼬리가 맥없이 단 아래로 축 늘어졌다. 폭신폭신한 꼬리 끝이 휙휙 움직이기를, 머리 주변에서 날아다니는 모기를 향해 불쑥 튀어 오르기를 기다렸지만, 미동도 하지 않는다. 아무런 움직임도 없다. 또다시 양발에 머리를 누이고 아까보다 더 작게 웅크린 뒤에 눈을 감는다. 와이라의 가슴이 오르내린다. 들릴락말락 한 숨소리에 귀를 기울인다. 구름이 더욱 자취를 감추고, 공터가 황량한 진회색으로 물든다. 와이라의 숨소리는 점차 느려지고, 잠들었나 싶을 때쯤 또 다른 소리에 쉽사리 먹혀버린다. 귀뚜라미의 날갯소리, 나뭇가지의 삐걱거림, 지나치게 우거진 파투후의 우레 같은 바삭거림, 벌레의 웅얼거림은 전부 너무도 시끄럽다. 야자나무가 부딪치는 소리, 새들의 깍깍거리는 불협화음, 수많은 원숭이의 거친 비웃음, 끊임없이 크게 고동치는 나의 심장 박동도. 와이라가 바로 저기에 있다. 와이라를 완전히 잃을까 봐 정말 두렵다.

"유마는 어때?" 내가 계단에 앉으며 묻는다.

새미가 방긋 웃는다. 새미의 둥근 얼굴에 비친 햇살이 볼에 붉은 기를 더한다. 더없이 상쾌한 5월의 토요일. 새미는 기분이 좋은 듯 셔츠를 둘렀다. 건기가 절정이다. 누그러진 온도는 겨울이 다가옴을 암시한다. 새미의 두 눈이 반짝인다. 새미가 무슨 생각을 하는

나와 퓨마의 나날들

지 안다. 나도 똑같은 생각이다. 이번만은 땀 범벅이 되지 않는다니, 정말 근사하지 않은가?

새미가 내 옆에 앉는다. 우리는 모로차가 다윈을 등에 태우려 하는 모습을 함께 지켜본다. 모로차는 다윈이 나무로 옮겨가기 전에 꼬리로 자기 꼬리를 확실히 감을 때까지 참을성 있게 기다린다. 며칠 전에 다윈의 석고 붕대가 떨어지자마자, 모로차는 다윈에게 나무 타는 법을 가르쳐주는 친절을 베풀어 우리를 놀라게 했다. 지금은 둘 다 오시토가 안뜰 높이 만들어준 모로차의 상자 집을 향해 올라가고 있다. 함께 앉아 있기 좋아하는 그 집에서 모로차는 무릎 위에 다윈을 앉힌다. 다윈의 보송보송한 황갈색 털을 기다란 손가락으로 훑으며, 서투른 몸짓으로 털 손질 법을 알려준다.

내 생각이 맞았다. 몇 주 전에 왔던 비가 마지막이었다. 그 이후로 하늘은 구름 한 점 없는 푸른 파스텔로 물들었고, 숨 막히는 더위는 건조한 서늘함에 자리를 내주었다. 모기도 거의 사라졌다. 그 대신에 진드기와 노란파리yellow fly가 들어섰다. 게다가 배트맨이 타고 다니는 자동차의 미니어처같이 생긴 벌레가 인정사정없이 쏘아대기 시작했다. 그래도 너무 신경 쓰진 않는다. 우리와 마찬가지로 이 녀석들은 본분을 다하는 것일 따름이니까.

봉사자들은 대부분 시내로 가버렸다. 여전히 엄청 많다. 마지막으로 셌을 때에는 무려 여든두 명이었다! 그래서 오늘은 흔치 않은 평온의 순간이다. 캠프는 이제야 한숨 돌릴 만해졌다. 몹시 즐거운 날. 아이들은 일상의 자질구레한 일을 처리하며 어슬렁거린다. 밀라는 격리장에 갔고, 아구스티노는 파우스티노와 놀고 있다. 징

크스를 입에 담긴 싫지만, 어쩌면…… 정말 어쩌면…… 지난 며칠간 예전의 아구스티노로 다시 돌아오고 있다는 생각이 든다. 여전히 지쳤고 여전히 압도됐고 여전히 슬퍼하지만, 와이라가 돌아왔고 수 많은 봉사자가 일손을 덜어주고 있다. 아구스티노가 파우스티노에 쫓기며 식당을 빙빙 돌고 어린애 같은 그의 큰 웃음소리가 숲에 울려 퍼지면, 나는 미소를 지을 수밖에 없다.

도냐 루시아가 점심거리를 만드는 중이다. 군침 도는 튀긴 양파 냄새가 캠프 전체에 솔솔 풍긴다. 나는 전부터 샤워실 벽에 코코의 초상화를 그리고 있다. 코코의 슬프고 불안한 눈이 아침 내내 날 쳐다본다. 새미는 '은퇴한 후터스걸'이라고 적힌 티셔츠를 입었다(후터스걸은 미국의 레스토랑 체인점 '후터스'에서 일하는 몸매를 강조한 종업원을 의미한다. 'Hooter'에는 여성의 가슴과 부엉이라는 뜻이 있다-옮긴이). 앞면에 부엉이 그림이, 뒷면에는 거대한 가슴이 그려져 있다. 새미는 내가 그림을 쳐다볼 때마다 눈을 치켜뜨며 깔깔 웃는다.

"보비의 옷인 것 같아. 바닥에서 찾았지. 이걸 내가 입고 있다는 게 참 아이러니하군." 새미가 다부진 팔을 뻗으며 말한다. 주근깨가 햇빛에 거무스름해졌고, 숱 많은 엉킨 머리카락은 거의 금발에 가깝다. 새미는 패디를 도와 유마의 새로운 방사장을 만들고 있다. 며칠 전, 평소보다 훨씬 더 탄 패디가 열정 넘치는 모습으로 불쑥 나타났다. 패디는 혼자서 말을 타고 볼리비아 평원을 횡단하며 모금 활동을 벌이다 돌아온 참이었다. 이곳에 남겨둔 꿈을 위해. 그가 돌보던 미친 퓨마, 유마의 새로운 집을 만들어주기 위해.

"잘되고 있어. 패디의 끝없고 어처구니없는 열정 때문에 해리

　　　　　　　　　나와 퓨마의 나날들

가 자기혐오의 소용돌이에 빠질 날도 며칠 남지 않았어. 그러다가 둘의 관계가, 뭐 파탄 나거나 하겠지."

내가 키득거리며 끄덕인다. 새미도 낄낄거리더니 작고 둥근 조약돌을 주워 부드럽게 감싸 쥔다.

"와이라는 어때?"

나는 눈을 감는다.

"여전히 나오려 하지 않아?"

고개를 절레절레 흔든다.

"자고 먹기만 해. 그르렁거리지도, 하악대지도 않아. 아무것도 안 해! 그냥 날 무시하고 허공만 멍하니 쳐다본다니까."

새미가 으쓱한다.

"나라도 정글에서 무참히 짓밟혔다면 바로잡는 데 시간이 좀 걸렸을 거야. 큰일이었잖아. 그때 있었던 일 말야."

나는 얼굴을 찡그린다. "18일 동안 나가 있었지."

"긴 시간이고. 아마도 무언가 고민하고 있을 거야."

새미가 눈을 반쯤 내리깔았다. 그가 말하기를 꺼려 하는 것이 무엇인지 알고 있다. 바로 지금, 와이라는 항상 꿈꿔왔던 모습이 될 흔치 않은 기회, 아마도 유일했을 기회가 있었다는 사실을 깨닫고 있는지도 모른다. 그리고 그 기회를 잡지 못했다는 사실도. 와이라가 그런 생각을 한다는 것만으로도 가슴이 저며온다.

"넌 혹시……." 내가 망설이며 팔을 문지른다. 마침내 상처가 낫고 있다. 충분히 굳은 딱지가 이빨 구멍을 뒤덮었다. 새미가 돌을 조심스럽게 양손으로 주고받으며 기다린다. 돌이 손에 떨어질 때마다 낮고 둔탁한 소리가 난다. "밀라가 말해준 적 있어? 양파에 대한 얘기."

"아, 당연하지. 껍질 이론 말하는 거지? 엄청 들었다." 새미가 웃으며 말한다.

"정말 그렇다고 생각해?"

새미가 손에 쥔 조약돌을 바라보며 잠시 생각에 잠긴다. 나는 파우스티노와 아구스티노가 그들만의 숨바꼭질을 하는 모습을 지켜본다. 파우스티노는 또다시 식당 주위를 빙빙 뛰며 돌더니 좋아하는 나뭇가지로 튀어 올라 매복하듯 자세를 취한다. 잠시 뒤에 아구스티노가 놀이를 계속하느라 헐떡이며 나타나선 식당 옆에 기대어 숨을 고른다. 파우스티노는 총알같이 뛰어들 준비를 한다.

새미가 외친다. "¡코레!" 뛰어요, 라고.

아구스티노가 식당에서 벗어난다. 그의 눈이 반짝반짝 빛난다.

"¡아유다메(도와줘)!" 아구스티노가 꽥 소리를 지르는 동시에 키득거리며 웃는다. 파우스티노가 흥분한 듯 깩깩거리며 가지에서 재빨리 내려오는 모습을 보면 웃지 않고는 못 배긴다. 아구스티노는 도망가는 척하며 두 팔을 호들갑스럽게 빙빙 돌린다. 그러고선 파우스티노가 자길 잡을 수 있도록 천천히 속력을 늦춘다. 물론 둘다 바라는 바다. 그들은 서로 덤벼들어 끽끽거리고 이빨을 드러내며 소란을 피운다. 파우스티노는 근처 나무로 허둥지둥 달아나 거꾸로 매달려 긴 팔로 아구스티노의 머리를 때린다. 아구스티노는 계속해서 꽥 소리를 지르지면서도 미소가 얼굴을 가득 뒤덮을 만큼 활짝 웃는다.

나와 퓨마의 나날들

이제야 눈길을 돌린 새미는 뒤쪽 벽에서 햇빛에 반짝이는 2미터가량의 코코 그림을 바라보곤 어깨를 으쓱한다.

"아마 그럴 거야."

나는 새미를 빤히 바라본다. 하마터면 내가 무얼 물어봤는지 잊을 뻔했다. 껍질이었지.

"그래서, 껍질이 벗겨지면 절대로 되돌릴 수 없다고 생각해?"

"꺼져, 제발 안 그랬음 좋겠네."

코가 간지러워 슥슥 문지른다. 코에 물감이 묻는다. "내가 작년에 알던 와이라 말야. 걘 절대 돌아오지 않을까?"

"돌아올 리 없지. 정글은 너무 험하잖아." 새미는 입술을 꼭 다물다가 크게 웃음을 터뜨린다. 난 깜짝 놀란다. "왜 이래, 프로도. 그 쓸모없던 애 알지? 꼭 팽이처럼 바짝 긴장하고만 있던 여자애, 작년에 여기 있던 로라 말이야. 걔가 다시 돌아올 거라 생각해?"

새미를 빤히 쳐다보다가 약간 신경질적으로 웃는다. "꺼져, 그럼 안 되지."

"그럼 됐지." 새미가 뒤돌아서 나의 그림을 바라본다. 지극히 인상적인 적갈색 턱수염, 축 늘어진 입꼬리, 털이 듬성듬성 자란 검은색 손가락과 발가락으로 나뭇가지에 필사적으로 매달린 모습, 입주변의 헝클어진 수염. 코코를 닮았다. 나는 파우스티노 쪽으로 돌아선다. 그들은 전투를 마무리하고 지금은 함께 공처럼 몸을 웅크리고 있다. 파우스티노는 아구스티노의 무릎 위에 앉았다. 아구스티노가 다정하게 털을 쓰다듬는다. 원숭이는 기분 좋은 듯 눈꺼풀을 깜빡인다.

하지만 한숨이 나온다. 다짜고짜 화까지 치민다. "세상은 정말 개 같아! 와이라는 자유로울 수 없어. 아무도 그렇지 않잖아. 진정한 의미에서 말이야. 이런 상황에서 다음에 무슨 껍질이 있을지 우리가 어떻게 알겠어? 밀라는 그래. 무슨 일이 생길지 우린 알 수 없다고, 꼭 좋은 것처럼 얘기한단 말야. 하지만 우리가 무얼 해야 할지 어떻게 알 수 있지?" 난 목을 최대한 길게 빼고 위를 쳐다본다. 시선이 모로차에게 가닿는다. 모로차와 다윈은 모로차의 집 앞을 비추는 한 움큼의 햇살 아래서 함께 잠에 들었다. 둘의 작은 손이 맞닿아 있다. 황갈색 헝겊을 닮은 다윈이 모로차의 검은 배에 누워 있다. 난 사방에 가득한 나무들도 멍하니 쳐다본다. 똑같은 나무라곤 전혀 없다. 웅장하고 땅딸막한 나무. 작고 빈궁한 생김새에 수줍음 많은 나무. 새미의 시선이 느껴진다. 빈정대듯 눈썹을 치켜올린 시선이. 나도 눈썹을 치켜올린다.

새미가 한숨을 쉰다. "이 세상에는 싸워서 지킬 가치가 있는 것이 있지 않나요, 프로도 나리?"

나는 눈을 치켜뜨며 끄덕인다. "그래, 알겠어, 샘와이즈 감지."

새미가 방긋 웃는다. 그의 웃음소리가 차양에서 반사되며 울려 퍼진다. 어딘가에서 앵무새가 열성적으로 깍깍거리며 응답한다. "우리 호빗들이 가서 도냐 루시아를 돕는 건 어때?" 새미가 손을 내밀어 나를 끌어 올리며 낑낑댄다. 그러고는 열렬히 배를 문지른다. "두 번째 아침 식사를 먹을 준비가 된 것 같거든(《반지의 제왕》의 호빗족은 아침 식사를 하루에 두 번 한다-옮긴이)."

나와 퓨마의 나날들

케이지 안으로 들어가다

또 한 주가 흐른다. 와이라와 함께 케이지로 들어가면 어떨까 하는 생각이 한번 마음속에 떠오르자 도저히 무시할 수 없을 때까지 부글부글 거품을 일으키며 커져간다. 흥분되고 맘이 들썩인다. 너무 오랫동안 너무 무력했다. 케이지로 들어가는 법을 알려준 사람은 제인이었다. 우리는 와이라가 일찍 돌아갔을 때에만, 혹은 유독 기분이 좋지 않은 날에만 케이지로 들어가곤 했다. 대부분의 고양이와 달리 와이라는 케이지를 소유하려 하지 않았다. 우리와 함께 있으면 기운이 날 뿐이었다. 와이라를 믿는다는 것을 증명하는 방법이기도 했다. 우리는 와이라가 앉은 단 아래에 가로눕곤 했다. 와이라는 몇 분간 기다리면서, 그래도 상관없다고 알려주었다. 그러고는 꼬리를 획획 휘저으며 뽐내듯 우리 위를 걸어서 넘어갔다. 그리고 흰 턱을 장화에 기대고서 다리를 몸 아래로 말아 넣어 작고 완벽한 공이 되었다. 그 묘하고 소중한 순간, 와이라는 냉정함의 화신에서 가장 연약한 존재가 되었다. 와이라는 우리 곁에서 스르르 잠에 들었다. 우리가 그를 믿는 것처럼 그도 우리를 믿었다.

케이지 안에서 시간을 보내는 것이 좋았다. 꼭 비밀처럼 느껴졌다. 어릴 적 옷장에 숨어 나니아 왕국에 갈 수 있을지 확인하겠다고 옷장 뒷면을 두드려보는 것 같았다. 온 세상이 멈춘 듯했다. 맑고 화창한 아침, 돌프와 걸으며 생각한다. 어제는 밀라가 나를 곤란한 상황으로 내몰았다. 시간이 이렇게나 빨리 흘렀다니 믿을 수가 없었다. 한 달을 꼬박 채우고도 남을 만큼 사마를 돌보며 보냈다. 밀라는 나에게 선택권을 주었다. 와이라 혹은 사마. 고양이 배정을 기다리는 봉사자들이 너무 많기에 둘 다 돌볼 수는 없는 노릇이었다. 나는 와이라를 선택했다. 사실 진정한 의미의 선택은 아니었다. 그래도 작별 인사는 힘들었다. 생각보다 더욱. 사마를 맡게 된 운 좋은 여자한테 책을 큰 소리로 읽으라고 단호하게 잔소리를 퍼부었다. 이상한 눈초리에도 아랑곳없었다. 내가 가진 《반지의 제왕》을 들이밀었다. 나한테는 필요 없을 것 같았다. 와이라에게도 읽어주려 했지만 그는 내 낭독을 견디지 못했다. 수준에 안 맞는다고 느낀 것이 틀림없다.

떨리는 숨을 깊게 들이쉰다. 공터가 우리를 에워싼 채 지켜본다. 작년부터 쭉 무성해진 탓에 언저리가 난장판이 되어 경계가 분명치 않다. 마호가니와 고무나무는 늘 있던 자리를 지키고 있다. 교살자무화과나무, 아사이야자수, 무루무루야자수도 있다. 내 뒤로 무릎까지 자랐던 레몬 향 덤불은 이제 머리 위까지 자랐고, 반짝이며 향기로운 이파리는 손 모양처럼 변했다. 케이지 문으로 이어지는 길을 덤불이 거의 막아버렸고, 공터도 어둑해졌다. 반쯤 억제되던 파투후는 싹을 트고 길게 뻗어 다시 야생화되었다. 와이라의 정원은 더는 존재하지 않는다. 이 모든 광경을 바라보니 한숨이 나온다. 와이라의 세상을 다시 정돈하려면 수많은 작업이 필요할 것이다.

목에 건 열쇠를 꺼내는 동안 돌프가 나를 바라본다. 오래된 녹슨 자물쇠에 열쇠를 밀어 넣는다. 와이라는 뒤쪽 단 아래로 들어가 있다. 땅에 드리운 뚜렷한 기하학적 그늘 속에서 와이라의 등을 따라 어두운 줄이 흐른다. 우리가 도착하자 와이라는 귀를 뒤쪽으로

나와 퓨마의 나날들

휙 넘긴다. 그것뿐이었다.

"그러지 말고." 내가 자물쇠를 풀며 와이라에게 말한다. 손이 덜덜 떨리지만, 돌프에게 보여주고 싶지 않아 주머니 속에 손을 찔러 넣는다.

"들어가려고? 안으로?" 돌프가 소리를 낮춰 말한다.

끄덕끄덕. 속 편하게 대륙을 돌아다닌 몇 달 전, 이곳은 우기였다. 우기를 경험해본 사람들은 한결같이 참 거지 같다고 말해주었다. 벌레와 범람, 살갗을 파고드는 기생충. 동물 돌보기 일과도 엉망이 된다. 고양이 한 마리에 꼬박 하루를 쓸 수가 없다. 봉사자의 수가 턱없이 부족하기에 여기저기서 동물을 몇 시간씩 돌봐야 한다. 이 모든 걸 알고 있긴 하지만, 또 우기가 와이라는 물론이고 모두에게 얼마나 힘든 시기인지 밀라에게 듣기도 했지만, 나는 여전히 기분이 좋지 않다. 화가 난다. 좌절감이 치민다. 난 내가 멀리 떠났을 때 봉사자들이 와이라 '일지'에 적은 메모를 읽었다. 와이라는 걸핏하면 화를 낸다고 적혀 있는데, 봉사자들의 비참한 감정이 죄다 드러났다. 와이라는 스트레스가 쌓여서 불행하다고, 산책을 완전히 그만두었다고 적혀 있다. 누군가 오솔길을 치웠다거나, 함께 케이지에 들어갔다거나, 러너가 있는 공간에 앉았다는 기록은 전혀 없다. 함께 헤엄을 친 사람도 없다. 그렇게 할 수 있다고 아무도 생각하지 못했을 것이다. 몇 주마다 봉사자가 바뀌었는데, 메모를 보면 전부 겁먹은 것 같다.

나 자신을 내려다본다. 가랑이에 구멍 난 레깅스와 '2003 펜실베이니아 파이 먹기 대회 우승자'라고 적힌 티셔츠를 입은 후줄근한 스물다섯 살. 작년엔 겁에 질린 꼬맹이였던 스물다섯 살.

이미 격앙된 채로 서 있는 돌프는 숱 적은 금발을 정돈하고 흙 투성이 이마를 닦아낸다. 나도 포니테일을 슬쩍 매만지고 흙을 털어낸다. 어쩐지 기분이 한결 나아진다. 와이라를 제대로 맞이할 준비가 된 기분이다. 나는 몸을 수그리고 출입구로 들어가 내 뒤의 바깥쪽 덧문을 닫는다.

"와이라. 그냥 들어가는 거야, 알겠지?"

내 목소리가 나는 쪽으로 와이라가 몸을 돌린다. 수상쩍다는 표정을 하고 목을 쭉 빼서 두리번거린다. 내가 무얼 하는지 본 순간, 와이라의 짙은 눈가가 찌푸려진다. 얼빠진 듯 동그래진 두 눈은 내가 특히 좋아하는 모습인데, 와이라에게는 전혀 어울리지 않는다. 털북숭이 회색 귀가 갑자기 뒤로 젖혀지면서 머리에 탁 부딪힌다. 손수 만든 공을 펼치느라 에너지를 소모하지 않고도 나를 볼 수 있도록 발을 길게 뻗은 채 목만 움직인다. 나는 낮게 울려 퍼지는 그르렁 소리를 듣고 떨리는 숨을 내뱉는다. 우리가 지금 뭐 하는지 알지, 와이라? 와이라가 눈을 가늘게 뜨더니 시선을 돌려 양발을 내려다본다. 갑자기 두 발이 무척 흥미로워 보인다는 듯. 지금 당장은 사람 따위에게 신경 쓸 시간이 없다는 듯. 됐다는 듯.

"만일 와이라가……." 밖에서 돌프가 소리를 낮춰 말하다가 주저한다. "와이라가 널 공격할 수도 있을까?"

또 다른 끔찍한 영상이 머릿속을 스친다. 돌아서는 회색 동물, 적나라하게 번뜩이는 이빨, 휘둘리는 발톱. 잠깐 망설인다. 와이라는 눈 깜짝할 새 케이지를 가로지를 수 있다. 하지만 또다시 와이라

나와 퓨마의 나날들

를 바라본다. 와이라는 몹시 집중해서 열심히 궁둥이를 닦기 시작했다. 이유는 모르겠지만, 핥는 동시에 으르렁거리며 냠냠 소리를 낸다. 나는 미소를 띠며 턱을 치켜든다. 와이라와 함께 헤엄을 쳤었지. 잠을 자는 와이라의 다리 관절이 나의 배를 찔렀던 선명한 감각도 기억난다. 미끈거리는 뿌리 덮개에 누워 눈을 감고 확신했다. 그토록 많은 사람들과 있을 때보다 더욱. 와이라는 나를 해칠 생각이 없다고. 나는 허리를 꼿꼿이 세운다.

"그럴지도." 돌프를 똑바로 바라보며 말한다. "위험해. 넌 들어오지 마."

돌프가 나와 와이라를 번갈아 내려다본다. 궁둥이 닦기를 끝마친 와이라는 꼬리를 핥기 시작했다. 꼬리를 반만 물어서 이빨 사이로 검은색 꼬리 끝이 보인다. 와이라는 몹시 짜증 난다는 표정을 짓고 있다. 나 때문에 자신이 결코 완전히 깨끗해질 수 없다고 말하는 것만 같다.

"나도 들어갈게." 돌프의 목소리가 단호하다. 곧게 뻗은 한 움큼의 머리카락이 넓은 이마에 뭉쳐 있다. 난 끄덕이며 주위를 둘러본다. 케이지는 한번 들어가기만 하면 굉장히 달라 보인다. 단들이 꼭 정글짐처럼 다양한 높이로 펼쳐져 있다. 대부분 반쯤 썩어서 군데군데 녹색이 피어나기 시작했다. 정글 속 구조물에 나타나는 현상이다. 서늘하고 꾸준히 소독이 되어서 흰개미와 곰팡이가 자라지 않는 장소에선 볼 수 없다. 나무껍질이 짙은색인 두툼한 나무 한 그루가 중심부에서 하늘 높이 가지를 뻗어 그늘을 드리운다. 밖으로는 정글이 뒤얽히며 전선을 말아 올린다. 바닥을 빙 두른 철조망은 작은 덩굴과 한곳에서 살아간다. 덩굴은 우리가 아무리 관리해도 아랑곳 않고 빛 쪽으로 뻗어간다. 금방이라도 정글은 이 모든 것들을 동원해 케이지를 끌어내릴 것만 같다. 물론 실제로도 그렇다. 케이지는 일시적 장소같으면서도 이곳에 영원히 있었던 것 같다.

와이라에게 한 발짝 나아간다. 곧 와이라는 핥기를 멈추고 귀를 납작하게 붙인다. 나는 망설인다. 쪼그라들고 부스스한 얼굴의 윤곽 속 와이라의 두 눈이 동그래진다. 이른 아침에 얼굴이 붓듯 눈동자가 부풀어 오른다. 지금은 대부분 핥아서 떼어냈지만, 등 쪽은 여전히 피가 말라붙었다. 코의 상처는 피딱지가 굳어서 낫고 있고, 귓등은 흉터투성이다. 그 흉터 위로 노란파리들이 달려들어 새로운 피의 능선을 겹겹이 쌓아올렸다. 아직까지도 최소한 열 마리가 와이라 주위에서 우글거린다. 와이라는 짜증 난 듯 귀를 획획 젖히고 하악거리며 그중 한 마리를 덥석 물으려 한다. 그러고는 우울한 표정으로 한숨을 쉬더니 또 고개를 양발 위에 누이고 기다린다. 눈동자가 수축하면서 와이라의 눈이 다시 차분해진다. 바람에 부드럽게 흩날리며 모든 색상이 단 하나의 색으로 섞여드는 숲속 잎사귀처럼.

나는 긴장을 풀고 와이라에게 다가간다. 가고 있다는 사실은 애써 생각하지 않는다. 그렇게 생각한다면 아마도 걸음을 멈추게 될 것이다. 하지만 멈추고 싶지 않다. 아드레날린이 솟구친다. 케이지 중심부의 나무는 잎이 돌려난 가지를 바스락거리며 나의 얼굴에 서늘한 그림자를 떨군다. 목구멍 뒤쪽에서 울리는 그르렁 소리가 또 한 번 들려온다. 그래도 나는 아랑곳 않고 몸을 웅크린 채 와이라의 코앞까지 팔을 들이댄다. 나를 잊었을지 모른다. 나를 기억하리라 여전히 확신할 수 없다. 그래도 와이라가 나의 행동만은 기억하길 바란다.

아빠는 엄마와 이혼하고 몇 년이 지났을 때, 나와 언니를 데리고 저녁 식사를 하러 갔다. 우리가 제일 좋아했던 식당이었다. 매주 토요일마다 온 가족이 의식처럼 가곤 했던 바닷가의 식당. 난 감자 껍질 튀김을 먹었는데, 그것 또한 의식의 한 부분이었다. 그 맛, 바삭바삭하고 허브 소금 맛이 났던 그 튀김의 맛은, 화가 치밀어 오르면 사랑했던 것들을 잊기가 얼마나 쉬운지 깨닫게 해주었다.

와이라는 숨 막힐 듯 오랫동안 내 팔을 바라본다. 공기가 서늘해지고, 부풀어 오른 털은 근육을 따라 능선을 이루었다. 퀴퀴한 건초와 대지의 향기가 우리를 휘감는다. 놀람이 새겨진 와이라의 눈동자는 바늘구멍만치 쪼그라들어 황록색 우주 속 검은 별이 되었다. 눈가의 호박색 주름은 여전하다. 코에 새로 생긴 하트 모양 자국은 이유 모를 생채기로 두 동강이 났다. 누가 그랬을까. 가시투성이 나뭇가지 혹은 누군가의 발톱이었을까. 결코 알 수 없다. 와이라는 절대로 나에게 말해줄 수 없으니까.

"와이라."

숨죽이고 기다린다. 여전히 그르렁 소리의 부드러운 진동이 느껴진다. 두 귀는 미동도 없다. 와이라 역시 숨죽이고 있다.

바로 그때 와이라가 불쑥 고개를 들어 앞으로 기울인다. 1센티미터도 안 되는 아주 섬세한 움직임. 와이라가 시계 분침이라고 치면 12시에서 12시 1분으로 똑딱 움직일 만큼 작은 동작이다. 두 눈이 동그래지고 연한 금빛으로 아주 조금 밝아진 것을 시작으로 얼굴의 긴장이 살짝 풀려간다. 내가 알아차리게 된 신호다. 괜찮다는 신호. 나는 숨을 휘 내쉬고 팔을 더 가까이 댄다. 와이라가 내 팔을 핥기 시작한다. 와이라의 혀가 내 살갗을 쓸어 올리는 소리는 정말이지 세상에서 가장 아름답다. 현기증이 난다. 눈물이 나서 눈을 깜박이며 와이라의 목에 얼굴을 바싹 갖다 댄다. 안도감에 내 갈비뼈가 짓눌렸다가 부풀어 오른다. 날카롭고 아프고 아름다운 혀의 끌어당김. 와이라에게서 석호의 나뭇가지를 흔들어대는 부드러운 바람과 흙 냄새가 난다. 와이라는 불신과 기쁨을 안고 더 가까이 몸을 기울여 내게 기댄다. 빠르게 쿵쾅쿵쾅 울리는 와이라의 심장이 느껴진다. 내 심장도 덩달아 뛴다. 우리의 가슴, 우리의 뼈, 우리의 호흡이 맞닿아 있다. 귓등의 흰 솜털을 긁어주자 와이라가 광대뼈를 내 손에 대고 가만히 내 얼굴을 올려다본다. 와이라의 코가 내 손바닥을 누른다. 차갑고 축축하다. 이제 두 앞발을 내 장화 위에 올려놓고 날 가까이 끌어당긴 채 한쪽으로 고개를 젖힌다.

"들어와도 돼." 내가 목소리를 낮춰 말한다.

돌프가 비명에 가까운 우는소리를 내뱉는다. 문이 열리는 소리가 들리고, 곧이어 조심스럽고 달뜬 발소리가 들려온다. 돌프가 다가와 긴 다리를 어정쩡하게 접은 채 쭈그려 앉자, 난 그의 팔을 잡고 와이라 앞으로 살며시 들이민다. 와이라는 일말의 망설임도 없이 궁둥이를 깔고 앉아 긴 속눈썹 아래로 돌프의 얼굴을 뚫어지게 본다. 오만함과 짜증과 서릿발 같은 분노의 기색은 전혀 보이지 않는다. 그저 만족스러운 듯 아르릉대고는 돌프의 팔을 핥는다.

"사랑해, 와이라." 돌프가 숨죽여 말한다. 경외심 어린 눈물이 내 볼을 타고 흐른다. 돌프 역시 눈물을 흘린다. 와이라가 처음 나를 핥았던 기억이 떠오른다. 세상이 버터로 변하는 것 같았다. 돌프는 입이 귀에 걸릴 만치 웃고 있다. 전에는 보지 못했던 미소다. 돌프의 뭉친 머리카락이 이마에 직각으로 툭 비어져 나왔다. 창백하니 회색이었던 돌프의 피부는 이제 더는 회색이 아니다. 돌프는 멍하니 와이라를 바라본다. 와이라는 핥고 또 핥는다. 그리고 내가 상처를 치료해준 뒤에, 나한테도 거의 기절할 만큼 따가웠던 소독약을 발라준 뒤에, 와이라가 의심도 않고 내가 그렇게 하도록 내버려둔 뒤에, 와이라는 끝내 지친 듯 한숨을 쉬고 우리 얼굴을 올려다보더니 "먀우" 하고 운다.

퓨마들은 행복할 때마다 "먀우" 하고 운다. 가르랑대기도 한다. 나는 와이라의 그르렁, 아르룽, 하악 소리를 들어봤다. 으르렁하고 울부짖는 소리도, 철저한 침묵도 들어봤다. 가르랑거리는 소리는 딱 한 번, 헤엄칠 때 들어봤다. 그런데 이 소리는…… 꼭 풍선에서 바람 빠지는 것처럼 들린다. 소리를 어떻게 내는지 잊어버려서 의도했던 것보다 더 높은 음이 나온 것만 같다. 소리를 일부러 낸 것인지조차 잘 모르겠다. 와이라도 자신에게 놀라 당혹스러운 모양이다.

"와이라!" 마음이 부풀어 오른다. 이해할 수 없는 감정. 너무나 커서 불쑥 두려워지고, 우는 동시에 춤추고 싶어지는 감정. 나는 와이라에게 손을 뻗으며 조용히 쿡쿡 웃는다. 와이라가 몸을 동그랗게 구부려 나의 손에 파묻힌다. 나는 솜털처럼 푹신하고 부드러운 목을 쓰다듬는다. 행복하게 그르렁하는 진동이 나의 피부 층을 뚫고 전해진다. 와이라는 이제 피곤한 듯 장화 위에 고개를 누인다. 계속해서 쓰다듬자 와이라가 눈을 감는다. 막 잠에 들려는 차에 앞발을 레깅스 위에 놓고 발끝은 어린애처럼 오그리다가, 마침내 긴장을 풀고 곯아떨어진다. 왼쪽 콧구멍에 작은 콧물 방울이 들러붙어 있다. 들리는 것이라곤 와이라의 호흡 그리고 나란히 쿵쾅거리는 나의 심장 소리뿐이다. 새로운 구름층 뒤로 해가 지면서 우리 얼굴에 눈부신 노란빛을 드리운다. 한참 동안 아무도 움직이지 않는다.

몇 주가 흘렀다. 플라이티와 바이티에게 막 먹이를 준 참이다. 이 두 큰부리새는 새장 속 마지막 케이지에 살고 있다. 플라이티는 주황색 부리를, 바이티는 푸르스름한 부리를 지녔다. 새를 다루는 일에 매우 능숙하지 않다면(경험상 나를 포함해 많은 사람이 해당되지 않았다) 되도록 강철 앞닫이가 달린 장화와 두꺼운 옷을 착용해서 발과 다리, 팔과 손이 썰리는 것을 방지하지 않고는 케이지에 들어가지 않는 편이 현명하다. 플라이티는 망고를 더 많이 받기를 열망하면서 나뭇가지에서 뛰어내려 나의 발로 맹렬히 달려든다. 바이티도 빙빙 돌면서 크게 떠들어대며 플라이티에게 합류하는데, 정말 위협적이다.

　　이 두 큰부리새는 오래전부터, 몇 년 동안이나 이곳에 머물고 있다. 심지어 아구스티노와 밀라보다 오래됐다. 아구스티노는 그들이 원래 호텔에서 살았다고 말해주었다. 나는 새들이 모든 호텔 투

숙객에게 정신적 충격을 선사한 끝에 더 이상 관광지 명물로 보이지 않게 된 시나리오를 상상한다. 이 애들이 좋다. 마지막 망고 조각을 찾아서 둘로 쪼개 공중에 휙 던진다. 플라이티와 바이티는 정확히 동시에 튀어 올라 끈적이는 주황빛 과육을 부리로 덥석 문다. 그러고는 높은 케이지 옆면을 따라 겹겹이 쌓인 나뭇가지 위에 당당히 착륙한다. 살짝 가르랑대며 서로의 부리를 문지르면서 내가 묘기를 좀 더 부리기를 바라는 모습을 보고 있자니 웃음이 난다.

"잘 시간이 훌쩍 지났어!" 난 야간 방사장 문을 열며 새들을 보챈다. 바이티는 곧바로 두 발로 종종 뛰어 들어와 홰에 자리를 잡는다. "고마워." 내가 문을 닫는다.

하지만 플라이티는 불만스러운 듯 큰 소리로 깍깍대며 단호한 날갯짓으로 엄청 높은 나뭇가지까지 올라간다. 내 손이 닿을 리가 없다. 녹초가 된 내가 빗자루 손잡이에 기대는 동안 플라이티가 고개를 숙여 날 내려다본다. 나는 땅거미 속에서 위를 올려다본다. 새장 뒤로 숲 천장이 조금 벌어졌다. 해는 이미 사라졌지만 나무에는 아직 붉은 핏발이 섰고, 하늘은 진한 남색이다. 나는 미소를 짓는다. 새로운 새장의 시작점을 표시한 거대한 말뚝들이 보인다. 엄청 큰 새장이 지어질 예정이다. 지금 것보다 거의 세 배는 더 높이. 로렌소와 비슷한 처지의 새들이 나는 법을 스스로 배울 수 있게 될 거다.

"생각난 김에 말인데……" 겹겹이 세워진 철조망 사이를 들여다보며 혼자 중얼거린다. 스코틀랜드 출신의 남자 네드와 새미가 작은 악마 때문에 공포에 떨고 있다. 로렌소를 재우려고 하는 모양이다. 로렌소는 자유로워지자마자, 짝을 찾고픈 욕망과 더불어 존재감을 폭발시켰다. 안타깝게도, 선택받은 애정 상대는 바로 새미였고, 로렌소는 질투심 많은 애인으로 밝혀졌다. 새미가 자기 머리에 대고 성기를 문질러대는 로렌소를 떼어내려고 위로 손을 뻗으려 할 때, 네드도 새미에게 도움의 손길을 뻗는다. 그리고 큰 비명 소리가 들린다. "로렌소, 제발 좀!" 땅이 꺼지듯 무거운 한숨과 욕 한 바가지도 들린다. "먼저 가, 네드. 내가 재울 테니까." 새미가 투덜거린다.

발소리가 들리고, 이윽고 새장의 정문이 쟁그랑대는 소리가 뒤를 잇는다. 아마도 밴드 그레이트풀 데드의 노래일 것 같은 음율을 낮게 읊조리는 소리, 머지않아 로렌소의 케이지가 부드럽게 닫히는 소리도 들린다. 그러고는 발소리가 더 들리더니 새장이 정적에 휩싸인다. 짙은 파란색 하늘이 남색으로 변했다. 곧 새까매질 거다. 헤드램프를 켜서 제일 가까운 단 위에 균형 맞춰 올려둔다. 은빛 빛줄기가 철조망과 나뭇가지를 비춘다. 비니를 귀까지 끌어내린다. 오늘 밤은 굉장히 춥다. 지난주에는 바람이 서늘했는데, 이제는 살을 에는 듯한 바람이 분다. 완전히 무방비했던 우리는 배낭에 처박힌 옷이란 옷은 전부 껴입고 충격받은 표정으로 돌아다니고 있다. 그 결과 봉사자들의 차림이 기묘해졌다. 나로 말하자면 80년대 스타일 스키 재킷에 폭신폭신하고 거대한 겨자색 코트를 덧입었다. 머리에 쓴 비니는 꼭 개구리처럼 생겼다.

플라이티가 바스락대는 소리가 들린다. 나뭇가지가 삐걱거리는 가운데 만족스러운 듯 낮은 깍깍 소리가 들려온다. 플라이티는 또다시 고개를 기울여 주황색 테두리 눈으로 나를 뚫어지게 바라본다. 나는 졸려서 눈이 감긴다. 아직 여섯 시도 안 됐다. 갈수록 낮이

짧아지고 있다. 덜덜 떨며 코트로 몸을 감싼다. 오늘 밤 새들의 침대 방에는 뜨거운 물을 담은 물병을 갖다 놓았다.

강 쪽으로 이어지는 길을 따라 빛 세 개가 흔들린다. 크게 불러볼까 하다가 이내 마음을 바꾼다. 이 고요함을 되도록 오래 간직하고 싶다. 물론 저들도 내 랜턴 불빛을 볼 것이다. 해리가 등을 구부린 독특한 걸음걸이로 맨 앞에서 성큼성큼 걷고 있다. 몇 발짝 뒤에서 톰이 넘실대듯 가볍게 뛰어온다. 그들 위로 높이 솟은 사람은 돌프다. 봉사자들은 여전히 많다. 쉰 명 정도 될까. 그중 여덟 명만 남자다. 또 그중 다섯 명만 이곳에 온 지 한 달이 넘었다. 남성 봉사자가 필요한 고양이들이 많다. 여자를 싫어하거나(이런 성차별주의자같으니!) 또는 너무 좋아하기 때문이다. 루도 그런 부류라서 돌프는 오후마다 톰과 해리와 함께 루를 산책시키게 되었다.

해리가 동물 주방 바로 앞에서 멈춘다. 루의 텅 빈 지저분한 고기 양동이를 들고 있다.

"게임으로 정하는 거 어때?"

랜턴 불빛에 비친 팔이 재빨리 움직인다. 가위, 바위, 보. 돌프가 조용하게 "미친" 하고 욕을 내뱉고, 톰과 해리가 키득키득 웃는다. 돌프가 양동이를 들고 씻으러 동물 주방으로 사라진다. 게임의 승자 해리와 톰이 식당으로 가려 하다가 톰이 팔을 붙잡는다. 톰이 내 쪽을 가리킨다. 나의 불빛을 본 모양이다. 이윽고 해리의 욕설이 들리고, 함께 새장 앞을 터벅터벅 크게 한 바퀴 돌아 내 앞에서 멈춰 선다.

"프로도." 해리가 철조망에 몸을 기댄다.

"해리. 톰."

톰이 웃는다. "뭐 도와줄 거 있어?"

난 어둠 속을 올려다보며 씩 웃는다. "위에 있어."

해리가 끙 하고 신음한다. "잠깐 기다려보자. 제풀에 지쳐서 내려오겠지." 해리의 목소리에 기대감이 스며들어 있다.

끄덕끄덕. 기꺼이 기다릴 수 있다. 톰은 나무에 등을 기대고 널찍한 가슴 위로 팔짱을 낀다. 해리가 고개를 기울이더니 랜턴을 끄고, 제일 먼저 모습을 드러낸 흩어진 별들을 올려다본다. 해리는 루 전용 옷을 입고 있다. 장화, 두꺼운 청바지, 두툼한 셔츠 두 벌. 톰도 마찬가지다. 똑같이 후줄근하고, 똑같이 더럽다.

"루는 어때?"

해리가 한숨을 쉰다. "아직도 내가 떠난 걸 용서하지 않는 것 같아." 그러고는 망설이며 콧수염 끝을 질근질근 씹는다. "나야, 뭐. 넌 뭐든지 할 수 있을 거야, 톰. 루는 아직 널 좋아하는 것 같아."

톰이 웃는다. "그건 아니야. 이젠 돌프를 가장 좋아하는걸."

해리가 곁눈질로 날 보더니 눈을 치켜뜬다.

나는 낄낄거리며 웃는다. 와이라와 나도 돌프의 매력에 빠져버렸으니 무리도 아니다.

"그렇담 루는 취향도 참 좋네." 내가 말한다.

"맞아." 해리가 콧방귀를 뀐다. "다정하고 섬세하고, 너보다도 더 많이 자기 발에 걸려 넘어지는 남자가 네 취향이라면 말야……"

나는 톰과 해리를 번갈아 바라본다. "루가 널 용서하는 날이 올까?" 가볍게 물을 의도였지만 대답이 바로 나오지 않는다. 해리의 표정이 침울해지고, 톰은 멋쩍은 듯 눈길을 돌린다. 괜히 얘기했다. 한동안 아무도 대답하지 않는다.

중얼거리며 입을 뗀 사람은 해리다. "어느 누가 우릴 용서할 수 있겠어?"

나는 애써 웃으려 하지만, 웃음이 목에 걸려 나오지 않는다.

해리가 고개를 돌려 날 바라본다. 그의 목소리는 날카롭다. "오늘 점심시간에만 도로에 벌목 트럭이 몇 대가 지나갔는지 알아?"

나는 망설인다. 알고 싶은지도 잘 모르겠다. 몇 주 전에 마지막으로 세어봤을 때에는 한 시간에 네 대쯤 지나갔다. 도로에 앉는 봉사자는 우리 말고는 아무도 없다. 다른 봉사자들은 우리가 도로에 앉을 때마다 미친놈 보듯 쳐다본다.

"열다섯 대."

나도 모르게 이를 악문다. 밤마다 침대에 누울 때면 우르릉거리는 엔진 소리가 들려온다. 우기가 완전히 끝나면 정글의 접근성이 높아지기 때문이라고 아구스티노가 추측했다. 정부든, 다국적기업이든, 부유한 목축업자든, 그 사람들은 그러한 상황을 최대로 이용한다. 열다섯 대. 보수적으로 따지더라도 트럭 한 대당 평균 일곱 그루의 나무를 나른다고 치고 계산을 해보면, 하루에 2,520그루다. 여기 이곳에서만 말이다. 이 도로에서만.

톰이 하늘을 올려다보며 낮게 중얼거린다. "오늘 반대편 강기슭에서 사람들을 봤어."

나는 톰 쪽으로 재빨리 몸을 돌린다. "루의 카누가 있는 곳 반대편 말하는 거야?"

해리가 화를 내며 고개를 끄덕인다. 여러 번 봐서 익숙한 이마의 핏대가 불쑥 튀어나왔다. "아마도 거기에 뭔가 지으려는 것 같아. 도로를 새로 만든다거나. 나무가 잘려서 쓰러지는 소리가 들리더라고."

속이 메스껍다. 가슴을 쥐어짜는 것 같다. 왜 도로를 만들면 안 되냐고? 그곳에 지역 공동체, 마을이 있기 때문이다. 나는 강기슭 또한 기억하고 있다. 격하게 밀려와 부딪히는 물결, 피난처가 되어준 카카오나무의 온기, 서로를 품속에 끌어안은 올빼미원숭이 두 마리…… 갑작스럽게 공포에 휩싸인다. 올빼미원숭이들은 어떻게 됐을까? 어떻게든 다시 입을 열었지만, 무슨 말을 해야 할지 잘 모르겠다. "루의 반응은 어때?"

해리는 신경 쓰지 않는다는 듯 어깨를 으쓱한다. 하지만 이마에 선 핏대는 여전하다. 목 근육도 팽팽하다. 해리의 옷은 군데군데 찢어져 있고, 팔은 밤마다 달고 오는 멍으로 그득하다. "루는 싫어해." 해리가 조용하게 말한다.

어떻게 대답할지 몰라 고개만 끄덕인다. 결국 아무도 말을 하지 않아서 내가 와이라 이야기를 꺼낸다. "우리 내일은 와이라를 산책시킬 거야. 돌프가 말했어? 처음이라고!" 내가 바보 같은 웃음을 짓는다. 케이지에서 함께 시간을 보내기 시작한 뒤로 와이라는 상태가 훨씬 나아졌다. 차분해지고, 다정해지고, 덜 무기력해졌다. "조금씩 걷기 시작했어. 오솔길을 바라보더라고. 준비가 된 거야." 우선 해리를, 그다음은 톰을 바라본다. 나의 기쁨이 둘의 얼굴에 비춰지길 기대하면서. 다정하게 웃어주는 톰의 눈에 주름이 잡힌다. 하지만 해리의 표정을 보자마자 나는 웃음이 싹 멎는다. 해리가 무슨 생각을 하는지 알겠다. 루의 강기슭에서 몇 미터도 안 되는 곳에 벌목꾼이 와 있고 아이스크림을 좋아하는 나 같은 사람들 때문에 정글이 벌채되고 있는 와중에 웃고 있었다니. "젠장." 나는 두 손으로 얼굴을 감싸고 중얼거린다. "미안해. 또 와이라, 와이라. 이렇게 자기 생각만 하다니."

해리는 나를 빤히 보더니 그저 자기 장화를 내려다볼 뿐이다. 장화는 워낙 오래되고 익숙해서 마치 오랜 친구를 보는 것 같다. 한때는 파랬을, 부드러운 싸구려 고무장화. 이제는 딱딱하게 굳었고, 색이 바래 희끄무레한 검은색이 되었다. 매일 사용해서 뻣뻣해졌고, 열정이 과한 루의 놀이 때문에 상처투성이다. 오래 쓸 수 있을 것 같지가 않다. 해리가 절레절레 고개를 흔든다. "자기 생각만 하는 건 재규어 가죽을 벽에 거는 사람들이지."

톰이 곱슬곱슬한 붉은 턱수염을 문지르며 끄덕인다. "그리고 세상이 자기 중심으로 돌아가길 바라는 사람들이지. 너는 그러지 않잖아, 로라. 만일 그랬다면 이곳에 있지 못했을 거야." 톰의 표정이 유독 다정하다. 어스레한 달빛 속 두꺼운 목의 근육이 도드라진다. 톰을 빤히 바라보고 있는데 다짜고짜 해리가 웃음을 터뜨려 깜짝 놀란다.

"맞아, 프로도. 넌 자기 생각만 하는 게 아니야. 그저 와이라를 너무 사랑할 뿐이지."

잠시 동안 눈을 감는다. 어떻게 해리는 톰, 플라이티, 귀 기울이는 이 모든 정글 앞에서 그런 말을 크게 외칠 수 있을까? 한밤중 가장 어두운 시간, 침대에 홀로 누워 잠이 오지 않을 때조차 혼잣말로도 하지 못했던 말인데. 돌프는 그런 말을 참 쉽게도 했다. 나도 그럴 수 있다면, 그처럼 쉽게 말할 수 있다면 얼마나 좋을까. 난 짜증이 나서 해리를 쏘아본다. 물론 해리보다는 나 자신에게 짜증이 났지만, 울타리 사이로 해리를 발로 차려고 버둥거린다. 그냥 뭐라도 하려고, 그걸 농담거리로 삼으려고.

"너희는 루를 그만큼 사랑하지 않는 것처럼 말한다?"

아무도 그 말에 대꾸하지 않는다. 케이지 높은 곳에서 플라이티가 깃털을 다듬는 소리가 들려온다. 플라이티가 한밤중의 오케스트라를 즐기는 것 같아 기쁘다. 그때 톰이 하마터면 듣지 못했을 만큼 작은 목소리로 묻는다.

"와이라는 돌아와서 좀 적응한 것 같아?"

질문을 곱씹는 동안 몇 번이고 침을 꿀꺽 삼킨다. 내가 말할 수 있는 답은 딱 두 가지다. 목이 메는 건 둘 다 마찬가지다. '아니'라고 말한다면 그건 와이라가 여전히 불행하다는 뜻이다. '응'이라고 말한다면…… 그게 더 목이 멘다. 일주일쯤 전에 난 와이라에게 다시 목걸이를 채웠다. 그 기억이 뇌리에서 떠나지 않는다. 요전 날에는 나 혼자 밖으로 나갔다. 와이라는 날 봐서 기쁘다는 듯 철조망을 따라 왔다 갔다 뛰어다녔다. 바보 같은 표정을 짓고, 눈이 휘둥그레진 채로. 와이라는 훨씬 더 건강해졌다. 뼈에 살이 붙었다. 하루에 닭고기를 거의 2킬로그램이나 먹는다. 뼈, 내장, 피까지 몽땅. 외피가 두꺼워졌고, 상처도 나았다. 와이라는 이제 다시…… 와이라가 된 것 같다. 믿을 수 없지만, 더 어려지고 더 평온한 와이라가.

나는 와이라 옆에 앉았다. 추위가 아직 본격적으로 시작되지는 않았다. 하늘을 움직이던 태양이 숲 천장 뒤로 숨어 어둑해지는 광경을 함께 지켜보았다. 그걸 구경하러 온 고함원숭이 떼가 공터 언저리까지 유쾌하게 기어올라 갔다. 보송보송한 주황빛 털이 늦은 오후의 그림자에 가려 거무스름해졌다. 와이라도 문 옆에서 서성거리며 원숭이들을 지켜보다가 마지못해 간다는 듯 천천히 내게 돌아와 무릎에 머리를 누였다. 그때 새 목걸이를 채웠다. 정말 쉬웠다. 버터처럼 부드럽게 들어갔다. 아무 의미도 없는 것처럼. 하지만 그것은 모든 것을 의미했다.

"가자. 나 배고파." 때마침 배에서 꼬르륵 소리가 난 참이다.

해리가 얼굴을 찌푸린다. "오늘 밤도 수프야?"

"어젯밤도 수프였다고!" 톰이 비명을 지른다.

"그렇지, 까먹었네." 매일 밤이 수프다. 해리가 힘없이 웃는다. "그럼, 누가 할까?"

"아, 당연히 너지." 톰이 심각한 표정으로 말한다. "네 턱수염이 나보다 훨씬 멋진걸."

해리가 턱수염을 잠깐 쓰다듬으면서 한숨을 쉰다. 나는 눈을 치켜뜬다. 긴 침묵이 흐르고, 마지못해 해리가 문을 밀고 들어간다.

"어이, 플라이티." 해리가 우물우물하며 말한다. "잘 시간이야." 해리가 달래듯 소곤거리자마자 플라이티가 어둠 속에서 튀어나와 귀청이 떨어질 듯 깍깍거리며 곧장 해리의 머리로 날아든다. 해리는 급하게 고개를 숙인다. 톰이 울타리 반대편에서 낄낄거린다. 해리의 어깨에 착륙한 플라이티가 부리를 턱수염에 처박고는 더없이 행복한 양 떠들어댄다. 플라이티는 턱수염을 좋아한다. 그걸 낙으로 산다. 거의 코카인이나 다름없다. 턱수염이 있는데도 자기와 공유하지 않는다면 그것이야말로 플라이티의 영원한 불행이다. 난 공포심에 눈이 커진 해리를 붙잡고 플라이티의 침대방으로 데려간다. 웃음을 꾹 참아보지만 자꾸 새어 나온다.

"괜찮아, 플라이티." 내가 플라이티를 달랜다. "네 잘못이 아냐. 그냥 얘가 완전 자기밖에 모르는 사람이라 그래. 그뿐이야."

"프로도, 넌 최악이야." 해리가 우는소리를 하며 투덜거린다. 플라이티는 턱수염에 최후의 일격을 가하고 만족스러운 듯 두 발로 종종 뛰며 침대방에 들어간다. 해리가 날 흘겨보며 중얼거린다. "지금 일은 루한테 입도 벙긋 하지 마, 알겠어?"

나는 웃으며 그의 어깨를 토닥인다. "입도 벙긋 안 할게."

같은 높이에서 서로를 바라보기

다음 날, 이제 막 동이 텄다. 온 세상이 짙은 군청색에서 엷은 주황색으로 바뀌고 있다. 호숫가에서 주위를 둘러본다. 어둠 속을 배회하는 커다란 가지들을 일부 잘라놓은 참이다. 많이는 아니고 딱 빛이 조금 들어올 만큼. 오늘은 와이라가 돌아오고 처음으로 돌프와 함께 와이라를 산책시키는 날이다. 반짝이는 석호를 바라본다. 하늘을 뒤덮은 구름 언저리에 금색 띠가 둘러졌고, 수면에 반사된 빛은 불처럼 타오른다. 멋진 하루가 시작될 것만 같다. 2백 미터도 안 되는 곳에서 와이라가 침착하게 기다리고 있다. 호숫가보다 더 다채로운 은색과 회색, 하얀색과 갈색으로 얼룩진 얼굴을 철조망에 기댄 채 진득하게 기다리고 있다.

그런데 그로부터 고작 몇 시간밖에 안 된 지금은 하늘이 까맣게 탄 듯하다. 내가 틀렸다. 멋진 하루는 무슨. 날이 황량한 데다 폭풍우까지 오고 있다. 와이라는 은색과 회색, 금색에서 탁하고 밋밋한 청동색이 되었다. 우리는 케이지에서 가능한 멀리 떨어져 있다. 바람이 나뭇가지를, 내 머리카락을, 와이라의 등 쪽 털을 세차게 휘젓는다. 와이라가 땅바닥에 납작 엎드린다. 목은 못마땅한 듯 구부러져 있고, 눈에서는 폭풍이 휘몰아치며 분노가 번득인다. 와이라는 몸을 돌려 앞발로 나무를 철썩 때리더니 그르렁댄다. 나는 휘청거리며 뒷걸음질 친다. 몇 시간 전 의기양양했던 나의 모습이 떠오른다. 3미터나 높이 타오르며 방화선을 넘던 불꽃이 떠오른다. 처음 만난 날 와이라가 나를 향해 하악대던 장면이, 나를 후려갈긴 것 같던 그 느낌이 떠오른다. 와이라가 격리장에서 나를 공격할 때 작렬했던 회색 섬광이 떠오른다. 나는 애써 숨을 고르며 이 모든 것들에서 살아남았다는 사실을 생각한다. 와이라는 그저 와이라일 뿐이고 우리는 괜찮다고. 앞으로도 괜찮을 거라고.

하지만 와이라는 꼬리를 마구 뒤흔들며 발톱으로 땅에 톱니 자국을 남긴다. 몇 미터 앞에서 돌프가 걱정스러운 표정으로 회색빛 눈을 찡그리며 망설이고 있다.

"와이라, 괜찮아." 나는 씩씩한 척하며 말한다. "우린 괜찮아."
하지만 목소리가 갈라진다. 돌프보다 경험이 더 많기에 내가 로프를 잡고 뒤에서 걷기로 했다. 어쩌면 실수였는지도 모르겠다. 와이라는 나를 훤히 꿰뚫고 있다. 내가 앞에서 걷는 게 나았을까. 와이라는 고개를 가볍게 휙 젖히더니 으르렁대며 턱 아래로 침을 뚝뚝 떨어뜨린다. 와이라는 나를 믿지 않는다. 우리가 괜찮다고 생각하지 않는다. 와이라는 흥분하고 격분한 채로 네발로 일어나 긴 꼬리를 거칠게 휘두른다. 털은 혼란스럽게 헝클어져 있고, 배 속 깊숙이 나오는 소리는 성난 증기 기관차가 철로를 배회하는 것만 같다. 와이라가 이빨로 로프를 덥석 붙잡는다. 밀라의 제안에 따라 우리는 안전상의 이유로 총 두 개의 로프를 챙겼다. 둘 다 나의 벨트에 고정되어 있는데, 상황이 좋지 않을 경우 와이라를 내게서 떨어뜨려 놓을 수 있도록 로프 하나를 돌프에게 건넬 것이다. 하지만 이런 일은 일어나지 않을 거다. 그렇고 말고! 와이라니까. 함께 천 번은 산책했는걸…….

사실, 천 번은 함께했지만 와이라의 기분이 이렇게나 안 좋은 건 처음이다. 파투후가 머리까지 솟은 야생의 어둑한 숲속으로 와이라가 다짜고짜 재빨리 들어서는 바람에 나는 끌려갈 뻔한다. 나는 휘청거리다가 장화로 땅바닥을 긁으며 겨우 버티고 선다.

"와이라." 내가 애원한다.

두려움을 꾹 억누른다. 손이 덜덜 떨리도록 두지 않는다. 비명을 지르지도, 도망가지도 않는다. 꼼짝 않고 서 있다. 하지만 상황은 여느 때보다 심각하다. 콜롬비아에서 무장한 남자들을 피해 숨었던 때보다, 버스에서 설사를 지리고 온몸에 토를 갈겼을 때보다, B형 간염에 걸린 게 분명하다고 의사가 단언했지만 실제로는 그냥 강물

기생충이었을 때보다, 에콰도르에서 어떤 남자애의 관심을 끌려고 지붕에서 뛰어내려 척추를 삐었을 때보다. 긴장되면 늘 그렇듯 그날 사고의 통증이 쿵 하고 내려앉으며 열이 밖으로 확 퍼져 나간다. 화상을 입은 것처럼 뜨겁다.

내가 무서워한다는 걸 와이라는 알고 있다. 로프를 꽉 붙잡고 있지만 멈출 수가 없다. 곧바로 로프를 떨어뜨리고 두 손을 번쩍 들어 난 로프 안 만졌어, 진짜야라는 몸짓을 취해봐도 소용없다. 와이라는 내가 자기를 때리기라도 했다는 양 움찔거린다. 공포에 질려 움츠러든 골격으로 나뭇잎 사이를 비집고 들어가 잠깐 동안 모습을 감춘다. 그러고는 마치 초신성이 폭발하듯 덤벼든다. 공중에 뛰어오른 와이라. 발톱, 이빨, 으르렁. 격리장의 일이 또 반복된다. 더 나쁘게. 와이라는 달리고 싶어 한다. 잠깐이나마 달릴 수 있는 고양이가 되고 싶어 한다. 하지만 내가 와이라를 막고 있다. 내가 로프를 들고 있다. 로프는 가냘프게 울었던 작은 털복숭이 시절의 와이라를 묶고, 목을 꽉 조이고, 그가 슬플 때 채찍질하고, 그가 알던 모든 것과 어미를 빼앗아 갔다.

찰나의 순간. 난폭한 으르렁 소리, 홱 잡아채기, 소름 끼치는 강타, 쌩하고 움직이는 회색과 이빨, 끝. 무슨 일이 벌어졌는지 종잡을 수가 없다. 아드레날린이 치솟아 잠깐 의식을 잃었던 것 같다. 정신을 차렸을 때 와이라는 땅에 발을 붙이고 있었고 다시 몸집이 작아진 채로 저 멀리 가고 있었다.

내 몸을 살필 여력이 없다. 다쳤는지 확인해봐야 하는데. 와이라는 달리고 싶어 한다. 나를 앞쪽으로 강하게 끌어당기는 터라 나도 뛸 수밖에 없다. 별다른 수가 없다. 돌프는 저 앞에서 달리며 걱정스런 표정으로 자꾸 뒤를 돌아본다. 하지만 반드시 앞에 있어야 한다고 미리 말해두었다. 돌프는 이리저리 손짓하며 내가 안전 로프를 주고 싶어 하는지 묻고 있지만, 난 고개를 젓는다. 더 이상 와이라에게 속박의 느낌을 주고 싶지가 않다. 솟구치는 아드레날린 덕분에 겨우 몸을 지탱하고 있다. 쓰러진 고무나무 옆을 지나친다. 바닐라 향이 나는 노란빛 덤불로 뒤덮인 언덕, 허물어져가는 흰개미집, 충격받은 노인의 얼굴 형상을 한 마호가니. 마침내 와이라가 속도를 늦춰서 이제야 아래를 내려다볼 여력이 생겼다. 아구스티노의 진료소에서 끔찍한 바늘과 함께한 쓰라린 경험을 또 한 번 치러야 하나 생각했지만, 다행히도 피는 보이지 않는다. 그래도 팔 한쪽이 비명을 지르고 있다. 머지않아 멍이 들 것 같다. 어쩐 일인지 와이라는 공황 발작의 상황에서도, 무는 것이 얼마나 강력한지 알면서도, 이빨로 내 피부를 꿰뚫지 않았다. 발톱도 세우지 않았다.

온갖 감정이 나의 몸을 질주한다. 너무나 빨라서 헤아리기가 쉽지 않다. 고마움, 경외감. 나를 공격했지만 상처 입히진 않았다. 두려움에 분별을 잃었을 것이다. 또다시 이런 모습을 보일까? 케이지로 돌아가려면 갈 길이 멀다. 땅거미가 질 때까지 머리 위에서 대나무와 나뭇가지와 가시나무가 서로 뒤얽힌다. 쿠르릉, 천둥이 친다. 와이라는 온갖 것들이 널브러진 오솔길에 발이 채어 으르렁거린다. 집으로 향하는 길. 이 길만 지나면 된다.

"로라, 너 괜찮아?"

말없이 끄덕인다. 와이라는 도랑 바닥에서 날 빤히 쳐다보고 있다. 고개 숙인 파투후가 오래된 나뭇가지처럼 맥없이 늘어져 있다. 돌프가 두 손을 들었다가 다시 떨군다. 두 손은 그의 옆구리 근처에 힘없이 매달려 있다. 돌프는 코펜하겐에서 피자 배달부로 일했다. 겨울에는 길거리에서 아몬드를 구웠다. 오늘은 그가 와이라와 처음으로 산책하는 날이었다.

와이라는 길을 잃었다. 목걸이가 한쪽으로 쏠려 있다. 그는 집에 가는 길을 잊어버린 듯 양쪽 길을 번갈아 바라본다. 두 귀는 여전히 머리 뒤로 납작하게 젖혀져서 화가 난 물개 혹은 겁먹은 아이처럼 보인다. 나의 폐와 심장이 마구 쿵쾅인다. 뇌의 허락을 거치지 않고서 다짜고짜 도랑 위 흙바닥에서 나는 몸을 웅크린다. 와이라가 슬플 때마다 제인이 했던 행동을 떠올린다. 논리 따위는 없고 훈련도 받지 않은 채 맹목적인 믿음만 가지고 했던 행동. 나는 무릎을 꿇고 앉아 꽉 쥔 로프를 서서히 푼다. 와이라의 광대뼈가 갸우뚱하더니 눈가의 은빛이 강렬해진다. 그르렁 소리에는 경고의 의미가 서려 있다. 척추를 타고 흐르는 줄무늬가 솟아오른다. 로프를 완전히 놓는다. 와이라는 나를 해치지 않았다. 로프는 이제 벨트에만 연결되어 느슨하게 매달려 있다. 나는 두 손을 들어 올린다. 너를 믿어, 와이라. 이제 우리의 눈은 같은 높이에서 서로를 바라본다. 너를 믿어.

위장으로 모습을 감췄던 밝은 초록색 나비가 모습을 드러낸다. 와이라는 펄쩍 뛰더니 나비를 눈으로 쫓는다. 긴장감을 눈치채지 못하고(어쩌면 알아차렸을지도 모르지만) 훨훨 날고 있다. 나비를 지켜보는 와이라의 두 눈이 부드러워진다. 나비가 멀리 날아가자 와이라는 실망한 기색이다. 나비는 바람에 요동치는 나무들의 어둑한 녹음 속으로 사라진다. 다시 나한테 몸을 돌린 와이라는 표정이 굳어지고 가차 없이 생생한 비취색으로 변한다. 쪼그라든 눈동자는 이제 완전히 사라진 듯하다. 자유의 몸이 되었을 때 이곳에 왔을까? 나비를 쫓았을까? 우리 뒤 어딘가에서 불안한 듯 외쳐대던 꼬리감는원숭이 떼가 갑자기 모습을 감췄다. 지저귀던 금강앵무와 큰부리새, 돌발적인 겨울비를 예상하고 뿌리 덮개를 가로질러 들끓던 개미도 모습을 감췄다. 진드기, 애벌레, 버섯도 마찬가지다. 온 정글이 모습을 감췄다. 구름도, 하늘도, 무릎 아래 황갈색 흙도 사라져버렸다. 세상이 허물어졌어, 와이라. 그래도 이 숲은 너의 것이야. 나는 숲을 둘러본다. 온갖 것이 널브러진, 희망으로 가득 찬 오솔길을 둘러본다. 그리고 천천히 몸을 일으킨다.

"*바모스, 치카*(가자, 우리 애기). 집에 가는 거야."

으르렁 소리도 듣지 못했다. 하지만 내 가슴팍을 때린 와이라의 무게는 느껴졌다. 넘어지진 않았지만, 그 충격에 몸이 휘청거린다. 나를 보호하려고 팔을 앞으로 내밀자 와이라가 내게서 떨어진다. 또다시 상황은 매우 빠르게 돌아간다. 돌프의 입술이 움직이는데 뭐라고 하는지 모르겠다. 그때 와이라가 다시 돌아서서 머리를 흔들며 몹시 흥분한 듯 움찔움찔 걸어간다. 천둥이 하늘을 산산조각 내고 있다. 와이라는 세 발짝 걸을 때마다 멈추고 돌아선다. 로프를 든 나를 보고 멈칫거리다가 정신이 들었는지 으르렁대며 내게 달려든다. 나에게 닿을 만큼 가까이 오기도 하고 거리를 두기도 하지만, 몇 번이 됐든 나를 해치지는 않는다. 내 셔츠를 찢고 다리를 때리는 와이라의 모습은 날 죽일 듯한 기색이다. 이 끔찍하고 무

나와 퓨마의 나날들

시무시한 춤을 추며 이렇게라도 우리는 케이지로 돌아간다. 심장의 쿵쾅거림, 매서운 바람 소리, 불시에 들이닥치는 하악거림 말고는 아무것도 들리지 않는다.

마침내 케이지가 유령 혹은 악몽처럼 어렴풋이 모습을 드러내자, 와이라가 부리나케 달아난다. 와이라를 따라잡으려 서둘다가 하마터면 케이지 모퉁이에 눈이 부딪혀 시퍼렇게 멍이 들 뻔했다. 와이라는 그저 날 떨쳐내려 할 뿐이다. 떨리는 손으로 로프를 벨트에서 러너로 옮기자, 와이라는 뒤도 돌아보지 않고 덤불 속으로 총알같이 달려가 파투후 동굴에 털썩 앉고서 언짢은 듯 털을 핥기 시작한다. 나는 비틀거리며 문 옆 통나무에 주저앉고, 돌프도 내 옆에 앉는다. 우리는 아무 말도 하지 않는다. 와이라가 발과 발톱부터 꼬리와 배와 다시 등까지, 온몸 구석구석을 필사적으로 핥는 모습을 지켜본다. 마치 자기 몸에서 우리를 문질러 닦아내려 하는 것 같다.

봉사자들은 하나같이 11월부터 3월까지 지속되는 여름철 우기에 대한 불만을 쏟아낸다. 하지만 이번 겨울은 나의 인생에서 가장 길게 느껴진다. 아직도 추워지고 있다. 다시금 땀에 젖어 엉망진창이 될 수만 있다면 무슨 짓이라도 하겠다. 5월, 6월, 7월……. 시간은 흐르고, 와이라는 여전히 더 좋아지지도 나빠지지도 않는다. 어떤 때에는 산책을 해도 한 번도 공격하지 않는다. 다른 때에는 오솔길에서 고작 10미터쯤 갔는데도 길을 잃고 만다. 어떨 땐 스무 번도 넘게 뛰어오르고, 어떨 땐 한 번만 뛴다. 도대체 언제 뛰는 건지 모르겠다. 패턴을 찾을 수가 없다. 잘 걷는 것 같다가도 갑자기, 쿵, 뛰어오른다. 이번 산책에 나의 운이 다해서 몸이 바스러져 돌아오게 될지 알 수 없다.

해리가 말한 대로다. 문제는 와이라가 아니라 나에게 있다. 와이라는 나도 돌프도 해치지 않는다. 아무리 다쳐도 아구스티노와 봉합실을 또 만나게 될 정도는 아니다. 하지만 그건 아무래도 중요하지 않다. 두려움은 줄어들지 않았다. 어쩐 일인지 더 악화된 것 같다. 종잡을 수 없는 차디찬 추위가 뼈를 파고든다. 납빛 구름이 진눈깨비를 내려 우리를 흠뻑 적시지만, 캠프에는 옷을 말릴 곳이라곤 전혀 없다. 목욕도, 사우나도, 온수 샤워도 없다. 몸을 녹일 방법이 전혀 없다.

나는 오후 내내 얼음장 같은 케이지에서 와이라와 함께 시간을 보내고 산타크루스로 돌아왔다. 와이라는 도무지 밖으로 나오고 싶어 하지 않았지만, 그를 탓할 생각은 없다. 나는 새미의 침대에 기어 들어가 새미와 옹송그리고 누웠다. 하지만 새미의 온기와 담요 더미만으로는 오들오들 떠는 몸을 멈출 수가 없다. 불행하게도, 살아 있는 따뜻한 물주머니 파우스티노는 이미 이층 침대에서 톰과 함께 기분 좋게 웅크리고 있다. 톰은 무릎 위에 파우스티노를 앉히고 기타줄을 퉁기는 중이다. 똑같이 붉은 턱수염이 둘의 턱을 따스하게 뒤덮었다. 난 새미에게 시선을 돌린다.

"너 아직도 이곳에서 최악의 하루가 고향에서 최고의 하루보다 낫다고 생각해?"

새미가 깔깔 웃는다. "언젠가 그 말이 다시 돌아와서 날 엿 먹일 줄 알았지."

주방 쪽에서 나는 고함이 벽을 뚫고 들려온다. 패디의 열정적인 격려와 해리의 절망 섞인 비명 소리. 케이크를 하나 더 만들고 있는 것 같다. 한 달 전에 아구스티노가 오븐을 샀다. 그는 트럭 뒤에서 오븐을 끌어 내리며 몹시 의기양양해했다. 오븐은 거대한 가스통으로 작동하는데, 재료가 들어가도 요리라기보다 눈앞에서 폭발할 것처럼 생긴 무언가가 된다. 들어갔다 나오는 건 무엇이든 타거나 설익는다. 도냐 루시아는 오븐을 좀처럼 만지려 하지 않는다. 하지만 패디가 무기력한 사람들의 사기를 북돋는 일을 떠맡았다. 믿기 힘들지만 해리는 패디의 조수가 되었다.

어느덧 잠들락말락 눈이 감기고 있을 때 새미가 나직이 말한다. "맞아, 그렇게 생각해."

난 눈을 뜬다.

"있잖아⋯⋯." 새미가 담요 아래서 움찔거린다. 어깨를 으쓱한 모양이다. "자꾸 보비가 생각나. 그러니까, 미국에서 말이야. 보비는 주방을 만들었어. 그 거지 같은 냉장고가 얼마나 비싸 보이는지만 신경 쓰는 사람들이 고객이었지. 내가 얘기했었나? 미국에 돌아갔을 때 보비를 만났거든. 젠장, 끔찍했어. 정신이 완전 나간 것 같더라니까." 새미는 오래전에 흰개미가 벽을 갉아먹고 남긴 십자 모양 흔적을 손으로 더듬으며 말을 이어간다. "그만큼 별로였다는 얘기야."

끄덕끄덕. "보비가 다시 돌아올 수 있을까?"

또 한 번의 움찔, 또 한 번의 으쓱. "언제가 될지는 모르겠어.

한번 자리를 잡으면, 직장을 구하고 살 곳을 구하면, 더 힘들어지잖아. 이곳에서 겪은 일을 사람들에게 얘기하면 미친놈 취급당할걸. 게다가 다시 돌아가고 싶다고 얘기하면 어떻겠어?" 새미가 긴 한숨을 내쉰다. 그의 얼굴 위로 그림자가 춤을 춘다. "진짜 직업을 가져야지." 새미가 사람들의 말을 흉내 낸다. "인생 낭비 좀 그만해! 환경 보호? 하이고! 마케팅 일이나 해. 돈을 벌어야지." 새미가 날 곁눈질로 쳐다본다. "기대해도 될 거야. 아직 돌아간 적 없지?"

나는 고개를 젓는다.

"얼마나 됐지?"

"1년 반 정도." 조용히 답한다. 1년 반. 쓴웃음을 지으며 나의 몸을 내려다본다. 팔을 따라 길쭉하게 돋은 흉터를 쳐다본다. 사랑의 깨물기. 밀라는 그렇게 부른다. 격리장에서 생긴 첫 번째 상처가 최악이었다. 봉합까지 해야 했으니까. 나머지 상처는 그냥 생채기에 가깝다. 어떤 것들은 자국도 겨우 남길 정도였다.

"넌 쭉 돌아올 생각이야?" 내가 살며시 묻는다.

"모르겠어." 새미가 몸을 돌려 나를 돌아본다. 톰이 조용히 기타를 치고 그의 침대에서 에릭 클랩튼의 곡 〈천국의 눈물Tears In Heaven〉의 음률이 흘러 내려온다. 어느새 패디와 해리는 잠잠해졌다. 따뜻한 케이크 냄새가 창문 너머에서 솔솔 풍겨온다. 새미가 날 보며 미소 짓는다. "있잖아, 난 예전에 퍽 괜찮은 삶을 살고 있었어." 그러고는 깔깔 웃으며 말한다. "고등학교에서 꽤 잘나갔거든. 믿어져? 플로리다에 있을 때에는 그게 정말 중요한 일이었어. 그런데 지금 날 봐!" 새미의 머리카락이 엉켜서 레게 머리가 되어가고 있다. 침

나와 퓨마의 나날들

대 커버 위로 삐죽 솟은 코는 흙이 묻어 거무튀튀하다. "번듯한 직장인의 길로 착착 나아가고 있었지. 바닷가에서 살 생각이었고. 남자친구도 있었다? 부모님이 정말 기뻐하셨어. 젠장. 그런데 지금은 정신이 나간 줄 아셔. 어쩌면 그럴지도. 이런 게 바로 집에 돌아가면 느끼는 것들이야. 그런데 여기 있으면 어떤 줄 알아? 이렇게 정신이 맑았던 적이 없어. 무슨 말인지 알겠어?"

난 고개를 끄덕인다. 내가 느끼는 것과 정확히 똑같다. 가족이 사무치게 그립긴 해도. 추위와 땀, 벌레와 푸세식 변기가 있어도. 그리고 매일 돌프와 함께 두 마녀 사잇길로 들어설 때마다, 내 팔이 나을 새가 없는 물린 자국과 긁힌 상처투성이의 캔버스가 되어 화끈거릴 때마다, 더없이 끔찍한 두려움과 악화되는 상황, 그러니까 실패가 도사리고 있어도. 이 모든 것에도. 새미가 얼굴을 찌푸린다. 아무런 말도 하지 않는다. 그럴 필요 없다. 새미는 이해하고 있다. 방에 있는 모든 사람들, 캠프의 모든 사람들은 한 명도 빠짐없이 이해하고 있다.

나는 돌아누워서 얼굴을 베개에 파묻는다. 그리고 침대 발치에서 무언가 움직이는 걸 느끼고 화들짝 일어난다. 담요 밑에서 모로차의 헝클어진 검은 털북숭이 머리가 불쑥 솟아오른다. 분홍색 얼굴이 어슴푸레 빛난다. 이곳에 있으면 안 된다는 걸 알고 있을 텐데! 모로차는 산타크루스를 개인 화장실로 쓰곤 한다. 하지만 밖에 있는 법을 배우지 않으면 안 된다. 새미가 죄진 것처럼 멋쩍게 방긋 웃는다. 모로차는 측은하게 조용히 끽끽거리더니 길쭉한 두 팔로 내 목을 감싼다.

새로운 오솔길

6월 말, 마침내 추위가 잦아들고 맹렬한 더위가 돌아왔다. 워낙 더워서 뼈가 구워지는 것 같다. 나는 얇은 면 레깅스에 탱크톱을 입었다. 레깅스가 자꾸 허벅지 쪽으로 흘러내린다. 눈치채지 못했지만 전보다 마른 탓이다. 몸에 더 각이 졌고 골격도 더 많이 드러났다. 곰이 햇살을 쬐며 눈을 비비듯 나는 겨울에서 빠져나왔다. 온 세상이 놀이터가 된 것만 같다.

"¡바모스(어서요)!" 밀라가 외친다. 유독 후텁지근한 토요일이다. "캠핑을 가자고요. 아 라 라구나. 콘 엘 솔 이 아미고스 페르펙토스 이 와이리타 이 바네소 이 토도 로스 가티토스, ¿노(석호로요. 햇살도 좋고, 완벽한 친구들도 있고. 와이라, 바네소, 다른 모든 고양이들과 함께 가면 어때요)?" 밀라가 소녀처럼 키득거리며 말한다. 세상의 근심거리에서 벗어난 드물고 소중한 순간. 우리도 웃음으로 화답한다. 나와 새미 그리고 겨울을 난 여자애들 몇 명. 오스트레일리아 출신의 일사와 르네는 다부지고 부지런하지만 유독 지저분하다. 앨리는 도로를 따라 걸어가는 내내 줄담배를 피우고 욕설을 뱉으면서 텐트와 배낭을 질질 끌고 간다. 물론 고양이들은 데려가지 않겠지만, 어쩌면 가능할지도 모른다……. 이따금 밀라가 고양이들을 어디든 데려간다는 생각이 든다.

우리는 남쪽으로 향한다. 강 너머 멀리 있는, '라구나 코라손'이라 불리는 곳으로. 물론 거기까지 갈 수는 없다. 밀라와 새미를 빼면 전부 이렇게 허약할 수가 없다. 고양이들은 자는 것을 좋아한다. 우

나와 퓨마의 나날들

리들은 대부분 고양이가 깨기를 기다리며 하루 종일 엉덩이를 깔고 앉아 하루를 보낸다. 파스타를 입속에 쑤셔 넣는 게 제일 활동적인 일과다.

해가 서서히 저물자 밀라는 마지못해 패배를 받아들인다. 마침내 우리더러 가시덤불 우거진 자갈 산비탈에 텐트를 치게 하고서 마지막 남은 오솔길로 데려간다. 숲이 갈라지고 공간이 열리자 새미가 손을 뻗어 내 손을 잡는다. 바위가 보인다. 이걸 바위라고 해도 될까? 최소한 숲 천장만큼 높이 솟은 거대한 암석. 더 큰 것도 있다. 다섯 개 정도. 아니 열 개쯤 되려나?

"이런 미친!" 앨리가 중얼거린다.

바위 하나를 손으로 쓰다듬어본다. 부드러우면서도 까끌까끌한 표면. 이 바위는 이곳에 얼마나 오래 있었을까. 공룡이 살았을 때부터? 꼭 수천 년 전부터 열렸던 회합에 참석하기라도 한 듯 서로를 마주하고 있는 바위들은 저물어가는 햇빛 아래서 모두 어슴푸레한 금빛을 내뿜는다. 어딘가에서 폭포가 쏴아 떨어지는 소리가 희미하게 들려온다.

밀라가 앞장서서 바위 경사면을 기어오른다. 이윽고 나머지 사람도 뒤따르고, 운동화로 바위를 절박하게 쑤석거린다.

정상에 오르자, 모두 말을 잃는다. 이곳은 지면 위로 30~40미터 솟은 바윗부리 꼭대기다. 우리를 마주 보는 나머지 바위들은 시선이 닿는 곳까지 쭉 펼쳐진 숲 천장을 가로질러 흩어져 있다. 해가 떨어지면서 분홍색 빛줄기가 붉게 변한다. 시시각각 어둑해지는 안개는 마치 연기처럼 보인다. 바닥처럼 펼쳐진 숲이 끊임없이 이어

진다. 어딘가에 도로가 있다. 트럭의 전조등이 우글우글 기어다닌
다. 또 어딘가에는 마을이 있어서 발전기가 돌아갈 것이다. 도냐 루
시아가 여전히 유일하게 간직한 80년대 팝 CD의 금속성 화음을 상
상해본다. 이스크라의 울부짖음도 떠올려본다. 사마가 빛바랜 흰 턱
을 앞발에 누이고 잠에 든 모습이 눈에 선하다. 와이라는 이리저리
서성이고, 나머지 고양이들도 점점이 넘실거리는 안개 사이로 몸을
뻗는다. 그들은 눈을 감고 철조망에 몸을 기댄다. 밖에서는 야생 고
양이들이 누비며 이 땅을 소유함과 이 땅에 소속됨을 몸소 주장한
다. 바위가 처음 형성되었을 당시에 자유로웠던 땅을.

이제는 자유라는 단어가 무슨 뜻인지도 잘 모르겠다. 자유란
끝없이 영원토록 펼쳐진 녹음 같은 것. 그렇다면 자유란 더는 존재
하지 않는다.

사마를 생각한다. 작은 우리에 갇혔던 사마를. 그리고 사마가
마땅히 누려야 했던 진짜 공간은 아니지만 그를 알던 사람들이 전
혀 생각지도 못한 더 넓은 공간에서 살아가는 지금의 사마를. 사마
의 얼굴에 햇살이 내리쬐고, 두 눈에 자부심이 스민다.

우리는 팔뚝을 서로 맞대며 한 줄로 나란히 앉는다. 땀 냄새와
피부의 끈적한 곰팡이가 메마르고 꺼칠한 땅과 섞여든다. 다른 사
람들은 무슨 생각을 하고 있을까? 집. 직장. 정글. 멀리 떨어진 친
구와 가족. 이곳의 식구. 동물. 새미는 바네소를 떠올리겠지. 일사는
레온시오를 생각하고 있을까? 레온시오는 일사가 2006년부터 돌
보고 있는 퓨마다. 일사는 둘이 함께 늙어갈 때까지 쭉 그를 돌볼
것이다. 르네는 후안과 카를로스를 생각하고 있을까? 그들은 르네

가 몇 달 전에 만난 새끼 퓨마다. 두 퓨마는 르네의 절친한 친구가 될 것이다. 후안이 기생충에 감염되어 죽고 카를로스와 르네 둘만 남을 때까지. 앨리는 아미라를 떠올리고 있을 거다. 아미라는 내가 파르케를 떠났을 때 온 암컷 재규어다. 앨리는 나처럼 몇 주만 머물 작정이었다. 지금은 모든 계획을 바꾸었다. 집과 가족, 직장과 남자 친구를 내버려두고 인생을 바꾸게 될 것이다. 오직 이곳에 있을 생각으로, 그래서 날마다 아미라를 방사장 밖으로 데려가 몇 시간이라도 야생의 삶을 누리게 하려고.

우리는 이런 것들을 느끼기 시작한다. 자꾸 고개를 돌려 동물들을 쳐다보면서, 그들이 곁에 있을 때 심장의 두근거림을 겪으면서. 바위는 거칠고 차갑다. 정적이 흐른다. 교회처럼 고요하게.

"밀라." 가만히 밀라를 불러본다. 밀라는 누굴 생각하고 있을까. 아마도 전부일 것이다. 모든 동물들. 내가 톰에게 했던 말에 관한 생각은 아직 변하지 않았다. 벌써 먼 과거처럼 느껴지는 그 말. 네 머릿속에는 이 모든 일들, 모든 동물들이 너무도 많이 자리 잡고 있다고. 너무도 많이. 하지만 그렇다고 한들 별수 있을까? 저 밖의 세상은 텅 빈 것처럼 느껴진다. 전부 시시하고 평면적이다. 어떻게 이곳에 비할 수 있을까? 모든 것이 다채로운 빛깔로 불타오르는 이곳에. 한때는 나를 공포에 떨게 했던 이 정글에. 그때는 미지의 오솔길을 걸을 때, 머릿속 피가 꼭 기관총을 쏜 듯 귀 밖으로 튀어나오고, 무수한 심장 박동이 나의 몸을 풀어 헤쳤다가 원래대로 되돌리는 것 같았다. 오래된 바위에 앉아 저 먼 곳을 바라보는 지금은, 정반대다. 내 몸은 새롭게 만들어지고 있다.

밀라가 내 쪽으로 고개를 돌린다. 황혼이 밀라를 희미한 금색 구릿빛으로 물들인다. 그동안 나는 와이라에게 더 큰 방사장을 만들어주자고 제안할 수 없었다. 더 시급한 동물들, 더 많은 것이 필요한 동물들, 집이 턱없이 작은 동물들, 방사장에서 나올 수도 없는 동물들이 너무도 많다. 새들. 이스크라. 여전히 격리장에 사는 후안과 카를로스. 유마의 방사장은 아직 다 만들지도 못했다. 루피의 방사장은 우기 때마다 물에 잠겨서, 발이 젖는 게 싫으면 얼기설기 엮은 단 위로 돌아다녀야 한다. 루피의 발에는 몇 달간 곰팡이가 피어 있다. 그리고 바네소는…… 케이지가 무너지기 직전이다. 새미가 그를 위한 모금 행사를 준비하고 있다. 하지만 와이라에게 방사장이 없다면……. 늘 똑같은 오솔길만 돌고 또 돌아야 한다면……. 난 얼룩덜룩한 수풀을 구석구석 쏘아본다.

"와이라에게 새로운 오솔길을 만들어줘야 해요."

밀라의 날카로운 눈이 내 표정을 훑어본다. 이제는 거울을 볼 때마다 내가 아닌 듯한 얼굴 표정을. 밀라의 말에서 스며 나오는 상냥한 음성을 받아들이기가 힘들다. "로라, 와이라가 너무 무서워할 거예요."

나는 고집스럽게 말한다. "바로 지금 무서워하고 있다고요! 뭔가가 필요해요. 조금의 자유라도. 와이라가 원래 누려야 할 만큼은 아니더라도요."

침묵이 이어진다. "그렇게 한다고 해봐요." 마침내 밀라가 입을 연다. "그래서 와이라가 새로운 오솔길을 좋아한다고 해봐요. 로라가 떠나면 어떻게 되죠? 다음번 우기에 봉사자는 없고 와이라는 새

오솔길을 가고 싶어 한다고 해봐요. 와이라를 맡은 봉사자가 와이라를 데리고 다닐 수 없으면 어떡하죠?"

"난 떠나지 않을 거예요!" 난 서둘러 대꾸한다. 너무 서둘렀다.

밀라가 쓴웃음을 짓더니 아무런 대답도 하지 않는다.

마지못해 나는 절망 섞인 목소리로 부탁한다. "해보면 안 될까요? 제발." 와이라의 오솔길은 파르케의 퓨마 오솔길 중에서 가장 짧다. 와이라에게 무언가를 해줘야 한다. 태양이 수평선 너머로 서서히 모습을 감춘다.

밀라가 한숨을 쉰다. "로라, 새로운 길을 누가 낼 건데요? 내가?"

"제가 해요!" 내가 날카롭게 받아친다. 우린 날마다 공사를 한다. 이스크라와 유마의 방사장을 마무리하려 진땀을 빼고 있고, 다윈과 모로차를 위한 것들과 새로 도착한 긴코너구리 네 마리를 위한 공간도 만들고 있다. 어쩌면 태앙히를 위한 공간도 마련해줄 수 있을 거다. 아무래도 플립플롭 샌들을 신은 불운한 봉사자를 해칠 작정인 것 같으니까. 방화선도 잘 관리해야 한다. 올해 또 화재가 발생할지, 불이 언제 새장까지 번질지 누가 알겠는가? "맹세해요. 일찍 일어나서 할게요. 돌프도 도와줄 거예요."

"저도 할게요!" 반대편에서 듣고 있던 새미가 크게 소리친다.

"저도요!" 일사, 르네, 나머지 여자애들도 거든다. 순간 애정이 차오른다.

"젠장!" 앨리가 내 손을 꽉 잡으며 외친다. "나도 할게. 그런데 조건이 있어." 앨리가 경고하듯 손가락을 치켜든다. "돌프가 밀라 옆에서 마체테를 쓰지 않도록 해야 돼." 앨리가 밀라의 옆구리를 쿡쿡 찌르자 밀라가 웃는다. 자포자기한 듯 고개를 절레절레 흔드는 밀라의 얼굴이 누그러졌다. 지난번에 돌프가 휘두르다 놓친 마체테가 나무로 날아가 콱 박히고 말았다. 밀라의 귀에서 몇 센티미터도 안 되는 거리였다.

시간이 흘러 바위를 기어 내려갈 즈음 해가 완전히 모습을 감춰 별과 어둠의 천장만 남았다. 나는 새미와 함께 텐트로 들어가 잠을 청한다. 밀라의 말을 들은 뒤로, 우리 모두의 얼굴을 쳐다보며 나직이 얘기했던 밀라의 모습을 본 뒤로, 도저히 웃을 마음이 들지 않는다. 언젠가 전부 떠나겠죠. 그 생각을 떨칠 수가 없어요. 여러분도 그럴 거예요. 때로는 트집을 잡듯 하는 말이지만……. 대체로 사실이다. 잠들고 나서도 밀라의 말이 머릿속에 맴돈다. 명시적으로 또 암묵적으로 발화된 말들이 오랫동안 마음에 남는다. 꿈에서까지 들릴 만큼 오래도록.

공사는 몇 주가 걸렸지만, 드디어 첫 번째 기회가 찾아왔다. 나는 돌프와 여자애들과 함께 나와 있다. 오시토와 헤르만시토도 새로 생긴 도전에 들뜬 마음을 안고 찾아왔다. 두 아이의 뛰어난 마체테 칼솜씨는 언제나 일을 반으로 줄여준다. 눈앞에 환히 빛나며 아름답게 펼쳐진 새 오솔길에 돌프는 천진난만하게도 '파라다이스 고속도로'라는 이름을 붙여주었다. 나는 애서 불안을 가라앉힌다. 케이지에서 멀리, 아주 멀리 떨어진 곳에서 길을 잃어 오도 가도 못 하는 모습을 떠올리지 않도록, 밀라의 경고에 열의가 꺾이지 않도록 애쓴다. 오솔길은 아름답다. 우리는 원래의 길을 1.5킬로미터가 넘게 연장했다. 우리를 위한, 와이라를 위한 새로운 정글. 케이지와 러너의 북쪽에 있는 이곳은 어쩌면 와이라가 탈출했을 때 와봤던 곳일지 모른다. 우리와는 함께 오지 않았던, 결코 그런 적 없었던 곳.

다음 날, 나는 와이라 앞에서, 돌프는 뒤에서 로프를 달고 걷는다. 방향을 틀어서, 새롭고 낯설고 불확실한 파라다이스 고속도로 길목으로 접어들자 심장이 미친 듯이 뛰기 시작한다. 와이라의 눈이 흐려지는 것을 보고 잠깐 망설인다. 표정에서 두려움이 어른거린다. 혼란. 나머지는 흥분과 불신. 완고함도 잠깐 스치지만 일순간일 뿐이고, 다른 무언가에 자리를 내어준다. 그 무언가는 나의 배 속을 꽉 채우고 내게 나는 듯한 느낌을 준다. 바로, 믿음. 우리 사이에서 수없이 부서지고 형성되었던 믿음. 와이라가 고개를 들어 나와 눈을 맞춘다. 그러고는 함께 걷는다. 아르릉도 그르렁도 없다. 말없이 걷는 와이라, 경외심에 휩싸인 와이라뿐이다.

반 바퀴쯤 돌았을까. 일광에 젖은 나무에 이른다. 오솔길의 우측 경사면 위로 쓰러진, 거대하고 오래된 나무. 와이라가 불쑥 나무로 뛰어올라 잽싸게 달려가는 바람에 돌프가 나동그라질 뻔한다. 나는 몰래 미소를 짓는다. 와이라와 마찬가지로 긴장감은 이미 녹아내렸다. 와이라는 몸에 힘을 쭉 빼고 나무 위에 엎드려 발을 달랑거린다. 휘둥그레진 두 눈은 아름답게 빛나는 하늘의 조각들로 향한다. 슬쩍 쳐다보니 돌프도 바보처럼 헤벌쭉 웃고 있다. 땀의 짠맛과 행복감이 입술에 들러붙는다. 와이라가 자꾸 몸을 돌리며 자세를 바꿔 땅에 긴 그림자를 드리운다. 이제는 공주가 아닌, 여왕의 자태다.

"사랑해." 갈라지는 목소리로 나직이 말해본다.

햇살 아래로 굽은 와이라의 목이 금빛을 머금는다. 우리는 하늘 한 조각을 가로질러 높이 날아오르는 독수리를 함께 바라본다. 소리 내 말하기까지 이토록 오래 걸렸다니, 믿기지 않는다. 와이라가 나를 바라보고 꼬리를 부드럽게 흔들며 호응한다. 네가 날 사랑한다는 걸 알고 있었지. 오래전부터. 그러고는 볼을 양발에 기대고 나를 응시한다. 경이로 가득한 눈빛. 왜 그러느냐는 듯한 눈빛. 독수리가 저 멀리 구름 속으로 사라진다.

무엇이 옳은 일인가

이제 막 보름달이 떴다. 부어오른 달 표면은 창백하고 동전처럼 단단해 보인다. 도로를 워낙 밝게 비춰서 손전등이 필요 없을 정도다. 걸음을 멈춘 새미의 얼굴 주름이 푸른색에 가깝게 선명히 드러난다. 잠시 아무 말 않던 새미가 울음을 터뜨린다. 선뜻 위로할 수 없을 만큼 눈물이 샘솟는다. 오만상을 찌푸린 얼굴을 타고 눈물이 펑펑 쏟아진다. 어둠 속 창백한 둥근 뺨이 희미하게 빛난다. 풍성한 머리카락이 흔들리고, 다부진 어깨가 부들부들 떨린다. 나는 그를 빤히 바라본다. 어떻게 해야 할지 모르겠다. 새미의 가슴이 미어터지

나와 퓨마의 나날들

는 것만 같다.

"저 개 같은 새장에 다시 처넣으려고 하잖아! 자유를 앗아가려 하고 있어! 그러고 말 거야. 안 그래?" 새미가 꼭꼭 흐느낀다.

이를 하도 악물어서 턱에 통증이 퍼진다. 한 무리의 봉사자들이 'VAPTOL(뱁톨)'이라는 단체를 조직했다. '로렌소의 차별 대우를 반대하는 봉사자들Volunteers Against the Preferential Treatment of Lorenzo'을 의미한다. 그들이 운동을 벌인 지 벌써 몇 주가 지났지만, 로렌소가 한 대표 구성원의 귀를 물어뜯어 버릴 뻔한 오늘 밤에 절정에 이르렀다. 로렌소는 새미가 장화를 벗는 걸 그가 도와주려 했다는 이유로 그를 공격했다. 비명을 지를 일만 아니었다면 웃음거리가 되었을 것이다.

새미가 무릎을 굽히더니 풀밭에 주저앉는다. 아직 좀 이슬이 맺혀 축축하다. 담배를 건넸지만, 새미는 손을 덜덜 떨며 쥐고 있을 뿐이다. "그게 옳은 일이야?"

새미 맞은편에 천천히 앉으면서 손으로 포장도로를 더듬는다. 한때는 새미가 무서웠다. 이제는 지금껏 사귄 친구들 중 제일 친한 것 같다. 왈칵 샘솟은 그의 눈물이 우선 진흙 범벅 얼굴로, 그다음에는 쭈글쭈글 난장판이 된 축축한 풀밭으로 떨어지는 모습을 지켜본다. 우리의 우정이 깊어진 것에 대해 와이라에게 고마움을 표해야 할 것 같다. 누군가와 가까워지는 일은 아픔을 동반할 수 있다는 것을, 그럼에도 그럴 가치가 있다는 것을 와이라는 몇 번이고 나에게 알려주었다. 수백만 번이라도 그럴 가치가 있는 일이다.

로렌소에게도 가치 있는 일일까? 로렌소가 더없이 높은 나무 주위를 황홀해하며 나는 모습을 그려본다. 두 날개가 꼭 울부짖듯

위아래로 퍼덕이고, 기쁨에 찬 깍깍 소리가 멋진 하늘을 산산이 조각낸다. 새미의 셔츠 속 심장 바로 옆에서 몸을 웅크린 모습을 그려본다. 쓰레기통을 뒤져서 야자 열매와 제일 좋아하는 과일을 먹으며 하루를 보내고 난 뒤의 따스하고 아늑한 날도. 배구 시합 심판을 보던 로렌소는 안달이 난 듯 저 높이 나뭇가지 위에서 빙그르르 날아오르고 공이 오갈 때마다 눈동자를 움츠린다. 거침없이 꽥 소리를 지르며 도로 위로 붕 날아가 새미를 뒤쫓다가 벌목 트럭 옆구리에 처박힐 뻔한다. 매일 밤마다 잠에 들지 않아 몇 시간을 낭비하게 하기도 한다. 나머지 금강앵무들은 필사적으로 새장 철조망에 부리를 갈아댄다. 크레이지아이즈는 관심을 갈구하며 춤을 춘다. 로렌소가 누리는 삶에 털끝만큼이라도 가까워지기 위해서. 마지막으로 새미가 비행기를 타고 떠나서 외톨이가 된 로렌소가 사랑의 짝을 찾아 공허한 얼굴들 사이를 배회하며 안뜰을 누비는 장면을 그려본다.

과연 이게 가치 있는 일일까? 옳은 일일까?

잘 모르겠다.

다음 날 아침, 눈을 떴을 때 새장 쪽에서 고함이 들려온다. 새장에 도착하자마자 곧바로 걸음을 멈춘다. 몇몇 사람들이 나처럼 우두커니 서 있다. 새장에 들어간 밀라의 뺨에 눈물이 줄줄 흐른다. 가장 멀리 떨어진 구석, 새장 뒤쪽에 자리한 다섯 번째 케이지. 다정한 작

나와 퓨마의 나날들

은 앵무새 트리오, 피카와 피코와 피키가 돈두댓과 함께 사는 곳이다. 빅 레드가 철조망 사이로 들여다보며 고개를 좌우로 기울이고는 불안한 듯 춤을 춘다. 로미오와 줄리엣도 쥐 죽은 듯 안쪽을 응시한다. 로렌소는 종잡을 수 없는 표정으로 새장 밖에서 지켜보고 있다.

"이게 무슨······." 입을 열긴 했지만 말끝을 흐릴 수밖에 없다. 다섯 번째 케이지가 텅 비어 있다. 철조망 옆쪽에 구멍이 보인다. 야간 방사장이 있는 뒤쪽을 향해 찢어져 있다. 이건 동물이 만든 구멍이 아니다. 직선으로 잘리고 직각으로 꺾였다. 잘린 흔적. 사람이 자른 것이다. 사태가 이해되자 손으로 입을 막는다. 여기는 새장이 정글과 등을 맞대는 곳이다. 누군가 파르케의 길을 통해 바로 이 지점으로 들이닥쳤을 것이다. 낚시꾼, 밀렵꾼, 불법 벌목꾼. 누구든 우리 땅을 알고 있는 사람일 거다. 벌써 몇 달째 길에서 다 쓴 엽총 탄약통이 발견되고 있다. 석호 옆에서 담배꽁초가, 바네소의 케이지 근처에서 빈 맥주 캔이 발견되었다. 나는 고개를 홱 돌려 밀라를 바라본다. 머리카락이 엉망이고 얼굴도 창백하다. 아구스티노는 오시토의 어깨를 잡은 채 말없이 서 있다. 곧 토할 것 같은 표정이다. 나도 속이 메스껍다.

시장을 뒤진다. 마을을 뒤지고 시내를 뒤진다. 돈두댓, 피카, 피코, 피키의 흔적을 찾아 거리를 샅샅이 뒤진다. 벌써 전부 팔렸을 거라고, 데려올 수 없을 거라고 밀라와 아구스티노는 추측한다. 하지만 그 뒤로 며칠, 몇 주, 몇 달 동안 나는 마을에서 길모퉁이를 돌 때마다 "돈 두 댓!"이 들려오기를 기대한다. 완벽하게 녹색으로 뒤덮인 아마존앵무 세 마리의 부드러운 작은 날개를, 브이자 모양으로 목을 두른 파란색 털을 보게 되기를 기대한다. 하지만 아무것도 발견하지 못했다. 밀라와 아구스티노의 말이 맞았다. 털끝만큼의 흔적도 발견할 수 없었다.

🐾

산타마리아의 포르노 바에서 막 돌아온 참이다. 케이크 한 조각이 간절하다. 식당에 흘러든 달빛이 바닥에 늘어진 푸르스름한 상아색 벽돌 조각을 환히 비춘다. 저 높이 매달린 거무스레한 서까래는 분명 태양히는 물론이고 쥐와 바퀴벌레로 가득할 것이다. 낄낄거리는 웃음이 주방에서 폭포처럼 터져 나온다. 나는 톰과 마주 보고 있다. 식당 뒤쪽의 삐걱거리는 식탁 위에서 촛불 하나가 우릴 사이에 두고 흔들리며 톰의 턱수염에 그림자를 드리운다. 지난 몇 달간 더욱 붉어진 턱수염은 이제 파우스티노의 것과 흡사하다. 럼과 찌든 담배의 맛이 입안에 그득하고, 캠프로 돌아오느라 오래 걸은 탓에 발이 쑤신다. 그럼에도 술에 취해 더없이 행복하다.

해리가 주방에서 너무 급하게 뛰어나오다가 벤치에 걸려 고꾸라져 새미와 함께 바닥에 동그라진다. 두 사람은 겹쳐 누운 채로 자지러지게 웃음을 터뜨린다. 난 눈을 치켜뜨고, 보비의 더없이 적절한 '스마일' 티셔츠를 입은 톰은 낄낄거리며 웃는다. 그의 다부진 팔뚝에서 주근깨가 도드라지고, 피부는 여전히 눈부시게 창백하다. 그래도 내가 바라보는 동안 눈만은 반짝인다. 무심코 톰의 손 위에 내 손을 포갠다. 살갗이 따뜻하다.

"너 괜찮아?" 내가 혀 꼬부라진 소리로 조용히 묻는다.

톰이 끄덕이며 눈물을 닦는다. 표정을 관리하느라 겨우 온 신경을 집중하고 있다. 톰은 용기를 내어 웃음을 지어 보인다. 속이 메스껍지만 나도 미소로 답한다. 퍼뜩, 아직도 톰의 손을 만지고 있다는 걸 깨닫고 곧바로 손을 빼낸다. 하지만 점차 밀려오는 슬픔과 더불어 손의 감촉이 얼마나 좋은지를 마음속에 꼭 새겨둔다.

"가져왔구나?" 톰이 소곤거린다. 누구한테 한 말이지 하고 잠시 멍하니 생각한다.

새미가 숨넘어가듯 낄낄 웃으며 일어나 해리를 잡아당긴다. 두 사람이 우리 옆 벤치에 털썩 주저앉을 때, 새미가 식탁 위에 무언가를 쾅 내려놓는다.

"짜잔!"

"케이크네." 내가 중얼거린다.

해리가 다시 펄쩍 일어나 양팔을 들어 올리고 승리의 함성을 지른다. "케이크!"

"쉿!" 톰과 내가 해리를 다시 앉힌다. 걱정스럽게 주위를 둘러보지만, 캠프의 나머지 구역은 여전히 어둠 속에 있다. 빛이라곤 우리가 켠 흩날리는 촛불밖에 없다.

"걔가 눈치채려나?" 나는 복숭아, 파파야, 땅콩버터로 만든 폭신폭신한 스펀지케이크 조각을 경탄에 찬 눈으로 바라본다. 양동이 위에 벽돌을 올려둔 패디의 '금고'에서 두 사람이 해방시킨 케이크다. 태양히도, 쥐도 걱정할 필요 없었다. 안심할 수 없는 것은 해리와 새미였다.

"절대로." 새미가 경건한 몸짓으로 스푼을 나눠주며 말한다. "딱 반밖에 안 가져왔는걸." 새미가 스푼을 쥐고 또다시 자지러지게 낄낄댄다. "톰을 위한 거잖아, 안 그래? 톰의 마지막 밤을 기념하는 거라고."

톰이 움찔하더니 숨죽여 말한다. "살루드, 아미고스(친구들, 건배)."

우리는 숟가락을 들어 올린다. 케이크 위에서 숟가락이 쨍하고 부딪힌다.

"살루드." 내가 속삭인다.

"살루드." 새미가 맞받는다.

해리는 울음을 터뜨린다.

잠시 후, 식탁 위는 케이크 부스러기로 너저분해졌다. 해리와 새미는 서로 팔베개를 해준 채 곯아떨어졌다. 톰은 마지막 남은 케이크 조각을 뚫어지게 보더니 슬픈 눈빛으로 해리를 쳐다본다.

"해리가 괜찮을까?"

난 고개를 가로젓는다. "너랑 제일 친했잖아."

"해리에게는 아직 너와 새미가 있어. 그리고 루도."

눈물이 날까 봐 걱정이 되어 쓸쓸해 보이는 케이크 부스러기만 빤히 내려다보다가 겨우 울음을 삼킨다.

"어떻게 이겨낼 거야? 영국으로 돌아가면." 마침내 맘이 진정되자 속삭여 묻는다. "거긴 고양이가 없다고!" 애써 웃으려 했지만 표정은 엉망이 되고 만다.

톰은 나를 보지 않고 자기 손만 빤히 내려다본다. "거기에도 있어, 고양이."

"큰 애들은 아니잖아!"

"그렇지. 큰 고양이는 아니지." 톰은 고양이들의 이름이 새겨진 서까래를 올려다본다. 조금 전에 해리가 주머니칼로 그곳에 우리 이름을 새겨두었다. "그래도 수의사가 되려고." 톰이 애써 명랑한 투로 속삭인다. 그러고는 웃으면서 자신의 큰 머리를 두 손으로 받친다. "5년쯤 걸리겠지." 나는 톰의 왼 팔뚝 한구석에 뭉쳐 있는 주근깨를 뚫어지게 바라본다. 강아지를 닮았다. 고목나무 같기도 하다.

"넌 좋은 수의사가 될 거야."

톰은 오랫동안 말이 없다. "있잖아." 마침내 톰이 살짝 뺨을 붉힌 채 나와 거의 눈을 마주치지 않고 속삭인다. "너와 그다지 멀리 떨어져 있지는 않을 거야. 그러니까, 네가 집에 돌아가면 말이야."

고개를 든다. 톰이 날 쳐다보고 있다. 우리는 잠시 서로를 바라본다. 이렇게 오래 쳐다보는 건 처음이다. 톰의 눈이 유독 기묘한 푸른색을 띠고 있다. 거의 회색에 가깝지만 완전히는 아닌. 꿀꺽, 침을 삼킨다. 배 속이 화끈 달아오르고 귓등이 이상하게 따끔거리면서 현기증이 난다. 나도 모르게 몸이 앞으로 숙여진다. 거의 다 기울어져서 잠시 동안 서로에게 너무 가까워진다. 살갗의 온기가, 톰의 냄새가 느껴진다. 자극적이고, 원숭이 냄새도 약간 난다. 파우스티노의 털이 엄청 뜨거울 때 나는 듯한 냄새다. 온몸이 뜨겁다. 몸을 조금 더 앞으로 숙인다.

"난 절대 안 떠나!"

우리는 서로 확 떨어진다. 나는 붉게 물든 뺨을 가리려고 애써 웃으면서 두 손으로 얼굴을 감싼다. 슬그머니 톰을 되돌아본다. 그의 뺨 역시 발갛다. 식탁에서 머리를 간신히 들어 올린, 분위기를 눈치채지 못한 해리가 내 팔을 붙잡고 혀가 완전히 꼬부라져서 방금 했던 말을 되풀이한다. "난 절대 안 떠나. 알아, 몰라?"

난 생긋 웃으며 해리의 손을 도닥인다.

"알아, 인마." 톰이 속삭인다.

"언젠가는 떠나야 해." 새미가 충혈된 눈을 문지르며 코웃음 친다. "그게 인생이야."

"아니." 해리가 마치 꿈꾸듯 허공을 바라보며 말한다. 아마도 루가 있는 곳을 보는 것 같은데, 방향이 완전히 틀렸다. 실제로는 화장실 쪽을 쳐다보고 있다. "절대. 절대 안 돌아가. 아냐. 못 할 짓이지. 안 되고 말고."

"진짜 여기에 평생 있을 거야? 진심으로?" 내가 해리를 빤히 쳐다보며 묻는다.

해리가 애정을 담아 톰의 어깨에 볼을 기댄다. 지저분한 두 턱수염이 맞닿는다. "여기가 내 집이라고." 해리가 잠시 입술을 꼭 다문다. 그 순간, 나는 저 바깥세상의 해리를 떠올려본다. 그가 이야기한 적 없는 오스트레일리아 가족과 사는 해리를. 그가 자랐던 장소에 대해 우리는 아무도 알지 못한다. 작별은 생각도 할 수 없다. 생각하면 너무 버겁고, 너무 끔찍하다. 하지만 피할 수도 없는 일이다.

"하지만 그럼……." 난 어정쩡하게 손사래를 친다.

"뭐, 그럼 거기는 어떡하냐고? 엿이나 먹으라 그래."

나와 퓨마의 나날들

"난 여기서 평생 머물 수 있을지 모르겠어. 충분히 강한 사람인지 모르겠거든. 정신적으로 말야." 새미가 소리를 낮춰 말한다.

해리가 으쓱인다. "난 내가 떠날 수 있을 만큼 정신적으로 강한 사람인지 모르겠는걸."

새미가 우리 모두를 둘러본다. 톰은 말없이 해리의 머리에 고개를 기댄다. 새미는 톰의 손을 잡고, 난 톰의 반대쪽 손을 잡는다. 눈물이, 마땅한 눈물이 톰의 뺨을 타고 흐른다. 나는 눈물이 소리 없이 턱수염에 똑똑 떨어지는 모습을 지켜본다. 굳은살이 박혀 거칠어진 톰의 손가락이 내 손가락과 뒤엉킨다. 마침내 촛불이 바지직하더니, 사그라들고 만다. 그래도 우린 계속 앉아 있다. 이 순간이 끝나지 않기를 바라면서. 달빛이 어두워지더니, 역시 사그라들고 만다.

와이라가 헤엄을 치고 있다. 네 다리로 물을 강하게 박차는 것이, 발로 물에 파도를 일으키는 것이 느껴진다. 석호 건너편까지 80미터가량 러너를 매달아놓아서 혼자서도 헤엄을 칠 수 있다. 내 생각이긴 하지만, 와이라가 좋아하는 것 같다. 또 다른 약간의 자유. 고개를 돌리면 와이라가 보인다. 10미터쯤 되는, 멀지 않은 곳에. 밝고 깨끗한 녹색 눈이 오직 헤엄의 리드미컬한 맥동에만 집중하고 있다. 그러다가 고개를 까딱거리며 물 밖으로 코를 내밀면서 콧바람을 불 거다. 검은색 줄 하나가 정수리부터 꼬리 끝까지 쭉 이어져 내려온다. 몸동작은 바다뱀처럼 유연하고 우아하다. 와이라는 고개를 기울여 반대편 기슭을 집요하게 바라본다. 그 시선이 도달하고자 하는 목표가 무엇인지 나는 알 수가 없다. 어쩌면 아무것도 아닐지 모른다. 어쩌면 변함없이 자리한 미지의 호숫가, 그 최면 같은 끌림을 좋아할 뿐일지 모른다.

그래도 나는 고개를 돌리지 않는다. 와이라가 거기 있다는 것만 알면 충분하다. 그리고 처음을 떠올려본다. 양파 껍질이 뼛속까지 달라붙어 있던 때를. 그 껍질들이 오래된 피부처럼 서서히 벗겨지던 것을 기억한다. 계절이 바뀌고 몇 달이 흐름에 따라. 정글이 번성하다 스러지고, 펼쳐지다 줄어들고, 살아가다 죽음에 따라. 옆쪽으로 몸을 돌려본다. 커피빛 바다 한가운데 볼록 일그러진 형상으로 솟아오른 와이라. 주위를 둘러싼 숲은 요정의 왕관 같다. 발가벗은 기분이 든다. 하늘이 나를 수면 아래로 끌어당긴다. 늦은 밤 침대에 누워서 생각한다. 와이라가 지금 나에게 보내는 시선을. 와이라는 내 앞에 서면 날 올려다본다. 공처럼 몸을 동그랗게 말 때와는 다르다. 몸이 한껏 부풀어서 전혀 작아 보이지 않는다. 와이라는 자기 정글을 둘러본 다음 뒤돌아 나를 본다. 그리고 나를 바라본다.

와이라와 나는 수천 년간 이곳에 자리 잡았던 야생의 석호에서 헤엄을 치고 있다. 어쩌면 수백만 년 동안 있었을까. 우리가 죽고 나서도 수백만 년간 계속해서 이곳을 지킬지 모른다. 혹은 그 안에 사라질지도. 시간을 거슬러 올라가 볼 수 있길 바랄 뿐이다. 계절을 거스르는 동안 저 광막한 정글을 누빌 수 있다면, 바람과 비와 햇살을 헤치고 나갈 수 있다면 무엇이든 주고 싶은 심정이다. 그래서 모든 것을 바꿀 수 있는 순간, 와이라의 어미를 잡으러 온 사냥

나와 퓨마의 나날들

꾼이 방아쇠를 당기는 순간으로 돌아가 당연히 그를 멈춰 세울 것이다. 그것이 와이라와 결코 만나지 못함을 의미하더라도, 나를 둘러싼 이 모든 일들이 결코 일어나지 않음을 의미하더라도, 와이라가 그런 일을 겪지 않을 수만 있다면 모든 것을 한순간에 바꿔놓을 것이다.

하지만 그럴 수는 없다. 난 아무것도 바꾸지 못한다. 지금처럼 와이라가 나를 바라볼 때면 와이라도 그걸 알고 있는 것처럼 느껴진다. 와이라는 언제나 알고 있었을지도 모르겠다. 내가 따라잡느라 시간이 걸렸던 것뿐이다.

톰이 떠난 지 한 달이 흐른 지금, 또다시 불이 번지고 있다. 공기가 너무 건조하고 말라 있어 산불이 화전으로 망가진 들판을 뚫고 오고 있다. 우리 머릿속에는 산불 말고는 아무것도 없다. 작년보다 상황이 좋지 않다. 경작지도 농부도 더 많이 늘어났다. 메노파교도, 콜롬비아인, 다른 곳에서 떠나온 정착민들이다. 볼리비아 정부는 외면한다. 미국의 소비 지상주의를 혐오하는 사회주의 정부이면서도 발전을 향한 열망에 도취되어 있다. 벌목과 화입은 불법이지만 단속되진 않는다. 그래서 새롭게 나타난 농부가 또 불을 지르고, 심지어는 화재가 진압되자마자 불을 놓기도 한다. 돌봐야 할 동물도 더 많아졌다. 예전 그 장소 그대로 방화선이 있어서 다행이다. 나무를 새로 베어낼 필요는 없다. 하지만 거긴 작년에 와이라, 케이티, 사마가 위험에 처한 곳이기도 하다……. 이젠 이스크라도 있다. 이스크라의 새로운 방사장은 방화선에서 불과 2백 미터밖에 떨어져 있지 않다. 와이라와 이스크라 사이에는 재규어 아미라가 있고, 수컷 퓨마 레온시오는 사마에게서 그다지 멀지 않은 곳에 있다. 어쩌면 도로 건너편 땅에 방사장을 지은 것이 바보 같은 짓일지도 모르겠다. 얼추 10제곱킬로미터(3백만 평)의 땅이 있긴 하지만, 땅 대부분이 있는 캠프 뒤쪽은 우기가 되면 물이 허리보다 높이 차오른다. 그렇다면 무얼 어떻게 해야 할까? 케이지를 도대체 어느 곳에 지어야 할까? 두려움에 가슴이 죄여온다. 숨이 막히는 듯 끔찍한 기분이다…….

우리는 포기하지 않고 계속 나아간다. 마체테와 손수레를 좀 더 장만한다. 아무도 죽지 않았다. 대피시킨 동물도 없었다. 하지만 다른 주민들의 집은 폐허가 되고 말았다. 넓디넓은 숲이 파괴되었다. 불길이 맹위를 떨치며 아마존 우림을 가로지른다. 우리의 땅은 지나쳐 갔다.

그래도 상처가 없지는 않다. 멀쩡할 리가 없다. 그 후로 오랫동안 아구스티노는 텅 빈 표정으로 먼 곳만 바라본다. 슬픔도 찾아볼 수 없다. 슬픔의 단계를 지난 것 같다. 치료할 동물을 찾아 검게 탄 유해 사이를 정처 없이 배회하고 있다. 산 동물을 많이 찾지는 못했다. 오직 사체뿐이다. 사체가 너무도 많다.

이번 일에 관해 얘기를 나누려 해도 아구스티노는 그늘진 보랏빛 눈으로 날 쳐다보기만 할 뿐이다.

"에스토이 칸사도, 라우리타(로라, 제가 좀 피곤해서요)."

그가 목숨을 잃은 작은 도마뱀을 두 손 위에 올려두고 고개를

나와 퓨마의 나날들

저으며 말한다. 피부가 갈라지고, 몸은 텅 비어 있다.

그리고 밀라. 그는 다만 분노할 뿐이다. 온종일.

머지않아 우리는 사체에 대한 이야기를 하지 않게 되었다. 로렌소를 새장에 넣어야 한다고 요구하는 사람도 몇 주일 동안 아무도 없었다. '뱁톨'은 오래전에 사라졌다. 돈두댓과 나머지 앵무새 이야기도 쏙 들어갔다. 그 대신에 우리는 우리의 동물과 일로 되돌아갔다. 화재에 관해 얘기하는 사람은 아무도 없지만, 모두의 얼굴에 드리워져 있다. 누구도 물으려 하지 않는 질문이 눈에 선하다. 밤늦은 지금도 들려온다. 나뭇가지가 지붕을 긁는 소리와 함께. 우기가 마치 고속 열차처럼 빠르고 거침없는 기세로 산불을 뒤따라오고 있다는 인식과 함께. 시커멓게 멍든 구름과 공기 중에 맴도는 비의 냄새와 함께. 건조한 열기가 사그라들면서 그에 못지않게 뜨겁지만 다른 느낌의 습한 열기가 원자 하나하나에서 뚝뚝 떨어지는 동안, 여전히 그 질문이 맴돈다. 봉사자 절반이 떠나는 동안. 그래서 사람 수가 열여섯 명이 되고, 그다음 주는 열두 명만 남는 동안. 물이 가득 차오르는 정글을, 나무 줄기가 갉아먹힌 갈색 구멍마다 물이 스며들고 이끼와 수련으로 초록빛을 띤 정글을 상상하며 긴박감이 밀려와 불안에 떠는 동안.

뿌리칠 수 없는 질문은 바로 이것이다. 매년 이런 식일까? 산불이 매년 더 심해질까? 만약 그렇다면, 우리는 어떻게 살아남을 수 있을까?

파르케에 돌아온 지 거의 여덟 달이 지났다. 도냐 루시아가 튼 80년대 음악이 반복해서 재생된다. 지금은 케이트 부시의 〈사랑의 사냥개 Hounds of Love〉가 나오고 있다. 벌레 수십 마리가 비를 피해 날아들고, 몇몇이 죽은 채로 나의 발 주위에 흩어진다. 턱이 뻐근해서 입속의 코카 잎 뭉텅이를 굴려 손바닥에 뱉어낸다. 한숨을 한 번 내쉬고, 식탁에 놓인 가방에서 싱싱한 코카 잎 한 줌을 더 꺼낸다. 그리고 평온하게 코카 잎을 씹는다. 그런데 새미와 앨리가 등 뒤에서 불쑥 나타나더니 식탁 위에 맥주를 쾅 하고 내려놓는다. 맥주의 반이 무릎에 왈칵 쏟아진다.

"자기야, 이제 준비된 거야?" 새미가 보챈다. 술을 마실 때면 남부 특유의 굵고 느릿한 말투가 된다.

후유, 내가 한숨을 쉰다. "밀라는 어디 있어?"

안 그래도 앨리가 밀라에게 손을 흔들고 있다. 앨리의 덥수룩한 머리카락이 허리에서 흔들거린다. 밀라는 패디와 이야기를 나누던 참인데, 마지못해 간다는 듯 패디의 어깨에 팔을 두르고 있다. 하지만 앨리가 손짓하자 둘 다 어슬렁어슬렁 걸어온다. 모두들 내가 식탁에 올려둔 다리 한쪽을 빤히 내려다본다. 오른쪽 무릎 바로 위에 호두만 한 붉은 혹이 생겼다. 그 중심에는 아주 작은 검은색 구멍이 났다. 새로 온 봉사자 스튜가 내 어깨 너머로 목을 길게 뺀다.

"저게 뭐야?"

앨리가 손을 비비며 매우 기뻐한다. "보로 보로."

나와 퓨마의 나날들

"에스 그란데." 밀라가 끄덕인다. 그러고는 스튜를 바라보며 진지한 표정으로 또렷이 발음한다. "정말 크네요."

스튜의 얼굴이 창백해진다. "보로 보로가 뭔데요?"

"벌레요. 말파리가 낳은 벌레." 내가 답한다.

스튜의 뺨이 더욱 새하얘진다.

"저 구멍 보여?" 패디가 가리키며 히죽 웃는다. "저기로 숨을 쉬는 거야."

"그리고 프로도가 이제 곧 새끼를 낳을 거고." 새미가 밀라를 쳐다보며 묻는다. "¿시(그렇죠)?"

나는 벌레에게 해럴드라는 이름을 지어주었다. 거의 한 달간 내 몸속에서 자랐다. 해럴드를 생각하면 양면적인 감정이 든다. 주로 잠을 자는데, 내가 못살게 굴 때에만 더 깊은 곳, 더 부드럽고 살이 많은 고치를 찾아 구멍을 판다. 해럴드가 선사하는 통증은 찌르듯 아프고 집요해서 한밤중에도 잠을 잘 수가 없다. 그렇지만 나의 일부이기도 하다.

밀라가 알겠다는 뜻으로 고개를 끄덕인다.

"내가 해도 돼요?" 앨리가 담배를 뻑뻑 피우며 묻는다. 볼에 넣은 코카 잎 뭉텅이가 워낙 커서 꼭 얼굴에 혹이 난 것 같다. "쭉, 쭉, 쭉!"

불안감에 휩싸인 나는 더러운 손가락으로 쓰라린 볼에서 코카 뭉텅이를 끄집어낸다. "그래도 얘는……." 밀라를 구슬프게 쳐다보며 말한다. 밀라는 벌레를 쭉 짜내는 데 선수다. 하지만 지금은 그저 어깨를 으쓱하며 패디와 함께 한쪽 구석으로 물러나 웃고 있다. 후유, 난 한숨을 쉬며 앨리를 쏘아본다. "좋아! 그래도 예의는 지켜. 해럴드는 내 친구라고."

벌써 앨리는 좋아서 미친 듯한 표정으로 폴짝폴짝 뛰고 있다. 그러고는 불과 몇 초 만에 새미의 배낭을 가져오더니 산업용 접착 테이프를 꺼낸다. 내가 눈썹을 치켜올리며 쳐다보자 새미는 그저 어깨를 으쓱할 뿐이다. "항상 만약을 대비해야지."

"자, 괜찮아." 앨리가 무릎을 툭툭 두드리고, 난 마지못해 무릎을 쭉 편다. "마지막으로 남길 말은?"

"미안해." 나는 무릎을 보며 속삭인다. 앨리는 담배 한 개비를 풀어서 해럴드의 숨구멍 위에 담뱃잎을 조금 쌓아 올린다. 그러고는 그 위에 테이프를 세 줄 붙이고 꾹 누른다.

"움직이지 마."

"뭐 하는 거야?" 스튜가 묻는다.

"해럴드를 질식시키려고."

방 안이 살짝 도는 기분이다. 내 살을 우적우적 씹지만 않았더라면 불쌍한 해럴드가 알아서 튀어나오게 내버려뒀을 거다. 시간이 얼마나 흘렀을까. 새미가 내 옆 벤치에 털썩 앉았을 때, 눈을 뜬다. 새미는 지저분한 플란넬 셔츠를 매만지고서 나에게 미지근한 맥주를 건넨다. 스튜의 눈이 벌레를 담으려고 이리저리 움직이는 것이 보인다. 사람들의 옷과 내 몸에 묻은 오물. 조악한 콘크리트 바닥. 당구대를 사이에 두고 수다를 떠는 현지 주민들. 말리려고 한쪽 구석에 엄청나게 쌓아둔 옥수수. 바깥에 거침없이 드리운 압도적인 어둠. 내 다리. 해럴드. 스튜의 겁먹은 표정을 보니 영국이 생각난다. 스튜도 영국 출신이다. 영국의 술집을 떠올린다. 바깥에 돼지가 돌아다니지 않는 곳. 몇 달간 빨지도 않고 잠옷으로 분류될 만한 티셔츠와 고무장화 차림은 걸맞지 않은 곳. 저녁 식사로 병에 든 땅콩버터를 퍼먹고 바닥에 자빠져 자면 빈축을 살 만한 곳. 사람들이 너무 많고 시끄러워서 압도당하는 곳. 오직 사람과 인위적인 소리만 들리고 기생충 때문에 뒤척이는 일은 없는 곳. 댄스 플로어로 몰래 다가와 은근슬쩍 가슴을 만지려 하는 남자들만 있는 곳.

나는 갑자기 웃으며 고개를 흔든다. 새미는 이게 드디어 미쳤나 하는 표정으로 날 쳐다본다.

"샘와이즈." 벽에 등을 기대며 새미에게 말한다. "미친 건 이곳이 아니라 나머지 세상이라는 생각, 혹시 해본 적 있어?" 난 탈바꿈하기 위해 볼리비아에 왔다. 나비가 되고 싶었다. 어쩌면 다른 것을 바랐어야 했는지도 모르겠다. 저 쪼그만 해럴드 같은 말파리라거나. 어쨌든 지금은 그런 심정이다. 지난달 11월 중순쯤 비가 본격적으로 퍼붓기 시작했을 때, 난 머리를 밀었다. 아미라의 새 방사장을 위한 기금을 모으려고 머리카락을 경매에 내놓았다. 살이 많이 빠진 탓에 난생 처음으로 브라가 너무 커서 안 맞았다. 쇄골이 툭 불거졌고, 목은 기린처럼 가늘어졌다. 나는 마른 몸을 갖기를 바라며 일생을 바쳤다. 지금 그렇게 됐지만, 이제는 마른 몸이 결코 내가 꿈꾸던 게 아니었음을 안다. 난 그저 내 몸을 편안하게 느끼기를 바랐을 뿐이었다.

새미가 날 바라본다. "우리는 전부 미친 것 같아. 한 사람도 빠짐없이. 여기건 저기건 전부 다." 그러고는 역시 웃으며 자기 자신을 내려다보고 조용히 말한다. "난 잘나갔거든. 얘기했었나?"

"응, 들었던 것 같아." 내가 히죽 웃는다.

새미는 윙크를 하고 손가락 두 개를 입에 물더니 귀를 찌르듯 길고 날카로운 휘파람을 분다. 앨리가 식탁 위로 기어올라가 손뼉을 치며 시끄럽게 소리친다. 귀가 멍멍할 지경이다.

"자, 로라한테서 짜낸 해럴드 보고 싶은 사람?"

도냐 루시아가 촛불을 끄고, 발전기도 작동을 멈춘다. 새미가 헤드램프를 켜고 앨리는 내게 마음을 단단히 먹으라고 말한다. 모두들 숨죽이고 있을 때, 새미가 테이프를 뗀다. 나는 소리를 지르며 이를 악문다. 새미가 담뱃잎과 함께 다리털을 반이나 뜯어 갔다. 사람들이 우아 하는 소리가 들린다. 해럴드가 아직 숨을 쉴지 궁금해하며, 더없이 깊은 검은 구멍 속을 들여다본다. 새미가 다들 조용히 하라고 다그친다. 트럭이 우르르 도로를 지나가고 매미가 떠들어대는 소리가 들려온다. 서로 다른 두 세상이 충돌한다. 마침내 비가 그친 것 같다. 별들이 이제 막 보이기 시작한다. 앨리가 불붙은 담배를 꼬나문 채 몸을 기울이더니 두 엄지를 구멍 양쪽에 갖다 댄다. 그리고 쭉, 짜낸다. 꽥! 내가 소리를 질러도 아랑곳없다. 고름. 부글부글 샘솟는 피. 그리고 불쑥, 해방의 외침과 함께 경이로운 하얀 액체 같은 것이 무릎에서 뿜어져 나와 우글우글 모여 기다리던 사람들의 얼굴로 곧장 퍼붓는다.

"어디 있지?" 새미가 큰 소리로 외치며 두리번거린다. "동작 그만!"

한바탕 소동이 일다가, 이윽고 스튜가 힘없이 맥주잔을 내민

나와 퓨마의 나날들

다. 스튜의 얼굴과 맥주잔에 고름인 게 분명한 액체가 온통 튀었다. 그리고 맥주잔 속에 뭔가가 둥둥 떠다닌다. 해럴드. 스튜가 내게 맥주잔을 건넨다. 그러고는 술집 뒤편으로 쌩하고 달려 나가서 도냐 루시아의 정원으로 들어간다. 짐작건대 토를 하려는 거겠지. 나는 손가락으로 벌레를 집어 들어 메마른 땅에 내려놓는다. 우리 모두는 해럴드의 비참하고 무기력한 몸뚱이를 바라본다. 길이가 새끼손가락 절반쯤 된다. 반투명한 올챙이처럼 생겼는데, 꼬리를 따라 쭉 돌기가 돋았다.

"진짜 작다." 앨리가 해럴드를 보며 중얼거린다.

끄덕끄덕. 약간은 슬프고, 약간은 자랑스럽다. 갑자기 울음이 터진다.

떠날 준비

다음 날 아침, 누군가 격렬하고 집요하게 흔들어서 잠에서 깬다.

"로라! 어서!" 돌프가 속삭인다.

벌떡 일어나 얼굴을 문지른다. 밖은 칠흑같이 어둡다. 피처럼 붉은 으스스한 헤드램프 빛에 돌프의 눈이 희미하게 빛난다.

"무슨 일이야? 몇 신데?"

"다섯 시! 어서 일어나!"

잠시 돌프를 쳐다보다가 퍼뜩 떠올린다. 봉사자가 턱없이 부족하다. 마지막으로 셌을 때에는 열 명이었다. 그래서 추가로 일과를 세 가지 더 맡게 되었다. 내가 사랑하는 사마와 또 만나게 되었다. 오후에는 퓨마 자매인 인티, 와라, 야시와 레온시오를 번갈아 돌보고 있다. 와이라와 온종일 시간을 보내는 건 이미 오래전부터 사치였다. 새롭게 맡은 고양이를 돌보려면 와이라는 이틀에 한 번씩만 만날 수밖에 없다고 밀라가 말해주었다. 하지만…… 그나마 다행인 것은…… 아침 식사 전이라면 와이라와 산책을 할 수 있다는 거다. 고양이들은 대부분 일찍부터 힘과 장난기가 넘친다. 하지만 와이라는 다를지 모른다. 한 번도 시도해본 적이 없어서 모르겠지만, 오늘 해보려 한다.

케이지에 도착할 즈음 주변이 희부옇다. 무게를 잃은 듯한 정글. 정적이 흐른다. 케이지가 있는 경사면 꼭대기에 거의 도착했을 때, 잠깐 망설인다. 쓰러진 교살자나무에 손을 대고서 지난 여덟 달 동안 세력을 넓힌 털 같은 이끼 가닥을 무심코 쓰다듬는다.

"준비됐어?" 돌프가 속삭인다.

끄덕.

"¡올라, 미 아모르(안녕, 내 사랑)!" 몇 주간 못 본 것처럼 큰 소리로 인사한다. "와이라 공주님. 예쁜 우리 애기, 보고 싶었어!"

정적이 흐르다가, 갑자기 어떤 소리가 들린다. 풍선에서 공기가 빠져나가는 듯한 소리다.

돌프의 팔을 잡는다.

"먀우!" 망설이면서 소리를 흉내 내본다.

와이라도 "먀우" 하며 화답한다. 나는 얼른 뛰어가 공터로 불쑥 들어선다. 와이라가 이리저리 뛰어다니고 있다. 새벽빛에 두 눈이 어슴푸레 빛나고, 꼬리가 획획 흔들린다. 난 와이라 옆에 털썩 앉는다.

"나한테 '먀우'라고 한 건 처음이야!" 지난번에 케이지 안에서 딱 한 번 들었던 소리를 빼면 말이다. 철조망 사이로 팔을 집어넣자 와이라가 가르랑거리며 팔에 얼굴을 문지르고 손바닥에 볼을 문지른다. 나도 얼굴을 가까이 대고, 내가 얼마나 사랑하는지 말해준다. 말하는 것을 멈출 수가 없다. 와이라는 가만히 듣고 있다. 나는 와이라의 귓등을 문질러 밤새 모기에게 물린 핏자국을 닦아준다. 또 눈을 문질러 눈가에 붙은 눈곱을 떼어준다. 그런 다음 볼을 주무르면서 그 아래 단단한 뼈와 부드러운 피부를 느껴본다. 와이라는 감촉을 만끽하며 녹아내린다. 위를 올려다본 와이라의 표정은 멍하고 기대에 차 있다.

이렇게 일찍 뭐 하는 거야? 와이라가 입을 쩍 벌리고 하품을 한다. 난 안 잤어. 알지?

새벽빛을 받은 와이라는 평소와 달라 보인다. 낮과 밤 사이에 끼인 마법 같은 시간. 더욱 실재적이다. 지금은 야생동물의 시간, 와이라의 시간이다.

우리는 순식간에 오솔길로 나왔다.

"어서 가자, 예쁜 우리 애기." 내가 속삭인다.

잰걸음으로 걷는 동안 부드럽고 상쾌한 공기가 우리를 스쳐 지나간다. 들리는 소리라곤 귀뚜라미의 새된 울음소리와 이제 막 깨어나는 숲의 웅성임, 나직한 발소리뿐이다. 주위를 둘러싼 나무들의 가지 사이로 그림자가 넘실대 마치 온 세상이 액체로 이루어진 듯하다. 와이라 또한 액체가 되었다. 와이라는 좁은 공터 한가운데 가만히 서서 주위를 둘러본다. 와이라는 그림자 사이로 미끄러지듯 나아갈 수도 있다. 와이라는 고개를 왼쪽에서 오른쪽으로, 위에서 아래로, 그다음 한 바퀴 돌리더니 다시 아래로 향한다. 두 귀는 빙글 돌아가고, 꼬리 끝은 바르르 떨리고, 수염은 미친 듯이 요동친다. 입이 떡 벌어지고, 눈은 휘둥그레졌다. 방금 전 깃털을 발견한 새끼 고양이 같다.

낭랑하고 높은 새소리가 우리를 불쑥 휘감는다. 와이라는 고개를 대나무 쪽으로 기울인 채 한 발만 들어 올리고 꼬리를 움직이다 멈춘다. 나뭇잎 사이로 은은한 회색이 스며들어 세상이 조금씩 밝아지고 있다. 돌프와 나는 서로를 바라본다. 너무 행복해서 웃을 수도, 심지어는 숨을 쉴 수도 없을 지경이다. 가슴 한가운데서 믿기 힘들 만큼 강렬한 사랑의 감정이 부풀어 오른다. 와이라가 불안해할 때면 공기 중의 파동이 온 세상을 가득 채우며 맥동하는 것처럼 느껴진다. 하지만 지금 이 순간, 그런 것은 없다. 평온할 뿐이다.

와이라가 멈추고 싶을 때까지 걷는다. 와이라가 햇살이 든 쓰러진 나무 위에 만족스럽게 자리를 잡자, 돌프가 배낭에서 커피 보온병과 주먹 두 개 정도 크기의 불룩한 망고 두 개를 꺼낸다. 망고의 멍든 껍질은 이미 과즙으로 번드르르하다. 나는 돌프를 빤히 쳐다본다. 어떻게 아침 식사를 가져올 생각을 했는지, 기가 막힌다. 김이 모락모락 나는 블랙커피 한 잔과 망고 하나를 돌프가 말없이 건넨다.

"살루드(건배)." 그가 하늘 높이 망고를 들어 올린다. 나는 경탄하며 내 망고를 가볍게 부딪친다.

망고 즙이 팔뚝을 따라 흘러내린다. 믿어지지 않는다. 작년에 나는 와이라가 행복한 줄만 알았다. 그런데…… 우리가 보러 왔을 때 "먀우" 소리를 내고, 내 손을 문지르며 가르랑거린다고? 어떻게 이럴 수 있지? 새벽이라면 덧없기 마련이지만 그 흔적은 여전히 와이라의 흐릿한 수염 끝부분과 얼룩덜룩 늘어진 나뭇잎 주위를 감돌고 있다.

돌프와 와이라에게서 시선을 돌린다. 쳐다볼 수가 없다. 그저 내 장화를, 더 이상 하얗진 않지만 멋지고 친숙한 고무장화를 내려다볼 뿐이다. 무릎까지 올려 신은 주황색 축구 양말 위로 반년 넘게 매일같이 착용한 장화다. 콧등을 찡그리며 애써 울음을 삼킨다.

"괜찮아?" 돌프가 속삭인다.

돌프를 바라본다. 그의 몸과 친숙한 큰 키 그리고 다정함. 계속 벗어지고 있는 엷은 색의 머리카락이 챙 넓은 햇빛 차단용 모자 아래로 삐져나왔다. 볼에 진흙이 한 줄 묻었다. 고개를 절레절레 흔들자, 돌프가 내 어깨에 팔을 두르며 옆에 앉는다. 눈물이 뺨을 타고 쏟아진다. 와이라는 쥐 죽은 듯 고요해졌다.

너무 피곤하다. 아직 스물여섯 살도 안 됐는데, 옴진드기와 기생충에 감염되어 몇 달간 누런 물똥만 싸고 있다. 그리고 슬프다. 그저…… 슬플 뿐이다. 새장에 갈 때마다, 돈두댓이 꽥 소리를 지르며 도움을 청하지만 아무도 듣지 못하는 모습이 눈에 선하다. 도로를 살필 때면, 내가 사랑해 마지않던 도로가 더 이상 눈에 들어오지 않는다. 그 대신에 소가 배회하는 목축장과 화전이 보인다. 신성하고 아름다운 땅, 이곳 사람들의 집인 땅을, 다국적 기업이 탈취해 조각내버렸다. 총을 둘러멘 채 오토바이를 타고 지나가는 젊은 남자를 봐도, 그의 가족이 어떨지 그려지지 않는다. 남자를 멈춰 세우고, 대화를 나누고, 뭔가 알아낼 수 있다면 어떤 일이 벌어질까 하는 일말의 기대조차 보이지 않는다. 오직 그 남자가 죽인 동물의 망령만이 보인다. 재규어, 퓨마, 돼지만이. 화가 난다. 머리끝까지 치민다. 숲을 바라볼 때면, 마체테의 뜨거운 금속 손잡이를 잡은 손가락이 더 꽉 조여진다. 그리고 하늘을 올려다볼 때면, 눈부시게 밝은 푸른색이 아닌 줄줄이 늘어선 비행운만이 보인다.

떠날 준비가 됐다고 제인이 내게 말했던 것이 떠오른다. 그때는 이해하지 못했다. 난 준비되지 않았으니까. 전혀 준비되지 않았으니까.

힘들게 침을 삼킨다. 이제 준비가 된 것 같다.

"나는 갈 준비가 됐어."

돌프가 눈이 동그래져서 나를 뚫어지게 바라본다. 그러고는 딸꾹질을 하더니 그도 눈물을 터뜨린다. 가슴에서 경련이 일어나 속이 뒤틀리고, 돌프의 축축한 눈물이 내 목뒤로 뚝뚝 떨어진다.

"해럴드가 버거웠구나?" 그가 이제는 끅끅거리면서 애써 미소를 짓는다.

나도 웃어보지만, 웃음기는 금세 사라진다. 뭐라고 해야 할지 모르겠다. 사실은 내가 이 말을 내뱉었다는 것조차 믿기지 않는다. 돌프는 고개를 절레절레 흔들지만, 난 끄덕인다. 내가 끄덕이고 있다는 것도 믿기지가 않는다. 그동안 지켜봤던 비행기를 떠올린다. 하늘을 가로지르며 하얀 비행운을 가차 없이 남겼던 비행기를. 그리고 새들의 비극적인 실종을, 산불을, 내가 탈 비행기를, 조금씩 부서지고 있는 내 몸을, 다시 돈을 벌게 될 때까지 부모님께 빌려서 보충해야 하는 텅 빈 통장 잔고를 떠올린다. 부모님은 내 부탁을 들 어주실 거다. 난 운이 좋았으니까. 특권을 가졌으니까.

벌레들이 성가시게 굴고 햇살이 밝아졌을 무렵, 돌아갈 준비 가 된 와이라는 나무에서 조용히 뛰어내려 우리를 다시 러너로 이 끈다. 난 와이라가 궁둥이를 닦는 모습을 애정 어린 눈빛으로 바라 본다. 나는 와이라를 정말 사랑한다. 기생충에 감염돼서 그런가? 나 는 공포심에 헛웃음을 터뜨리고 젖은 손으로 축축한 머리를 문지르 며 생각한다. 푸세식 변기를 하루에 열 번이나 가는 게 그래서인가? 감정을 모조리 비워내려 애써본다. 하지만 그럴 수가 없다. 마음속 깊은 곳에선 그 감정을 없앨 생각이 없다. 마음 한구석에선 이런 기 분이 살면서 매일매일 차오르길 바란다.

나와 와이라……. 우리의 관계는 정말 많은 변화를 겪었다. 서 로를 믿는 법을 배우고 그 믿음을 부서뜨리길 반복했다. 그럴 때마 다 나 자신도 부서졌던 것 같다. 하지만 그것 덕분에 난 더욱 강해 졌다. 그럴 때마다 와이라를 좀 더 사랑하게 되었다. 이 관계에서 어 떻게 벗어날 수 있겠는가? 앞으로 또 이런 관계가 형성되리라고 감 히 바랄 수 없을 것 같다.

돌프가 야자수 잎을 주워서 공터 둘레를 따라 질질 끌기 시작 한다. 와이라는 눈동자가 휘둥그레져서 그 모습을 빤히 지켜보고는 벌떡 일어나 돌프와 함께 왔다 갔다 뛰어다닌다. 와이라는 빙빙 도 는 잎을 향해 불쑥 덤벼들었다가 숨는다. 기뻐서 어쩔 줄 모르는 이 모습은 돌프가 함께 놀아주기 전에는 미처 몰랐던 또 하나의 껍질일 뿐이다. 그들을 보니, 올해 우리가 진땀을 뺐던 모든 일들과 마찬가지로 슬픔이 조금은 사그라든다. 공터. 그리고 이곳에서 서로 뒤얽힌 나무들, 이제는 익숙한 대나무, 땅바닥에 노랑을 떨구는 레몬나무와 근위병 나무……. 이 나무들은 그동안 전부 지켜보고 있었을 것이다. 만일 지금도 보고 있다면…… 이상하고 더럽고 행복에 겨워 뒤엉킨, 사람 두 명과 퓨마 한 마리가 보일 것이다. 그 퓨마는 굽은 야자수 잎대로 뛰어들며 이보다 초록일 수 없는 초록으로 두 눈을 빛내고 있을 것이다. 퓨마의 털이 은빛으로 어슴푸레 빛나는 이 순간에는 어떤 비극도 찾아볼 수가 없다.

나는 떠나지 않는다. 당분간은. 하지만 생각은 여전히 마음 한구석에서 맴돈다. 파우스티노가 베개에서 나를 올려다보며 키스하는 모양으로 입술을 내밀 때, 패디와 내가 토요일에 종일 시간을 같이 보내면서 서툴긴 해도 새장 자물쇠를 고칠 때, 마을로 가서 톰이 보내온 또 다른 이메일을 열어 소의 궁둥이, 톰의 턱수염과 사랑에 빠진 작은 고양이, 양에 대한 이야기를 읽고 웃을 때, 여전히 맴돌고 있다. 톰이 보고 싶다. 생각보다 더 많이. 영국으로 돌아가면 톰을 만날지도 모르겠다.

　"라우리타." 어느 날, 밀라가 안뜰 건너편에서 웃으며 나를 부른다. 비뚤게 쓴 카우보이모자 아래 머리카락이 환히 빛난다. "¿푸에데스 아유다르 콘 로스 피오스(피오 돌보는 것 좀 도와줄래요)?"

여섯 시도 되지 않은 시간, 이제 막 동이 트고 있다. 손을 휘저어 얼굴에서 모기를 쫓아낸다. 동물 주방에서 희부연 연기가 자욱하게 피어오른다. 벌레를 쫓으려면 지금 이렇게 계란 판을 태워야 한다. 난 내가 모기의 정체를 안다고 생각했다. 하지만 천만에, 전혀 몰랐었다. 어제 누군가의 이마를 손바닥으로 찰싹 때려서 잡은 모기의 수는 무려 여든여섯 마리를 기록했다. 정글의 모기는 까만 구름처럼 몰려다닌다. 손으로 닦아낼 수 있을 정도다. 지금 주머니 속에 얼굴에 쓰는 방충망이 들어 있긴 하지만, 최소한 열 마리는 가두지 않고 제대로 착용하기에는 이미 주변에 모기들이 너무 많다. 똑바로 서 있으려면 코카 잎을 열심히 씹는 수밖에 없다. 땀이 쏟아져도 옷깃을 목까지 올려야 한다. 가지색 구름이 몰려온다. 머지않아 비가 올 거라고, 몸을 떨며 생각한다.

　지붕 위에 파우스티노가 있다. 혼자 있을 거라 생각하며 녀석을 올려다본다. 그런데 예상 외로 모로차가 평소보다 더 가까이 몸을 웅크리고 앉았다. 금속제 지붕 위에서 균형을 잡은 모로차는 긴 꼬리로 자기 몸을 헐겁게 휘감았다. 이제 등에 업기엔 너무 커버린 다윈이 모로차의 무릎 위에 앉아 있다. 나는 파우스티노가 두 원숭이를 미심쩍은 눈빛으로 곁눈질하는 찰나의 순간을 놓치지 않는다. 어깨를 부풀리고 목을 길게 뺀 파우스티노는 양손으로 지붕을 잡고 몸을 앞쪽으로 기울인 채로 또 한 번의 고함을 내보낸다. 고함이 워낙 커서 소리가 나무에 부딪혔다 돌아와 다시 지붕을 때린다. 다윈은 쭈그리고 앉아 고함을 흉내 내느라 기침 같은 소리를 쿨럭쿨럭 쥐어짠다. 언젠가 다윈의 이 소리도 고함이 될 것이다. 마침내 꺽꺽대며 자세를 고쳐 앉은 파우스티노는 또 한 번 녀석들을 슬쩍 훔쳐 본다. 모로차와 다윈은 감탄으로 동그래진 눈으로 파우스티노를 바라본다. 파우스티노는 재빨리 시선을 피하지만, 흡족한 듯한 약간의 헐떡거림은 숨길 수가 없다. 난 그 모습을 보고 미소를 짓는다. 그리고 발목까지 차오르는 진흙에 파묻혀 동물 주방으로 향한다.

그 안에 들어가니 앨리가 높은 식탁 앞에 서서 파파야 열매를 자르고 있다. 앨리의 장화 주위로 연기로 자욱한데, 꼭 그가 불타는 것 같다. 앨리의 눈에서 눈물이 주룩주룩 흐르고, 열매를 자르는 동안 계속해서 잔기침을 한다. 손가락은 붉게 부어올라 피투성이 소시지 같고 우글우글 모여든 모기떼로 시커멓다. 내가 거들려고 하자 앨리가 손사래 치며 나를 또다시 피오의 방사장으로 보낸다. 앨리의 어깨를 살짝 두드리고 기꺼이 밖으로 나간다. 우거지상이 된 앨리의 얼굴은 공포로 도배되어 있다. 우리가 처음 만났을 때를 떠올려본다. 돌프를 손쉽게 넘어뜨리고 금색 핫팬츠를 손에 쥐었던 욕쟁이 뉴질랜드인. 그리고 앨리가 사랑에 빠진 재규어 아미라도 떠올린다. 내가 돌아온 후로 앨리도 뉴질랜드로 갔다가 다시 돌아왔다. 팔 한쪽 전체에 새긴 아미라 얼굴 타투를 자랑하면서. 하지만 그가 아무리 열정에 차 있어도 이런 악조건을 버틸 수는 없다. 나는 혼자 쿡쿡 웃으며 피오 방사장으로 돌아간다. 물이 장딴지까지 차올랐다. 발가락 사이사이 진균성 발진이 돋아났고, 피부는 오래된 사과처럼 껍질이 벗겨져서 진홍빛 생살이 드러났다. 장화에 물이 차올라 나는 얼굴을 찡그린다.

"로라, 갈래?" 돌프가 한쪽 길에서 와이라의 고기 양동이를 흔들며 날 부른다. 나는 웃음으로 화답한다. 와이라는 날마다 "먀우" 소리를 낸다. 오솔길을 전속력으로 질주한다. 매일 헤엄을 친다. 거의 날마다 놀이를 한다. 케이지 밖으로 나가는 건 기껏해야 몇 시간밖에 안 되지만, 만족스러운 시간이다. 심지어 밀라도 이런 와이라를 보고 감격했다. 세상이 깨어나기 전 이른 아침에 하는 산책은 와이라의 동의에 따른 것이다.

"피오 돌보는 거 도우러 가는 길이야. 금방 갈게!" 나는 손을 흔들며 소리친다.

걸음을 재촉한다. 재빨리 훑어본 상황은 이렇다. 먹이로 넘쳐흐르는 양동이가 방사장 바로 밖에 덩그러니 놓여 있고, 맷 데이먼이 긴 목을 구부린 채 날지 못하는 날개를 펴고 엉덩이를 내밀어 출입구를 막고 있다. 몇 달 전에 맷 혹은 데이먼이 기생충에 감염되어 죽고 말았다. 그가 몇 살인지는 아무도 모른다. 거의 10년은 살지 않았을까 싶은데, 여기 온 지 5년이 넘은 아구스티노는 자기가 왔을 때부터 맷과 데이먼이 이곳에 있었다고 했다. 하지만 지금은 한 마리의 맷 데이먼만 남았다. 맷 데이먼이 친구를 그리워할지는 모르겠다. 다만 내가 먹이통을 들고 걸어가다 더러운 갈색 물이 무릎까지 차올라 움찔하는 동안, 격하게 쉿쉿거릴 뿐이다.

"그래, 알겠어." 맷 데이먼의 옆구리를 부드럽게 쓰다듬는다. "네 아침 식사야, 알겠지?" 그러고는 먹이통을 서둘러 내려놓고 크게 외친다. "¡코미다(밥 먹자)!" 수풀 속에 있던 다른 친구들도 소리를 듣고 몸을 씰룩씰룩 흔들며 뛰어온다. 술에 취한 깃털 달린 기린처럼 생긴 패거리가 약간은 비뚠 일직선을 그리며 아침 식사로 다가온다. 새들 뒤에서 충격을 받은 듯한 표정의 여자가 간신히 따라온다. 어제 새로 온 봉사자다. 여자의 이마는 벌레 물린 자국이 부풀어 올라 엉망진창이다. 진흙 범벅인 옷을 보아하니 진창에서 나동그라진 게 분명하다. 정글엔 전혀 적합하지 않은 새로 산 가벼운 여행 복장이다. 적당한 고무장화를 찾지 못해서 어울리지 않는 빨간색과 검은색을 짝짝이로 신었다. 페튜니아가 여자 바로 뒤에서 바짝 따라오며 심술궂은 표정으로 어깨 너머를 응시한다. 벌써 단추를 몇 개는 날려 먹은 것 같다.

미소를 지으며 인사를 건넨다. "로라 투 맞죠? 저도 로라예요. 로라 원." 손을 뻗어 그와 악수한다. 여자는 묵묵히 조심스러운 몸짓으로 나와 악수하며 애써 미소를 짓는다. "괜찮아요?"

"괜찮아요!" 여자가 걱정스런 눈빛으로 페튜니아를 흘긋 돌아보며 외친다.

"그럼 같이 가요." 내가 방긋 웃는다. "케이지 청소하는 법을 알려줄게요. 삽은 받았어요?"

로라 투가 손잡이가 없는 녹슨 삽을 들고 끄덕인다. 공포에 떠는 표정과 헝클어진 머리카락에 벌겋게 부풀어 오른 이마. 나는 밀라가 여자에게 어떤 고양이를 배정할지 혹은 이미 배정했을지 궁금해하며 웃음을 참는다. 얼마나 머물 생각인지 물으려 할 때, 페튜니아가 날개를 활짝 펼치며 내 장화 위로 질척한 보라색 똥을 뿜어낸다. 새장 속 홰에 앉은 빅 레드가 시끄럽게 깍깍대며 웃는다. 빅 레드의 케이지보다 훨씬 위에 있는 로렌소가 낄낄거리며 화답하는 소리도 들렸던 것 같다.

나와 퓨마의 나날들

세상에 맞서기를 택하다

며칠 뒤, 나는 사마의 방사장 밖 땅바닥에 앉아 있다. 난 책상다리로 앉아 작은 버섯이 진흙 밖으로 고개를 내미는 모습을 지켜본다. 새 끼손톱만 하고 눈처럼 희다. 사마도 철조망 안쪽에서 진흙에 배를 깔고 납작 웅크리고 앉아 버섯을 바라보고 있다. 이내 지루해진 사 마는 어슬렁거리며 조그마한 파투후 숲 뒤로 가 몸을 깨끗이 핥는 다. 그래도 난 자리를 지키고 앉아 계속 지켜본다. 납작한 구름이 낮 게 떠다닌다.

버섯의 탄생은 작은 실에서 시작된다. 머리에 쓰는 방충망을 착용한 채 몸을 숙여서 볼을 축축한 땅에 대어본다. 모기들이 높고 날카롭게 윙윙대고, 난 필사적으로 귀 끝을 문질러서 모기를 쫓아 낸다. 퀴퀴한 냄새와 축축한 버섯 포자가 폐로 끌려 들어온다. 저녁 때가 되자 사마가 또 내 곁에 다가와 애정 어린 몸짓으로 자기 발을 핥는다. 별들이 하나둘씩 불쑥 고개를 내밀고 구름은 멀리 날아간 다. 분홍색 줄무늬 갓을 쓴 버섯이 10센티미터가량 솟아오른다. 이 버섯이 어디서 왔는지 모르겠지만, 실 같은 균사가 이야기와 생각 을 나누며 퍼져 나가는 모습을 상상해본다. 멀리, 더 멀리. 방사장과 도로 밑을 지나 캠프까지 쭉, 심지어는 더 멀리, 강가에 놓인 루의 카누와 마을과 산까지, 알프레도가 개들과 함께 사는 곳까지.

하늘이 어두워지고 달이 뜬 후에도 나는 오래도록 코를 문지 르며 작은 버섯을 바라본다. 캠프로 돌아가야 한다는 걸 알지만 그 럴 마음이 들지 않는다. 아직은 아니다. 이곳에 나와 있는 동안, 볼을 땅과 포자에 가만히 대고 있는 동안, 문득 뭔가를 깨달았다.

내 안에서 자라고 있던 매듭이 사라졌다. 해럴드가 튀어나오고 나서, 터무니없고 이해할 수도 없는 일이지만 앞에 누가 있든 울음을 터뜨리기 시작한 뒤로 생겨난 매듭. 오래전에 새미가 말해주었음에도 난 믿지 않았던 것 같다. 지금까지는. 2년 전에 버스에서 내린 사람은 이제 내가 아니다. 물론 그는 그곳에 있고 난 여전히 그에게 다정하게 대하지만 그러면서도 그와 다른 사람일 수 있다. 재규어가 옆에 누워 있는 동안 볼을 땅에 대고 홀로 자라는 버섯을 지켜보며 행복에 겨워 하루를 보내는 사람. 중요한 것은, 이 새로운 사람이 마음에 든다는 거다! 난 그를 믿는다. 이상한 기분이다. 전에는 나 자신을 믿은 적이 없었다.

버섯을 본다. 분홍색 갓 줄무늬가 달 쪽으로 방향을 틀었다. 과거의 나는 내가 해야 한다고 생각했던 일에만 몰두하다 보니 놓치고 있는 것이 무엇인지 알지 못했다. 이제 나는 마케팅에 뛰어들고 화려한 냉장고를 사지 않아도 된다. 주말이면 친구들과 삼부카 샷을 단숨에 들이켜는 남자와 결혼하지 않아도 된다. 아니, 어느 남자든 결혼하지 않아도 된다. 아이를 갖지 않아도 된다. 영국으로 돌아가도 이 새로운 사람을 꼭 붙들고 있을 수 있다. 더디고 조심스럽지만 이제 막 알기 시작한 이 사람을. 난 탈바꿈했다. 하지만 나비는 아니다. 말파리. 더럽고 아름다운, 역겹고 복잡한 말파리다.

이 장소와 이곳 사람들은 나의 가족이자 친족이다. 밀라, 아구스티노, 아이들. 와이라, 사마, 파우스티노, 맷 데이먼, 내 앞의 버섯들. 한편으로는 그들과 영원히 살고픈 마음이 굴뚝같다. 하지만 마음의 다른 한구석은 내가 그러지 않을 거라는 걸 알고 있다. 그럴 수 없다. 모른 척하려는 건 아니다. 와이라와 같은 처지의 또 다른 동물들, 사람들의 공동체, 나무와 강과 호수와 산이 제각기 모여 이룬 세상이 모조리 다 죽어가고 있음을 알기 때문이다. 여덟 시간도 채 안 되는 거리에 동물원이 있다는 걸 알면서도, 새로운 동물들이 떼 지어 밀려들고 돌보던 동물들이 끌려가는 광경을 하염없이 지켜본다. 그러는 동안 나는 오솔길을 따라 뛰어다니고, 와이라의 털을 다듬어주고, 와이라와 함께 헤엄을 치고, 나의 찬란한 존재 이유를 전부 와이라에게 돌린다. 정글이 산산조각 나는 와중에 침수와 화재가 갈수록 심해지고 도로는 더욱더 많이 만들어진다.

떠난다고 해서 실패는 아니다. 하루도 빠짐없이 자랑스러워할 만한 일을 하기로 선택한다면 말이다. 다행히도 나는 선택할 수 있다. 특권이 남긴 선물이다. 와이라는 선택조차도 할 수 없다. 그러니 나는 결코 부서지지 않으리라 생각했던 것에 의문을 품기로 선택했다. 결혼 그리고 성공의 의미. 성차별주의, 인종차별주의, 자본주의, 종차별주의를 비롯한 '주의'들. 이러한 파멸을 떠받치는 것들. 나를 나 자신과 나의 욕망을 두려워하는 사람으로 만든 모든 것들. 수많은 사람을, 수많은 집을, 수많은 동물을 다치게 한 모든 것들. 그것들에 의문을 품고 맞서 싸우기로 선택했다.

그러지 않는다면, 어떻게 와이라의 얼굴을 다시 볼 수가 있겠는가?

와이라는 러너 중간쯤에 있는 파투후 정원에 웅크리고 앉아 있다. 우아하게 두 앞다리를 포개놓고 그 위로 추호의 망설임도 없이 턱을 올려놓는다. 한쪽 눈만 뜨고 상황을 살피다가 이내 이집트 고양이 신처럼 반쯤 내리깐 눈이 될 때까지 지그시 감는다. 이제 하품을 하고, 유독 귀찮게 구는 모기를 꼬리 끝으로 찰싹 때린다. 코에 핏자국이 남았다. 모기지만, 뭐 어떤 면에서는 아름답게 생겼다.

내가 조금씩 앞으로 가니 와이라가 날 곁눈질로 슬쩍 바라본다. 가까이 다가가자 눈빛이 부드러워진다. 난 무릎을 꿇고 팔을 내민다. 와이라가 팔을 살짝 밀더니 목을 쭉 뻗어서 내 얼굴을 핥으려 한다. 난 웃으며 와이라를 밀어내고 다시 팔을 내민다. 와이라는 한숨을 쉬더니 땀과 흙으로 뒤덮인 내 얼굴을 다시 한번 쳐다보고 내 팔에 안착한다. 몇 겹이나 껴입은 셔츠의 소매를 팔꿈치까지 말아 올리고 와이라에게 내민다. 와이라는 모기와 공간을 두고 다투며 제 몸을 마음껏 핥는다. 나는 척추를 따라 돋은 와이라의 털 속으로 코를 밀어 넣는다. 흙 냄새가 난다. 거센 바람이 불어와 위쪽으로 휘몰아친다. 축축하다. 그리고 정글은 사라진다. 눈을 감는다. 와이라의 가슴이 올라간다. 심장이 뛴다. 쿵, 쿵, 쿵. 와이라가 내게 코를 들이밀고, 나는 와이라의 귀와 눈과 볼을 쓰다듬으며 애정을 담은 한마디를 속삭인다. 와이라는 따뜻하고 부드럽다. 낮은 우르릉 소리가 배 속에서 솟아오른다.

나는 몸을 빼내고, 깜짝 놀란 듯한 와이라를 바라본다. 더 이상 와이라가 무섭지 않다. 이 모든 것이 익숙한 나는 편안할 뿐이다. 집이나 다름없다. 지금처럼 와이라와 함께 이곳에 있는 것이 정상이다. 정상이란, 매일 아침 여덟 시마다 차에 올라타 꽉 막힌 도로에 갇히는 것이 아니다. 정상이란, 하이힐과 턱없이 작은 옷에 나를 구겨 넣고 사람들로 미어터지는 클럽에 가서 몸무게만큼의 테킬라를 퍼마시는 것이 아니다. 정상이란, 침실에 홀로 앉아 휘몰아치는 걱정과 토요일 밤 TV 프로그램만을 말동무로 삼는 것이 아니다. 정상이란, 나 자신을 강력한 보호막으로 에워싸고 아무도 들이지 않는 것이 아니다. 이게 정상이다. 바로 이것이다. 영원히 간직할 수 있을 듯한 이 느낌을 가슴속 깊이 새긴다.

야간 버스를 타고 떠날 생각이다. 이틀 후에 비행기를 타야 한다. 런던 히스로 공항에 도착하면 엄마가 나를 맞아주실 거다. 크리스마스에 딱 맞춰 도착할 터다.

와이라의 아르릉 소리가 점점 커지고, 나는 뒤로 조금 물러나 근위병 나무 그루터기에 등을 기댄다. 은빛 껍질이 따스하다. 와이라가 한동안 반쯤 내리깐 눈으로 날 보다가 엎치락뒤치락 구르며 질척이는 흙에 얼굴을 문지른다. 이제 진정이 됐으니 와이라는 자러 갈 것이다. 완벽하게 웅크리고 앉은 와이라의 모습을 기억하며 계속 지켜본다.

얼마나 오래 밤을 밝혀야 할지 모르겠다. 황혼이 짙어지는데도 와이라는 여전히 몸을 쭉 뻗고 있다. 그러다가 와이라가 불쑥 일어나서 나도 무릎을 꿇는다. 내가 무엇보다 사랑하는, 바보 같은 표정을 짓고 있다. 그 표정을 짓는 와이라는 꼭 네 달 된 새끼처럼 보인다. 덩굴로 만든 축구공을 갖고 몇 시간씩 놀 것만 같다. 내가 일어나려 하자 와이라가 고개를 수그렸다가 펄쩍 뛰어올라 나를 바닥에 쓰러뜨린다. 물론 심하지 않고 가벼운 몸짓으로. 밀어서 떼어내니 파투후 덤불 아래로 뛰어가 몸을 웅크리고 숨어버린다.

"와이라." 난 일어나면서 재빨리 말한다. "다 보인다!"

와이라가 고개를 위로 젖힌다. 점점 어두워지는 하늘을, 머리 위에서 바스락대는 짙은 나뭇잎을 올려다본다. 그러고는 날 뒤돌아보고 굳은 표정을 풀더니 근위병 나무로 터벅터벅 걸어간다. 난 또다시 그 옆에 쭈그려 앉고, 와이라는 귀를 빙글 돌리며 몸을 나무에 기댄다. 우리는 함께 밤이 깊어지는 소리를 듣는다. 올빼미의 으스스한 울음, 황소처럼 거친 개구리의 괴성, 물결의 오르내림, 우리의 심장 박동. 손을 뻗어 와이라를 쓰다듬는다. 와이라는 자리를 옮기더니 꼭 감자 포대가 떨어지듯 무겁게 내 무릎 위로 털썩 쓰러진다. 내가 웃으며 그를 편하게 누이는 동안 와이라가 잠깐 내 장화를 붙잡는다. 심장이 멎을 듯한 순간. 그리고 잠잠해진다. 와이라가 몹시 다정하게 나의 손을 입으로 가져가 손톱에 끼인 흙을 조금씩 갉아먹는다. 손을 빼야 하나 잠깐 생각했지만, 그대로 입속에 편안히 놓아둔다. 이빨로 흙을 갉아먹는 동안, 온 정신을 다해 털을 깨끗이 닦을 때처럼 냠냠냠 소리가 난다. 하루도 빼놓지 않고, 목구멍을 따라 올라오는 흐느낌을 삼키고 고개를 저으며 생각한다. 하루도 빼놓지 않고. 또 하나의 껍질을.

와이라가 만족한 듯 먹기를 멈추고 지그시 내 가슴팍에 머리를 기댄다. 문득 시간이 얼마 남지 않았음을 깨닫고, 두려움에 목이

나와 퓨마의 나날들

메인다. 영원히 끝나지 않으면 좋겠다. 썩어 들어가는 발과 모기, 끔찍한 더위와 끝없는 육체적 고통이 있어도 이대로 끝낼 수는 없다. 너무 힘들다고, 떠날 준비가 됐다고 한 그 모든 말들은? 전부 다 헛소리였다! 목의 굴곡을 따라 와이라를 쓰다듬는다. 오른쪽 귀에는 살짝 찢어진 자국이, 왼쪽 귀에는 튀어나온 흉터가 있고, 귀 끝을 따라 작은 흰 털이 선을 이룬다. 내 몸보다 와이라의 몸을 더 속속들이 알고 있다. 턱 밑의 풍성한 흰 털을 문지르고, 눈가에서 눈곱을 닦아낸다. 진드기가 있나 살펴본다. 피를 하도 빨아먹어 갈색으로 부풀어 오른 큰 놈을 몇 마리 찾았다. 막을 새도 없이 와이라가 손에서 진드기를 낚아채 먹어버린다. 진드기 몸뚱이가 혀 위에서 데굴데굴 구르다가 만족스럽게 틱 하고 터진다.

"으, 역겨운걸." 척추를 따라 이상한 방향으로 헝클어진 회색 털을 어루만지고, 와이라에게 내 볼을 기댄다. 와이라가 고개를 돌려 거친 혀로 내 코를 핥는다. 수염이 간지러워서 털어낸다. 그러는 동안 와이라는 구르며 눕고, 나도 옆으로 굴러 나란히 눕는다. 축축하고 생기 있는 풀잎 끝처럼 녹색의 눈이 부드러운 눈빛을 보내온다. 와이라는 충분히 내 목을 찢어발길 수 있으면서도, 그 대신에 두 앞발을 내 팔 위에 올리고 가까이 끌어당긴다. 눈물이 뺨을 타고 떨어진다. 나는 온 마음을 다해 와이라를 믿는다. 나를 갈가리 찢을 수 있는 와이라를, 갈가리 찢을 수 있었던 그를.

어쨌든 일어나야 한다. 작별 인사를 해야 한다. 고개를 든다. 우리는 서로를 바라본다. 와이라는 나를 밀어내더니 다짜고짜 러너 반대편으로 뛰어가서 파투후 덤불 속으로 숨는다. 널 다시 보게 될 수 있을까? 잘 모르겠다.

"나 떠날 거야." 콧등을 타고 흘러내린 눈물이 진흙 바닥에 작은 웅덩이로 고인다. "가야 해." 떠날 거야.

와이라와 함께 흙바닥에 눕는 것을 사랑한다. 살면서 사랑했던 그 어떤 것보다 더욱. 와이라는 나의 세상을 바꾸고, 창문을 열어 그사이로 날 끌어당겼다. 나는 결코 그전으로 돌아갈 수 없다.

날이 저물었다. 헤드램프를 쓴다. 와이라의 두 눈이 나를 비춘다. 검은 바다에 떠 있는 두 개의 흐릿한 원반. 신이 난 와이라. 와이라의 내일은 오늘과 같을 것이다. 나만 없을 뿐이다. 나의 내일은 떠올릴 수조차 없다. 와이라는 나뭇잎으로 뒤덮인 정원에 자리를 잡는다. 와이라는 정말 긴 시간 행복해했다. 내가 행복하게 해주었다. 그 행복이 계속될지는 알 수 없다. 그것은 다른 누군가에게 달려 있다. 더는 나의 몫이 아닐 것이다.

내가 문 쪽으로 걸어가자 와이라는 그게 무슨 의미인지 알아차린다. 잠깐 망설이던 와이라는 내가 아니라 자신의 생각이라는 것을 분명히 하려는 듯 당당하게 고개를 흔들며 날 지나친다. 나를 보고 겉치레로 하악 소리를 내더니 안으로 들어간다. 앉아서 캐러비너를 풀어준다. 왕좌에 올려둔 고기에는 아랑곳 않고 한동안 내 옆을 지킨다. 난 손을 떨며 철조망 사이로 와이라를 쓰다듬는다. 마지막으로 하악 소리를 낸 와이라는 이제 사라진다. 보이는 것이라곤 꼬마전구처럼 어슴푸레 빛나는 두 눈뿐이다. 내가 가기를 기다리고 있다.

천천히 돌아서서 걷기 시작한다.

나와 퓨마의 나날들

"와이라, 안녕." 목이 메인다. 손으로 입을 막는다. 이제야 맘 놓고 울음을 터뜨린다. 뺨을 타고 흐르는 눈물을 주체할 수가 없다. 퀴퀴한 털이 그물처럼 얽힌 교살자무화과나무가 있는 비탈에 다다르자, 눈물이 더 왈칵 샘솟는다. 앞도 안 보일 만큼. 손이 떨리고 다리가 무너진다. 하늘 높이 어딘가에서 별들이 자리를 잡고 보름달이 떠오르고 있을 것이다. 하지만 한동안 아무것도 보이지 않는다. 와이라와 그의 냄새, 두 눈만 맴돌 뿐이다. 심박수 모니터 선과 같은 호박색 테두리로 둘러싸인 채 밝게 빛나는 눈. 그 눈만이 아주 오랜 시간 아른거린다.

3

새로운 나

지금은 2017년. 하늘은 파랗지만, 수평선에 육중한 회색 구름이 가득해 금방이라도 비가 올 듯하다. 나는 트럭 뒤에 서서 파란 적재함에 실린 황마 포대 네 자루를 안타까운 눈빛으로 바라본다. 휴대폰을 확인한 게 벌써 열 번째다. 아직도 신호가 안 잡힌다. 뜨거운 트럭 금속판에 볼을 기대고서 오토바이가 구덩이를 피하다가 공중에 먼지를 흩뿌리는 모습을 지켜본다. 시내의 실내 시장, 메르카도 입구에 주차를 해둔 상태다. 안에서는 사람들이 옹기종기 모여 스튜와 고기 꼬치구이를 나눠 먹는다. 그들 주변에는 수박과 멍키스패너부터 모조 전자 제품과 공주 왕관까지 온갖 물건을 파는 진열대가 놓여 있다. 식사 중인 사람들 옆으로 정육점이 시장 한쪽 면을 따라 늘어섰다. 파리가 모여들고, 도축되어 매달린 몸뚱이에서 피가 뚝뚝 떨어지고 오래된 고기 냄새가 풍겨온다. 정육업자 도냐 베르니타는 오른쪽에서 두 번째 가게에 있다. 내가 하얀색 타일 식탁 위 갈고리에 매달려 있던 소머리를 들어 올렸던 곳이 바로 그의 정육점이었다. 우리는 서로를 도와 소머리를 자루에 넣었고, 나는 소뿔까지 든 그 자루를 트럭에 옮겨 실었다.

"¿아이 캄포(자리 있나요)?"

고개를 든다. 나이 든 남자가 뒤에 서 있다. 눈이 보이지 않을 정도로 주름이 자글자글하다. 희망 반 체념 반인 표정이다. 마을로 돌아가는 차를 찾고 있는 모양이다. 한쪽 어깨에 본인 몸집만 한 쌀 자루를 멨다. 오래된 타이어로 만든 샌들과 청바지에 레알 마드리드 셔츠를 입었다. 오시토의 아버지다. 난 미소 짓는다.

"올라, 돈 안토니오."

돈 안토니오는 생긋 웃으며 자루를 들어 올린다. 그를 도와 트럭에 자루를 싣는다. 그가 소머리에서 흐르는 피를 무표정으로 바라보고 있을 때, 휴대폰이 울린다. 난 깜짝 놀라 펄쩍 뛴다. 한 시간 동안 기다리고 있었는데도 놀라고 말다니.

"로 시엔토(죄송해요)." 트럭 계기판에 쌓인 먼지를 서둘러 치우면서 어깨에 휴대폰을 받친다.

돈 안토니오가 웃는다. "포르 나다(별일 아닌걸요)." 그는 조수석에서 텅 빈 도리토스 봉지를 살며시 치운다. 잔뜩 흩어진 부스러기 사이로 거의 다 마신 대용량 콜라 페트병과 큰 코카 잎 봉투가 나뒹굴고 있다. 아침과 점심으로 먹은 거라곤 이게 전부다. 손이 떨릴 지경이다. 오늘 아침 일곱 시에 캠프를 나섰다. 일찍 시내로 가서 물건을 사고 소머리를 모아 전화를 걸고 떠날 생각이었다. 조바심에 속이 뒤틀린다.

"여보세요?" 5년 전에 내가 설립한 예술 자선단체의 이사 페르세의 목소리가 지직거리는 소음 사이로 들려온다. 전화를 스피커폰으로 돌리고 휴대폰을 운전대에 받쳐 놓는다. 페르세가 식물이 무성한 책상에 앉아 퓨마 모양 구슬로 장식된 내 쿠션을 끌어안고 따뜻한 차를 든 모습을 떠올려본다. 예술가와 전시에 관해, 그리고 기후 변화와 교육, 멸종과 오염과 관련된 자금 지원 신청서에 관해 생각하면서……. 나는 얼굴을 찡그리며 이마의 땀을 닦아낸다.

"페르세."

"안녕! 어떻게 지내?"

잠시 생각한다. "괜찮아, 고마워."

"진짜로?"

"응." 좀 더 깊이 생각해본다. "어제는 또 벌레 한 마리가 팔을 뚫고 나왔어. 질 속에서 트리플 X 진드기도 찾았지. 오늘만 똥을 아홉 번 쌌고. 그리고 아직……." 시계를 확인한다. "오후 한 시밖에 안 됐네."

"그래. 그런데 지금 스피커폰이라……."

눈을 질끈 감는다.

"로라, 안녕!" 사람들이 다 함께 외친다.

"진드기가 너의……."

"여러분, 안녕하십니까." 난 굳이 똑 부러지는 말투로 인사한다.

"어디 있는 거야?" 페르세가 논란이 덜 될 만한 주제로 화제를 돌리며 묻는다. "큰부리새와 재규어한테 둘러싸여 있는 거야?"

"그렇지, 뭐……." 나는 돈 안토니오를 바라본다. 날 보며 씩 웃고 있다. 트럭 뒤에서 죽은 소 냄새가 난다. 허벅지가 의자에 질척하게 달라붙었고, 머지않아 또 화장실에 가야 할 것 같다는 걱정이 커져만 간다.

또다시 직무를 페르세에게 맡기고 볼리비아에 오기로 결심했을 때, 나는 6개월의 휴가를 구걸하다시피 해야 했다. 또 한 번의 6개월, 또 한 번의 활동 기간. 이번에는 파르케의 책임자 역할을 대신하기로 했다. 좀 더 고정적으로 파르케를 맡아줄 사람이 필요했다. 볼리비아 출신 현지인을 찾아 헤맸지만 아무도 찾지 못했다. 돌봐야 할 동물이 너무 많은데 봉사자 수는 곤두박질치고 있다. 기껏해야 걷기 봉사자로 스무 명, 운 좋아도 서른 명이 최선이다. 한때는 백 명인 적도 있었는데.

"그래!" 페르세가 쾌활하게 화답한다. "그럼 회의를 시작해 볼까?"

"좋은 생각이야!"

파르케에서 찾은 희망

"뭐 좀 가져왔어?"

찰리가 골반에 손을 얹고 도로에 서 있다. 캠프에서 돌보는 개, 브루스가 찰리의 옆을 지키고 있다. 나는 오시토가 놀랍도록 아무 생각 없이 흩뿌려둔 나무판자를 서툴지만 요리조리 피해 진입로에 들어선다. 나무판자는 도로와 차고 사이에 변함없이 자리한 깊은 도랑을 뒤덮고 있다. 브루스가 기분 좋은 듯 꼬리를 흔들며 짖는다.

"아니." 난 트럭에서 뛰어내리면서 오래된 코카 뭉텅이를 덤불

나와 퓨마의 나날들

속에 뱉는다. 흡연 오두막 반대편에 있는 차고는 몇 년 전에 지어졌다. 거대한 지붕이 달린 창고인데, 트럭과 기름, 용접 기구와 철조망, 낡은 목재와 배구장 그물, 온갖 건축 자재가 보관되어 있다. "소머리가 끝이야."

찰리가 핏물 밴 자루를 빤히 쳐다본다. "저건 프라푸치노가 아니잖아." 트럭을 본 브루스는 안도의 한숨을 내쉬며 뛰어올라 트럭 뒤편에 작은 둥지를 만든다. 트럭은 사실상 브루스의 차다. 브루스는 다리가 늘씬하고 흰 몸에 갈색 반점이 얼룩덜룩하다. 지금은 핏물이 들어 빨개졌다. 난 콧등을 찡그린다. 찰리는 가슴까지 흠뻑 젖은 작업복을 입고 있다. 새벽부터 고양이를 산책시킨 참이다. 우리는 다섯 시에 오실롯 한 마리를 데리고 나갔다. 그 후로 내가 마을에 간 동안 찰리는 루피를 산책시키고 적어도 네 마리에게 먹이를 먹였다. 찰리가 청바지 주머니에 손을 찔러넣는다. 키가 크고 안색이 창백하며 머리카락이 정말 긴 찰리는 가슴까지 닿는 적갈색 턱수염까지 있어서 오스트레일리아 멜버른의 힙한 커피숍과는 도무지 어울리지 않는다. 그는 1년 전에 파르케에 온 뒤로 머리카락을 한 번도 자르지 않았고 지금은 꽁지머리로 묶었다.

"회의는 어땠어?"

"좋았어." 난 끄덕이며 말한다. "오래 걸렸네. 여기는 별일 없었어?"

찰리는 자루를 바닥으로 옮긴다. 브루스가 미심쩍은 눈빛으로 그를 지켜본다. 브루스는 몇 달 전에 흡연 오두막에 홀연히 나타났는데, 상처투성이에 암 덩어리까지 있었다. 우리는 그를 치료해주었고, 지금은 보호 관찰 중이다. 이곳에 머물려면, 안타깝게도 사람을 무는 습성을 극복해야 한다. 찰리가 자루 하나를 열더니 서둘러 코를 막으며 멀어진다.

"세상에."

얼굴에 회색빛이 맴도는 걸 보니 기진맥진한 모양이다. 찰리는 파르케의 고양잇과 팀장으로 일한다. 고양이와 봉사자의 관계를 조정하는 역할이다. 그리고 봉사자들이 제대로 훈련받았는지, 일과가 일정대로 진행되고 있는지, 동물과 사람이 안전하고 행복하고 돌봄을 받고 있는지 확인한다. 예전에는 밀라와 아구스티노가 했던 일이다. 아니, 그들은 기본적으로 그 밖의 모든 일들도 도맡아 했다. 이제 우리는 업무를 분담하는 것을 목표로 한다. 고양잇과 팀장 두 명, 관리자 한 명, 봉사 팀장 한 명, 요리사 두 명, 공사 팀장 한 명, 공사 팀, 소형 동물 팀장 여러 명, 수의사 한 명에서 세 명, 그리고 파르케 책임자.

밀라와 아구스티노는 6년 전에 파르케를 떠났다. 작별은 쉽지 않았다. 길고 지난하고 고통스러웠다. 둘은 진단 미확정의 외상후스트레스장애^PTSD와 슬픔, 쌓이고 쌓인 스트레스로 괴로워했다. 지금은 볼리비아의 다른 지역에서 다른 일을 하며 다른 가족과 살고 있다. 그들이 행복하기를, 나는 진심으로 바란다. 그 후로 몇 년간 파르케의 운영을 좀 더 지속 가능하게 만들고자 두 사람의 역할을 분담했다. 하지만 그런 노력에도 이 일은 지속 가능하지 않다. 통상적인 직업이 아니기 때문이다. 현지인 스태프가 필요하지만, 찾기가 어렵다. 임금도 낮고 환경도 열악하다. 기회만 되면 바로 떠날 수 있는 외지인과 봉사자에게 의존하고 있는 형편이다. 물론 그들이 머물 가능성도 있지만, 누가 알겠는가? 우리는 사람들에게 그들의 삶과 정신 및 신체 건강을 적은 돈과 맞바꾸라고 요구하는 셈이다. 사람들은 수십 년간 전 세계에서 풀뿌리 조직과 비정부 기구의 형태로 똑같은 일을 하고 있다. 다음 재난은 항상 일어나기 마련이고 지원은 턱없이 적기 때문이다. 하지만 상황은 매년 더 힘들어지고 있다. 특히 이곳에 체류하는 사람들에게 그렇다. 친구들은 떠나고 봉사자들은 여행 일정을 더는 연장하지 않는다. 세상은 불확실하고, 직업을 구하기는 갈수록 힘들어진다. 여행자는 일정에 몸이 매인 처지다. 계획에 따라 여행하고, 그걸 바꾸는 경우는 드물다. 단지 정글을 행복하게 만들고자 자신의 양파 껍질을 벗기고 체중과 머리카락을 전부 잃는 마법과 같은 일을 위해서라 해도.

지금은 훌륭한 봉사자 열한 명과 고양이 스물세 마리를 비롯해 새, 원숭이, 긴코너구리, 피오, 페커리, 맥이 있고, 격리장에 동물 스무여 마리가 있다. 스태프로는 우선 요리사 둘, 파르케에 충실한 도냐 루시아와 더 어리고 다정한 여성 도냐 클라라가 있다. 이제 오소라고 불리는 오시토는 공사 팀장을 맡았다. 이제 더는 포동포동한 열한 살 아이가 아니다. 오시토라고 부르면 화를 내는데, 쌍둥이 딸이 있는 건장한 스물한 살이기 때문이다. 그는 정말이지 멋지고 기운찬 청년이다. 내가 처음 왔을 때 있었던 아이 중에서 오소만이 사시사철 파르케에 머물고 있다. 공사반은 오소와 조니로 이루어져 있다. 조니는 비록 파르케는 아니지만 오소처럼 이 부근에서 자랐다. 그의 가족은 과거에 사냥을 했지만, 우리와 함께 일하면서 활동가가 되었다. 조니에게는 일곱 형제가 있는데, 그중 적어도 네 명이 파르케와 또 다른 생추어리 두 곳에서 수년간 일하고 있다. 공사 작업에 능숙할 뿐만 아니라 원숭이와 고양이 돌보기의 달인이다. 또 내가 아는 그 누구보다 늪에서 시멘트를 많이 운반할 수 있다.

오소와 조니, 도냐 루시아와 도냐 클라라의 곁에는 찰리와 앨리도 있다. 앨리는 봉사 팀장을 맡았다. 10년 전에 만났던 그 앨리가 맞다. 얼굴의 주름과 아미라 타투가 좀 더 늘긴 했지만. 유일하게 남은 수의사가 지난주에 떠났고, 새로운 사람이 다음 주에 올 예정이다. 그가 오기 전까지는 앨리와 내가 '수의사'와 비슷한 역할을 맡을 수밖에 없다. 우리는 수의사가 아니지만, 봉사자들이 숙취로 괴로워하면 기꺼이 엉덩이에 비타민 주사를 놔준다.

찰리를 쳐다본다. 얼굴이 평소보다 더 회색으로 물들었다.

"무슨 일 있었어?" 내가 조심스럽게 묻는다.

"테앙히가 또 탈출했어. 조니가 빨래 바구니에서 붙잡았지. ¿베르다드, 조니(그렇지, 조니)?" 찰리가 목소리를 높인다.

조니는 차고 반대편에서 철조망 기둥을 용접하고 있다. 우람한 가슴에 티셔츠가 꽉 끼었고, 반짝이는 황갈색 이마 아래로 검은 머리카락이 멋지게 늘어졌다. 그는 우리를 바라보며 기계 전원을 끄고 한 손을 귀에 댄 채 외친다.

"¿케(뭐라고요)?"

찰리는 복잡한 손짓 발짓으로 빨래 바구니 속의 긴코너구리를 붙잡는 척한다. 조니가 열광적으로 고개를 끄덕이며 낄낄거린다. 나는 절망적인 심정으로 고개를 가로젓는다. 조니는 빨래 바구니에 들어간 동물들을 놀랍도록 잘 잡는다. 그는 다시 용접 작업으로 돌아간다.

"자기 방에 바리케이드를 친 봉사자들이 많아. 대책을 세워야 할지도 몰라."

난 한숨을 쉬며 말한다. "누가 다친 거야?"

"아니, 이번엔 아니야."

끄덕끄덕. 안도감이 밀려온다. 밀라와 아구스티노의 맹목적인 믿음이 떠오른다. 코코가 자유로울 권리가 사람이 물리지 않을 권리보다 더 중요하다는 믿음. 하지만 해가 갈수록 우리의 친구였던 동물들이 죽어가는 동안, 새로 도착한 동물들은 점차 그전의 자유를 누릴 수 없게 되었다. 새로운 스태프들이 왔고 새로운 안전 제도도 생겨났으니까. 그것이 최선이었다고 생각한다. 로렌소는······ 2011년에 실종되었다. 그에게 무슨 일이 생겼는지는 알 수 없다. 어느 날, 안뜰 부근을 날던 로렌소가 화려한 날개를 퍼덕이며 새미에게 치근덕거렸다. 그러다가 갑자기 자취를 감췄다. 벌목 트럭에 치였을지, 누군가 몰래 데려가 애완동물로 팔았을지, 다른 동물에게 붙잡혀 먹잇감이 되었을지는 아무도 모른다. 그리고 파우스티노. 하, 파우스티노는······ 2009년에 코코를 앗아갔던 그 도로에서 2년 전에 차에 치이고 말았다.

테앙히가 최후의 생존자다. 그는 올해 초까지만 해도 여전히 자유롭게 돌아다녔다. 오소와 조니가 드디어 테앙히가 살 큼지막한 방사장 '긴코너구리 정원'을 새로 만들어준 덕에, 이제 그는 그곳에서 안전하게 살고 있다. 플립플롭을 신기를 고집하는 봉사자들도 마찬가지로 안전을 확보했다. 태앙히는 시력을 잃었고 나이가 들어 정신이 흐려졌지만 여전히 탈출을 시도한다. 때로는 오소의 침대로 기어 올라가 그의 품에 안기기도 하고, 때로는 식당에서 아침 식사용 롤빵을 훔쳐 가기도 한다.

"모두가 공황에 빠졌어." 찰리는 트럭에 등을 기대고 팔짱을 끼며 말한다. 슬그머니 다가간 브루스는 애정을 담아 찰리의 귀에 주둥이를 밀어 넣는다.

"태앙히가 덤불 밖으로 뛰쳐나갔는데, 농담 아니라 진짜 엄청 빨랐어. 걔가 내 불알로 달려들어서 비명횡사하는 줄 알았지. 빗자루로 겨우 막았어. 조니가 날 보고 낄낄 웃다가 침착하게 빨래 바구니를 집더니 공중에 태앙히를 들어 올리는 거야. 슈퍼 히어로인 줄 알았다니까."

나는 한바탕 크게 웃느라 코카 잎이 목에 걸릴 뻔했다.

"진짜 터지는 줄 알았다고."

우리는 잠시 초록색 코카 잎 봉투를 사이에 두고 앉아서 볼에 잎을 쑤셔넣는다. 그러고는 봉사자들이 안뜰에서 배구 경기를 하는 소리를 듣는다. 한창 작업 중인 조니가 벤치 위에 올려놓은 라디오에서 치직거리는 소음과 함께 레게톤 음악이 흘러나온다. 마침내 내 볼이 코카 잎으로 가득해지고 브루스가 찰리의 어깨 위에 턱을 기댄 채로 코를 골기 시작할 때, 내가 찰리의 팔을 두드린다.

"이제 가자."

"머리뼈 깨러?"

"그래야겠지. 도끼 있어?" 난 그 머리들을 살며시 만지며 짧게 고맙다고 말한다. 머리의 어두운 눈이 날 응시하고 있다. 머리는 아주 커다란데, 하나당 30킬로그램은 나갈 것이다. 연한 건초색 이마에서 위로 말린 뿔은 웅대하면서도 슬퍼 보인다. 지난 몇 년간 나는 소와 관련된 것은 전부 먹지 않았지만, 고양이는 고양이일 수밖에 없다. 우리는 머리를 반으로 쪼개 재규어에게 나눠 줄 준비를 한다.

2008년에 떠난 뒤로, 나한테 벌어진 일들을 정리하는 데 오랜 시간이 걸렸다. 파르케로 돌아갈 돈을 모으는 것이 유일한 목표였기에 엄마와 함께 지냈다. 정상으로 사느라, 목표를 마음속에서 지우느라, '현실'로 돌아가느라 진땀을 뺐다. 톰의 도움이 컸다. 그를 만났고, 연애를 시작했다. 거의 3년을 함께했다. 하지만 잘되지 않았다. 톰은 수의사가 되려고 대학교에 진학했고, 나는 온갖 곳을 돌아다녔다. 우리는 밤잠을 설치며 온 마음을 다해 파르케를 그리워했지만, 톰의 마음속에는 볼리비아 말고도 다른 것이 있었다. 목표. 그는 수의사가 될 생각이었다. 결코 흔들리지 않았다. 그러다가 결국 다른 사람을 만났다. 그와 마찬가지로 수의사 교육을 받고 있던 다른 사람을. 톰을 그다지 탓하진 않았다. 나도 무언가에 헌신했지만, 그 대상은 톰이 아니었다. 해마다 나는 우리 둘 다를 속이느라 애를 썼다. 약속할게, 이게 마지막이야, 볼리비아로 돌아가는 건 이게 마지막이야, 내년에는 네 집으로 이사 갈게, 약속해……. 하지만 나는 결코 그러지 않았다. 볼리비아로 가는 게 마지막도 아니었다.

글을 수없이 썼다. 와이라의 그림을 그리고 조각을 만들었다. 와이라에 관하여 말할 방법을, 끝내 영혼 없는 표정을 짓고서 "오, 정말 멋졌겠는데요. 퓨마 같은데, 맞죠?" 같은 말을 남기고 내가 미쳤다는 듯 가버리는 사람들 없이도 말할 방법을 절실하게, 정말 절실하게 찾아 헤맸다.

🐾

소의 뇌와 피로 뒤덮인 안뜰을 걷는다. 루에게 줄 소머리가 담긴 황마 자루를 어깨에 둘러멘다. 걷기가 힘들다. 소머리가 무거우니 걸음이 느릴 수밖에 없다. 찰리가 날 보고 웃으면서 머리 두 개를 가볍게 들고 빠른 걸음으로 뒤따른다. 온전한 머리 하나는 아미라에게, 반으로 쪼갠 나머지 하나는 루피에게 줄 것이다. 루피는 재규어인데도 동물과 조금이라도 닮은 것은 먹으려 하지 않는다. 맑은 눈으로 그를 응시하는 온전한 소머리를 주면, 루피는 침상 밑으로 숨어 머리가 없어질 때까지 나오지 않을 거다.

새미가 손을 흔든다. 여느 때보다 짙게 염색한 헝클어진 꿀 빛깔 머리카락을 포니테일로 크게 묶었다. 더럽고 해어진 플란넬 셔츠와 청바지를 입고 모기로부터 자신을 보호하느라 다른 셔츠 한 벌을 어깨에 얹어 놓았다. 새미는 변호사가 되었다. 미국 이주민의 권리를 위해 싸우고 있다. 1년에 단 2주만 올 수 있고, 갚아야 할 학자금 대출이 엄청나다. 진지하게 임해야 할 직업과 집고양이가 있고 바지 정장으로 옷장을 채운 30대 중반이다. 여전히 사람 중에서는 제일 친한 친구다. 운이 좋아도 몇 년에 한 번밖에 보지 못하지만 말이다. 이곳에서 만나려 노력 중이고, 이따금 나를 보러 영국으로 오거나 혹은 내가 미국에 경유할 일이 있을 때마다 보러 간다.

"프로도!" 새미가 점점 더 격렬하게 손을 흔들며 크게 외친다.

"그래, 샘와이즈?" 이렇게 말하면서도 그의 뒤에 있는 사람에게 눈길이 간다. 오소에게 무언가 단호하게 말하고 있다. 나는 바닥에 자루를 쿵 하고 떨어뜨린다. "미친."

새미가 까치발로 춤을 춘다. 오소는 양팔에 테앙히를 안고 방긋 웃는다. 안뜰에서 처음 봤던 열한 살 때 모습 그대로 볼이 둥그렇다.

"해리." 내가 중얼거린다.

해리가 나를 돌아보더니 얼굴을 붉힌다. "여, 프로도."

"진짜 해리야?" 난 숨을 헐떡이며 크게 외친다.

"¡시(네)!" 오소가 가까스로 흥분을 억누르고 해리의 알통을 움켜쥐며 소리친다. 해리를 마지막으로 보았을 때 오소는 머리가 해리의 가슴까지 닿았다. 그런데 지금은 해리보다 키가 크다. 오소가 기뻐하며 그다지 인상적이진 않은 해리의 팔 근육을 꽉 부여잡는다. 난 고개를 흔든다. 그리고 또 흔든다.

"프로도." 해리가 또 나를 부르더니 몇 발짝 다가와 날 끌어안는다. 안는 것이 어색한 나머지 그만 머리를 부딪히며 웃음을 터뜨린다. 해리의 목소리가 익숙하면서도 낯설다. 그는 티셔츠와 청바지를 입고 있다. 냄새는, 깨끗하다. 턱수염을 다듬었고 짧은 머리에 야구모자를 썼다. 눈가에 주름이 생겼는데, 그것만 빼면…… 건강해 보인다. 정상. 그는 정상인처럼 보인다. "늪에 빠졌나 보네." 해리가 무미건조하게 묻는다.

나는 억지로 과장해서 낮고 느릿느릿한 말투로 대응한다. "알잖아. 저 늪에서 몇 달을 보내고 나면 나 자신이 누군지 알게 되지."

해리가 한동안 나를 쳐다보더니 낄낄거린다. 살짝 현기증이 나면서 어지럽다.

"그런데 늪은 아니야. 소 뇌라고."

"오." 해리가 주위를 둘러보더니 또다시 웃으며 내 볼을 쿡 찌른다. 놀랍게도 손가락이 깨끗하다. "아직도 씹고 있구나?"

난 코카 잎 뭉텅이를 혀로 만지며 어깨를 으쓱한다. "너 혹시……." 해리의 머리를 잡아당겨 모자 아래로 삐져나온 머리카락을 쳐다본다. "머리가 세는 거야?"

해리가 나를 밀어낸다.

"¡시(맞아요)!" 오소가 키득거리며 말한다. 아주 즐거운 듯 방긋 웃고 있다. "비에호, ¿노? 이 운 포코 고르도(늙지 않았어요? 살도 쪘고)." 그러고서 해리의 배를 쿡 찌른다.

"그래, 알았어!" 해리가 한 손으로는 모자를 꽉 붙들고, 다른 손으로는 예전보다 커진 게 분명한 배를 잡으며 펄쩍 뛴다. "그렇겠지! 너희가 40대가 되면 일어날 일이란다."

난 피곤함을 느끼며 끄덕인다. "이제 적어도 새미와 내가 캠프에서 최고 연장자는 아니군."

해리가 찰리를 쏘아본다. "그래, 맞아. 봉사자들이 점점 어려지고 있잖아."

찰리가 눈썹을 치켜세우며 씩 웃는다. 찰리는 이제 겨우 스물 셋이다.

"아니." 난 눈을 치켜뜨며 말한다. "우리가 나이 들고 있는 거지."

내가 2008년에 떠났을 때, 해리는 남았다. 물론 영원히는 아니고 당분간이었다. 밀라와 아구스티노처럼 그도 결국 정신 줄을 놓았다. 외상후스트레스장애. 과로. 너무도 많은 기생충. 너무도 적은 비타민. 너무도 부족한 햇빛. 나와 새미, 앨리와 보비, 일사와 르네는 지난 10년 동안 매년 볼리비아행 항공편을 예약했다. 정착할 수도 없지만 그렇다고 잊을 수도 없었다. 한동안 우리처럼 오갔다가 결국 안정적인 삶에, 집과 아이들에 안착한 사람들도 있었다. 오스카와 브라이언, 패디와 톰과 돌프. 한번 그렇게 된 후로 그들은 해마다 그래, 내년에는 꼭이야. 내년에는 꼭 돌아갈 거야 하고 생각했을 것이다. 하지만 해가 바뀌어도, 지급해야 할 청구서와 마감 기한이 있기 마련이다. 혹은 다른 이유였을지 모른다. 처리해야 할 프로젝트, 세상을 바꿀 또 다른 기회. 아니면 그저 지구 반 바퀴를 날아가는 비행을 합리화하는 것이 더 이상 쉽지 않게 되었는지도 모른다. 제인은 불법 벌목을 연구해서 박사 학위를 마쳤고, 지금은 연구자로 일하고 있다. 우리는 종종 이야기를 나눈다. 와이라가 어떻게 지내는지 듣는 것을 제인은 항상 즐긴다. 하지만 그에게는 어렴풋한 이야기다. 오래전 한때 알던 사람의 이야기를 듣는 것과 비슷하다.

그리고 해리. 그가 무기력에 빠져든 뒤로 아무도 그의 소식을 듣지 못했다. 종적을 감춘 것만 같았다. 나는 6년이 넘게 그를 보지 못했다.

그런데 지금, 그가 여기에 있다.

내가 자루를 들어 올린다. "루한테 주러 가던 참이야." 무슨 말을 해야 할지 몰라 해리를 보며 묻는다. "같이 갈래?"

해리가 잠시 나를 뚫어져라 쳐다본다. 무슨 생각을 하는지 표정을 읽을 수가 없다. 그러다가 갑자기 땅으로 눈길을 돌린다.

"아니, 아직은 아냐." 해리가 작게 중얼거린다.

끄덕끄덕. "그럼 갔다 와서 보는 걸로?"

그가 고개를 든다. 언제나 그랬듯 파란 눈은 여전하다.

"물론이지."

나는 2012년에 화랑을 개관했다. 이름은 'ONCA(온카)'로, '판테라 온카Panthera onca', 즉 재규어에서 따왔다. 많은 사람들의 도움을 받아 자선 단체로 발돋움했다. 사람들이 각자에게 중요한 쟁점에 관한 이야기를 나누고, 회화, 공연, 글쓰기, 음악, 인형극, 그 어떤 형식이든 상관없이 이야기에 참여하고, 그런 이야기를 듣는 장소가 되었으면 했다. 내가 파르케에서 만났던 사람들과 와이라 같은 동물들에게 영향을 미친 사건 같은 것들. 말하고 싶은 마음이 굴뚝 같지만 할 말을 찾지 못했던 이야기 같은 것들. 아마존 숲이 사라지고 있다. 목축과 콩 생산이 늘어나고, 다국적 기업이 지역 공동체와 땅의 정체성을 앗아가고 있다. 산불은 계속되고 범람은 악화된다. 기후 변화

나와 퓨마의 나날들

는 여전히 부차적인 문제다. 영국의 언론은 어쩌다 한 번씩 다루고 있지만, 파르케에서는 현실로 느껴졌다. 아니, 현실 그 자체였다. 우리는 파르케에서 야생 재규어의 개체 수가 기록적으로 늘어난 것을 목격했다. 그들이 잘 지내고 있어서가 아니라 야생 서식지가 급격히 줄어들었기 때문이다. 산림 파괴율과 화전 농업이 증가하고 기온이 상승하고 먹이 공급원이 감소했기 때문이다.

누구든 내가 얼마나 많은 사람에게 다음과 같은 이야기를 들었는지 알면 깜짝 놀랄 것이다. 진짜예요? 예술로 환경을 다룬다고요? 그냥 평범한 화랑으로 시작하면 어때요? 돈을 하나도 못 벌 텐데. 하지만 ONCA는 영국 최초로 '환경 정의environmental justice'에 집중하는 예술 공간이다. 환경 정의는 사회 정의와 결코 분리되지 않는다. 두 개념은 밀접하게 관련되어 있다. 수년에 걸쳐 알게 되었다. 와이라에게 영향을 미쳤던 이야기들은 수많은 사람과 수많은 종과 수많은 장소에 영향을 미치는 이야기들과 공통점이 많고 서로 연결되어 있다는 사실을. 건강과 행복. 인명 손실과 집의 상실. 땅과 쓰레기, 음식, 물, 일, 고립, 그 밖의 다른 이야기들 말이다.

ONCA는 도심의 화랑과 오래된 수상 바지선, 이렇게 공간 두 곳을 운영하고 있다. 젊은 기후 활동가, 암으로 고통받는 환자, 세대와 삶의 방식을 넘어 소통하려는 사람들 등 수많은 이들과 함께하고 있다. 변화의 잠재력이 깃든 SF를 탐구해 미래의 세상을 그려보고, 우리의 실패를 받아들이며, 우리가 속한 문화에 의문을 제기하고 도전한다. 추출주의extractivism(생명으로부터 자원을 무분별하게 짜내는 태도-옮긴이), 감시surveillance, 사람과 종의 소멸에 관해 토론한다. 퀴어 메이크업 실습과 수어 시의 밤^{Deaf poetry night} 행사를 위한 공간을 제공하고, 사상가 도나 해러웨이의 조언에 따라 기후 우울과 관련된 '곤란함과 함께하기'를 실천하려 노력 중이다. 예술이 세상을 바꿀 수 있을지는 잘 모르겠다. 바꿔야 할 세상이 단 하나만 있다고도 생각지 않는다. 수천 수백만 개의 세상과 세계관이 있다. 하지만 예술이 사람을 바꿀 수는 있다고 생각한다. 와이라, 코코, 밀라와 그들의 이야기가 날 바꾼 것처럼.

숲에서 깨달은 것과 나의 선택과 특권을 결코 잊지 않을 것이다. 내가 아는 모든 사람들을 볼리비아로 데려갈 수는 없다. 와이라와 파르케를 모두에게 소개해줄 수도 없는 노릇이다. 하지만 그들로 인해 나는 눈을 뜨게 되었다. 그들은 내게 선물을 주었다. 그들은 나의 세상을 뒤바꾸었다. 그들 덕분에, 그 선물에 조금이라도 보답하고자 ONCA를 설립하게 되었다. 그 공간을 통해 와이라와 파르케 그리고 그들과 얽힌 수많은 세상이 다른 사람들의 이야기 또한 바꿀 수 있도록.

야생 재규어와 마주치다

"이봐, 친구." 내가 다정하게 속삭인다.

철조망 주위를 걷자, 루가 눈을 동그랗게 뜨고 날 바라본다. 육각형 모양의 방사장은 끝없이 이어질 것만 같다. 생생한 녹음과 함께 정글이 바닷가재 집게발 같은 불그스름한 주황빛 꽃잎을 앞세우며 방사장 주변에서 그리고 그 안으로 넘쳐흐른다. 철조망 밖을 따라 6미터 너비의 길을 걷는다. 루는 웅크리고 앉아 잘생기고 건장한 머리를 철조망 옆에 기대고 있다. 또다시 앞발로 땅을 긁어서 굴을 파 빠져나갈 궁리를 하고 있다. 그 생각이 결코 마음속에서 떠나지 않는 모양이다. 하지만 내가 움직이기 시작하자 루는 반쯤 감은 호박색 눈으로 날 지켜본다. 내가 첫 번째 모퉁이에 도착해 그의 시야에서 사라졌을 때에야 비로소 자리에서 일어난다. 그의 근육에 힘이 들어가는 것이, 들린다기보단 느껴진다.

"이리 와, 루!" 나는 전속력으로 달리기 시작한다. 루는 단숨에 날 따라잡고, 우리는 함께 달린다. 루는 철조망 안쪽 모퉁이를 프로 스케이팅 선수처럼 돌고, 나는 바깥쪽에서 달리며 똑바로 서려고 허우적댄다. 뿌리에 걸려 비틀거리며 구멍에 빠지기도 한다. 우리는 한 바퀴에 2백 미터쯤 되는 트랙을 간신히 두 바퀴 돌고 둘 다 나가떨어진다. 난 무릎에 손을 얹고서 숨을 헐떡이고, 루는 은빛의 노르스름한 덩굴이 휘말린 그늘 안쪽으로 좀 더 들어간다. 그러고는 땅바닥에 납작 엎드린다. 옆구리가 힙겹게 움직이고 혀는 축 늘어져 있다.

마침내 말이 나올 만해지자 고개를 든다. 루는 여전히 헐떡대고 있다. 나는 웃는다. "나이가 들고 있구나, 친구!"

루는 내가 뭐라고 생각하든 전혀 관심 없다는 듯 쳐다볼 뿐이다.

2009년, 루는 사람들에게 부상을 입히기 시작했다. 심하진 않았지만 좋지도 않았다. 격렬하게 놀았고 몸집도 커졌다. 점점 더 원기 왕성해져서 통제하기가 갈수록 힘들어졌다. 강 반대편 소음은 더 시끄러워졌다. 사람들이 늘고, 공사가 늘고, 벌목이 늘었다. 봉사자들은 많았지만 루를 제대로 아는 사람은 아무도 없던 건 기였다. 해리는 없었다. 그때가 마치 어제처럼 생생하다. 루의 봉사자들이 놀란 눈으로 서 있었다. 한 남자는 턱을 치켜들고서 완고하고 결연한 표정을 짓고 있었고, 다른 이들은 겁에 질려 얼굴이 창백했다. 남자의 눈 근처에 발톱 자국이 선명했다. 아구스티노는 넋을 잃은 표정으로 금방이라도 쓰러질 것 같았다. 오시토의 얼굴에선 불안한 기색이 역력했다. 헤르만시토는 제정신이 아니었다. 로페스는 혼란스러운 검은 눈을 깜빡이며 침만 삼킬 뿐이었다. 그리고 밀라. 그는 분노와 절망이 뒤섞여 얼굴이 붉으락푸르락 달아올랐다. 모두가 진료소에 둥글게 모여 서 있었다.

"¿데베리아모스 데하르 데 카미나르 하과루(하과루의 산책을 중단해야 할까요)?" 아구스티노가 물었다. 그는 크고 또렷하게 얘기하려 했지만, 속삭임보다 조금 더 클 뿐이었다. 우리는 작게 둘러서서 한 명씩 의견을 냈다. 루의 산책을 이어가야 할까? 만일 우리가 '아니오'라고 말한다면, 루는 다시는 방사장 밖으로 나올 수 없었다. 카누를 탈 수도, 강을 바라볼 수도 없었다. 우리가 '네'라고 답한다면, 루는 쭉 자유를 누릴 것이다. 하지만 어떤 위험이 도사리고 있을 줄 알고? 그만한 가치가 있을까?

우리는 "아니오"라고 답했다.

그게 8년 전의 일이다. 그 사건이 아구스티노를 무너뜨렸던 것 같다. 틀림없다. 그의 눈에서 빛이 사라졌고 다시는 돌아오지 않았

나와 퓨마의 나날들

다. 밀라는 좀 더 오래 버텼다. 하지만 그 결정을 내린 뒤로, 우리가 믿음보다 상식에, 사랑보다 논리에 투표한 뒤로, 아구스티노의 마음속에서 뭔가가 죽었다. 해리에게도 그런 일이 일어났을까. 잘 모르겠다. 다시 해리를 만나서 물을 수 없었으니까.

루가 많이 지루해진 모양이다. 나보다 똑똑한 루. 루는 항상 시험하고, 살펴보고, 좌절하고, 슬퍼한다. 루는 사마와 다르다. 사마에겐 나쁜 기억밖에 없다. 루는 대체로 좋은 추억을 갖고 있다. 하지만 사마는 누굴 다치게 한 적은 없다. 그래서…… 모르겠다. 투표를 처음부터 다시 하더라도 아구스티노의 물음에 어떻게 답해야 할지 모르겠다.

시계를 본다. 여섯 시가 넘었고, 그림자가 짙어지고 있다.

"간식 먹기에 딱인 시간이야. 그렇지, 하과루?"

시계를 쳐다보던 루가 하늘을 올려다본다. 꼭 태양의 위치를 확인하는 것 같다. 난 루가 해리를 기억하고 있을지 궁금해진다. 이따금 루는 지나치게 우거진 예전 오솔길을 응시하곤 한다. 오래전에 둘이 나란히 앉아 있던 카누 방향으로 고개를 돌려 강기슭을 바라보기도 한다. 해리가 왔을 때 너무 고통스럽지 않으면 좋겠다. 그것이 루를 더 슬프게 하지 않으면 좋겠다.

"됐어, 친구." 일단 소머리를 방사장 한가운데 있는 나무에 매달아 놓고 나서 말한다. 루는 작은 관리용 케이지에 들여보냈다. 하지만 이제 소머리 간식을 주었으니 루를 다시 내보낸다. 물론 내가 안전하게 밖으로 나간 뒤에. 이윽고 요란한 굉음과 함께 나뭇가지가 우두둑 부러지고 뭔가 쿵 하고 떨어지는 소리만 들려온다. 오로지 소머리를 끌어내리는 것에만 집중하며 안간힘을 쓰고 있다. 밤새 소머리와 씨름하느라 바쁠 것이다.

나는 물건을 챙기고, 캠프로 돌아가는 먼 길을 생각하며 마음을 다잡는다. 나는 고양이들과 있을 때 머리에 방충망을 쓰는 걸 싫어한다. 고양이들이 내 눈을 보지 못하는 게 싫기 때문이다. 하지만 지금은 얼굴에 달라붙는 모기 백여 마리를 털어내며 방충망을 머리에 쓸 수밖에 없다. 이제 갈수록 흐릿해지는 어둠 속으로 서서히 나아간다. 앞이 거의 보이지 않고 방충망도 거추장스럽다. 겹겹이 껴입은 옷은 무겁고 축축하다. 진흙은 장화를 빨아들이고, 늪은 무릎과 허벅지, 이제는 허리까지 차오른다……. 땀이 자꾸 눈에 들어가고, 벌레들의 잉잉 소리로 귀가 먹먹할 지경이다. 그 어느 때보다 지치고 몸도 피폐해졌다…….

어둠 속 어른거리는 물줄기가 에메랄드빛 파투후 숲에 연못을 이룬다. 땅거미가 지는 무렵에 파투후가 빗물과 그림자를 떨군다. 고함원숭이의 외침이 울려 퍼진다. 늘 그렇듯이 현재 반야생 무리의 지도자인 다윈의 것이라고 생각한다. 다윈은 정글에 살고 있다. 녀석이 우렁차게 내뱉는 멋진 고함을 들으면 항상 미소를 짓게 된다. 다윈에게는 최고의 선생이 있었지, 하면서.

날이 거의 어두워졌다. 방금 전의 나무가 절반쯤 왔다는 표시였다. 이곳은 심지어 대낮에도 길이 어디로 향하는지 알기 어렵고, 광막하게 펼쳐진 통로에서 혼동을 겪기 일쑤다. 익숙한 형태들이 완전히 다른 것들로 바뀌곤 한다. 행방불명의 경계에서 섬세하게 균형을 잡느라 전율이 느껴지면서 심장이 쿵쾅거린다. 두려움을 모르는 사람이 되었다는 터무니없는 생각을 하는 건 아니지만, 왠지…… 정말 설렌다. 생기가 넘치는 기분이다. 친구들과 술집에 있을 때, 일을 할 때, 비자 카드를 들고 쇼핑몰에 서 있을 때, 인스타그램 최근 게시글을 볼 때, 그럴 때마다 느꼈던 명색뿐인 존재감과는 차원이 다르다……. 난 명색뿐인 존재감을 결코 떨칠 수 없었다. 플라스틱 판을 통해 삶을 바라보는 기분이었다. 하지만 이곳, 부패를 유발하고 신장 질환을 일으키며 아나콘다가 득시글대는 이 늪지대에 그런 판 따위는 없다. 오로지 탁하고 넌더리 나는 진흙 냄새와 자극적인 조류 냄새, 습기 냄새, 생성되고 부패되는 냄새뿐이다.

해리는 늪이 사람들에게 자신이 누군지 가르쳐준다고 말하곤 했다. 헛소리였지만, 아주 조금은 맞았던 것 같다. 내가 늪을 믿기 시작하고 나서야 비로소 늪은 나를 완전히 죽일 수 있는데도 죽이지 않을 뿐만 아니라 있는 그대로의 나로 살 수 있게 해주었다. 유약하고 이상하며 부패하고 질퍽거리는 세상에 있는 연약하고 이상한 사람. 와이라와 그랬던 것과 마찬가지로 늪과 사랑에 빠졌을 때, 그때가 바로 내가 내 삶과 사랑에 빠졌던 시점인 것 같다.

주변의 지형지물은 내 친구들이나 다름없다. 애벌레로 뒤덮인 나무는 내가 매번 걸려 넘어지는 뿌리와 다음번 굽이 길에서 발목을 잡는 구덩이가 있음을 알려준다. 늪지의 뜬 섬에 솟은 박쥐들의 나무도 있는데, 방충망을 벗고 귀를 기울이면, 그들이 지저귀는 소리가 들리고 얼굴을 스치는 날개가 느껴진다. 헤드램프의 불빛이 희미해지고 있다. 몸이 덜덜 떨린다. 추위가 뼛속까지 스며들지만 시원해서 기분이 좋다.

그 순간 나는 넘어진다. 보이지 않는 뿌리에 발끝이 걸린 모양이다. 발 디딜 곳을 찾아 쑤석거린다. 턱이 물속 깊이 잠겼다. 꽥 소리를 지르며 웃고 있는데, 불현듯 왠지 모르게 무언가 혹은 누군가 날 지켜보는 시선이 느껴진다. 방충망을 홱 잡아 올리며 발을 딛고 고개를 돌린다. 땅 위로 1미터쯤 높이 떠 있는 두 눈이 랜턴 빛줄기 사이로 모습을 드러낸다. 두 눈의 넓은 간격을 보아하니 웃음이 즉시 멎을 만큼 몸집이 커다란 걸 알겠다.

심장이 뇌로 혈액을 너무 빨리 퍼부어서 한순간 흰 반점이 아른거린다. 건전지가 다 되기 직전이라 빠르게 사그라드는 랜턴 빛줄기 속에서 노란색 두 눈이 별처럼 밝게 빛나고 있다. 나머지 정글은 고요하다. 작은 생명체들도 돌연 잠잠해졌다. 난 움직이지 않는다. 늪을 헤집고 뛸 수가 없다. 어둠 저편을 바라보자 그가 나를 응시한다. 속에서 신물이 올라온다. 눈이 어둠에 적응하자 몸집이 드러난다. 창백한 몸뚱이와 반점 무늬.

배낭에는 날이 무딘 칼밖에 없다. 마체테도 없는 데다 나는 피와 죽은 소 냄새를 풍기고 있다. 야생 재규어가 발견된 건 1년 만에 처음이다. 그동안은 직접 마주친 적도, 숲에 설치한 카메라에 포착된 적도 없었다. 2009년부터 2015년까지 우리는 주변의 숲이 사라지고 재규어 서식지가 축소되면서 수없이 많은 재규어를 목격했다. 하지만 지난 2년간 재규어가 파르케에서 발견된 적은 없다는 점에 미루어, 연구원 데이비드는 파르케 땅과 북부와 남부의 보호 구역을 연결해주는 정글의 길쭉한 회랑 지형이 사라질 수 있다고 우려했다. 그 지형은 아마존 우림에서 핵심적인 재규어 이주 경로 가운

나와 퓨마의 나날들

데 하나다.

　이 재규어는 몸집이 작다. 루보다 작은 것 같다. 발정이 날 때마다 루의 케이지를 서성이던 암컷 재규어일까? 데이비드는 그 재규어를 세르세이라고 부른다. 갑자기 등골이 오싹하다. 어쩌면 나를 뒤쫓은 건 아닐까. 재규어가 궁둥이를 깔고 앉아 있다. 재규어는 프로 수영 선수다. 나는 프로가 아니다. 고작해야 개헤엄 수준이다. 랜턴으로 계속 눈을 비추고 있지만, 공포심을 제외하면 아무것도 들리지 않는다. 두려움에 귀청이 터질 듯하다. 어두운 물길이 우리를 갈라놓고 있다.

　예전에 야생 재규어를 맞닥뜨린 적이 있다. 꼬리 끝과 번뜩이는 눈을 보았지만 지금과는 전혀 달랐다. 그땐 몇 미터밖에 떨어져 있지도 않았고 혼자도 아니었으며 한밤중의 늪에 있는 것도 아니었다. 절망적인 심정에 헛웃음이 난다. 꼴좋다, 이 빌어먹을 늪을 믿는다는 헛소리를 지껄이다니! 이 상황에서는 먹잇감같이 작아진 것처럼 느껴져야 하지 않나? 하지만 오히려 몸집이 불어난 것 같다. 뇌가 콧구멍으로 빠져나가는 것처럼 느껴진다. 폐가 몸부림치다 제기능 발휘에 실패하는 동안, 뇌 속의 공포를 담당하는 시냅스가 점화되고 있다. 파직, 파직, 파지직……. 순식간에 영겁의 세월이 흐르고, 퍼뜩 내가 나라는 사실을 자각한다. 예전부터 스스로 터득했던 것이 있다. 내 깨달음은, 불안을 유익한 것으로 바꾸어 불량배만큼이나 두려움의 냄새를 예민하게 맡는 동물들을 수년간 돌볼 수 있도록 도와주었던 대처 기제에서 시작되었다. 그 깨달음대로 나는 두려움을 거두어 삼켜버린다. 배 속으로 깊숙이 밀어 넣은 두려움은 그곳에 가만히 두고 숨겼다가 나중에 다시 살펴보면 가치 있고 유용하고 귀중한 것이 되어 있다. 그로부터 무언가 배울 만한 것이 생긴다.

나는 아주 신중하게 배낭으로 손을 뻗어 금속제 물통과 빈 고기 양동이를 준비한다. 재규어의 근육이 팽팽해진다. 나의 근육 역시 팽팽해졌을 때, 내가 입을 연다. 그러고는 물통으로 양동이를 두드리면서 프린스의 〈퍼플 레인 Purple Rain〉을 최대한 크게 부른다. 어둠이 떠나가라 내지르는 목소리 사이로 금속과 플라스틱이 맞부딪는 우레 같은 소리가 비집고 들어선다. 다시 쳐다본 곳에 재규어는 떠나고 없었다. 그곳에는 아무도 없었다.

"재규어를 봤어!"

"뭐?"

"미친 재규어를 봤다고!" 찰리의 팔을 붙잡고 거친 숨을 몰아쉰다. 재규어가 도망가자 나는 팔다리를 마구 흔들며 전속력으로 첨벙첨벙 헤엄쳐 캠프로 돌아왔다.

"그래, 나도 봤어. 실은 오늘 한 녀석이랑 산책을 했지. 이름은 루피야."

"그게 아니라!" 찰리를 노려보려 하지만 숨을 제대로 쉴 수가 없다. "재규어가 나를 몰래 따라왔다고."

"알았어, 알았어." 찰리가 웃는다. "루였어?"

"데이비드!"

"어, 무슨 일인데?" 데이비드가 사무실 밖으로 머리를 빼꼼 내민다. 밖은 칠흑같이 어둡지만 (마침내 2012년에 설치된) 전기 발전기가 돌아가고 있다. 윙윙대는 기계 소리가 배경에 깔리고, 상자처럼 생긴 작은 사무실은 눈부시게 밝은 전등으로 빛을 발한다. 사무실 빛 속에서 샤워실 벽의 코코 그림이 환히 드러난다. 오래되어 색이 바랜 2미터 남짓한 그림 속에서 코코는 발끝으로 나뭇가지를 움켜쥐고 있다.

"세르세이를 봤어!"

데이비드는 볼에 코카 뭉텅이를 넣은 채로 아직 불을 붙이지 않은 담배를 물고 있다. 최근에 살을 파먹는 세균에 감염되어 얼굴에 흉터가 생겼다.

"어딜, 날 엿 먹이려고."

"아냐! 진짜라고. 영화에서 튀어나온 줄 알았어. 너무 압도적이었다고! 늪 건너편에서 날 바라보고 있었어. 나 오늘 밤에 죽을 수도 있었어!"

"어련하시겠어." 찰리가 또다시 웃자 내가 그를 걷어차고, 그가 다시 내게 발차기를 돌려준다. 데이비드는 혼잣말을 하고 고개를 세차게 흔들며 이미 사무실로 돌아갔다. 오소도 사무실에서 건축 예산을 짜고 있다. 벌써 집으로 돌아갈 때가 되었다. 산타마리아에서 여자친구와 한 살 된 쌍둥이와 함께 시간을 보낼 것이다. 나는 사무실로 들어가 회계 작업을 마무리해야 한다. 볼리비아노 지폐로 가득 채워 아구스티노의 침대 밑에 놓아둔 낡은 분유통과 축축한 수첩에 더는 파르케의 재정을 의지할 수 없다. 이제 우리에게는 금고와 컴퓨터가 있다. 물론 금고는 내가 절대로 열 수 없고, 컴퓨터도 습기를 먹어 망가지지 않도록 쌀 상자에 보관해야 한다. 무엇보다 일단은 흠뻑 젖은 옷을 벗어야 한다. 그러고는 샤워를 하고 발을 말리고 식사를 하고 잠자리에 들어야 하는데…… 그 와중에 새미와 해리까지 만나야 한다!

일곱 시 반이 넘었다. "새들은 다 잠들었어?" 난 기대하며 찰리에게 묻는다.

그가 고개를 젓는다. "빅 레드가 좀 까다롭네."

나는 한숨을 쉬며 찰리와 함께 새장으로 향한다. 물이 가득 찬 장화가 뽀드득댄다. 왼편 식당에서 빛이 흘러나온다. 군침 도는 저녁 식사 냄새를 맡으니 배가 꼬르륵거린다. 빅 레드가 미친 듯 웃어대는 소리가 들린다. 봉사자들이 걱정스런 얼굴로 철조망을 둘러싸고 있다. 한 여자가 찰리에게 긴 막대기를 건넨다.

"저 새는 미쳤어요." 여자가 툴툴대면서 내 옆을 스쳐 지나간다. "저 미친놈이 장화에 구멍을 냈다고요!"

나머지 봉사자들도 발을 질질 끌며 여자의 뒤를 따른다. 나는 한숨을 쉬며 배터리가 다 된 헤드램프를 벗고 방수 주머니에서 휴대폰을 꺼낸다. 휴대폰을 손전등 삼아 피오의 방사장을 들여다본다.

"맷 데이먼이 아직 나와 있네." 내가 중얼거린다. 찰리는 빅 레드 케이지에 이미 반쯤 들어간 채 투덜거리고 있다. 피오 방사장 문을 여는데, 찰리가 노래를 부르기 시작한다. 찰리가 경쾌하게 부르는 밥 말리의 〈안 돼요, 여인이여, 울지 말아요 No Woman, No Cry〉를 흘려

나와 퓨마의 나날들

듣는 동안, 맷 데이먼이 우스꽝스런 몸짓으로 살금살금 수풀 속에 숨는다.

"여, 맷 데이먼."

맷 데이먼이 악의에 찬 구슬 같은 눈으로 날 빤히 쳐다본다. 피오의 서열은 봉사자를 공포에 떨게 만드는 순위가 변동됨에 따라 오르락내리락했다. 일부는 방생될 수 있는 상태가 되었고, 일부는 죽었다. 네 마리가 새로 왔는데, 사람들은 점차 누가 누군지 잊어버렸다. 이제는 맷 데이먼만 남았다. 유일한 생존자인 이 피오는 십중팔구 원래의 맷도 데이먼도 아닐 것이다. 다음 여름에 방생할 수 있길 바란다. 동료들이 관리하는 마을 북쪽 보호 구역에서 피오들은 자유롭게 돌아다닐 수 있다. 우리는 맷 데이먼이 그곳에서 집을 찾기를 바란다.

"이제 잘 시간이야, 친구."

맷 데이먼이 날개를 펼치고 긴 목을 구부리며 쉿 하고 소리 지른다. 나는 다정하게 속삭이며 맷 데이먼을 천천히 지나쳐 집으로 향한다. 어깨 너머로 그를 슬쩍 쳐다보며 웃는다. 내 뒤를 바짝 따르고 있다. 맷 데이먼은 호들갑을 떨곤 하지만 그저 잡담을 좋아하는 것일지 모른다. 나무 문을 열자 맷 데이먼이 반쯤 공격적인 몸짓으로 우리를 휙 지나쳐 부드러운 건초 더미에 눕는다.

"바이티." 이제 큰부리새의 케이지로 들어간다. 바이티가 부리를 딱딱거리며 불쑥 나를 내리 덮친다. 바이티의 흰 검은색 부리 밑에 형광빛의 파란색 줄무늬가 선명하다. 달이 떠오르며 모든 것에 어슴푸레한 푸른빛을 드리운다. 바이티는 장화를 공격하는 척하다가 두 발로 종종거리며 나뭇가지 위로 올라간다. 이제 머리 높이까지 올라온 맷 데이먼이 여전히 부리를 딱딱거린다. "알겠어, 친구." 나는 웃으며 막대기를 들어 올린다. 바이티가 막대기를 뚫어지게 바라보다가 부리로 비비고는 그 위로 올라타서 작은 '밤의 집'으로 향할 준비를 마친다. 나는 집 안의 화에 앉아 도도하게 깍깍대며 고개를 위로 젖히는 바이티를 빤히 쳐다본다. 푸른색 테두리의 눈이 어둠 속에서 부풀어 오른다. 플라이티는 4년 전에 죽었다. 그 후로는 맷 데이먼처럼 바이티도 쭉 혼자였다. 열다섯 살은 되었을 거다. 깃털에 흙이 묻어 꾀죄죄하다. 파르케가 양로원이 되었구나 생각하니 슬픔이 밀려온다. 빅 레드의 긁는 듯한 떠들썩한 웃음소리가 들려온다.

바이티의 케이지를 잠그고 주위를 둘러본다.

"어떻게 되고 있어?" 나는 빅 레드의 철조망에 몸을 기댄다.

찰리가 고통스런 표정으로 나를 바라본다. "네가 해볼래? 오늘 밤은 밥 말리가 싫은가 봐."

끄덕끄덕. 다시 휴대폰을 꺼내 음악 목록을 뒤적인다. 생각했던 노래를 찾고 볼륨을 올린다. 사이먼 앤 가펑클의 〈험한 세상, 다리가 되어 Bridge Over Troubled Water〉는 대체로 잘 먹힌다. 어두운 케이지로 들어가 빅 레드의 침대 옆에 선다.

"어서, 자자."

빅 레드는 음악을 따라 어기적어기적 걸어온다. 하지만 불과 한 뼘도 안 되는 거리까지 왔을 때, 갑자기 방향을 바꾸더니 나뭇잎 아래로 들어가 몸을 앞뒤로 흔든다. 찰리와 나는 서로를 쳐다보며 갈수록 성가셔지는 벌레들을 손바닥으로 후려친다. 이러다가 샤워를 하러 갔는데 물이 남지 않았다면 아무나 잡아 죽일지도 모른다.

"잠깐 움직이지 말아 봐……." 피로 부풀어 오른 검은색 모기들이 들끓고 있기에 찰리의 더러운 땀투성이 이마를 찰싹 내려친다. "빛으로 좀 비춰볼래?"

뒤집은 손바닥을 향해 찰리가 휴대폰을 기울이고, 함께 수를 세기 시작한다.

"쉰두 마리!" 난 크게 소리치며 피와 짜부라진 시체를 레깅스로 닦아낸다. "괜찮은 한 방이었어."

"이거 봐!" 몸을 숙인 찰리가 두 손을 내민다. 빅 레드가 뒤뚱거리며 그의 손바닥으로 올라타서 부리로 손가락을 처량하게 문지른다. 찰리가 눈이 휘둥그레져서 날 올려다본다. 지난 몇 주 만에 빅 레드는 찰리가 자신을 들어 올리는 걸 허락하기 시작했다. 찰리는 늙어서 시력을 잃고 제정신이 아닌 금강앵무를 야간 케이지로 들어 올려 살며시 밀어 넣고 문을 닫는다. 커튼을 치는 건 나의 몫이다.

"배터리 얼마나 남았어? 내 건 거의 다 됐는데."

찰리가 휴대폰을 쳐다본다. "내 건 괜찮아." 그는 노래 하나를 고르더니 반복 재생으로 설정해둔다. 빅 레드가 잠에 드는 데 도움이 될 거다. 마침내 새장 밖으로 나와 저녁에 남아 있을 기쁨을 생각하니 다시 환희가 차오른다.

"가서 샤워할 거야!" 난 손뼉을 치며 외친다. "먼저 뭘 먹거나. 아, 뭐부터 하지? 넌 뭐 할 거야?"

"먹을 거야." 우리는 안뜰 한가운데 있는 수도꼭지에 서 있다.

오른쪽에는 식당이 밝게 빛나고 있고, 왼쪽에는 샤워실이 어서 들어오라고 거의 구걸하는 듯하다.

나는 입술을 깨문다. "해리랑 새미는 어디에 있는지 알아?"

찰리가 히죽 웃는다. "아, 어르신들? 아마 자고 있겠지. 핫초코를 홀짝이며 좋았던 옛 시절을 추억하면서 말야."

나는 한바탕 웃고 달리기 시작한다. 식당과 샤워실은 나를 기다려줄 거다. 찰리는 틀렸다. 해리와 새미가 어디에 있을지 난 정확하게 알고 있다.

도로에 도착하니, 거의 차오른 보름달이 밝게 떠올라 허공에 은화가 달려 있는 듯하다. 흡연 오두막에 봉사자들이 모여 있지만 해리와 새미는 온데간데없다. 왼쪽, 그다음 오른쪽을 흘끗 쳐다보고 다시 돌아가려 하는 순간, 포장도로 몇 백 미터 아래에서 두 형체가 눈에 들어온다. 손을 격하게 흔들며 걸음을 떼려는데, 그들이 자리에서 일어나 나를 향해 걸어온다.

"이 도로는 거지 같아." 해리가 흡연 오두막 옆을 지나며 툴툴거린다. 그러고는 흡연 오두막 안을 미심쩍게 쳐다본다. 자기 나이의 반밖에 안 되는 봉사자들이 모여 있다. 새미는 언짢은 듯 표정이 일그러진다. 나는 고개를 뒤로 젖히며 두 사람이 오후를 어떻게 보냈을지 떠올려본다. 해리는 정말 불행해 보인다. 트럭 한 대가 우리를 매섭게 지나친다. 셋 다 타이어에서 튀어 날아오는 돌멩이를 막으려고 눈을 가리며 길 안쪽으로 뛰어 들어온다. 또 다른 트럭이 뒤를 바짝 따르고, 한 대가 더 지나간다.

차량 소음 사이로 해리의 고함이 울려 퍼진다. "너희가 과속 방지턱을 절대 안 만들었다는 걸 알고 있지! 밀라가 그렇게 싸웠는데도!"

정부가 도로를 확장하려 한다고 새미가 해리에게 말했을까. 그들은 이미 도로 양쪽의 숲을 5미터가량 개벌해서 경사면을 따라 송전탑을 줄지어 세워놓았다. 그리고 이제 5미터를 30미터로 늘려 이 도로를 왕복 이차선 고속도로로 만들고 식당을 노변 카페로 바꾸려고 한다. 우리는 맞서 싸우는 중이다. 하지만…….

해리에게 아무 말도 하지 않기로 한다. 그는 시끄러운 봉사자들을 멍하니 바라본다. 새미는 그저 으쓱할 뿐이다. 우리는 죽어가는 내 휴대폰으로 길을 비추며 말없이 나란히 캠프 안을 걷는다.

"이제 다들 휴대폰이 있더라." 해리가 중얼거린다.

난 이곳에 어울리지 않는 플라스틱 광물 덩어리를 쥔 손을 내려다보고 끄덕인다.

"언제부터야?"

나는 으쓱이며 말한다. "5년쯤 됐어. 사람들이 식당에서 어울리는 대신에 숙소로 노트북을 들고 와 영화를 보기 시작했지. 휴대폰 신호가 잡힌 지는 3년 됐고, 모바일 데이터도 돼. 누구든 볼리비아 유심 카드랑 스마트폰만 있으면 일정 지역에서 인터넷을 쓸 수 있지."

새미가 해리의 옆구리를 찌르며 애써 웃는다. "나도 처음엔 싫었어. 하지만 세상이 바뀌고 있는걸. 이제 아무도 정글에서 길을 잃지 않아도 돼. 쿠이도 필요 없다고!"

해리가 코웃음을 친다. 사무실 옆을 지나는 중이다.

"그래서 이 거지 같은 사무실도 차린 거야? 전기도 있고?"

"완전한 전기는 아니야. 엄밀히 말하면 말이야. 송전선이 설치됐어. 매달 오소가 시내에 가서 연결해달라고 요청하고 있지. 산타마리아도 송전선이 있지만 우리는 아직 발전기로 돌아가. 오직 사무실과 진료소, 냉장고에만 전력을 공급하고 있어. 숙소에는 조명이 없지만……. 언젠가 생길지도 모르지."

"냉장고가 있다고? 난 집에 가야겠다."

"네 맘 알아." 내가 웃으며 말한다. "더는 고기가 상할 일도 없어. 야채도 있지. 이제 샐러드도 양껏 먹는다고! 또 엄청 좋은 게, 과일도 있다! 여기야." 식당 문을 열고 들어간다. 봉사자들의 낮은 재잘거림이 들려온다. 흡연 오두막 말고 다른 곳에 있거나 벌써 모기장 안에 들어간 사람들일 거다. 오소는 오토바이를 타고 산타마리아로 돌아간 것 같다. 조니도 마찬가지다. "먹어봤어?"

"어." 해리가 심란한 표정으로 허물어져가는 서까래를 올려다본다. 여전히 색 바랜 그라피티와 흰개미로 뒤덮여 있다. 뚫어지게 쳐다보면 아직은 우리 이름이 보인다. "이 장소가 유지된다는 게 신기해."

나는 웃으며 저녁 끼니로 김이 모락모락 나는 걸쭉한 호박 수프를 한 국자 퍼서 낡은 플라스틱 그릇에 옮겨 담는다. 그러고는 뚜껑을 닫고 배낭 속에 집어넣는다.

"이리 와."

해리가 내 말을 묵묵히 따르고, 새미가 그의 뒤를 따른다.

"침대는 받았어?"

"어. 앨리가 찰리라는 남자애랑 같이 새로운 숙소 하나를 쓰라던데."

"그거 좋네. 찰리는 더럽거든. 잘 어울리는 한 쌍이야."

"난 산타크루스도 가보고 싶었어."

나는 해리를 보지 않고 계속 걷는다. 하지만 곁눈질로 보니 그가 이를 악물고 있다.

"지금은 숙소 바닥에 타일이 깔려 있어." 새미가 애써 웃으며 농담을 던진다. "예전과 딴판이야. 진흙이 발가락 사이에 끼던 시절이 그립다, 야."

나도 따라 웃는다. 하지만 요즘에는 산타크루스에 가지 않는다는 말은 하지 않는다. 되도록 가지 않으려 한다. 너무 고통스럽기 때문이다. 너무 조용하고, 너무 공허하기 때문이다.

우리는 샤워실을 지나치고, 망고나무가 에워싼 개별 마당이 딸린 새로운 숙소를 지나친다. 그리고 새로 지은 친환경 화장실도 지나친다.

해리가 다짜고짜 내 팔을 잡는다. "파우스티노는 어떻게 됐어?" 그가 눈을 크게 뜨고 내게 묻는다. 달빛이 이제 막 숲 천장 사이로 스며들었다. 난 한숨을 쉬고, 해리가 눈부시지 않도록 휴대폰을 어색하게 무릎에 받쳐놓는다.

"차에 치였어." 내가 망설이며 말한다. "난 없었을 때야. 넌 있었지?" 새미를 바라본다.

새미가 끄덕인다. "코코가 떠난 지 몇 년도 안 된 때였어. 파우스티노는…… 너도 기억할 거야. 슬퍼했던 거. 계속 도로 위에 앉아만 있었어. 꼭 누군가를 기다리는 것처럼. 그러다가 결국……." 새미가 말을 끝맺지 못한다.

그날 이후로 우리는 동물들이 누리던 자유로운 캠프의 삶을 중단했다. 사람들은 더 많은 것을 기대했다. 더 많은 건강과 안전을. 더 많은 정상성과 더 많은 통제를. 소셜 미디어가 상황을 바꿔버렸다. 사람들이 원숭이가 침대에 있는 사진을 올린다고? 머지않아 그건 상상도 못 할 일이 되었다. 새미는 격리장으로 향하는 오솔길로 서둘러 걷기 시작한다. 밀라가 떠나고, 새미는 한동안 그의 역할을 대신했다. 몇 해가 지나고 그는 법학 학위 과정을 밟기 시작했다. 이곳에서 평생 살 수는 없다는 걸 깨달았지만, 자신이 쓸모 있게 느껴질 만한, 조금이라도 영향력 있는 일을 해야겠다고 생각했다. 그러지 못한다면 새미는 정말 미쳐버릴 거다. 휴대폰 불빛으로 앞을 비추니 어둠 속에서 구불거리는 워터 슬라이드가 모습을 드러낸다. 넌더리 나는 회색 진흙탕이 여전히 장화 위로 차오른다. 해리가 장화를 신고 있는지 뒤돌아 확인한다. 신지 않았다. 해리는 최악의 구역을 뛰어넘으려고 진땀을 빼고 있다.

"마른 길이 있어. 여기, 왼쪽 위야." 나는 뒤돌아 외친다.

"지금 어디로 가는 거야?" 해리가 투덜거린다.

"내 집으로."

부엉이가 날카롭게 울고 있다. 으스스한 우우우 소리가 숲 천

나와 퓨마의 나날들

장의 어두운 나뭇가지 사이에서 울려 퍼진다. 썩은 판자로 만든 흔들거리는 비좁은 다리를 건너 작은 늪을 통과하고 다시 길을 떠난다. 저 갈림길에서 몇백 미터만 가면 집이 모습을 드러낸다. 금속 지붕이 달빛에 은색으로 빛나고 있을 것이다.

"네 집이 있다고?" 해리가 큰 소리로 묻는다.

"오두막보다 조금 나은 정도야. 새미가 파르케에 오면 나랑 같이 지내고 있어." 나는 웃으며 작고 어두운 공터를 둘러본다. "르네가 머물려고 지은 집이야. 르네도 책임자였거든. 밀라와 새미의 뒤를 이어서." 내가 새미를 쿡 찌르며 씨익 웃는다. "책임자를 머물게 하려고 혜택을 주는 거지. 그러니까……." 나는 고개를 저으며 집이 있다는 것의 의미를 설명할 단어를 찾는다. 허리가 쑤시고 고관절염을 앓는 나이만 먹어가는 30대가, 10대들로 들썩이는 캠프의 고인물이 집을 가졌다는 것의 의미. 물론 양철 지붕이 달린 벽돌 방에 불과하다. 그래도 늘 차갑긴 하지만 바닥에 타일이 깔려 있고, 진짜 더블 매트리스가 놓인 침대도 있다. 선반과 의자, 물건을 걸 수 있는 벽걸이가 있고, 접었다 펼 수 있는 메모리폼 소파도 있다. 지붕에는 새벽 세 시마다 벽돌을 갉아먹으러 오는 쥐 가족과 호저가 한 마리 산다. 길 바로 옆 덤불 사이에는 화장실로 쓰는 작은 장소가 있는데, 배설물은 소똥구리들이 말끔히 치워준다.

"난 여기가 좋아." 내가 소리를 낮춰 말한다.

새미가 쓸쓸한 표정으로 오두막을 올려다본다. "여긴 그래도 진흙탕은 아니야."

나는 눈을 치켜뜨며 문을 밀어 연다. 새미가 먼저 들어가고 해리가 뒤따른다. 나도 마지막으로 들어가 유리병 안에 세워둔 양초 두 자루에 불을 붙인다. 방 안에서 노란색 불빛이 깜박인다.

"해리, 소파에 앉아." 나는 웃으며 말한다.

해리는 어이가 없다는 듯 고개를 흔들며 웃는다. "공간이 이렇게 넓다니."

두 사람은 소파에 털썩 앉고, 난 흠뻑 젖은 작업복을 한 겹씩 벗기 시작한다.

"샤워해도 되지?"

둘 다 고개를 끄덕인다. 해리는 등을 기대고 눈을 감는다. 새미는 담배를 한 대 꺼내서 손가락에 끼워 빙빙 돌린다.

"아직도 피워?" 해리가 나직이 묻는다.

"여기에 있을 때에만. 1년에 휴가가 2주밖에 안 돼. 그런데도 이 모기 소굴에 오기로 한 거라고. 이쯤은 누리게 내버려 둬." 하지만 새미는 담뱃불을 붙이지 않는다. 나는 새미의 고통스런 표정을 보고 웃는다. 지금 농담을 하는 중이지만 진심도 섞여 있다는 걸 안다. 새미의 직업은 정말 고되다. 그런데도 틈이 날 때마다 오로지 늙고 병든 바네소를 보러 여전히 이곳에 오는 것이다. 딱 한 번만 더. 해마다 우리는 이게 마지막이라고 생각한다. 고맙다고, 사랑한다고, 마지막으로 말하고 싶어서.

10년. 그동안 누군가와, 그러니까 남자나 여자 혹은 누가 됐든 사람과 제대로 된 로맨틱한 관계를 맺은 사람은 우리 중에 나와 톰을 빼면 아무도 없었다. 이게 바로 우리가 맺은 관계다. 와이라와, 바네소와, 서로와, 파르케와 맺은 관계. 우리가 절대 포기하지 않을 관계.

　우선 검은색 거미를 털어내고 수건을 두른다. 거미는 침대 아래로 허둥지둥 달아난다. 부어오른 발을 플립플롭에 집어넣고, 오두막 뒤로 나가 덩굴과 파투후와 야자수를 헤집고 나아간다. 왼쪽으로 백 미터도 안 되는 거리에 있는 근처 도로에서 트럭이 소란스레 움직이는 소리가 들린다. 오른쪽에서는 무언가 바스락거리고 있다. 어쩌면 돼지, 혹은 아르마딜로일지 모른다. 세르세이를 생각하니 두려움에 심장이 두근대면서 살짝 오한이 든다. 그 재규어는 도대체 왜 이곳에 있었던 걸까. 아침에 안뜰에서 야생 재규어 발자국을 발견할 때가 있는데, 아마도 같은 이유일 것이다. 자연 그대로의 지역은 이제 거의 사라졌다.

　여전히 낡은 케이지에 사는 와이라를 떠올려본다. 더 이상 오솔길 산책은 하지 않는다. 결국 밀라가 옳았다. 2008년에 와이라에게 남겨둔 행복은 오래가지 못했다. 내가 돌아올 때마다 와이라는 두려워할 만한 것들을 새로 발견하는 듯했다. 이제 오솔길은 지나치게 우거졌을 것이다. 석호도 가지 않았다. 파라다이스 고속도로는 와이라를 너무도 큰 위험에 노출시킬 뿐이었다. 나는 지금으로부터 3년 전인 2014년에 오솔길을 전부 폐쇄했다. 그리고 와이라를 케이지부터 석호까지 인도해주는 러너를 잇따라 잘라냈다. 와이라는 좋아했을 것이다. 더 행복해졌을 거라고, 나는 생각한다. 와이라는 오솔길을 산책했던 때보다 더 차분해졌다. 물론 덜 자유로워졌지만……. 스트레스 역시 덜 받는다. 이제 더는 로프로 누군가와 연결되어 있지 않아도 된다. 지금은 그것이 좋은 일이라고 생각한다.

10년 만의 이사

잠옷을 입은 채로 타일에 앉는다. 새미와 해리는 소파에 나란히 앉아 있다. 가깝지만 엄청 가깝지는 않다. 여전히 어색한 기류가 흐른다. 나는 너덜너덜해진 발을 말리기 위해 베이비파우더를 바른다. 다 바르고 나서야 저녁 식사를 준비하기 시작한다. 정신 줄을 붙잡게 해주는 코카 잎이 없기에 매 순간 피곤함과 배고픔이 밀려오고 있다. 식은 수프 냄새를 맡고 낮게 탄성을 지른다. 두 사람에게도 수프를 건넸지만 고개를 저을 뿐이다. 그들은 내가 입속에 음식을 쑤셔 넣는 모습을 멍하니 지켜본다.

"와." 마침내 내가 환하게 웃으며 고개를 가로젓는다. "너 깨끗해 보인다?"

"바깥 사람들은 깨끗하지 않으면 말상대도 안 해줘." 해리가 웃으며 말하지만, 눈은 웃지 않는다.

"정말 그래!" 새미가 작게 중얼거린다.

나도 웃으려 하지만 잘되지 않는다. 해리를 처음 봤을 때의 기쁨은 이제 혼란으로 바뀌어버렸다. 뭐라도 해야겠다는 생각에 더욱 힘차게 수프를 쑤셔 넣는다.

"그래서." 난 음식을 씹는 와중에 우물거리며 해리에게 묻는다. "기분이 얼마나 이상하길래 그래?"

"난 지금 기분이 엄청 이상하다고!" 새미가 외친다.

해리가 웃는다. 이제야 진짜 웃음처럼 들린다. 그러고는 야구 모자를 벗어 머리카락을 쓸어 넘기고, 눈언저리가 붉어진 채 눈을

나와 퓨마의 나날들

크게 뜨고 다시 우리를 쳐다본다.

"여기는 전부 그대로야. 하지만……."

"뭔가 다르다고? 나도 올 때마다 그래." 내가 고개를 끄덕인다.

"와이라는 어때?"

"완벽하지."

해리가 눈썹을 치켜올린다.

"늘 완벽하고말고." 내가 완고하게 말한다.

"더 큰 방사장을 짓지 않았어? 그럴 줄 알았는데."

나는 고개를 절레절레 흔든다. "더 부족한 동물들이 늘 있기 마련이니까. 새들도 아직 똑같은 새장을 쓰고 있는걸." 해리를 쳐다보지 않고 조용히 대답한다.

해리는 더는 아무 말도 하지 않는다.

"고양이가 서른 마리까지 늘어난 적이 있었어. 혹시 들었어? 더 받을 수가 없었지. 사람들은 자꾸 고양이를 데리고 나타나는데, 안된다고 말할 수밖에. 그래도 시간이 지나니까 공간은 다시 충분해졌어. 많이 죽었거든. 그런데 이제는 사람이 없네. 동물원에서 재규어 네 마리를 우리한테 맡기려 하는데, 봉사자 수가…… 작년에는 동물들이 한창 몰려올 때인데도 사람 수가 다섯까지 떨어졌어. 봉사자가 다섯 명이었다고!"

해리가 나를 빤히 쳐다보고 있기에 말을 이어간다.

"올해 초에는 사마가 죽었어. 금강앵무는 한 마리도 없지. 로렌소도 말이야. 빅 레드와 로미오만 남았어. 줄리엣은 작년에 죽었는데, 로미오가 엄청 슬퍼했지. 처음에는 땅바닥의 텅 빈 곳만 멍하니 쳐다보고 움직이질 않더니 깃털을 뽑고 머리를 박기 시작했어. 빅레드한테 싸움을 걸어서 서로 치고받다가 죽을 뻔하기도 했다고. 그래서 격리장으로 옮겨야 했지. 지금은 거기에 혼자 있어. 올해에는 기금을 모아서 새장을 다시 지으려고 했어. 그러던 중에 새로운 금강앵무를 맡게 됐는데, 로미오가 다른 줄리엣을 찾은 것 같아. 그런데 지금은 돈이 없네." 힘겹게 숨을 고르고 말을 이어간다. "인티는 암으로 죽었어. 다른 애들은 전부 종양이나 백혈병, 골격계 질환을 앓고 있어. 어린 동물들은 썩은 파스타와 감자칩을 먹었어. 누구도 그런 일들을 겪어선 안 되는데! 고양이랑 원숭이가 죽어서 수의사가 배를 갈라보니까 장기가 완전히 망가져 있어. 우리는 몰랐던 거야." 나는 그릇을 꽉 붙들고 기가 차서 숨은 크게 내쉰다. "와이라가 열네 살이야. 알고 있었어? 열네 살. 전부 나이가 들었어."

"우리랑 같네." 해리가 중얼거린다.

긴 침묵이 흐른다.

마침내 새미가 목소리를 낮춰 묻는다. "루 때문이었어? 왜 돌아오지 않은 거야?"

나는 자리에서 일어나 아직 다 먹지 않은 수프를 창문턱에 올려놓는다. 더 이상 먹을 기분이 아니다. 해리가 책상다리를 하고 앉아 새미를 바라본다. 촛불에 비친 해리의 희끗한 회색 머리카락과 눈가의 주름이 잔혹하리만치 선명하다.

"맞아." 해리가 마침내 속삭이듯 말을 꺼낸다. "너무 힘들었어. 그런 식으로 갇혀 있는 걸 볼 수가 없었거든."

나는 눈을 문지르며 침대에 등을 기댄다.

나와 퓨마의 나날들

"루는 널 보고 싶어 했을 거야." 새미가 자기 손을 내려다본다.

해리는 아무 대답도 하지 않는다. 할 말이 없는 모양이다.

"얼마나 오래 머물 생각이야?" 내가 작은 목소리로 묻는다.

해리는 흔들리는 촛불을 응시하며 말한다. "2주. 휴가는 그게 최대야."

나는 고개를 끄덕인다.

"루를 보러 갈 수 있을까?" 해리의 목소리가 고통스럽게 갈라진다.

말을 할 때까지 잠깐 시간이 걸린다. "물론이지. 언제든 네가 좋다면."

우리 셋은 한동안 소리에 귀를 기울인다. 부엉이의 울음소리. 한밤중에 호저가 바스락대는 소리. 갑자기 해리가 조용하게 이야기를 꺼낸다. 목소리가 너무 작아서 하마터면 못 들을 뻔했다. "마음에 드는 직장을 구했어. 여자친구랑 집도 생겼고. 그렇게 1년이 2년이 되고 또 5년이 되더라. 그러다가 어김없이 무너졌어. 몸도 정신도 개판이 됐지. 나는…… 행복했어."

새미가 힘없이 웃으며 코웃음을 친다. "행복했다고? 네가?"

해리가 얼굴을 붉히자, 갑자기 우리 사이에 긴장감이 사라진 것처럼 느껴진다. 해리가 웃으며 외친다. "그래, 충격이지?" 그러고는 주저하며 말한다. "너희는 행복하냐?"

"뭔 헛소리야! 절대 아니지!" 대답은 그래도 새미는 웃고 있다.

해리가 묻는다. "톰 소식은 들은 적 있어?"

"아니, 헤어진 뒤로는 몰라." 내가 대답한다.

해리가 끄덕인다.

"그래도 행복할 거라 생각해. 어딘가에서 양이나 보고 있겠지."

해리가 내 해진 양말 하나를 집어던지지만 내가 잡아낸다. "아무리 톰이라도 와이라에 비할 바는 아니지."

"당연하지. 국물도 없다." 나는 웃으며 말한다. "매일 와이라를 생각하는걸. 와이라가 괜찮지 않다는 생각에 식은땀을 흘리며 잠에서 깨기도 해. 그러다가 이곳에 돌아와서 케이지로 가는 길을 걷고 와이라가 '먀우' 하고 외치면서 날 기억하고 있다는 걸 확인하지! 그럴 때면…… 마음이 채워지는 기분이야." 새미도 똑같이 느낀다는 것을 알기에 그를 쳐다본다. "우리는 이게 그만한 가치가 있는 일이라는 확신을 가지려고 애쓰고 있잖아, 그렇지? 계속 비행기를 타고, 계속 이곳에 오고, 오로지 동물들이 괜찮은지 확인할 생각으로 이도 저도 아닌 곳에 살고, 이곳의 일원이 되고, 동물의 안전을 확보하려면 해야 할 일들을 봉사자들에게 알려주고 있지. 그래도 괜찮다고 확신하면서. 하지만 문제는 밖에도 있고 안에도 있어. 더 이상 다르지 않아. 이곳저곳이라는 구분이 없다고." 나는 한숨을 쉬며 양말을 다시 해리에게 던진다. 양말이 그의 무릎 위로 떨어진다. "너는 왜 여기에 있는 거야?"

해리는 쥐 죽은 듯 조용하다. "꿈에서 계속 루가 나와. 루를 둘러싼 아마존 숲이 불타고 있었어. 기후는 엉망이 되어가고, 세상이 무너져 내리고 있었어……."

새미가 해리의 손을 잡는다. 해리는 말없이 아래를 내려다본다. 셋 다 침묵에 빠진다. 우리는 가만히 귀를 기울인다. 지붕에 사

나와 퓨마의 나날들

는 쥐가 갉는 소리, 저 멀리 도로에서 들려오는 덜컹거리는 소리, 정글에서 들려오는 물결 소리. 갑자기 해리가 웃으며 말한다.

"우리 가족은 내가 미친 줄 알아."

나는 모기장을 친 어두운 창문 밖을 바라본다. 촛불의 춤사위에 이끌린 벌레들이 창문을 두들기고 있다.

"설명하기 어렵지." 내가 소리를 낮춰 말한다. 불현듯 웃음이 난다. 작년에는 엄마와 함께 파르케를 찾았다. 엄마는 이곳의 모든 망가진 존재들과 사랑에 빠졌다. 빅 레드, 바이티와 시간을 보냈다. 쥐로 들끓는 주방에서 도냐 루시아와 도냐 클라라가 야채를 써는 것을 도와주며 그들과 친구가 되었다. 엄마는 와이라도 좋아했다. 첫눈에 반했다고나 할까. 내가 미치지 않았다는 걸 처음부터 알고 계셨다. 결국 설명할 필요도 없었던 거다.

해리가 더러운 소파 커버 언저리를 쓰다듬는다. 그러더니 머리를 뒤로 기대고 눈을 감는다. 잠시 후 잠이 든 줄 알았는데, 갑자기 중얼거리듯 묻는다. "사마가 썼던 방사장은 비어 있는 거지?"

나의 표정이 굳어진다. 사마는 노환으로 죽었다. 수많은 질환이 그를 압도하고 말았다. "응." 나의 목소리는 단호하다.

"와이라를 거기로 옮길 생각이야?"

한동안 대답하지 않는다. 물론 생각해본 적은 있지만, 와이라의 삶은 지금 그대로라는 것을 받아들이는 데 10년이 걸렸다. 바꿀 수 있는 건 이제 아무것도 없다.

"그건 네나가 결정할 일이야." 내가 마침내 입을 연다. 네나는 이곳의 대표다. 서쪽의 운무림에서 또 다른 생추어리인 파르케 마치아를 거점으로 삼고 활동하고 있다. 거미원숭이들을 무척 사랑하는데, 그중 일부는 네나가 25년 넘게 돌보고 있다. 볼리비아의 수도 라파스에서 생물학을 공부하던 스무 살 무렵에 네나는 처음으로 거미원숭이를 구조했다. 원숭이가 그의 삶을 바꿨다. 와이라가 나의 삶을 바꿨던 것처럼. 네나는 학업을 그만두고 정글로 여정을 떠났다. 그곳에서 파르케 마치아를 설립해 거미원숭이가 도시가 아닌 나무에서 안전하게 살 수 있는 공간을 마련했다. 나는 네나와 내가 친구라고 생각한다. 파르케에서 보낸 첫 몇 년간은 네나와 아무런 인연도 없었지만 말이다. 그 뒤로는 마치아로 건너가서 네나와 시간을 보내며 내가 할 수 있는 일을 거들기도 했다. 네나도 시간이 허락할 때면 이곳에 온다. 그는 다루기 버거운 일들을 처리하고 있다. 자원 고갈, 화재, 죽음, 범람, 산사태, 정부의 부패, 해마다 떠나가는 봉사자들…… 그럼에도 떠나지 않는다. 그가 떠난다는 게 가능한 일인지도 잘 모르겠다.

"그럼 네나한테 전화해." 해리가 눈을 뜬다. "설마 그 생각을 안 해본 건 아니겠지? 힌트는 이제 끝이야."

떨리는 숨을 길게 내쉰다. 와이라의 러너는 잘 작동하고 있다. 여태껏 나는 지금의 조치가 와이라를 위한 최선이라고 믿었다. 수년에 걸쳐 와이라가 산책을 좋아하는 모습과 싫어하는 모습을 전부 지켜보았다. 태도는 늘 바뀐다. 계절과 날씨에 따라, 모기의 수와 봉사자에 따라, 길을 얼마나 꼼꼼하게 정돈했는지에 따라, 명암에 따라, 소리와 소음에 따라…… 산책을 하는 나머지 고양이들은 그런 흥분되는 상황을 즐기곤 한다. 하지만 와이라는 그렇지 않다. 와이

나와 퓨마의 나날들

라는 러너에 묶여 누군가 뒤에서 걷지 않아도 될 때 무척이나 행복해진다. 하지만…… 와이라는 와이라다. 여전히 날마다 하악거리기와 아르릉대기를 일삼는다. 여전히 두려워한다. 여전히 옆에 엎드려 장화 위에 머리를 누이고 자길 바라면서도 다음 순간에는 별것도 아닌 일에, 하지만 그에게는 별것일 일에 흉포하게 으르렁거리기 일쑤다. 그리고 여전히 케이지에 있는 것을 못 견디면서도 밖에 있는 것도 못 견뎌 한다.

해리의 말에 대답하지 않는다. 사마의 것쯤 되는 규모의 빈 방사장은 매우 귀중한 자원이다. 그 방사장의 혜택을 누릴 고양이들, 와이라보다 더 잘 맞을지 모를 고양이들이 많다. 수많은 미지수가 도사리고 있다. 그토록 큰 변화에 와이라가 겁을 먹을지 모른다. 거처를 옮기는 게 와이라에게는 최악의 조치일 수도 있다. 하지만 거꾸로 좋아할지도 모른다. 목에 로프를 걸지 않고 10미터쯤은 한달음에 달릴 것이다. 와이라에게도 공간이 생길 것이다. 공간 말이다! 목걸이를 벗길 수도 있겠다.

해리가 눈을 감는다. 새미는 불붙이지 않은 담배를 집어 들어 또다시 손가락으로 빙빙 돌린다. 잠시 후 나는 새미가 담배 돌리는 소리를 들으며, 서까래에서 쥐가 바스락대는 소리를 들으며, 잠에 빠진다.

다음 날 저녁, 우리는 축구를 하러 마을로 향한다. 마을은 해가 갈수록 차량이 늘고 발전을 거듭하며 번성했다. 하지만 그와 동시에 상황은 악화되었다. 날씨가 더 극단적으로 바뀌면서 작물 수확이 실패하고 상점 선반이 비어갔다. 겉으로 보기에는 전기와 투자에 대한 열기가 넘쳐난다. 눈길을 끄는 '칸차', 즉 야외 스포츠 경기장도 생겼다. 아이들은 그곳에 모여 축구를 하고, 우리도 일주일에 한 번 오소와 조니의 인솔을 받으며 경기에 참여한다. 오소와 조니는 축구 기술이 뛰어나지만 우리는 언제나 지기 일쑤다. 오소는 골대 앞에 서서 머리를 부여잡고 봉사자들이 경기장을 무력하게 휘젓고 다니는 광경을 지켜본다. 나는 벤치에 앉아 기분 좋게 아이스크림을 먹고 있다. 이건 망고 1퍼센트, 얼음 10퍼센트, 설탕 89퍼센트로 만들어진 것이 분명하다. 이가 녹아내릴 지경이다.

"축구 안 해?" 휴식을 취하러 온 찰리가 옆에 털썩 주저앉는다. 그러고는 물에 젖은 개처럼 머리를 흔들며 땀방울을 튀긴다.

"지금보다 땀을 더 많이 흘릴 생각은 없어서."

찰리는 나의 뒤에서 머리카락을 땋아주느라 바쁜 여덟 살 꼬마들을 보고 매력적인 미소를 짓는다. 여자아이들은 모두 입을 가리고 낄낄거리며 크게 웃는다.

"머리카락 만지기 전에 애들한테 충격 발표 안 했어?" 찰리가 슬슬 경기장으로 돌아갈 채비를 한다. "안 씻어서 기름기랑 이가 있을 수 있다고……."

"야! 나 어제 머리 감았어."

찰리가 눈썹을 치켜올린다.

"아니면 그제일지도……." 나는 키득거리며 아이스크림 끝부분

나와 퓨마의 나날들

을 건넨다. "이기고 있어?"

"아니. 오소의 머리가 터지기 일보 직전이야."

나는 끄덕이며 묻는다. "루는 오늘 어땠어?"

"해리가 어땠냐는 거지? 침착한 편이야."

"다행이네. 그럼 루는……."

"응. 루도 괜찮아! 해리를 봐서 좋은 게 확실해."

안도감에 웃음이 나온다.

"해리가 옛날에 있던 일들을 많이 얘기해줬어." 찰리가 활짝 웃
는다.

"루에 대해서?"

"응. 정말 놀랍던데? 산책을 시켰다며. 그때 나도 있었더라면
좋았을 텐데."

"넌 그때 기저귀를 차고 있었지."

"맞아." 찰리는 아이스크림을 크게 한입 베어 문다. 턱수염에
망고가 덕지덕지 묻었다.

아이들이 우리 팀을 잔뜩 혼내주는 모습을 바라본다. 한참 말
이 없다가 내가 입을 연다. "와이라를 사마의 방사장으로 옮기는 건
어떻게 생각해?"

찰리가 놀란 표정으로 날 쳐다본다. "정말이야?"

나는 내 발을 뚫어져라 본다. "네나가 괜찮다고 하면 네가 도
와줄래?"

찰리가 아이스크림을 내게 돌려준다. "내가 거절해도 친구로
남아줄 거야?"

가슴의 긴장이 풀리면서 피식 웃음이 나온다. "아니."

"그럼 도와야지." 찰리는 아이들에게 윙크를 날려 또 한 번의 키득거림을 받아내고 돌아선다. 그러고는 경기장을 향해 끄덕이더니 일어나면서 나를 벤치에서 일으켜 세운다. "다 끝났어. 봐, 오소가 울기 직전이야."

도로에 홀로 서 있다. 달은 한쪽 언저리만 빛나는 얇은 은색 조각에 불과하다. 별들이 하늘을 가득 메웠다. 남십자성, 오리온 허리띠, 무수히 반짝이며 은하수를 이루는 이름 모를 별들. 이곳에서는 은하수를 '위카 마유', 즉 신성한 강이라고 부른다. 어떤 별들은 수조 킬로미터 떨어진 어둠 속으로 서둘러 사라진다. 케추아인은 별들 뒤쪽의 어두운 형상에 생명을 불어넣는다고 오소가 말해주었다. 그들은 빛이 없는 곳에서 동물을 본다. 이 어둠의 동물들은 신성한 강에 살며 그들 아래에서 숨 쉬고 살아 있는 짝을 지켜본다.

오소의 말에 따르면, 숨 쉬고 살아 있는 세계, 그와 내가 발 딛고 서 있는 세계를 바로 퓨마가 대표한다고 한다. 어둠의 동물도 그렇지만, 퓨마 이야기를 떠올릴 때면 묘한 기분이 든다. 예전에는 별 뒤쪽에서 아무것도 보지 못했다. 오로지 어둠뿐이었다. 이제는 마차쿠아이(뱀자리)의 그림자가 출렁이는 것이 보인다. 우르쿠치야이(라마자리)와 라마 발밑에 있는 아톡(여우자리)이 보인다. 안파투(두꺼비자리)도 보인다.

나는 필사적으로 손을 흔들어 후들거리는 허벅지 뒷부분을 때리며 왔다 갔다 걷는 중이다. 효과가 크지는 않지만, 정신 줄을 붙잡는 덴 도움이 된다. 휴대폰을 한참 동안 바라보다가 번호를 띄운다.

"¿올라?" 치직거리는 잡음과 함께 목소리가 들려온다. 수신 상태는 어디서나 끔찍하기 마련이지만, 그 자리가 종잡을 수 없이 날마다 바뀌긴 하지만, 어떤 도로 구역에서는 그래도 그럭저럭 들리곤 한다.

"올라, 네나." 휴대폰을 어깨에 걸친 채로 두 손을 티셔츠 아래로 밀어 넣는다.

"¡라우리타!" 네나가 외친다. 그는 여전히 정글 안에 있을 것이다. 하늘의 저 형상들처럼 어두운 거미원숭이들이 나뭇가지 속에서 몸을 웅크리고 있을 것이다. 모로차가 그러듯이. 모로차는 이제 자신과 똑 닮은 원숭이들과 함께 그곳 숲에서 살아간다.

"네나, ¿토도 비엔(별일 없어요)?"

"시. 이 투, ¿코모 에스타스(그럼요, 거긴 어때요)?"

"비엔. 토도 비엔 아키. 페로(좋아요. 여긴 괜찮아요. 그런데)……."
어떻게 말해야 좋을지 몰라 망설인다. 별 사이의 어둠이 날 지켜보는 듯 중압감이 느껴진다. 뒷목에 그들의 숨이 닿는 듯하다.

"¿포데모스 아블라르 데 라 하울라 데 사마(사마의 방사장에 관해 이야기할 수 있을까요)?"

긴 침묵이 흐르고, 네나의 대답이 돌아온다. "시(그래요)."

"엔톤세스(그럼)." 숨을 깊게 들이쉰다. "¿케 피엔사스 데 에스토(이거 어떻게 생각해요)……?"

찰리와 함께 하늘을 올려다본다. 얼어붙을 듯한 추위가 신음하며 몰려온다. 네나에게 전화를 건 뒤로 네 달이 훌쩍 지났다. 떠날 때까지 한 달이 남았는데, 이번에는 연장할 수가 없다.

"내일이 그날인 게 확실해?" 찰리가 발가락을 들썩거리며 묻는다.

꿀꺽 침을 삼킨다. "더는 기다릴 수 없어."

"비가 올지도 몰라."

"그럴 수도 있겠지." 그를 살짝 쏘아본다. 그리고 웃는다. 볼이 얼얼할 만큼 활짝. 내일이다. 일이 잘 풀린다면, 와이라를 예전에 사마가 쓰던 케이지로 옮기려 한다. 거의 2년 만에 처음으로 로프에 의지한 채 사람과 함께 걸을 것이다. 서로 손을 흔들며 찰리와 헤어지고 나는 와이라의 오솔길로 향한다. 모퉁이를 돌면서 좀 더 발걸음을 재촉해 경사면을 미끄러지듯 내려가 외친다.

"¡올라, 와이라!" 익숙한 감정이 북받쳐 오른다. 내가 다가가자 와이라가 "마우" 소리를 낸다. 날마다 두 봉사자가 와이라를 러너에 연결해서 데리고 나간다. 일정이 너무 불규칙해서 언제나 와이라와 함께할 수가 없다. 사무실에 있어야 하거나 봉사자들에게 동물 돌보는 법을 가르쳐야 한다. 하지만 일주일에 몇 번이라도 만나려고 노력 중이다. 설령 그저 먹이를 주고 돌아올 뿐이더라도. 와이라는 나를 만나면 기뻐한다.

"올라, 내 애기." 철조망 옆에 무릎을 꿇고 속삭인다. 두 손을 모두 집어넣자 와이라는 흥분한 나머지 머리로 내 손을 철조망에 짓누른다. 와이라는 해가 갈수록 얼굴에 주름이 더해가고 뼈가 약해지고 털도 덜 핥게 되었다. 그래도 늘 완벽하다. 와이라가 "먀우" 하자 나도 그의 턱을 문지르며 "먀우" 소리를 낸다. 와이라는 내 손끝을 핥으며 손톱에 끼인 흙을 갉아먹는다. 그러고는 건성으로 하악거리더니 문가에서 꼬리를 휘두르며 기다린다. 고개를 가만히 놔두질 않는다. 위로, 아래로, 왼쪽으로, 오른쪽으로. 오늘은 밖에 나가지 않았다. 와이라의 봉사자들은 갈퀴와 마체테로 석호 반대편 오솔길을 정돈하느라 정신이 없었다. 그 길이 우리를 사마의 케이지로 안내해줄 것이다.

와이라를 내보내며 헤아려본다. 와이라의 케이지로 향하는 길을 얼마나 많이 걸었을지, 케이지 바로 옆 첫 번째 러너에 와이라를 얼마나 많이 연결했을지. 천 번. 어쩌면 2천 번일지도. 세부적인 것까지 모조리 떠올리고, 기억을 붙잡아둔다. 다가오는 나를 살피는 와이라의 눈에서 풀빛의 흥분이 차오른다. 분홍색 코가 씰룩거린다. 길이가 70미터가 넘고 폭이 15미터에 달하는 커다란 새 러너 구역 한가운데에 케이폭나무가 은회색 가지를 드넓게 펼쳐놓았다. 나무 아래에는 호수라고 할 수 있을 정도로 큰 연못이 있다. 이따금 와이라는 그곳에 웅크리고 앉아 가슴 깊이까지 진흙에 파묻혀 흰 턱을 갈색 늪으로 물들인다. 그럴 때면 소박한 행복이 근육의 주름마다 스며든다. 갈수록 날이 어둑해지고 구름이 낮게 드리운다.

와이라는 놀고 싶어 하는 것 같다. 여전히 까딱이는 머리, 약간 바보처럼 뜬 눈, 살짝 벌어진 입, 돌돌 말린 혀. 야자수 잎을 집어 들어 이제 놀 시간이라는 신호를 보내는 대신에 나는 와이라가 자리를 잡은 파투후 동굴로 들어가 쪼그리고 앉는다. 와이라는 곧바로 몸을 앞으로 기울여 나를 핥기 시작한다. 사포 같은 혀로 팔을 끌어당긴다. 한쪽 팔을 충분히 핥은 뒤에 다른 쪽 팔로 바꿔 또 핥는다. 그다음은 손 그리고 손가락으로 돌아와 자신이 제일 좋아하는 손끝으로 마무리한다. 와이라가 핥는 동안 나머지 손으로 그의 등과 귀를, 목과 턱을 쓰다듬으며 진드기를 찾는다. 입술 아래에서 자주색 피로 통통해진 녀석을 하나 찾아낸다. 몇 번의 시도와 신음 끝에 잘 붙잡아서 비틀어 뜯어낸다. 진드기가 조그마한 다리를 마구 흔들어 댄다. 진드기를 뜯어낸 순간부터 와이라가 나의 손을 샅샅이 살핀다. 진드기를 순순히 손바닥에 올려두자 이빨로 가져가 씹기 시작한다. 그러고는 그 작은 진드기를 혀 위에서 데굴데굴 굴리다가 꿀꺽 삼켜버린다. 와이라가 나를 바라보며 만족스러운 표정을 짓는다.

"그거 역겹다니까, 얘." 진드기 먹길 고집하는 공주는, 그리고 그런 퓨마는, 내가 알기로는 와이라가 유일하다.

하지만 와이라는 신경 쓰지 않는다. 또다시 내 손을 핥기 시작한다. 끝나고 나면 나는 와이라가 이제 자기 몸단장을 하도록 내버려둔다. 가장 먼저 두 앞발을, 그다음은 가슴과 흰 배를 핥으며 만족스러운 듯 낮게 아르릉 신음한다. 나는 근위병 나무로 향한다. 작년부터 젤리처럼 걸쭉한 주황색 액체가 스며 나와 뿌리 주위의 둔덕에 스며들고 있다. 내가 액체를 쿡 찌르자 마치 뇌처럼 흔들린다. 오소를 데리고 와서 나무를 보여준 적이 있다. 그는 나무가 죽어가고 있다고 걱정했다. 이 젤리는 나무가 암을 치료하려 내보내는 거라고도 덧붙였다. 나무껍질을 만져본다. 손가락 아래에서 따스하고 부드러운 감촉이 느껴진다. 10년 넘게 알고 지낸 나무다.

"저기, 와이라." 답답한 마음에 눈물을 닦으며 돌아서서 속삭인다. 그놈의 눈물 좀 그만! 스스로를 비웃으며 생각한다. 와이라가 핥기를 멈추고 미심쩍은 눈으로 나를 쳐다본다. 등을 반쯤 핥았고, 꼬리를 물고 있다. 서둘러 걸어가서 와이라 옆에 앉는다. 우리 둘은 바닥에 떨어진 검고 새빨간 씨앗을 깔고 앉아 있다. 땅이 여전히 축축해서 청바지에 물기가 스며든다. 내가 잠자코 있자 와이라는 또 다시 핥기 시작한다.

"와이라, 내일이야. 새 방사장으로 가는 날이."

와이라는 신경도 쓰지 않는다.

"다시 돌아올 일은 없을 거야."

여전히 들은 체도 하지 않는다.

"용기를 내야 해. 알겠지?" 와이라가 낮게 으르렁거리고 꼬리를 뺄어낸다. 큼지막한 눈 속의 눈동자가 핀 구멍처럼 작아졌다. 그러고는 하품을 하더니, 머리 위로 드리운 축축한 나뭇잎을 향해 코를 벌름거린다.

와이라를 케이지에 들여보내고 그가 닭고기를 즐겁게 물어뜯는 모습을 바라본 뒤에 석호로 향한다. 단 몇 분이라도 등마루에 앉아 색의 변화를 지켜본다. 날이 어두워지는 때가 늦어지고 있다. 우기는 이게 좋다. 긴 낮과 이른 아침. 어느덧 건기가 거의 끝나간다. 원래는 산불이 유행할 시기여야 한다. 매년 화재가 발생하긴 하지만, 최근 힘든 해가 주기적으로 반복되고 있다. 한 해가 힘들었다면 다음 해는 괜찮은 식으로. 작년은 정말 끔찍했다. 비도 오지 않고 늪도 없어서 6월 중순 즈음에는 드넓은 정글이 탁탁대며 타 들어가고 있었다.

안데스 문명의 어머니 대지 '파차마마'는 볼리비아인이 섬기는 중요한 신적 존재다. 볼리비아는 인구의 약 60퍼센트가 원주민으로 분류되며, 확인된 것만 해도 서른여섯 종족으로 나뉘어 있다. 볼리비아의 사회주의자이자 원주민 출신의 최장기 집권 대통령인 에보 모랄레스 정부는 2011년에 '어머니 대지 법'을 만들었다. 모든 자연에 인간과 똑같은 법적 권리를 부여하는 논쟁적인 법이었다. 모랄레스는 선진국들이 기후 변화에 적절히 대처하지 않는 현실을 노골적으로 비판했다. 하지만 정책의 핵심에 파차마마가 자리하고 있음에도 산업화는 급속도로 진행되고 있다. 모랄레스 정부는 파르케에 재정 지원을 거의 하지 않으면서도, 수많은 유기 동물이 보금자리를 구하지 못하는 문제에 대해서는 여전히 우리에게만 의존한다. 전 세계적으로 지난 50년간 기업들이 파괴한 삼림 면적은 보수적으로 추산해도 50만 제곱킬로미터(약 1천 5백 평)가 넘는다. 주로 팜유와 콩, 고기와 유제품을 생산하고 사용해 이윤을 취하려는 목적이다. 갈수록 많은 아마존 우림이 팔려나가고, 세상은 더 덥고 건조하고 습해진다. 날씨가 험악해지고 상황이 열악해진다. 현지의 의용소방대 '로스 봄베로스'가 우리를 도우려고 몰려오지 않았더라면, 우리는 작년에 살아남지 못했을 것이다.

그래도 올해는 사람들이 기억하는 한 최악의 우기가 찾아왔기에 건기가 왔어도 정글의 대부분 구역이 전혀 마르지 않았고 늪도 허리까지 차올랐다. 그 덕분에 불도 나지 않았다. 적어도 이곳은 말이다.

어두운 형상의 카이만이 미끄러지듯 지나가는 모습을 보고 웃음 짓다가 그 울음소리에 깜짝 놀란다. 저 물속에서 정말 미치도록 많은 시간을 보냈다. 와이라가 헤엄을 칠 수 있도록 쏟아부은 한 시간 한 시간을 전부 모으면 며칠이, 어쩌면 몇 주가 될 것이다. 하지만 와이라는 몇 년간 물속에 들어가지 않았다. 물속 다른 동물들에게 다리를 물어뜯기고 싶지 않다는 생각에 그런 결정을 내린 것일까. 잘 모르겠다. 와이라는 그저 비탈면에 앉아 포개진 앞발에 머리를 받친 채로 가만히 판단하며 나를 바라볼 뿐이다.

와이라는 이곳에 결코 돌아오지 않을 것이다. 언젠가 나는 다시 오게 될지 모르겠다. 이 비탈면에 앉아 흙을 매만지며 원숭이와 카이만을, 통나무에 엎드려 일광욕을 하는 거북 가족을 지켜보고 있을까. 호숫가 언저리는 해가 갈수록 변화를 거듭했다. 예전보다 넓어졌고, 덩굴과 대나무도 다듬었다. 죽은 나무도 몇 그루 잘라내서 하늘도 더 잘 보인다. 나중에 이곳에 돌아와서 왜 여기가 이렇게 작은지 생각하게 될까? 행복했던 장소로 기억하게 될까? 아니면 와이라와 우리 모두가 갇혀 있던 장소로 기억하게 될까? 노을이 붉어진다. 검은색 씨를 집어 들어 반으로 갈라본다. 안쪽은 캐러멜 색과 녹은 밀크 초콜릿 색이다. 손바닥 위에 올려놓고 그 안에 갇혔던 온기를 느껴본다. 그리고 물속으로 던진다. 풍덩. 수면에서 퍼져 나가는 물결을 바라본다.

캠프로 돌아올 즈음 붉은 하늘은 이미 어둑해졌다.

"프로도, 괜찮아?" 흡연 오두막에 들어서자 새미가 조심스런 눈길을 보낸다. 새미는 오직 이 일 때문에 돌아왔다. 단 한 주밖에 머물지 못한다. 그가 여기에 있어줘서 얼마나 고마운지. 나는 끄덕이며 뺨을 타고 흘러내리는 눈물을 닦아낸다.

찰리가 앨리에게 돌아선다. "내일 로라는 와이라를 옮기기 전에 올까, 아니면 옮기는 도중에 올까?"

앨리가 얼굴을 찌푸린다. "둘 다겠지."

"닥쳐! 이게 얼마나 감정을 자극하는 일인데!" 난 코를 훌쩍이며 웃는다. "이사는 누가 하든 스트레스 받는 일이야." 그리고 찰리를 쳐다본다. "준비됐어?"

찰리가 벌떡 일어나 두 손을 비빈다. "나는 아무것도 몰라. 알려만 줘."

"로프 있어?"

찰리가 로프 두 줄을 들어 올린다. 과거에 썼던 산책용 로프를 본떠 내가 만든 것이다. 둘 다 길이는 5미터, 하나는 얇고 나머지는 굵다. 자동 잠금 캐러비너로 두 로프의 끝을 연결해두었다. 잠시 로프를 잡고 예전의 감촉을 기억해낸다. 그러고는 두 로프의 끝을 내 벨트에 걸어놓는다.

"누가 와이라 할래?"

"오, 나! 내가 할래!" 앨리가 벌떡 일어나 캐러비너를 잡는다.

총 네 명이 줄줄이 길을 걸어간다.

손과 무릎으로 기던 앨리가 찰리에게 덤벼들며 하악거리고 노려본다. 그러고는 찰리의 빈틈을 노려 그를 땅바닥에 쓰러뜨린다.

"¡노 마스(이제 그만해), *와이라!*" 찰리가 다리를 마구 흔들면서 외친다.

"얘들아! 진지하게 좀 해." 내가 쏘아붙인다.

두 사람이 멋쩍은 듯 웃으며 일어난다.

"좋아. 찰리, 앞으로 가. 와이라를 산책시킬 때에는 항상 누군가 앞에서 걸어줘야 해."

"뭐?" 찰리가 정강이를 문지르며 다른 사람의 확인이 필요하다는 듯 주위를 둘러본다.

"항상? 말도 안 돼. 다른 고양이들은 전혀⋯⋯."

"그게 와이라인걸." 내가 어깨를 으쓱인다.

"알았어, 좋아. 그런데 와이라가 나를 조질 수도 있을까?" 찰리가 앨리를 쏘아본다.

나는 로프를 내려다본다. "누군가 다친다면 그 사람은 아마 나일 거야." 떨리는 숨을 길게 내쉰다. 지난 10년간 와이라와 나눈 모든 추억을 떠올리며 감정이 끓어오르는 것을 느낀다. 팔을 따라 길게 난 흉터를 가만히 만져본다. 와이라와 함께 산책을 한 지 2년이 지났다. 기나긴 2년이었다. 당연히 내가 앞에서 걷는 게 맞다. 나를 와이라를 잘 알고 찰리는 아예 모르니까. 하지만⋯⋯ 이게 마지막 산책이 될 거다. 와이라가 다시 산책을 하게 될 줄은 꿈에도 몰랐다. 이건 나의 임무다. 어떻게 다른 사람에게 로프를 잡게 할 수 있을까.

"바로 이게." 찰리에게 고개를 끄덕이며 이제 걸으면 된다고 말한다.
"와이라와 걷는 방식이야."

와이라는 행복하다

찰리와 나는 안뜰에서 새벽 다섯 시에 만난다. 여전히 어둡지만 마지막으로 한 번만 더 오솔길을 걷고자 한다. 나뭇잎을 남김없이 긁어모아 밤중에 서성거렸을 야생동물의 냄새를 감춰버릴 생각이다. 출발할 무렵 잠에서 깬 사람은 우리뿐이다. 오직 브루스만이 일방적인 관심을 기대하며 트럭 뒤편에서 우리를 주시한다. 와이라가 항의할 작정으로 웅크리고 앉을 때를 대비해 배낭에 간식과 물을 가득 채워두었다. 헤드램프를 쓰고 로프를 둘러멨다. 상황이 안 좋게 흘러갈 수 있으니 두꺼운 셔츠도 챙겼다. 우리는 말없이 걷는다. 비는 오지 않아도 구름이 짙고 낮게 드리워 별빛 한 점 보이지 않는다.

"어떻게 해야 하는지 기억하지?" 마녀 나무에 이르자 배 속에서 긴장과 흥분이 뒤얽힌다.

"당연하지. 하악거릴 때에는 그냥 웃으면 되고, 어설픈 사람을 좋아하니까 발을 자주 헛디디면 되잖아. 그리고 귀여운 공주님이라고 말해주면 만사형통이지. 맞지?"

나도 모르게 낄낄 웃는다. "정확해."

찰리가 다시 끄덕인다. "좋아."

나와 퓨마의 나날들

"올라, 공주님!"

"올라, 달링."

잠깐 지그시 눈을 감는다. "달링이라고?"

"왜? 달링이 어때서?" 찰리가 팔짱을 낀다.

"와이라가 달링은 아닌 것 같은데. 1950년대 노스캐롤라이나 출신도 아니고."

"아하, 우리 애기는 훨씬 나은가 보지?"

서로 노려보던 중에 와이라의 "먀우" 소리가 들린다.

"먀우." 나도 똑같이 외치면서 찰리를 쿡 찌른다. "너도 해."

"너무 바보 같은데."

"그냥 하라고!"

"먀우!"

와이라가 또다시 "먀우" 하고 화답한다. 모퉁이를 돌자 와이라가 철조망 바로 옆에서 기다리고 있다. 나와 찰리 둘 다 함께 웅크리고 팔을 집어넣는다. 이른 날의 황금빛에 와이라의 얼굴이 연한 회백색으로 아름답게 물들었다. 와이라는 곧바로 찰리에게 가서 그의 손에 얼굴을 기댄다. 찰리의 웃음이 거슬린다. 하, 코웃음이 절로 나온다.

"이 바람둥이."

"날 좋아해! 그렇지, 달링?"

찰리에게 추파를 던지던 와이라는 나를 대충 두어 번 핥고 문간으로 달려간다. 그러고는 웅크리고 앉아 배를 열심히 핥기 시작한다.

"좋아." 잠시 와이라를 바라본다.

"좋아." 찰리가 주머니에 두 손을 찔러 넣으며 되풀이한다. "할 수 있겠어?"

심호흡을 하면서 마음을 진정시킨다. "할 수 있어."

"어디에 서 있을까?"

"그대로 있어. 내가 와이라를 내보내면, 사람이 다니는 길로 조금 내려가서 와이라를 부르면 돼." 캐러비너가 달린 로프 끝을 문 틈새로 집어넣는다. 와이라는 나를 곁눈질로 쳐다보며 귀를 뒤로 젖히면서도 아무런 행동도 하지 않는다. 내가 자물쇠를 만지작거리는 동안 아르릉대고만 있다가, 자물쇠가 열리자 벌떡 일어난다. 그다음 캐러비너를 딸각 끼우고, 기다린다.

"됐어, 우리 애기. 우리는 할 수 있어. 그렇지?"

와이라는 고개를 살짝 돌려서 평온한 눈빛으로 나와 눈을 마주친다. 그러다가 불쑥 잔혹하게 하악거리는 탓에 나는 뒤로 몇 발짝 물러난다.

"알았어." 난 웃으며 말한다. 찰리는 처음으로 약간 긴장해 보이지만 어쨌든 함께 웃는다. 문을 돌려서 연다. 새벽이 드리운 회색 그림자가 여전히 공터를 물고 늘어진다. 와이라는 일찍 나오게 되어 기쁘다는 듯이 재빨리 튀어나온다. 그리고 늘 그랬던 것처럼 근위병 나무로 가서 잠깐 냄새를 맡고 쪼그려 앉아 오줌을 눈다. 오줌을 누는 한동안 다리는 미동도 하지 않는다. 그러고는 잠시 생각하더니 천천히 몇 바퀴를 돈다. 심장이 고동친다. 분명히 와이라한테도 들릴 것이다.

"좋아, 와이라." 마침내 심호흡을 하고 입을 연다. "이제 걸을 거야."

오솔길 들머리에 선 찰리가 끄덕인다. "와이라, 이쪽이야!" 야자수 잎을 바스락거리며 와이라의 관심을 끈다.

와이라는 미심쩍은 듯 나를 슬쩍 곁눈질한다. 일이 어떻게 돌아가는지 영문을 몰라 얼어붙어 있다. 늘 그랬던 것처럼 러너를 따라 움직일까, 아니면 호기심을 좇아 도대체 무슨 일이 벌어지고 있는지 살펴볼까 재고 있는 모양이다. 제발, 와이라. 이런 방식으로 이동할 수 없다면 진정제를 맞힐 수밖에 없어. 나이 든 고양이에게 진정제를 투여하는 것은 정글에서 특히 위험한 일이다. 그러다가 죽을 수도 있다.

와이라를 지켜보며 생각한다. 어쩌면 실망할지도 모르니 마음의 준비를 해야겠다고, 어쩌면 오늘은 날이 아닐지 모른다고. 내일 아니면 그다음 날에 또 시도하면 된다. 하지만 한 주가 지나도 여전히 똑같다면…….

"¡바모스, 치카(가자, 우리 애기)!" 크게 외쳐본다. 와이라가 또 한 번 나를 쳐다보더니 내게 돌진한다. 심장이 고동친다. 하지만 와이라는 바로 앞에서 방향을 바꿔 작년에 우리가 새롭게 만들어둔 러너 단 위로 펄쩍 뛰어오른다. 그러고는 그곳에 앉아 목을 쭉 빼고 도대체 뭐가 이렇게 시끄러운 건지 살핀다.

"움직인 거야?" 찰리가 외친다.

"단 위로 올라갔어. 하던 대로 하면 돼."

"¡바모스, 달링!" 찰리가 고사리 덤불 속에서 야자수 잎을 머리 높이 들어 올려 흔들어대는 소리가 들린다. 와이라가 귀를 쫑긋 세운다. 마음을 단단히 먹고 와이라의 앞으로 걸어가 두 손을 들어 올린다. 그러고는 러너의 클립을 풀고 내 벨트에 건다. 와이라의 두 눈은 완전한 격분과 두려움으로 검게 변한다. 너 도대체 뭐 하는 거야? 와이라가 으르렁거린다. 이렇게 와이라와 연결된 건 정말 오랜만이라 눈앞이 캄캄해지지 않도록 침을 꿀꺽 삼키며 장화 뒤꿈치를 흙속에 박아 넣는다.

"힘내, 내 사랑." 내가 간청한다. "우린 지금 산책하는 거야."

와이라가 로프를 후려친다.

"할 수 있어. 난 알아. 내가 할 수 있으면 너도 할 수 있어."

"¡바모스, 와이라!" 찰리가 외친다.

찰리의 목소리가 들리는 쪽으로 와이라가 고개를 홱 돌린다.

"너는 할 수 있어." 또다시 속삭인다.

와이라의 눈이 점점 커진다. 그리고 와이라가 자리에서 일어난다. 머리가 상황을 이해하는 데 잠깐 시간이 걸린다. 파악이 끝나기가 무섭게 나는 달리기 시작한다. 우리는 순식간에 찰리를 지나친다. 찰리가 사라지기 전에 그의 놀란 얼굴을 알아볼 시간만 있었을 뿐이다. 와이라는 밖에 나와서 충격을 받은 것 같다. 케이지에 갇혀 지내던 13년 동안 사람들이 자기를 보러 지나오던 길을 내려가고 있으니 놀랄 만도 하다. 그래서 와이라는 그저 달린다. 한번 시작하니 멈추지 않는다. 허약한 나로서는 숨을 헐떡일 뿐이지만 그래도 계속 달린다. 말끔하게 치워둔 길 위로, 라임나무를 지나, 분홍빛 꽃이 만발한 덤불을 지나, 아미라에게로 이어지는 갈림길에 도달하고 나서야 속도를 늦춘다. 바로 뒤에서 찰리의 소리가 들린다. 와이라가 돌아선다. 이곳이 어디인지 영문을 모를 것이다. 나는 옆쪽으로 성큼 움직여 자리를 내준다.

"앞으로 가." 숨을 헐떡이며 간신히 말한다. 찰리는 망설임 없이 와이라를 에돌아 앞으로 간다. 와이라는 그 모습을 지켜보며 귀를 뒤로 젖힌다. 오랜 세월이 지났지만 이 장면은 기억할 것이다. 보디가 드를 앞에 두고 걸었던 것 말이다.

"괜찮아, 달링." 찰리가 와이라를 달랜다. "괜찮아."

하악 소리는 들리지 않는다. 와이라는 그저 다시 걷기 시작한다. 방금보단 느리지만 여전히 빠른 걸음으로. 고요하게. 갈림길에서도 망설이지 않고 묵묵히 찰리의 뒤를 따른다. 눈이 휘둥그레졌고 귀는 사방으로 돌아간다. 찰리가 어깨 너머로 나를 돌아본다.

"혹시 울어?"

"안 울어!" 코를 훌쩍거리며 눈물을 훔친다. 워낙 함박웃음이라 앞도 제대로 안 보일 지경이다.

"사상 최악의 달리기 선수였어."

"나 토할 것 같아." 웃으며 옆구리를 부여잡는다.

"그건 참아줘."

"와이라를 봐! 저렇게 용감할 수가."

와이라는 계속 걷고 있다. 고개를 돌리지도 않고 오로지 앞만 보며 걷는다. 어느덧 도로 진입로에 접어들자 와이라가 망설인다.

가장 위험한 구간이다. 우리가 걸어야 할 길은 도로와 5미터 남짓 교차하고 다시 정글로 이어진다. 아주 오래전에 브라이언이 돌무더기를 앞에 두고 징징대던 곳이다. 나도 돌무더기 앞에 서 있었다. 당시 공사가 시작되지도 않았던 방사장이 언젠가 나를 또 이곳으로 이끌 줄은 꿈에도 모른 채로.

"앞으로 가. 도로를 지나가자."

와이라가 공기를 들이마시며 상황을 살핀다. 이내 겁먹은 듯 불안한 얼굴로 날 돌아본다.

"괜찮아, 괜찮아."

찰리가 발을 딛자마자 와이라가 그를 뒤따라 달리기 시작한다. 도로를 쳐다보지도 않고 그저 두려움에 머리를 앞세워 쏜살같이 달려갈 뿐이다. 이윽고 위험 구간을 지나서 다시 정글로 진입한다. 또다시 나는 울음을 터뜨리지만, 지금 그게 중요할까. 와이라는 잠자코 잰걸음으로 이동한다. 단 한 번의 '하악'도 '아르릉'도 없다. 정말이지 좋은 산책이다. 완벽한 산책. 이제 막 해가 떠오른다. 숲 천장 사이로 살짝 내리쬔 햇살에 왼편의 석호가 분홍빛으로 찰랑댄다.

"거의 다 왔어!" 숲이 갈라지고 새로운 집의 철조망이 시야에 들어오자 찰리가 다정하게 외친다. 그 순간 와이라가 갑자기 멈추고, 나는 꼬리를 밟지 않으려 하다가 뒤로 휘청거린다. 지금 우리는 긴 방사장의 북쪽 끝에 있다. 출입구로 가려면 저 높은 철조망의 왼쪽 모퉁이를 빙 돌아야 한다. 역시 어려운 구간이다. 하지만 찰리가 왼쪽으로 가자 와이라는 철조망을 보고 딱 한 번 하악거린 뒤에 찰리를 뒤따른다. 미지의 장소에 왔다는 충격 때문에 이 상황을 곱씹어볼 여유가 없을 것이다.

"바로 그거야, 내 사랑." 와이라가 모퉁이를 돌아 찰리를 따라 열린 문 틈새로 들어간다. 나도 바짝 따라붙는다. 찰리는 잠깐 망설이다가 뒤에서 문을 닫는다. 목걸이에 걸린 캐러비너를 내가 만지작거리는 동안에도 와이라는 여전히 걸어가며 여기가 어딘지 통 모르겠다는 표정을 짓는다. 캐러비너를 위로 당기며 돌린다. 아직 눈치채진 못했지만 이제 와이라는 풀려났다.

와이라가 어리둥절해하며 주위를 둘러본다. 방사장은 왼쪽, 오른쪽, 앞쪽 할 것 없이 사방으로 쭉 펼쳐져 있다. 이 첫 번째 구역은 예전에 러너가 있던 공간만큼 넓은데, 우리가 미리 조금 정리해두었다. 높이 올린 나무 침대를 신선한 건초로 채우고 야자수 잎으로 천막집을 만들었다. 발톱을 긁을 수 있는 통나무도 몇 개 넣어두었다. 이것 말고도 더 있다. 이곳의 탁 트인 공터를 나가면 파투후 숲이 시작된다. 처음에는 하나둘 모여들다가 이윽고 우거지며 모든 것을 어두운 풀빛으로 물들인다.

등 뒤로 손을 뻗어 찰리의 팔을 붙잡는다. 그러지 않으면 주저앉을 것만 같다.

"괜찮아?"

와이라가 돌아선다. 우리를 응시한다. 내가 여전히 로프에 묶여 있을 때보다, 와이라가 여전히 묶여 있을 때보다 더 멀리 떨어진 곳에서 와이라는 우리를, 나를 바라본다. 와이라가 거리를 가늠하는 모습을 지켜본다. 네 다리가 애매한 각도로 이상하게 굽었다. 와이라는 점차 이해하고 있다. 초록빛 눈이 점점 커지다가 검은색으로 바뀌고, 이내 눈동자가 구멍처럼 작게 쪼그라든다.

그리고 달린다. 정해진 방향도 없이 그저 달릴 뿐이다. 나는 손으로 입을 막는다. 정글이 바스락 울려 퍼지더니, 이윽고 그가 사라진다.

🐾

와이라의 소리가 들려온다. 와이라의 발과 몸과 근육이 폭발하면서 숲이 무너지는 소리가. 하지만 와이라는 몇 분이 흘러도 다시 돌아올 기색이 없다. 우리는 천천히 뒤로 물러나 문 옆에 있는 통나무에 앉는다.

"얼마나 걸렸지?" 내가 작게 중얼거린다.

찰리가 숨을 휘 내쉰다. 그가 간신히 침을 삼키는 모습을 지켜본다.

"10분." 그의 목소리는 아주 조용하다. "딱 10분 걸렸어."

나는 웃으면서 흐느끼고 동시에 어리둥절해 있다. 여기까지 오는 데 하루 종일 걸렸을 수도 있었다. 어쩌면 그보다 더. "와이라가 해냈어."

"와이라가 해냈어!"

"무서웠을 텐데."

"와이라가 너를 조지는 줄 알았다니까!" 찰리가 웃으며 외친다. 정말 안도한 듯한 목소리다.

나와 퓨마의 나날들

"하악거리지도 않았어."

"와이라는……." 찰리가 멈칫한다. 와이라가 눈 깜짝할 사이에 파투후 숲에서 뛰어나왔다. 그러고는 굉장히 빠르게 달린다. 무슨 일인지 이해하기가 어려울 만큼 순식간에 움직인다. 전과 다르게 달리고, 전과 다르게 보인다. 와이라는…… 그 순간, 나는 깨닫는다. 와이라는 로프에 묶이지 않은 채 달리고 있다. 로프는 물론이고 모퉁이에서 몸을 가로막는 철조망도 없다. 그저 달리고 있다. 와이라를 처음 보았을 때가 기억난다. 그 몸이 얼마나 짓눌린 것처럼 보였던지. 하지만 케이지 밖으로 나가 오솔길에 서면 놀랄 만큼 거대했다. 부풀어 오른 것 같았다. 지금도 마찬가지다. 아니, 그보다 천배는 더 커진 것 같다. 입을 떡 벌리고 와이라를 바라본다. 어안이 벙벙한 채로 꼼짝도 할 수 없다.

그때 찰리가 나의 팔을 잡고 일으켜 세운다. 와이라가 우리를 향해 전속력으로 뛰어오고 있다. 도무지 믿을 수 없다는 듯이 커다래진 두 눈은 흥분으로 가득 찼다. 나의 심장이 아드레날린으로 고동친다. 로프에서 벗어난 퓨마가 우리를 향해 곧장 달려오고 있다. 그런데 몇 미터 앞에서 속도를 늦추더니 내 다리에 머리를 들이민다. 혹여나 뛰어오르지 않을까 하는 생각에 그를 막을 작정으로 두 팔을 내밀었다. 하지만 와이라는 그저 나를 핥기 시작한다. 나는 곧바로 앉는다. 와이라가 내 팔과 손을 핥으며 가슴에 몸을 기대온다. 그러더니 가르랑거린다. 평상시에 가르랑거릴 때에는 얼마 안 돼서 소리가 멎기 일쑤였다. 그리 좋지 않은 세상이라는 사실을 떠올리기라도 한 듯이. 그런데 지금은, 계속해서 가르랑대고 있다. 내 가슴의 표층부터 안쪽 심장까지 울려 퍼지고 있다.

"이럴 수가!" 울음으로 무너진 목소리가 새어 나온다.

와이라는 찰리에게로 옮겨가 그를 핥기 시작한다. 여전히 가르랑거리고 있다. 그리고 몇 분간 우리 곁에 있다가 불쑥 멀어지더니 다시 사라진다. 갔다가 돌아오고 또 갔다가 돌아온다. 한참 그러더니 지친 듯 옆구리가 크게 들썩인다. 이제 철조망을 향해 코를 벌름거리고 나뭇가지를 핥은 뒤에 통나무를 긁는다. 그러고는 우리와 몇 미터밖에 떨어지지 않은 축축한 나뭇잎 위에 웅크리고 앉아 양발에 머리를 누이고 몸을 살짝 기울여 젖은 땅에 볼을 기댄다. 여전히 가르랑거리면서.

"와이라가 이러는 건 처음이야." 이게 현실이라는 것이, 실제로 일어나고 있는 일이라는 것이 믿어지지 않는다. 로프에 묶이지 않은 와이라가 우리 앞에 웅크리고 앉아 있다. 이제 2천 제곱미터(6백 평)도 넘는 드넓은 정글이 그의 것이다.

"와이라가……." 찰리가 망설인다. 감히 꺼내지도 못할 말을 하려는 것처럼.

"고맙다고 말하는 것 같냐고?"

"응."

한동안 와이라를 바라만 본다. 바라보고 또 바라본다. 말을 할 수도, 생각을 할 수도 없다. 그저 이것만이 머릿속을 맴돌 뿐이다. 와이라가 해냈다고, 우리가 해냈다고, 전부 끝났다고, 여기까지 왔다고.

"정말……." 단어를 고르던 찰리가 마침내 입을 뗀다. "정말 놀라워."

"맞아." 나는 현기증을 느끼며 웃는다. 와이라는 차분해지더니 햇살 아래서 잠이 든다. 우리 둘은 부러진 통나무에 앉는다. 이제야 휴대폰을 꺼내 번호를 누른다.

"¿올라, 로라?"

"네나."

"시, ¿토도 비엔(그래요, 괜찮아요)?" 휴대폰 너머로 들려온 네나의 음성에 불안과 긴장감이 팽팽하다. "¿케 파소(어떻게 됐어요)?"

나는 손으로 얼굴을 감싼다. "네나, 와이리타 에스타 엔 라 누에바 하울라(와이라가 새 방사장 안에 있어요)."

"¿엔 세리오(정말이에요)?" 치직거리는 잡음 사이로 네나가 외친다.

"시(네)." 나는 끄덕인다. 다리가 덜덜 떨리고 있다.

"아, 로라." 네나의 목소리가 나직하다. "¿에야 에스 펠리스(행복해 보여요)?"

"시." 안심과 놀라움, 자랑스러움과 믿기지 않음. 이 모든 감정이 아우성치는 통에 다른 소리는 들리지 않을 지경이다. 나 자신의 말조차 가까스로 들린다. 와이라는 행복하다. 행복하다. "와이라 에스 펠리스(와이라는 행복해요)." 그리고 우리 둘 다 울음을 터뜨린다.

에필로그

지금은 2019년 초, 나무 한 그루가 방사장 한가운데에 우뚝 서 있다. 사마와는 한 번도 가보지 않은, 결코 보지 못했던 곳. 그곳에서 나는 걷고 있다. 와이라와 함께.

와이라는 처음에는 날마다 가르랑거렸다. 몇 달간은 날마다 함께 놀기도 했다. 와이라는 더없이 행복했고, 행복으로 찰랑댔다. 요즘 들어 또다시 좋지 않은 세상이 그에게 새어 들어오기 시작했고, 고통도 다시 찾아오고 있다. 때로는 아무것도 아닌 일에 하악거리고, 때로는 그르렁 울기도 한다. 그래도 이따금씩 그럴 뿐이다. 늘 그러진 않는다. 예전과는 다르다. 과거의 와이라가 아니다.

우리와 걸을 때 와이라는 이제 절뚝거린다. 뒷다리에 체중이 실리지 않도록 주로 오른쪽 앞발에 의존한다. 또 한 번 물러가는 여름의 퀴퀴한 장마 속에서 두 뒷다리가 뻣뻣해졌다. 머지않아 또 추위가 닥칠 거다. 강풍이 휘몰아쳐 나무를 뒤흔들고, 우리는 비니를 쓰고 양털 재킷을 여밀 것이다. 그다음 악몽처럼 끔찍한 산불도 다시 찾아올 것이다. 연기를 바람에 실어 공포를 떨치면서. 브라질부터 볼리비아와 파라과이까지…….

그래도 아직은 습하고 뜨겁다. 하늘은 가을 냄새가 물씬 풍기는 공기층으로 뒤덮였다. 땅에 발 딛는 곳마다 멍든 보라색 낙엽이 구른다. 와이라와 나는 그가 스스로 만든 길을 따라 걷는다. 와이라가 내 뒤를 바짝 따른다. 여전히 이 방식을 선호한다. 하지만 그 어떤 로프도 목걸이도 없다. 어깨뼈 사이가 살짝 따끔거리고 퓨마가 내 그림자 위로 발을 내딛는 기척이 느껴진다. 하지만 그게 끝이다. 친구와 함께 걷는 기분이다.

방사장 한가운데에 이르러 나무의 가지들을 올려다본다. 나무의 이름은 모르지만, 가지들로 우거진 지붕은 수양버들처럼 드넓게 펼쳐져 있다. 수천 번 매듭을 지으며 이 작은 공터를 보랏빛과 금빛의 융단으로 에워싼다. 새 한 마리가 이이, 이이 하며 높게 지저귄다. 또 다른 새의 비명이 자동차 경적처럼 쩌렁쩌렁 아침을 꿰뚫는다. 나무껍질의 색은 꿀처럼 노르스름하다. 굵고 튼튼한 가지들은 이끼 반점과 소용돌이로 뒤덮여 만지면 거칠거칠하다. 사마의 손톱 자국이 여전히 줄기를 에워싸고 있다. 나뭇잎은 녹색이 짙고 바닥면은 검은색에 가깝다. 손에 올려놓으니 젖은 종이처럼 느껴진다.

와이라가 워낙 내 곁에 가까이 서 있어서 내 허벅지에 털 온기와 홍분으로 달뜬 심장 박동이 느껴질 정도다. 와이라가 나와 똑같이 위를 올려다보고 있다. 머지않아 오소를 이곳으로 데려와 함께 마체테로 가지를 몇 개 잘라내야 할 것이다. 나무를 기어오르는 건 안전하지 않고 와이라의 관절염에도 좋지 않지만……. 아직은 아니다. 지금은 아니다. 와이라의 눈두덩이는 이른 햇살 속에서 부풀었

나와 퓨마의 나날들

고, 하늘은 여전히 분홍빛으로 물들었다. 시트러스 향이 풍겨온다. 와이라의 코는 축축하고, 목탄색으로 물든 두 귀는 새소리가 나는 쪽으로 돌아간다. 조만간 원숭이들이 올 것이다. 꼬리감는원숭이와 다람쥐원숭이들이. 열이 솟구치고 등골이 찌릿하다. 이곳 야생에 와이라와 함께 있다는 것이 그저 즐겁고 운 좋게 느껴진다.

그 순간 와이라가 꼬리를 부들부들 떨며 벌떡 일어난다. 꼭대기 가지에서 움직인 탓에 나무가 달가닥댄다. 내 머리 위로 5미터, 아니 10미터쯤 될까. 와이라가 시야에 들어올 만큼 뒤로 물러선다. 내가 이곳에 있는 건 와이라가 괜찮다고 했기 때문이다. 불안감에 심장이 고동친다. 떨어지면 안 돼. 나뭇가지 지붕을 과감하게 오가는 완벽한 모습에 경외심을 느낀다. 와이라는 사마의 손톱 자국을 긁고 또 긁어 자신의 것을 덧쓴다. 마치 언어를 발화하듯, 마치 소유권을 주장하듯. 나 또한 그 자국을 손가락으로 눌러가며 여러 번 어루만졌다.

와이라는 가지들 속에 우뚝 서 있다. 꼬리가 거세게 요동치고, 형언할 수 없을 만큼 만족스럽다는 듯 입을 떡 벌린다. 희미한 금빛을 머금은 분홍색 하늘을 우리는 함께 올려다본다. 비가 이제 막 내리기 시작했다. 종이처럼 얇고 유리처럼 짙은 암녹색 나뭇잎과 우리 얼굴에 빗방울이 후두두 떨어진다.

이 책을 여기서 끝낼 수 있다면 좋겠다.

나는 말하고 싶다. 파르케는 번성 중이라고. 열성적인 봉사자들로 흘러넘친다고. 모든 스태프는 현지 출신이며 이 튼튼한 유대가 일의 균형을 맞춰주는 덕분에 돌봄 작업이 더 오래도록 지속 가능하고 전도유망해졌다고. 동물들은 전부 건강하다고. 불법 애완동물 거래가 급감했기에 사실상 더는 아무도 우리에게 동물을 맡기지 않는다고. 그래서 나는 더 이상 비행기를 타지 않는다고. 산림 파괴는 끝났고 기후 변화는 일어나지 않으며 오스트레일리아는 불타지 않는다고. 남반구의 아마존과 지역 공동체는 휴대폰 생산에 필요한 광물을 찾아 헤매는 광업 회사로 인해 파괴되지 않는다고. 석유 회사는 송유관을 새로 건설하지 않고, 다국적 기업과 정부는 숲을 단작 농경지로 바꾸지 않는다고……

인티, 와라, 야시는 케추아어, 아이마라어, 치리과노-과라니어로 각각 해, 별, 달이라는 뜻이다. 내가 책에서 '파르케'라고 부른 장소는 1992년에 설립된 볼리비아 비정부 기구 '코무니다드인티와라야시CIWY'가 운영하는 세 곳의 생추어리 중 한 곳인 '생추어리 암부에아리'다. 기구가 설립되기 전에 볼리비아 봉사자들은 산악 지대 라파스에서 광부 가족들의 일을 도우면서 봉사를 시작했다. 그들은 그곳의 청년들에게 목적 의식을 심어주려 했다. 생존 기술을 가르침과 동시에 볼리비아의 아름다움을 보여주고자 했다. 그러던 도중에 봉사자와 청년들은 산림 파괴와 화전 농업의 현장과 케이지에 갇힌 야생동물을 목격했다. 그래서 그들은 볼리비아 최초로 구조된 야생동물을 돌보는 생추어리를 설립했다. 그 생추어리의 이름은 '마치아'로, CIWY의 설립자 중 한 명인 네나가 거미원숭이 친구들과 함께 살아가고 있다.

이 글을 쓰고 있는 2019년은 유독 힘겨운 한 해였다. CIWY는 물론이고 볼리비아와 전 세계에도 마찬가지였다. 2019년 9월까지 볼리비아는 들불로 인해 2만 4천 제곱킬로미터(72억 6천만 평)의 숲과 사바나 초원을 잃을 것으로 추정된다. 브라질에서 파괴된 열대우림의 면적과 동일한 수준인데, 볼리비아는 국토 면적이 브라질의 8분의 1밖에 안 된다. 더군다나 그 이유 때문인지 볼리비아의 대통령 에보 모랄레스는 (2006년부터 권력을 굳건히 지켰음에도) 부정 선거 의혹이 제기되자 멕시코로 망명해버렸다. 그리고 전국에서 폭동과 싸움이 벌어졌다. 모랄레스의 열성 지지자들과 코카 농부들, 알티플라노 고원 출신 원주민들로 이루어진 '코야', 그리고 모랄레스가 부패와 사기, 부정 선거를 저질렀다고 비난하는 저지대의 부유한 지역 주민들 '캄바' 사이에서 다툼이 일어났던 것이다.

10년 전, 마치아는 가장 붐비는 시기에 봉사자 수가 쉰 명에서 여든 명에 이르렀다. 하지만 올해는 몇 달간 단 한 명도 받지 못했다. 암부에아리는 2018년 크리스마스 기간에 봉사자들이 세 명밖에 없었다. 세 번째 생추어리 '학쿠이시(꿈의 땅)'는 봉사자가 한 명도 없는 경우도 많다. 정글 관광 명소로 유명한 루레나바케 근처인데도 그렇다. 돌봐야 할 동물은 줄어들지 않고 오로지 사람만 줄어들었다. 예산도 빠듯해졌고 땅도 줄고 있다. 정부는 마치아를 관통하는 도로를 확장할 계획이라고 밝혔다. 지금은 도로가 워낙 혼잡해서 네나가 거미원숭이들이 사는 곳과 그 반대편의 집을 오가느라 도로를 건너는 데 20분이 걸릴 때도 많다. 트럭도 무척 많아졌다. 도로가 신설되면서 마치아의 기반 시설이 상당 부분 파괴될 것이다. 도로는 드넓은 정글을 죽이고 수많은 동물의 집을 앗아갈 것이다. 우리가 돌보는 동물들을 학쿠이시로 옮길 방법을 찾고 있지만 엄두가 나지 않는다.

　해마다 서양 과학자들은 지각 능력을 갖춘 각기 다른 지능적 존재들, 지구를 인류와 공유하는 그 존재들을 조금씩 더 깊이 파고드는 것으로 보인다. 오랫동안 수많은 원주민 사회가 알고 있었던 지식을 조금씩이나마 따라잡고 있다. 예를 들어 과학자들은 새들이 지구 자기장을 볼 수 있고 이 능력을 사용하여 이주한다는 사실을 증명했다. 단 한 마리의 소도 똑같이 울지 않는다. 문어는 도구를 사용하는 데 그치지 않고 앞으로의 쓸모를 위해 미리 챙겨두기도 한다. 아프리카산 소똥구리는 은하수를 기준으로 방향을 정한다. 퓨마는 홀로 생활하는 고독한 육식동물이 아니다. 야생 퓨마들은 먼 거리까지 펼쳐져 있는 복잡한 사회 관계망 속에서 살아가며 먹이를 나누는 것과 같은 우호적인 사회적 상호작용을 하기도 한다.

　그럼에도 불법 야생동물 거래는 계속 증가하는 추세다. 야생동물 거래는 수십억 달러 규모의 산업인데, 소셜 미디어의 등장으로 성장만을 거듭하고 있다. '귀여운' 새끼 퓨마가 '귀여운' 짓을 하는 사진은 올라오는 즉시 퍼져 나간다. 전 세계 다른 지역과 마찬가지로 볼리비아의 수많은 동물과 사람이 집을 잃었다. 혹은 집이 있더라도 끔찍한 악조건 속에서 살아간다. 네나와 파르케는 날마다 동물과 사람을 돌보느라 숨이 가쁘다. 공간이 없기에, 스태프와 봉사자가 없기에, 정부의 지원과 돈이 없기에, 아니면 그저 지독하게 피곤하기에 그렇다.

파르케의 작은 오두막에서 집으로 돌아갈 짐을 싸는 중이다. 와이라가 '새로운' 방사장에서 생활한 지 2년이 다 되어간다. 운 좋게도 또 이곳에 돌아와 몇 달간 와이라와 함께 지내면서 내가 할 수 있는 일을 도왔다. 비행기를 탄다는 죄책감을 꾹 억누른다. 그러지 않으면 와이라를 보지 못하니까. 나는 공들여 합리화한다. 머릿속에서 좋은 말들로 포장한다. 1년에 딱 한 번 타는 거잖아! 나무를 심어서 만회할 거야! 균형을 맞출 거라고! 반드시……. 하지만 사실은, 내가 이곳에 돌아오지 않는다면, 다시는 와이라를 보지 못한다면, 가슴이 찢어질 것 같기 때문이라는 게 솔직한 심정이다.

이렇게 자주 돌아오는 사람이 나만 있는 것은 아니다. 물론 자주 돌아오지 않는 사람도 많다. 아예 돌아오지 않는 사람은 수없이 많다. 그렇다고 그들이 이곳에서 찾은 사랑이 가벼워지는 것은 아니다. 제각기 책을 한 권씩 쓸 수 있을 거다. 얼마나 많은 사람들이 파르케에서 2주든 2년이든 머무른 경험으로 인생의 궤적을 바꾸었는지 알고 싶다. 나는 그렇게 된 수백 명의 이름을 댈 수 있다. 수의사, 간호사, 환경과학자, 생물학자, 변호사, 사회·환경 운동가, 활동가, 조직자가 된 사람들. 나는 결국 작가가 되었다. 6년 동안 브라이턴에서 ONCA를 운영하다가, 파르케를 떠나서 도시에서는 결코 행복해질 수 없다는 사실을 깨달았다. 그 후로 유기견 넬로와 함께 스코틀랜드의 작은 섬으로 이사했다. 넬로는 와이라와 많은 점에서 닮았고, 섬에서 나와 함께하며 삶을 치유할 수 있다는 것을 알게 되었다. 마치 와이라처럼, 이따금 절대로 잊을 수 없는 기억도 있다는 사실을 여전히 깨닫고 있지만 말이다.

ONCA는 적어도 이 글을 쓰고 있는 시점에는 번성 중이다. ONCA의 운영팀은 날마다 내게 깊은 인상을 준다. 나는 그들을 온 마음을 다해 사랑한다. 내가 슬플 때마다 그들은 우리의 상상력이 충분히 드넓은 한 세상의 경계를 확장할 수 있음을 상기하도록 가르쳐주었다. 그것은 파르케에서 찾은 희망이기도 하다. 파르케는 그 시초가 된 볼리비아 자원봉사자들의 상상력과 용기와 의지가 없었더라면 존재하지 않았을 것이다. 파르케는 뾰족한 막대기와 칼 그리고 영웅 한 명이 아니라, 가방과 장바구니와 그릇으로 만들어졌다. 이러한 생각은 내 여정을 정리하는 데 도움을 준 한 작가, 어슐러 K. 르 귄에게 빌린 것이다. 1986년에 발표한 선구적인 에세이 《소설판 장바구니 이론The Carrier Bag Theory of Fiction》에서 르 귄은 이야기가 전달되는 방식을 바꾸는 것이 어떻게 가능한지에 대해 말한다. 영웅 한 명이 맞서야 하는 폭력에서 벗어나 협동과 발효, 협력과 연결로 나아가는 것. 나에게 파르케는 이 모든 것들이 합쳐진 곳이다. 우리가 나란히 '발효'되는 곳, 사람만이 아닌 동물들도, 그들이 무슨 종이든, 어떤 이야기를 지녔든, 어떤 방식으로 부서졌든, 집을 찾는 곳. 우리 모두가 함께 출렁이며 중요한 연결을 만들어가는 곳. 변화를 몰고 오는 건 연결이니까. 그렇지 않은가?

배낭에 짐을 다 쌌다. 도착했을 때보다 반이 줄었다. 가방에는 해마다 똑같은 것들이 들어 있다. 구멍이 숭숭 뚫리고 얼룩진, 아무리 빨아도 악취가 나지만 그래도 부드러운 레깅스와 셔츠. 우스꽝스럽지만 모기를 막기에는 좋은 80년대풍 재킷. 오랜 친구인 머리용 방충망과 헤드램프. 브래지어 몇 벌. 지난 몇 달간 주식이다시피 퍼먹었던 땅콩버터, 도냐 루시아에게 준 선물, 알약과 연고와 수의용품은 다 쓰고 없다. 고양이에게 줄 강황, 글루코사민, 분유도 마찬가지다. 이제 깃털처럼 가벼워진 배낭을 맨다. 문밖을 나가기 전에 마지막으로 방 안을 한참 바라본다. 바라건대 내년 이 무렵에도 돌아올 수 있기를. 바라건대 너무 늦지 않게 조금은 늪에 빠질 수 있기를. 그리고 바라건대, 정말로 바라건대 그때에도 정글이 암녹색으로 변하는 길목에서 와이라가 나를 기다리고 있기를.

감사의 말

암부에아리에 처음 갔을 때부터 나는 머릿속에서 책을 쓰고 있었다. 이 책은 와이라와 정글에게, 나의 삶을 뒤바꾼 장소와 사람들에게 보내는 연서다.

부모님이 안 계셨더라면 볼리비아를 가지도 못하고 와이라를 만나지도 못했을 거다. 온 가족과 친구의 도움 없이는 파르케를 계속 방문할 수 없었다. 감사하다는 말만으로는 내 마음을 다 표현할 수가 없다.

나의 책을 처음으로 읽어준 분들, 동료와 친구들에게, 나의 말을 경청해준 사람들에게 감사를 표한다. 엄마는 처음과 마지막은 물론이고 중간에도 원고를 여러 번 읽어주셨다. 언니 조에게도 고맙다. 세라와 캐런, 페르세포네와 알렉스, 루카스와 존에게도 마음을 전한다. 넬로에게는 항상 고마울 뿐이다.

네나. 당신이 하는 모든 일과 마음속에 품은 모든 사랑을 어떻게 표현할 수 있을까요. 고마워요, 네나. 말로 다할 수 없을 만큼 감사해요. 이 집을 만들고 무사히 지켜줘서, 절대 포기하지 않아줘서 고마워요.

오소, 헤르만시토, 하이메, 아그리피나, 에우헤니아에게 고마움을 전한다. 헤르만시토, 우리는 널 사랑해. 언제까지나 우리의 마음속에 남아 있을 거야. 도냐 로우르데스, 늘 두말없이 베풀어주시는 사랑에 감사드려요.

소방대원 분들과 우리의 터전을 보호해주시는 다른 모든 분들께도 감사를 표한다. 와이라를 돌봐주신 모든 봉사자들과 그의 친구들에게도 단 한 명도 빠짐없이 고마움을 전하고 싶다.

나의 훌륭한 에이전트 사마르와 편집자 리자. 이분들이 나와 이 책에 보여준 한없는 인내심과 믿음을 잊지 않을 것이다.

와이라, 코코와 파우스티노, 판치타, 로렌소, 빅 레드, 플라이티, 바이티, 밤비, 루돌포, 허비, 토니, 고르도, 사마, 레이지 캣, 레오, 사얀, 코루, 후안, 카를로스, 루피, 루, 케이티, 아미라, 인티, 와라, 야시, 엔진, 오비, 케보, 루시, 말리, 엘사, 로이, 플래시먼, 카피탄, 가토, 발루, 이스크라, 맷 데이먼, 문디, 브루스, 파나파나, 파니니, 테앙히, 테스, 미미, 앤절라, 비퍼스, 블라드, 비통, 로미오와 줄리엣에게. 그리고 이름을 부르지 않은, 부르지 못한 모든 이들에게 고마움을 전한다.

책의 결말을 쓰는 동안 심장 종양으로 죽고 만 바네소에게도 고맙다고 말하고 싶다.

마지막으로, 하지만 결코 마지막은 아닐 정글에게 이 책을 바친다.

야생동물은 애완동물이 아니다. 그들은 같은 종과 함께 제 서식지에서 살아야 한다. 어쩌면 그 어떤 동물도 케이지에 갇히지 않은 미래가 있을지 모른다. 어쩌면 어딘가에서는 CIWY 같은 곳이 존재할 필요가 없고 이런 책이 쓰일 필요도 없을지 모른다. 하지만 지금 당장은 이 책의 수익으로 CIWY의 일을 후원하려 한다. 그래서 불법 야생동물 거래와 맞서 싸우고, 지역 공동체를 지원하고, 동물들에게 안전한 집을 마련해주는 활동을 지원하려 한다. 만일 당신도 자원봉사나 기부로 도움을 주고 싶다면 CIWY 웹사이트 www.intiwarayassi.org 에서 지원을 신청할 수 있다.

옮긴이 박초월

인하대 물리학과를 졸업하고 서울대 과학사 및 과학철학 협동과정에서 서양과학사를 전공해 석사학위를 받았다. 출판 편집자로 일하며 책을 만들다가 글을 옮기기 시작했다. 과학과 인문, 두 세계가 나누는 대화를 정돈된 언어로 전하고자 한다. 옮긴 책으로는 《블랙홀에서 살아남는 법》, 《무엇이 우주를 삼키고 있는가》가 있다.

홈페이지 chowolpark.com

나와 퓨마의 🐈 나날들

첫판 1쇄 펴낸날 2023년 8월 25일

지은이 로라 콜먼
옮긴이 박초월
발행인 김혜경
편집인 김수진
책임편집 전하연
편집기획 김교석 조한나 유승연 김유진 곽세라
디자인 한승연 성윤정
경영지원국 안정숙
마케팅 문창운 백윤진 박희원
회계 임옥희 양여진 김주연

펴낸곳 (주)도서출판 푸른숲
출판등록 2003년 12월 17일 제2003-000032호
주소 서울특별시 마포구 토정로 35-1 2층, 우편번호 04083
전화 02)6392-7871, 2(마케팅부), 02)6392-7873(편집부)
팩스 02)6392-7875
홈페이지 www.prunsoop.co.kr
페이스북 www.facebook.com/prunsoop   **인스타그램** @prunsoop

ⓒ푸른숲, 2023
ISBN 979-11-5675-425-1(03840)